HARMONY VERNA

Après vingt années passées à travailler dans la communication, Harmony Verna est désormais auteur pour la télévision et la presse américaines. *Les Orphelins du bout du monde*, publié aux éditions Belfond en 2017, est son premier roman. Elle vit à Newtown, dans le Connecticut, avec son mari et leurs trois enfants.

LES ORPHELINS DU BOUT DU MONDE

HARMONY VERNA

LES ORPHELINS DU BOUT DU MONDE

Traduit de l'anglais (États-Unis)
par Florence Hertz

belfond

Titre original :
DAUGHTER OF AUSTRALIA
publié par Kensington Publishing, New York

MIXTE
Papier issu de sources responsables
FSC® C003309
FSC www.fsc.org

Pocket, une marque d'Univers Poche,
est un éditeur qui s'engage pour la préservation
de son environnement et qui utilise du papier fabriqué
à partir de bois provenant de forêts gérées
de manière responsable.

ISBN : 978-2-266-29081-4
Dépôt légal : mars 2019

À Leonora,
ta terre est pour moi une renaissance

Première partie

1

1898, dans l'Ouest australien

Ils s'enfonçaient dans le soleil.

Elle marchait d'un pas mécanique, trop petite pour voir bien loin ; d'ailleurs, ses yeux s'ouvraient à peine. Elle n'avait pas eu besoin de s'habiller, car elle portait ses haillons de jour comme de nuit. Elle n'avait pas déjeuné, mais elle ne remarquait plus les tiraillements de la faim.

À l'horizon, la boule de feu diffusait déjà des vagues de chaleur à la surface du lac sombre de la plaine. Les animaux nocturnes fuyaient la lumière, glissaient sous les pierres, se terraient pour dormir. Les autres se réveillaient, vifs, jaillissaient des fourrés, des tanières. Des bandes d'oiseaux s'abattaient sur les rares branches assez solides pour supporter leur poids, leur plumage coloré et leurs cris insufflant soudain de la vie au paysage mort.

Le sol de terre cuite, rouge, s'émiettait. L'air étouffant du matin pesait sur tout. Les mouches, omniprésentes, attaquaient les visages, s'insinuaient dans les vêtements. Seules les plus insolentes, exploratrices de narines et d'oreilles, méritaient qu'on lève la main pour les chasser.

Ses bottines bourrées de chiffons soulevaient de petites tempêtes de poussière à chaque pas, si bien que ses bas se teintaient de rouille jusqu'aux genoux. Elle trébuchait souvent par la faute de ces chaussures trop grandes, et le choc sourd du talon sur la terre réveillait bizarrement l'accablante chaleur.

Il laissait pendre son bras pour qu'elle puisse lui tenir la main, mais elle avait beau s'agripper, il ne répondait pas à la pression de ses doigts. Elle leva les yeux vers lui. Il était si grand que ses cheveux paraissaient toucher le ciel et s'embrasaient dans le soleil levant, formant un halo aveuglant. Il massa les muscles de son cou, inclinant un visage ravagé, soudain pleinement visible. Joues creuses, peau brune couleur de cuir, poils grisonnants au menton. Son regard égaré, qui contemplait ses pieds sans les voir, était celui d'un animal malade. Elle eut très peur. Et puis le soleil l'éblouit et lui cacha l'expression qui faisait trop peine à voir.

Marcher, encore marcher. Le trou de sa semelle fuyait l'ombre de son chapeau qui pourtant la rattrapait, le soleil montant vers midi. Ils étaient en route depuis si longtemps que les minutes semblaient des heures, les heures des journées entières. Le temps passait lentement, mais la faim et la soif mûrissaient vite dans cette atmosphère étouffante. L'air plantait un tison incandescent dans ses poumons, ses pieds fondaient, sa tête se liquéfiait sous son chapeau. Ses yeux se voilaient de transpiration.

Ils arrivèrent à hauteur d'un eucalyptus solitaire qui se dressait sur la terre aride, ses feuilles étroites grises de poussière. L'arbre projetait un peu d'ombre vers laquelle il la guida d'un pas chancelant. Il la fit asseoir en retirant sa main de la sienne. Les yeux vitreux, il décrocha de sa ceinture la gourde cabossée et la posa par terre, à côté d'elle. Et puis il se détourna, fit un pas, puis deux. Elle le vit se passer les mains dans les cheveux, les laisser tomber sur son cou. À l'affaissement des épaules, au vacillement des jambes, elle crut qu'il allait tomber. Mais non, il continua. Sa silhouette devint de plus en plus petite et ne fut bientôt plus qu'un point sombre. Ensuite, plus rien. Il s'évanouit dans l'air vibrant de chaleur.

Elle n'avait plus la force de rien, même pas de vomir. D'ailleurs, sa bouche était trop sèche. Elle prit l'eau et l'entendit cogner dans le bidon presque vide. Elle voulut dévisser le bouchon comme lui le faisait, mais il avait plus de force qu'elle. Ses petits doigts glissaient en tournant. Elle s'acharna, gorge serrée, et finit par abandonner. Elle posa la gourde sur son ventre. Il l'ouvrirait quand il reviendrait. Elle appuya sa tête contre l'écorce lisse. Oui, il l'ouvrirait. Il n'y avait qu'à patienter. Torturée par la soif, assommée de soleil, elle s'endormit.

Les mouches couraient sur ses paupières, lui chatouillaient les cils, bourdonnaient, affairées, cherchant l'humidité. Elle se réveilla en sursaut et frotta son visage et ses vêtements pour s'en débarrasser. Elle regarda autour d'elle mais ne le vit pas. La panique monta, bloqua sa gorge asséchée. Elle ne voulait pas avoir peur. Elle regarda ses pieds et les cogna l'un contre l'autre, se distrayant un instant de voir s'envoler un nuage de poussière. Trois branches, lignes émaciées, projetaient un maigre dessin sur le sol. Pas un souffle de vent ne les faisait bouger.

De bleu, le ciel vira au rose ; les nuages se bordèrent de mauve. Les teintes s'assombrirent. Elle aurait tant voulu que cela cesse. La frayeur l'envahissait, frisson cruel sur sa peau. Elle scrutait intensément l'horizon, espérant voir la haute silhouette revenir. Un point, d'abord, qui grossirait, grandirait. Le sang battait à ses tempes. Des larmes coulaient sur ses joues, et tombaient, salées, sur ses lèvres. Une eau précieuse qu'il ne fallait pas perdre. En venant, la nuit changeait les contours. Un buisson se remplissait de chiens, les branches devenaient des bras de géant. L'ombre envahit la terre et engloutit la lumière.

Elle replia ses jambes contre sa poitrine et posa sa tête sur ses genoux, mains plaquées sur ses oreilles pour étouffer le martèlement de sa terreur. Un murmure tremblant s'échappa de ses lèvres :

— Papa ?

Cédant à la panique, elle se leva. La nuit était sur elle.

— Papa ? Papa !

Elle étouffait, et les syllabes entrecoupées se transformèrent en hurlement.

— Papa !

La lune montait dans le ciel.

Alors elle se mit à crier si fort qu'elle en vibra, ne retenant plus ses larmes. Dans la fraîcheur du soir, les animaux nocturnes sortaient de leur cachette et les oiseaux se taisaient. Ses sanglots et ses cris portaient dans le silence, mais se dispersaient vite. Les appels de l'enfant, dans la nuit désertique, n'avaient pas plus d'effet qu'un bourdonnement d'insecte.

2

Le soleil tapait dur à travers la chemise de Ghan. Le tissu trempé de sueur lui collait à la peau. Il prit l'outre en peau de canard, but une gorgée d'eau, puis rabattit son chapeau sur ses yeux. Paysage monotone – terre rouge, ciel bleu ardent, buissons décharnés, un eucalyptus çà et là. Le cliquetis du chariot, le pas pensif des chameaux comblaient le silence, seul semblant d'animation dans cet océan immobile.

Neely étira ses jambes jusqu'à toucher les planches de l'avant.

— Il en fait un drôle de temps ! Plus chaud qu'hier.

— Tu m'étonnes.

— On aurait dû partir plus tôt.

— Sans blague !

Une mouche téta le bras de Ghan. La main qui tenait les rênes l'écrasa d'un geste réflexe, puis épousseta l'insecte mort. Des cicatrices blanches, bien visibles sur sa peau cuivrée, marbraient ses bras. Le cahier de doléances d'un mineur. C'étaient les stigmates du travail, comme cette oreille perdue dans l'explosion d'une lampe à acétylène. Il avait aussi eu la jambe écrasée jusqu'au genou, membre difforme devenu inutile qui le laissait boiteux. Il avait été malmené par une vie presque plus laide que son visage boursouflé par les brûlures, au nez bulbeux et cassé par les coups de poing.

Neely écrasa son mégot sur le côté du banc. Et puis, soudain, ses épaules se convulsèrent, se soulevèrent, agitées de spasmes d'étouffement. Il agrippa le col de sa chemise, torturé par l'effort qu'il faisait pour respirer.

— Encore ! maugréa Ghan, l'œil malgré tout inquiet. Ne te crispe pas, bon sang, laisse passer.

Neely ouvrait grand la bouche, cherchant l'air, les yeux exorbités, pris de panique dans l'instant qui précédait la quinte. Ghan se détourna. Pendant de longues minutes, le banc se balança sous les secousses de cette toux déchirante entrecoupée d'inspirations laborieuses et sifflantes. À la fin de la crise, Neely se souleva et se pencha par-dessus bord pour cracher des glaires ensanglantées dans la poussière. Après cela il se rassit, reprit une cigarette, l'alluma d'une main tremblante et aspira longuement, joues creusées.

— Tu veux de l'eau ? demanda Ghan.

Neely ferma les yeux et fit non de la tête. Ghan connaissait la musique : il ne lui donnait pas six mois à vivre. C'était la malédiction des mineurs, cette toux. La malédiction de la poussière que l'on respirait au fond.

Neely tâtonna sous le banc et récupéra un sac en papier brun.

— Tu viens de manger ! protesta Ghan.

— Eh ben ? J'ai faim !

— Viens pas te plaindre si t'as plus rien à bouffer plus tard.

Neely sortit ses sandwichs, en déballa un, et jeta le papier gras dans la nature.

— J'aime mieux profiter de ma viande tant qu'elle est pas faisandée. Je suis pas comme toi, les asticots, c'est pas trop à mon goût.

Il mâchait lentement, balançant sa mâchoire de droite à gauche comme les chameaux.

Une bande d'émeus passa au loin, leurs longues pattes préhistoriques se hâtant en silence. La poussière se soulevait jusqu'à leurs broussailleuses plumes, puis retombait, effaçant les traces de leur passage. Ghan tira brusquement sur les rênes pour arrêter l'attelage. Neely fut projeté en avant.

— Bon Dieu ! Faut prévenir ! Pourquoi tu t'arrêtes ?

Ghan plissait les yeux. Il pointa le doigt en direction d'une forme au loin qui n'avait pas l'air d'un rocher. Une sorte de paquet, ou un dingo mort…

— Là-bas, t'as vu ?

Neely ne regarda pas plus que cela.

— Nan, c'est rien.

— Quand même, je vais jeter un coup d'œil.

Ghan se laissa glisser hors du chariot et atterrit dans la poussière, le roulis encore imprimé dans le corps. Sa jambe folle faillit se plier sous lui, et il dut rassembler ses forces pour rester debout.

Neely l'observait, goguenard.

— Tu perds ton temps. Si c'était intéressant, ça ferait longtemps que quelqu'un serait parti avec.

Ghan n'avançait pas vite, engourdi par la position assise. Il laissait derrière lui une ligne d'empreintes de godillot gauche, et une trace zigzagante de pied traîné. Le soleil lui enfonçait un pieu dans les yeux, aveuglé qu'il était déjà par la sueur qui, goutte à goutte, dégoulinait de son front et ruisselait le long de son nez.

Il se rapprochait de l'eucalyptus solitaire, jouant à cache-cache avec les rayons éblouissants. Ce n'était pas un dingo mort. Il n'y avait pas d'odeur. Peu à peu, l'objet prit forme – des vêtements, peut-être un tas de chiffons. Il était si petit, si peu intéressant, qu'un autre homme aurait fait demi-tour. Ghan, au contraire, hâta le pas, l'appréhension montant.

Il arriva dans l'ombre de l'arbre. Malgré la chaleur, sa sueur se glaça sur sa peau et son souffle lui sembla assourdissant. La forme d'une robe lui était apparue, ainsi que de petites chaussures. Il se figea. Un reflet avait attiré ses yeux vers le bidon d'eau. En voyant les minuscules doigts crispés sur le bouchon, il sentit son cœur se soulever.

Il tomba à genoux sur la terre dure, à côté de la petite forme inanimée. Une enfant ! Il y avait trop d'innocence dans ces bas en accordéon, ce petit chapeau de paille écrasé sur des cheveux emmêlés.

Oppressé, Ghan tendit lentement le bras, mais il tremblait si fort qu'il dut s'arrêter, ayant peur que sa grosse patte maladroite ne brise les os fluets en mille morceaux. Il serra les dents pour passer un bras sous le cou de la fillette et l'autre sous ses genoux. Il la souleva. Son corps était souple, la mort ne l'avait pas raidi.

En entendant un faible gémissement, Ghan éprouva un choc. Elle était encore en vie ! Alors la peur, une peur absolue, remplaça l'horreur. Elle vivait, mais si peu, et il n'y avait que lui pour la sauver. Il fit un énorme effort pour se relever en la plaquant contre sa poitrine. Suant et soufflant, il courut vers le chariot, qui lui semblait très loin, maudissant sa patte folle qu'il ramenait avec de grands mouvements de hanche.

— Neely !

Neely s'abrita les yeux et, d'un coup, fut debout. Il sauta à terre et courut vers Ghan. Quand il le rejoignit, ce dernier ne s'arrêta pas pour lui confier son fardeau. Il ne pouvait ni ralentir ni la lâcher : il la sentait vivante dans ses bras. Vivante ! Il ne s'arrêta qu'à la voiture, haletant.

— Va me chercher mon eau !

Neely récupéra la gourde en poussant des grommellements, exaspéré par sa propre lenteur.

— Vas-y, dit Ghan, essaie de la faire boire.

Il présenta le petit corps inerte pour faciliter la tâche à son compagnon.

Neely introduisit le goulot entre les lèvres craquelées d'une main instable. Un filet d'eau coula le long du menton. Elle n'avait eu aucune réaction. Sa tête, immobile, pendait au bout d'un cou désossé. Ghan transporta la fillette à l'arrière.

— Déplace les caisses, que je puisse la coucher.

Neely obéit, puis tira la toile, et Ghan coucha l'enfant dans l'ombre ainsi formée. Il tâcha encore de la faire boire. Voyant que l'eau ruisselait sur ses joues, il lui tint la bouche ouverte entre deux doigts.

— Allez, ma petite, allez, bois.

Il contemplait, consterné, les cloques suintantes sur le visage, la main écarlate qui avait pris tout le soleil. Son impuissance le rendait fou. Il jetait à Neely des regards interrogateurs, mais celui-ci n'avait pas de conseils à donner. Se passant la manche sur la bouche, Ghan considéra avec angoisse l'immensité du désert.

— Faut la faire soigner par un docteur.

— Ben comment ?

— Je crois qu'il y a un hôpital à Leonora. Tu sais, à l'ouest de Gwalia. C'est pas trop loin.

— Comment tu crois qu'elle a atterri ici ?

— Je sais pas. C'est pas le moment de se préoccuper de ça.

— On va arriver en retard au train pour récupérer la livraison, commenta Neely, fataliste, résigné face à ce changement de programme.

Ghan regarda la petite et sa voix se brisa.

— On s'en fout du train, mon gars. Je reste derrière avec elle. Tu vas guider les bêtes. Ça ira ?

Neely hocha la tête.

— Pour sûr, t'en fais pas.

3

Ghan et Neely emmenèrent la pauvre enfant au pas de chamelier ; les heures traînaient, s'étiraient. Ghan avait depuis longtemps rongé son premier ongle. La poussière, soulevée par les roues paresseuses, s'infiltrait à l'arrière par les côtés de la bâche. Chaque minute passée rapprochait la petite fille de la mort. Ghan s'attaqua à son deuxième ongle, puis à tous les autres, jusqu'au sang.

Entre les caisses d'explosifs, le corps de l'enfant ballottait. Les soubresauts malmenaient les muscles noués de Ghan. L'appréhension bloquait sa gorge, pesait sur sa poitrine. Il chassait sa peur, mais pas plus durablement qu'il ne chassait les mouches. Il se penchait sur la pauvre petite, encore et encore, pour tenter de faire pénétrer un peu d'eau dans sa gorge.

À chaque échec, il se détournait avec davantage de haine. Il détestait ce désert, ce pays tout entier. C'était un continent de fous. Les hommes y quittaient leur travail et la ville pour se ruer dans le bush, dans cet enfer malade de sécheresse. Par trains entiers, par centaines, par milliers, ils venaient chercher fortune, attirés par la rumeur des trésors que renfermeraient les alluvions aurifères. Il y avait ceux qui entraînaient avec eux leur famille, et puis ceux qui abandonnaient femme et enfants, les laissant sans ressources. Ils se voyaient déjà arrosés d'une pluie d'or, alors qu'il n'y en avait pas plus que d'averses pour abreuver le blé assoiffé. Les seuls à profiter du métal précieux étaient ces monstres géants, les compagnies minières.

Ghan se pencha sur l'enfant, écarta quelques cheveux collés à son visage. Ses mains crasseuses aux doigts épais semblaient de grosses pattes animales à côté des traits délicats de cette pauvre petite, qui n'était vêtue que de loques. La colère le reprit. Des déments ! Ce vain espoir qui les avait conduits sous ce soleil de plomb les plongeait dans la plus noire des misères. Ici, on menait une existence brutale qui rendait fou. Le croisillon des cicatrices sur ses bras était là pour lui rappeler ce qu'il en coûtait. Dans une contrée pareille, un homme pouvait abandonner une enfant à la mort, et il n'y avait qu'un boiteux pour la secourir.

Au bout de plusieurs heures, le chariot atteignit une zone habitée. Quelques signes annonçaient le retour à la civilisation, d'abord rares : la route s'élargissait, la poussière volait moins, compactée par les multiples passages. Les ornières devenaient plus profondes. On voyait ici et là des bouteilles vides abandonnées. Ghan sortit la tête du chariot pour crier :

— On est encore loin ?

— On arrive à Gwalia. Le mont Leonora pointe juste derrière.

Neely donna un coup de baguette aux chameaux, et les roues tournèrent un peu plus vite l'espace de quelques secondes.

L'après-midi passant, la toile blanche qui les abritait s'était grisée, chaque centimètre de soleil perdu à l'horizon réduisant un peu la chaleur torride. Ghan introduisit de nouveau l'outre entre les lèvres de la gamine. Cette fois, elles remuèrent. La fillette entrouvrit les paupières ; Ghan se figea. Le regard engourdi avait trouvé le sien et le retint un instant avant de repartir dans l'inconscience. Gorge serrée, il songea que, si elle mourait, ce regard le poursuivrait jusqu'à la fin de ses jours.

Ils croisèrent les premières habitations, de hautes tentes de prospecteurs itinérants disséminées çà et là. Par un rabat ouvert, on voyait un homme préparer son dîner sur une flamme bleutée. Ailleurs, les pieds d'un dormeur dépassaient de l'ouverture. Puis ce fut une zone de constructions plus durables, d'abord ces sortes de tipis appelés *humpies*, bâtis par ceux qui comptaient rester un peu plus longtemps. Leurs parois de toile, renforcées par des bidons de cyanure aplatis et par de la tôle ondulée, formaient de bien piteuses structures qui retenaient la chaleur l'été et le froid l'hiver. En cas d'incendie, le tissu flambait à l'intérieur, tandis que le métal piégeait le feu comme un couvercle sur une marmite. C'était cela, la vie dans le camp des prospecteurs. On construisait son palais avec des rebuts, calfeutrés de peaux et d'écorce.

« Pourquoi, pourquoi… » soupira Ghan, écœuré par cette misère. Sur la route, bien tracée à présent, le chariot croisait des cabanons entourés de clôtures rudimentaires faites de fil de fer, parfois de vieux sommiers rouillés, juste assez solides pour empêcher les poules de vagabonder. Même au cœur de la cité, des chèvres sauvages se promenaient, semblant bien plus chez elles que les habitants. On ne savait d'ailleurs pas trop où l'on arrivait, dans une zone en expansion ou dans une future ville fantôme déjà presque abandonnée.

Le chariot s'arrêta au centre de Leonora tandis que, sur la plaine, une énorme boule orange se couchait derrière quelques arbres noirs. Neely attacha les chameaux et alla aux nouvelles, à l'arrière.

— Elle est pas morte, j'espère ?

Gêné par sa maladresse, il baissa les yeux et tenta de se rendre utile.

— Y a un pub plus loin. Tu veux que j'aille voir ?

— Non, j'y vais.

Ghan descendit, les jambes si engourdies qu'il retint un cri de douleur. Sachant que Neely le regardait, il se redressa en ne pestant qu'un peu.

Il lui fallut encore quelques piétinements avant d'arriver à marcher. Il partit de sa démarche claudicante vers le saloon. La porte à double battant, bien que tenue grande ouverte par du fil de fer, ne laissait presque pas pénétrer la lumière. Des lampes à pétrole éclairaient la longueur du bar, mais le reste était plongé dans l'ombre. Deux hommes, beiges de poussière, étaient accoudés au comptoir. Le patron salua Ghan d'un vague signe de tête.

— Y fait soif, t'as l'air d'avoir besoin d'un verre, l'ami. Je te sers quoi ?

— Je cherche l'hôpital.

— Y a pas d'hôpital, ici, dit l'homme en essuyant un verre avec un vieux torchon.

Cette mauvaise nouvelle ôta presque à Ghan la faculté de parler.

— Mais… Je croyais… On est venus exprès…

Le barman fit passer sa chique dans l'autre joue.

— T'es malade ?

À quoi bon expliquer ? C'était trop long.

— Pas moi. Y a même pas un docteur ?

— Il y a bien le Suédois…

L'homme accrocha le torchon à sa ceinture et s'adressa à un client affalé sur un tabouret.

— Andrew ! Il est bien docteur, le Suédois ?

— Ben oui. Il crèche chez Mirabelle.

Le patron sortit de derrière son bar.

— C'est une pension. Viens, je te montre le chemin. Drew, tu gardes un œil sur la baraque pendant ce temps ?

Andrew hocha la tête, le nez plongé dans sa chope.

— Tu viens de Menzies ? s'enquit le barman en apercevant le chariot.

— C'est ça.

— Tu travailles à la mine Bailen alors ?

— Je ne vais plus au fond maintenant. On m'a mis au transport. Je fais la navette avec Laverton.

L'air intéressé, l'homme cracha un jus de chique brun avant de demander :

— T'as pas des caisses de whisky dans ton chargement par hasard ? Je t'en donne un bon prix.

Ghan fit non de la tête, rongeant son frein. Les gens causaient trop.

— Je m'en doutais, soupira le barman.

Il désigna une maison de briques jaunes un peu plus loin.

— C'est là-bas. Faut que j'y retourne avant que Drew me siffle la réserve.

Ghan grimpa les quelques marches de la véranda, sa jambe raide tapant comme un bâton. Une femme apparut derrière la porte à moustiquaire. Elle le dévisagea sans cacher sa méfiance.

— Y a plus de place.

— Je cherche pas de chambre. Je veux voir le docteur.

— Vous avez pas l'air malade.

— C'est pas pour moi. C'est pour une gosse… Une toute petite gamine.

Son inquiétude visible convainquit la dame, qui ouvrit.

— Le docteur est dans la salle à manger, avec sa femme.

Ghan suivit la maîtresse de maison à l'arrière. Un homme et une femme bien vêtus, blonds l'un comme l'autre, dînaient face au soleil couchant.

— Docteur Carlton, y a de la visite pour vous, dit la logeuse du ton sec qui semblait lui être habituel. Sa gamine est malade.

— C'est pas ma fille, rectifia Ghan. Je l'ai trouvée au bord de la route, en train de cuire au soleil.

Il aurait préféré ne pas avoir à le répéter. Ces quelques mots suffisaient à faire remonter son angoisse. *Tu vas quand même pas craquer, mon vieux, c'est pas le moment !*

Le médecin s'essuya la bouche avant de poser sa serviette à côté de son assiette.

— Où est-elle ?

— Dans la carriole. On l'a mise à l'abri sous la bâche.

— Allons la chercher, dit calmement le médecin. Mirabelle, avez-vous un lit pour elle ?

— À l'étage. Je vais mettre des draps.

Mirabelle les laissa en bas de l'escalier qu'elle

gravit en soulevant sa longue jupe, pendant que Ghan et le Suédois sortaient de la pension.

— Où l'avez-vous trouvée ? demanda le médecin de ce ton poli qui lui donnait presque une voix de femme.

— Dans le bush. À une vingtaine de kilomètres à l'est. Elle est là, ajouta-t-il en indiquant le chariot. J'ai essayé de la faire boire, mais y a pas grand-chose qui passe, à peine quelques gouttes.

Au bruit de leurs voix, Neely était descendu de l'arrière de la carriole. Il jeta son mégot par terre et l'écrasa d'un coup de botte. Le médecin écarta le rabat et changea d'expression en voyant l'enfant.

— Emmenons-la vite.

Ghan la porta dans ses bras jusqu'à la pension. Elle était aussi légère qu'un sac de jute. Mirabelle se pencha à la balustrade du premier en les entendant revenir. Elle ne traîna pas en voyant l'enfant inerte qu'on lui apportait. Ses ordres claquèrent comme ceux d'un général à ses troupes.

— Montez-la ! Le lit est fait.

Cette fermeté fit du bien à Ghan.

Il allongea l'enfant sur le lit blanc garni d'un oreiller de plumes. La chambre était simple, mais propre. Plus propre que ne l'aurait été l'hôpital. Il ne fallut que quelques minutes à Mirabelle pour ôter les bas et la robe, noirs de crasse, et laver le visage et le cou de la petite. Cela fait, elle lui plaça un linge humide sur le front tout en secouant gravement la tête.

Le médecin prit le pouls de la fillette. Il souleva ses paupières pour vérifier la dilatation des pupilles et les laissa se refermer. Ghan ôta son chapeau et aplatit ses cheveux déjà écrasés par la sueur. Puis il serra son couvre-chef entre ses mains. La petite fille, inconsciente, semblait pratiquement morte.

Le Dr Carlton mouilla un drap dont il l'enveloppa. « Pour faire baisser sa température », expliqua-t-il vaguement. Il ouvrit une fiole de sels volatils, qu'il présenta sous son nez. La petite agita un peu la tête pour échapper à l'odeur. Ses yeux s'ouvrirent, passèrent d'un visage à l'autre et s'arrêtèrent sur Ghan. Il dut s'adosser au mur tant son soulagement était grand. Mais elle referma tout de suite les paupières avec une crispation de douleur, et émit un gémissement rauque. Mirabelle cala doucement sa tête sur l'oreiller.

— Essaie de pas pleurer, chérie, tu vas te faire du mal.

— Je vais appliquer une pommade sur ses coups de soleil, annonça le médecin, ma femme m'aidera. Vous pouvez descendre, nous vous rejoindrons.

— C'est quoi, votre nom ? demanda Mirabelle en précédant Ghan dans la cuisine.

— Claudio Petroni, mais tout le monde m'appelle Ghan.

Elle se tourna vers lui, l'air étonné.

— C'est à cause des chameaux, expliqua-t-il. Je sais y faire avec eux, aussi bien que les Afghans.

Il raconta un peu : le transport de matériel, le chariot, Neely. Assis à la petite table ronde couverte d'une toile cirée, Ghan avait honte de ses vêtements, des traces que laissaient ses godillots sur le sol immaculé. Après des heures d'inquiétude, il s'autorisait de nouveau à respirer. Il se prélassait sur sa chaise comme dans un bon fauteuil. La petite allait être sauvée.

Mirabelle mit le thé à bouillir, à la manière

australienne, et croisa les bras. C'était une femme pas très jolie, mais solide.

— Heureusement que le docteur était là, fit remarquer Ghan. Je sais pas comment ça aurait tourné sinon. Dire que si j'avais su qu'il y avait pas d'hôpital à Leonora, j'aurais jamais fait le crochet !

— L'hôpital ? On n'est pas près de l'avoir. Pas avant deux ans, au moins. C'est à Perth que ça bloque. Le comité. Ces messieurs, ils causent, ils causent, c'est tout ce qu'ils savent faire. Faudrait bien qu'ils s'activent un peu, pour changer.

Elle souffla d'un air furieux pour chasser une mèche échappée de son chignon.

La bouilloire en fer-blanc se mit à siffler, signe pour Mirabelle de prendre un mug et le sucre avant de la sortir du feu.

— Le docteur travaille pour la mine Plymouth. Dans un an, il devra aller vivre au camp des ouvriers. Je plains sa pauvre femme. Elle va pas avoir grand-chose à fabriquer là-bas toute la journée. Avec sa peau fine et blanche, elle va griller comme une tranche de bacon.

Elle poussa le mug vers Ghan et versa le thé dans un nuage de vapeur.

— Vous voulez du gâteau ?

— Je dis pas non, si c'est pas abuser.

Mirabelle fit glisser une part de quatre-quarts plat et jaune sur une soucoupe ébréchée. À peine le temps d'y goûter que déjà le médecin, accompagné de sa femme, revenait dans la cuisine. Mirabelle sortit mugs et assiettes, puis les servit.

Le Dr Carlton avait le visage gris de fatigue.

— Sa température est stable. Elle s'est endormie.

— Alors, elle va se remettre ? demanda Ghan.

— Les brûlures sont profondes. La guérison va être longue et douloureuse.

— Moi, ce que je voudrais bien savoir, lança Mirabelle, c'est d'où elle sort. Si je le trouve, je lui ferai voir ma façon de penser au salaud qui l'a abandonnée ! Il verra de quel bois je me chauffe ! Elle était où, au fait ? demanda-t-elle à Ghan.

— À quatre heures d'ici, pas loin de la route de Menzies.

— Dans le bush ? Quelle honte !

— Elle s'est peut-être perdue en se sauvant de chez elle, intervint le médecin.

— D'où ça, chez elle ? ricana Ghan. Y a pas âme qui vive là-bas. C'est le désert sur des kilomètres.

— Je sais pas d'où elle sort, persifla Mirabelle, mais ça devait pas être brillant, vu l'état de ses vêtements ! Ces saletés de prospecteurs n'ont pas de moralité, ajouta-t-elle en tordant un torchon comme elle aurait tordu un cou.

— Je vais avertir la police, déclara le médecin. Vous comptez rester combien de temps à Leonora ?

— Moi ? Je reste pas. Je lève le camp ce soir. J'ai déjà pris assez de retard comme ça.

Ainsi rappelé à ses devoirs, il vida son mug, prêt à partir. Le Dr Carlton le fixa, les yeux ronds.

— Mais vous ne pouvez pas l'emmener aussi vite, dans son état ! Elle est trop faible.

Ghan jeta un coup d'œil à Mirabelle avant de répondre.

— Je sais bien, bon sang ! J'ai pas du tout l'intention de l'emmener.

Le silence tomba autour de la table. Mme Carlton

posa la main sur le bras de son mari, implorante. Il poussa un soupir et se tourna vers Mirabelle.

— Pouvons-nous garder la petite ici ?

La logeuse se raidit, le cou droit comme une tige de céleri.

— Je suis bien désolée pour elle, mais j'ai ma pension à tenir. Je peux pas m'occuper d'un enfant.

— Ma femme pourrait se charger d'elle. Au moins dans les premiers temps.

Le médecin avait insisté sur les derniers mots, une mise en garde adressée à sa femme. Il se dépêcha de faire machine arrière en voyant le visage de cette dernière s'assombrir.

— Je vous paierai sa chambre. Cela vous irait-il ? Nous verrons par la suite ce qu'il convient de faire.

— Dans ces conditions, je demande pas mieux. Du moment que quelqu'un paie.

Un sourire illumina le visage de Mme Carlton, qui joignit les mains pour exprimer son bonheur.

— J'enverrai un câble au brigadier demain matin, acheva son mari.

Il alla chercher une feuille de papier et un crayon.

— Tenez, dit-il à Ghan, laissez-moi une adresse où vous joindre. Au cas où la police voudrait vous poser des questions.

Ghan, qui ne savait ni lire ni écrire, regarda fixement les deux objets qui lui étaient aussi utiles qu'à une chèvre.

— Pour me trouver, grogna-t-il, le mieux c'est de me demander à la mine Bailen, à Menzies. John Matthews, le directeur, saura où je suis.

Un nouveau silence se fit.

Ghan ne savait pas comment prendre congé, mais il devait bien s'y résoudre. Il avait des délais à respecter. Il se ferait renvoyer si les fournitures arrivaient en retard. Et avec son handicap, il ne retrouverait jamais d'autre emploi. Seulement, comment s'en aller quand on n'en a pas envie ? À l'idée de leur abandonner la gamine, son inquiétude l'avait repris. Il frotta son menton râpeux, conscient des regards qui pesaient sur lui. Sans doute pouvait-il la leur laisser en toute confiance. La petite était sauvée, et il ne pouvait plus rien pour elle.

Ghan, peu habitué à ce genre d'états d'âme, se racla la gorge pour chasser la boule qui s'y était logée.

— Bon, ben, je vous dis au revoir.

— Vous finissez pas votre gâteau ? demanda Mirabelle.

— J'ai pas très faim, merci.

Le médecin se leva pour le raccompagner à la porte.

— Nous vous contacterons si la police a besoin d'une déposition.

Dans le couloir, Ghan leva la tête vers le haut de l'escalier.

— Je peux aller lui dire au revoir ?

— Bien sûr, répondit le médecin. Mais tâchez de ne pas la réveiller.

Ghan monta à l'étage. Malgré le grincement de la porte, la fillette ne se réveilla pas. Ses cheveux clairs s'étalaient sur l'oreiller, sa petite main s'ouvrait près de son visage plus rouge encore sous l'onguent qui le faisait luire. Une grande tristesse envahit Ghan en la contemplant ; et pourtant, quel bonheur de la savoir en vie ! Il fit une prière pour elle – au cas où il y aurait un bon Dieu. Elle fut brève, mais bien sentie :

il demanda que lui soient épargnées d'autres tragédies, et que ses brûlures ne laissent de marques ni sur son corps ni dans sa vie.

Il quitta la pièce le plus silencieusement possible et descendit l'escalier en s'agrippant à la rampe. En bas, il se contenta d'adresser un signe de tête au médecin avant de sortir, se sentant plus étranger au départ qu'à l'arrivée.

Ghan fit quelques pas dans la nuit fraîche. Il s'apprêtait à traverser la rue principale de Leonora quand il entendit Mirabelle le rappeler.

— Attendez !

Massive, elle le rejoignit d'un pas lourd de cheval de trait.

— Je vous ai emballé du pâté et le reste du gâteau, dit-elle en lui tendant un panier recouvert d'une mousseline blanche. Vous allez avoir faim.

— C'est pas de refus, merci bien.

— Vous savez, elle serait morte sans vous. Vous lui avez sauvé la vie, à cette petite.

Ghan hocha la tête, pris d'une vive émotion.

— Merci pour le casse-croûte, Mirabelle.

Comme ils n'étaient ni l'un ni l'autre portés sur les effusions, elle n'en dit pas plus et lui tapota le bras avant de repartir.

Dans le ciel noir d'encre, la lune faisait office de réverbère et les étoiles scintillaient par milliards. Il ne pourrait pas dormir, c'était sûr. Il roulerait toute la nuit jusqu'à Kookynie, chargerait ses caisses, et se reposerait pendant les heures de chaleur.

Dans le chariot, Neely ronflait avec des sifflements d'asthmatique sous un amas de couvertures. La chaleur, la nuit venue, cédait sans transition la place au froid. Ghan était immunisé contre les excès de la température.

Neely se réveilla.

— Elle va comment, la petite ?

— Ça va.

Il lui tendit le panier de provisions, ne sachant comment chasser son malaise.

— Ah, ça c'est une bonne nouvelle ! s'exclama Neely en le lui arrachant des mains. Je meurs de faim.

Il leva les yeux vers Ghan.

— Tu veux que je conduise ?

— Pas la peine, j'ai pas sommeil. Repose-toi, tu prendras le relais demain.

Neely se réfugia sous ses couvertures, à l'abri de la bâche. Ghan grimpa à l'avant et siffla pour encourager ses chameaux, ajoutant un coup de badine pour faire bonne mesure. Il ruminait les quelques mots de Mirabelle. *Vous lui avez sauvé la vie, à cette petite.* C'était une belle chose à entendre, oui. Peu à peu, un sourire se forma sur ses lèvres, ses épaules se redressèrent. Une énergie nouvelle montait en lui. Le chariot passa devant la pension. Une lumière brillait derrière l'une des fenêtres du haut. *Vous lui avez sauvé la vie, à cette petite.* Un sentiment bien enfoui, presque étouffé, se ranimait dans les ténèbres à la lueur de cette flamme.

4

Elle fut réveillée par la chaleur. Le soleil lui cuisait toujours le visage, mais quelque chose avait changé. La douleur se cachait avec elle dans un nid douillet. Le sol n'était pas dur. Il n'y avait plus de cailloux, de racines, mais une terre moelleuse. Du moins, tant qu'elle ne bougeait pas. Au moindre geste, elle croyait rouler sur du verre pilé.

Elle ouvrit les yeux, mais à peine, pour se protéger des rayons brûlants. Alors elle vit qu'il n'y avait pas de soleil. Même pas beaucoup de lumière. Elle se trouvait dans une chambre plongée dans une douce pénombre. Elle porta la main à sa joue, tressaillit, et se promit de ne pas recommencer.

Elle regarda le drap et les couvertures que soulevaient ses pieds, remarqua la petite fenêtre aux rideaux tirés. Des meubles, grands et lourds, assombrissaient les murs. Et sur tout cela tombait une ombre grise qui l'apaisait. Alors elle resta les yeux ouverts, tâchant de ne pas bouger, et attendit.

Le grincement de la porte fut accompagné d'un triangle lumineux qui s'étira sur les draps. Une dame blonde entra sans bruit, traversa la pièce et s'assit au bord du lit, imprimant son poids au matelas.

— Ton nom ? interrogea-t-elle.

La dame attendit, puis se désigna.

— Moi, Elsa. Mon nom, Elsa. Tu peux dire : El-sa ?

N'obtenant pas de réponse, Elsa tapota les couvertures.

— Pas grave. Plus tard.

Elle ne s'exprimait qu'avec des mots hachés, comme le tic-tac de la pendule.

Prudemment, Elsa tendit la main vers elle. L'enfant tressaillit tout en devinant qu'elle n'avait rien à craindre : la dame ne toucherait pas sa peau brûlée. En effet, elle se contenta de caresser ses cheveux du bout des doigts, souffle léger, à peine une caresse.

— Tu peux… lever ? Oui ?

L'enfant repoussa les draps. Elle portait une chemise de nuit toute neuve, trop longue. Elle se tourna sur le ventre et parvint à poser ses pieds nus sur le plancher sans trop de souffrance. Tout son corps était sensible, mais rien ne surpassait le feu qui consumait son visage.

Elsa se baissa pour se mettre à sa hauteur. Ses yeux, souriants, semblaient émus, mais sans tristesse.

— Bien, ma petite. Très bien.

Se relevant, elle lui tendit la main.

— Viens. On va manger.

La fillette considéra cette main. Très récemment, une autre main l'avait entraînée vers un terrible malheur. Celle-ci, nouvelle, pâle et étrangère, pouvait lui apporter d'autres souffrances. Elle la prit malgré tout, car un enfant ne choisit pas les mains qui se tendent vers lui.

5

Ghan se traitait de fou sentimental. Six mois s'étaient écoulés depuis qu'il avait découvert la petite dans le désert. Six mois à voir son visage dès qu'il fermait les yeux. Six mois à éprouver un choc dès que se dressait sur sa route un eucalyptus solitaire. Contrairement à ses autres souvenirs, celui de l'enfant lui apportait une sorte de douceur, comme un frôlement d'aile, une brise tiède sur la peau. N'empêche, tant qu'il ne saurait pas ce qu'elle était devenue, il se sentirait retenu, bloqué comme par sa jambe bancale. Il ne pouvait plus faire l'économie du voyage.

Le soleil étalait ses lueurs orangées à l'horizon quand Ghan arriva à Leonora. La voiture à cheval s'arrêta ; il descendit, puis tendit le prix convenu au cocher. Gorge sèche, il serrait son sac de toile contre lui, froissant les chemises neuves achetées à l'épicerie générale. Sitôt le projet conçu, sitôt exécuté. Il avait hâte de chasser ses pensées parasites et de n'avoir plus qu'à se préoccuper de la mine et de ses chameaux.

L'air était sec, agréable, empli de l'odeur des roses qui grimpaient sur la barrière de Mirabelle. Des coups de balai énergiques résonnaient sur le plancher de la véranda. Ce bruit s'arrêta brusquement quand il posa le pied sur la première marche.

— Ça alors ! Qui c'est que v'là !

Mirabelle posa son balai contre un pilier.

— Ghan, quel bon vent ? Vous n'avez pas encore ramassé une gamine dans le bush, j'espère !

Ghan sourit à cette femme solide comme la balustrade.

— Bonjour, Mirabelle.

Elle regarda la voiture qui repartait.

— Alors, on a vendu ses chameaux ? On se fait conduire comme un nabab ? Vous revenez les poches pleines d'or au moins ?

Ghan n'avait jamais su faire la conversation, mais avec Mirabelle, une femme à poigne, presque un bonhomme, c'était différent. Avec elle, cela coulait tout seul. Il lui semblait qu'il l'avait quittée la veille.

— De l'or, tu parles ! J'ai pris quelques jours de congé à la mine. On peut dire que je suis en vacances.

Le mot sonnait bizarrement à ses oreilles.

— Et vous avez choisi Leonora pour vous mettre au vert ? Vous êtes plus ballot que vous en avez l'air !

Ses moqueries redonnaient le sourire à Ghan, tout comme le grand rire qui agitait sa forte poitrine.

— Allez, montez ! Vous restez combien de temps ?

— Deux nuits, si vous avez de la place.

— Comme l'autre fois. Il n'y a que les Carlton et la gamine.

Ghan s'arrêta.

— Elle est encore là ?

— Ça vous étonne ? Pas moyen de retrouver ses parents.

— Qui s'en occupe ?

— Toujours la femme du docteur. Je vais vous raconter ça. Rentrons, sinon les moustiques vont nous bouffer tout crus.

Ghan la suivit derrière la moustiquaire, très ennuyé. Il avait pensé qu'après six mois la petite ne serait plus là. Il avait voulu des nouvelles, mais il allait en avoir un peu trop à son goût. S'il l'avait pu, il aurait pris ses jambes à son cou. Quel imbécile ! Et tout ça pour une gamine… Il n'aurait jamais cru avoir les nerfs aussi peu solides.

Elle le précéda dans le couloir, tapissé d'un papier fleuri jauni par l'âge. Le tapis était très usé au milieu, mais comme neuf sur les côtés. Ghan avait l'impression de tout voir pour la première fois. Quand il avait amené la petite, il n'avait rien remarqué de tout cela.

— Elle est dans la cuisine, annonça Mirabelle sans se douter des nouveaux tourments qu'elle lui infligeait. Je vous laisse lui dire bonjour pendant que je vous verse à boire.

La massive silhouette de Mirabelle lui cachait la table, mais quand elle s'éloigna pour le servir, la fillette apparut enfin. Elle était de dos, si bien qu'il eut le temps d'avoir peur. Si elle était défigurée, parviendrait-il à lui cacher sa pitié ?

En passant, Mirabelle posa la main sur la fluette épaule.

— Regarde qui voilà ! On a de la visite.

La tête dorée pivota vers lui. Il la détailla, puis détourna les yeux. Il n'y avait pas une seule marque. C'était un angelot aux joues lisses qu'il retrouvait, trop joli pour ses méchants yeux.

Mirabelle lui tendit un verre de thé noir et froid sans voir combien il avait la main tremblante.

— Elsa se repose, expliqua-t-elle.

Elle prit une miche de pain et en coupa d'épaisses tranches en ajoutant :

— Et le docteur est à la mine.

Elle plaça le pain sur une assiette, qu'elle posa avec sa brusquerie coutumière sur la table, et ajouta un pot de confiture.

— Le prenez pas pour vous si elle cause pas, c'est comme ça avec tout le monde.

— Quoi ? Elle est muette ?

— En tout cas, elle a pas prononcé un mot depuis son arrivée.

Mirabelle s'exprimait librement devant l'enfant, comme si son mutisme la rendait sourde.

— Moi, ça me dérange pas, ajouta-t-elle. J'aime pas trop les bavardages.

Ghan dormit mal dans sa petite chambre bleue au plancher ciré. Depuis quand n'avait-il pas couché dans un vrai lit ? Impossible à dire. Cela faisait tellement longtemps qu'il déroulait sa couverture par terre ou sur un lit de camp qu'il ne trouvait pas de bonne position dans toute cette mollesse. La chambre était tranquille, mais c'était peine perdue. Même s'il ne descendait plus dans les profondeurs de la mine, la nuit, il continuait d'entendre le bruit des pics, la percussion incessante du métal sur le rocher.

Une odeur d'œufs au bacon l'accueillit à mi-escalier. Dans la cuisine, Mirabelle s'activait, spatule à la main, devant deux poêles à frire.

— Le petit-déjeuner sera prêt dans une minute.

Ghan se versa du thé. Il se sentait bien dans cette chaleureuse ambiance. Un vieux calendrier de la coopérative agricole était accroché au mur. La page, restée au mois de juin, était consacrée à une publicité pour le Borax, un additif pour amidon. On était en septembre, mais dans l'*outback*, les calendriers ne servaient pas à grand-chose.

— J'espère que vous ne vous êtes pas levée à l'aube rien que pour moi.

— Moi ? J'avais fini la lessive avant même que vous ne mettiez un pied hors du lit !

Elle posa une assiette fumante devant lui.

— Le matin, c'est bien simple, c'est moi qui réveille les poules.

Ghan dévora les œufs baignant dans le gras de bacon.

— J'ai vu que la porte de la pièce de devant était déglinguée. Je peux la réparer si vous voulez.

— Je croyais que vous étiez en vacances ! s'exclama Mirabelle dans un rire.

— J'ai pas trop l'habitude de me tourner les pouces. Vu que je m'arrête jamais.

— C'est comme moi. On travaille comme des bêtes de somme, et on sait plus quoi faire quand on a une minute.

Un pas léger se fit entendre dans le couloir. La petite, vêtue d'une jolie robe bleue, s'arrêta à la porte.

— Viens manger ton biscuit, ma poulette.

Mirabelle se tourna vers le placard pour prendre une assiette.

— Elle a pas plus d'appétit qu'un moineau, cette gamine.

L'enfant entra, légère comme un fantôme. Une grande tristesse s'empara de Ghan, qui l'observait du coin de l'œil. On avait l'impression qu'elle s'excusait d'être là. Et puis il pensa que c'était lui qui la dérangeait peut-être. Elle avait sans doute peur de ce drôle de bonhomme qu'elle ne connaissait pas. Il se dit que cela n'aurait rien de bien étonnant. Mieux valait lui ficher la paix, à cette pauvre gamine.

— Allez, je vais la remonter, cette porte.

— C'est bien aimable, dit Mirabelle qui s'affairait devant l'évier. Les outils sont dans le placard, sous l'escalier.

Ghan trouva le tournevis et s'attaqua aux ferrures à moitié arrachées. Il venait d'enlever la première vis et s'attaquait à la deuxième quand la petite entra dans la pièce. Elle se posta à la fenêtre, menton sur les bras. Ghan lui jetait des coups d'œil tout en travaillant. Elle avait l'air d'un chien attendant son maître. Un maître parti depuis trop longtemps. Dans la pièce silencieuse, une mouche verte se cognait au carreau en bourdonnant, s'affolant contre la vitre sale. La petite tapota doucement à côté d'elle, provoquant une légère vibration qui semblait vouloir parler à l'insecte.

Ghan eut un moment de regret. Ah… Vivre dans une maison où vous attend une gentille gamine comme elle… Manger des œufs au bacon tous les matins… Avoir une porte à soi et de quoi la réparer… Du revers de la main, il essuya la sueur le long de son nez cassé. Les cicatrices sur son bras étaient là pour lui rappeler que la vie ne lui offrirait jamais rien de tel. Il serra les dents et s'attaqua à la vis récalcitrante avec une tenaille. *Pauvre imbécile*…

Des pas résonnèrent dans l'escalier.

— Bonjour, lui dit Elsa avec un fort accent suédois.

Presque au même instant, la porte d'entrée s'ouvrit, et le Dr Carlton entra. Elsa finit vite de descendre pour accueillir son mari. Elle l'embrassa, puis le débarrassa de son chapeau et de son manteau poussiéreux. Ghan vit qu'en apercevant la petite le médecin avait l'air ennuyé.

Elsa devait aussi avoir ressenti sa mauvaise humeur, car elle s'évertuait à lui faire retrouver le sourire. Elle lui caressait le visage, le noyait de joyeuses paroles, discourant en suédois avec animation. Malgré son enjouement, on sentait une tension, un ton d'excuse. Elle lui prit le bras et lui montra Ghan, qu'il n'avait pas remarqué dans l'ombre.

Le Dr Carlton fit un effort visible pour se conduire avec courtoisie.

— Ah, pardon, je ne vous avais pas vu… Ghan, c'est bien ça ?

— C'est ça, dit celui-ci en l'observant.

— Vous restez quelques jours en ville ?

— Je fais que passer.

— Vous n'êtes pas venu avec votre collègue ? Je n'ai pas vu le chariot dans la rue. Comment s'appelle-t-il, déjà ?…

— Neely. Il a cassé sa pipe.

— Désolé de l'apprendre.

Le médecin avait dit cela sans émotion. Paroles convenues, dépourvues de sentiments.

— Vous m'excuserez, enchaîna-t-il, mais je vais vous laisser. La nuit a été longue, et j'ai besoin de me rafraîchir.

Il monta les marches grinçantes et Ghan retourna à ses outils.

Une fois la porte remontée sur ses gonds, il chercha d'autres occupations, et en trouva. À la fin de l'après-midi, toutes les portes, toutes les fenêtres avaient été révisées et huilées. Le bois de chauffage avait été proprement empilé, et la moustiquaire de l'entrée avait été raccommodée avec du fil de fer. Ghan était trempé de sueur, mais il aurait voulu ne jamais s'arrêter. L'oisiveté lui faisait peur.

Mirabelle attira son attention en tapant sur le carreau.

— Rentrez un peu au frais, le repas est prêt.

Ghan hésita, mais la moustiquaire, comme neuve, ne lui offrait plus l'excuse qu'il cherchait. D'ailleurs, Mirabelle lui ouvrait la porte.

— Allez, pas de discussion. Tu parles de vacances ! À côté, j'ai l'impression d'être une paresseuse.

Dans la salle à manger, assis tout droit sur sa chaise devant la table dressée pour le dîner, le Dr Carlton lisait le journal. Il s'était changé. Ses cheveux blonds, bien coiffés, étaient encore humides sur le dessus de sa tête, mais ses yeux cernés n'étaient pas ceux d'un homme qui s'était reposé.

Elsa entra, guidant la fillette devant elle, les mains posées sur ses épaules. Le regard du médecin s'attarda sur l'enfant sans beaucoup de bienveillance. Voyant sa femme poser un baiser sur les cheveux dorés, son expression devint encore plus noire.

— Va t'asseoir à côté de notre invité, ordonna-t-il.

Le regard de la petite croisa celui de Ghan. Muet d'embarras, il s'épongea le front et attendit qu'elle passe derrière lui, silencieuse et légère, et qu'elle grimpe sur la chaise.

Un silence pesa sur la table jusqu'à ce que Mirabelle apporte une marmite en fonte qui semblait fort lourde. Elle servit un ragoût fumant, un peu trop chaud pour faire le bonheur des convives.

Ghan avait péniblement conscience que l'orifice béant de son oreille coupée se trouvait du côté de la petite. Il pencha son chapeau pour tenter de lui cacher cette effrayante vision, puis prit sa fourchette, dont il frotta nerveusement l'argent. Il sentait le regard innocent sur lui, et, lui qui n'avait pas l'habitude de rougir, s'empourpra. Il aurait voulu qu'elle ne le regarde pas. Ce n'était pas un spectacle pour les enfants.

Et pourtant, elle ne le lâchait pas du regard. La gêne devint insupportable. Il frotta le tapis du bout de sa semelle. *Mais bon sang, me regarde pas comme ça !* Yeux baissés sur la nappe, il contempla la dentelle, tâchant de se concentrer sur le motif entrelacé, mais il avait beau faire, il se sentait observé. Jugé. Elsa ne semblait rien voir, perdue dans ses pensées, préoccupée et triste. Mirabelle, de son côté, n'avait d'attention que pour son joli couvert et les assiettes pleines que personne ne touchait. Le médecin n'en perdait rien. Il remarquait tout, et surtout l'embarras de Ghan, qu'il analysait un sourire aux lèvres.

Ghan regrettait amèrement d'être venu. Cela ne servait qu'à rappeler à cette pauvre gamine le jour où elle avait failli mourir. Un souvenir horrible. Il y avait, se reprochait-il, de la laideur partout où il passait.

Il reposa sa fourchette. La petite en profita pour mettre la main sur la sienne. Il en eut le souffle coupé. Ces cinq petits doigts, légers comme des plumes, communiquaient avec sa grosse patte.

Alors il se tourna vers elle, et aucun dégoût ne se peignit sur son angélique visage. Bien au contraire, elle lui sourit, et la beauté de ce sourire chassa toutes les ombres. Dans les yeux de cette enfant, il avait presque l'impression d'être beau.

— Elle vous a à la bonne, commenta Mirabelle.

Il n'entendit pas, transpercé par la pureté de ce regard. La carapace qu'il avait mis une vie à se construire se désintégrait. C'était ainsi que les chevaux de la mine réagissaient quand on les remontait à la surface après des mois passés au fond. Devenus aveugles, exposés brusquement à l'air et au soleil, ils perdaient leur peau et leurs poils. On ne retrouvait pas impunément l'oxygène et la lumière.

Ghan dégagea sa main et se leva en bredouillant :

— J'ai besoin de prendre l'air.

Il se raccrocha à son dossier, puis sortit de la salle à manger de son pas claudicant, prit le couloir, poussa la porte et retrouva la chaleur familière de l'extérieur. Sans s'arrêter, il traversa en traînant la jambe sur les nids-de-poule et parvint jusqu'au saloon.

Il se réfugia dans l'ombre du bar, dans les odeurs de tabac, de sueur et de bière, si entêtantes qu'elles s'imprégnaient dans le bois. C'était une taverne comme il les aimait, sans chichis. Ici, on respirait. Soulagé, il se sentit redevenir lui-même, un homme calme. Il s'assit au comptoir et commanda un whisky. Lui qui ne buvait jamais, aujourd'hui, il avait besoin d'un verre. À peine servi, il l'avala d'un coup. L'alcool mit le feu à sa gorge et réchauffa son ventre. Le patron, qui n'avait pas eu le temps de s'éloigner, le resservit dans la foulée. Cette fois, Ghan serra le verre dans sa paume épaisse et attendit. Voyant cela, le barman se tourna vers ses autres clients.

Ghan recouvrait ses esprits, même s'il se souvenait à peine d'être parti de chez Mirabelle et d'avoir traversé la rue. Tant pis. Il n'y avait qu'à prendre les choses comme elles venaient.

Le bar ne ressemblait pas à l'endroit qu'il avait vu six mois plus tôt. Plus rien n'était pareil. Le choc, l'inquiétude, puis le soulagement avaient été si puissants qu'il avait manqué le reste. Il avala son whisky, encaissant de nouveau la morsure de l'alcool. Il fit signe au barman de le resservir.

Au comptoir, des hommes frustes s'alcoolisaient. Dans ce monde de brutes, comment pouvait-on espérer qu'un papillon survive ? Ici, les papillons, on les écrasait. Et lui, imbécile, avait été comme les autres. Mais à présent, à présent…

Il n'entendit pas les pas approcher et sursauta en sentant une main se poser sur son épaule. Son whisky dansa dans son verre et lui aspergea les doigts.

C'était le Dr Carlton, qui eut un rire.

— Pardon, je ne voulais pas vous faire peur.

Le médecin prit un tabouret et défit d'une main les boutons de sa veste.

— Je pensais bien vous trouver ici. On ne peut pas dire qu'il y ait le choix. Je ne dirais pas non à un verre non plus.

Le ton de Carlton avait quelque chose de déplaisant. Ironique, coupant comme un scalpel. Ghan vida son verre et se leva pour partir. L'effet de l'alcool s'émoussait. Quel dommage.

— Restez, ça me ferait plaisir, insista le médecin, cette fois plus aimablement. Il faut fêter ça. Deux whiskies, commanda-t-il en faisant un signe au barman.

Ghan avait repris place de mauvaise grâce sur son tabouret, tournant son verre vide entre ses doigts, de droite à gauche et de gauche à droite.

— Ah, on fête quelque chose ? On fête quoi ?

— Vos retrouvailles, bien sûr.

Le barman apporta une bouteille pleine et les servit d'un geste précis. Le Dr Carlton trinqua contre le verre de Ghan sans que ce dernier fasse le moindre geste pour le lever, trouvant son ironie insultante.

— À la bonne vôtre.

Même cela, il s'arrangeait pour le dire d'un ton fielleux.

Ghan l'observait, cet homme bien vêtu, dignement accoudé au comptoir, qui s'amusait à ses dépens. Il ne faudrait pas qu'il se paie sa tête trop longtemps…

— Déjà trop bu, docteur ?

— Non, non… Il m'en faut plus.

Le médecin soupira en levant les yeux au plafond.

— Ah ! C'était clair, pourtant ! Je me demande comment ça m'a échappé la première fois. Mais là, en voyant votre tête, j'ai tout de suite compris.

Il sirota son whisky en plissant les yeux.

— Comme quoi, la vie est bien faite. Mais je voudrais bien savoir… Qu'est-ce qui vous a conduit à changer d'avis ?

— Comment ça ?

— Qu'est-ce qui vous a décidé à retourner la chercher dans le bush ? Vous étiez bien débarrassé, après tout.

Ghan n'était pas sûr de comprendre, mais l'intention blessante lui mit les nerfs à vif, réveillant mille rages enfouies.

— Ne vous inquiétez pas, ajouta le médecin avec un ricanement. Je ne mettrai personne au courant. L'affaire est close depuis des mois. Vous avez ma parole. Motus.

Ghan serra son verre dans son poing pour contrôler sa colère.

— Je comprends rien. Au courant de quoi ?

Le médecin s'approcha de son oreille pour chuchoter :

— Eh bien, pardi, que vous l'avez abandonnée dans le désert ! Que vous êtes son père !

Le sang de Ghan s'embrasa. Fou d'indignation, il empoigna le médecin par le col avec une telle violence que Carlton fut presque soulevé de terre et que son dos alla cogner contre le comptoir en envoyant valser les verres. Toutes les têtes se tournèrent vers eux, mais Ghan ne voyait rien d'autre que l'homme qu'il venait de prendre au cou.

— Espèce de vermine ! Tu crois que j'aurais pu faire ça à une gamine ? *À ma propre fille !* ajouta-t-il en hurlant.

Soudain, un choc violent dans les jambes fit ployer ses genoux. Il lâcha le médecin et se sentit tomber. Une barre très dure vint se placer sous son menton, bloquant sa respiration. Une forte poigne lui attrapa les bras et les remonta dans son dos.

Le Dr Carlton se redressa en se massant la gorge.

— Arrêtez, dit-il d'une voix étouffée. Lâchez-le. C'est bon, arrêtez !

Mais les hommes ne l'écoutaient pas. La pression s'accentua, écrasant le gosier de Ghan, qui suffoquait.

— On va vous débarrasser de ce boiteux, docteur !

Les membres de Ghan se tétanisaient, la douleur devenait intolérable. Il cherchait l'air qui n'entrait plus dans ses poumons.

— Lâchez-le, répéta plus fermement Carlton. C'est ma faute. C'est moi qui l'ai provoqué !

Les hommes obéirent alors. On le libéra, mais si brutalement qu'il tomba à genoux. La respiration qui lui rendait la vie lui déchirait aussi les poumons. Les odeurs de bière rance et de terre revenaient, écœurantes. Il vit s'éloigner des pieds, et entendit les conversations reprendre, au milieu du cliquetis des verres.

Une main blanche se tendit vers lui. Il la repoussa et, rassemblant ses forces, s'accrocha au bord d'une table pour se hisser seul sur ses pieds.

En jetant un œil autour de lui, il vit que plus personne n'osait le regarder. Laborieusement, il s'appuya au bar. Les effets du whisky étaient retombés, et la violence de sa colère aussi.

Le médecin, le visage défait, prit la chaise d'une table voisine et l'invita à s'asseoir.

— Toutes mes excuses, mettons-nous là et causons.

Ghan fit ce qu'il lui demandait. L'attaque avait sapé ses forces et balayé en lui toute volonté de réaction.

Aucun d'eux ne fit un geste ou ne prononça une parole pendant de longues minutes. On leur apporta deux whiskies.

— Sans rancune, l'ami ? demanda le barman.

La bagarre était déjà classée, mise aux archives de ces murs enfumés.

Le médecin prit son verre, la main tremblant si fort qu'il manqua le renverser. Il le reposa au lieu de le porter à ses lèvres, et se prit la tête entre les mains, crispant ses doigts dans ses cheveux.

— Je vous demande pardon, je ne sais plus quoi faire. Ça m'aurait bien arrangé, je l'avoue !

Il se redressa, le regard fuyant.

— Si vous étiez le père de la petite, Elsa la laisserait partir plus facilement. Pour un père, elle accepterait de la lâcher. Elle serait triste, mais elle laisserait faire, et, surtout, elle ne m'en voudrait pas.

Tout en parlant, le médecin s'était mis à taper machinalement son verre contre la table, petits coups secs qui accentuaient ses paroles.

— Je lui ai dit et redit qu'elle s'y attachait trop. Mais non ! Rien à faire. Elle ne veut pas entendre que la petite va devoir partir. Elle croit que je vais finir par accepter de l'adopter. Mais non, non, il n'en est pas question !

Le regard interrogateur de Ghan le poussa à continuer.

— Je déteste cet endroit. Je n'attends que le jour où mon contrat prendra fin. Je ne peux pas m'encombrer de cette gamine. C'est une bouche de plus à nourrir.

Il se pencha en avant pour mieux convaincre Ghan.

— Et puis je ne veux conserver aucun souvenir de l'enfer que j'ai vécu ici. C'est une orpheline, elle doit être placée ! Je ne suis pas responsable. C'est à l'État de s'en occuper. Mais ça, Elsa ne veut pas l'admettre. Cette enfant, j'ai fini par l'avoir en horreur, ajouta-t-il avec un rire amer. Je sais que ça peut paraître bizarre, mais qu'est-ce que j'y peux ? Elle représente tout ce qui m'est odieux et que je veux quitter. Vous comprenez ? Je ne veux pas d'elle, un point c'est tout.

Après cela, ils restèrent tous deux plongés dans leurs pensées. Le soleil flamboyant, descendu jusqu'à la porte, jetait dans le saloon un rayon qui accrochait le bord d'un vieux miroir cloué au mur. Le profil du médecin s'y reflétait comme un portrait, sévère, hommage à un homme aux ambitions perdues.

Le Dr Carlton sortit son portefeuille, jeta quelques billets sur la table et partit sans un adieu.

Déclinant encore, le soleil toucha le centre du miroir, y allumant un rectangle de lumière blanche. Des volutes de poussière argentée dansaient dans l'air. Leur scintillement ne suffit pas à distraire Ghan de ses pensées. Il se désolait pour la petite.

On allait encore la déraciner, l'enlever à une femme qui l'aimait. Elle était poursuivie par la solitude. On pouvait aisément comprendre qu'elle ait perdu la voix : elle n'avait pas droit à la parole, et n'avait aucun pouvoir sur ce qui lui arrivait. Certes, sans lui, elle serait morte, mais n'avait-il pas eu tort de la sauver ? Elle en aurait fini, à présent. Elle n'avait pas demandé à vivre, à souffrir mille douleurs de ses brûlures, de l'abandon, à passer de main en main comme un vieux sac de pommes de terre.

Sa méditation étouffait les bruits. La fraîcheur enfantine chassait la puanteur du bar comme une brise. Non, il ne regrettait pas de l'avoir sauvée.

Alors des papillons descendirent du plafond et voletèrent jusqu'à ses épaules, formant de leurs ailes une image : celle d'un Ghan insouciant, allant au travail en sifflotant, la petite perchée sur ses épaules. Elle le tenait par le cou, heureuse, s'amusant des papillons miroitants qui dansaient autour d'eux. Avec lui, elle se sentait en sécurité. Ce doux songe effaça les rides de son front.

Cela ne dura pas : le soleil fut caché par un homme qui entrait dans le bar. Des braillements de bienvenue brisèrent le silence. Le nuage scintillant se dissipa et l'éclat du miroir se ternit. Ghan se vit alors, reflet dur aux yeux noirs et au front haut. Le poil dru rompu par les cicatrices, le nez large et bosselé, l'asymétrie due à l'oreille manquante, tout cela le rendait si laid que le mirage heureux s'enfuit à tire-d'aile. Il voyait maintenant un ange juché sur les épaules d'un monstre claudiquant, dont la jambe morte bloquait chaque pas. Il songea aux murs pelés de son logement, où il ne faisait pas bon vivre. Elle aurait peur des ivrognes qui se battaient sous sa fenêtre, des bruits de bouteilles fracassées. Il pensa à tous ces mineurs sans femmes pour qui même les plus jeunes filles étaient des proies.

Il n'aurait jamais dû revenir. Il maudissait ses efforts ridicules, ses chemises neuves, le temps de congé qui serait pris sur son salaire. Il fallait en finir avec cet espoir insensé. Le cœur lourd, il se dit qu'il était temps de partir.

Ghan contempla une dernière fois le visage de l'enfant endormie. Il ne la reverrait pas.

L'escalier grinça sous son poids. Il s'arrêta dans le noir, espérant qu'on ne l'avait pas entendu, mais la lueur d'une lampe à pétrole apparut au bout du couloir.

— Vous partez ? demanda Mirabelle.

Il se frotta le menton et tâcha de bien mentir.

— J'avais oublié une livraison qui doit arriver à Murrin Murrin. J'ai promis de donner un coup de main.

— Je vais vous rendre votre argent. Vous avez réglé pour deux nuits.

— Gardez, c'est très bien.

— Je veux au moins vous payer pour les réparations.

— Sûrement pas !

Il avait réagi avec une telle vigueur qu'elle dut bien accepter.

Il y eut un silence, puis Ghan évoqua le sujet qui les préoccupait tous deux.

— Elle va partir. Il ne veut plus d'elle.

— Je sais. Ça vaut mieux comme ça.

Il hocha la tête, puis, gêné, lui tendit une grosse enveloppe froissée qui contenait ses économies.

— Vous vous arrangerez pour que la petite parte avec ça et qu'elle puisse le garder ? C'est pas grand-chose, mais elle en aura besoin.

Dans l'ombre, il ne voyait pas l'expression de Mirabelle, mais sa réponse fut faite d'un ton très doux qu'il ne lui avait guère entendu.

— Oui, c'est promis.

Voilà, il pouvait partir. L'histoire était réglée. Cette enfant ne le ralentirait plus, comme cette jambe qui n'était plus qu'un poids mort. C'était dit, il ne voulait plus de tous ces encombrements. Il demanderait au boucher de l'amputer. Sa jambe ne lui manquerait pas, comme il ne manquerait à personne.

6

Elle attendait au lit que l'on vienne la lever. C'était bizarre, jamais Elsa ne la faisait attendre si tard. Elle aurait voulu déjeuner : réveillée depuis l'aube, elle avait faim. Tant pis. Elle se laissa glisser hors du lit et descendit l'escalier sans bruit. En bas des marches, elle vit une robe accrochée à la patère, une jolie petite robe de coton blanc toute neuve, l'étiquette encore accrochée à la manche. Une vague appréhension la prit.

De familières sonorités résonnaient au bout du couloir. Elle les suivit jusqu'à la cuisine, où Mirabelle lavait la vaisselle dans l'évier. Elle resta à demi cachée derrière la porte et regarda la logeuse récurer une marmite. Mirabelle s'acharnait. Elle frottait tant que son chignon se défaisait. Puis elle s'arrêta et jeta son tampon à récurer si sauvagement qu'il alla rebondir contre la fenêtre.

La petite se renfonça dans le mur, apeurée. Au lieu de la cacher, ce mouvement attira l'attention : Mirabelle sursauta et tourna vers elle des yeux rouges de fatigue.

Avec un grognement, elle se frotta les mains sur son tablier, enroulé deux fois pour mieux lui tenir à la taille. Elle coupa d'épaisses tranches de pain, puis, comme si elle cherchait à éviter le regard de la fillette, elle se saisit d'un compotier rempli de pêches.

— Mange, tu vas en avoir besoin.

La bouche sèche, la petite fille eut du mal à avaler, malgré sa faim. Elle termina, mais sans se sentir rassasiée. Voyant qu'elle avait fini, Mirabelle lui posa la main sur l'épaule.

— Allez, viens, on va te faire belle, tu vas voir.

Prenant la main que Mirabelle lui tendait, elle la suivit, inquiète. Dans le salon, la logeuse lui ôta sa chemise de nuit et passa la robe neuve sur ses frêles épaules Elle sortit d'une armoire des souliers vernis noirs à lacets ornés d'une boucle argentée. Mirabelle, l'air absent, bouche pincée, lui fit soulever un pied.

— Ça va bien se passer, tu vas voir. C'est mieux comme ça, dit-elle tristement.

Les souliers neufs et rigides furent difficiles à enfiler à cause de l'épaisseur des bas, mais l'enfant fut bientôt chaussée. Mirabelle ajusta sa robe, puis elle la regarda enfin en face.

— Viens, allons montrer à Elsa comme tu es jolie.

Les souliers vernis faisaient du bruit sur le plancher, mais Elsa, qu'elles trouvèrent assise dans son lit, n'avait rien entendu. Elle n'eut pas le temps de cacher ses larmes à ses visiteuses. Elle s'essuya vite les yeux et enfouit son mouchoir sous ses oreillers. Ce fut avec un faible sourire et son accent maladroit qu'elle complimenta la petite sur sa tenue :

— Tu es belle ! Très belle ! dit-elle en lui tendant les bras.

Le claquement de la porte d'entrée la fit sursauter.

Il y eut des bruits en bas, un bourdonnement de voix d'hommes dans l'entrée, puis des pas dans l'escalier.

Elsa se dépêcha de l'attraper et la serra frénétiquement sur son cœur, fondant de nouveau en larmes.

Bloquée dans ces bras tremblants, l'enfant entendit que l'on entrait dans la chambre.

Elle eut très peur : Elsa la serrait à l'étouffer, elle ne pouvait presque plus respirer. Alors elle se replia sur elle-même, referma sa coquille et se fit toute petite à l'intérieur, pour disparaître. Les bruits rebondissaient sur cette coque protectrice, et elle n'entendit plus que de très loin les pleurs, les cris, les suppliques.

On tira sur ses bras, dans un sens, dans l'autre. Le vainqueur la souleva de terre. Elle ferma bien fort les paupières pour ne rien voir.

Emportée dans les airs, elle sentit que l'on descendait l'escalier, qu'on sortait dans la rue. Un claquement de porte coupa les cris d'Elsa. Des bras trop puissants la maintenaient, le souffle d'un homme chauffait son oreille. Un tissu rugueux d'uniforme s'imprimait sur son visage. La terreur l'empêchait de penser, mais des impressions s'imposaient : une odeur de cheval, des bruits de bottes, un goût de sang parce qu'elle se mordait les lèvres. Rien d'autre.

L'homme la déposa sur la banquette d'une voiture, et elle se recroquevilla dans un coin. Ballottée par le mouvement du véhicule qui se mettait en marche, elle se cogna la tête contre la portière. Endolorie, elle entrouvrit les paupières et vit ses souliers vernis neufs déjà ternis par la poussière rouge du désert.

Ce fut ainsi qu'elle quitta la petite ville désolée, dont elle ne garda qu'un prénom : Leonora.

Deuxième partie

7

Elle passa de famille d'accueil en famille d'accueil, toujours convoyée par des hommes en uniforme. Les mois passèrent ainsi jusqu'au dernier voyage, jusqu'au dernier policier lui ouvrant la porte d'une diligence.

— Allez, zou ! Descends-moi d'là.

L'homme repoussa son képi pour frotter la ligne pâle imprimée sur sa peau rougie.

— Allez, rapplique gamine, on n'a pas toute la journée.

Il la prit par la main pour la faire sauter à terre.

Un arbre était couché en travers du chemin, tronc nu à l'écorce arrachée, racines pointant vers le ciel comme des doigts squelettiques. Du verre brisé jonchait le sol. Il y avait des éclats partout : entre les pierres, coincés dans les brins d'herbe. À côté de l'église s'amoncelait un tas de débris – chaises cassées, briques balafrées de joints de ciment, livres écartelés aux pages moisies. Le policier lui lâcha la main, et elle eut soudain encore plus peur. Un mugissement au loin couvrait les battements furieux de son cœur. C'était la mer.

Un prêtre sortit par le grand portail. Vêtu de noir de la tête au pied, il vint à leur rencontre, paraissant flotter au-dessus du gravier comme une ombre.

— Bonjour, sergent, dit-il froidement.

— Bonjour, père McIntyre.

Le policier, contemplant l'orphelinat aux vitres brisées, au toit rafistolé avec des bâches, posa la main sur sa bedaine, et dit avec un fort accent écossais :

— *Och*, le cyclone vous a pas gâtés, mon père. Comment vous allez faire pour réparer tout ça ?

— J'ai écrit à l'évêché. Nous obtiendrons l'argent nécessaire.

— Espérons. Geraldton en a pris aussi un bon coup, mais ici c'est pire...

Il s'interrompit, considérant les arbres arrachés.

— J'ai jamais rien vu de pareil. Vous l'avez pris en plein dans la tronche, le saligaud.

Il se tritura un peu le nez, puis, ne trouvant rien d'autre à ajouter sur les intempéries, désigna Leonora d'un signe de tête.

— En v'là encore une pour vous.

— Je vois ça, répondit le prêtre, toujours aussi rigide. J'aurais apprécié que l'on m'avertisse. Je croyais qu'on ne nous l'enverrait pas avant un mois.

Le gros sergent essuya son front moite.

— C'est pas moi qui décide. La gamine a déjà été renvoyée de plusieurs familles. Elle cause pas du tout. Ça les agace, les gens. Déjà que je l'ai sur les bras depuis bientôt une semaine...

Leonora baissa les yeux, rougissante. La honte lui crispait le ventre.

Le père McIntyre se baissa pour se mettre à sa hauteur. Elle sentit qu'il lui tapotait le menton du bout du doigt pour lui faire lever les yeux. Il avait un visage doux et calme. Ses sourcils droits n'exprimaient ni tension ni mauvaise humeur. Il lui prit la main et la retint dans sa paume tiède.

— Nous sommes contents de t'accueillir. Tu t'appelles Leonora, c'est bien ça ?

— C'est pas son vrai nom, intervint le policier. On lui a donné celui de la petite ville près de laquelle on l'a trouvée. Vous pouvez bien l'appeler comme vous voulez.

Le regard du prêtre resta gentiment neutre, mais ses lèvres pincées laissaient deviner sa réprobation. Il lui pressa la main d'un geste rassurant.

— Leonora, c'est un très joli prénom. Tu as envie de le garder ?

Comme chaque fois que l'on exigeait d'elle une réponse, sa bouche se remplit de coton. Sans plus bouger qu'une statue de pierre, elle resta muette. Contrairement à tant d'autres gens qui se fâchaient devant son silence, le père McIntyre sourit. Il se pencha vers elle et lui chuchota à l'oreille :

— Tu seras bien ici.

Elle regarda l'église et le parc ravagés par les vents.

— Ne t'inquiète pas. Nous nous en remettrons, Leonora. Le temps guérit tout.

C'était un homme rassurant. Sa voix, d'abord : il prononçait certains mots avec un soupçon d'accent écossais qui donnait à ses paroles une sincérité simple et légère.

— Nous allons bien nous occuper de toi, tu verras.

Il se redressa, haut et noir, semblant s'élever jusqu'aux cieux, et lui tendit la main.

— Tu te plairas ici, je te le promets.

8

Le père McIntyre était sorti boire son thé matinal dans le jardin. Une légère brise apportait l'odeur familière des embruns et le bruit du déferlement des vagues au pied des falaises. Le ciel, d'un indigo profond, gardait quelques étoiles, ne les cédant qu'une à une à l'avancée du jour. Ce moment, d'une beauté vibrante, était son heure de prédilection, celle où il se sentait au plus près de Dieu.

Le dortoir des garçons était calme. Depuis la tempête, ils dormaient sous un toit bâché, couverture fragile à peine suffisante pour les protéger de la rosée. Les fenêtres béantes étaient condamnées par de minces panneaux de bois. Il fallait constamment répéter aux enfants de prendre garde aux éclats de verre qui se cachaient encore partout. Le bâtiment des filles avait tout autant souffert. De part et d'autre de l'église, les deux ailes des dortoirs avaient été durement touchées.

Le père McIntyre fit quelques pas et s'arrêta devant les ruines de sa bibliothèque. Il éprouvait toujours un choc en posant les yeux sur ce saccage. Une vie entière de belles lectures – Shakespeare, Emily Dickinson, Edgar Poe –, tout avait été emporté, détrempé, jeté à la mer ou déchiré sur les arbres. Il n'avait rien pu sauver. Qu'importe ? se répétait-il, ce n'est que de l'encre et du papier. Aucun enfant, au moins, n'avait été blessé. Ils étaient tous sains et saufs.

Il termina son thé alors que l'aube cueillait les dernières étoiles en se répandant sur les falaises. Il songea à la fillette arrivée quelques jours plus tôt à l'orphelinat. Pauvre petite… Enfant sans voix, mais au regard d'une pureté lumineuse. Le premier coup de cloche de la sonnerie du matin retentit, et il ferma les yeux pour l'écouter dans le recueillement. C'était l'appel lancé à tous les sans-pouvoir, les sans-nom, les âmes perdues.

Le septième coup marquait la fin de son moment de paix. Les enfants allaient sortir du réfectoire après leur petit-déjeuner. L'orphelinat se remplirait de mouvement et de bruit, et la journée de travail commencerait.

À midi, le parfum maritime mêlé aux exhalaisons douceâtres du verger accompagnait le père McIntyre sur le chemin pierreux. Les pommiers se serraient les uns contre les autres, branches entrelacées, formant des lignes compactes. La récolte était faite, les dernières caisses de fruits avaient été emportées à la ville. Les oiseaux, que personne ne chassait plus, venaient picorer les derniers trognons gâtés. Les guêpes et les moucherons s'agglutinaient, ivres de liqueurs sucrées.

En passant entre les arbres, le père McIntyre tâcha de ne pas marcher sur les fruits tombés. L'un des grands garçons, manches relevées, était juché sur une échelle pour élaguer. Un compagnon plus jeune, accroupi, nettoyait une pomme encore bonne, ou presque, pour la débarrasser de ses fourmis.

— Dylan ! appela le prêtre. Tu as vu James ?

Du haut de l'échelle, le grand garçon se tourna vers lui, posant son sécateur à long manche sur son épaule.

— À l'écurie. Il y était tout à l'heure.

— Il fait sa corvée ! précisa joyeusement l'inspecteur de vieilles pommes.

— Et toi ? As-tu fini la tienne ?

— Oui, mon père.

— C'est bien, mon garçon.

Reprenant le chemin de galets blancs, sa robe noire dansant autour de ses chevilles, le père McIntyre se dirigea vers l'écurie et le corral du bas. Une fois arrivé à la clôture, il s'appuya contre le bois chauffé par le soleil pour contempler le jeune garçon occupé à renouveler la litière d'un box. Le balai, trop grand pour lui, glissait entre ses mains tandis qu'il dégageait le sol autour du cheval.

James grandissait. Il était encore dans l'enfance, mais plus pour longtemps. Le prêtre entra dans l'écurie, saisi par la chaleur qu'emprisonnait la structure ancienne. James tendit la main pour caresser le nez de la jument. Cette dernière hennit et recula farouchement.

Le prêtre l'attrapa par le licol pour la retenir.

— Oh ! Qu'est-ce qui lui prend ?

James avait l'air tout aussi surpris.

— Je ne sais pas. Elle est nerveuse aujourd'hui.

— Tu as regardé s'il n'y avait pas un serpent ? La semaine dernière, on a perdu une chèvre qui a été piquée.

James posa aussitôt son balai pour prendre une fourche et entreprit de fouiller le tas de foin. Un long reptile brun s'en échappa et ondula entre leurs pieds. Le cheval, pris de panique, se cabra.

— Ça y est, je l'ai coincé ! cria James.

— Ne t'en approche pas ! Tue-le vite !

L'incompréhension se peignit sur les traits de l'enfant.

— Je ne veux pas lui faire de mal, mon père, s'indigna-t-il.

D'un geste habile, il attrapa le serpent entre les dents de sa fourche, sortit l'animal qui gigotait pour se libérer en tendant le manche loin de lui et le jeta dans l'herbe.

— Tu me feras mourir, James ! protesta le père McIntyre, une main plaquée sur la poitrine. Ne recommence plus jamais un tour pareil ! On peut bien perdre un serpent, ce n'est pas ce qui manque, ici.

James fronça les sourcils. Des brins d'herbe montée en graines se collaient à ses avant-bras et à ses cheveux. Le prêtre secoua la tête avec un rire, amusé par l'expression sérieuse de son protégé. Il lui tapota affectueusement la tête pour en chasser l'herbe et la poussière.

— Toujours aussi intrépide, hein, mon garçon !

James caressa le nez de la jument, qui se calma peu à peu. Après quoi, il reprit la fourche pour redonner forme au tas de foin.

— Tu feras ça plus tard, dit le prêtre. Sors un peu de cette écurie et viens t'asseoir dehors avec moi.

— Et ma corvée ?

— Ta corvée attendra.

Le père McIntyre et James laissèrent derrière eux l'odeur de cheval et de foin. Ils s'adossèrent à un rocher chauffé par le soleil. Le prêtre tendit un paquet enveloppé de papier brun au jeune garçon.

— Joyeux anniversaire.

James ne l'ouvrit pas.

— Mais… Nous n'avons pas le droit de recevoir des cadeaux !

— Nous ferons une exception pour cette fois, répondit le père McIntyre en souriant. Regarde ce qu'il y a dedans, mon garçon.

Mal à l'aise, James obéit. Il défit la ficelle, ôta le papier, et trouva une grosse bible reliée de cuir qu'il contempla sans trahir la moindre émotion.

— Elle est neuve, expliqua le pasteur. Pour que tu en aies une plus belle que les vieilles que nous utilisons à l'église. Je sais que ce n'est pas ta lecture préférée, mais tu y trouveras du réconfort, je t'assure. Plus tard, si ce n'est aujourd'hui, tu comprendras son utilité.

James contemplait la bible, toujours impassible.

— Merci, mon père.

Malgré son affection pour lui, le père McIntyre avait parfois envie de secouer comme un prunier cet enfant récalcitrant. Il lui pinça le menton entre deux doigts.

— Tu ne te départiras donc jamais de cet air sérieux, mon fils ?

James ne trouva aucune réponse à cette question qui n'en attendait aucune.

Le prêtre laissa son regard errer sur le chemin avec un sourire qui plissait le coin de ses yeux.

— Je t'ai appris à marcher là-bas, dans cette partie plus plate, vers l'écurie. Dès que tu as eu les jambes assez fortes, je t'ai emmené ici tous les jours pour t'entraîner. Tu t'accrochais si fort à mon doigt qu'il en devenait tout blanc ! Tu ne t'es pas traîné à quatre pattes très longtemps. Tu avais tellement envie de marcher que tu t'es vite dressé sur tes jambes branlantes.

Le prêtre s'attendrit en pensant au bébé qu'on lui avait confié.

— Quand on t'a mis dans mes bras, tu n'avais pas plus d'une semaine. Tu pleurais tellement que ton visage était écarlate. Je n'en menais pas large ! Je croyais que tu allais t'étouffer. J'avais peur de te laisser tomber. Je n'étais arrivé que depuis un mois à peine. On peut dire que nous avons fait nos premiers pas ensemble ici, mon enfant ! Nous nous sommes mutuellement appris à marcher.

Il contemplait le profil sérieux de James, se demandant quelles pensées pouvaient bien se cacher sous ce front immobile. C'était un bon et beau garçon qu'il aimait comme un père – un père véritable, bien plus qu'un guide spirituel.

James recevait une éducation de qualité à l'orphelinat. On le nourrissait bien, on l'instruisait, on lui enseignait la belle langue, et non le parler populaire qui tirait tant d'enfants des campagnes australiennes vers le bas. Ses camarades le respectaient, et les sœurs lui vouaient une affection particulière. L'inquiétant, c'était son incapacité à se lier aux autres. Non seulement il n'avait pas d'amis, mais il semblait aussi ne pas en vouloir. Il préférait rester seul, se contentant de la compagnie des animaux de la ferme. On sentait une faille en lui, et, en neuf ans, le père McIntyre n'avait toujours pas trouvé comment combler ce manque qui le minait.

Il se leva.

— Allez, mon garçon, va te promener. Tu finiras tes tâches demain. Après tout, c'est ton anniversaire.

L'enfant ne se le fit pas répéter. Le voyant partir en courant et connaissant son goût pour les falaises, le prêtre cria, sans espérer se faire entendre :

— James ! Pas trop près du bord !

9

James était assis au pied d'un gros arbre, une espèce australienne pleureuse, au port foisonnant et à l'ombre dentelée. Dos appuyé au tronc, son menton reposait sur son genou plié, tandis que son autre jambe était étendue devant lui. Il s'amusait à ouvrir la fente de sa chaussure en bougeant son pied. Quand il tendait les orteils, le pouce sortait par l'orifice ; quand il les rétractait, il disparaissait. Un ballon vola dans les branches et tomba à terre, manquant de peu sa tête.

— Hé ! Là-bas ! cria un garçon qui jouait avec des camarades dans le champ. Renvoie la balle !

James se leva pour lancer le ballon.

— Tu veux jouer, James ?

— Non !

Il se rassit sous l'arbre et reprit son jeu de cache-cache avec son orteil, tout en grattant la terre brune avec le bout d'un petit bâton. Les cris autour de lui ne le dérangeaient pas plus que le bourdonnement des insectes.

Une ombre tomba sur son pied, et la voix de Meghan Mahoney, qui passait avec deux autres filles, émergea du bruit confus des jeux.

— Tiens, elle est là, celle-là !

James griffa plus fort le sol, tâchant sans succès de renvoyer leurs gloussements à la rumeur générale.

— Leonora ! Hé, Leonora, qu'est-ce que tu fabriques ?

Meghan avait débusqué la fillette cachée un peu plus loin dans l'ombre de l'arbre.

— Ah, c'est vrai qu'elle ne sait pas parler ! Ma pauvre ! Tu veux que je t'apprenne ?

Ses deux amies s'esclaffèrent, puis elle continua de débiter ses sarcasmes d'une voix perfide.

— Répète après moi : « Je suis une petite idiote laide à faire peur. » Allez, répète : « Je suis une petite idiote laide à faire peur. »

James ne releva pas les yeux, gardant le nez penché sur son pied. Ce qu'il entendait lui suffisait pour deviner la scène. Le visage criblé de taches de rousseur de Meghan, le cercle formé par les petites tortionnaires qui s'en prenaient à la nouvelle. Il racla si fort la terre avec sa baguette que celle-ci se rompit entre ses doigts.

— Bon, ben, si tu ne sais pas parler, t'as qu'à chanter. Je connais justement une chanson très rigolote que j'ai inventée rien que pour toi :

« Ha, ha, ha, Leonora
Qu'sa maman n'aimait pas,
Et qu'son père abandonna
Avec un rire de kookaburra ! »

Révolté, James se redressa, prêt à se jeter sur les trois filles, quand il croisa le regard de Leonora. Il n'y vit que de la douceur, aucune colère, aucune larme. C'était encore pire ! Mais, s'il intervenait, il ne ferait qu'aggraver la situation. Ces trois pestes ne demandaient que cela : une épreuve de force. S'il leur faisait le plaisir de réagir, elles attaqueraient avec d'autant plus de méchanceté la fois suivante. Alors il ferma les yeux, attendant que les rires de Meghan et de sa bande s'éloignent.

Le cœur n'y était plus. Son orteil s'était terré dans sa chaussure, et son bâton cassé ne lui servait plus à rien. La petite fille muette n'avait pas bougé ; elle semblait méditer. James détestait l'orphelinat, et pourtant il n'avait jamais rien connu d'autre. Son souhait le plus cher était de partir. Il bouillait à l'intérieur, et il aurait beau casser tous les bouts de bois du monde il n'arriverait pas à apaiser cette colère qui l'habitait. Il se leva d'un bond, traversa le champ en courant et dévala le sentier de l'église, filant vers les falaises.

L'odeur de la mer lui parvint en haut de la côte, et il ne s'arrêta qu'une fois arrivé tout au bord. Il s'assit dans les herbes piquantes, balançant les jambes dans le vide, les pieds à cent mètres des vagues. Il se cala en arrière sur ses coudes et ferma les yeux, visage levé vers les nuages. En haut de la falaise, il arrivait à ne plus penser à l'orphelinat. Le grondement de la mer couvrait tout le reste. L'odeur salée et douce des embruns effaçait les relents de sueur et de moisi. L'ombre de la méchanceté et de l'indifférence flotta encore un moment sur lui, puis les vents balayèrent ses soucis.

La mer avait une influence salutaire. Le ballet des vagues, tout en bas, le berçait. Deux coups au clocher de l'église rompirent cette quiétude. Son malêtre ressurgit, un sentiment de ne pas être chez lui qui ne le quittait guère. Il s'était senti déraciné avant même d'avoir l'âge de comprendre pourquoi. Tout ce qu'il parvenait à penser, c'était qu'il menait une vie qui n'était pas la sienne. Cela lui semblait si injuste qu'il avait envie de tout casser.

Il sortit son cadeau d'anniversaire, qu'il avait coincé dans la ceinture de son pantalon pour courir plus librement. À en croire le père McIntyre, cette bible neuve allait lui être utile. Il ne croyait pas si bien dire. James ouvrit la couverture et passa la main sur le papier fin et translucide, aux lignes serrées. Lentement, il prit le coin d'une page entre deux doigts, puis la déchira proprement, le long de la reliure. Après cela, il alla plus vite, arrachant les feuilles par paquets. Les dernières tombèrent toutes seules, et James ôta les quelques lambeaux restés accrochés à la tranche par de la ficelle rouge. Le livre vide se referma sur sa reliure creuse.

James rassembla les pages arrachées qui se débattaient dans la brise, les tint un moment au-dessus du vide, puis les lâcha. Elles dansèrent dans le vent, voletèrent en descendant avant de se poser dans l'écume et de sombrer. James alla s'agenouiller au pied d'un cyprès tordu par le vent. Il s'attaqua à un tas de cailloux qui s'amoncelaient entre ses racines noueuses. En dessous apparut le cahier noir. Au soleil, le titre gravé sur la couverture en lettres d'or miroita d'un éclat blanc. Comme chaque fois qu'il le prenait, son cœur battit plus fort. Il ressentait la même émotion que le jour où il l'avait découvert par hasard dans la bibliothèque dévastée du père McIntyre. Le nom « O'Connell » brillait sous ses yeux. Son nom.

Le prêtre avait dû garder ce cahier caché sur ses rayonnages, mais le cyclone le lui avait rendu. Le vent l'avait emporté avec les livres, et il avait atterri dans les décombres, malmené et écartelé, abandonné, jusqu'à ce que James le trouve et s'en empare.

Le jeune garçon souffla sur la terre qui salissait la couverture. Il plaça ensuite le cahier dans sa bible creuse et appuya pour le faire tenir. Il était un peu au large, mais cela pouvait aller. James allait à présent pouvoir le garder avec lui sans qu'on lui pose de questions et qu'on le lui retire. Il glissa le faux livre sous sa chemise, heureux d'avoir placé le journal intime de sa mère dans la reliure protectrice du livre de Dieu.

10

L'orphelinat se dressait en haut de sa falaise déchiquetée, à une bonne centaine de kilomètres au nord de Geraldton, près de Kalbarri. C'était une région déserte, totalement inhabitée. Seule une route de terre battue en lacet, tracée par des bagnards dix ans plus tôt, permettait d'y accéder. Des arbustes empiétaient sur cette voie étroite, gagnant du terrain sur les ornières laissées par les carrioles, et s'appropriant les rigoles creusées par les pluies d'hiver. D'énormes rochers en bouchaient les tournants, sans que cela ne gêne grand monde. Les gens du Nord restaient à leurs espaces sauvages, au nord ; ceux du Sud à leur soleil, au sud.

Ce fut donc une grande distraction pour cette petite route de voir arriver pour la première fois la voiture automobile de l'évêque. Cahotant épouvantablement, ce prototype à moteur révolutionnaire subissait mille outrages. Il souffrait sur les creux et les bosses. Les pierres sautaient sous les minces pneus de caoutchouc et allaient rebondir sur la carrosserie.

L'orphelinat tout entier, attiré par le bruit, était là pour assister à l'arrivée du monstre. Grands et petits regardèrent avec stupeur la machine s'arrêter devant l'église dans un nuage de poussière et de gaz d'échappement. À travers ce brouillard, on distinguait un homme qui luttait avec le levier de vitesse, provoquant d'inquiétants grincements au niveau du moteur, entrecoupés de claquements produits par le pot d'échappement. Enfin, le moteur se tut dans un dernier gémissement. La portière côté passager s'ouvrit, et un bras couvert d'une manche noire s'agita pour dissiper les vapeurs toxiques.

Le père McIntyre s'avança et tendit la main à travers le nuage.

— Bienvenue, monseigneur.

L'évêque descendit de voiture en titubant, se raccrochant à ce bras secourable et à la carrosserie. Il eut un rire.

— Un moyen de transport qui demande d'avoir du cœur au ventre !

Il épousseta son habit, ajoutant ainsi un peu de poussière à son visage rubicond et moite. Il s'étira, mains sur les reins, faisant saillir son gros ventre. Un deuxième homme était descendu par l'autre côté, et avait fait le tour en passant derrière les malles attachées à l'arrière. Son mantelet sur le bras, il rejoignit l'évêque.

Le père McIntyre pâlit en le voyant.

— Mon nouvel assistant, monsieur l'abbé Johnson, diacre du diocèse, annonça l'évêque.

— Bonjour, père McIntyre, dit l'abbé Johnson, ne laissant paraître de ses sentiments qu'une certaine méfiance au fond du regard. Content de vous revoir.

L'évêque redressa la tête, surpris.

— Vous vous connaissez ?

Sans quitter le père McIntyre des yeux, le diacre répondit d'un ton neutre :

— Nous nous sommes rencontrés en Nouvelle-Galles du Sud, au séminaire. J'ai été son tuteur pendant plusieurs années.

Le père McIntyre tâcha de ne penser qu'à leur ancienne amitié pour ne pas se laisser submerger par les mauvais souvenirs.

— Bonjour, abbé Johnson, dit-il, il y a bien longtemps que nous ne nous sommes pas vus.

— Eh bien, dit l'évêque à son assistant, c'est une bonne chose que nous ayons commencé notre tournée ici. Vous serez en terrain de connaissance.

— Vous devez visiter d'autres endroits ? s'étonna le père McIntyre.

— Certainement ! Nous avons une dizaine d'autres établissements à inspecter après vous. Vous n'êtes pas le seul à réclamer de l'argent, vous savez, ajouta l'évêque en lui tapotant l'épaule. Bien, assez parlé. Avant toute chose, j'ai besoin de me rafraîchir et de me reposer.

L'évêque passa devant les enfants sans leur prêter attention.

— L'abbé Johnson et vous aurez de quoi vous occuper en évoquant le bon vieux temps.

Le père McIntyre regarda l'évêque s'éloigner, sentant le regard du diacre peser sur lui. Il croisa les bras et inspira profondément l'air maritime avant de parler.

— Robert, ne revenons pas sur le passé.

— Mais…

Le père McIntyre l'interrompit d'un regard impérieux.

— Je t'en prie. Ne réveillons pas ce douloureux sujet.

11

Ce jour-là, les vagues ne battaient pas les falaises, mais en caressaient doucement le pied. Les pages du journal intime, que James tenait ouvert sur ses genoux, voletaient à peine dans la brise. Il lisait lentement, savourant les mots, en tirant tout le suc pour se forger une image de sa mère. Arrivé en bas d'une page, il hésitait à la tourner, redoutant l'afflux d'informations sur son passé, le bon venant avec le mauvais. Il n'avait pas hâte de terminer. Il était orphelin. Il savait comment l'histoire se terminait.

James referma le livre et le posa par terre. Il entoura ses genoux avec son bras. Le bruit du ressac était paisible. Et puis, soudain, il entendit un bruit. Un craquement derrière lui. Il se figea. Il attendit, immobile. Un crissement de galets déplacés à sa droite. Il se leva d'un bond.

— Qui est là ? s'écria-t-il en se dépêchant de glisser la fausse bible sous sa ceinture.

Aux aguets, il se baissa lentement pour ramasser une pierre, puis se redressa, prêt à se défendre.

— Montrez-vous !

Une silhouette sortit de derrière un buisson fleuri. James baissa le bras et lâcha la pierre.

— Qu'est-ce que tu fais là ? On n'a pas le droit de venir au bord de la falaise.

Leonora sortit de son épineuse cachette, tremblante.

— Il ne faut pas venir ici, répéta James, c'est dangereux.

Il fit quelques pas vers elle, mais elle recula d'autant.

— Je ne veux pas te faire de mal.

C'est alors qu'il bondit, mais elle était plus rapide que lui, et derrière elle il n'y avait plus que la mer immense.

— Arrête ! hurla-t-il.

Mais elle ne comprenait pas. Ses pieds ne trouvèrent que le sable, où l'herbe ne poussait plus, et les éboulis du bord de falaise. James plongea en avant et l'attrapa par le bras à l'instant où le pied de Leonora se tordait sur une pierre, qui se détacha et tomba dans la mer. Il la tira brutalement à lui et la traîna loin du bord, agrippant si fort son poignet qu'il dut lui faire mal.

Il tremblait de peur, sachant juste que, par miracle, elle n'était pas tombée. Ils se regardèrent un long moment, hébétés, puis les yeux de Leonora se tournèrent vers le buisson.

— Qu'est-ce qu'il y a ? demanda James. Il y a quelque chose, là-dedans ?

Toujours silencieuse, elle le surveilla pendant qu'il approchait du buisson épineux. Quand elle vit qu'il se baissait pour ramper en dessous, elle l'arrêta, et montra quelque chose par terre. Il y avait à ses pieds un tas de brindilles, de pétales et de feuilles. Au milieu, un petit oiseau gris et jaune, une aile anormalement tendue sur le côté, les regardait en clignant lentement de pâles paupières.

Leonora s'accrocha à James, inquiète, l'implorant du regard. Il s'agenouilla sur la terre sablonneuse et écarta les brindilles en évitant les épines.

— Je ne lui ferai pas de mal, promit-il en chuchotant.

Il caressa la petite tête sombre.

— C'est un miro à poitrine grise. Il s'est cassé une aile. Attends, tu vas voir.

James s'éloigna du buisson et revint un moment plus tard, un ver de terre entre les doigts. Il le plaça sur le sol, près de l'oiseau. Le miro tourna la tête à droite, à gauche, picora la terre, puis attrapa le ver dans son bec et le goba en trois secousses.

Leonora posa sur James un regard débordant de gratitude et lui sourit timidement. James lui rendit son sourire. Lui qui ne souriait jamais fut le plus surpris des deux.

12

— Les dortoirs ne sont plus couverts que par des bâches, dit le père McIntyre en montrant les bâtiments sinistrés. La toiture est à refaire avant l'hiver.

L'évêque hocha la tête et, ouvrant la marche, continua son tour d'inspection. Il s'engagea dans la montée qui menait au verger de pommiers nains.

— Le verger s'en remettra, mais il faudra du temps, reprit le directeur de l'orphelinat. Certains arbres ont été arrachés. Regardez bien où vous mettez les pieds, monseigneur, il y a des trous partout. Les cerisiers ont un peu mieux résisté, mais…

L'évêque l'interrompit.

— Combien d'enfants avez-vous ici ?

— Vingt-huit.

— Et le personnel ?

— Trois sœurs et une cuisinière.

L'évêque le regarda fixement.

— Ce qui fait cinq avec vous.

— Oui, cinq avec moi.

Bras dans le dos, l'évêque déambulait lentement. Le père McIntyre adapta son pas au sien, malgré son impatience de continuer la visite pour lui montrer tous les travaux indispensables. Devant les clôtures qui bordaient la vallée, il trouva l'occasion de poursuivre ses explications.

— Autrefois, la tonte des moutons…

Mais l'évêque lui coupa de nouveau la parole.

— Combien d'enfants ont-ils été adoptés ?

— Difficile à dire… L'orphelinat a été fondé bien avant mon arrivée.

— Entendu, mais combien depuis que vous avez pris vos fonctions ?

— Aucun, avoua le père McIntyre.

— Comment ça, aucun ? En dix ans ?

— Les gens ne sont pas riches par ici, monseigneur. Les temps sont durs. Et la difficulté d'accès est dissuasive, pour les visites.

— Très juste, fit remarquer l'évêque, en pleine réflexion. Pour un orphelinat, c'est trop à l'écart. L'endroit conviendrait mieux à un séminaire. Les jeunes séminaristes, contrairement aux enfants, ont besoin de solitude.

Pris d'une vive inquiétude, le père McIntyre s'arrêta.

— M'en voudrez-vous beaucoup si je vous dis que vous faites erreur ?

L'évêque fit non de la tête, impassible.

— Nous avons ici bien plus qu'un orphelinat : c'est un sanctuaire. Nous jetons des bases éducatives qui les guideront toute leur vie. La plupart d'entre eux n'auront pas d'autre chance de s'instruire. Nous les formons à un métier pour éviter qu'ils ne se tournent vers le crime, comme tant de jeunes sans formation. Les enfants qui partent d'ici peuvent gagner leur vie et devenir des adultes dignes et responsables. Ils nous font honneur et démontrent l'efficacité et l'excellence des œuvres de l'Église.

Dans son regard, qui ne lâchait pas celui de l'évêque, on voyait qu'il parlait non seulement avec le cœur, mais aussi avec toute sa foi.

— Ici, continua-t-il, nous ne faisons pas de charité, mais un investissement. Ces enfants travaillent dur. Nous subvenons à nos propres besoins grâce au verger et à la ferme, et les fonds demandés ne serviront qu'à nous remettre sur pied après ce cyclone qui nous a durement touchés.

— Vous demandiez de l'argent déjà bien avant la tempête, père McIntyre. Vous avez écrit plusieurs fois à l'évêché.

— C'est vrai, mais seulement pour améliorer le quotidien des enfants.

— Vous êtes un homme de conviction.

L'évêque avait dit cela d'un ton tellement sec que le compliment semblait être un reproche.

Ils n'allèrent même pas jusqu'à la ferme. Le père McIntyre avait avancé ses meilleurs arguments, et s'il n'avait pas convaincu, rien n'y ferait. Ils allèrent s'asseoir sur un banc, à l'ombre. Le prêtre sentait monter une migraine. Il avait hâte que le matin vienne pour voir partir son visiteur.

Un groupe d'enfants jouait au ballon dans le champ, une distraction fort bienvenue. Le prêtre se détendit en les regardant courir et se renvoyer la balle. Sans la joie et la fraîcheur enfantines, le monde serait un endroit bien triste. Il se tourna vers l'évêque, pensant que ce spectacle lui rendrait le sourire. Voyant qu'il n'en était rien, il comprit que l'évêque était totalement indifférent aux enfants. Pour lui, seule la rentabilité comptait.

Le père McIntyre entra dans son bureau sans frapper, ayant oublié qu'il était occupé. L'abbé Johnson sursauta, puis rit de s'être laissé surprendre.

— Tu m'as fait peur ! J'étais plongé dans les chiffres, et les chiffres peuvent emporter bien loin. J'ai presque fini de vérifier les comptes.

Le père McIntyre se laissa tomber sur une chaise, le teint gris.

— Tu n'as pas trouvé d'erreur, j'espère.

— Aucune. Les comptes sont en bon ordre… Tu n'as pas l'air bien, Colin, que se passe-t-il ?

— L'évêque a déjà pris sa décision, n'est-ce pas ? Il ne nous donnera rien.

— C'est vrai, avoua le diacre, embarrassé.

— Dans ce cas, pourquoi venir ? Pourquoi vous infliger ce trajet difficile, faire perdre du temps à tout le monde, au lieu de laisser mes lettres sans réponse, comme par le passé ? Pourquoi vérifier mes registres si l'objectif n'est pas de nous renflouer ?

— L'évêque projette de fermer la moitié des établissements… Sa tournée a pour but… de décider lesquels garder.

Cette annonce causa un tel choc au père McIntyre qu'il eut l'impression de devenir une carcasse vide. Il se frotta le visage.

— Mais… Il n'est sûrement pas trop tard pour le faire changer d'avis. Que faut-il dire pour le convaincre ?

Le diacre remit ses lunettes et se pencha sur le livre de comptes.

— Les résultats ne sont pas bons. Tu le sais. Vous fonctionniez à perte même avant la tempête. C'est inévitable, ajouta-t-il gravement, si tu ne renverses pas la situation, l'évêque fermera l'orphelinat.

— Renverser la situation ? Et comment veux-tu que je fasse ?

Le diacre le regarda par-dessus ses verres, leva un doigt pour lui demander un peu de patience, et feuilleta les pages couvertes de chiffres.

— J'ai vu une entrée ici qui m'a étonné. Tiens, regarde, continua-t-il en tournant le registre vers le prêtre. Cette ligne, marquée « Leonora ».

— Oui. Un dépôt fait au nom de l'une de nos orphelines. Cet argent ne nous appartient pas.

— Explique-moi ça.

— L'une de nos petites orphelines, Leonora, nous a été confiée avec cette somme pour assurer son avenir. Cet argent est à elle.

— Jamais de la vie. L'enfant est une pupille de l'Église. À ce titre, l'argent appartient à l'Église.

— Quelqu'un tenait assez à elle pour vouloir lui donner cet argent. Je n'y toucherai pas.

— Tu n'as pas le choix.

— Si, bien sûr ! On a toujours le choix ! rétorqua le père McIntyre qui, se rendant compte de sa sécheresse, tâcha de s'adoucir. Tu ne comprends pas… Il s'agit d'un cas spécial.

— C'est-à-dire ?

— C'est une petite fille qui ne parle pas.

— Voyons, Colin, cet orphelinat n'est pas prévu pour les retardés mentaux. Il faut la mettre à l'asile, elle n'aurait jamais dû être placée ici.

— Elle n'est aucunement anormale ! La pauvre petite a traversé d'abominables épreuves. Elle a été abandonnée, ballottée de droite à gauche. Je pense que si elle ne dit rien, c'est parce que personne ne l'a jamais écoutée. Elle n'a aucune chance de s'en sortir sans cet argent. Je refuse d'y toucher.

Le diacre lui jeta un long regard.

— Robert, ne me regarde pas comme ça ! explosa le père McIntyre. Tu donnes l'impression de me mépriser.

— Tu ne peux pas sauver le monde entier, Colin. Tu cherches toujours à trop bien faire.

— Je n'ai pas de leçons à recevoir de toi !

— Je te connais. Tu es trop exigeant avec toi-même, trop vulnérable. Je suis encore profondément marqué par ce vieil épisode… Cette fois où je t'ai trouvé, juste à temps.

— Je ne veux plus entendre parler de ça !

Trop tard. L'angoisse du passé revenait. Il examina la face interne de ses poignets, striés de cicatrices blanches, et croisa ses bras pour les cacher.

— Je t'ai trouvé baignant dans ton sang ! clama le diacre en frappant sa poitrine. Ce n'est pas une chose que l'on oublie.

— Ne souille pas la pureté de ce lieu en me reparlant de… cet enfer. Tu es ici chez moi ! Chez moi ! Tais-toi.

Il se mit à marcher de long en large, comme un animal en cage, puis, se tournant vers le diacre, lui présenta ses paumes écartées devant lui, tel un christ.

— Mon sang ne coule plus, tu vois ? Les blessures se sont refermées il y a longtemps. Ne les rouvre pas.

Le père McIntyre se rassit, le regard sombre.

— Je ne suis plus celui que tu as connu. J'ai beaucoup changé.

— Oui. Je l'ai compris dès mon arrivée. Mais là,

quand je t'ai vu réagir à mon annonce, j'ai cru me retrouver dix ans en arrière. Nous mûrissons, mais nous ne sommes jamais à l'abri d'une rechute. Le démon veille.

— J'ai chassé le démon il y a longtemps, Robert. Je vis chez les anges, maintenant.

— Alors, permets-moi de t'aider à conserver ton paradis. Il y a une solution, du moins temporaire. Laisse à l'Église l'argent de cette enfant.

Le père McIntyre ne répondit pas, voûté sur sa chaise.

— Écoute-moi, reprit le diacre avec conviction. Si l'orphelinat ferme, où ira-t-elle ? On l'enverra à l'asile, ou on la fera travailler dans un atelier. Et cela, dans le meilleur des cas. Tu me dis toi-même qu'elle n'a pas d'avenir. À l'orphelinat, cette petite est à l'abri. Elle est bien nourrie, elle reçoit une instruction, comme les autres. Il peut être sain de sacrifier quelque chose pour la communauté. Au fond, c'est pour son bien… Je te tends la main, Colin. Je me fais fort de convaincre l'évêque de laisser encore une chance à l'orphelinat. Sache cependant que le sursis ne sera que de courte durée si tu ne trouves pas le moyen de redresser la situation. Il faut du mouvement dans un orphelinat, trouver des parents adoptifs, attirer des dons. C'est la seule solution.

Le père McIntyre, tête baissée, approuva lentement, vaincu.

Monseigneur Ridley et l'abbé Johnson partirent au petit matin. Le bon air marin, que ne gâtaient plus les fumées de l'automobile, revigora le père McIntyre.

Il prit le sentier de la falaise et s'assit à l'abri

du soleil, sous le faux poivrier. Il ferma les yeux et pressa ses mains sur la peau rugueuse de son menton et de ses joues. Quand il rouvrit les yeux, il trouva James devant lui, plein de l'étrange dignité qui lui donnait son air si sérieux.

— Assieds-toi un peu avec moi, dit-il au jeune garçon avec un sourire.

James se laissa tomber par terre, replia les jambes et serra les genoux contre lui, dans une attitude familière.

— Je ne t'ai pas beaucoup vu ces derniers jours. Tu vas bien ?

James ne répondit que par un hochement de tête.

Le père McIntyre l'examina, s'inquiétant toujours de l'intensité de ce jeune visage, puis remarqua la bible qu'il coinçait dans la ceinture de son pantalon.

— Alors, dis-moi ce que tu as lu de beau dans le saint livre ces derniers temps.

— Je ne sais pas, marmonna James en baissant les yeux.

— Alors lis-moi un passage qui t'a intéressé. Il y en a sûrement certains que tu aimes plus que d'autres.

Le garçon ne bougeait plus. On aurait même pu croire qu'il avait cessé de respirer.

Avec un rire, le père McIntyre prit la bible.

— Parfait, alors c'est moi qui vais choisir.

Il chaussa ses lunettes et ouvrit le livre au hasard. Il contempla d'abord sans comprendre l'élégante écriture manuscrite. Il tourna les pages, remarqua les dates inscrites dans les coins supérieurs. Il referma alors la fausse bible et la posa à côté de lui.

— Depuis quand as-tu ce journal ?

Un long silence suivit, puis le jeune garçon répondit :

— Je l'ai trouvé après la tempête.

— Et tu l'as lu ?

— Non... Enfin, si, un peu.

— Tu n'aurais pas dû le prendre.

— Non, mon père.

— Et moi, je n'aurais pas dû te le cacher.

L'expression de James exprima toute sa surprise. Le père McIntyre reprit le livre et le lui mit dans les mains.

— Je ne l'ai pas lu, James. J'espère que tu voudras bien me croire. Ces lignes n'ont été écrites que pour toi.

Ils se turent de longs instants, écoutant le bruissement du maigre feuillage.

— Est-ce que vous pensez... commença James d'un ton hésitant.

— Parle, mon fils.

— Est-ce que vous pensez que j'ai encore de la famille en Irlande ?

Le prêtre se donna le temps de réfléchir.

— Je ne sais pas... C'est possible.

— Mon père venait d'Irlande. J'ai peut-être des oncles. Peut-être que, s'ils savaient où me trouver, ils me proposeraient d'aller vivre chez eux.

— Comment veux-tu qu'on le sache ?

— Vous pourriez envoyer une lettre. Ma mère venait de Limerick, c'est écrit. Vous pourriez vous adresser à l'église ou à la mairie pour demander.

— Pourquoi ? Tu n'es pas heureux ici ? s'exclama le prêtre. Est-ce que je ne me suis pas occupé de toi aussi bien qu'un vrai père ? Est-ce que je ne te donne pas une bonne éducation ?

James baissa la tête, et le père McIntyre fut pris de remords.

— Pardon, James. Pardon. Je n'ai pas le droit de te parler comme ça.

Il se frotta les yeux pour chasser sa colère et se massa les tempes.

— Je ne me sens pas très bien. La visite de l'évêque a été éprouvante… Ce n'est pas une raison pour m'énerver contre toi. Je suis désolé. Tu me pardonnes ?

— Oui, mon père.

Mais le mal était fait.

— J'écrirai cette lettre, James, puisque tu me le demandes. Aujourd'hui même, je te le promets.

James releva les yeux, et le prêtre lui caressa la joue.

— Oui, je vais écrire, mais ne place pas trop d'espoir dans cette démarche. L'Irlande est un grand pays, et O'Connell un nom très courant. Je t'en supplie, mon fils, ne rêve pas trop.

James hocha la tête, mais le rêve avait déjà pris racine.

13

Ils se retrouvaient en haut de la falaise tous les jours. Leonora apportait le pain, et James les insectes et les vers de terre. Ils avaient arrangé le nid en le doublant de feuilles vertes et fait une réserve d'eau dans un morceau de branche creuse. Parfois, l'oiseau battait son aile blessée pour essayer de s'envoler, mais, la plupart du temps, il restait tranquille et se laissait nourrir.

Ce jour-là, le repas de leur protégé terminé, James s'installa près d'un maigre mimosa en fleur, comme il l'aimait, appuyé en arrière sur ses coudes, jambes pendant dans le vide au-dessus de la mer. Leonora l'imitait : jambes croisées au niveau des chevilles, elle balançait doucement les pieds contre la paroi sablonneuse.

Les deux enfants se tenaient compagnie en silence, sous l'intense ciel de pervenche qui prêtait sa couleur et sa profondeur à l'océan. À cent mètres sous leurs pieds, les rayons frappaient directement les flots, y jetant des myriades de diamants. La mer ondulait calmement. Les pélicans et les mouettes flottaient dans le flux et le reflux, le ventre plein d'avoir beaucoup pêché dans les eaux claires. Les deux enfants s'inscrivaient dans ce paysage aussi naturellement que les oiseaux, les lézards et les insectes.

Alors que, du coin de l'œil, James observait les longs cheveux brillants de Leonora, celle-ci se tourna vers lui. Son sourire lui procura une étrange émotion.

— En Irlande aussi, il y a des falaises, se dépêcha-t-il de dire pour cacher sa gêne. Là-bas, elles sont toutes blanches. C'est de la craie. Tu savais ça ? De la vraie craie, comme celle qu'on prend pour écrire au tableau. Le père McIntyre a un gros livre sur l'Irlande. Il me l'a montré.

Leonora l'écoutait, les yeux écarquillés.

— On appelle l'Irlande « l'île d'Émeraude », continua-t-il. Là-bas, l'herbe est plus verte que n'importe où ailleurs dans le monde. Et les maisons sont blanches comme les falaises. Ça doit être beau tout ce blanc et ce vert, ajouta-t-il, le regard perdu au loin. Comme un champ où poussent des rosés des prés.

Ils méditèrent un moment cette image, puis il reprit :

— En Irlande aussi, il y a des tas de moutons. Mais pas des bruns, comme ici. Ils sont tout doux et tout blancs. Les gens cultivent des tonnes et des tonnes de pommes de terre… Il y en a tellement dans les champs qu'on ne peut pas planter sa fourche sans en trouver. Les patates irlandaises, Leo, y a rien de meilleur au monde. Elles sont plus grosses que ça !

Il leva son pied pour illustrer son propos, ce qui lui valut un regard admiratif.

— Un jour, j'irai en Irlande. Je me construirai une petite maison blanche en haut d'une falaise de craie, et je mettrai plein de moutons dans mes prés.

Y en aura tellement que, quand on regardera par la fenêtre, on aura l'impression de voir des nuages dans un ciel vert. Et c'est moi tout seul qui les tondrai. Je commence déjà à apprendre. Je cultiverai aussi sûrement des pommes de terre. C'est obligé. Je crois que c'est la loi, là-bas, d'en faire pousser chez soi.

Il vivait son rêve et Leonora suivait les méandres de son imagination.

— Tous les soirs, je mangerai un ragoût de viande et de pommes de terre, tellement épais que la louche aura du mal à entrer dedans. Dans un coin de la cuisine, il y aura une baratte pour faire le beurre. C'est moi qui tournerai la manivelle. J'en étalerai des couches de deux centimètres sur mon pain à tous les repas.

Il jeta un coup d'œil à Leonora, gêné de tant parler, mais elle souriait, et ce sourire attirait le sien, habituellement si rare.

— Tu n'as qu'à venir avec moi si tu veux. Toi, tu pourrais filer la laine. Je t'ai vu apprendre avec sœur Margaret. Moi, je tondrais, et toi, tu filerais, et on irait vendre nos écheveaux en ville, et on se mettrait du beurre plein la panse.

La voix de James était une chanson aux oreilles de Leonora, mais les cloches se mirent à sonner au loin. Le front de son ami redevint soucieux et son ton coléreux.

— J'en ai assez de vivre ici, je veux partir ! Il y a quelque chose de mauvais dans l'air, quelque chose qui rend les gens méchants. Je déteste cet orphelinat. Parfois, j'ai l'impression que moi aussi je pourrais devenir méchant, et ça ne me plaît pas. Leo, ajouta-t-il avec désespoir, je ne voudrais pas devenir méchant avec toi.

Un dernier coup de cloche retentit, puis s'éteignit au loin. Il contempla le profil de la petite fille, étrangement rehaussé par le brillant du soleil qui polissait les courbes de son front, son nez, son menton. Avec un sourire, il se rallongea dans l'herbe, battant des pieds au-dessus du vide, et s'exclama :

— Tu sais quoi ? Tu n'as qu'un seul défaut, Leonora.

Elle sembla inquiète.

— Tu es trop bavarde, sinon, ça va ! conclut-il en riant sous cape.

Quelques jours plus tard, James et Leonora se rendaient à la falaise par le sentier de l'église quand un bruit de course et de grands rires leur parvinrent. Michael Langley et deux autres garçons arrivèrent en galopant et les croisèrent sans ralentir. Seul Michael se tourna vers eux au passage. Il se prit le cou à deux mains en faisant des grimaces, comme s'il s'étranglait, puis repartit, le diable aux trousses, en se tordant les chevilles sur les cailloux.

James voulut rassurer la petite fille.

— Ne fais pas attention à ces imbéciles, Leo.

Mais elle ne l'écoutait pas. Elle regardait vers la mer, horrifiée. Alors il comprit ce qu'elle avait deviné, et le choc fut violent.

— N'y va pas, Leo, murmura-t-il.

Sans l'écouter, elle partit en courant vers la falaise. Il n'arriva pas à la suivre tout de suite, comme paralysé.

— Non, Leo ! hurla-t-il.

Il la rattrapa au moment où elle arrivait au niveau du buisson épineux, près des gros rochers. Il s'arrêta à deux mètres d'elle. Elle était immobile, figée comme une pierre. James se désespérait.

— Ne regarde pas, Leo. Ne regarde pas.

Elle finit par se détourner de l'horrible spectacle, livide. Elle ne pleurait pas, mais c'était pire : son horreur, sa douleur et son incompréhension n'en étaient que plus poignantes. James fit un pas vers elle.

— Leo…

Mais cette fois, elle ne voulait pas de son réconfort. Elle partit en courant et s'éloigna le long de la falaise. Il ne la suivit pas. Il baissa les yeux et vit des plumes jaunes arrachées au pied du buisson. Une énorme colère monta en lui, une rage comme il n'en avait encore jamais connu, une rage qui lui tordait les tripes et soufflait un feu de haine. Il tourna les talons et repartit vers l'orphelinat, déterminé.

14

La soutane du père McIntyre se plaquait sur ses jambes dans la montée. Dans le crépuscule teinté d'indigo, un mince croissant de lune le suivait sur le chemin comme un œil de lézard entrouvert.

Le vent qui le faisait peiner sentait fort la mer. Essoufflé, il se désolait d'être aussi peu vaillant. À peine s'il arrivait à soulever ses pieds qui butaient contre les cailloux. Il s'arrêta avant la ligne de crête, stoppé par le vertige. Cette fois, il devait braver sa peur. Serrant contre lui le plaid qu'il avait apporté, il n'attendit pas de reprendre son souffle. Il continua pour retrouver cette pauvre petite.

Il trouva Leonora assise contre le tronc d'un eucalyptus noueux, la tête enfouie dans ses bras. Il approcha doucement et posa la couverture sur les épaules tremblantes.

— Ah, tu es là. Je suis content de t'avoir trouvée. Je vais te ramener.

Il la souleva, plaçant la petite tête dans son cou. Elle était légère comme une plume.

S'éloignant du bord, il l'emporta en coupant à travers pré. Au plus sombre du ciel, quelques étoiles les virent entrer dans la sacristie. Il posa l'enfant sur un fauteuil, dans son bureau.

— James m'a raconté ce qui s'est passé. Je suis désolé, Leonora. Ces enfants sont des barbares.

Voyant que ses paroles restaient sans effet, il la prit par le menton pour tourner son visage vers lui.

— Leonora ?

Le regard qu'elle posa sur lui faisait peine à voir. Elle avait une expression trop triste pour son âge, presque adulte. Elle souffrait, mais sans ressentiment, ce qui aurait pourtant été compréhensible vu les circonstances. Le père McIntyre comprenait. Il comprenait même si bien qu'il avait l'impression de se mirer dans ses yeux. Quelle désolation… Des larmes lui montèrent aux yeux. De durs souvenirs lui revenaient. Cette douleur n'était plus seulement celle de Leonora, mais aussi la sienne.

Il connaissait le moyen de toucher cette âme en peine, mais à quel prix ? Il alla prendre une clé dans le tiroir de son secrétaire, puis descendit un long coffret en bois d'une étagère. Il n'avait pas regardé à l'intérieur depuis sa jeunesse.

Dents serrées, il en sortit une photo carrée aux tons sépia. Le papier ancien, déchiré dans un coin, portait des marques de pliure.

— Regarde, c'est une photo de ma famille : mon père, ma mère et mes deux jeunes frères. Là, c'est moi, le plus grand, celui qui a les cheveux en l'air.

Il fit un effort pour sourire. Il eut du mal, car cette photo portait en elle le souvenir des coups de feu. De l'odeur de poudre.

— J'étais à peine plus âgé que toi, tu vois.

Immobile, Leonora contemplait la photo avec intérêt.

— Environ un an après le jour où cette photo a été prise…

Il s'interrompit. Le bruit des détonations lui revenait, assourdissant. Il ferma les yeux.

— Un an plus tard, mes parents… sont morts.

Une boule dans la gorge, il se rappelait le contact froid du fusil de chasse qu'il essayait d'arracher des mains de son père. Mais le coup était parti et avait projeté sa mère contre le mur. Un frisson le parcourut. Incapable de bouger, il avait vu son père retourner l'arme contre lui et tirer.

— Ils sont montés au ciel, dit-il doucement.

Tâchant de repousser les images du drame, il continua son récit.

— Quand nos parents sont partis, mes frères et moi nous sommes retrouvés seuls au monde. Nous n'avions plus rien. Pas d'argent. Même pas de quoi manger. Et nos parents nous manquaient tellement…

Maintenant, elle le regardait, attentive, réceptive.

— On m'a envoyé vivre chez mon oncle et sa femme. Mes deux jeunes frères ont été placés à l'orphelinat.

Quelle douleur cela avait été de voir leurs petits visages apeurés quand on les avait séparés ! Il s'était promis de toujours les protéger, et pourtant il ne les avait jamais revus.

— En moins d'une semaine, j'ai perdu mes parents et mes frères. Mon monde s'est écroulé. Je n'y comprenais plus rien. J'attendais que tout redevienne comme avant, mais cette folie ne voulait pas s'arrêter.

Je n'avais plus envie de rien : ni de bouger, ni de respirer, ni de parler.

Il attendit un peu, puis continua doucement :

— Je me suis replié sur moi-même et j'ai arrêté de parler. Je ne disais plus un mot.

Les petites mains de Leonora se crispèrent sur le bord de la couverture qui l'enveloppait.

— Je n'avais pas envie de me taire – au contraire, ça m'a beaucoup compliqué la vie –, mais j'étais incapable de parler. Dès que j'essayais, quelque chose se bloquait en moi. Cela rendait mon oncle furieux. Il hurlait, il me frappait. Les autres enfants en profitaient pour me brutaliser. Évidemment, plus on me maltraitait, plus ma voix s'enfermait. J'ai souffert au point de n'avoir rien d'autre dans ma vie que cette souffrance. J'aurais voulu disparaître.

Des larmes tombèrent de ses yeux brûlants.

— Et j'ai presque réussi…

Il ne parla pas du rasoir, bien sûr, de la douleur qu'il avait ressentie en se tailladant les veines, du calme qui l'avait envahi ensuite. Le sang, ce flot qui l'entraînait vers la mort, lui avait semblé avoir la couleur de l'espoir.

— Je ne veux pas que tu souffres comme j'ai souffert, Leonora.

Par le regard, ils établirent alors une communication profonde qui transcendait toutes les différences, qui résonnait au plus profond. Malgré la douleur qu'il avait dû réveiller en lui, il eut une émotion magnifique.

Une larme parut au coin de l'œil de Leonora, trembla un instant, puis coula le long de son nez, sur sa joue, puis dans son cou. C'était la première fois qu'il la voyait pleurer, et il en fut heureux, car cela signifiait qu'elle s'ouvrait de nouveau à la vie, et qu'elle allait pouvoir guérir.

Il s'agenouilla devant elle et prit ses petites mains dans les siennes.

— Écoute-moi. Je connais ton histoire, Leonora. Je sais ce qui s'est passé dans le désert. Je sais qu'il t'est arrivé des choses qui ne devraient jamais arriver à un enfant. À personne, d'ailleurs.

Voyant la détresse qui s'emparait d'elle à cette évocation, il serra ses mains plus fort.

— Je ne sais pas pourquoi on t'a abandonnée, mais je sais en tout cas que ce n'est pas ta faute. Le plus important, c'est de ne pas se laisser envahir par la douleur. Ne te laisse pas dévorer. Et rejette la colère, car cela détruirait ta vie. Ça va aller mieux, Leonora, je te le promets. Plein de belles choses t'attendent.

Les larmes de l'enfant coulaient maintenant librement. Il lui pressa doucement la main.

— Je sais que tu te sens seule, Leonora, mais tu ne l'es pas ! Même dans le bush, tu n'étais pas seule. Dieu était avec toi, comme il l'est aujourd'hui. Il te protège, il te regarde. C'est évident… Il a voulu que tu survives. Il a voulu que quelqu'un te trouve.

Cette vérité, si limpide à ses yeux, lui apportait un immense apaisement.

— Il voulait que tu vives, Leonora. Il y a une si belle lumière en toi ! Tu ne peux pas te laisser dépérir. Le bon Dieu ne le veut pas. Tu es aimée, Leonora.

Les yeux pleins de larmes, il répéta :

— Tu es aimée. Tu es aimée. Tu es aimée.

Il avait trouvé les mots justes, car elle poussa un gémissement, un cri faible, mais audible, qui venait des profondeurs de son âme. Il la prit dans ses bras et la laissa sangloter tout son soûl, en lui répétant doucement à l'oreille :

— Tu es aimée, ma chérie. Tu es aimée.

Le temps fut suspendu dans le petit bureau encombré. Le père McIntyre ne relâcha son étreinte que quand Leonora cessa de pleurer.

Le moment venu, il se leva et lui tendit la main.

— Viens avec moi. Certaines personnes veulent te parler.

Épuisée, elle prit cette main tendue, et le suivit jusqu'à l'église. Il faisait noir dans le couloir de la sacristie, seulement éclairé par la porte ouverte du bureau. Au seuil de la nef, Leonora refusa de continuer, effrayée par ce qu'elle venait d'apercevoir. Quatre garçons occupaient un banc : les trois coupables, qui gardaient la tête baissée, et un autre, qui se tenait droit.

— Tout va bien se passer, Leonora, fais-moi confiance.

Il lui reprit la main et la fit avancer vers les dos courbés.

— Michael, lève-toi, ordonna-t-il d'un ton sévère.

Michael obéit et se tourna vers eux, penaud, révélant un œil au beurre noir et un nez maculé de sang.

— Je te demande pardon, Leonora.

Ce fut ensuite le tour de Thomas. Il avait l'œil gauche presque fermé, et il lui manquait une dent de devant.

— Parzon, Leozora.

Patrick se leva après lui, yeux tuméfiés, lui aussi.

— Pardon, Leonora.

— Bon, allez vous coucher maintenant, ordonna le

prêtre. Vous êtes punis pour un mois. Vous assurerez les corvées de Leonora.

La fillette s'assit à côté de James, qui occupait le bout du banc. Sa main droite était bandée jusqu'au poignet. Une ligne rouge marquait le pansement au niveau des phalanges. Elle se pencha vers lui et posa un petit baiser sur sa joue.

15

Ensuite vinrent des jours meilleurs.

Il y eut d'abord l'arrivée des matériaux : bois de charpente, ciment, briques, clous et ardoise. On livra tout ce qu'il fallait pour réparer l'orphelinat. Un peu plus tard, ils reçurent des plants, des semences, des moutons et des poules pour la ferme. Ce ne fut pas tout. On leur expédia aussi des livres de classe. Des livres tout neufs qui ne venaient pas d'Angleterre, comme ceux d'autrefois, mais d'Australie. Ils racontaient l'histoire du pays depuis le début du siècle jusqu'aux plus récentes colonisations. On y voyait le terrain conquis sur des cartes qui prouvaient que l'Australie-Occidentale était bien devenue un territoire à part entière. L'argent de Leonora, qui pourtant ne constituait pas une fortune, permit au père McIntyre d'accomplir tant de choses qu'il ne regrettait plus de l'avoir utilisé.

La main de James guérit sans garder de séquelles de la bagarre. En revanche, le souvenir de sa victoire restait vif et l'avait changé. Il avait toujours détesté la violence, mais il avait acquis une force nouvelle. Pour la première fois de sa vie, il avait réussi à vaincre les méchants. L'impuissance qui l'avait tant fait souffrir avait été remplacée par un formidable appétit de justice.

Le journal de sa mère ne le quittait pas. Il le portait toujours dans sa ceinture, sans peur, à présent, que son secret ne soit découvert. Il en lisait des passages, et y voyait se dessiner les portraits d'une mère et d'un père, qui lui parlaient et le guidaient. Sa mère avait été une femme ensoleillée, fleurie, chaleureuse. Elle l'avait aidé à chasser ses idées noires. Son père était à ses côtés quand il apprenait ses leçons, quand il montait à cheval. C'était un homme de terre et de vents forts, qui évoquait l'odeur du foin fraîchement fauché. Jamais il ne s'était senti plus proche de son père que le jour où il s'était attaqué aux meurtriers de l'oisillon. Ce jour-là, il n'avait agi ni par désir de vengeance ni par plaisir de faire souffrir, mais pour répondre à un besoin de justice. Son père l'avait encouragé, et félicité. Car pour mériter d'être un homme, il fallait se dresser contre le mal et défendre les plus faibles.

James et Leonora guérirent ainsi de leurs blessures.

Ils retournaient souvent ensemble au bord de la falaise, mais ce jour-là, James était silencieux. Même les vagues semblaient se taire sous leurs pieds. Leonora le contemplait avec inquiétude, se demandant pourquoi il ne parlait pas. Elle avait tort de s'inquiéter.

Il se leva et alla chercher quelque chose à l'intérieur d'une cachette, dans un tronc creux. Main derrière le dos, il revint vers elle, hésita un peu, puis lui tendit un objet enveloppé dans un grossier papier d'emballage.

— Tiens, Leo, c'est pour toi.

Il s'assit sur ses talons et la regarda dénouer la ficelle et ôter le papier. Quand elle découvrit son cadeau, elle n'eut aucune réaction, ce qui inquiéta James.

— C'est moi qui l'ai fabriqué, expliqua-t-il très vite. J'y travaille depuis des semaines… Tu… tu l'aimes ?

Comme elle ne relevait toujours pas la tête, il fut terriblement déçu. Fabriquer un nid avec des brindilles entrelacées, tapissées de plumes jaunes, trouver un petit galet blanc de la bonne forme, le polir pour le faire ressembler à un œuf, tout cela n'avait pas été facile. Tous ces efforts avaient sûrement été un peu bêtes…

Il rougit.

— C'est pas grave, t'en fais pas.

Il tendit la main pour reprendre son offrande, mais elle serra vivement le nid contre elle pour l'empêcher d'y toucher, et il vit qu'elle avait les yeux pleins de larmes.

Alors il fut rassuré. Elle comprenait la beauté de son geste. Elle dégagea complètement le papier, qu'elle laissa tomber à terre, et posa sur sa paume ouverte la délicate structure. Elle prit le petit galet et le présenta à la lumière pour admirer sa perfection. Après avoir touché tendrement les plumes jaunes, elle lança à James un regard émerveillé et plein de gratitude.

Le vent se tut pour permettre à la voix la plus douce du monde de se faire entendre. Les lèvres de Leonora s'entrouvrirent et laissèrent échapper un son délicat comme un pétale et léger comme le plus ténu des gazouillements d'oiseau.

— Merci.

Oui, ce furent là des moments heureux.

Troisième partie

16

La tente du dispensaire n'était guère différente de celle des mineurs, sa taille mise à part. La toile écrue, tenue aux quatre coins par des piquets et surélevée en son centre par deux autres, ressemblait au chapiteau d'un petit cirque familial. Un cirque, cependant, où l'on perdait bras et jambes, et que l'on ne songeait qu'à fuir.

Ghan écarta le lourd pan de toile qui refermait l'entrée. Une puissante odeur d'ammoniaque, d'alcool et de savon noir le prit à la gorge. Ce trio désinfectant était si toxique qu'il aurait fait demi-tour si la pointe de sa jambe de bois n'avait été enfoncée de cinq centimètres dans la boue.

— Qu'est-ce qui a détrempé le sol comme ça ? grogna-t-il.

— Ils ont nettoyé les tables d'opération à grande eau, expliqua un homme qui fumait, assis sur une chaise et enveloppé dans une grosse couverture.

— Ça va, Bianchi ? demanda Ghan.

L'homme, le visage en sueur, lui fit signe que oui.

— T'as l'air d'étouffer là-dedans.

L'homme fit disparaître la fumée dans une profonde inspiration, les mains agitées par de violents tremblements, les yeux formant deux billes noires d'effroi. Ce n'était pas la chaleur qui donnait une suée à cet homme. Le pauvre bougre, songea Ghan, suffoquant dans l'air humide, au bord de la nausée.

Il avança, s'appliquant à poser son pilon aux endroits secs, et alla s'asseoir à côté du malade. La longue cendre qui pendait au bout de la cigarette tomba sur la couverture, mais l'homme souffrait trop pour le remarquer.

— C'est ton bras ? interrogea Ghan.

L'homme hocha la tête, regardant l'endroit, sous la couverture, où son bras bandé formait une bosse.

— Moi, c'est la jambe qu'on m'a coupée, il y a un mois, confia Ghan.

Bianchi regarda avec horreur le pilon. Il prit une nouvelle bouffée, creusant ses joues avec avidité, puis jeta son mégot dans la boue, où il s'éteignit en grésillant.

— Je ne veux pas ! Je ne peux pas, s'insurgea-t-il.

— T'as le choix ?

— Peut-être.

— Qu'est-ce qui s'est passé ?

— Brûlure, dit Bianchi en pâlissant encore. Il est presque carbonisé.

— Donc t'as pas vraiment le choix.

L'homme lui jeta un regard furieux d'impuissance, vite remplacé par la douleur.

— Tu peux pas rester comme ça, insista Ghan.

Il retenait sa respiration : Bianchi dégageait une horrible odeur de viande rôtie au feu de bois. La table d'opération était prête, les outils étalés à la vue du patient. *Il exagère, le doc, de laisser son matériel lui traîner sous le nez comme ça.* Il fallait le rassurer, quitte à mentir.

— C'est un bon docteur, il fait vite. T'auras à peine le temps de t'en rendre compte que la douleur sera partie. Tu te remettras en un rien de temps.

— Mais c'est mon bras, nom de Dieu ! C'est pas rien, un bras ! J'ai des enfants ! Comment je vais les nourrir sans mes deux mains ? Une jambe de bois, c'est pas pareil, ajouta-t-il en jetant un regard méprisant au pilon de Ghan. Ça t'empêche pas de marcher. Ça t'empêche pas de travailler. On t'attache une béquille sous le genou, et t'es comme neuf. C'est autre chose pour moi ! Sans mes deux mains, qu'est-ce que je vais devenir ?

— Allez, arrête de pleurnicher, sois un homme ! gronda Ghan.

Bianchi eut un sursaut, comme s'il avait reçu une gifle. Ghan continua :

— Viens pas me raconter qu'on va t'enlever ton bras : t'en as déjà plus, de bras ! Tu sais ce que t'as, Bianchi ? T'as un vieux morceau d'allumette cramée au bout de l'épaule. Alors, arrête tes jérémiades.

Le jeune mineur en resta bouche bée.

— Du travail, t'en auras, Bianchi, déclara Ghan en s'adoucissant. Tes gosses vont pas mourir de faim. Morrison t'a déjà prévu un poste au triage. C'est pas si mal, le triage. Je l'ai fait, un temps. On s'embête, mais y a aucun danger. T'auras plus à craindre de te faire cramer.

Voyant qu'il avait capté l'attention du blessé, Ghan se dépêcha de poursuivre :

— T'en fais pas, on te mettra un crochet. Ça ne

sera pas très beau, mais ça te permettra de te débrouiller. Et puis, pour trier, on n'a besoin que d'une seule main.

— Ça fait mal ?

— Non, pas trop.

Il parvint à peine à débiter ce mensonge. Une nausée le prit au souvenir du bruit de la scie s'attaquant à l'os.

Il était pourtant important de ne rien dire : la douleur était toujours pire quand on s'attendait à la ressentir. Ghan était un vieil habitué des maux divers et variés, mais cette souffrance-là était bien à part. Il avait perdu son oreille dans une explosion, il s'était bagarré, avait fait connaissance avec des poings pas commodes, mais, chaque fois, le coup était venu par surprise, et il n'avait rien senti sur le moment. Les sensations n'étaient revenues qu'une fois la surprise dissipée. En revanche, quand on savait ce qui allait arriver, quand on voyait son bourreau et ses instruments de torture, la douleur commençait bien avant l'opération.

Si Bianchi avait de la chance, il s'évanouirait au premier coup de bistouri.

Il mentit encore :

— Le doc va te donner de la morphine. Tu sentiras pratiquement rien.

C'était ce qu'on lui avait dit à lui aussi, juste avant de lui coincer une cartouche de fusil entre les dents. De la morphine, tu parles ! Le produit qu'on lui avait donné l'avait quelque peu assommé, mais sans arrêter la douleur. C'était comme d'être soûl : on n'avait plus toute sa tête, on souffrait comme un damné, mais on était trop abruti pour le faire savoir.

Le souvenir de son amputation était trop pénible. Ghan se leva.

— Je vais voir ce que fabrique le doc. Tu vas te rendre compte de rien.

Il eut tout juste le temps de sortir avant de vomir contre un arbre.

17

Une pellicule de rosée argentait l'herbe, brillait sur les toiles d'araignées, et mouillait les semelles du père McIntyre qui descendait à la rencontre du facteur, au tournant. Il souriait, heureux d'entendre le chant des mérions superbes.

— Belle matinée, monsieur Cook, lança-t-il.

Le facteur se redressa en sortant la tête de l'arrière de sa voiture, montrant une face de cuir brun plantée sur un cou maigrelet.

— Bonjour, je vous avais pas entendu venir !

Il souleva un paquet de lettres entouré de ficelle et le tendit au prêtre.

— J'ai vu votre annonce dans le journal. Vous avez eu des réponses ?

— Quelques-unes, répondit le prêtre sans enthousiasme. Deux familles doivent venir voir les enfants cette semaine.

— Ben, c'est une bonne nouvelle, pas vrai, mon père ? Vous devez être content d'arriver à faire adopter ces gamins.

— Bien sûr, bien sûr, répondit-il avec un faible sourire.

Du moins en théorie. Mais de même qu'il aimait la vue du haut des falaises tout en redoutant le vertige, il n'envisageait pas ces départs de gaieté de cœur.

Un bruit de course fit crisser le gravier.

— Vous avez ma lettre ? demanda James, essoufflé.

— T'attends du courrier, fiston ? demanda le facteur.

Le père McIntyre posa la main sur l'épaule du garçon en levant les yeux au ciel.

— Il attend une réponse d'Irlande, mais je lui ai bien dit de ne pas trop compter dessus.

— Oh, oh ! Alors là, c'est ton jour de chance, gamin ! Justement, y en a une dans le tas. De Limerick, je crois bien.

La nouvelle causa un choc au père McIntyre, qui plaça le paquet de lettres sous son bras.

— Bonjour, ma jolie ! dit M. Cook à la fillette silencieuse qui les avait rejoints. Bon, ajouta-t-il en se tournant de nouveau vers le prêtre. Il faut que je me sauve. À la prochaine tournée, mon père.

— Vite, ma lettre, s'il vous plaît ! supplia James en prenant la main de Leonora.

Poussant un gros soupir, le père McIntyre dénoua la ficelle et n'eut pas longtemps à chercher. C'était une fine enveloppe bleue ornée d'un timbre irlandais. On voyait à son état de saleté que le trajet avait été long. Il décolla le rabat avec le doigt et en sortit une carte. Il la lut et pâlit. Il prit le temps de la relire, ses yeux courant de droite à gauche, la mâchoire crispée.

— Alors ? Ça dit quoi ? s'impatienta James.

Le prêtre prit l'air grave.

— Je suis désolé, mon fils.

— Quoi ? s'écria le garçon, en serrant plus fort la main de Leonora.

— On n'a pas trouvé ta famille, James, je suis désolé.

— Mais, la lettre… On a bien reçu une lettre l'autre fois.

— Oui. Elle venait d'un prêtre que je connais près de Limerick. Il a enquêté, continua le père McIntyre en baissant les paupières. Il n'y a plus de O'Connell dans la région. Soit ils ont déménagé, soit ils sont… décédés. Je suis désolé, mon fils.

James lâcha la main de Leonora et partit en courant sur le gravier, tête et épaules baissées, comme un taureau blessé.

— James !

Il ne s'arrêta pas.

Le père McIntyre s'inquiétait de le voir si désespéré, mais il devait rassurer la fillette, qui semblait prête à pleurer.

— Il n'y pensera bientôt plus, Leonora. Il a simplement besoin de temps pour s'y faire.

Elle fit un pas vers la falaise pour le suivre.

— Laisse-le, Leonora, dit-il en tendant la main vers elle. Il a besoin d'un moment de solitude.

Mais, peine perdue, elle était déjà loin.

Se retrouvant seul, le prêtre se fit des reproches. Il n'aurait jamais dû écrire en Irlande. Il se sentait coupable d'avoir infligé à James cette déception. Il partit vers la falaise, lentement, à pas pesants, jusqu'aux galets blanchis et à la ligne invisible qu'il n'eut pas le courage de franchir. Un peu plus loin, à la limite du ciel, il voyait James, assis au bord du gouffre, les mains autour des genoux, et Leonora qui le rejoignait.

James se tourna vers elle en criant pour se faire entendre malgré le bruit des vagues. Il voulait la chasser, mais elle ne bougea pas. Il cria encore, le visage mouillé de larmes, rouge de colère, toutefois elle resta là, bras ballants. James frappa le sol d'un coup de poing, puis se tourna de nouveau vers la mer en se cachant le visage dans les genoux.

Alors Leonora se rapprocha lentement de lui. Elle s'agenouilla à ses côtés et passa un bras frêle autour de ses épaules. James se secoua pour se libérer, mais elle tint bon, son étreinte ferme comme celle d'une mère. Elle posa la joue sur sa tête et le tint fort contre elle. Bien que petite, elle le soutenait et l'aidait à porter le poids de la mauvaise nouvelle. Là, en haut de cette falaise battue par la mer, leurs deux forces se conjuguaient.

Gorge serrée, le père McIntyre se reprochait de ne pas savoir le consoler comme elle. Il eut un geste d'emportement : évidemment, pour elle, c'était facile ! Il tourna le dos aux enfants et s'éloigna à grands pas, sûr d'avoir bien fait. Le meilleur service que l'on pouvait rendre à un enfant, c'était de savoir lui faire de la peine pour son bien, pour préserver son avenir.

Le père McIntyre descendit le sentier, chassant de son cœur la tendresse et l'innocence. Il entra dans la sacristie et se réfugia dans son bureau en claquant la porte derrière lui. Il laissa tomber la pile de lettres nouvellement arrivées sur son secrétaire et finit de retirer la ficelle pour les libérer. La mauvaise nouvelle l'avait bouleversé, mais James s'en remettrait, et peut-être même le remercierait-il un jour.

Le prêtre se renversa dans son fauteuil, puis se redressa brusquement, et reprit l'enveloppe ouverte sur le dessus de la pile. Il relut attentivement la carte et sentit croître sa colère. S'il avait eu tort d'écrire, on avait eu encore plus tort de lui répondre ! À quoi ces gens pensaient-ils ? Vouloir récupérer James, l'arracher à la bonne vie qu'il menait à l'orphelinat pour s'économiser un ouvrier agricole !

Ces O'Connell devaient être de pauvres fermiers irlandais n'ayant de commun avec James que leur nom. Ils le réclamaient, mais pourquoi ? Pour lui faire planter des pommes de terre ou tirer une carriole comme un âne ? Ils ne l'enverraient pas à l'école et l'épuiseraient à la tâche. Ce n'était pas une vie pour un enfant. James valait mieux que cela. Et même s'il avait un peu de leur sang dans les veines, ce n'était rien face aux liens qui unissaient à présent James à l'Australie et à l'orphelinat.

La lettre avait été envoyée trois mois plus tôt. Et c'était surtout la dernière ligne qui le plongeait dans des abîmes d'anxiété. Ces gens mettaient de l'argent de côté pour émigrer en Australie.

Le père McIntyre prit la carte, la déchira en mille morceaux et laissa tomber le tout dans sa corbeille à papier.

Plutôt mourir que leur laisser James.

18

Au tournant du siècle, Perth était une ville provinciale si on la comparait à ses grandes rivales australiennes, mais pour Ghan, c'était une métropole magnifique. Venant du bush, il y entrait en se protégeant les yeux, comme un homme se prépare à affronter une tornade.

Son modeste chariot fut englouti dans le flot des véhicules plus citadins : cabriolets, tombereaux surchargés, impressionnantes diligences de la Cobb & Co. L'agitation urbaine montait de toutes parts, assaillait ses sens et le désorientait. Tenant fermement les rênes, il contrôlait à grand-peine ses chevaux apeurés, talonnés par des conducteurs aguerris, frôlés par des trams qui donnaient de la corne comme des oies, et qui crachaient d'irritantes fumées.

En arrivant devant l'hôtel Dayton, grandiose et aussi impressionnant qu'un paquebot, Ghan arracha son chapeau et s'essuya le visage. Une file de cabs noirs attendait. Ghan s'arrêta au bout de la rangée.

Un homme vêtu d'une queue-de-pie grise et coiffé d'un haut-de-forme sortit en courant par les grandes portes dorées de l'hôtel. Il soufflait dans son sifflet comme un damné.

— Tire-toi de là ! hurla-t-il. Où est-ce que tu te crois avec cet engin ?

— Je viens chercher mon passager ! cria Ghan.

— Comme si nos clients voyageaient dans de pareilles charrettes ! Allez, débarrasse-moi le plancher ! Ôte-moi cette horreur de là !

— On m'a dit d'attendre ici. Je ne partirai pas, grogna Ghan avec obstination. Mon passager, c'est un Américain. Allez vérifier. M. Fairfield.

— Fairfield ?

Le portier se tourna vers l'hôtel et s'époumona dans son sifflet jusqu'à ce qu'un petit groom arrive en courant.

— Va voir si M. Fairfield attend une voiture.

Il brandit ensuite le doigt en direction de Ghan.

— Cinq minutes, et après, je t'avertis, c'est la police.

Avant la fin de ce délai, un homme vêtu d'un costume blanc, un chapeau de la même couleur sur la tête et le visage agrémenté d'une noble barbiche, sortit de l'hôtel le nez sur sa montre de gousset. À son bras avançait une femme maigre, qui le dépassait d'une bonne tête. Le portier salua le couple bien bas, se pencha pour entendre ce que son client avait à dire, prit l'air innocent et désigna Ghan, puis siffla encore. À ce signal, la file de cabs avança, opérant un demi-tour pour se placer en fin de rangée, derrière lui, et lui laisser la place.

— C'est à nous, marmonna Ghan.

Il n'eut pas besoin de mettre pied à terre. Les bagages furent chargés dans la voiture par de jeunes porteurs. La femme, vêtue d'une belle robe de soie bleue, se déplaçait à petits pas, digne et raide, semblant plus âgée qu'elle ne l'était sans doute réellement. Elle pressa une main gantée de blanc sur ses lèvres quand elle vit le chariot de Ghan. S'arrêtant net, elle lâcha le bras de son mari.

— C'est insensé ! Ce n'est quand même pas votre voiture !

— Allons, allons, dit le mari d'un ton apaisant.

Sans lui laisser le temps d'en dire plus, elle s'adressa au portier.

— Où est sa voiture ? Ne me dites pas que votre hôtel laisse des vagabonds prendre en charge les clients !

— Eleanor, calmez-vous, intervint M. Fairfield en lui reprenant la main. Je vous ai expliqué. La négociation sera plus difficile si l'on me voit arriver comme un nabab dans un beau carrosse. Et puis, ce n'est pas très loin. N'est-ce pas, mon brave ? ajouta-t-il en se tournant vers Ghan.

Ghan se racla la gorge.

— Vous y serez avant la nuit.

L'homme lui adressa un clin d'œil reconnaissant et s'adressa de nouveau à sa femme.

— Vous voyez, mon amie.

— Je n'aime pas ça, Owen. Je n'aime pas ça du tout.

Elle toisa Ghan sans cacher sa révulsion et parla comme si, ayant vu qu'il lui manquait une oreille, elle le pensait sourd.

— Vous ne connaissez pas cet… individu, mon cher. Il pourrait vous voler, vous détrousser et vous abandonner au bord de la route. Que feriez-vous, alors ? Owen, par pitié ! Mes nerfs ! clama-t-elle de sa voix stridente d'Américaine.

— Je vous enverrai un câble sitôt arrivé à la mine.

— Et gardez-vous du soleil ! Je ne veux pas d'un mari qui ressemble à une betterave.

— Bien sûr, ma chère.

— Vous n'oublierez pas d'envoyer le télégramme ?

— En aucun cas.

— Et vous ne resterez pas plus de quatre semaines ? Vous le promettez ?

— Pas une seconde de plus.

M. Fairfield posa un baiser sur la joue de sa femme en se dressant sur la pointe des pieds.

— Au revoir, ma très chère.

Le portier lui tendit la main pour l'aider à monter sur le banc, à côté de Ghan.

À peine assis, M. Fairfield murmura du coin de la bouche :

— Allez, hue, vite, démarrons !

Ghan signala à ses chevaux de partir, et l'Américain, feignant la surprise face à la secousse de ce départ précipité, s'agrippa sur le côté en lançant un baiser furtif à son épouse du bout des doigts.

— À très bientôt, ma chère ! Vous recevrez un câble sans faute !

Ghan jeta un coup d'œil derrière lui. Mme Fairfield, main plaquée sur une gorge couverte de dentelle, regardait à droite et à gauche pour vérifier que personne ne voyait son mari emporté dans ce charriot rustique par un infirme.

L'ancien chamelier eut besoin de toute son attention pour diriger son cheval dans les rues encombrées. La sueur ruisselait sur son front devant la multitude d'obstacles, d'hommes, d'animaux, de véhicules. Il n'était pas question de bavarder avec son passager. Les faubourgs arrivèrent enfin, plus calmes, les hauts buildings laissant la place à des immeubles plus bas. On voyait de nouveau le ciel.

Ce début de trajet se passa donc en silence jusqu'aux routes de campagne. L'air frais revivifia Ghan, le « cliticlop » des sabots redevint audible. En haut d'une montée, la voiture, par une illusion d'optique, sembla laisser la ville à cent kilomètres derrière elle. Ghan s'autorisa enfin à respirer. Il se détendit et remonta son chapeau haut sur son front.

— Vous n'aimez pas beaucoup la ville, il me semble, commenta son passager.

Ghan se tourna vers lui, surpris. M. Fairfield l'observait, assis très droit, sans s'appuyer au dossier, les deux mains posées sur les genoux.

— J'ai pas l'habitude…

Le passager s'étira, déboutonna sa veste, qu'il ôta et laissa tomber au fond du wagon. Il dégrafa son col dur, dont il se débarrassa définitivement en le jetant par-dessus bord. Après s'être frotté le cou, il enleva ses boutons de manchette et les enfonça au fond de sa poche. Ainsi libéré, il remonta ses manches, puis sortit sa blague à tabac.

— Vous fumez ? demanda-t-il à Ghan en la lui tendant.

— Non, merci. Mais votre femme avait raison. Méfiez-vous du soleil. Vous allez cramer.

— Bah, je survivrai, dit M. Fairfield en se roulant une cigarette. À la maison, je n'ai pas le droit de fumer non plus.

Il frotta une allumette sur le côté du banc et approcha la cigarette de la flamme bleutée en aspirant.

— Je vais fumer pendant tout le voyage, comme une cheminée, si ça ne vous embête pas, monsieur… ?

— Ghan.

— Vous êtes turc ?

— Non, mais dans le temps je conduisais des chameaux… comme les Afghans.

— Ah, très bien… Ma femme a très certainement raison de prendre soin de moi, mais les hommes mariés ont parfois besoin de se conduire comme des célibataires. C'est puéril, mais je n'en fais jamais qu'à ma tête. On me gronde, mais on me pardonne vite.

L'homme soumis que Ghan avait vu à Perth avait fait place à un voyageur tranquille et fort, qui avait l'air de beaucoup s'amuser.

— Vous connaissez l'Amérique, Ghan ?

— Du tout. J'ai jamais mis les pieds hors d'Australie.

— Eh bien, laissez-moi vous dire : moi, j'ai fait plusieurs fois le tour du monde, et je peux affirmer que l'Australie et l'Amérique se ressemblent comme des sœurs. Des demi-sœurs. Nous avons la même mère, l'Angleterre, qui n'a pas été très sage et qui nous a donné des pères différents. Nous avons tellement de géniteurs, d'ailleurs, que nous perdons de vue nos origines. C'est ça, le melting-pot. Il n'y a de différence qu'avec les Aborigènes, chez vous, et avec les Indiens, chez nous.

Ghan l'écoutait avec plaisir. Il appréciait qu'on lui fasse la conversation et trouvait agréable l'accent américain de son passager.

— L'Australie et l'Amérique sont des territoires

immenses, continua M. Fairfield, qui discourait comme s'il s'adressait à un parterre de cent personnes. Les plus belles villes et nos meilleures terres sont situées sur les côtes est et ouest. Au milieu, les deux pays ont de grandes étendues propres à la culture du blé, si la sécheresse ne les transforme pas en déserts. Sans parler des meilleurs pâturages du monde, et des meilleurs cow-boys pour diriger les meilleurs troupeaux. Chez vous, comme chez nous, ce sont de vrais hommes.

Il s'interrompit brusquement.

— Dites-moi si je vous ennuie…

Après un silence, il reprit du ton de la conversation :

— C'est agréable, un pays où les gens parlent anglais. Même si les accents sont différents. Les Australiens semblent s'étonner en permanence, et les Américains parlent comme s'ils avaient toujours réponse à tout ! ajouta-t-il avec un rire.

L'Américain posa ses belles chaussures bien cirées sur le repose-pied.

— Est-ce que vous savez qui je suis ?

Ghan secoua la tête.

— Eh bien, je vais vous le dire. Vous êtes pratiquement le seul à l'ignorer, Ghan… Tout le monde me connaît, parce que je suis très riche. Par hasard, d'ailleurs. Si, si, par hasard, je vous assure. J'étais géologue de formation. Je me suis toujours intéressé aux cailloux, et je me suis découvert un don pour détecter les filons intéressants. J'ai commencé par une mine de cuivre dans l'Utah, puis j'ai acheté une mine de charbon en Pennsylvanie, et une d'argent dans le Nevada. Maintenant, j'en exploite dans le monde entier. Et me voilà en Australie, parce que je m'intéresse à cette ruée vers l'or. J'ai vu la même chose arriver en Californie il n'y a pas si longtemps. C'est plein d'opportunités.

— Vous arrivez trop tard. Le bush est encombré de grandes compagnies minières. Il doit pas rester beaucoup d'or au fond.

— Précisément, mon ami. Tous ces gens qui s'acharnent ne s'intéressent qu'au métal jaune. Qu'ils le gardent. Moi, ce que je cherche, c'est le nickel. Le monde a beaucoup plus besoin de ce minerai que d'or.

Fairfield se tourna vers Ghan avec intérêt.

— Le directeur de votre mine, Matthews, quel genre d'homme est-ce ?

— Un beau salaud.

— Mais encore ?

— Paresseux. Mauvais caractère. Mais sans doute que c'est pas sa faute.

— Tiens ! Et pourquoi donc ?

— Eh ben, il a une vieille maison pas très loin de la mine, et sa femme est toujours après lui à se plaindre que tout se détraque chez eux. Les tuyaux, les portes, les fenêtres. Alors, quand elle se plaint comme ça, Matthews, il désigne un gars, et il l'envoie à sa femme pour faire les travaux.

— Tiens donc ! Et il ne peut pas s'en charger lui-même ?

— Justement, non. C'est pas tant les travaux, c'est surtout la femme qui a besoin qu'on s'occupe d'elle, si vous voyez ce que je veux dire…

— Non ? Sans blague !

— Si je mens, je vais en enfer. Les gars, ils reviennent tout contents. Et elle fait pas sa difficile.

Un jour, Matthews lui a expédié Earl, le borgne, et quand il est revenu, j'ai cru que sa balafre allait se rouvrir tellement il était heureux.

M. Fairfield leva les sourcils, hautement amusé.

— Excellente histoire, mon ami… Vraiment excellente.

Après cela, il y eut un autre silence, lourd de pensées.

— Je peux vous demander un truc ? demanda Ghan en grattant l'orifice de son oreille arrachée. Pourquoi vous avez amené votre femme avec vous ? Elle va pas se sentir seule, à Perth ?

— Elle n'y reste pas. Elle va séjourner à Geraldton, sur la côte, pour visiter un orphelinat. Nous adoptons une petite fille.

19

Eleanor Fairfield arriva à l'orphelinat entourée de son équipe d'avocats. Les trois hommes, la moustache fière, le cou serré dans un col blanc, la suivaient comme des toutous. On voyait d'emblée qui commandait la troupe. Elle avait une belle prestance, silhouette longue et élégante dans une robe couleur d'émeraude agrémentée d'un ruché de dentelle à la gorge.

— Bonjour, madame Fairfield, dit le père McIntyre en l'accueillant.

Elle se détacha du trio et lui offrit sa main, pliant mollement le bras au niveau du poignet. Sa brève inspection du prêtre lui fit remarquer la soutane froissée, le menton mal rasé.

— Père McIntyre, je vous présente M. Newton.

Les deux hommes se serrèrent la main, et les présentations s'arrêtèrent là, les deux acolytes, agrippés à leurs serviettes de cuir noir jumelles, étant sans doute de trop peu d'importance pour qu'elle s'y intéresse.

— Si vous voulez bien me suivre, dit le prêtre en indiquant le chemin.

Eleanor Fairfield était si grande qu'elle dépassait

presque le père McIntyre. Bien que beaucoup plus jeune que lui, elle paraissait bien plus puissante : la volonté marquait le bas de son visage. Son expression déterminée et tendue effaçait toute sa beauté. Ses traits, pourtant fins, étaient gâchés par une ride descendue du front, qui longeait le nez et s'enfonçait au coin d'une bouche étroite et sévère.

— De quelle région d'Amérique venez-vous ? s'enquit le père McIntyre, tâchant de compenser par de l'amabilité la mauvaise impression que devait produire son aspect négligé.

— De Pennsylvanie. Pittsburgh.

— Ah, oui, j'en ai entendu parler.

Il eut un sourire crispé, tout occupé à tirer deux chaises de part et d'autre des fauteuils en cuir, son bureau n'étant pas prévu pour accueillir autant de visiteurs à la fois.

— Alors, reprit-il quand ils furent installés. Vous venez donc pour adopter l'un de nos enfants. Une fille, si j'ai bien compris ? Avez-vous un critère d'âge en tête ?

— C'est Leonora que je veux.

— Leonora ? Vous connaissez Leonora ?

— Nous connaissons tous les enfants adoptables de votre région, et c'est cette enfant qui correspond le mieux à nos critères.

— Quels sont-ils ?

— Peu importe. Est-elle intelligente ?

Le père McIntyre, blessé par cette attitude hautaine, parvint à répondre sans rien laisser paraître.

— Très intelligente.

— Parfait. Je veux la voir.

— Certainement, mais, auparavant, madame, je dois

vous avertir qu'une procédure d'adoption est déjà engagée pour Leonora.

— Pourquoi n'en ai-je pas été avertie ? s'exclama-t-elle en se tournant vers M. Newton.

L'homme eut un sursaut et fusilla du regard ses deux assistants, qui baissèrent la tête. Mme Fairfield, excédée, s'adressa de nouveau au prêtre.

— Peu importe. Faites-la venir.

Le père McIntyre s'empressa d'aller chercher Leonora dans la classe de sœur Louise. Il ouvrit la porte, interrompant la leçon, salua la religieuse d'un signe de tête, puis appela la fillette assise au fond de la salle.

— Leonora, viens, j'ai besoin de toi cinq minutes.

Les élèves la suivirent des yeux pendant qu'elle passait entre les pupitres. Le père McIntyre la prit par la main et l'emmena dans son bureau, où il la présenta à ses visiteurs.

— Leonora, Mme Fairfield voudrait faire ta connaissance.

Le menton d'Eleanor Fairfield se dressa au-dessus de son ruché de dentelle. Elle examina l'enfant.

— Tournez-vous, lui ordonna-t-elle.

Leonora fit un tour sur elle-même.

— Elle est jolie, commenta la visiteuse d'un ton sec. Quel âge as-tu ?

N'obtenant pas de réponse, Mme Fairfield s'indigna.

— Je t'ai demandé ton âge !

— Elle a huit ans, répondit le père McIntyre en adressant un sourire bienveillant à la petite. Elle est très timide, madame. Elle parle rarement.

— Eh bien, ce n'est pas forcément un inconvénient, au contraire… On lui demandera justement de se taire.

Elle posa encore sur la fillette un long regard, puis la chassa.

— Tu peux t'en aller.

Leonora quêta l'approbation du prêtre.

— Merci, Leonora. Retourne dans ta classe.

Quand la porte se fut refermée sur elle, Mme Fairfield annonça sa décision.

— Je la prends.

Luttant contre une vive antipathie, le prêtre fit un effort d'amabilité.

— Comme je vous l'ai dit, madame, Leonora n'est plus proposée à l'adoption.

Un regard d'acier le cloua sur place.

— Vous avez simplement dit tout à l'heure qu'une procédure d'adoption était engagée. Soyez précis. Son sort est-il réglé définitivement, oui ou non ?

— Pour moi, c'est la même chose.

— Un contrat a-t-il été signé ?

— Oui.

— À combien la contrepartie s'élevait-elle ?

Cette fois, le père McIntyre eut l'air gêné.

— Une bonne famille, cela vaut tout l'argent du monde.

— Mais bien sûr, comme c'est généreux ! répondit-elle avec dérision. S'ils n'ont pas payé, elle est encore adoptable. Moi, je vous en offre vingt-cinq mille dollars.

Le père McIntyre ouvrit de grands yeux, ce qui amusa beaucoup sa visiteuse.

— Eh oui, c'est une belle somme, n'est-ce pas ? L'Église n'est pas ingrate. Votre hiérarchie saura certainement récompenser un prêtre capable de rapporter autant d'argent à sa communauté.

— Je n'ai pas d'ambition personnelle.

Elle s'esclaffa, jetant un coup d'œil complice à ses conseillers.

— J'imagine bien ! Les hommes de Dieu n'ont aucune préoccupation matérielle, c'est bien connu.

— Croyez ce que vous voudrez. Je ne m'intéresse qu'au bien-être de ces enfants.

Eleanor Fairfield hocha lentement la tête, son sourire relevant à peine ses fines lèvres.

— Alors, vous ne savez sans doute pas que vous ne pourrez plus remplir votre office très longtemps. Monseigneur Ridley a l'intention de fermer cet orphelinat.

Pâlissant, le prêtre se figea sous le regard du trio d'avocats. Eleanor en profita pour repartir à la charge.

— Je ne sais pas si vous vous êtes fait des ennemis haut placés, ou si c'est seulement parce que vous n'avez pas d'amis, dit-elle en caressant les perles nacrées de son sac à main, comme si c'était un chat. En tout cas, votre hiérarchie n'a pas l'air de beaucoup se préoccuper de votre avenir. Avec un apport de vingt-cinq mille dollars, il vous sera bien plus facile de convaincre l'évêque que cet orphelinat vaut la peine d'être sauvé.

— L'orphelinat n'est fait que de pierre et de mortier, répondit-il vivement. Il peut s'écrouler au moindre caprice du ciel. Ce qui compte avant tout, c'est de sauver ces enfants. Leonora, plus que quiconque. Et l'argent n'a pas de poids ici, madame Fairfield, déclara-t-il, les dents serrées. Le bonheur de Leonora n'est pas à vendre.

— Un sentiment noble et louable ! Je suis très touchée, père McIntyre. Mais avez-vous pensé aux autres enfants qui vivent ici ? Leur bonheur et leur sécurité valent sans doute un petit sacrifice. À moins que, ajouta-t-elle en portant sur lui un regard scrutateur, à moins que vous n'éprouviez un sentiment plus particulier pour la jolie petite Leonora ?

— Je ne vous permets pas !

— Je ne parlais que d'un sentiment très pur, évidemment, lança-t-elle en balayant la question d'un geste. Croyez-moi, nous voulons tous les deux le bonheur de cette petite. Je peux lui offrir une vie qui ferait rêver n'importe quel enfant. Elle sera riche. Elle recevra une éducation de tout premier ordre. Elle voyagera et portera le nom d'une famille estimée. Au lieu de me mettre des bâtons dans les roues, vous devriez me remercier, père McIntyre. Vous savez quel sort on réserve aux orphelins de ce monde, surtout aux petites Leonora.

Une brève expression de compassion passa sur son visage, vite chassée par l'impatience : Eleanor Fairfield n'avait pas de temps à perdre.

— Imaginons un instant que, par je ne sais quel sentiment religieux mal placé, ou par simple imbécillité, vous nous refusiez Leonora. Combien de temps arriveriez-vous à la garder ici ? Jusqu'à ses seize ans, peut-être, mais après ? Après, elle devra partir, comme vous le savez. Le risque est qu'elle épouse le premier vaurien venu, ou qu'elle se place comme serveuse dans un pub, où elle se perdrait.

— Vous oubliez la famille qui propose de l'adopter.

— C'est vous qui oubliez que cette famille est pauvre, comme tous les gens qui viennent se servir ici. Votre protégée sera mise au travail malgré son jeune âge. Et son labeur sera sans doute exténuant.

Il y eut un silence. Ce n'était que trop vrai. Une goutte de sueur se forma sur le front du prêtre. De lui seul dépendait l'avenir de cette enfant.

Eleanor hocha la tête comme s'il avait déjà répondu favorablement à sa demande. Elle continua d'une voix plus aimable :

— Le contrat d'adoption que vous avez déjà signé ne nous causera aucune difficulté. M. Newton y trouvera des failles, et vous n'aurez aucun ennui, même si les signataires veulent mener l'affaire en justice… ce qu'ils ne feront pas, car cela leur coûterait trop cher. Inutile de discuter avec eux. Racontez-leur ce que bon vous semble. Cela ne me regarde pas.

« Mes avocats vont rédiger les papiers d'adoption et vous les signerez avec l'évêque. Je m'installe à quelques kilomètres de Geraldton pour un mois. Vous viendrez pour la signature. Ce jour-là, tous les dossiers concernant l'enfant devront m'être remis, sans que l'orphelinat n'en garde aucun double. Est-ce clair ? Bien, ajouta-t-elle sans attendre la réponse. Je vais vous envoyer une préceptrice qui lui donnera des cours particuliers jusqu'à son départ. Leonora aura deux mois pour oublier l'accent australien et apprendre le nôtre. On lui enseignera les bonnes manières et l'histoire de notre famille. Il faudra qu'elle s'applique.

— Et si elle déçoit vos attentes ? demanda-t-il sèchement.

— Voyons, mon père, jeta-t-elle d'un ton sardonique, vous n'avez pas la foi ?

20

Ce matin-là encore, comme tous les autres matins de la semaine, Leo n'était pas venue au petit-déjeuner. James jetait constamment des coups d'œil à sa chaise vide, puis aux portes de la salle, espérant la voir apparaître. Son absence planait sur le réfectoire. Il savait où elle était : prisonnière d'une préceptrice américaine qui s'enfermait avec elle dans le cagibi. Ce n'était en effet guère plus qu'un placard dont on avait poussé les balais pour y installer une table et deux chaises.

Depuis leur séparation, James parlait aussi peu que Leonora. Il n'avait plus rien à raconter, et personne pour l'écouter. Il traversait les nuits et les jours dans un mauvais brouillard, sans même arriver à évoquer sa chère Irlande. Ses anciens rêves de prairies couleur d'émeraude, de moutons laineux, de falaises de craie, et de soirées au coin d'un feu de tourbe ne lui semblaient pas plus réels que ces contes de fée qui servent à bercer les enfants. Il était bien trop grand pour croire à de telles histoires.

Cela ne signifiait pas pour autant qu'il s'habituait mieux à sa vie. Il s'ennuyait, avait l'impression d'être emprisonné. Il se sentait vide, lui qui avait eu la tête si pleine d'images et d'ambitions, au point qu'il n'y avait presque plus eu de place pour le quotidien.

Il regarda une dernière fois la chaise vide en soupirant, avant de rapporter son assiette et ses couverts à la desserte. La préceptrice, vêtue de gris, entra alors dans le réfectoire, se fit servir et alla s'asseoir avec son assiette. C'était la première fois que James la voyait prendre un repas dans la salle commune. Cœur bondissant, il se sauva vite et dévala le couloir, passant les deux salles de classe jusqu'à la porte du fond.

Il ouvrit à la volée. Surprise, Leonora sauta de sa chaise pour se cacher dans les balais.

— Pardon, Leo. Je ne voulais pas te faire peur.

Il lui laissa le temps de se remettre, guetta le retour d'un sourire, mais son air grave et inquiet ne la quitta pas.

— Vite, Leo, viens. Ta mère poule prend son petit-déjeuner. Allons nous promener avant qu'elle revienne.

Elle ne bougea pas, le regardant comme si elle ne comprenait pas.

— Ne t'inquiète pas, dit-il en faisant un pas vers elle. Même si elle revient avant notre retour, elle ne te mordra pas. Nous ferons vite.

Leonora se rencogna un peu plus dans les balais en faisant non de la tête.

— Elle n'en fera pas un drame. Allez, viens !

Il lui saisit la main, mais elle la lui retira en poussant un petit cri.

— Qu'est-ce que tu as, Leo ? demanda-t-il, effrayé.

Voyant qu'elle cachait ses mains derrière son dos, il lui prit le coude pour tirer son bras vers lui. Elle avait le poing fermé, mais, lentement, elle l'ouvrit pour lui montrer sa paume.

Il fallut un long moment à James pour comprendre pourquoi sa main était zébrée de rouge. Le cœur battant à se rompre, il lui prit l'autre main. La peau des phalanges était arrachée et de sanglantes lacérations apparaissaient.

Pris de fureur, il contempla les petites mains meurtries, puis rencontra le regard de Leonora.

— Non ! supplia-t-elle.

Mais il était déjà parti. Il courut comme un fou dans le couloir, non pas pour aller trouver la préceptrice au réfectoire, mais en direction du presbytère et du bureau du père McIntyre. Il tambourina à la porte. N'obtenant pas de réponse, il frappa encore plus fort. Il crut entendre un bruit derrière la porte, mais on ne lui ouvrit pas. Alors, il pressa l'épaule contre le battant, pensant devoir forcer le loquet. La porte s'ouvrit sans effort : elle n'était pas fermée.

Le père McIntyre émergea de son appartement privé, les cheveux aplatis d'un côté de la tête.

— James, s'exclama-t-il en s'asseyant pesamment derrière son bureau. Pourquoi fais-tu tout ce vacarme ? Tu ne devrais pas être en classe ?

— Pourquoi vous n'avez pas ouvert quand j'ai frappé ?

Le prêtre rassembla les papiers étalés sur son bureau.

— Je me reposais.

— Vous ne faites que ça !

— James ! Ne me parle pas sur ce ton !

La colère de James était telle qu'il ne se laissa pas impressionner. Il posa si brutalement les deux mains sur le bureau qu'il envoya valser les papiers.

— Réveillez-vous ! hurla-t-il.

D'abord abasourdi, le prêtre ne bougea pas, puis il se leva.

— Je n'apprécie pas cette violence ! Veux-tu te calmer !

James le défia du regard. Il se saisit de la lampe de bureau et l'envoya de toutes ses forces contre le mur. Le verre explosa, et la lampe brisée, la mèche, ainsi que les débris se retrouvèrent par terre dans une flaque de pétrole.

— Comment pouvez-vous laisser faire ça ? cria James, la révolte grondant dans tout son être.

Le père McIntyre baissa les yeux vers la lampe cassée, comme s'il cherchait la réponse dans le combustible répandu.

— Je ne sais pas de quoi tu parles…

Puis, soudain, il releva la tête dans un sursaut :

— Je suis désolé, James, ne sois pas fâché ! Je voulais seulement te protéger.

— Me protéger ? Mais je ne vois pas en quoi ça me protège !

— Si, bien sûr, mon fils ! Tu dois comprendre. Je devais d'abord penser à toi, à ton avenir. Cette lettre…

— Quelle lettre ?

James secoua la tête. Le prêtre divaguait, cela n'avait aucun sens.

— Vous voulez me protéger, reprit-il, indigné, mais c'est elle qu'il faut protéger, pas moi !

Le père McIntyre ravala les mots qu'il s'apprêtait

à prononcer. Il était bien réveillé, cette fois, et posa sur James un regard scrutateur.

— Explique-toi un peu mieux, mon fils, je ne sais pas de quoi tu parles.

— Mais de Leonora ! Pourquoi acceptez-vous qu'on lui fasse du mal ?

Après avoir entendu toute l'histoire, le père McIntyre se précipita vers le cagibi, suivi de James. On entendait une voix derrière la porte. Le prêtre ouvrit si brutalement que Leonora et sa préceptrice sursautèrent.

— Montre-moi tes mains, ordonna-t-il à la fillette.

Voyant que la peur la paralysait, le prêtre parvint à se contrôler.

— Ne crains rien, je ne vais pas te gronder. S'il te plaît, montre-moi tes mains.

Elle tendit les bras, exposant ses paumes meurtries. Le père McIntyre les prit doucement dans les siennes pour les examiner. Il était devenu rouge écarlate.

Il se tourna vers la préceptrice.

— Faites vos valises tout de suite !

— Je… je n'avais pas le choix, bégaya-t-elle. Elle a tellement à apprendre, et nous avons si peu de temps ! Certains jours, elle ne dit pratiquement pas un mot. C'est trop lent ! ajouta-t-elle en jetant un regard accusateur à la fillette. Mme Fairfield m'a donné des instructions très précises.

— Partez, je ne veux plus vous voir !

— C'est Mme Fairfield qui m'emploie, et elle seule peut me renvoyer !

Elle avait dit cela avec une assurance qu'elle ne ressentait probablement pas. Ce ton autoritaire un peu tremblant finit d'enrager le prêtre. Il lâcha les mains de Leonora et se dressa devant la préceptrice.

— Disparaissez avant que je ne vous fasse tâter de votre badine, madame Applegate !

Il prit la baguette qui était posée sur le bureau et la fit siffler si près du visage de la coupable qu'elle devint livide.

Elle recula d'un pas, se saisit de son sac qu'elle serra contre sa poitrine, et s'enfuit sans demander son reste. Le claquement précipité de ses talons dans le couloir résonna dans son sillage.

L'air égaré, le père McIntyre marmonnait des invectives en faisant claquer la badine contre sa chaussure. Se souvenant qu'il n'était pas seul et voyant que James le contemplait fixement, il laissa tomber la baguette à terre.

— James, amène Leonora à sœur Louise pour qu'elle lui panse les mains.

— Moi, je peux la soigner, dit l'enfant en se plaçant devant Leonora, protecteur. Je préfère m'occuper d'elle moi-même.

21

— Je vais à Northampton !

Le père McIntyre traversa l'orphelinat comme un fou. Il poussa presque sœur Margaret et les enfants qui avaient le malheur de se mettre dans ses jambes. Il n'avait même pas pris le temps de se préparer un sac de voyage ou d'emmener de l'eau. Il ne sella pas son cheval et monta donc à cru, tapant des deux talons contre les flancs de sa monture, qui partit en faisant voler les graviers sous ses sabots.

Terminée, l'apathie qui l'avait englouti comme un marécage. La colère l'avait réveillé, et il s'y accrochait pour retrouver sa capacité d'agir. La jument baie passa devant l'église au galop et prit la route de la falaise. Pour résister au vertige, le père McIntyre tourna la tête vers les terres, tâchant d'ignorer les eaux tumultueuses qui s'étendaient à l'infini. Il s'accrochait à l'encolure de son cheval comme s'il risquait d'être précipité dans le vide, ses cheveux lui fouettant le visage. Il ne se redressa que lorsque le fracas des vagues lui sembla plus faible.

Dès qu'il pensait aux mains de Leonora, rouges et enflées, il frappait des talons pour accélérer l'allure.

Sa soutane noire claquait dans le vent au rythme de la cavalcade. Son devoir était de sauver l'enfant qu'il n'avait pas su protéger.

Il arriva à Northampton, tétanisé par l'effort qu'il avait dû fournir pour se tenir sur le cheval. Son naturel réservé faillit reprendre le dessus, mais le souvenir des mains martyrisées de Leonora lui rendit la force d'entrer dans le hall et de fouler le tapis rouge de l'hôtel Duxton.

Il respira à fond, ferma les yeux pour mieux rassembler sa fureur, et frappa trois coups vifs à la porte de la suite de Mme Fairfield.

Une voix impérieuse répondit aussitôt.

— Enfin ! Pas trop tôt ! Eh bien, entrez !

Devinant qu'elle attendait le service d'étage, il frappa de nouveau pour que l'on vienne lui ouvrir.

C'est ce qu'elle fit, impatiente.

— Je vous ai dit d'entrer !

Elle s'arrêta net en le voyant.

— Tiens, père McIntyre, quelle surprise ! Je pensais que c'était le service de blanchisserie. Entrez.

Il pénétra dans un luxueux salon, tapis orientaux, beaux meubles cirés. Un grand miroir doré occupait la moitié d'un mur. Mme Fairfield prit place dans un fauteuil à haut dossier, qui l'accueillit comme un trône. Elle désigna un canapé club.

— Asseyez-vous, mon père, je vous en prie.

— Je préfère rester debout, ce ne sera pas long.

— Comme vous voudrez… Que me vaut le plaisir ?

— Je suis là pour vous parler de Leonora.

— J'imagine bien. Je vous attendais un peu plus tard dans la semaine. Peu importe. Mes avocats ont terminé la rédaction du contrat. Vous allez pouvoir le signer. Cela vous évitera de revenir.

Elle se pencha pour prendre une serviette en cuir posée à ses pieds.

— Il n'y aura pas d'adoption, lâcha-t-il, contenant mal sa colère.

— Tiens donc ! Et en quel honneur ? s'enquit-elle dans un demi-sourire.

Le père McIntyre sentait trembler ses lèvres et rougir ses oreilles.

— Je ne donnerai pas cette enfant à des gens qui la maltraitent.

Le sourire de Mme Fairfield s'effaça et elle fronça les sourcils.

— Comment ça, « qui la maltraitent » ?

— Elle a les mains en sang, bleuies par les coups ! C'est intolérable, inexcusable !

Eleanor Fairfield se figea dans son fauteuil et détourna la tête pour méditer cette information. Quand elle refit face au prêtre, elle avait le visage grave.

— Je suis quelqu'un de dur, père McIntyre, c'est possible, mais je n'aime pas la violence. Mme Applegate l'a frappée ?

— Ne vous moquez pas de moi, madame ! La préceptrice m'a dit que vous lui aviez donné des ordres stricts.

— Je lui ai demandé de lui donner des leçons, pas des coups !

La colère qu'il vit en elle le désarçonna. Il ne voulut pourtant pas en tenir compte.

— J'ai renvoyé la préceptrice.

— Vous avez bien fait. Je vous enverrai une remplaçante.

Il s'était attendu à trouver une résistance, à régler l'affaire sous le coup de la colère. L'assentiment de son interlocutrice lui coupait l'herbe sous le pied.

— Une autre fera pareil. Vous en demandez trop à cette enfant. En soi, cette exigence est déjà cruelle.

Cette fois, l'air compréhensif disparut et l'éclat dictatorial revint.

— Je vous assure, mon père, que je ne veux pas plus que vous lui faire de mal. Mais, enfin, vous me surprenez un peu. On dit que qui aime bien châtie bien, et il me semble que l'Église est connue pour soutenir vigoureusement les punitions corporelles.

— Les seules conséquences de la violence sont la peur et la destruction des âmes.

— Très intéressant. Vous allez à contre-courant de la pensée universelle. Votre énergie à votre arrivée m'a vraiment impressionnée. Je n'ai pas grande confiance dans les hommes d'Église. Ils sont souvent égoïstes, préoccupés par leurs seuls intérêts. Bien, ajouta-t-elle en claquant dans ses mains. Reprenons depuis le début. Asseyez-vous, je vais vous donner quelque chose à boire.

Soudain affaibli par sa longue course, par sa colère, le père McIntyre se laissa tomber dans le profond canapé, qui l'avala.

— Je veux bien une tasse de thé, dit-il, ne sachant plus trop quel ennemi il combattait.

— Du thé ? Mais non, prenez un verre avec moi, et nous discuterons.

Le prêtre prit le verre qu'elle lui tendait sans demander ce que c'était.

— Vous ne m'avez même pas demandé ce que faisait mon mari, déclara Mme Fairfield en reprenant place avec son propre verre sur son siège royal. Ne voulez-vous pas savoir si c'est un homme honorable ? Après tout, il adopte Leonora, lui aussi.

— Eh bien ? demanda le père McIntyre d'un ton las. Est-il honorable ?

— Oui. C'est un homme bon, intelligent, et bienveillant. Il est certainement beaucoup plus agréable que moi. Il possède des mines.

— Peu importe, dit le prêtre, prenant plaisir à la rabaisser un peu.

Avec elle, il voulait rester sur ses gardes. Il l'observa en sirotant lentement son whisky, agacé par le sourire qu'elle gardait sur les lèvres, comme si ce duel de volontés lui plaisait.

— Dites-moi, mon père…

Elle s'interrompit, distraite par une pensée qu'elle salua d'un petit rire, puis continua après avoir avalé une gorgée de jus de fruit.

— Qu'avez-vous dit au couple qui voulait adopter Leonora ?

— Seulement qu'elle ne voulait pas aller chez eux, répondit-il en enfonçant ses ongles dans ses genoux.

— Ah ! Très bien, très amusant. Vous avez raison, il faut toujours faire porter la faute sur l'enfant si on le peut. Noble décision… Je devine que vous n'êtes pas très bon menteur, père McIntyre. Une vertu, bien sûr, plutôt qu'un vice, mais ce n'est pas toujours très commode. Donc dites-moi : vous ont-ils cru ?

— Non. Je ne crois pas.

Il porta son verre à ses lèvres. À travers l'épaisse paroi, il voyait ses doigts, grossis et déformés, et puis, au fond, la forme sombre de son hôtesse, qui l'observait.

— Pourquoi tenez-vous tant à prendre Leonora ? demanda-t-il. Elle n'est pas la seule.

— Parce qu'elle est légère comme un fantôme.

— Je ne vois pas…

— Elle est discrète. Elle n'a ni passé, ni histoire, ni nom. Si elle disparaissait demain, elle pourrait ne jamais avoir existé. Personne ne la chercherait.

Le visage du prêtre se durcit.

— Moi, je m'en inquiéterais.

— Oui, c'est évident. Voilà pourquoi j'ai pris toutes les précautions possibles pour que vous ne divulguiez jamais ce que vous savez.

— Par ce contrat ? Une signature ? Avec le temps, les hommes changent, et la parole donnée aussi. Même si cet homme est un prêtre.

— Bien entendu ; je ne suis pas naïve. Mes avocats annulent des contrats à longueur de journée. Je sais mieux que personne que cela ne vaut pas grand-chose. Votre silence me sera assuré par autre chose. Vous ne direz rien.

Mme Fairfield baissa les yeux sur son verre.

— J'ai perdu ma sœur récemment.

— Je suis désolé, dit-il, donnant par automatisme la réponse attendue.

Elle lui jeta un regard peu amène et répondit d'un ton sec qui cachait bien ses sentiments.

— Ne vous fatiguez pas pour moi !

Elle se donna un instant, puis reprit :

— Elle était à Sydney, enfermée dans un asile d'aliénés. Elle s'est pendue, ajouta-t-elle calmement. C'est moi qui avais décidé de la faire interner.

J'ai choisi Sydney, car c'était l'endroit civilisé le plus éloigné de chez nous.

Elle eut un sourire étonnant et porta son verre à ses lèvres.

— J'ai inventé une histoire pour expliquer son absence. J'ai laissé libre cours à mon imagination. Je me suis inventé une sœur belle et intelligente partie chercher l'aventure en Australie. Je me suis même amusée à lui donner une fille. Une erreur, admit-elle avec un pincement de lèvres. Je ne me trompe pas souvent, mais, cette fois, j'ai commis une imprudence. Quand ma sœur est morte, tout le monde a voulu savoir ce qui était arrivé à sa fille. « La pauvre enfant ! s'écriaient les gens. Il faut la faire venir chez vous ! Elle doit être élevée dans sa famille. »

Eleanor Fairfield termina son verre.

— Voilà pourquoi j'adopte Leonora. Elle jouera le rôle de ma nièce et devra strictement s'en tenir à l'histoire que je lui fais apprendre.

Le père McIntyre aurait voulu croire à une plaisanterie, mais la pénible vérité était pleinement visible dans l'expression dure de la femme qui lui faisait face.

— Je vois que je vous scandalise, mon père. Vous pensez que je n'ai pas de cœur, j'imagine.

Eleanor le scruta encore un moment, puis sortit son chéquier.

— Je vous ai promis vingt-cinq mille dollars. Si cela peut vous aider à dormir tranquille, je vous en offre trente.

Cette fois, elle allait trop loin. Hors de lui, il lui arracha le stylo des mains et le jeta par terre.

— Je ne vends pas mes orphelins !

Elle se redressa alors de toute sa taille et le regarda droit dans les yeux.

— Vous vous bercez d'illusions ! Vous avez déjà vendu Leonora au plus offrant, comme on fait la traite des esclaves.

— Comment osez-vous prétendre une chose pareille !

Il voulut se justifier, mais sentit combien ses arguments étaient peu convaincants.

— Les… Les enfants… Je voulais les aider…

Elle l'interrompit et profita de son avantage pour mieux lui enfoncer la tête sous l'eau.

— Vous les éduquez, vous leur apprenez à travailler, et puis vous les vendez à des gens trop pauvres pour s'offrir les services de domestiques et d'ouvriers. Vos intentions sont peut-être louables, mais le résultat reste le même. Vous les jetez aux crocodiles, et vous vous félicitez de leur avoir appris à nager pendant qu'ils se font dévorer !

Il recula, chancelant, voulant la fuir.

— Pourquoi proférez-vous de telles horreurs ?

— Parce que sous cet habit noir, vous êtes un homme. Un homme bon ou un homme mauvais, je n'en sais rien, et, au fond, peu m'importe. Dans cet habit, soutenu par votre col blanc, vous vous sentez au-dessus du commun des mortels. Vous devenez un homme de Dieu, un élu. Comme vous en avez de la chance ! Vous ne trouvez pas cela un peu hypocrite ? Nu, vous n'êtes qu'un homme, aussi faillible que chacun d'entre nous, mais votre soutane fait de vous un prêtre ! Je déteste les hypocrites, et, ajouta-t-elle, trahissant par son acharnement une blessure à vif, encore plus les prêtres !

Le père McIntyre vacilla sous toute cette violence et tourna les talons, étouffant comme s'il se noyait. Il crut faire une sortie magistrale et marquer des points en montrant son indignation. En vérité, il s'enfuit comme un lâche, et la porte claqua dans son dos.

22

Le père McIntyre n'entendit pas la première cloche, ni même la seconde. Il dormit jusqu'au milieu de la matinée, et se cacha la tête sous l'oreiller, réveillé par le vacarme infernal du carillon dans le clocher de l'église. Il lui fallut faire un énorme effort de volonté pour se lever. Il était en retard pour son rendez-vous avec l'abbé Johnson.

Son pantalon, dans lequel il avait dormi, était froissé, mais il n'en changea pas. Il se contenta de ramasser sa soutane par terre et de l'enfiler par-dessus ses vêtements. Ses doigts fermèrent en tâtonnant la longue rangée de boutons. Il fut arrêté par un, puis deux boutons manquants. Il toucha les renflements formés par les fils coupés, se demandant depuis combien de temps ils étaient tombés. Il n'avait rien remarqué.

En arrivant dans son bureau, il trouva l'abbé Johnson installé à sa table de travail, ses lunettes sur le nez. Le diacre eut du mal à regarder le père McIntyre en face. Il détourna vite la tête en l'interrogeant.

— As-tu revu Mme Fairfield ?

— Oui.

— Comment se comporte la nouvelle préceptrice ?

— Au moins, elle ne bat pas la petite. C'est déjà quelque chose.

— As-tu pris connaissance des termes du contrat ?

— Je sais tout ce qu'il faut savoir.

Le diacre feuilleta les pages qui se trouvaient devant lui, formant une liasse aussi épaisse qu'un livre.

— Les Fairfield ont généreusement fait don à l'Église de trente mille dollars, commenta le diacre.

Seul un silence lui répondit.

L'abbé Johnson n'insista pas, excessivement gêné. Il poussa le contrat vers le père McIntyre. L'élégant paraphe incliné de l'évêque s'étalait au bas de la page, à côté de la signature du diacre, ramassée et illisible. Le père McIntyre plongea son porte-plume dans l'encre, signa sur la ligne vide, et repoussa le contrat vers l'abbé, qui lui demanda :

— Où est son dossier ?

— Dans le premier tiroir.

Impuissant, le père McIntyre laissa le diacre fouiller dans ses archives.

L'abbé Johnson parcourut les dossiers cartonnés et tira une chemise grise du tiroir de classement. Il inspecta son maigre contenu, la referma, et jeta le tout dans la corbeille à papier métallique. Il prit une petite boîte d'allumettes, en craqua une, et la présenta au coin d'une feuille. Les flammes s'emparèrent du papier, qui s'enroula en noircissant. L'histoire de Leonora se tordit, puis disparut dans une flamme bleutée, vite consumée.

Le père McIntyre protesta :

— Un peu théâtral, non ?

Un nuage de fumée blanche flottait dans la pièce, mais aucun d'eux ne fit un geste pour le dissiper. Ils attendirent qu'il se disperse seul. Il ne resta bientôt plus qu'un tas de cendres et une forte odeur de brûlé. Le père McIntyre se rappela alors la réflexion de Mme Fairfield : « Si elle disparaissait demain, elle pourrait ne jamais avoir existé. Personne ne la chercherait. »

Impassible, le diacre reprit la parole, le regard fixé sur ses mains.

— Il va y avoir de grands changements, Colin. Si l'Église anglicane veut avoir un réel impact dans ce pays, un impact spirituel, elle doit ouvrir des missions et avoir des prêtres pour les animer. Tu ne seras pas surpris si je te dis que l'évêque a toujours l'intention de transformer ce site en séminaire. L'argent de Mme Fairfield servira à la rénovation des lieux. Deux nouveaux bâtiments vont être construits, et le presbytère sera agrandi. On va aussi élargir la route de Geraldton.

La gorge sèche, le père McIntyre ne parvint à prononcer que trois mots :

— Et les enfants ?

— Ceux que nous ne placerons pas pourront rester.

— Pourquoi vous donner la peine d'en laisser certains ici ? ironisa le père McIntyre, écœuré. Pourquoi ne pas tous les envoyer trimer en mer, ou poser la dynamite au fond des mines ?

— Parce que c'est l'une des conditions de Mme Fairfield, avoua le diacre. Si tu acceptes de jouer le jeu et de garder l'histoire de Leonora secrète, elle exigera que l'orphelinat reste ici.

Le père McIntyre eut un rire. Un rire étranglé.

— Elle est extraordinaire !

L'abbé Johnson eut un mouvement de recul, effrayé par ce qui lui semblait être une folie passagère. Le père McIntyre s'expliqua.

— Elle me plante un poignard dans le dos tout en se donnant le beau rôle parce qu'elle ne me l'a pas enfoncé droit dans le cœur. C'est très bien joué. Il n'y avait pas d'autre moyen de s'assurer de mon silence. Elle savait que je ne me sentirais pas lié par ce contrat. Même le dossier disparu, je risquais de parler un jour. Alors elle me bâillonne par ce chantage. C'est diabolique. Elle se sert des enfants comme d'une monnaie d'échange. Leur présence ici contre mon silence.

— Ne cherche pas trop à comprendre, Colin. Elle veut simplement trouver le meilleur compromis pour le bien de l'Église et celui de sa nouvelle fille.

— Non, de sa nouvelle nièce ! Leonora devient la fille de sa chère, très chère sœur.

— Tu n'as pas l'air de te sentir bien, Colin.

— En effet, je ne me sens pas bien, répondit-il en se levant. Pas bien du tout.

— Rassieds-toi, Colin, nous n'avons pas fini. J'ai encore quelque chose à te dire.

Le père McIntyre, la main sur la poignée de la porte, s'arrêta, fit demi-tour et se rassit avec fatalisme.

— Un malheur ne vient jamais seul…

Le diacre avait à présent la mine presque aussi défaite que lui. Ses joues semblaient plus lourdes, son menton plus flasque qu'au début de l'entretien.

— Connais-tu un certain père Brennan ?

— Je ne crois pas…

— C'est un prêtre catholique, un curé de Sainte-Rose.

Il fait du bon travail auprès des pauvres et des nouveaux arrivants. Je l'estime beaucoup.

Le père McIntyre attendit, ne comprenant pas à quoi tendait ce discours.

— Un couple est venu le voir, poursuivit le diacre. Ils arrivaient d'Irlande. Ils lui ont parlé de toi… Ils disent t'avoir écrit une lettre et n'avoir pas reçu de réponse… Il s'agissait de James.

Comprenant enfin où son interlocuteur voulait en venir, le père McIntyre se sentit devenir fragile comme du verre.

Le diacre continua prudemment :

— Ces gens s'appellent O'Reilly. Le nom de jeune fille de la femme est O'Connell. Le même nom que celui de la famille de James… Je sais que tu es très attaché à ce garçon.

Le père McIntyre eut l'impression de se briser. Sa bouche s'ouvrait et se refermait, comme celle d'un poisson hors de l'eau.

— C'est bien sa famille, reprit le diacre avec compassion. Je sais que c'est difficile mais, puisqu'ils veulent le récupérer, il faut le leur donner.

— On ne peut pas faire ça ! James n'est pas un enfant comme les autres. Il est bon, il est intelligent ! Il est au-dessus du reste. Robert, je t'en prie, réfléchis. James a de grandes capacités. Il pourrait devenir médecin, avocat. Il se gâchera dans une ferme. Il vaut beaucoup mieux que ça, beaucoup mieux que ces gens.

— C'est sa famille, Colin. Je sais que tu te sacrifies entièrement pour ces enfants, mais tu n'es pas maître de leur destin. Tu comprends ? Certaines choses doivent être acceptées.

Alors, le père McIntyre se tut. Il avait les yeux

secs. Le sort en était jeté. La décision avait été prise sans le consulter.

L'abbé Johnson se leva, s'appuyant des deux mains sur le bord du bureau.

— Je me charge de leur amener James, si cela peut te soulager. Ils sont en train de s'installer dans les environs de Southern Cross. Justement, je dois assister à un enterrement dans ce secteur, cela ne me dérangera pas. Nous partons dans deux jours.

Si vite ! Le père McIntyre plongea la tête dans ses mains. Il entendit les pas de son ancien tuteur, sentit sa main sur son épaule, guetta le grincement de la porte.

— Veux-tu que je lui annonce la nouvelle ? demanda le diacre avant de sortir.

— Non, merci… Je le ferai moi-même…

23

Dans l'écurie, James passait les selles à la lanoline pour nourrir le cuir. Le chiffon huileux lui laissait les mains douces comme une peau de pêche. Un bruit de pas sur le chemin lui fit dresser la tête. La haute et sombre silhouette du père McIntyre se découpa sur le ciel bleu. Il s'étonna de son air grave, mais se remit à frotter, ne voulant pas s'inquiéter.

Le prêtre approcha et fit mine d'inspecter son travail.

— Ce n'est pas Hugh qui est chargé des selles ?

James s'étonna : Hugh, adopté depuis trois mois, ne vivait plus à l'orphelinat.

— Je veux bien le faire. Ça ne me dérange pas…

Le père McIntyre lui posa une main sur l'épaule.

— J'ai quelque chose à te dire, mon fils.

« Mon fils »… James se révoltait quand il l'entendait prononcer ces mots. Il n'était pas son fils. Il rejetait tout : les paroles affectueuses, cette main paternelle qu'il trouvait fausse.

— Je veux simplement que tu saches, continua le prêtre, que j'ai toujours essayé de bien faire, de vous éduquer correctement, toi et les autres.

Il regardait au loin, les lèvres pâles.

— Toi en particulier, James…

Il hésita encore un peu, puis avoua :

— Je ne t'ai pas dit la vérité pour la lettre.

James ne comprit pas tout de suite. De quelle lettre parlait-il ? Et puis, juste avant d'entendre la suite, il sut.

— Tu as une tante, James… La sœur de ton père.

Incapable de réagir, encore moins de s'indigner, James ne sentait que les battements trop rapides de son cœur.

— Elle veut que tu ailles vivre chez elle.

— En Irlande ?

— Non, en Australie. Ils ont émigré pour toi.

Alors, une joie folle s'empara de James. L'espoir, le soulagement lui dilataient la poitrine, ses joues retrouvaient de la couleur. C'était comme si toutes les fenêtres, toutes les portes s'ouvraient en grand. Il n'avait plus qu'une seule pensée : « Je vais enfin savoir ce que c'est que d'avoir une vraie famille. »

— Mais, James, il faut que tu saches que ce ne sera peut-être pas facile… Je comprends ton bonheur, mais ces gens sont pauvres. Ce sera une vie de dur labeur.

James se fichait bien qu'ils soient pauvres. Il n'avait pas peur de travailler. Il ne comprenait pas pourquoi son protecteur cherchait à gâcher sa joie.

— Tu n'es pas obligé d'aller chez eux, mon petit.

— Mais je veux y aller, moi !

— Comme tu voudras. Dans ce cas, tu partiras demain.

Aussitôt, une angoisse profonde effaça tout le plaisir de James. Il arracha machinalement la tête d'une gerbe d'or et déchiqueta la fleur entre ses doigts. Le jaune du pollen qui marquait sa peau évoquait le soleil, la lumière. Le cœur déchiré, il pensait à Leo…

24

James allait partir. Leonora voyait sa joie, mais aussi ses tourments : ses sentiments étaient si faciles à deviner. Elle avait aussi lu la crainte de la séparation sur le visage du père McIntyre, dans les ombres qu'il traînait à sa suite. L'énergie du prêtre vacillait comme la flamme d'une chandelle, et elle ne pouvait pas le regarder sans souffrir pour lui.

Elle aimait tellement James. Elle l'adorait comme seuls les enfants savent le faire, les bras grands ouverts pour accueillir le monde entier, et plus encore. Son cœur se dilatait de bonheur à la pensée qu'il avait retrouvé sa famille, que ces gens étaient venus en Australie pour lui, et qu'il allait vivre avec eux. La bonne nouvelle l'avait tenue jusqu'au matin, puis le matin était venu…

À l'aube, elle descendit dans le hall pour dire adieu à James. Elle n'eut pas un regard pour le diacre et le père McIntyre qui attendaient à la porte. Accroché à son maigre balluchon formé d'une vieille chemise de travail nouée aux manches, James la regarda. Ils se dévisagèrent sans rien dire, sans bouger, presque sans respirer.

— Je vais voir si la voiture est prête, dit le diacre. Je te donne encore un instant pour faire tes adieux, James, mais dépêche-toi.

Leonora vit de l'appréhension passer sur le visage de James. Réprimant sa propre tristesse, elle lui prit la main. Il baissa les yeux, le visage agité par de violentes émotions. Elle serra un peu plus fort, résistant pour lui à la panique.

Il secoua la tête et dit d'un ton presque sauvage :

— Je ne suis pas obligé de partir. Je peux rester si tu veux. Tu n'as qu'un mot à dire, Leo, et je reste.

Elle sentait la douleur se répandre en elle, de plus en plus forte, de plus en plus violente, mais se gardait bien de le montrer. Tirant sur le bras de James pour l'entraîner dehors, elle le conduisit à la voiture, ignorant tant qu'elle le pouvait le supplice qu'elle vivait. S'il fallait souffrir, alors elle souffrirait, mais elle le montrerait plus tard. D'un pas de somnambule, elle pénétra avec lui dans l'épaisse brume matinale posée comme un voile irréel sur la campagne. Devant eux, l'attelage se fondait dans des teintes grises fantomatiques, et les deux hommes d'Église vêtus de noir semblaient des ombres.

Leonora mena James jusqu'au père McIntyre pendant que le diacre montait en voiture. Elle lâcha la main de son ami, mais resta près de lui. Le prêtre, les yeux rougis, serra James dans ses bras, puis le relâcha dans un déchirant soupir.

James jeta un coup d'œil au diacre, déjà installé sur le banc, rênes en main, puis se tourna vers Leonora. Elle sourit courageusement, soutenant son regard sans se trahir.

— Je peux rester, Leo, dit-il avec émotion.

— Non, pars.

La voix si rare, si ténue, convainquit James. Il grimpa sur le marchepied.

À peine eut-il tourné le dos que Leonora sentit les larmes rouler sur ses joues et tomber sur ses lèvres encore figées dans un sourire.

Une fois James installé sur le siège de cuir craquelé par l'âge, le diacre fit claquer les rênes, et les chevaux se mirent en branle. Leonora le suivit des yeux tant qu'elle le put, contemplant son dos qui se balançait au rythme de la carriole. Heureusement, il ne se retourna pas, car, s'il avait regardé en arrière, elle n'aurait plus réussi à cacher ses sentiments.

Très vite, la voiture et ses passagers s'enfoncèrent dans le brouillard. Les cheveux bruns de James restèrent visibles encore un peu, puis disparurent, engloutis par la nuée cotonneuse.

Leonora se tourna vers le père McIntyre. Elle vit une statue, un bloc noir, les yeux vides, creusés dans la pierre. Elle eut l'impression que lui aussi était parti. Une vieille terreur venue du plus profond de son être ressurgit alors en elle, une terreur qui lui donna envie de hurler. Elle était soudainement ramenée à une époque encore trop proche, à un matin où un autre père avait lâché sa main et avait disparu pour ne jamais revenir. Elle reconnaissait ce regard perdu, le tremblement de cette main trop maigre, ce visage d'homme brisé. Les larmes noyèrent ses yeux. Elle aurait voulu lui secouer le bras, crier : « Tenez bon ! Ne m'abandonnez pas ! » Mais il n'entendait rien, ne la voyait même pas. Il lui tourna le dos et partit vers l'église, à peine plus vivant qu'un spectre.

Restée seule, elle se figea dans le silence. Les

oiseaux, et même les vagues, s'étaient tus. Plus une feuille ne bougeait dans les arbres. Sa peur étouffait tous les bruits. Pour tenir encore un peu, elle ferma fort les yeux. Il aurait été si facile de s'effondrer, de se laisser mourir. Mais quelque chose se révoltait en elle : une crainte, plus puissante que tout, de céder à la souffrance.

Elle se concentra alors sur la seule pensée susceptible de la consoler : l'espoir que James serait enfin satisfait de son sort dans sa nouvelle famille. Il allait pouvoir trouver sa place, mener une existence insouciante qui ferait disparaître son éternelle inquiétude. En pensant à son front soucieux et à sa prochaine métamorphose, elle sourit à travers ses larmes. L'idée d'un James au visage heureux lui donnait de la force.

Ayant saisi cette planche de salut, elle retrouva la voie de la vie. Elle se remémora tout ce que James lui avait apporté de bon, et, les chérissant jusqu'au dernier, serra tous ces souvenirs sur son cœur, les emprisonnant dans un coin secret pour ne pas les laisser s'enfuir.

Leonora, petite silhouette fragile, sut rester droite. Elle ne se brisa pas, mais ce nouvel abandon s'inscrivit dans sa chair, vint s'ajouter aux autres et la marqua à jamais, façonnant la femme qu'elle s'apprêtait à devenir.

Quoi qu'elle fasse, on finissait toujours par l'abandonner.

25

Le deuxième jour, à la nuit tombée, Ghan et l'Américain décidèrent d'installer leur camp dans le bush, entre Woolgangie et Coolgardie. La plaine, plate et désertique, semblait bleue sous la lune, vaguement opalescente. Çà et là, les silhouettes de quelques arbres fluets traçaient des traits dans le ciel scintillant. Les étoiles, sous ce dôme parfait et immense, ne ressemblaient pas à des diamants, mais à des boules de cristal piquées jusqu'au bas de l'horizon.

— Je n'ai jamais vu un ciel pareil, déclara Owen Fairfield.

Renversé en arrière, l'Américain admirait le spectacle, pendant que Ghan montait les tentes. Une lanterne et un feu alimenté avec de la broussaille éclairaient ce dernier dans son travail. Par cette nuit sans vent, les flammes et la fumée montaient droit dans le ciel.

— Que vas-tu nous concocter de bon pour le dîner de ce soir ? demanda M. Fairfield.

— Pareil qu'hier. Haricots et porc salé.

— Alors, au boulot, je meurs de faim.

— Et en plus, vous aimez ma tambouille, ça me dépasse, s'amusa Ghan, qui sortait le matériel des sacs.

— On peut aussi se lasser de la caille aux raisins et du foie gras truffé !

Ghan eut un rire.

— Vous verrez, quand on sera au lac Douglas, vous vous régalerez. Je vous ferai de la truite et des écrevisses, grillées entières sur les braises.

— J'en ai l'eau à la bouche. Et le café ?

— Je vous en prépare, mais je vous préviens, il sera sûrement brûlé.

— Plus il est noir, mieux je me porte.

Ghan ouvrit la conserve de haricots en cisaillant le couvercle avec son couteau.

— Elle est bien belle, ta vie, Ghan.

— Ouais, sûrement.

— Des comme toi, on n'en fait plus… Tu penses que nous arriverons dans combien de temps à la mine Pilchard ?

Ghan versa les haricots dans une marmite au fond noirci.

— Après-demain, dans l'après-midi.

Les flammes dévoraient la broussaille sèche, envoyant voler les étincelles et jetant de nombreuses lueurs sur le visage des deux hommes. L'air, frais dans leur dos, était brûlant face aux flammes. Une chouette lança un cri, se tut, puis recommença. M. Fairfield eut l'air amusé.

— J'ai repensé à l'histoire que tu m'as racontée sur ton patron, M. Matthews, et sur sa femme qui aime un peu trop les gars qu'il lui envoie. Tu crois qu'il est au courant ?

— C'est ce qu'on se demande, répondit Ghan dans un rire. Possible qu'il soit trop bête pour comprendre ! Ou alors, il s'en fout. Faut dire que c'est pas une grande beauté, sa dame. N'empêche, à la place de Matthews, j'aimerais pas penser qu'Earl lui passe dessus.

Ghan avait calé la marmite sur le feu et ajouté de gros morceaux de poitrine de porc salée. Il remua l'épaisse sauce, et une bonne odeur sucrée-salée se répandit dans l'air.

Ghan touilla encore un peu, puis les servit dans deux assiettes en fer-blanc. Il en passa une à Owen, qui dut vite la poser par terre tant elle était chaude. Ghan prit alors la deuxième marmite, plus petite, la seule encore propre, pour y verser du café moulu et de l'eau.

— J'ai que deux fait-tout, expliqua-t-il. C'est pour ça que le café a toujours un goût de brûlé.

Owen ne l'écoutait pas, les yeux sombres et pensifs, fixes comme ceux d'un serpent.

— Je vais acheter la mine Pilchard, déclara-t-il soudain.

Et il dit ça tout naturellement, comme s'il parlait d'une paire de chaussettes ! pensa Ghan, interdit.

— Les propriétaires sont suisses, bégaya le charretier. Ils ne viennent jamais en Australie.

— Peu importe. Je me rends souvent en Suisse.

— Et s'ils ne veulent pas vendre ?

— Ils vendront.

Son regard croisa celui de Ghan, un regard dur qui contrastait avec son affable visage.

— J'offrirai le prix que vaut le filon. Il n'y a plus d'or, et ils le savent. S'ils sont malins, ils ne discuteront pas et accepteront ma proposition. Ils n'en auront pas de meilleure, mais parfois les gens sont trop gourmands. Et moi, je manque de patience.

— S'ils refusent, vous ferez quoi ?

Son assiette ayant un peu refroidi, Owen la reprit et commença son repas. Ghan, pendant ce temps, remuait le café qui bouillait sur le feu.

— S'ils font les difficiles, je passe à l'attaque. Quand un vendeur me résiste, je trouve sa faiblesse et je l'exploite. Le jeu, la boisson, les femmes… Parfois, les jeunes garçons.

Owen termina son assiette en quelques coups de fourchette, puis la racla pour récupérer la sauce.

— Plus ils sont riches, plus ils ont de pouvoir, plus ils ont de vices.

Il posa son assiette vide et prit le gobelet de café que lui tendait Ghan.

— Je découvre leur faille, et je m'en sers contre eux. Et là, ça fait très mal.

Il continua joyeusement :

— Quand je les tiens, ils me bradent le tout pour une bouchée de pain, bien contents d'éviter le scandale.

Owen finit son café, cracha du marc par terre, et essuya sa fine moustache avec le dos de la main.

— Tout le monde a une faiblesse, Ghan. Même toi.

Malgré la gorgée de café brûlant qu'il était en train d'avaler, cette phrase fit courir un frisson dans le dos de Ghan. Il tâcha de donner le change.

— Vous voulez parler de ma jambe ? grommela-t-il en touchant son pilon.

— Non, l'ami, ne t'inquiète pas. Personne n'en veut à ta jambe… Je parle de ton travail. Tu as besoin de travailler. Non seulement pour avoir de quoi te nourrir, mais aussi parce que tu n'as rien d'autre dans la vie. Pas de famille, pas de femme, pas d'enfants. Tu es seul au monde, et tu serais prêt à accepter n'importe quoi pour garder ta place, parce que c'est comme l'air qui entre dans tes poumons.

Owen se leva, s'étira, puis déroula sa couverture et l'étendit près du feu.

— C'est une noble faiblesse, Ghan, ne le prends pas mal. La solitude n'est pas un vice.

Ghan médita un peu ces paroles, mais ne les laissa pas résonner trop profondément en lui. L'Américain interrompit ses pensées d'un ton ensommeillé.

— Je t'aime bien, Ghan. Je pourrais avoir besoin d'un type comme toi pour m'aider. Tu vaux mieux que ce job de transporteur. Tu es loyal, honnête. Je m'en souviendrai, le moment venu. Qui sait ? Je pourrais même te ramener à Pittsburgh avec moi.

Ghan, qui n'avait pas l'habitude des compliments, n'était pas très sensible à la flatterie, mais c'était tout de même agréable de se sentir apprécié. Venant d'un autre, l'effet produit n'aurait pas été aussi agréable, mais venant d'un homme comme Owen Fairfield, c'était quelque chose. On ne pouvait pas s'empêcher d'y accorder de la valeur. Ghan cracha un peu de marc de café sans en sentir l'amertume, et s'enhardit.

— Et vous, c'est quoi ?

— Ma faiblesse ?

— Oui, votre faiblesse.

— Ma faiblesse, c'est ma femme, dit Owen Fairfield avec un rire résigné. C'est comme ça, et ça ne changera jamais.

Comparée à la mine Bailen, la mine Pilchard était vraiment grande. C'était comme si l'on passait d'un village à une ville. Elle s'étendait autour d'un trou béant : l'excavation à ciel ouvert, suite de cercles concentriques qui s'enfonçaient dans le sol. Des cahutes, des *humpies* et des tentes prolongeaient l'agglomération sur des centaines de mètres. Sans la mine, il n'y aurait rien eu : ni la poste, ni l'office des télégrammes, ni l'épicerie générale, ni l'auberge, ni l'hôtel, ni la forge, ni l'écurie de louage. C'était la mine qui versait les salaires, qui finissaient par revenir à la mine, car les commerces étaient tous propriété de la société Pilchard. Ainsi, l'argent ne sortait jamais longtemps de la poche du patron.

Les pubs étaient interdits dans un rayon de plusieurs kilomètres, mais personne ne pouvait vivre sans alcool. C'est la raison pour laquelle, dans l'auberge comme dans l'hôtel, des bouges s'étaient installés dans les sous-sols, où l'on jouait et buvait. Des femmes venaient y vendre leurs charmes tous les mercredis, amenées par le train.

Ils arrivèrent dans une ville déserte : les hommes étaient au travail. Une odeur âcre les prit à la gorge. Le forage au fleuret faisait vibrer le sol. Les chevaux de Ghan devinrent plus nerveux ; leurs naseaux se dilatèrent.

— Dépose-moi au bureau de la direction, ordonna Owen Fairfield.

Ghan fit avancer le chariot en direction des bruits de percussion. L'odeur du minerai brut et du rocher concassé chargeait l'air. Il n'y avait aucune beauté en ce lieu. Une fumée grise cachait le soleil. Le martèlement des barres à mine résonnait jusque dans les poitrines. Pas de fleurs, pas d'oiseaux. Pour tout paysage, des outils, des tours métalliques rouillées et quelques hommes.

— Attends-moi là, j'en ai pour un moment.

M. Fairfield boutonna sa veste blanche, sauta à terre, et partit sans se retourner. Sa démarche assurée, sa silhouette compacte et puissante dégageaient une impression d'inébranlable confiance en soi.

Ghan profita de cette pause pour enlever sa jambe de bois, qui le démangeait. Il ne détestait pas attendre : c'était une chose facile à faire. Il se demandait où ils passeraient la nuit. S'il fallait repartir et encore rouler, il ferait bien de s'allonger pour se reposer.

Ghan se réveilla à l'arrière du chariot, la bouche sèche. Il prit son outre et but à la régalade, rattacha son pilon, et alla se soulager dans un coin. Ensuite, il étrilla les chevaux, remplit d'avoine leur musette et s'adossa au chariot pour poursuivre l'attente.

Toujours aucun signe de son passager. Il contemplait le bureau de la direction avec amusement. Il aurait bien aimé être une petite souris pour voir ce qui se passait à l'intérieur. Il tua le temps en inspectant les commerces de la rue principale. L'hôtel n'était pas trop mal, entouré d'une longue véranda protégée par des moustiquaires. On avait dressé les tables dans la salle de restaurant. Ghan commençait à avoir faim.

Si M. Fairfield sortait satisfait de l'entrevue, il l'inviterait peut-être à fêter sa victoire. Cela lui ressemblerait bien. Il lui offrirait un bon steak, et ils resteraient peut-être pour la nuit. Le client lui paierait même une chambre… On pouvait bien rêver ! Est-ce que ce ne serait pas une belle réussite, pour un natif des taudis de Sydney, de dormir dans un hôtel pour riches, invité par un Américain ? Il dormirait tout aussi bien à la belle étoile, mais il n'avait rien contre une nuit de luxe. L'occasion ne se présentait pas tous les jours.

Son Américain le traitait presque en égal et prenait ses avis en considération. C'était gratifiant. On aurait même pu croire que Fairfield le trouvait intelligent. Cela faisait chaud au cœur. Qui sait ce que cela pourrait donner. Les mines ne manquaient pas, dans la région. Ghan savait où amener l'Américain. S'il arrivait à l'intéresser, à lui présenter l'envers des cartes, il pouvait même espérer être embauché à un bon poste, dans une meilleure mine. Bailen, où il travaillait, n'était pas la meilleure, et de loin. La mine Pilchard, là, ce serait autre chose. Il serait agréable de vivre dans une ville. Oui, la mine Pilchard lui plairait bien. *Et puis, tiens, pourquoi pas Pittsburgh ! Ça, Pittsburgh, ce serait encore mieux !* Un petit vent d'espoir soufflait en lui grâce à cet Américain.

Un adolescent sortit du bureau de la direction par une porte de derrière. Il se dirigea droit vers le chariot, un sourire aux lèvres. C'était Ronnie Peters, un garçon que Ghan avait déjà rencontré lors de livraisons de matériel. Il n'était qu'assistant, mais se considérait très haut placé et ne cachait pas ses ambitions.

— Bonjour, Ghan, dit-il avec condescendance.

— Salut, répondit le charretier en plongeant les mains dans ses poches.

Il essayait de deviner le résultat de la négociation en scrutant l'expression de Ronnie, mais le sourire agaçant de ce dernier ne révélait pas grand-chose. L'assistant se contenta de commenter :

— Il en a des histoires à raconter, cet Américain !

— C'est sûr ! Je voyage avec lui depuis un bon bout de temps, et il m'en a régalé !

Ronnie se pencha dans le chariot et attrapa un gros sac en cuir.

— Eh ! s'exclama Ghan, c'est à M. Fairfield, ça !

— Je sais, il m'a demandé de lui apporter ses affaires, dit le garçon en posant le bagage par terre.

Il continua à vider la carriole, empilant les valises à ses pieds.

Une fois la dernière posée sur le sol, il donna une tape sur l'épaule de Ghan :

— Tu peux t'en aller, l'ami.

La voix du gamin était aussi stupide qu'insultante. Ghan s'appuya à son chariot et croisa les bras.

— Quelle idée ! M. Fairfield m'a demandé de l'attendre ici.

— Tu ne comprends pas ce qu'on te dit ? Il n'a plus besoin de toi. Il m'a demandé de te dire de partir.

Ghan cracha par terre.

— T'as dû entendre de travers. Il a prévu de voyager encore au moins une semaine. Il veut juste passer la nuit ici.

— Non, non. Là, il est en train de fumer un cigare en buvant un scotch. Il a dit : « Pas la peine que je continue ma tournée. Quand on trouve l'endroit qui convient, on ne cherche pas plus loin. »

Ronnie avait répété tout cela avec un faux accent américain absolument risible. Il avait pourtant l'air très fier de sa prouesse, et continua :

— Il m'aime bien, ça se voit. Il m'a dit : « Ronnie, mon garçon, va me chercher mes bagages et renvoie ce vieux bougre chez lui. Quel calvaire, je te jure ! Cette vieille carriole déglinguée m'a secoué comme un prunier. Un kilomètre de plus, et j'arrivais les os brisés. »

Ghan trouva la pilule amère. Se faire traiter de « vieux bougre » devant ce gamin, c'était rude.

— Il a dit autre chose ?

— Euh, oui : « Il devrait cacher ce trou immonde qui lui tient lieu d'oreille, c'est à en faire des cauchemars. » Tu devrais te mettre quelque chose dessus, c'est sûr. C'est vraiment pas beau à voir.

Ghan resta figé sur place tandis que l'adolescent retournait dans le bureau de la direction, chargé comme un baudet. C'était un coup bas qui faisait mal. Il voulut d'abord croire que c'était une perfidie née dans l'esprit d'un gamin insolent. Mais il reconnaissait le style de l'Américain, et il ne pouvait qu'y croire.

La porte du bureau s'ouvrit, et des rires lui parvinrent : des gens sortaient. Il vit M. Fairfield dans son beau costume blanc, un cigare à la bouche, le bras familièrement passé autour des épaules de M. Bradley. Deux autres hommes suivaient, puis Ronnie reparut.

Ils traversèrent en se dirigeant vers Ghan, qui ressentit un vif soulagement. Il se redressa comme un soldat au garde-à-vous. Mais, avant de l'atteindre, le groupe bifurqua en direction de l'hôtel.

Terrassé, la bouche sèche, Ghan baissa la tête. Son godillot, déformé par sa démarche boiteuse, était rouge de poussière. Juste à côté, l'embout étroit et dur de son pilon était aussi laid que du bois mort. Cela ne valait rien, des jambes pareilles, et encore moins un vieux bougre comme lui.

Le bruit des voix s'éteignit derrière les portes de l'hôtel. Sans doute allaient-ils descendre boire un coup au sous-sol.

Ghan jeta un dernier regard à l'hôtel, puis grimpa sur son banc. Il n'était pas correct de traiter les gens comme ça. Il se tortura encore un peu, se répétant les propos méprisants rapportés par Ronnie. Sa vieille carriole déglinguée, son oreille immonde… Profondément blessé, il resta là encore un moment, regardant sans les voir les cicatrices blanches qui zébraient son bras comme des éclairs. Et puis, comme on ne voulait plus de lui, il prit les rênes et fit doucement claquer sa langue pour indiquer à ses chevaux qu'il était temps de rentrer.

Ghan introduisit sa clé dans la serrure, mais elle ne tourna pas. Il l'agita dans tous les sens, tout en appuyant sur la porte avec l'épaule, joua sur la poignée, rien n'y fit. C'était bien le moment ! Il était épuisé. La journée avait été longue. Sa jambe de bois lui pinçait le moignon. Et maintenant, il allait devoir courir après le Polonais pour se faire ouvrir la porte !

Sur le gravier, Ghan ne pouvait compter que sur sa jambe encore valide, déjà bien heureux que son pilon ne le fasse pas tomber. Il découvrit le Polonais installé à une table avec trois autres gars, devant la boucherie. Ils étaient en pleine partie de cartes. Pas un ne leva la tête pour l'accueillir.

— Hé, Lupinsky, ma clé marche plus.

Le Polonais mâchait un vieux bout de cigare, devenu si court qu'il lui arrivait presque au ras des lèvres. Il abattit une dame de carreau d'un air triomphal, et l'homme assis à sa droite jeta ses cartes sur la table avec un soupir.

— Hé ! Je te dis que ma clé marche plus ! cria Ghan.

Si ce maudit Polonais me répond pas, je balance sa table de l'autre côté de la rue !

Lupinsky tourna la tête vers lui, son gros visage plein de traces de suie.

— Pas d'argent, pas de chambre, dit-il avec un fort accent slave.

Alors, c'était ça : la direction était encore en retard pour le règlement de son loyer. Justement quand il avait envie d'aller se coucher !

Il se dirigea vers le bureau de l'administration, un bâtiment en brique situé à l'autre bout de la ville. Chaque pas était une torture, et seule la promesse de son oreiller lui permettait de tenir.

Il faisait bon dans le petit bureau gardé relativement frais. Ghan s'épongea le front. Andrew Morrison, l'assistant du directeur, entra dans la pièce en reboutonnant son pantalon. Il sursauta en voyant Ghan.

— Mince ! Tu m'as fichu une de ces trouilles !

— Je viens de rentrer, expliqua Ghan. Il a fallu que je trimballe un Américain jusqu'à la mine Pilchard en revenant du dépôt.

Morrison n'arrivait pas à le regarder en face et se grattait le menton nerveusement.

— Le Polonais ne me laisse pas rentrer chez moi, continua Ghan. Matthews est encore en retard pour le règlement de la pension.

Morrison se trémoussait comme s'il était couvert de puces.

— Mais qu'est-ce qui t'a pris, aussi ? Pourquoi t'as été raconter n'importe quoi à l'Américain ?

Ghan se sentit soudain très mal à l'aise.

— De quoi tu parles ?

— T'es un bon gars, Ghan. Un bon travailleur.

Courageux et tout. Je l'ai dit, et j'ai pas peur de le répéter. Alors, ça me dégoûte d'avoir à t'annoncer la mauvaise nouvelle.

— Quoi ? Il faut que je décanille de la pension pour aller vivre au camp ? Ça m'est égal. Pour moi, c'est pareil.

— Non, c'est pas ça… Matthews est venu hier. Il était furieux.

Cette fois, le ton de Morrison lui fit vraiment froid dans le dos.

— Il dit que t'as été raconter je ne sais pas quoi à l'Américain. Je ne l'ai jamais vu dans un état pareil. Je sais pas… Comme s'il avait appris que sa femme s'envoyait la moitié du campement. Désolé, mon vieux, mais il t'a viré.

26

James était parti. Le père McIntyre avait perdu son fils. Il en gardait une plaie qui ne se refermait pas et qui lui causait une torture de tous les instants.

Le prêtre avait l'impression de vivre dans une obscurité permanente. Il n'agissait plus qu'au prix d'immenses efforts, se traînait, somnambule, à travers des journées et des nuits qui ne signifiaient plus rien. Il était extérieur à tout, et surtout à lui-même. Les cris et les bavardages des enfants le laissaient froid. Il n'avait plus goût à rien, et s'il se nourrissait il ne s'en souvenait pas.

Il entra dans l'écurie et referma la porte derrière lui. Ses yeux s'étant habitués à la pénombre, il chercha tout ce qui était susceptible de lui apporter un peu de réconfort, mais ne trouva que matière à douloureux souvenirs. James était partout. La fourche contre le mur attendait sa main, le foin était moins parfumé, plus tassé, ses remplaçants étant beaucoup moins consciencieux. Les chevaux aussi semblaient tristes. Il leur manquait. Cet enfant laissait un vide impossible à combler.

Des ombres menaçantes rôdaient dans tous les coins, les toiles d'araignées envahissaient la charpente. Le père McIntyre s'assit sous ce plafond filamenteux, pleinement conscient de sa déchéance. Entre les interstices des planches, le soleil projetait des rayons poussiéreux qui striaient le sol de leur lumière. Il aurait voulu verser des larmes, mais il fallait trop de sentiments pour pleurer. Il se sentait engourdi, froid comme un puits vide.

Il ouvrit les mains et tourna ses paumes vers le ciel. Il contempla les veines bleues de ses poignets, puis toucha les cicatrices horizontales, cordons blancs qui l'horrifiaient tout en lui apportant une sorte de réconfort. Il pouvait toujours reprendre ce chemin. Un instant, il envisagea la possibilité d'un lieu sans douleur. Et puis, furieux contre lui-même, il rentra les poignets dans ses manches et croisa les bras, serrant ses poings sous ses aisselles. Il ferma les yeux et resta ainsi, en proie à une terrible lutte contre l'anéantissement.

Le 9 avril 1902,
dans l'après-midi

Aucune trace ne reste du départ de Leonora.

La voiture tirée par six chevaux devait être la meilleure que Northampton avait à offrir. Le cocher portait un bel uniforme, et son chapeau ne prenait pas la poussière. Ni Mme Fairfield ni son mari n'étaient présents. Seul M. Newton, l'avocat, était venu escorter l'enfant.

La nouvelle préceptrice, Mme Fanning, une femme replète pas beaucoup plus grande que son élève, tendit la main pour que l'avocat l'aide à monter. Leonora attendait près de la porte ouverte, sa petite valise à la main. Elle portait une robe bleu pâle très sage, des bas de cachemire d'un blanc immaculé, et des souliers noirs vernis tout neufs. Elle ressemblait à une vraie petite fille modèle, avec sa queue-de-cheval retenue par un ruban bleu assorti à sa toilette.

— Au revoir, père McIntyre.

Le prêtre ne reconnaissait plus sa voix. L'accent australien de Leonora avait été effacé, son vocabulaire entièrement revu. Elle s'exprimait à présent comme une petite Américaine, sans hésitation, sans timidité. Elle avait su s'adapter, mais on ne lui avait pas vraiment laissé le choix.

Pour une fois, ce fut le père McIntyre qui perdit sa langue. Il ne la réconforta pas, ne lui promit pas que tout allait bien se passer. Il ne lui demanda pas de lui faire confiance. C'était lui qui avait besoin d'être rassuré… La fillette partit avant qu'il n'ait eu le temps de reprendre ses esprits.

Ce départ fut synonyme d'encore plus de solitude. La lumière disparut. Aucun nuage, pourtant, n'assombrissait le soleil, plus éclatant que jamais dans le bleu du ciel.

C'était de la terre que venaient les ombres. Il resta sur le chemin, engourdi, ne songeant pas à bouger. Aucune voix intérieure ne lui disait de rentrer. Aucune volonté ne guidait ses pas.

Il ne voyait plus rien autour de lui, aveuglé par le retour du passé, par les bruits entendus le jour du drame. Les coups de feu. La réverbération des détonations. Tout cela revenait et revenait encore, le mettant au supplice.

Ce carnage avait détruit son monde en quelques secondes. Le corps de sa mère était tombé en premier, celui de son père avait suivi. Pour ses frères, la séparation avait été une mortelle blessure. Oui, ses frères en étaient morts. Et lui, il avait cherché à se cacher derrière des murs d'insensibilité. Mais aucune protection n'était assez épaisse pour tenir le mal à distance. Il y avait toujours des failles et on se laissait chaque fois surprendre quand le sentiment de sécurité que l'on éprouvait volait en éclats.

Il avançait sans savoir où. Ses jambes le portaient malgré lui sur le sentier de la falaise, face à la brise chargée d'embruns qui freinait ses pas. Arrivé à la frontière invisible qui l'arrêtait toujours, à l'endroit où la mer se montrait et où le vertige le prenait, le père McIntyre continua d'avancer.

Il avait le visage humide, mouillé par les embruns ou par ses larmes, peu importait. Les doigts morts des souvenirs se tendaient vers lui pour l'attraper. Yeux mi-clos, il poursuivit sa marche en direction de l'avenir sans souffrance qui le tentait si fort. Il pressa même le pas.

Le père McIntyre ne sentait pas le vent. Il ne s'arrêta pas pour remâcher ses regrets ou se chercher des excuses. Il rejoignit simplement en quelques enjambées le bout du monde, et s'arrêta à l'endroit où la terre rejoignait l'air et la mer. Alors, il leva les bras au-dessus de sa tête. Sa soutane se tendit. On aurait dit des ailes battant dans le vent, prêtes à l'arracher du sol. Puis il franchit le pas qui le séparait du ciel…

Quatrième partie

27

James, qui avait depuis peu quatorze ans, inclina son chapeau sur son nez pour se protéger de l'implacable soleil. Depuis qu'il était venu s'installer chez sa tante et son oncle, trois ans plus tôt, et qu'il les aidait à cultiver leur blé, il n'avait connu que la sécheresse. Quelques gouttes tombaient parfois, porteuses d'un espoir vite déçu. Elles s'écrasaient dans la poussière et s'évaporaient aussitôt. Si la terre avait toujours été aride, le mal aurait été moins grand. On ne cherche pas à cultiver un désert. Au lieu de s'entêter dans des champs trop infertiles, les cultivateurs partent à la recherche de meilleures terres. Personne ne veut mourir de faim. Mais ici, on ne savait jamais. Quand il pleuvait des cordes à un endroit, un ou deux kilomètres plus loin, on ne sentait que l'odeur de l'averse. C'était cela, la vie en Australie-Occidentale, au cœur de la ceinture de blé : un équilibre instable entre abondance et pénurie.

Mais le manque de pluie n'expliquait pas toutes les difficultés de la vie. Il était un peu facile de ne s'en prendre qu'aux caprices du temps. James savait bien qu'il était le seul responsable de ses malheurs.

Il poussait la charrue avec son oncle. Shamus tenait la poignée du côté droit, tandis que James s'arc-boutait sur celle de gauche. Il avait tellement grandi que leurs épaules arrivaient au même niveau, mais leur corpulence n'était pas la même. Le corps massif de son oncle appuyait beaucoup plus fort, si bien que le côté de James s'enfonçait moins. Il devait pousser de toutes ses forces pour tâcher de redresser le soc, qui autrement entrait de travers dans le sol sec et caillouteux. C'était tellement épuisant qu'il en avait les jambes tremblantes.

— Allez, mon gars, du nerf ! criait Shamus de temps à autre.

Le vieux cheval de trait avançait à pas lents, la tête courbée par l'effort. Péniblement, le soc traçait les sillons, arrachait les chaumes de l'année précédente et les premières mauvaises herbes.

— Bon, ça suffit, on fait une pause.

Shamus lâcha la charrue et se pencha en avant pour reprendre son souffle.

James ôta le harnais du cheval, dont la robe, sous le collier, était noire de sueur.

— On reprendra après le déjeuner, mais aussi après le dîner, même s'il est tard. On doit finir ce soir, s'il le faut à la lanterne. Les semis doivent être terminés avant la fin de la semaine.

Shamus leva les yeux vers le soleil au zénith, et ajouta en grommelant :

— Faut dire qu'on n'a pas avancé très vite… Tu te sentiras d'en mettre encore un coup, mon gars ?

— Oui, mon oncle.

Ils traversèrent le champ qui avait rendu leurs mains calleuses. Avant même qu'ils ne voient la petite ferme, une bonne odeur de bacon vint chatouiller leurs narines. La maison n'était guère plus grande qu'une bergerie. Ses murs de planches noircies par la fumée de cheminée semblaient carbonisés. Le toit de tôle ondulée, qui s'affaissait dangereusement, seulement retenu par des poteaux de fortune, ne montrait son métal que par bandes. Les creux étaient remplis de poussière rouge. Une réserve d'eau se trouvait près de la cuisine. Les poules caquetaient dans leur enclos grillagé, derrière la maison.

Tess O'Reilly les accueillit à la porte, un sourire aux lèvres.

— Ah ben, quand même ! J'ai bien failli jeter votre déjeuner aux cochons !

Elle plaisantait, bien sûr, et leurs assiettes, qu'elle remplit d'œufs et de bacon, leur semblèrent d'autant plus appétissantes. Le thé était bien chaud et encore assez sucré. Les jours passant, il n'y aurait bientôt plus qu'un seul œuf et une toute petite tranche de lard, et le thé, trop noir, serait amer. Les repas étaient de sûrs calendriers, et l'argent qui restait après le loyer le plus fiable des sabliers.

Tout en déjeunant, Shamus parlait du travail effectué le matin, grommelant et secouant beaucoup la tête, pour que sa femme n'ignore rien de l'héroïsme de ses efforts. Tess s'affairait autour d'eux, l'écoutant ronchonner tout en ponctuant ces récriminations de petits commentaires admiratifs. Comme d'habitude, il s'en prenait à la « maudite terre australienne ». Alors elle se penchait sur son épaule pour le resservir, en ajoutant de petits « oh là là » réconfortants, et en profitait pour faire un clin d'œil entendu à James.

Tess était petite, d'apparence d'autant plus frêle que sa peau fine était d'une blancheur presque translucide à côté de ses longs cheveux de jais. Malgré cet aspect fragile, il y avait de la force dans son regard. Ses yeux étaient si grands et d'un vert si beau qu'ils éclipsaient le reste. Elle avait accueilli James avec joie et veillait tendrement à son bien-être. Parfois, quand elle croyait ne pas être vue, elle le regardait en se touchant les lèvres du bout des doigts, puis le cœur.

Shamus repoussa son assiette vide d'un air soucieux.

— Bon, ça va, on y retourne.

— Pas tout de suite, protesta Tess. C'est l'heure la plus chaude. Vous ne tiendrez jamais. Vous allez vous tuer.

— On n'a pas le choix, répondit-il en faisant signe à James de le suivre. Ne nous attends pas trop tôt pour dîner.

— Bon, mais faites des pauses alors. N'épuise pas ce garçon.

L'humeur de Shamus se dégradait en même temps que la montée du mercure. Quand ils retrouvèrent la charrue et harnachèrent le cheval, il n'était plus à prendre avec des pincettes. Ils s'attaquèrent en silence à la dernière longueur de champ, qui semblait interminable. La chaleur sapait leurs dernières forces, réduisait leur allure. Les lèvres de Shamus formaient de muettes imprécations. James, entièrement concentré sur son travail, poussait de toutes ses forces sur le mancheron, la sueur coulant dans ses yeux, piquante de sel.

— Vas-y, avance ! criait Shamus au cheval, à James, à la charrue, au travail qui n'en finissait pas.

Un grand bruit métallique retentit, et leur progression fut stoppée net. La brutalité de l'arrêt fit tomber James à genoux.

— Quoi, encore ! Bon sang de bois !

Shamus se pencha pour inspecter le matériel.

— Sacré nom de nom !

Il se releva, le visage cramoisi, arracha son chapeau et en infligea de grands coups à l'outil récalcitrant.

— Saloperie de charrue ! L'essieu a cassé !

Il fit quelques pas furieux, courbé par la rage, mains posées sur les hanches, puis revint taper avec le pied sur le soc, n'en tirant qu'un pitoyable bruit. Le cheval piétinait.

— Ah, je te jure ! C'est ta faute, bon à rien ! hurla Shamus, s'en prenant soudain à James. Combien de fois je t'ai dit de ne pas laisser la roue cogner sur les cailloux ! Et puis même, marmonna-t-il en repartant vers la ferme d'un pas furibond, sans toi, on ne serait jamais venus dans ce foutu pays !

James ne le suivit pas. Un poids énorme écrasait sa poitrine. Il attendit un peu, puis s'approcha du cheval. Il lui caressa la tête et alla jeter un coup d'œil sous la charrue. L'essieu brisé touchait le sol, et la cassure montrait qu'il était mangé par la rouille. Ayant constaté qu'il n'y était pour rien, il retourna s'occuper du cheval, et caressa encore un peu ses naseaux soyeux. C'était un trop vieil animal pour un si dur labeur. James détacha le harnais et le libéra, laissant retomber les chaînes. Il le ramena vers son enclos et actionna la pompe pour remplir l'auge. N'ayant rien d'autre à faire, il s'assit pour le regarder boire, contemplant le reflet du soleil qui dansait à la surface de l'eau.

C'était là, dans les moments de calme qui suivaient l'éreintant travail aux champs, qu'il souffrait le plus de la solitude. L'absence était alors plus sensible. L'amitié perdue remplissait l'immensité du ciel, et il se demandait pourquoi il avait choisi une vie pareille.

28

Le soir de ses onze ans, Leonora se mit au lit alors qu'une pluie diluvienne noyait Pittsburgh. L'eau teintait de noir l'écorce des grands chênes et rendait leur gris aux toits d'ardoise salis par la suie.

Elle remonta les couvertures sous son cou, contemplant, morose, le ruissellement continu sur les vitres. Onze ans, ce n'était pas rien. Un bel âge, un bel anniversaire, si seulement la date n'avait pas été fausse, si seulement elle n'avait pas été aussi malheureuse. Les invités étaient partis, les bruits de voix et de pas s'étaient tus.

Le petit coup frappé à sa porte ne la fit pas réagir. La voix de son oncle murmura par l'entrebâillement :

— Tu dors ?

— Non.

— Tant mieux.

Owen Fairfield entra en fermant la porte derrière lui.

— Je ne voulais pas partir sans te dire au revoir.

Il traversa la chambre pour aller s'asseoir au bord du lit et tendit la main en direction de la manette de cuivre qui permettait de régler le niveau de la flamme dans la lampe à pétrole. Un carré de lumière tomba sur eux. Sa barbe blanche, courte et bien taillée, traçait des lignes parfaites sur ses joues. Il portait un costume de voyage gris, gris par nécessité, car, dans une atmosphère où volait tant de poussière de charbon, il n'était pas question de porter du blanc, à moins de vouloir se changer toutes les deux heures.

Il sortit sa montre en or de son gousset pour jeter un coup d'œil à l'heure, puis la rangea tout en cherchant une plaisanterie destinée à détendre l'atmosphère.

— Tu as été tellement occupée aujourd'hui que j'avais peur que tu ne sois déjà en train de ronfler comme un sonneur !

Elle eut un petit sourire. Il sentait bon le tabac à pipe, une odeur épicée et sucrée.

— Onze ans ! s'exclama-t-il. Déjà onze ans, je n'arrive pas à y croire… Hier, tu étais encore toute petite, et voilà qu'aujourd'hui tu es pratiquement une jeune fille ! Tu me fais vieillir trop vite, ma petite chérie, ajouta-t-il avec un sourire affectueux qui lui plissait le coin des yeux.

Il hésita, regarda en l'air, puis reprit :

— Alors comme ça, tu n'as pas pu ouvrir tes cadeaux…

Elle s'empourpra, honteuse de ce qui était arrivé.

— Ce n'est pas ta faute, Leonora. Ne te fais aucun reproche.

Il s'interrompit, faisant tourner son alliance autour de son doigt.

— Elle est trop sévère avec toi, je le sais bien.

Il attendit un peu sans rien dire, sortit de nouveau sa montre, qu'il referma d'un geste sec, puis remit en place dans son gilet.

— L'automobile m'attend, dit-il sans se lever. Je serai absent pendant au moins six mois. La Chine, le Japon, c'est loin… Pourtant, les voyages ne sont plus ce qu'ils étaient. C'est difficile à expliquer. On dirait que le monde s'étire comme un élastique. Avant, tout était plus simple, plus humain. Le monde est en train de changer, ma petite chérie, et je ne suis pas sûr que cela soit une bonne chose.

Une inquiétude passa sur son front, puis il sourit en brandissant l'index :

— Et toi qui as déjà onze ans ! Petite coquine ! Je t'avertis, ne profite pas de mon absence pour grandir !

Elle hocha la tête.

— Je te rapporterai un kimono en soie. Je choisirai une couleur qui fera ressortir tes cheveux blonds et les paillettes d'or dans tes yeux. Peut-être aussi un arbre en jade. Nous aimons bien les beaux cailloux, tous les deux, n'est-ce pas ?

Il se pencha pour l'embrasser sur le front, eut l'air de vouloir dire autre chose, mais se leva sans rien ajouter, laissant derrière lui un goût d'inachevé. Quelques minutes plus tard, les phares de la Rolls-Royce balayèrent la fenêtre avant de tourner dans l'allée bordée de pins.

Leonora se retrouva seule dans sa grande chambre, perdue au milieu de son lit à baldaquin. La gueule béante de la cheminée de marbre soufflait un courant d'air glacé. Le départ de son oncle semblait accentuer le froid. Il n'était pas particulièrement attentif ou drôle, mais, au moins, il faisait tampon entre Eleanor et elle. Quand Owen était absent, sa tante devenait encore plus anxieuse, et, pour se distraire de ses inquiétudes, n'avait plus que Leonora sous la main. Elle trouvait toujours quelque chose à redire. La seule solution pour la fillette aurait été de devenir invisible.

Dans cette chambre obscure, Leonora revivait un à un les moments de cette journée pleine de malaises et de maladresses. Non, il ne fallait pas penser à cela. Pour se changer les idées, elle se leva, sortit pieds nus dans le couloir et descendit l'escalier en s'accrochant à la rampe.

Les poêles à bois étaient éteints et le parquet glacé. Leonora passa devant la porte close de la cuisine le plus discrètement possible et s'assit par terre dans un coin du corridor, ramenant sa chemise de nuit sous ses pieds. Il faisait froid, mais les bruits qu'elle entendait dans la cuisine, à travers la porte fermée, la réchauffaient. Elle tendait l'oreille pour ne rien manquer de ce qui se passait derrière la cloison : des bruits de vaisselle que l'on rangeait dans les placards, des rires et des voix, le tintement des casseroles que l'on récurait.

Cette cuisine n'offrait pas que des repas. Les mots, l'expression des émotions étaient aussi une nourriture. De vrais mots, de vraies émotions. Elle n'en pouvait plus des phrases toutes faites et des mensonges qui remplissaient sa vie, des leçons stériles qu'il fallait retenir, des calculs ennuyeux. Ses journées étaient bien évidemment traversées par des mots, mais des mots à apprendre, à réciter. Jamais des mots vivants, emplis de sens.

Une porte claqua dans les quartiers réservés aux domestiques, et elle entendit la voix gouailleuse de Bertha s'adressant à quelqu'un d'autre.

— Tu es encore là ? Je croyais que tu étais partie te coucher.

— Ah, j'aurais bien aimé, répondit une voix que Leonora reconnut comme étant celle de Mindy, l'aide de cuisine. J'ai dû récurer toute l'argenterie ! Deux fois en une journée : une fois avant la fête, et une fois après. Même les couverts qui n'avaient pas servi !

— Bon, assieds-toi cinq minutes et prends une tasse de thé avant de monter.

Un grincement indiqua que l'on tirait un tabouret.

— Mme Fairfield est allée se coucher ?

— Je crois que oui, mais pas pour longtemps ! À minuit, elle se relèvera pour boire du sang de nouveau-né !

Il y eut des rires.

— Le gâteau était magnifique, Bertha. Aux épices ?

— À la carotte. Il en reste un gros morceau. Je t'en sers une tranche ?

— Je veux bien. Dites donc, vous savez ce qui est arrivé ?

— Tout le monde sait ce qui est arrivé, Mindy, mais personne n'a envie d'en reparler !

— La pauvre gamine. Vomir devant tout le monde, juste au moment de souffler ses bougies ! Il paraît que la tête de Mme Fairfield valait son pesant d'or. Leonora aura de la chance si elle survit jusqu'à son douzième anniversaire !

Dans le couloir, la fillette était devenue écarlate. La honte la submergea pour la centième fois depuis le malheureux événement.

— C'était l'émotion, assura Bertha. Tous ces gens qu'elle ne connaissait pas, qui lui faisaient des tas de compliments et qui lui posaient des tas de questions… Un anniversaire avec plus d'adultes que d'enfants. Vous avez vu tous les cadeaux qu'elle a reçus ? Le paquet emballé dans du papier bleu, c'est un service complet, verres en cristal et argenterie ! Je ne vois pas ce qu'une gamine de onze ans pourrait bien faire de tout ça.

— On sait que ce n'est pas pour elle, intervint une autre voix. C'est pour se faire bien voir de la famille. Faut croire que les pompes des Fairfield ont meilleur goût que votre gâteau à la carotte, Bertha.

Des rires l'interrompirent.

— À sa place, j'aurais été malade aussi. C'est difficile de ne pas avoir d'amis à cet âge.

— Attendez avant de la plaindre ! s'écria Mindy. Je vous parie que c'est nous qui allons prendre. Mme Fairfield est bien capable de renvoyer quelqu'un. Cette fille, c'est du poison pour ceux qui s'occupent d'elle. Ses femmes de chambre et ses préceptrices ne restent même pas un an. Dès que la petite commence à s'attacher, ouste, elles prennent la porte. Mieux vaut ne pas trop se faire aimer d'elle.

— Ah, mais la pauvre petite, intervint Bertha, elle s'ennuie ! Et elle est gentille comme tout. Elle ne ferait pas de mal à une mouche. Moi, j'ai pitié d'elle. Pas de camarades de jeu, et pour la famille, ce n'est pas brillant. Un oncle qui n'est jamais là, et une tante qui gèlerait le diable d'un regard.

— Moi, ça ne me dérangerait pas d'être à sa place, ricana Mindy. Ne plus jamais laver une assiette sale, ne plus jamais mettre de toasts à griller…

— Le travail, ça n'a rien de honteux. Tu l'envies vraiment ?

L'aide de cuisine ne répondit pas.

— Bien sûr que non, reprit Bertha d'un ton grondeur. Ce n'est pas une vie pour un enfant. Je ne souhaiterais même pas ça à un chien.

La conversation s'acheva sur un bruit de tabouret que l'on repousse, des pas sur le carrelage, le tintement d'une tasse posée dans l'évier.

— Elle semble toute mignonne et innocente maintenant, dit encore la voix de Mindy, mais vous verrez qu'en grandissant elle deviendra sûrement aussi mauvaise que Mme Fairfield.

Leonora se renfonça dans son coin, tandis que les bruits devenaient plus rares dans la cuisine, les pas s'éloignaient, les portes se refermaient. La lumière disparut sous la porte.

Leonora venait d'entendre pour la dernière fois la voix de Bertha, la cuisinière au grand cœur qui lui glissait en cachette des parts de gâteau et qui la serrait contre sa généreuse poitrine. La gentille Bertha n'eut plus l'occasion de la défendre auprès du personnel. Mme Fairfield la renvoya dès le lendemain, l'ayant jugée responsable de l'indigestion de sa nièce. En apprenant la nouvelle, et se rappelant les critiques de Mindy, Leonora se sentit terriblement coupable. Elle était du poison pour ceux qui s'occupaient d'elle.

Frissonnant de froid après le départ des domestiques, la petite fille retourna se coucher, avançant d'un pas hésitant dans le noir. En passant devant la chambre de sa tante, elle marcha encore plus doucement et retint son souffle, prise d'une peur familière. Des bruits insolites derrière la porte close la firent s'arrêter et tendre l'oreille. Des halètements… Comme des sanglots, longs et prolongés.

Stupéfaite, Leonora resta paralysée. C'était comme voir une rose fleurir au beau milieu de l'hiver. Une chose inattendue et émouvante. Sans réfléchir, elle posa la main sur la porte, qui s'ouvrit toute seule. Eleanor Fairfield était assise au coin du feu, le visage enfoui dans ses mains, les épaules secouées par les pleurs. Ce fut un instant étrange : la douleur de sa tante était tellement sincère que Leonora en eut les larmes aux yeux.

Prise de compassion, elle approcha en silence et passa doucement les bras autour du cou de sa tante. Eleanor appuya sa tête contre Leonora, et un gémissement sortit de sa gorge. La fillette n'avait jamais touché Eleanor, qui ne l'avait jamais embrassée. Elle était tellement affamée d'un contact humain que cette peau froide lui sembla tiède, et qu'elle sentit une affection réelle monter en elle. Cela ne dura qu'un instant. Soudain, sa tante se redressa, sa tête se releva comme surprise par un coup de tonnerre. Elle la fusilla du regard.

— Qu'est-ce que tu fais là ? hurla-t-elle. Je t'interdis d'entrer dans ma chambre !

Leonora recula.

— Tu m'espionnes ?

La petite fille recula encore, mais Eleanor la saisit par les poignets pour la retenir.

— Si tu racontes ce que tu as vu à qui que ce soit, tu le regretteras ! C'est compris ?

Leonora essaya en vain de se dégager et se mit à pleurer, muette de peur.

— Tu as compris ? cria de nouveau Eleanor. Si

tu dis ne serait-ce qu'un mot de ce que tu as vu, je te chasserai ! Je t'abandonnerai, et tu seras toute seule !

La terreur tua toute pensée en Leonora, qui hocha frénétiquement la tête pour montrer qu'elle avait compris. Terrifiée, elle courut dans le couloir qui menait jusqu'à sa chambre.

« Je te chasserai ! Je t'abandonnerai, et tu seras toute seule ! »

Mme Fairfield avait très vite compris que cette menace, plus que n'importe quelle autre, avait un effet instantané sur sa pupille. C'était ainsi qu'elle la faisait obéir au doigt et à l'œil, et qu'elle lui rappelait de mentir le mieux possible sur son passé. Personne ne prenait son parti, même pas son oncle. Quand il entendait sa femme la menacer, Owen ne disait pas un mot. Il pâlissait comme si ces paroles s'adressaient à lui-même. S'il l'avait parfois défendue, Leonora aurait peut-être été un peu moins triste et apeurée. Mais il n'y avait rien à attendre de lui. Alors, elle ne se trompait jamais sur ce qu'elle devait dire de son passé. Elle parlait peu, et ne partageait ses secrets qu'avec les oiseaux, les chats des écuries et les chiens de chasse, qui étaient les seuls à savoir la réconforter.

Leonora se réfugia dans son lit et se cacha sous les couvertures. Dans le noir, elle sortit de sa poche une petite pierre en forme d'œuf qu'elle gardait toujours sur elle, et la serra bien fort dans sa main, songeant à l'ami qui la lui avait donnée. Elle aurait tant voulu vivre avec des gens aimants, dans un endroit paisible et serein… Mais c'était un rêve impossible. Cette nuit-là, comme tant d'autres fois, elle ne put se raccrocher qu'à des souvenirs qui devenaient flous comme des rêves. Grelottant dans la nuit silencieuse, elle s'endormit, baignée de larmes.

29

— Tu es magnifique, James, dit Tess en finissant de lui boutonner sa veste.

C'était un vieux costume de Shamus qu'elle avait rafistolé pour lui. Les coudes avaient été réparés à grand renfort de fil noir. Tess fronça les sourcils en tirant sur les manches, puis recula pour avoir une vue d'ensemble.

— J'ai l'impression que c'est un peu de travers, remarqua-t-elle en riant. Je ne suis pas très bonne couturière.

Shamus émergea de la chambre en grommelant, se débattant avec son faux col.

— Tess ! Tu crois que j'ai vraiment besoin de mettre ce maudit col ? Il m'étrangle !

— Bien sûr que oui ! C'est un enterrement, Shamus. C'est une question de respect.

— Du respect, j'ai un peu de mal à en ressentir pour un bonhomme qui nous a fourgué cette terre pleine de caillasses !

— Ne dis pas des choses pareilles ! Les Shelby nous ont accueillis à bras ouverts. Ils nous ont fait crédit sans même nous connaître. M. Shelby est venu dès le premier jour nous prêter des outils et nous apporter de bons petits plats préparés par sa femme. Il t'avait prévenu d'ailleurs, ajouta-t-elle en agitant le doigt sous son nez. J'étais là quand il t'a dit que le sol était sec. Et je me souviens très bien que tu as répondu : « Rien ne fait peur à un O'Reilly. »

Elle attrapa les deux extrémités du col et les rapprocha pour les agrafer sur un cou déjà rouge.

— Tu devrais avoir honte de dire du mal de ce pauvre M. Shelby ! Porter un col à son enterrement, c'est bien le moins que tu puisses faire. Un homme aussi serviable et aussi gentil !

— Pardon, Tess. T'as raison…

Elle lissa le revers de la veste de son mari.

— C'est comme ça, que veux-tu, soupira-t-elle. J'ai très mal dormi. Je n'arrivais pas à fermer l'œil en pensant à cette pauvre Mme Shelby et à tous ces gamins qui ont perdu leur papa. Six enfants, et la naissance du dernier qui s'annonce… Vu son gros ventre, c'est sûrement des jumeaux. C'est terrible, quand même !

— Elle se débrouillera avec l'argent que lui rapportent ses fermages.

— Pas si sûr… Entre les mines d'or et la sécheresse, les exploitations se vident. Il paraît que les Holloway sont partis sans prévenir. Ils n'ont même pas débarrassé la table avant de s'en aller !

Tess attacha son bonnet noir ; il rendait sa peau encore plus blanche. Elle s'arrêta, puis regarda James et son mari, les larmes aux yeux. Shamus prit ses mains dans les siennes.

— Qu'est-ce qui ne va pas, Tess ?

— C'est de vous voir comme ça, tous les deux, tellement beaux gaillards, tellement forts. Mme Shelby a perdu son mari, et moi, je me dis que j'ai de la chance de vous avoir. Le bon Dieu m'a vraiment gâtée, ajouta-t-elle, les lèvres tremblantes.

Malgré les paroles rassurantes de Shamus, les locataires étaient moins de vingt à l'enterrement, et aucun d'entre eux plus prospère que les O'Reilly. Le prêtre les accueillit devant la tombe ouverte avec une solennité de circonstance, mais son aspect physique provoquait un malaise. Ses épaisses lunettes rendaient ses yeux énormes, et sa tête aux joues creuses, posée sur un corps squelettique, donnait l'impression qu'il s'apprêtait à délivrer son propre éloge funèbre.

Mme Shelby avait pris place face au pasteur, un châle de dentelle noire drapé sur ses épaules et croisé sur son ventre arrondi, ses épais cheveux roux flamboyant sous le voile. Trois petites filles s'accrochaient à sa jupe, et semblaient beaucoup s'ennuyer.

Un adolescent, à peu près de l'âge de James, lui jeta un coup d'œil, puis baissa la tête. Il se dandinait d'un pied sur l'autre et tirait sur le bas de sa veste mal boutonnée, de travers comme tout le reste, chapeau, gilet, cravate. Les revers de son pantalon n'étaient pas de même longueur, et pourtant, le costume était neuf. Il regarda encore une fois James par en dessous, tira sur ses bretelles, puis donna des coups de pied dans la poussière pour embêter ses petites sœurs. L'aîné des frères le bouscula pour le faire arrêter, ce qui poussa Mme Shelby à leur jeter un regard à faire geler l'eau d'un lac.

Bref, personne n'écoutait le prêtre, sauf Mme Shelby, qui se tourna de nouveau vers lui. James préférait observer les fermiers, leur morosité, leur impatience. Ils n'attendaient qu'une chose : retourner aux champs.

Quand le prêtre eut fini, quelques hommes restèrent pour combler la fosse, envoyant des pelletées qui tombaient sur le cercueil dans un bruit sourd. Le reste de l'assemblée se dispersa par petits groupes. Shamus et Tess se joignirent aux locataires regroupés autour de Mme Shelby. Ils lui serrèrent la main et lui présentèrent leurs condoléances. Les petites filles se cachaient dans les jupes de leur mère, tandis que les garçons prenaient des airs virils, le visage grave et les épaules voûtées par les soucis.

Le grand échalas qui avait l'âge de James regarda le jeune garçon d'un œil critique, puis, semblant apprécier ce qu'il voyait, lui tendit la main.

— Moi, c'est Tom.

— James.

La poignée de main fut énergique et s'acheva au moment où les fossoyeurs finissaient de tasser le monticule de terre sur la tombe.

— C'est trop bête pour ton père, je suis désolé, dit James.

Tom baissa les yeux, puis fit une petite grimace.

— C'est drôle, t'as l'accent australien, et pourtant, t'es de la famille O'Reilly… Pourquoi tu ne parles pas avec l'accent irlandais, comme tes parents ?

— Je suis né ici, répondit James sans relever l'erreur.

— Ah, d'accord. Tu ne vas pas à l'école ?

— Non.

— Moi si, mais ma mère dit que je peux arrêter. Elle a besoin de moi à la ferme, maintenant. Ça ne me dérange pas, je déteste aller en classe. T'as vu la tête du pasteur ? C'est lui qui nous fait cours. Il nous flanque un de ces cafards !

James eut un sourire. Tom commença alors à rire, mais s'arrêta net en se rappelant les circonstances. Il fit de nouveau une petite grimace.

— On ne s'est jamais vus avant, c'est bizarre.

— Je suis tout le temps dans les champs.

— Il n'y a que toi et ton père aux labours ?

James passa de nouveau sur la méprise.

— Oui.

— Vous n'avez pas d'ouvrier agricole ?

— Non.

Tom hocha la tête et lui jeta l'un de ces regards timides dont il avait le secret.

— Moi, je pourrais vous aider en cas de besoin. Si je fais bien mon boulot à la ferme, ça ne dérangera pas ma mère que je vous file un coup de main.

— Tommie ! appela Mme Shelby. On y va !

— Tu viens ? demanda Tom. Le pasteur va dire une prière avant le repas. Il va encore se goinfrer.

James chercha sa tante et son oncle du regard, et, les voyant suivre Mme Shelby, emboîta le pas à son nouvel ami. Tom lui plaisait beaucoup. Simple, sans prétention, c'était un garçon sympathique et loquace qu'il avait l'impression d'avoir toujours connu.

— Vous avez des bœufs ? interrogea Tom.

— Non.

— Des moutons ?

— Non plus.

— Vous avez quoi, alors ?

— Du blé.

— C'est tout ?

— Deux cochons et des poules.

— Comme tout le monde, fit remarquer Tom, sans la moindre condescendance.

James ne sut que répondre à cela, mais Tom se chargea de ranimer la conversation.

— Nous, on a du bétail, cinquante têtes. Et une centaine de brebis. Maman dit qu'on n'a plus de quoi se payer un berger, alors c'est moi qui vais les mener en transhumance… Enfin, au moins au pâturage. Tu sais monter à cheval ?

James hocha la tête.

— J'en étais sûr ! Alors, tu pourrais peut-être venir m'aider à conduire le troupeau, si je te donne un coup de main aux champs ? On pourrait dormir à la belle étoile, se faire un feu, et attraper deux ou trois iguanes à rôtir, comme les Aborigènes !

James eut une grimace de dégoût, ce qui fit rire Tom.

— Non, je blague ! Mais les Aborigènes en bouffent, je t'assure ! Ils mangent aussi des asticots : ils les gobent comme des bonbons !

Quelques minutes plus tard, la ferme des Shelby apparut dans son écrin de verdure, îlot luxuriant au milieu d'un océan brun de terres arides. Des roses rouges grimpaient aux poteaux de la véranda. Des lilas, des mimosas foisonnaient tout autour. Grâce à ces buissons fleuris, on remarquait à peine la peinture extérieure craquelée, les volets manquants. La porte, largement ouverte sous le porche, semblait souhaiter la bienvenue, et l'ensemble de la maison, pourtant simple et ne disposant que d'un étage sous les combles, dégageait une impression de prospérité. À côté, se dit James, la ferme O'Reilly était triste et pauvre.

— Comment vous arrivez à avoir autant de plantes ? demanda-t-il à Tom.

— Papa a creusé un puits artésien. L'eau coule par

une conduite jusqu'au jardin. Ça pue l'œuf pourri, mais les fleurs de maman sont contentes.

Les deux garçons entrèrent dans la maison bourdonnant déjà de conversations.

— Tommie, dit Mme Shelby en faisant signe à son fils, installe le révérend Jordan dans la chambre d'amis.

— Pas de chance, grommela Tom, ça veut dire qu'il va rester quelques jours. Il va falloir que je me tienne à carreau. Attends-moi, je redescends tout de suite.

James se fraya un chemin jusqu'au bout de la salle à manger. L'intérieur de la maison était aussi simple que l'extérieur. C'était l'habitat d'une grande famille, confortable, mais portant les signes d'une usure infligée par six enfants énergiques : papier peint fané déchiré par endroits, plinthes abîmées par les coups de pied, tapis usés, plancher battu par le passage. Considérant une porte, il eut envie d'explorer davantage cette intéressante maison. Une vague odeur d'humidité l'arrêta sur le seuil. Des livres s'alignaient sur les murs, du sol au plafond. De vieux volumes à la couverture défraîchie cohabitaient avec des ouvrages splendidement reliés de cuir. James inspecta les rangées de livres, en sortit un et le feuilleta. De la poussière lui chatouilla le nez.

— Qu'est-ce que tu fais là ?

James se retourna dans un sursaut et referma le livre d'un geste vif.

Mme Shelby se tenait dans l'encadrement de la porte.

— Pardon, je… je ne voulais pas… bégaya-t-il.

Elle approcha de lui en le détaillant de la tête au pied, puis elle lui prit le livre des mains. Elle l'examina avant de le replacer dans la bibliothèque.

— Je n'aurais pas dû…

— Chut, l'interrompit-elle en regardant les étagères. Elle se dressa sur la pointe des pieds et attrapa un gros volume à couverture verte.

— Tiens, dit-elle en le lui tendant. Celui-ci te plaira davantage.

James lu le nom de l'auteur : Robert Louis Stevenson.

— Tu aimes lire ?

— Oui, madame.

— Pas comme les miens. J'ai assez de gamins pour remplir une école, et pas un ne s'intéresse à la lecture. Ce n'est pas avec un livre qu'on leur fera apprendre quelque chose, à moins de s'en servir pour leur taper sur le crâne !

Elle eut un pâle sourire.

— Ils ressemblent à leur père, mes garçons, surtout Tommie. Il n'était pas très instruit, mon homme, mais très intelligent. Il n'y avait personne de meilleur que lui. Les livres qui sont ici, ce sont ceux de l'église. Il était question de construire une bibliothèque à l'école, mais il fallait de la place pour le logement du pasteur, alors j'ai accepté de les prendre chez moi. Ça ne me dérange pas, au contraire, même si je n'ai pas le temps de les ouvrir. Dommage, tu ne trouves pas ?

Elle posa la main sur la tête de James.

— Ces livres sont autant à toi qu'à moi. Tu peux venir en emprunter quand tu le souhaites. Tu le feras ?

— Oui, madame.

Elle l'observa encore, remarquant cette fois le costume usé.

— Comment vous vous débrouillez, à la ferme ?
— Ça va.
— Mais la terre ? Les labours sont difficiles, non ?
— Nous avons semé le blé cette semaine, mais les corneilles s'en mettent plein la panse.
— Il vous faudrait un chien. Quelques bons aboiements chassent les oiseaux plus vite que des coups de fusil. Mais, tout de même, ajouta-t-elle, soucieuse, il faudrait une bonne pluie dans pas trop longtemps, pour que le blé prenne racine, autrement, il ne restera pas une graine, quoi qu'on fasse.
L'un de ses grands fils passa la tête dans la pièce.
— Maman, le pasteur veut commencer la prière.
— J'arrive.
Elle se pencha vers James avec un clin d'œil.
— C'est pas tellement pour la prière qu'il nous presse, c'est pour le dîner. Il a bon appétit notre pasteur. Tu vas voir, il ne va pas quitter le jambon des yeux durant le prêche !
Elle le prit par l'épaule, aussi solide qu'un homme et réconfortante qu'une mère.
— T'es un bon gamin. Ça fera du bien à Tommie d'avoir un copain comme toi. Reviens quand tu veux. Tu es ici chez toi.
Dans la salle à manger, deux tables avaient été poussées contre les murs et recouvertes d'une multitude de plats : jambon, dinde, miches de pain, pots de beurre, bols remplis de jus de viande, fruits secs. Tom tendit une assiette pleine à James.
— Viens, on va s'installer dehors.
Ils emportèrent leur déjeuner sous la véranda et s'assirent au bord, les jambes pendant dans le vide. Les deux grands frères de Tom vinrent les rejoindre.

Ils avaient deux ans d'écart, mais se ressemblaient tellement qu'ils auraient pu être jumeaux.

— Alors, on bavarde, les fillettes ? se moqua l'un d'eux.

— Oh, ça va ! lança Tom sans se froisser. Je vous présente James. Le fils O'Reilly. Will et John, mes deux frères.

— Alors, comme ça, t'es irlandais ? demanda Will, avec un air goguenard.

James posa sa fourchette et le fusilla du regard.

— Le prends pas mal ! s'amusa Will. C'est pas insultant d'être irlandais. J'ai juste entendu tes parents parler tout à l'heure. Notre père était écossais, alors tu vois, ajouta-t-il en engloutissant une bouchée de jambon, j'ai rien à dire. Il suffisait juste de deux verres pour que son accent revienne complètement ! On comprenait pas un mot de ce qu'il racontait !

Les trois garçons eurent un soupir nostalgique, et leur humeur devint plus grave.

— Papa aurait été content de voir tous ces gens venus lui dire au revoir, déclara John.

— C'est sûr ! Ça aurait été une bonne occasion de leur raconter pour la centième fois ses histoires !

James les écoutait plaisanter, envieux de leur fraternelle connivence.

Soudain, Tom laissa tomber sa fourchette dans son assiette. Tous les regards se tournèrent vers lui. Il passa une main sur sa joue et regarda ses doigts mouillés avec stupéfaction.

— Quoi ? Ne me dis pas que tu pleures ! s'indigna Will.

Tom pencha la tête en arrière et scruta le ciel.

— Il pleut !

Ils regardèrent tous en l'air. Des nuages gris arrivaient sur la ferme. Quelques légères gouttes tombèrent sur le front des garçons.

— C'est vrai qu'il pleut ! s'exclama Will. Il pleut !

Ils abandonnèrent leurs assiettes à moitié pleines sur la terrasse et coururent à l'intérieur. Un silence suivit cette galopade.

— Il pleut !

Au même instant, un martèlement se fit entendre sur le toit de tôle. C'était bon signe, mais rien n'était encore sûr. Tant de pluies s'arrêtaient aussi vite qu'elles avaient commencé… Les invités se turent, attendant le rayon de soleil qui annoncerait encore une fois le départ des nuages. Les hommes s'agrippaient à ce qu'ils avaient sous la main, les femmes se plaquaient les mains sur la poitrine. Il fallait que le vent soit leur allié, et qu'au lieu d'emporter au loin l'averse salvatrice il la pousse sur leurs terres.

Et puis, d'un coup, ce fut le déluge ! Le ciel s'ouvrit et déversa des trombes d'eau sur la ferme. Des gouttes énormes frappaient le toit et la terre. Floc, floc, floc, d'abord, puis une mitraille grandiose. Alors, ils s'autorisèrent à respirer. Des yeux se fermèrent comme pour méditer, d'autres s'ouvrirent en grand, emplis de reconnaissance.

Un éclair zébra le ciel devant la fenêtre, suivi de près par un coup de tonnerre. Des cris de joie, des larmes jaillirent. Il n'y avait plus aucune différence entre ces gens qui exultaient : propriétaires ou locataires, Australiens de longue date ou nouveaux arrivants, Irlandais, Anglais ou Allemands, croyants ou mécréants. Ils étaient simplement des paysans. Ils embrassèrent Mme Shelby, sachant tous que ce miracle était le fait de son mari : à peine avait-il passé les portes du paradis qu'il leur envoyait la pluie dont ils avaient tant besoin.

Ainsi commencèrent les années d'abondance, des années de joie et de liberté. Les champs respiraient, les voisins se tapaient dans le dos et remontaient à deux mains leur pantalon, l'air de dire : nous avons passé le pire, nous avons réussi, la vie est belle. Les champs verdissaient d'un beau blé plein de sève, ce sang de la terre. Et ce blé montait, blondissait et dansait dans la brise, aussi duveteux que le poil d'un jeune veau.

James s'épanouit dans ces années d'abondance. Il aimait tout de cette nouvelle terre : ses moissons, ses fleurs blanches, jaunes, ses délicates toiles d'araignées, ses cours d'eau ressuscités, ses cacatoès roses qui chantaient dans les arbres. Il apprit à aimer tout cela autant qu'il avait aimé la mer.

Shamus embaucha un ouvrier agricole aborigène, ce qui laissa du temps libre à James, même s'il travaillait encore dur. Il pouvait aller lire chez Mme Shelby, camper avec Tom et ses frères dans le bush, faire du cheval dans les champs, nager dans les rivières. Il en profita pour grandir encore et devenir un homme.

Durant les années d'abondance, on oubliait facilement tout ce qui n'était pas beau et fertile. On se permettait d'ignorer la pâleur de Tess et les cernes bleutés sous ses yeux. On ne cherchait pas à comprendre pourquoi elle souriait quand elle se savait observée, et se crispait de douleur à l'instant où elle se croyait seule. Elle prétendait que le creux de souffrance sur ses joues n'était que le pli pensif de la sagesse. Si on s'inquiétait pour sa santé, ou si on l'observait de trop près, elle parvenait à redonner du brillant à ses yeux et à nier l'évidence. D'ailleurs, il n'en fallait généralement pas plus pour rassurer les hommes, tant ils désiraient oublier ce qui fait mal. On ne veut pas se faire de souci lorsque la terre est grasse et nourricière.

Ainsi donc s'écoulèrent les années d'abondance, les années de belles récoltes, dans une nature débordante de vie. De beaux jours qui, pour Tess, allaient bientôt prendre fin…

30

Les nuages s'éloignèrent de Pittsburgh. Avec le soleil, les dernières gouttes de pluie s'évaporèrent des vitres de la chambre de Leonora. Il ne pleuvrait plus, mais le temps resterait humide.

La jeune fille soupira en tournant la tête vers la porte, ses longs cheveux dorés formant un halo sur l'oreiller. La décoration de la pièce n'avait pas changé depuis le jour de son arrivée chez les Fairfield. Une tapisserie à boutons de rose pastel et un petit bureau en noyer l'avaient accompagnée toutes ces années. Elle avait grandi, minci, ses hanches et sa poitrine s'étaient galbées, sans qu'elle ait pourtant l'impression de beaucoup changer. Elle était devenue une femme sans s'en apercevoir. Son visage, encore doux, mais mieux défini, exprimait une confiance qu'elle était pourtant loin de ressentir.

Au loin, dans la vallée, une sirène d'ambulance se fit entendre. Le cœur de Leonora battit plus fort. Personne d'autre qu'elle dans la maison n'avait dû remarquer ce lointain signal. Les Fairfield avaient financé la construction d'une nouvelle aile de l'hôpital, et elle devait assister à l'inauguration. Un moment de liberté, une belle occasion de sortir de cette maison qu'elle n'avait pratiquement jamais le droit de quitter. Elle écouta le son de la sirène s'éteindre dans sa descente au fond de la vallée. Pour elle, c'était le symbole de tous ses espoirs : son rêve était d'entrer à l'école d'infirmières. Quelle meilleure occasion d'en parler que cette cérémonie ?

— Mais, quelle tenue ! Tu es folle ? s'exclama Eleanor en voyant Leonora descendre l'escalier. Tu ne peux pas y aller attifée d'une telle façon ! C'est une inauguration, nous n'allons pas prendre le thé avec les infirmières ! Va mettre quelque chose de plus élégant et de plus patriotique.

Leonora monta se changer, et se présenta de nouveau à sa tante.

— Bon, ça ira, décréta cette implacable juge.

La Rolls-Royce noire attendait devant la porte. Le chauffeur leur ouvrit la portière.

— Toujours pas de nouvelle de M. Fairfield ? demanda Eleanor en montant.

— Non, madame.

— Il n'en fait qu'à sa tête, soupira-t-elle en s'installant sur la banquette avec sa nièce adoptive. Ton oncle avait promis de rentrer hier. Tout le monde se dépêche de quitter l'Europe avant le début des hostilités, mais Owen, lui, semble décidé à y prendre racine. À cause de lui, je vais devoir assurer seule l'inauguration. Si je m'écoutais, ajouta-t-elle en redressant fièrement la tête, je changerais les serrures pour l'empêcher de rentrer. Une ou deux nuits à l'écurie, cela ne lui ferait pas de mal et lui apprendrait à tenir parole.

Leonora se garda bien de répondre, se tassant dans son coin pour ne pas attirer l'attention de sa tante.

Elle savait d'expérience que sa mauvaise humeur pouvait se retourner contre elle à tout instant.

Mme Fairfield ajusta sur son impeccable coiffure grise un chapeau déjà parfaitement en place.

— Il y aura des journalistes de la *Post-Gazette*, alors essaie de ne pas rester muette, pour une fois. Enfin, n'en dis pas trop non plus. Il suffira de quelques phrases : « Nous soutenons nos alliés, nous participerons à l'effort de guerre. » Compris ?

Leonora vit là une occasion parfaite de parler du travail des infirmières, mais elle sentit son gosier se fermer. Elle baissa la tête, incapable de dire autre chose qu'un timide :

— Oui, ma tante.

Eleanor la dévisagea.

— Tu allais dire autre chose, je t'ai vue hésiter !

Cette fois, il n'y avait plus moyen de se dérober. Elle devint rouge écarlate et se mit à bégayer :

— Je… Je…

— Allez ! J'attends ! Parle, bon sang !

Une soudaine colère chassa la peur de Leonora. Son regard rencontra celui de sa tante adoptive, et elle dit nettement :

— Je veux entrer à l'école d'infirmières.

Eleanor eut un rire.

— Je suis au courant ! Owen m'a parlé de ta petite lubie. Il trouve l'idée aussi absurde que moi. Cela nous a bien amusés !

Ce fut comme une gifle.

— Mais, il est d'accord ! En tout cas, il a dit qu'il y réfléchirait.

— Enfin, voyons, Leonora, tu devrais le connaître ! Owen est prêt à se ranger à n'importe quelle opinion du moment que ça l'arrange. Il serait capable de soutenir que le ciel est vert pour te faire plaisir. Pauvre homme, ajouta-t-elle avec sans doute une pointe de jalousie.

« Il n'est pas question que tu deviennes infirmière, reprit-elle. Ce serait indigne d'une Fairfield. Une Fairfield ne peut pas exercer un travail de domestique ! Une infirmière, c'est simplement une soubrette pour gens malades.

Eleanor se pencha pour se regarder dans le rétroviseur, puis conclut :

— La réponse est non, et je ne veux plus en entendre parler, tu m'entends ?

Il fallut une grande force à Leonora pour retenir ses larmes.

— Mais j'ai presque terminé mes études. Je ne vais plus savoir comment occuper mes journées.

— Tu feras un beau mariage et tu auras des enfants. Tu seras une bonne épouse et une mère comblée ! Bon, ça suffit, jeta-t-elle avec un rire nerveux. Tais-toi, je ne veux plus t'entendre. Nous allons bientôt arriver à l'hôpital, et tu verrais ta tête ! Que penseront les journalistes s'ils te voient rouge comme un petit coq en colère ? Tu n'as vraiment pas besoin de te faire remarquer après ton attitude méprisante vis-à-vis de ce cher Dr Edwards. Je ne sais pas ce qui t'a pris. Ce pauvre homme t'invitait seulement à dîner.

Leonora se tourna vers la vitre. Elle avait poliment décliné l'invitation du directeur du conseil d'administration de l'hôpital, un homme de quarante ans qui s'intéressait un peu trop à son décolleté.

Eleanor s'apaisa, massant sa gorge sous son col de dentelle.

— Fais-moi confiance. Pour trouver un bon parti, ce n'est pas à l'hôpital qu'il faut aller traîner. La moitié des médecins vont être envoyés sur les champs de bataille, et ceux qui resteront ici seront soit trop vieux, soit trop handicapés.

La voiture fit son entrée dans la ville. Les rues grises reflétaient parfaitement la déception de Leonora. Il n'y avait plus aucun espoir. Cette certitude lui donnait l'envie de disparaître, mais elle restait droite et comptait malgré tout faire honneur aux Fairfield.

Le chauffeur s'arrêta à l'entrée de l'hôpital et fit descendre ses passagères, qui rejoignirent la foule des officiels et des hommes d'affaires venus assister à l'inauguration. Personne n'avait osé manquer à l'appel, non pas en raison de la majesté de la nouvelle construction, qui était en réalité assez modeste, mais parce que tous craignaient de déplaire à la famille Fairfield.

Les invités se bousculaient face aux photographes, qui tenaient leurs flashs à bout de bras. Tous voulaient être sur la photo : en effet, elle seule témoignerait de leur présence. Ils rivalisaient également d'ingéniosité pour serrer les premiers la main de Mme Fairfield, lui lançant des invitations et s'extasiant sur la beauté de sa jeune nièce. Leonora souriait machinalement et serrait les mains sans écouter les compliments.

La foule, encore aveuglée par l'éclat du magnésium, finit par se disperser. Les médecins conduisirent alors les deux femmes jusqu'au bâtiment neuf. On leur fit faire le tour de la salle commune, remplie de lits blancs.

— La guerre prendra fin bien avant que l'Amérique n'expédie son premier soldat, affirma le Dr Edwards en s'adressant, comme il en avait l'habitude, à la poitrine de Leonora. Il n'empêche, ajouta-t-il en se tournant brièvement vers Mme Fairfield, qui le dépassait d'une tête, qu'il faut se tenir prêt. Il paraît que les hôpitaux sont déjà saturés en Angleterre.

— Nous devons tout faire pour soutenir nos alliés, commenta Mme Fairfield, ainsi qu'elle s'y était préparée.

Le reporter de la *Post-Gazette* nota ces paroles tout en jetant de rapides coups d'œil en direction de Leonora. Il n'était guère plus âgé qu'elle, et arborait une fine moustache à l'américaine, pas plus épaisse qu'un trait de crayon.

— Et vous, mademoiselle ? Voulez-vous ajouter autre chose ?

Mme Fairfield s'interposa.

— Ma nièce me disait justement à quel point elle trouvait important pour la jeunesse de se préoccuper du bien-être des pauvres.

— Très bien, dit le reporter sans quitter Leonora des yeux. Alors, toute la famille se tourne vers la philanthropie. Dans ce cas, comptez-vous venir porter secours aux gens, en donnant bénévolement de votre temps à l'hôpital ?

La cage venait miraculeusement de s'ouvrir, et Leonora eut l'impression de s'envoler.

— Oui ! s'écria-t-elle.

Un silence se fit dans l'assemblée. Tout le monde se tourna vers elle. Voyant qu'Eleanor, profondément choquée, ne savait comment la contredire, Leonora s'enhardit :

— Oui, je voudrais travailler ici, à l'hôpital. Participer autant que je le peux à l'effort général.

Elle ne reconnaissait pas sa propre voix tant elle était déterminée.

— Magnifique, s'enthousiasma le Dr Edwards. Nous serions ravis de recevoir votre aide. La Croix-Rouge a besoin de volontaires. Quand pouvez-vous commencer ?

— Dès demain.

Le visage de Mme Fairfield, déjà livide, se crispa un peu plus après cette annonce.

Le journaliste, toujours en train d'écrire, déclara :

— C'est une excellente conclusion pour mon article. Une famille qui agit sans avoir peur de s'impliquer personnellement, cela plaira.

Eleanor garda le silence pendant tout le reste de la visite, se contentant de hocher la tête d'un air hautain quand le Dr Edwards s'adressait à elle. De son côté, Leonora exultait. Elle considérait les murs blancs, le linoléum et les longs couloirs comme autant de portes ouvertes sur la liberté.

Après le déjeuner, le chauffeur revint les chercher devant l'entrée du bâtiment neuf. Une fois les adieux terminés, on réitéra les remerciements.

— Alors, à demain, Leonora, conclut le Dr Edwards avec un clin d'œil.

— À demain, merci.

La portière se referma sur les bruits de la ville, et la distance entre Leonora et sa tante parut plus grande que jamais. Le regard fixé sur la vitre pendant que la voiture roulait, la jeune fille sentait le regard furieux de sa tante peser sur sa nuque.

— Alors, tu es fière de toi ? attaqua Eleanor en ôtant ses gants, doigt après doigt.

Elle n'ajouta rien, le temps de les poser comme deux mains mortes sur ses genoux.

Leonora attendit, la crainte au cœur.

— Je dois admettre que tu as fait preuve d'initiative, reprit enfin sa tante. Il y aurait presque de quoi être fière si tu n'étais pas aussi…

Elle s'interrompit pour observer la jeune fille, avant de continuer :

— C'est touchant de te voir essayer de me désobéir… C'est tellement faible, finalement, tellement tremblant… On croirait voir un aveugle traverser une rue. Tu me fais pitié.

La joie de Leonora retomba, la cage se refermait sur elle.

— Malgré tout, je ne vais pas t'empêcher d'y aller…

La jeune fille redressa vivement la tête.

— Rien ne m'y contraint, précisa sa tante. Je pourrais donner n'importe quelle excuse, raconter que j'ai besoin de toi à la maison, mais cela ira pour cette fois. Je ne sais pas d'où te vient cette idée saugrenue, mais si tu tiens vraiment à aller dans cet endroit sordide, vas-y.

Leonora n'en revenait pas. Par prudence, elle tâcha de cacher son bonheur, mais sa tante n'était pas dupe.

— Seulement je t'avertis, ma petite fille : je cède cette fois, mais c'est la dernière. Ne t'avise pas de me refaire un tour pareil. Vas-y, salis-toi avec ce travail absurde. Enroule des bandages, trafique je ne sais quoi, mais que cela ne ralentisse pas tes études. Tu apprendras tes leçons le soir, en rentrant. C'est clair ?

— Oui, ma tante.

Mme Fairfield tapotait nerveusement sur son sac et repartit à la charge alors que la voiture passait le portail du domaine.

— Telle que je te connais, tu vas tomber amoureuse d'un soldat sans bras ni jambes. Tu voudras le sauver, comme tu le fais avec les chiens boiteux que tu nous ramènes.

Soudain, elle se tut, puis se redressa sur la banquette comme si on la soulevait par les cheveux. Elle regarda par-dessus l'épaule du chauffeur.

— Owen est rentré !

Eleanor se précipita dans le hall, jeta son sac et son manteau sur les bras de la femme de chambre, et courut jusqu'à la bibliothèque d'où sortaient des bruits de verres et de bouteilles. Leonora, qui était restée derrière, prit son temps pour enlever son manteau, puis se décida à suivre sa tante.

— Que s'est-il passé ? demanda Eleanor, trop soulagée pour se montrer vraiment désagréable. Tu avais promis de rentrer hier !

Owen Fairfield posa un baiser sur la joue de sa femme, cigare dans une main, verre de cognac dans l'autre.

— Le décalage horaire ! Je m'y laisse toujours prendre, mon ange.

— Le décalage horaire ! Je n'y crois pas un seul instant. Toi, le globe-trotter ! Rien ne te prend jamais au dépourvu.

Il sourit et l'embrassa sur le front.

— Je suis bien heureux de te voir. Tu m'as manqué, chérie.

Eleanor ne remarqua qu'à cet instant qu'une autre personne se trouvait dans la pièce.

— Excusez-moi, je ne vous avais pas vu.

Leonora suivit le regard de sa tante et éprouva un choc en voyant un très bel homme, jeune et brun, nonchalamment appuyé au bar.

L'inconnu rejoignit le petit groupe, et Owen Fairfield lui posa la main sur l'épaule.

— Je vous présente Alexander Harrington.

Alex fit un baisemain à Eleanor en formulant un compliment, puis se tourna vers Leonora. Il lui prit aussi la main et se pencha pour l'effleurer de ses lèvres. Ce frôlement fit monter un frisson en elle.

— Bonjour, Leonora, dit-il en se redressant avec un regard d'une intensité troublante. C'est un réel plaisir de vous rencontrer.

Eleanor observait cet échange, un sourire au coin des lèvres. Owen posa de nouveau une main amicale sur l'épaule du jeune homme et déclara :

— Alex est le directeur de notre mine de Bombay.

Une femme de chambre apporta sur un plateau d'argent une carafe de vin blanc, ainsi que des verres. Eleanor servit Leonora et l'encouragea à boire, puis se tourna vers leur invité.

— L'Inde, un pays attachant, n'est-ce pas ?

— Et chaud ! répondit-il gaiement, révélant une belle rangée de dents blanches et droites. Selon l'époque, nous y avons de la pluie ou de la sécheresse, mais nous y étouffons toujours. L'Inde est une contrée très belle, mais exigeante. J'avoue qu'elle est envoûtante. La vie n'y est pas mauvaise : grâce à la présence anglaise, on garde un certain confort, malgré la pénurie infligée par la guerre.

— J'espère que vous ne nous quitterez pas trop vite pour y retourner, dit Eleanor en papillonnant des yeux.

— Eh bien, cela dépend de votre mari.

La maîtresse de maison le considéra alors pensivement, en faisant tourner son verre entre ses doigts.

— Quel âge avez-vous, jeune homme ?

— Vingt-sept ans.

Elle le dévisagea d'un air un peu sceptique.

— Vous ne me croyez pas ? demanda Alex Harrington en soutenant son regard sans flancher.

— Si, bien sûr, et je suis impressionnée. Vous avez de l'ambition, sans aucun doute, mais mon mari me déçoit.

Owen s'alarma :

— Tiens ! Et pourquoi, ma très chère ?

— Tu es un peu bête de cacher un aussi charmant jeune homme au fond d'une mine, à Bombay.

Alex était effectivement fort charmant, songea Leonora. Il était grand – bien plus que son oncle, et même que sa tante –, et très élégant. Chemise à col cassé portée avec un foulard façon « ascot », peau parfaite et légèrement hâlée, cheveux noirs naturels, coiffés sans pommade, ce qui lui donnait un air viril et décontracté.

— Il ne descend pas au fond lui-même, chérie ! protesta Owen. Mais il est vrai, ajouta-t-il en singeant un salut militaire, que tu es en droit d'évaluer les mérites de tous mes employés.

Alex se tourna vers Leonora, admirant de toute évidence sa beauté et sa robe. La jeune femme leva une main effarouchée vers son décolleté, puis la laissa retomber, effrayée par le regard noir que lui lançait sa tante. Cette dernière fit signe à la femme de chambre de remplir le verre de sa nièce, puis se tourna vers son mari.

— Leonora s'est mis en tête d'aller prêter main-forte à l'hôpital.

— Ah, vraiment ?

— Comme c'est bien ! s'exclama Alex. Quelle tâche y accomplirez-vous ? ajouta-t-il en posant sur la timide demoiselle son profond regard.

— Je ne le sais pas encore, répondit-elle en s'empourprant.

Il continua de la dévisager. Leonora fut sauvée de son embarras par la femme de chambre qui venait remplir leurs verres.

Owen leva le sien.

— Je vais plutôt reprendre un whisky.

— Pas avant le dîner, Owen, voyons, le gronda Eleanor.

Il fit comme s'il n'avait rien entendu et alla prendre le flacon sur le bar.

— Vous m'accompagnez, Alex ?

— Je ne voudrais pas déplaire à ces dames, répondit le jeune homme avec une autorité qui sidéra Leonora. Jamais personne ne s'opposait à Owen Fairfield, même les plus grands capitaines d'industrie, et voilà que ce garçon montrait une indépendance que rien n'aurait laissé soupçonner, si ce n'est la vigueur de sa chevelure.

— Il me semble que l'occasion est trop belle pour ne pas déboucher le champagne, déclara Eleanor. M. Harrington me ferait bien plaisir en trinquant avec nous.

La soirée se déroula ainsi sous le signe de la légèreté, grâce à l'heureuse influence de leur invité. Habituellement, les dîners étaient assommants, alourdis par de longs silences entrecoupés de remarques acerbes. Avec lui, la conversation pétillait comme du champagne – boisson qui contribua d'ailleurs à mettre Eleanor Fairfield de bonne humeur.

— Je porte un toast, dit Eleanor en levant sa flûte, au retour de mon mari, à notre invité, M. Harrington, et, bien sûr, à notre patrie !

Sous l'effet du champagne, et du vin qui l'avait précédé, Leonora se sentait gagnée par l'effervescence générale. La détente s'accompagnait d'un immense soulagement. Elle écoutait avec indulgence les plaisanteries de son oncle, constatant même qu'elles lui avaient manqué, et se félicitait de la présence de ce jeune homme qui, en attirant l'attention sur lui, la sauvait des remontrances de sa tante. La perspective du lendemain ne faisait qu'accroître son bonheur : elle pourrait s'échapper de la maison pour se rendre à l'hôpital. Enfin, elle respirait. Sans y penser, elle adressa à Alex un sourire radieux de reconnaissance. Il eut l'air surpris, et son regard sombre s'attarda sur elle.

Détendue, Eleanor Fairfield était presque belle.

— Dites-moi, monsieur Harrington, votre famille est dans quelle branche ?

— Dans la banque. Investissements, finance…

— Et comment vont les affaires ?

Owen intervint alors, ironique.

— Ma femme veut savoir si vous êtes riche.

— Sans vouloir vous offenser, répondit Alex avec un rire, je vous rappelle que je travaille pour votre mari, ce qui ne fait pas de moi un millionnaire.

— Bien dit, bien dit, approuva Owen en lui posant la main sur l'épaule. À présent, chérie, laisse ce garçon tranquille.

— Cela ne me dérange pas, reprit Alex. J'apprécie la franchise en matière d'argent. En général, on cherche à se faire une idée des gens en jugeant de leurs bonnes manières, de leur éducation, ou simplement en se renseignant par des moyens détournés. Je pense qu'il vaut mieux éviter ces petits jeux, et poser directement des questions auxquelles on répondra honnêtement. Je n'ai pas plus honte de dire que ma famille est fortunée que d'avouer que moi-même je n'ai rien. Mon père est mort quand j'étais très jeune, ajouta-t-il en jetant un petit coup d'œil à Leonora. Ma mère l'a suivi dans la tombe il y a quelques années. Mon beau-père est riche, c'est vrai, et un capital m'attend, mais je ne veux pas y toucher. Je veux tracer mon chemin seul, ajouta-t-il avec une tension dans le corps qui traduisait la fermeté de sa décision. J'ai l'intention de gagner beaucoup d'argent, mais seulement grâce à mon travail. Voilà pourquoi je suis si reconnaissant à M. Fairfield de m'avoir pris sous son aile. Je suis à bonne école.

— Vous méritez amplement ma confiance. Vous avez fait des merveilles, mon garçon. Un gain de productivité étonnant ! Je ne sais pas comment vous vous débrouillez… C'est plutôt vous qui auriez des leçons à me donner ! Je l'ai fait venir pour visiter les usines, précisa-t-il en s'adressant à sa femme. Je veux qu'il voie ce que devient la matière première qu'il expédie ici.

— Vous logerez chez nous pendant votre séjour, décréta Eleanor. Et pas de discussion.

— Je ne voudrais pas abuser de votre hospitalité.

— Pas du tout, vous nous ferez plaisir, à ma nièce et à moi…

— Alors, merci beaucoup, c'est un honneur. Ainsi, je suis sûr de vous revoir, ajouta-t-il en se tournant vers Leonora.

Eleanor semblait enchantée. Elle ôta le verre des mains d'Owen.

— Venez, allons voir où en est le dîner.

— Mais, ma chère, c'est le domaine de la cuisinière, je ne vois pas…

Eleanor le tira par la main pour le faire taire, désignant les deux jeunes gens d'un signe de tête. Leonora se sentit devenir écarlate.

Dès qu'ils furent seuls, Alex sortit de sa poche un étui à cigarettes en argent, qu'il ouvrit nonchalamment.

— Vous fumez ? demanda-t-il en le lui présentant.

Elle fit signe que non.

— Bravo. Je n'aime pas les femmes qui fument. En cela, je suis peut-être un peu en retard sur mon temps.

Il occupa le silence qui suivit en allumant sa cigarette.

— Je ne sais pas si votre tante apprécierait beaucoup que je fume devant vous.

— Ne vous inquiétez pas, elle est tombée sous votre charme. Et je vous assure qu'il n'est pas facile d'entrer dans ses bonnes grâces !

Alex se posa la main sur le cœur avec un grand sourire.

— Juliette a parlé, quel plaisir… Sans vouloir me prendre pour Roméo… Votre tante est une femme de caractère, poursuivit-il plus sérieusement, et je respecte beaucoup cette qualité chez une femme. N'empêche que la vraie question n'est pas tellement de savoir si je lui plais : dites-moi plutôt que je ne vous ai pas déplu, à vous.

Gênée, mais appréciant le compliment, elle ne put que sourire.

— Vous souriez, c'est bon signe ! s'exclama-t-il.

Il tira longuement sur sa cigarette.

— Depuis combien de temps vivez-vous chez votre tante et votre oncle ?

— Depuis l'âge de huit ans.

— Et vos parents ? Serais-je trop indiscret si je vous demandais ce qui leur est arrivé ?

La fable, bien rodée, avait souvent été racontée.

— Ils ont trouvé la mort au cours d'un incendie.

— Quelle tristesse, soupira-t-il, semblant sincèrement peiné.

Elle avala une gorgée de champagne pour faire taire le sentiment de culpabilité qui accompagnait toujours ce mensonge.

— Mon oncle vous estime beaucoup, cela se voit. Vous devez très bien diriger sa mine.

— Tout le mérite ne me revient pas. J'ai beaucoup appris de lui. Il mène sa barque d'une main de fer !

— Mon oncle ? C'est un ange.

— Dites cela aux hommes qu'il commande…

— Il ne les brutalise pas, tout de même ? dit-elle en esquissant un sourire.

— Disons juste qu'il ne leur fait pas de cadeaux.

Il remarqua l'effet désastreux que ce commentaire produisait sur elle, et s'empressa donc de nuancer son propos :

— N'allez pas croire que je le critique, bien au contraire. C'est un grand compliment de ma part. Votre oncle est un négociateur hors pair. Il agit comme s'il était indifférent aux enjeux et que son interlocuteur choisissait librement. En réalité, les dés sont pipés, et l'issue est toujours en sa faveur. Il a vraiment un don !

Alex écrasa son mégot dans un cendrier de cristal et, constatant que Leonora se taisait toujours, fit une nouvelle tentative pour obtenir son pardon.

— Quel ballot ! Me voilà avec une jolie femme, et je parle affaires. Je dois vous raser ! Ne vous gênez pas pour bâiller, je l'aurai mérité. Je suis sûr que vos autres prétendants ne vous ennuient pas ainsi, ajouta-t-il en souriant.

De nouveau, le cœur de Leonora battit un peu trop fort.

— Des prétendants ? Je n'en ai pas !

— En êtes-vous bien sûre ? Moi, je pense au contraire qu'ils se pressent à votre porte sans vous laisser de répit.

Elle eut du mal à réprimer un sourire.

— Alors, c'est bien vrai, la voie est libre ? reprit-il. Je ne voudrais pas briser le cœur d'un malheureux.

Leonora eut un rire. Elle le trouvait très sympathique.

— Alors, parfait, dit-il en approchant d'elle.

Il la regarda de cette façon intense qui la troublait tant et se pencha pour lui glisser à l'oreille :

— Rien ne m'empêche de vous voler un baiser alors…

À cet instant, la voix d'Owen se fit entendre dans le couloir, mais pas assez fort pour masquer les battements de cœur de Leonora.

— Le dîner est servi !

— Tenez-moi la cuvette, ordonna l'infirmière.

Mlle Polansky était grande, blonde, et s'exprimait avec un joli accent polonais. Elle était si belle qu'elle aurait été davantage à sa place dans un défilé de mode à Milan qu'au chevet d'un patient, mais elle connaissait son métier. Elle souleva la paupière de l'homme couché dans le lit pour vérifier qu'il dormait bien, puis elle prit les ciseaux et découpa avec de petits gestes sûrs le bandage qui entourait la jambe du pied jusqu'au genou.

Leonora se sentit mal en voyant la plaie. La chair noircie partait en lambeaux et dégageait une odeur putride. L'infirmière ôta les compresses une à une et les fit tomber dans la bassine qui tremblait entre les mains de son auxiliaire. Des gouttes de sang apparaissaient sur la peau ainsi mise à nue. Leonora ferma les yeux, sentant sa tête tourner. Elle eut un haut-le-cœur.

— Donnez-moi ça, dit l'infirmière en lui retirant la cuvette des mains.

Sans demander son reste, Leonora s'échappa en courant, parvenant de justesse à retenir sa nausée jusqu'aux toilettes. Elle vomit, puis eut encore quelques spasmes qu'elle endura dos appuyé contre le mur, yeux fermés. Elle prit du papier pour s'essuyer la bouche et ressortit de la cabine. En se voyant dans le miroir, elle se fit peur : elle était blanche comme un linge.

L'infirmière ne lui octroya même pas un regard à son retour. Elle termina son pansement, puis lui fit signe de la suivre. Son expression sévère n'augurait rien de bon. Leonora était certaine qu'elle allait être renvoyée en bas, avec les bénévoles, condamnée à enrouler bêtement des bandages.

Dans la salle des infirmières, Mlle Polansky se lava les mains en se frottant les bras jusqu'aux coudes, se sécha et remit la serviette en place, à côté du lavabo. Elle finit enfin par se tourner vers Leonora.

— Vous êtes la fille Fairfield, c'est bien cela ?

— Oui, murmura Leonora, penaude.

— Vous ne préféreriez pas rester en bas avec les autres ?

Leonora rougit, pensant aux sarcasmes dont elle était victime dans le groupe. Les filles du village la traitaient de princesse, et soulignaient cruellement ses fautes. Mlle Polansky devait s'en douter, car elle hocha la tête.

— Les bénévoles savent-elles que vous avez été prise pour travailler en haut ?

— Non, dit Leonora, s'attendant à être renvoyée.

L'infirmière ouvrit un tiroir et lui tendit un nom brodé sur un rectangle de tissu à fixer sur la poitrine à l'aide d'une épingle. Il y était inscrit : « Clara D. »

— Mettez ça, dit l'infirmière, et n'allez pas leur raconter qu'on vous a fait monter.

Leonora leva vers elle des yeux reconnaissants.

— J'ai une mission de confiance pour vous, reprit l'infirmière. Le jeune homme de la chambre 311 veut écrire une lettre. Vous lui rendrez service en l'aidant, et puis il sera content de voir un joli visage.

Leonora trouva la chambre au bout du couloir et reconnut un jeune homme qui avait été amputé du bras la veille. Il n'était pas plus âgé qu'elle, et son moignon bandé, tenu en bandoulière, faisait peine à voir.

— Comment vous sentez-vous ? demanda-t-elle en tirant une chaise près du lit.

— Pas beaucoup de changement. J'ai toujours aussi

mal. Je ne sais même plus ce que c'est que de ne pas souffrir.

Leonora, qui n'avait pourtant jamais enduré de traumatisme physique, connaissait trop bien la détresse psychique continuelle pour ne pas comprendre. Il valait mieux changer de sujet.

— D'où venez-vous ? demanda-t-elle.

— De Caroline du Sud. Spartanburg.

L'accent du Sud était agréable, et lui, sans être beau, avait une frimousse sympathique criblée de taches de rousseur. On aurait dit un jeune fermier, et on l'imaginait aisément en train de mâchonner un brin de paille dans son champ.

La jeune femme prit son bloc de papier à lettres et son stylo.

— On m'a dit que vous vouliez écrire une lettre.

— Oui, à ma mère.

Puis, sans grande logique, il ajouta :

— Vous êtes mariée ?

— Non.

— Vous êtes fiancée, alors ?

Leonora ne fut pas gênée par ces questions. Il avait reçu tellement de morphine qu'il ne fallait pas attendre de lui une grande clarté d'esprit.

— Que voulez-vous lui dire, à votre maman ?

L'air rêveur, le jeune homme lança :

— Voulez-vous m'épouser ?

— Allez, je vois que la morphine vous fait dire des bêtises, soupira-t-elle en posant son stylo. Je vais vous laisser dormir.

Il eut encore la force de répondre, mais d'une voix pâteuse :

— Pas du tout, je suis amoureux.

— Vous ne savez même pas comment je m'appelle.

— Bien sûr que si, assura-t-il en cherchant des yeux le rectangle de tissu sur lequel était inscrit son nom. Vous vous appelez… Clara. Clara D.

— Eh bien non, justement.

— Ben tiens, bien sûr que si ! C'est marqué là. C'est pas gentil de se moquer d'un invalide ! Allez, Clara, un beau geste. Tu ne veux pas être ma petite femme, chérie ?

— Je suis très flattée, mais je ne compte me marier ni avec vous ni avec aucun autre.

Cette réponse, qui venait du cœur, la surprit elle-même.

— Ben tiens ! plaisanta-t-il, avant de sombrer dans une torpeur causée par la morphine. Bien sûr que tu vas te marier, Clara. T'es trop jolie pour rester seule.

Quelques semaines plus tard, par une chaude soirée d'été, Leonora partit s'isoler dans la roseraie, un châle de soie jeté sur les épaules. Le pâle croissant de lune n'éclairait guère le sentier, mais quelques lampes à pétrole accrochées dans le jardin permettaient de se diriger dans la nuit emplie d'un doux parfum de rose. La jeune femme déambulait lentement, s'enfonçant dans le jardin, le plus loin possible de la maison.

Quelqu'un émergea soudain de l'ombre. C'était Alex.

— Ah, vous voilà. Votre tante vous cherche. Les invités arrivent. Quelque chose ne va pas ?

— Si, mais je n'aime pas beaucoup les grandes assemblées.

Il rit et l'embrassa sur la tempe.

— Avant, peut-être, mais je n'étais pas à vos côtés.

Il émanait de lui une chaleur qui faisait paraître

l'air plus frais. Elle se rapprocha un peu et sentit le tissu fin de son habit de soirée lui frôler le bras. Les doigts d'Alex passèrent sur les siens, aussi légers qu'une caresse. Il lui prit tendrement la main pour la forcer à s'arrêter.

— Allez, dites-moi, je suis sûr qu'autre chose vous tracasse. Vous êtes pensive depuis votre retour de l'hôpital.

— Pensez-vous que la guerre va durer encore longtemps ?

— Malheureusement, je crois que beaucoup de sang sera encore versé avant que la paix ne soit signée.

Cette réponse la désola. Récemment, on avait vu arriver à l'hôpital des soldats britanniques grièvement blessés. Ils avaient été envoyés en Amérique pour y être soignés. Ces pauvres mutilés étaient tout de suite remplacés par de nouveaux jeunes gens, presque des enfants.

— Dans la guerre, il y a ceux qui souffrent, et ceux qui prospèrent, remarqua-t-il. Moi, je n'ai pas l'intention d'accepter le rôle de martyr.

Il lui caressa le visage et sembla tout à coup très proche. Il se pencha et posa sur ses lèvres le plus doux des baisers. Glissant la main jusqu'au creux de ses reins, il la pressa tendrement contre lui. Elle se coula alors dans ses bras, le prenant par la taille. Le baiser se prolongea délicieusement. Leonora avait si peu l'habitude des contacts physiques que son corps s'émouvait à la moindre de ses caresses. La sensation des doigts d'Alex caressant son dos la troublait profondément.

Le baiser se faisant plus passionné, Alex lui entrouvrit les lèvres avec la langue. Le choc fut trop soudain. Elle recula.

Il en resta muet de surprise, puis se mit à rire.

— C'est la première fois qu'on vous embrasse ?

Elle aurait voulu disparaître, tant elle était gênée.

— Ma chérie, ne faites pas cette tête. Je ne me moque pas de vous !

Il se plaça derrière elle et, la tenant par les épaules, l'embrassa dans le cou.

— C'est charmant, et tout naturel, chuchota-t-il.

Son souffle faisait frissonner Leonora, tandis que ses baisers s'égaraient en haut de sa gorge.

— Charmant, tout à fait délicieux, et parfaitement irrésistible.

Il la fit pivoter vers lui et reprit ses baisers, lentement, sans la presser, le long de son cou, près de son oreille, puis sur ses lèvres.

— Nous prendrons tout le temps nécessaire…

La réception organisée par les Fairfield était de modeste dimension ce soir-là, du moins selon leurs critères, mais rassemblait les plus grosses fortunes de Pittsburgh. Il y avait les Monroe et les Edmonton : des familles évoluant depuis longtemps dans le milieu de la banque et de l'immobilier. De nouveaux venus étaient également présents : les Beeker et les Sotherby, des noms importants dans le secteur des inventions et de la construction. Le juge Richardson était venu avec ses filles, de jeunes séductrices qui se jalousaient sans la moindre retenue. Toutes s'intéressaient bien sûr aux ingénieurs réunis autour d'Owen Fairfield. Ils étaient en effet promis à un brillant avenir.

Leonora portait une nouvelle robe absolument ravissante. Sa penderie débordait de luxueuses créations italiennes et françaises des plus aguicheuses. Ses bas de soie, tout comme sa lingerie douce et légère, lui donnaient l'impression d'être pratiquement nue.

On servit l'apéritif au salon. La présence d'Alex, qui ne la quittait pas, la rassurait. Grâce à lui, les bavardages des filles Richardson et les rires des jeunes ingénieurs ne la terrorisaient pas. Alex la protégeait de tout, même des critiques d'Eleanor, et grâce à ses vastes connaissances, il alimentait les conversations, la dispensant ainsi de faire l'effort d'intéresser les invités.

— Alex ! appela Owen Fairfield, entouré d'un groupe de fumeurs. Venez un peu par ici !

Eleanor prit aussitôt la place laissée vide, un verre à la main.

— Il me semble que cela se passe plutôt bien.

Leonora approuva d'un signe de tête.

— Il est aux petits soins avec toi, et il ne te quitte pas des yeux. Regarde-les, ajouta sa tante en désignant les filles Richardson. Elles en meurent de jalousie. Leur mère n'est pas plus maligne qu'elles, d'ailleurs… Je ne comprends pas pourquoi elle tient tant à porter cette couleur crème qui rend son teint si fade.

L'attention d'Eleanor Fairfield se fixa ensuite sur le groupe d'ingénieurs. Owen pérorait, la main posée sur l'épaule d'Alex.

— Tiens, regarde comme ils s'entendent bien. Ton oncle l'adore. Et les autres… Ils ne peuvent pas s'empêcher de l'imiter. C'est amusant.

Elle avait raison : Leonora en eut vite la démonstration. Alex se passa la main dans les cheveux, et deux de ses admirateurs s'empressèrent de faire de même. Sa posture était droite et fière, mais sans affectation. Sa souplesse de caractère et son sourire lui permettaient d'arrondir tous les angles. Se sentant sans doute observé, il s'excusa auprès de ses compagnons et traversa la pièce pour rejoindre ces dames.

— Ne va pas tout faire rater, siffla Eleanor entre ses dents en le voyant revenir.

Alex retrouva sa place aux côtés de Leonora, la prit par la taille et lui posa un baiser sur la tempe, ce qui sembla ravir Mme Fairfield, mais beaucoup moins les demoiselles et les jeunes gens présents.

— Aux deux plus belles femmes de la soirée, dit-il en levant son verre en direction de la tante et de la nièce.

— Monsieur Harrington, voyons ! minauda Eleanor. Je vais le dire à mon mari…

Une fois Mme Fairfield partie, Alex chuchota à l'oreille de Leonora, pour son plus grand plaisir :

— Je ne pense plus qu'à vous embrasser depuis tout à l'heure. Si la décence ne me l'interdisait pas, je vous prendrais dans mes bras au beau milieu du salon.

Après l'apéritif, les invités s'installèrent autour de la table dressée pour le dîner. Gerald, le majordome, remplissait les verres à mesure qu'ils se vidaient, sans en laisser un seul à moitié vide. Angela, la nouvelle femme de chambre, arriva en tremblant, chargée d'un plateau de bols de soupe remplis à ras bord. Elle servit d'abord la maîtresse de maison, M. Fairfield, puis Leonora, qui lui lança un sourire rassurant.

Owen Fairfield, qui avait beaucoup bu, racontait une anecdote en donnant de grands coups sur la table, encouragé par les ingénieurs qui s'esclaffaient à la moindre de ses paroles.

Sa femme le rappela à l'ordre.

— Owen, je t'en prie.

— Ah, ma chère, quand il s'agit de parler d'un match de polo…

Dans un rire, Alex se jeta en arrière, juste au moment où Angela avançait le bras pour le servir. De la soupe brûlante se renversa au beau milieu de sa chemise. Il bondit en poussant un cri, manquant renverser sa chaise.

— Bon sang, quelle gourde ! hurla-t-il avec une fureur disproportionnée.

Leonora se figea, terrorisée par cet accès de violence. Voyant sa réaction, il se maîtrisa, se saisit de sa serviette et entreprit de s'essuyer.

— Tout va bien, tout va bien…

— Quelle horreur ! Est-ce qu'elle vous a brûlé ? s'écria Eleanor.

— Non, non…

Elle fusilla du regard la domestique, qui n'en menait pas large.

— Dehors ! Je ne veux plus de vous dans cette maison ! Je vous donne votre congé !

La femme de chambre se mit à pleurer, et Leonora se leva pour la consoler.

— Ce n'est pas sa faute.

— C'est vrai, confirma Alex qui, à présent, se dominait parfaitement. C'est moi qui ai poussé son bras.

— Je ne veux plus d'elle, trancha Mme Fairfield en se tournant vers le majordome. Gerald, occupez-vous de ça.

Impuissante, Leonora dut laisser partir la pauvre fille. Les invités baissaient la tête.

— Monsieur Harrington, je vous présente mes excuses, dit Eleanor. Leonora, monte à l'étage avec Alex et trouve-lui une chemise propre.

La jeune femme obéit et précéda Alex dans l'escalier d'un pas furieux, sans vérifier s'il suivait. Elle le conduisit dans une pièce qui servait de garde-robe. Ouvrant en grand les portes à claire-voie, elle entreprit d'inspecter le contenu du placard.

— Leonora, attendez, il ne faut pas m'en vouloir…

Elle fit la sourde oreille, poussant les vêtements suspendus aux cintres. Il y avait un large choix de chemises. Elle en décrocha une blanche.

— C'est un peu fort, protesta-t-il : c'est moi qui me fais ébouillanter, et c'est vous qui êtes en colère ?

Leonora inspecta le col pour vérifier la taille, et la lui fourra dans les mains.

— Tenez, celle-ci devrait convenir.

Alors qu'elle s'apprêtait à repartir, il la rattrapa par le bras.

— Ne soyez pas fâchée, l'implora-t-il. Restez. D'ailleurs, vous ne pouvez pas m'abandonner, je serais bien incapable de retrouver seul mon chemin jusqu'à la salle à manger.

Alors, elle resta, mais lui tourna le dos pour le laisser se changer. Alex ôta sa veste qu'il jeta sur un pouf, puis s'escrima sur son col sans parvenir à l'ouvrir.

— Bon sang, donnez-moi au moins un coup de main, je n'y arrive pas… Les boutons sont collés par la soupe !

Elle lui fit face, le visage fermé.

— Allez, un beau geste, vous avez les doigts beaucoup plus fins que moi.

Elle ne put alors que constater que les boutons

étaient effectivement recouverts de potage, et qu'il ne s'en sortait pas. Elle réprima un rire.

— Ah, j'aime mieux cela, dit-il en souriant. Je ne regrette presque pas d'avoir été cuit comme un homard si cela vous amuse.

Leonora défit sans difficulté les trois premiers boutons. Le quatrième, poisseux et glissant, fut plus récalcitrant. Quand il céda enfin, la chemise s'ouvrit largement sur la poitrine d'Alex. Mains tremblantes, rose de gêne, elle s'attaqua au suivant. Elle devinait le sourire d'Alex, et se dépêcha donc de s'éloigner une fois le cinquième bouton vaincu.

— Il en reste un, fit-il remarquer.

Elle hésita, puis reprit sa tâche. La chemise s'ouvrit alors toute grande sur une ligne de poils sombres qui courait entre les pectoraux et s'épaississait sur un ventre tonique. Elle en éprouva une émotion qu'elle ne s'expliquait pas bien. Il suivit son regard, amusé.

— Alors, qu'en pensez-vous ? demanda-t-il. Vous êtes infirmière, non ? La brûlure est-elle grave ?

— Je ne suis pas infirmière, protesta-t-elle en détournant les yeux.

— J'imagine qu'à l'hôpital on vous apprend quand même une ou deux choses.

Il ôta sa chemise et la laissa tomber à terre, dévoilant ainsi de larges épaules aussi superbement musclées que son torse.

— La blessure n'est pas mortelle, rassurez-vous, jeta-t-elle en rougissant.

Alex termina de se changer, tandis qu'elle l'attendait en tâchant de chasser son trouble.

— Voilà, je suis de nouveau présentable, dit-il en

posant la main sur son bras. Après vous, ajouta-t-il en s'inclinant, et merci pour votre précieuse aide.

Alors qu'ils reprenaient le couloir, il se pencha à son oreille :

— Et soyez sûre que si pareille mésaventure vous arrivait, je serais tout disposé à vous rendre le même service.

31

Les années de sécheresse avaient épuisé James, mais celles d'abondance furent presque plus éprouvantes. Certes, la terre était plus facile à travailler, mais il y avait tant à faire… Du lever du jour au coucher du soleil, on le trouvait là-bas, aux champs. Il était devenu un homme de belle taille, aux muscles durcis par le labeur. Pourtant, le soir, il parvenait à peine à tenir sa fourchette entre ses doigts. La beauté de la nature et des récoltes suffisait malgré tout à lui donner l'envie de sauter du lit au chant du coq et à lui faire regretter la venue de la nuit. La terre les nourrissait, et leur permettait d'envisager sereinement l'avenir.

En rentrant à la ferme, James entreprit de ramener du bois. Les bras chargés, il trouva Tess assise dans son fauteuil, tout près du poêle, sous de multiples couvertures. Son visage s'illumina en le voyant entrer. Elle se leva, laissant tomber ses plaids par terre, et posa une main sur le dossier pour se soutenir.

— Il est tard.

Elle ôta une bûche des bras de James pour l'aider, mais elle avait présumé de ses forces : la bûche lui échappa et tomba par terre. Tess se baissa pour la ramasser, époussetant du bout des doigts l'écorce éparpillée.

— Quelle maladroite ! s'exclama-t-elle en évitant le regard de James. Je te donne deux fois plus de travail.

— Mais non…

James lui prit la bûche des mains et la fit entrer dans le poêle. Il donna quelques coups de tisonnier, puis se redressa en s'essuyant le front. Il faisait chaud dehors, et étouffant dans la cuisine.

Entendant la vaisselle s'entrechoquer derrière lui, il se retourna et vit Tess tituber sous le poids du poêlon en fonte.

— Shamus va bientôt rentrer ? demanda-t-elle, dissimulant mal l'effort que la prononciation de cette simple phrase exigeait d'elle.

— Oui, mais il veut profiter de la pleine lune, dit James en ramassant les couvertures.

Il les plia et les remit sur le fauteuil, en songeant que si Shamus travaillait comme un forcené, même dans la nuit noire, c'était pour éviter de rentrer. Aux champs, il ne voyait pas le visage amaigri de Tess, et, en donnant vie à la terre, il espérait sans doute accomplir le même miracle avec sa femme.

La tante de James alla prendre des pommes de terre dans la réserve et entreprit de les peler avec un petit couteau.

— Je ne sais pas ce qui m'est arrivé, le dîner n'est pas prêt, dit-elle, la voix étranglée.

Le jeune homme s'approcha d'elle : à présent, il la dominait de deux bonnes têtes. Il lui retira le couteau des mains.

— Je n'ai pas faim.

— Qu'est-ce que tu racontes ! Tu n'as rien mangé de la journée, protesta-t-elle, les larmes aux yeux.

James la prit par les épaules, sentant les os saillir sous ses paumes. Il la ramena jusqu'à son fauteuil et la réinstalla sous les couvertures.

— Je vais te faire du thé.

— Tu en prends une tasse avec moi ? Tu me tiens un peu compagnie ?

— Bien sûr…

Il fit bouillir de l'eau et apporta deux tasses bien pleines et bien sucrées. Il s'assit aux pieds de sa tante, et but à petites gorgées le liquide trop chaud qui lui donna une suée et aiguisa sa faim.

— Tu me fais tellement penser à lui, déclara Tess pensivement.

— À qui ?

— À ton père…

Voyant qu'il fronçait les sourcils, elle lui caressa doucement les cheveux.

— Il serait tellement fier de toi… Assis là, tout soucieux, le nez dans ta tasse, tu es son portrait craché. J'aurais voulu mieux le connaître. J'étais encore toute gamine quand il est parti. Mais je me souviens d'avoir aimé le regarder lire ses livres, et écrire, écrire… Il était tellement sérieux, tellement intelligent ! Le soir, il sortait pour se rendre à des réunions, enveloppé dans son manteau de laine, grand et beau sur son cheval. Un superbe chevalier irlandais ! Il m'impressionnait. Il nous impressionnait tous.

— Alors, c'était quelqu'un de bien ? demanda-t-il, la gorge serrée.

Elle le dévisagea avec une tendresse attristée.

— Mais oui, James. Quelqu'un de très bien.

C'était même un héros, ne laisse personne prétendre le contraire… Je sais que tu as du mal à me croire, mais, à cette époque, en Irlande, on arrêtait des gens simplement parce qu'ils avaient volé du pain. C'était la famine, beaucoup de monde mourait de faim. Et ton père n'a jamais volé. On l'a simplement arrêté pour ses idées, James. Pour ce qu'il disait et pour ce qu'il écrivait. Il a donné sa vie pour aider les gens sans défense.

Voyant que James contemplait toujours sa tasse d'un air sombre, elle ajouta, en lui posant la main sur l'épaule :

— Tu ne parlais pas de ses activités politiques ? Tu voulais savoir s'il traitait bien ta mère ? Il l'aimait de tout son cœur, James. Mais, parfois, l'amour n'est pas simple. Il n'y a pas de quoi avoir honte.

La porte s'ouvrit, laissant apparaître Shamus. Une ombre passa sur son visage quand il vit sa femme et son neveu si proches. Tess laissa retomber sa main.

— Alors, on prend le thé pendant que je me tue à la tâche ? dit-il sèchement à James.

Tess se leva, inquiète.

— Ne lui reproche pas ça ! Ce pauvre garçon n'a rien mangé.

— Moi non plus.

Shamus enleva sa chemise, et, en maillot de corps, arracha ses bottes, puis les jeta dehors.

— Il fait chaud comme dans un four, ici !

James alla à l'évier et entreprit d'éplucher la pomme de terre abandonnée par sa tante. Tess le suivit des yeux, désolée.

Shamus fit l'effort de se calmer.

— Tu devrais voir la hauteur des meules, Tess. Il va en falloir, des tombereaux, pour transporter tout ça !

Tess se leva pour s'asseoir à la table et tapota le bras de son mari qui, ne supportant pas la vue de la main décharnée de son épouse, détourna les yeux.

— On pourrait tenter une seconde récolte, ajouta-t-il. Qu'est-ce que t'en dis, James ?

James faisait sauter les pommes de terre dans la poêle avec un morceau de lard.

— Pourquoi pas. Chez les Shelby, ils en refont une, mais moins grande que la première. Tom m'a dit qu'ils allaient vendre du terrain, le champ du bout, celui qui fait soixante hectares.

— Tiens ? Pourquoi ils vendent ?

— Je ne sais pas.

James se demanda ce qui le poussait à mentir. Sans doute l'air morose de Tom quand il lui avait annoncé la nouvelle. James avait vu combien il en coûtait à la famille de se défaire de cette parcelle. Il n'avait pas envie de discuter des problèmes d'argent des Shelby avec Shamus.

— Ça leur apprendra à confier leurs affaires à une bonne femme ! C'est vraiment stupide de vendre juste au moment où la terre rapporte le plus !

James et Tess échangèrent un regard. C'était au contraire la meilleure stratégie, mais cela, Shamus n'arriverait jamais à le comprendre. James tendit une assiette à Tess, mais elle la repoussa.

— Non merci, James.

— Mais faut manger, ma poule, intervint Shamus, l'air soucieux. Allez, un petit effort. Une bouchée ou deux.

Pour lui faire plaisir, elle piqua une pomme de terre du bout de sa fourchette et la porta à ses lèvres. Incapable de la mettre dans sa bouche, elle la reposa sur son assiette, les larmes aux yeux.

— Je ne peux pas.

Elle partit, épuisée, se réfugier dans la chambre.

James s'assit à table, son assiette dans les mains.

— Il faut que le docteur revienne la voir.

Shamus coupa un morceau de lard.

— Le docteur, il n'y connaît rien. T'as entendu ce qu'il a dit la dernière fois ? Je ne vais pas dépenser des sous pour l'entendre raconter des bêtises.

L'appétit coupé, James regardait son dîner refroidir.

— Mais c'est vrai, elle est malade…

— Je le vois bien qu'elle est malade ! gronda Shamus entre deux bouchées. C'est pour ça qu'on va la dorloter ! Elle ira très vite mieux.

La récolte allait bon train. Les vêtements et les cheveux sentaient bon le foin coupé, et les kookaburras, ces oiseaux rieurs, observaient avec attention les moissons. James faisait la lecture à Tess, choisissant pour elle des livres dans la bibliothèque des Shelby. Les yeux verts de sa tante brillaient de plaisir. Elle se laissait captiver par ces récits, qu'elle emportait ensuite dans ses rêves, au fond de ses sommeils maladifs. Shamus écoutait, lui aussi, mais comme à contrecœur, dardant sur James des regards admiratifs, mais jaloux, d'homme qui ne sait pas lire.

La dernière semaine d'octobre fut très belle, ensoleillée jusqu'au dîner, pluvieuse jusqu'au petit-déjeuner. Le matin, les godillots s'enfonçaient jusqu'aux chevilles dans la bonne terre rouge, tandis qu'à midi ils étaient secs dans leur gangue de glaise. Le blé penchait la tête sous le poids de l'eau : les tiges ployaient, mais ne se couchaient pas, puis se redressaient, encore plus belles, sous le soleil. Parfois, on avait l'impression de les voir se mettre au garde-à-vous.

Mais, le dernier jour du mois, la pluie ne cessa de tomber et mouilla trop les tiges, que la faux n'arrivait plus à couper. Shamus s'entêta, s'attaquant aux rangées penchées, donnant de grands coups de lame impuissants, jurant à pleins poumons. La pluie dégringolait si fort qu'elle rebondissait sur la boue, semblant monter du sol autant qu'elle descendait du ciel. Le cheval soulevait ses sabots avec de longs bruits de succion, et les roues du chariot s'enfonçaient un peu plus profondément à chaque tour.

— On arrête, James ! cria finalement Shamus, le visage ruisselant d'eau. Y a pas moyen !

James décrocha la chaîne du harnais et mena le cheval à l'écurie. Un torrent se déversait depuis la pointe de son chapeau. Trempé, même sous son ciré, il sentait l'eau couler dans son col. Sous la véranda, il ôta ses bottes, jeta au sol son manteau et son chapeau, puis entra dans la maison en secouant ses cheveux trempés.

— Chut… dit Shamus, un doigt sur les lèvres, en désignant Tess que l'on voyait endormie sur le lit par la porte de la chambre. Les deux hommes s'assirent face à face à la table, et partagèrent un reste de ragoût qu'ils n'eurent ni l'un ni l'autre la force de réchauffer.

Le lit grinça, et Tess se redressa, le visage crispé par la douleur, les joues creusées. Shamus baissa la tête et avala sa bouchée sans mâcher.

— James, appela Tess, tu viens me voir ? Tu me fais la lecture ?

Le regard noir de Shamus plongea dans celui de James, et sa bouche prit un pli amer.

— T'as entendu ? Qu'est-ce que t'attends ? Vas-y.

James s'installa au chevet de sa tante et prit le livre posé sur la table de nuit. Les poèmes d'Emily Brontë. Tess s'enfonça dans ses oreillers et tira les couvertures sous son menton. On ne voyait plus que ses cheveux noirs et ses yeux verts, si vivants au milieu de ce visage livide, anéanti.

— Lis-moi celui qui dit que la Terre est belle…

— « Comme la Terre est encore belle » ?

— Oui, celui-là.

Elle avait le souffle court, la parole difficile. James commença sa lecture, la surveillant du coin de l'œil. Voyant qu'elle se tordait de douleur, il s'interrompit.

— Je vais chercher Shamus.

Elle l'empêcha de se lever en lui prenant le bras.

— Non, je t'en prie. Reste. Reste avec moi, s'il te plaît.

Elle ferma les yeux, prit quelques inspirations, et ajouta :

— Ça passe.

James voyait le dos de Shamus, qui poursuivait son repas. Quand il se tourna de nouveau vers Tess, il se rendit compte qu'elle l'observait. Les larmes qui remplissaient ses yeux les faisaient briller comme des émeraudes.

— Je te demande pardon, souffla-t-elle.

Une peine terrible étreignit le cœur de James. Tess lui prit la main et la serra fort dans la sienne.

— Je suis désolée de devoir te quitter… Tu ne m'en veux pas trop ?

— Ne dis pas des choses pareilles ! protesta-t-il.

— Je vais te demander de me promettre quelque chose… Je veux que tu te souviennes que tu as été beaucoup aimé. Tu seras toujours beaucoup aimé. Toujours.

Une larme s'échappa des yeux de James et brûla sa joue. Il la chassa avec colère.

Tess pressa sa main.

— Allez, dit-elle en fermant les yeux. Lis.

Alors, il rouvrit le livre. Sa main était si lourde qu'il arrivait à peine à tourner les pages. Il reprit sa lecture d'une voix tremblante :

— « Un bon Esprit m'a tôt appris, / Qu'il faut garder espoir tant qu'il y a de la vie… »

Dans sa main, il sentait les doigts de Tess se crisper, ses ongles s'enfoncer.

— « Que, sans faillir, nos joies terrestres / Toujours vont lasser, toujours disparaître… »

Tess se convulsa, puis son corps devint inerte, et sa main se détendit dans celle de James. Étouffant, il parcourut la page des yeux, parvenant à déchiffrer un vers parmi ceux qui dansaient devant ses yeux :

— « Ainsi plus injuste mon sort paraît, / Plus mon âme se réjouit et renaît… »

Il ouvrit la main, et le bras de Tess retomba.

— « Forte de ce pouvoir d'anticiper / Les promesses de la destinée. »

James referma le livre. Il n'y avait plus qu'une seule respiration dans la chambre. Il se leva sans regarder sa tante. Il savait, c'était inutile.

Il s'arrêta sur le seuil de la cuisine. Shamus était encore à table. Il avait repoussé son assiette vide sur le côté, comme s'il attendait que quelqu'un la débarrasse.

Occupé à graisser une poulie avec un chiffon, il jeta un coup d'œil par-dessus son épaule pour regarder James.

Il s'arrêta au milieu de son geste, et son visage s'affaissa. Ce n'était plus le visage d'un homme, mais un masque de tragédie.

La poulie lui échappa des mains et tomba à terre dans un bruit sourd. Shamus dut s'agripper à la table pour se lever, et sa chaise fut projetée en arrière. Il se précipita dans la chambre.

James l'entendit secouer Tess, la gifler, essayer de réveiller les membres morts…

Il y eut un silence, puis des hurlements de souffrance. Alors, James ne put que fuir, s'échapper sous la pluie à travers champs, les pieds s'enfonçant dans la boue. Il se retrouva entre les rangées de blé, fouetté sur son passage par les épis détrempés. Il ne courut pas longtemps : il s'embourba jusqu'au mollet et tomba. Après sa chute, il resta prostré dans l'eau et la gadoue, la tête dans les mains, les cheveux trempés, les doigts enfoncés dans les oreilles. Mais il avait beau faire, il entendait encore les cris de Shamus, ceux qui l'avaient chassé, comme s'ils montaient du centre de la terre.

Les mois qui suivirent la mort de Tess furent horribles. Partout, il y avait la guerre : la guerre en Europe et la guerre à la ferme. Au loin, des hommes mouraient des suites de leurs blessures, chez eux, Shamus se laissait mourir à petit feu.

Désormais, la table de la cuisine était vide. On n'y posait plus d'assiettes, plus d'outils. Le bois patiné ne voyait plus que des bouteilles. Le goulot de celle qui s'y trouvait ce jour-là était couronné de cire rouge et marbré de quelques coulures à moitié arrachées par la brisure du cachet. Le verre était ambré jusqu'au culot, ou presque, car il ne restait que quelques centimètres de liquide au fond. James prit la bouteille et agita le reste d'alcool pour l'examiner à la lumière de sa lanterne. C'était cela, son ennemi.

Shamus l'avait entendu rentrer. Il sortit de la chambre comme un taureau enragé, les yeux rouges et enflés. James eut tout juste le temps de poser la bouteille : un coup de poing l'atteignit au menton et lui fit voir trente-six chandelles. Il était à moitié assommé, mais la brutalité de son oncle s'inscrivait plus profondément dans son cœur que sur son corps. Il n'esquiva même pas le deuxième coup, qui le fit tituber, et tomber. Ainsi allait cette guerre où l'on n'était armé que d'un seul côté. L'un ne savait que frapper, tandis que l'autre n'était disposé qu'à endurer.

James ne rendait jamais les coups. Il prenait son mal en patience et serait resté chez son oncle si Mme Shelby n'était pas intervenue.

Ce jour-là, James avait eu beau rentrer tard, Shamus l'avait attendu, cogné, et presque assommé. Mme Shelby, arrivant à l'improviste, avait trouvé James assis à la table, le nez ensanglanté. Shamus avait déjà repris sa bouteille, le poing encore maculé de sang.

— Je vous ai apporté à dîner, annonça-t-elle avant de prendre conscience de la situation.

Étonnée par le silence, elle vit d'abord le nez de James, puis le poing de Shamus, et devint rouge écarlate.

— Vous l'avez frappé ? s'exclama-t-elle en dévisageant l'homme avec indignation.

— Mêlez-vous de vos oignons !

— Espèce de salaud ! Votre femme doit se retourner dans sa tombe !

— Je vous interdis de parler de ma femme ! cria-t-il, avec fureur. Vous m'entendez ! Tout ça, c'est votre faute, à vous tous ! Vous l'avez tuée avec cette terre de misère, et sans ce maudit James, on ne serait jamais venus en Australie !

Alors, Mme Shelby lui arracha la bouteille qu'il était en train de brandir et la lui cassa sur la tête. Un fragment, acéré comme une lame de rasoir, lui tailladа le cuir chevelu.

— Ne levez plus jamais la main sur lui, Shamus O'Reilly, ou vous ne l'emporterez pas au paradis !

Saisissant James d'une poigne de fer, Mme Shelby l'entraîna dehors. Ils étaient en train de descendre les marches de la véranda quand Shamus rouvrit la porte à moustiquaire si violemment qu'elle alla cogner contre la maison. Il plaquait la main sur son crâne.

— Eh ben, fous le camp, puisque c'est ça que tu veux, mais ne remets plus jamais les pieds chez moi, tu m'entends ? Assassin ! Bande d'assassins !

Mme Shelby tira James jusqu'à sa voiture à cheval et le fit monter sur le siège. Elle dut hausser le ton tant Shamus criait fort.

— Ne l'écoute pas, James, c'est un fou il délire.

Elle trouva un mouchoir qu'elle plaqua d'une main sur le nez du jeune homme, tandis qu'elle prenait les rênes de l'autre, et fit partir son cheval. Malgré le martèlement des sabots et les grincements de la voiture, ils entendaient encore les insultes dont Shamus les abreuvait. Elles les suivirent longtemps dans la nuit tombante.

32

Les Américains voulurent croire jusqu'au dernier moment que leur pays ne suivrait pas l'Europe dans la guerre. Ils écoutaient la radio l'angoisse au cœur, et entendant Woodrow Wilson entretenir leurs espoirs ils continuaient à se bercer d'illusions.

Certains comprirent pourtant avant les autres que l'entrée en guerre était inévitable. Leonora était de ceux-là, car elle entendait Alex et son oncle discuter des dernières nouvelles, et elle voyait l'inquiétude marquer leurs traits. Ils passaient davantage de temps à l'usine et recevaient beaucoup de télégrammes.

À Pittsburgh, la peur de la guerre était palpable. Leonora voyait aux maladresses des domestiques que les esprits étaient préoccupés par la menace de la conscription. Le tirage au sort risquait de désigner un fils, un frère, un amoureux. Les garçons d'écurie se plaignaient davantage, les gens se regroupaient pour échanger leurs points de vue, le visage grave, levant de temps en temps le nez comme pour renifler une odeur de fumée. Il y avait de la violence dans l'air.

Puis, le 6 avril 1917, l'Amérique déclara la guerre à l'Allemagne. La peur laissa soudain place à l'enthousiasme. Les fils de l'Amérique faisaient les braves, ne songeant plus qu'à se mesurer aux « fridolins ». Ils ne connaissaient encore ni le froid, ni la boue des tranchées, ni le poids de la baïonnette, ni l'horreur de l'éventration.

À peine embarqués, et déjà on les renvoyait en pièces, ces étudiants de Sewickley, ces jeunes mineurs de McKees Rocks, ces fils des bonnes familles de Shady Side. À l'hôpital arrivaient les sacs mortuaires et les brancards, alors qu'à deux rues de là de jeunes va-t-en-guerre casqués et armés défilaient en faisant de grands signes d'adieu à la foule.

Les mères, en regardant passer ces jeunes soldats, ne voyaient pas des hommes, mais seulement l'innocence et la fragilité des enfants qu'elles avaient portés. Les pères, de leur côté, les imaginaient plus accomplis qu'ils ne l'étaient vraiment, porteurs de forces qui leur manquaient. Ils les considéraient avec tristesse et fierté, se demandant : *L'ai-je rendu assez solide ? Aura-t-il assez de courage ?*

À l'hôpital, Leonora voyait les tragédies, les mutilations, la typhoïde, la gangrène, la pneumonie, et trop souvent la mort. Le travail était pénible et désespérant. Elle était pourtant heureuse de se rendre utile. D'ailleurs, elle était mieux à l'hôpital que chez elle, car, malgré les difficultés, elle était portée par le courage du personnel soignant dans les salles d'opération.

À l'hôpital, Leonora se sentait grandie. Elle y trouvait quelque chose d'authentique, découvrait une partie d'elle-même que les Fairfield n'étaient pas parvenus à modifier, que les mensonges n'avaient pas réussi à dénaturer. Elle arrivait à faire sourire ceux qui pleuraient, et à redonner espoir aux découragés. Elle était fière de sa capacité à calmer les soldats traumatisés par le choc. À présent, c'était son univers, un univers dans lequel elle parvenait à s'oublier. Dans les salles communes, elle pouvait donner, ouvrir son cœur, travailler pour le bien de tous tout en échappant aux contraintes familiales. Elle s'émerveillait d'être en vie et de pouvoir rendre un service bien réel. Il n'était plus question de s'effacer pour ne pas se faire remarquer : elle avait tant à offrir.

Leonora pensait au plaisir de se rendre utile tout en changeant les draps d'un lit. Elle sursauta en sentant une main se poser sur son épaule. C'était Mlle Polansky.

— Il y a quelqu'un en bas qui vous cherche… Un beau jeune homme…

Leonora fut contrariée. Elle épousseta son uniforme qui n'avait pas besoin de l'être, et s'étonna de sa réticence. Elle aurait dû être contente de voir Alex, mais l'hôpital était son sanctuaire, et elle n'aimait pas y être dérangée.

— Ne le faites pas attendre, Leonora. Les dames de la Croix-Rouge l'ont vu et ne demandent qu'à vous le chiper.

Perturbée, Leonora prit le couloir à contrecœur et descendit l'escalier métallique. Elle trouva Alex, mains croisées dans le dos, faisant face à une aquarelle destinée à égayer le mur.

— Ah ! Vous voilà ! dit-il en l'embrassant sur la joue. J'ai eu un mal fou à me faire annoncer.

— Vous n'auriez pas dû venir.

Il eut l'air surpris.

— En voilà, un accueil !

— Pardon, mais j'ai été surprise, dit-elle en jetant un coup d'œil furtif autour d'elle pour s'assurer que personne ne venait.

— Tiens, qu'est-ce que je vois là ? demanda-t-il, rieur, en remarquant le nom sur la blouse. Vous vous appelez Clara, maintenant ?

Désirant ôter le rectangle de tissu, elle se dépêcha d'ouvrir l'épingle qui le maintenait en place.

— Fairfield n'est pas un nom très facile à porter ici.

— J'imagine. Vous ne travaillez pas avec le groupe de bénévoles ?

— Il fallait du renfort en haut.

— Ah… Dans les salles, avec les soldats…

Le ton critique et ironique d'Alex mit Leonora très mal à l'aise.

— Oui, tout à fait.

— Et vous ne trouvez pas cela gênant ? Après tout, vous n'êtes pas infirmière…

— Je sais bien, mais on a besoin de moi. Alex, dites-moi pourquoi vous êtes là.

Mettant de côté ses critiques, il lui prit tendrement les mains.

— Je viens vous annoncer que je dois partir quelque temps.

Il jeta un coup d'œil autour de lui pour s'assurer qu'on ne les écoutait pas, puis baissa la voix.

— Mon numéro est sorti, je suis conscrit. Votre oncle va faire jouer ses relations pour me tirer de là. Des certificats viendront prouver que mon pays a plus à gagner à m'avoir à l'usine que sur les champs de bataille. C'est vrai, d'ailleurs. L'Angleterre et l'Amérique réclament de l'acier à grands cris.

Quoi qu'il en soit, j'ai tout intérêt à me faire discret jusqu'à ce que l'affaire soit réglée et que je sois exempté. Je n'ai pas très envie de finir en chair à canon !

Leonora souffrit de ce ton léger et pensa aux pauvres blessés qui dépérissaient en haut. Alex prit cet air grave pour de l'inquiétude et lui caressa la joue.

— Je veux que vous veniez avec moi.

Elle sursauta, affolée.

— Je vous demande pardon ?

— Accompagnez-moi. La séparation serait trop dure.

— Ma tante ne voudra pas !

— C'est elle-même qui l'a suggéré ! Votre oncle est du voyage : quel meilleur chaperon ?

— Mais, je ne peux pas quitter l'hôpital !

— Voyons, voyons. Vous pensez vraiment que l'on ne peut pas se passer de vous ici ? Ne craignez rien, ajouta-t-il d'un ton satisfait. J'en ai déjà parlé au Dr Edwards. Il confirme que l'hôpital a plus de bénévoles qu'il n'en faut.

— Quoi ? Vous lui avez parlé sans m'avertir ?

— Entre vous et moi, il se souvenait à peine que vous donniez un coup de main ici !

— Comment avez-vous osé ? Cela ne vous regarde pas !

— Vous êtes fâchée ? demanda-t-il, semblant tomber des nues.

— Bien sûr que je suis fâchée ! De quel droit décidez-vous des affaires qui me concernent ?

Il l'attrapa par le bras, le regard soudain sombre.

— Vous devriez me remercier ! Je vous ai trouvé un bon moyen de partir en sauvant la face. N'importe qui serait soulagé ! L'odeur de mort que l'on sent dès l'entrée est insupportable. Je n'aime pas vous savoir ici, et votre tante pense comme moi. Vraiment, ajouta-t-il d'un ton suffisant, ce n'est pas la place d'une jeune fille de bonne famillc.

— Je suis désolée, mais je ne partirai pas, Alex.

Il la retint pour l'empêcher de s'échapper et retrouva un ton un peu plus agréable.

— Écoutez, je suis navré. Je reconnais que j'aurais dû vous en parler d'abord. Vous avez raison. Moi, je voulais seulement vous faire plaisir. Je me trouve dans une situation difficile. Le temps presse. Je dois partir le plus vite possible. Trouvons un compromis, ajouta-t-il avec un petit sourire. Prenez quelques semaines de congé, partez avec moi, et, en échange, je convaincrai votre tante de vous laisser retourner à l'hôpital quand nous rentrerons. Elle veut vous interdire de revenir ici, vous savez.

— Elle ne le peut pas !

— Oh, que si ! Elle a tout pouvoir sur le Dr Edwards, qui s'empressera de vous renvoyer si elle le lui demande. On ne refuse rien à de si généreux donateurs.

Leonora sentit tout le poids des chaînes que les Fairfield faisaient peser sur elle. Elle chercha un peu de compréhension sur le visage d'Alex, mais n'en trouva aucune. Face à cette indifférence, elle laissa son regard errer jusqu'à l'aquarelle qu'il était en train de contempler quand elle l'avait rejoint. C'était un paysage maritime aux lignes fortes et au ciel pur. L'hôpital s'éloigna et fit place à une lointaine falaise, à des vagues dansant sous les pieds, à la présence d'un ami qui avait toujours su chasser ses peines.

— Leonora, vous m'écoutez ?

Ramenée au temps présent, elle chassa ces souvenirs, un peu réconfortée. Si Alex acceptait de l'aider à revenir travailler à l'hôpital, elle ne pouvait pas hésiter.

— Bien sûr que je vous écoute. Quand partons-nous ?

33

Les Shelby accueillirent James à bras ouverts. On ne lui parla pas de la violence de Shamus, des coups qu'il avait reçus, on ne lui posa pas de questions. On l'accepta, simplement, comme s'il avait toujours vécu là. Les Shelby étaient des gens généreux et chaleureux. Pour les remercier, James leur offrit la seule chose qu'il avait : sa force de travail.

Chaque matin, James, Tom, John et Will se rendaient dans les pâturages, le ventre rempli des petits-déjeuners préparés par Mme Shelby. Du travail, il y en avait plus que pour quatre hommes, si forts soient-ils. La famille se passait pourtant de saisonniers, sauf pour la tonte et la récolte. Le soir, les quatre garçons rentraient couverts de poussière orange. Ils ramenaient sur eux l'odeur des moutons, du foin ou des chevaux, selon l'activité du jour. James travaillait aussi dur que chez son oncle, mais, chez les Shelby, on riait énormément, ce qui rendait la tâche plus légère.

Il apprit tout : la chasse aux dingos, la pose des pièges destinés aux lapins de garenne. Il sut bientôt castrer les veaux et les marquer au fer rouge. Il accepta bravement d'accomplir toutes ces tâches, mais sans arriver à cacher sa répugnance. Les frères Shelby se moquèrent de lui tout leur soûl, puis le dispensèrent de cette partie du travail.

Pour compenser, James s'occupait du bétail, une activité que les frères détestaient. Ce que les trois garçons Shelby avaient du mal à accomplir ensemble, James s'en acquittait seul. Excellent cavalier, à cru ou sur une selle, il guidait ses montures d'une simple pression du genou, et parvenait à faire galoper son cheval droit sur un groupe de bovins nerveux sans avoir à donner un seul coup d'éperon.

Il dressa aussi les chiens, des espèces de bergers australiens issus d'un croisement incertain, plus sauvages qu'apprivoisés. Très vite, ces bêtes l'adoptèrent, le suivant partout, lui obéissant au doigt et à l'œil. Il faut dire qu'il ne ménageait pas son affection, et qu'il restait auprès d'eux, tout sauf avare de caresses, quand il les ramenait épuisés de leurs longues courses.

Le fouet était son troisième bras. La lanière partait en sifflant, mais seulement pour donner des ordres, jamais pour frapper. Son claquement était un ordre auquel obéissaient les troupeaux, vaches comme moutons. Ainsi, James conduisait les bêtes jusqu'aux pâturages les plus lointains, profitant de son passage pour réparer les clôtures.

Il aimait ce territoire qui s'étendait jusqu'à l'horizon. Dans l'ombre marbrée de la forêt d'eucalyptus, il passait sous les perroquets jaune et vert perchés sur les branches, rencontrait des kangourous roux grands comme des hommes, rassemblés par centaines, se léchant les pattes pour se rafraîchir. C'était une terre pleine de bruits, mais de bruits purs.

Quand il faisait une grande chaleur, il se déshabillait et se plongeait dans les ruisseaux. Il faisait la planche dans l'eau fraîche, au milieu des ornithorynques qu'il ne semblait nullement déranger. Une fois hors de l'eau, il n'avait pas besoin de rester longtemps sur les rochers pour sécher.

Après la forêt, c'était l'immensité des prés aux herbes hautes jusqu'à la taille, qui faisaient le régal du bétail. Il passait la nuit à la belle étoile, sous une couverture, s'endormant dans le vertige du ciel étoilé, se sentant mieux sous ce dôme que sous n'importe quel toit, qu'il soit de tôle ou de bois.

James passa plusieurs années sans retourner voir Shamus, tâchant de ne plus penser à cet homme abîmé. Mme Shelby, pleine de bonté, allait lui porter un repas une fois par semaine. Elle déposait son panier sur les vieilles marches de la véranda, et ne disait jamais si elle le retrouvait vide la semaine suivante. Tom était allé récupérer le cheval par peur qu'il ne soit trop négligé, mais n'en avait pas parlé plus que cela. Pour tous, Shamus était un fantôme, sauf pour les voisins, qui le ramenaient ivre mort du pub, ou le trouvaient cuvant dans un fossé, au bord de la route.

— Il s'est remarié avec une bouteille, commentaient-ils.

— Les Irlandais ne savent que noyer leur chagrin.

James brûlait de honte sous les regards de pitié.

Avec le temps, il s'était accoutumé au canapé trop court des Shelby. Il dormait du sommeil du juste, en chien de fusil, le poing sous l'oreiller.

Justement, ce soir-là, il chassa une mouche au milieu d'un rêve, ne sentant pas que c'était une brindille qui le chatouillait.

— Jamesie, chuchota une petite voix.

Il se réveilla en sursaut et se redressa, faisant tomber par terre le livre qu'il lisait au moment de s'endormir.

— Charlotte ? Qu'est-ce qui se passe ?

La petite fille pleurait.

— Dis-moi ce qui ne va pas.

— J'ai fait un cauchemar.

James tâtonna dans l'une de ses poches et en sortit un mouchoir, qu'il lui tendit.

— Jamesie, est-ce que je peux dormir avec toi ?

Il la prit sur ses genoux et déposa un petit baiser sur ses cheveux roux.

— Bien sûr. Tu veux me raconter ton rêve ?

Elle se blottit contre lui, incapable de parler à travers ses sanglots.

James lui caressa le bras, puis elle dit enfin, d'une voix hoquetante :

— Tu en fais, toi, des mauvais rêves ?

— Ça peut arriver.

— Et comment tu les oublies ?

— J'essaie de penser à de bons souvenirs, à des endroits que j'aime, à des événements heureux.

— Comme quoi, par exemple ?

— Je pense à la mer.

— La mer ? C'est comment ?

— Pas très loin d'ici, il y a un bout de côte avec des falaises dorées, hautes comme des montagnes, qui donnent l'impression qu'un géant a croqué dans la terre, au bord de l'océan. La mer est grande, grande et toute bleue, et le ciel est pareil.

Il ferma les yeux pour mieux voir apparaître cette image qu'il aimait tant.

— Quand le soleil brille sur l'eau, on croirait regarder un champ de diamants qui scintillent tous en même temps. C'est très joli… Presque autant que toi, Charlotte.

La petite fille se mit à rire.

— Moi, je voudrais bien voir la mer un jour.

— Je t'emmènerai.

— C'est promis ?

Elle avait retrouvé le sourire. James la berça doucement jusqu'à ce qu'elle s'endorme, puis la coucha à sa place sur le canapé, la couvrit avec l'édredon, et partit avec sa couverture et son oreiller dormir dans la chambre de Tom, où il lui arrivait de camper par terre. Malgré la dureté du sol, il se rendormit vite. Il fut tiré d'un profond sommeil par le tremblement du plancher. Un cri acheva de le réveiller. Il ouvrit les yeux dans le noir.

— Allez, debout, les mignonnes !

C'était John, qui le poussait avec sa botte. James roula sur le ventre et enfouit la tête sous son oreiller.

John avança alors jusqu'au lit et arracha l'édredon. Tom s'y raccrocha, les cheveux en désordre.

— Hé ! Fous-moi la paix !

— Allez, debout là-dedans ! Maman veut qu'on apporte le blé au pesage. Toi et James, vous venez avec nous.

— T'as pas besoin de nous pour faire ça !

— Il nous faut nos deux jolies demoiselles pour qu'on nous en donne un bon prix.

— T'es pas drôle. Laisse-nous dormir.

— Les harnais sont arrivés par le train d'hier, expliqua son frère en reprenant son sérieux. On a besoin que vous vous chargiez de ça, pendant que Will et moi on s'occupera du blé. Il faut partir maintenant, autrement, on ne sera jamais rentrés avant la nuit.

Tom s'assit au bord du lit, en mettant encore un peu plus de désordre dans ses cheveux d'une main engourdie. James s'étira, fourbu par sa nuit sur le plancher.

— Et n'oubliez pas de mettre vos jolies petites robes roses à dentelles, ça donne plus d'éclat à vos yeux ! persifla John, qui sortit de la chambre en esquivant les oreillers que Tom et James lui lançaient au visage.

Les deux garçons s'habillèrent. James termina le premier en faisant claquer ses bretelles, et Tom, plus lent, sortit après lui en grommelant. Les frères aînés avaient déjà attelé les chevaux. Le soleil se levait à peine, et l'air était encore frais. Ils firent la chaîne pour charger les sacs. C'était un travail éreintant. James s'essuya le visage pendant que Will faisait passer les cordes sur le chargement, cordes qu'ils arrimèrent chacun à un coin, sous la voiture.

— Venez les garçons, le petit-déjeuner est prêt ! cria Mme Shelby depuis le pas de la porte.

— On n'a pas le temps, maman. Si on tarde, on arrivera avec la foule, protesta James.

— Pas de discussion ! Vous ne partirez pas le ventre vide !

Elle tourna les talons, et John n'eut plus qu'à soupirer.

— Bon, les gars, on y va, mais on se grouille, compris ?

Une bonne odeur de saucisse les accueillit dans la salle. Ils avalèrent leur café noir, engloutirent œufs et saucisses sans prononcer un mot. Le cri du coq éclata alors qu'ils terminaient.

— On rentrera avant la nuit, maman, dit John en embrassant sa mère sur la joue.

— Marchandez bien, les garçons. Je veux un bon prix pour ce blé.

Elle retourna ensuite à ses poêles à frire, car il fallait encore nourrir les cinq petites.

Will et John prirent place à l'avant, derrière les chevaux, James et Tom à l'arrière, sur les sacs. La longue course commença. Ballottés, ils restaient silencieux, chacun perdu dans ses pensées.

À dix heures, ils passèrent devant la maison des McGinny, grande et prospère, avec sa véranda tendue de moustiquaires, son court de tennis, son verger croulant sous les fruits. Une nouvelle récolte de blé verdissait dans les champs du haut.

— J'espère qu'on verra bientôt les filles McGinny, dit Tom.

— Alors, petit coq, ça te démange ? ironisa Will.

— Ben quoi ? J'ai rien dit.

— Bah, t'as aucune chance avec elles, mon gars ! intervint John en riant. Elles en ont que pour James, toutes les trois.

Tom leva les yeux au ciel, imitant ces demoiselles d'une voix de fausset :

— Oh, qu'il est beau, ce James ! J'adore son air mystérieux !

— Il faut croire qu'elles ont bon goût, répliqua James joyeusement.

Le chemin jusqu'à la ville était encore long. Les heures passèrent, somnolentes, dans la chaleur et le balancement du chariot. Alors qu'ils approchaient de Southern Cross, ils croisèrent d'autres voitures tirées par des bœufs ou des chevaux, des vagabonds qui les saluaient d'un coup de chapeau sur leur passage, en leur souhaitant une bonne journée.

Tom se redressa en bâillant.

— Bon, vous nous déposez d'abord ?

Les deux aînés échangèrent un regard, et Will fit signe à John de parler. Celui-ci se racla la gorge.

— Bon, le petit rigolo, c'est toi qui vas t'occuper de faire peser le blé avec James, avant d'aller chercher les harnais.

— Quoi ? Et vous ? Vous n'allez rien faire ?

— Nous, on a une affaire à régler.

— Quoi ? Quelle affaire ? Je veux savoir, ou je ne fais rien du tout !

Il y eut un petit silence, puis John lâcha :

— On va s'engager, Tom.

Les roues grincèrent en passant sur une ornière.

— Tu rigoles ?

Le silence fut la seule réponse.

— Maman est au courant ?

— Non.

— Vous comptez lui dire quand ?

— Ce soir.

— Elle ne va pas s'en remettre !

— C'est pour ça qu'il fallait qu'on signe avant de lui parler, autrement, elle n'aurait pas voulu qu'on quitte la maison.

Tom vibrait d'indignation.

— Vous ne partez pas sans nous ! James et moi, on s'engage aussi !

— Tu sais bien qu'ils ne prennent pas les fillettes…

Cette fois-ci, la plaisanterie tomba à plat.

— On part aussi, et puis c'est tout ! trancha Tom.

Will fit s'arrêter les chevaux et se tourna vers son petit frère, le visage grave.

— On ne peut pas tous partir : maman et les petites ont besoin de toi et de James. Nous, il faut qu'on s'engage pour envoyer notre solde à la maison.

— Vous n'avez qu'à rester. James et moi, on ira à votre place.

— Non, Tom. Maman a besoin de James pour les bêtes, et ça la tuerait si tu partais. T'as toujours été son préféré… Te perdre, ce serait presque pire pour elle que quand on a perdu papa.

Il n'y avait aucune jalousie dans ce commentaire, seulement du réalisme.

Tom voulut encore argumenter.

— Avec nos belles récoltes, on n'a pas besoin de votre solde.

— Si, au contraire. Il risque d'y avoir une nouvelle sécheresse, et, dans ce cas, on gagnera plus là-bas qu'ici. Et puis, si tu regardais les comptes, tu saurais qu'on a encore plein de dettes. On n'a pas pu payer les impôts cette année, et on paie encore les intérêts de ceux de l'année passée.

— Les comptes, je les ai vus. Les dernières années ont été bonnes.

— Papa avait fait de mauvais placements. C'était la faute de la banque, qui a d'ailleurs fait faillite. On n'a jamais réussi à rattraper le manque à gagner. Ça sert à rien de s'apitoyer sur le passé, mais il faut regarder la vérité en face.

— C'est aussi pour les terres, ajouta John. On n'a aucune envie d'aller creuser des tranchées en Turquie, je t'assure, mais le gouvernement va réattribuer les terres de la Couronne aux soldats qui vont rentrer.

Alors, comme on ne paie pas nos impôts, on ne va pas nous renouveler le bail. On va nous reprendre nos terres pour les redistribuer, c'est certain. Avec deux fils à la guerre, la famille est à peu près sûre de les garder.

— John et moi, on a bien réfléchi, continua Will. Le plan est bon. Ça ne sert à rien de se plaindre, ça ne remboursera pas nos dettes. Alors, sois brave, et fais ce qu'on te dit. Et toi, ajouta-t-il en se tournant vers James, tu fais partie de la famille, maintenant, et maman a besoin de toi. Essaie de convaincre Tom. On n'a pas le choix.

Tom faisait encore la tête quand ils arrivèrent au pesage. Le prix qu'on leur donna pour le blé n'aida pas à lui rendre sa bonne humeur. Il n'y avait pas moyen d'en sortir gagnant : soit la sécheresse rendait le blé rare, et les bénéfices étaient meilleurs, mais insuffisants, soit il y avait de l'eau, trop de récoltes à vendre, et les prix baissaient.

Le bruit des masses frappant le métal les accueillit aux environs de la nouvelle ligne de chemin de fer, près du centre-ville.

— J'aurais dû insister pour obtenir un meilleur prix, gronda Tom. J'y retourne !

— Attends, tu sais bien qu'il n'y a rien à faire, dit James en plongeant les mains dans ses poches.

— Alors je vais lui mettre mon poing dans la figure !

En réalité, ce n'était pas le prix du blé qui passait mal. James s'en doutait.

— Alors, quoi ? Pourquoi t'as tellement envie d'aller faire la guerre ?

— Parce que je veux voir du pays, tiens ! Je n'ai jamais bougé de la ferme. J'aime bien cette vie, mais à part les vaches et le blé, il y a quoi ?

Tom regarda avec amertume les chevaux qui tiraient le chariot vide.

— Si c'était possible, je t'assure, je ne ferais pas de vieux os ici.

Ils continuèrent d'avancer dans la grand-rue, à côté de leurs bêtes, têtes penchées sous le soleil. Devant, on apercevait le métal étincelant des rails, qu'une équipe de travailleurs chinois clouait avec d'énormes masses. Deux hommes par crampon, qu'ils enfonçaient en rythme décalé, une rangée levant de maigres bras au-dessus de chapeaux à large bord, tandis que l'autre abattait la masse, dans un mouvement cadencé semblable aux pistons d'une locomotive. Le martèlement infernal cassait les tympans et faisait vibrer le sol.

James comprenait la lassitude de Tom et souffrait du poids de la dette des Shelby comme si c'était la sienne. La pauvreté l'étranglait autant qu'elle étranglait la famille qui l'accueillait. Il aurait voulu pouvoir faire plus.

— Mettez-nous dehors, Shamus et moi, dit-il tout à coup. Nous ne travaillons pas la terre, nous ne payons pas le loyer, mais vous, vous payez les taxes.

Tom ne réfléchit même pas.

— Pas question.

— Nous avons assez longtemps vécu à vos crochets. Louez la ferme à quelqu'un d'autre. J'irai déloger Shamus moi-même s'il le faut.

— Mais qu'est-ce que ça changerait ? Personne ne veut louer, personne ne veut acheter ! La ferme resterait vide, et si tu partais, qui s'occuperait du bétail ? Tu vaux cent fois plus que ce bout de terre minable.

Ils s'arrêtèrent pour regarder les Chinois travailler sous la chaleur infernale. Tom fit sonner quelques pièces au fond de sa poche.

— Il fait soif, non ? J'ai besoin de me rincer le gosier.

— Moi aussi.

Ils enjambèrent les rails, leurs bottes s'enfonçant dans la terre meuble, passèrent devant la coopérative et entrèrent dans le pub, au coin de la rue. C'était une bicoque faite de vieux barils boulonnés et soudés, empestant la sueur et la bière renversée. Elle était fréquentée par les fermiers et les travailleurs agricoles des environs, qui s'y retrouvaient avec une même soif d'alcool.

— Deux whiskies ! commanda Tom en regardant autour de lui. Tiens, il y a Flanegan et Berkshire.

Il leva son verre pour saluer les deux cow-boys du ranch Baratta, des garçons rudes qu'ils rencontraient au hasard de leurs visites en ville.

Les deux hommes se joignirent à eux. Flanegan, un géant, avait déjà la voix pâteuse.

— Alors, ça gaze ? On se demandait quand on verrait vos sales tronches, dit-il en criant presque.

— Fais gaffe à ne pas être trop aimable, ça rendrait jalouse ta femme ! blagua Tom.

Ils se serrèrent tous la main, leurs paumes calleuses se frappant fermement. Berkshire était un type silencieux, au sourire un peu niais. Il avait de toute évidence avalé plus de bière qu'il n'en fallait.

— Vous avez vendu du blé, ce matin ? demanda Tom.

— Tu parles ! Dis plutôt que le patron se l'est fait voler ! grogna Flanegan.

C'était un Irlandais colérique, une armoire à glace qui dépassait d'une tête tous les gars du comté. Son seul fait d'armes était la détention du record de tonte à cent kilomètres à la ronde, même s'il était également célèbre pour son caractère batailleur et ses spectaculaires cuites.

Berkshire haussa les épaules.

— L'acheteur ne lui a pas laissé le choix.

— Y a rien eu à faire, confirma Flanegan. Ils sont où, tes frères, Tom ?

— En train de s'engager.

— Merde !

Tom fit tourner son whisky dans son verre avec une telle nervosité qu'il finit par en renverser un peu.

— Alors, James, toujours en vacances chez les Shelby ? lança Flanegan.

— Et toi, rétorqua James en vidant son verre d'un trait, toujours en train de boire l'argent qui doit servir à remplir les biberons de ton bébé ?

— Pendant que chez toi, c'est ton vieux qui biberonne !

James reposa son verre en le faisant claquer sur le comptoir.

— Allez, je blague, dit Flanegan en lui donnant une tape brutale sur l'épaule qui le fit vaciller. On ne va pas s'en vouloir pour ça, hein ?

Il fit suivre cette remarque d'un coup agressif dans le bras de James, sous prétexte de camaraderie, et lui jeta son regard d'homme violent. Ensuite, il s'éloigna pour chercher ailleurs la bagarre.

James fit signe au barman. Aussitôt resservi, il vida son verre.

Tom voulut le raisonner.

— Attention, t'as pas l'habitude.

Ne l'écoutant pas, James en commanda un troisième. Il sentait encore le coup que Flanegan lui avait donné. Il tâta son bras du bout des doigts. Les bouteilles sur le comptoir lui rappelaient celles qu'il trouvait autrefois sur la table de Shamus. Il se massa encore plus fort. Le regard dur de son oncle lui revint, cet air mauvais qu'il avait quand il le frappait, comme celui de Flanegan. Les bruits du pub l'assourdissaient. Il but et ferma les yeux pour contenir sa colère. Il but encore. La vibration des masses remontait par le plancher. Le rythme lancinant battait dans ses tempes.

Flanegan revint vers eux, titubant. En passant, il aspergea de whisky la manche de Tom.

— Eh ! Attention ! s'écria Tom.

Flanegan s'arrêta, posa son verre, se planta entre Tom et James, et entoura lourdement leurs épaules de ses bras.

— À boire pour mes deux camarades ! hurla-t-il, moite d'une sueur qui puait l'alcool. Vous avez vu ces macaques de coolies avec leurs nattes ? On dirait des bonnes femmes, ces sales chinetoques ! Je leur collerais bien des coups de masse sur le chapeau !

James serra son verre à le faire exploser.

— Dis pas des choses comme ça !

— Ben, quoi ?

— On ne frappe pas des gens parce qu'ils ont besoin de gagner leur vie.

Flanegan émit un sifflement, puis rit tellement fort que des buveurs se tournèrent vers eux.

À travers la brume de l'alcool, James avait l'impression de voir Shamus et ses grosses mains de boucher. Il se mordit si fort les lèvres qu'il sentit le goût du sang. La colère montait, le submergeait.

Flanegan leva son verre, le regard vitreux, et beugla :

— À ta santé mon gaillard ! Au grand cossard et à ses copains de macaques. Faut croire que ta mère en était une !

Le poing de James s'écrasa sur le nez de Flanegan avant que son verre n'arrive à ses lèvres. Sa tête partit en arrière, et un air de surprise se peignit sur ses traits.

James lui asséna un deuxième coup, qui le fit trébucher sur une rangée de buveurs. Il y avait tant de monde que sa chute fut amortie et stoppée, et qu'il resta debout. James se jeta sur lui, et fit sortir toute sa rage en cognant, se vengeant de tout : de la sécheresse, de sa dépendance des Shelby, des dettes, de la mort, du désespoir. Flanegan lui rendait coup pour coup, titubant entre les tables, cassant les verres.

James entendit Tom crier, sentit des mains essayer de le retenir, puis des voix protester :

— Laissez-les, c'est un combat à la loyale.

— Je t'en foutrais, moi, des combats à la loyale ! cria le patron. Virez-moi ça avant qu'ils ne me démontent la baraque !

Alors, on les poussa dans la rue. Ils atterrirent dans la poussière, ce qui ne mit pas fin à la bagarre. James voulut se relever, mais Flanegan le renvoya à terre d'un coup de genou qui le paralysa de douleur, puis le souleva par le col et lui donna deux coups de poing au visage. Le géant, libéré des contraintes de la salle exiguë, frappait maintenant de toute sa puissance.

James fut vite mis KO et perdit connaissance avant même de s'effondrer.

— Roule ta veste pour la mettre sous sa tête.

C'était la voix de John, qui semblait venir de très loin.

James tenta d'ouvrir les yeux, mais sans grand succès. La paupière droite resta parfaitement close, et quand la gauche s'entrouvrit la lumière la lui fit aussitôt refermer. Il avait l'impression d'avoir une pastèque à la place de la tête.

Les mouvements de la voiture le secouaient comme une balançoire, et une écœurante acidité lui montait dans la bouche. Il roula sur le fond du chariot, ses côtes lui faisant souffrir le martyre, et, manquant tomber par-dessus bord, vomit tripes et boyaux sur la route.

— Ah, ça se réveille, à l'arrière, commenta John depuis le banc du conducteur.

James retomba dans le chariot, chaque secousse résonnant dans sa tête comme des coups sur une enclume.

— Assieds-toi, dit Tom en l'aidant à se redresser. Pas mal comme maquillage, les yeux en violet.

James, par une fente, vit qu'il souriait, un mouchoir plaqué contre sa lèvre ouverte. Ses deux narines étaient noircies de sang séché.

— Qu'est-ce qui t'est arrivé ? demanda James d'une voix d'outre-tombe.

— Il est tombé sur le poing de Flanegan, ironisa John.

Tom rit, mais pas trop, car sa lèvre se rouvrait pour un rien.

— J'allais pas te laisser massacrer sans rien faire, vieux.

— Je suis assez grand pour me défendre tout seul.

— En effet, tu l'as prouvé, s'amusa John.

— Heureusement que Tom était là, intervint Will. Quand on est revenus du bureau de recrutement, Tom avait le nez en sang, mais il titubait en chantant bras dessus, bras dessous avec Flanegan et Berkshire, qu'il avait réussi à faire changer d'humeur.

Tom se posa la main sur le cœur si drôlement que James ne put que sourire malgré la douleur.

— Tu vois, il n'y avait qu'à chanter ! Les Irlandais ne résistent jamais à une chanson d'ivrogne, même un âne bâté comme Flanegan.

Quelques heures plus tard, sous une lune ronde, le chariot arriva à la ferme.

— Allez, courage, dit John en aidant James à descendre.

Les trois frères le portant à moitié, ils arrivèrent à la porte, que John ouvrit d'un coup de pied. Les petites étaient à table ; les fourchettes se figèrent quand James apparut. Gracie poussa un cri. Mme Shelby, qui était au fourneau, se tourna alors et, voyant le blessé, s'exclama :

— Les filles, allez chercher des serviettes.

N'obtenant aucune réaction, elle s'écria :

— Allez, on se dépêche !

Les petites sursautèrent et obéirent en se bousculant.

Tom raconta l'histoire à sa manière :

— Tu aurais dû voir James, maman. Un vrai lion ! Il a maté le bonhomme le plus costaud de la région.

— Faites-le asseoir sur une chaise.

Elle remplit une marmite d'eau en silence, tandis

que les coupables attendaient sa réaction, n'en menant pas large.

Peu habitué à la réprobation de sa mère, Will en rajouta :

— Ce gars-là n'a eu que ce qu'il méritait ! Il a pris une bonne raclée, hein, James ?

Mme Shelby s'affairait sans avoir l'air d'écouter. Les trois frères se jetèrent des coups d'œil et attendirent.

Leur mère s'agenouilla devant James et examina son visage.

— Il n'a pas grand-chose, maman, affirma Tom. Il a un peu saigné, mais ce n'est pas trop grave.

— Dehors, vous trois ! explosa Mme Shelby. J'ai élevé une bande d'idiots !

Pendant que les frères se sauvaient, elle entreprit de nettoyer les coupures que James avait sur le visage, toujours fâchée.

— Alors, tu es fier de toi ?

James eut un mouvement de recul en sentant la serviette humide le toucher.

— Tu peux me dire ce que ça va arranger, de t'imbiber d'alcool, de frapper les autres et de te faire démolir ? J'imagine que tu te sens mieux, maintenant !

James leva vers elle son œil poché, puis le baissa de nouveau.

— Tu vaux mieux que ça, James, ajouta-t-elle en plongeant la serviette dans l'eau, qui devint rose. De mes garçons, oui, je pourrais m'y attendre, mais venant de toi, là… Ta mère se retournerait dans sa tombe.

— Tess n'était pas ma mère.

— Je sais bien… Je parlais de ta vraie mère.

— Vous saviez ?

— Il aurait fallu être aveugle pour ne pas s'en douter. Tu ressembles autant à Shamus par le physique et par le caractère que… que moi ! Je connaissais bien ta tante, tu sais, reprit-elle en s'activant de nouveau avec la serviette. J'ai su que Tess était malade bien avant Shamus. C'est elle qui m'a dit qu'elle t'avait adopté.

James se sentit vaciller. Le whisky lui embrouillait l'esprit et rendait l'émotion d'autant plus forte.

— Elle t'aimait tellement, James. Elle serait horrifiée de te voir dans cet état… Elle n'aurait pas pardonné à Shamus ce qu'il t'a fait.

— Elle est morte à cause de moi.

Une côte cassée appuya sur son poumon, mais il ne broncha pas.

— Mais qu'est-ce que tu racontes ? Tess avait un cancer, James ! Tu n'as rien à voir là-dedans. Elle a fait six fausses couches à cause de ses tumeurs. La seule chose qui l'a maintenue en vie si longtemps, c'est toi ! Elle savait qu'elle allait mourir avant même de quitter l'Irlande. Elle disait que si elle se battait pour rester sur terre, c'était pour toi !

Elle prit le visage tuméfié de James entre ses mains.

— Écoute-moi bien, James. On a toujours le choix. Si tu laisses cette colère te dévorer de l'intérieur, tu vas empoisonner tout ce qui t'entoure, comme Shamus. Ton oncle est un lâche, James !

Ses yeux se mouillèrent de larmes et sa voix se fit plus tendre, ce qui ne l'empêcha pas de pousuivre avec fermeté :

— Tu as le choix. Tu veux quoi, dans ta vie ? La paix ou la souffrance ?

Elle essora une nouvelle fois la serviette dans la cuvette, dont l'eau était devenue rouge sombre.

— Allez, va te coucher.

James se traîna jusqu'à la bibliothèque et s'effondra sur le canapé. Il entendit une respiration dans la pièce. Charlotte pleurait dans un coin, en silence.

— Pourquoi on t'a tapé, Jamesie ? interrogea-t-elle.

— Parce que je me suis conduit comme un idiot, Charlotte. C'est ma faute.

— J'ai eu tellement peur quand ils sont rentrés en te portant ! J'ai cru que t'étais mort !

Alors, il eut vraiment honte. Il regarda ses mains abîmées par les coups qu'il avait donnés, et prit la décision ferme et définitive de ne plus jamais recommencer.

John et Will entrèrent et poussèrent leur petite sœur vers la sortie.

— Allez, au lit, ma petite dame ! ordonna John.

Une fois Charlotte hors de la pièce, Will demanda :

— Maman est seule dans la cuisine ?

James hocha la tête, et les deux garçons, rassemblant leur courage, allèrent la trouver.

Allongé dans le noir sur le canapé, la tête comme dans un étau, James guettait les voix qui montaient de l'autre côté de la cloison, trop étouffées pour déchiffrer la conversation. C'était surtout John qui parlait. On entendait parfois Will intervenir, et Mme Shelby restait muette.

Il s'écoula un peu de temps, puis James entendit le raclement des chaises, la porte qui s'ouvrait, et les pas lourds de John et Will qui montaient dans leur chambre. Il y eut un long silence, si long que l'on aurait pu croire la maison endormie, puis encore un bruit de chaise, et des pas. La lampe du couloir s'éteignit. La porte d'entrée grinça, et par la fenêtre de la bibliothèque James vit Mme Shelby rejoindre la véranda. Elle s'appuya lourdement sur la balustrade, la tête baissée, le dos voûté, comme ployant sous le poids du chagrin.

34

Dans la voiture régnait un lourd silence. Leonora pensait à l'hôpital et aux soldats qu'elle abandonnait. Le regard des infirmières lui avait bien fait comprendre leur mépris. Elle n'avait bien sûr pas pu leur expliquer qu'on ne lui avait pas laissé le choix.

— Nous rentrerons vite ? demanda-t-elle à Alex.

— Dès que nous le pourrons. Vous savez comme c'est important pour moi d'échapper à l'armée.

Alex retomba ensuite dans une humeur sombre, qui n'encourageait pas les conversations.

Ils arrivèrent enfin à New York. Lorsque la ville apparut derrière les vitres de la Rolls-Royce, Leonora retrouva un peu de la curiosité qu'elle éprouvait généralement face à de nouveaux paysages.

Alex se regarda dans le miroir situé à l'arrière pour réajuster sa cravate.

Le chauffeur se gara devant l'hôtel, un building à l'entrée protégée par un auvent métallique. Des porteurs en uniforme se précipitèrent pour prendre leurs bagages, et le portier salua Alex par son nom. Dans le hall, le jeune homme prit le bras de Leonora pour la guider. Ils passèrent sous un grand lustre de cristal et montèrent un escalier monumental.

— Vous avez l'air d'être chez vous, ici, nota-t-elle, surprise.

— Ce n'est pas la première fois que je viens, admit-il avec un sourire satisfait. Nous y voici, Mlle Fairfield, votre suite.

La décoration était harmonieuse : bois, marbre blanc, tentures de soie, coussins, joli carrelage. Partout, d'énormes vases remplis de roses, d'oiseaux de paradis, de cannas et de jasmin au parfum délicieux. Un voile blanc descendait du baldaquin, et tant d'oreillers recouvraient le lit que l'on voyait à peine la courtepointe sous cet amas moelleux. Les fenêtres étaient ouvertes sur un balcon, et une douce brise gonflait les rideaux de soie.

— Cela vous plaît ? demanda Alex.

— Je n'ai jamais rien vu d'aussi ravissant !

— Attendez, ce n'est que le début…

Il sortit un écrin de velours noir de la poche de sa veste.

— Qu'est-ce que c'est ?

— Ouvrez…

Elle obéit et découvrit une paire de boucles d'oreilles en diamant.

— Mon Dieu, Alex ! C'est trop !

— Mais, pas du tout ! Disons que c'est pour vous remercier d'avoir accepté de partir avec moi.

— Un remerciement un peu ruineux…

Il lui lança un regard plein d'intensité.

— Je suis tellement heureux que vous soyez venue.

Elle sourit, le regard brillant.

— Moi aussi…

Et c'était vrai. Elle le trouvait de nouveau beau, charmant. L'impression désagréable laissée par la conversation à l'hôpital s'effaçait face au charme de ce voyage et de ce regard, et elle n'arrivait même plus à se souvenir des raisons de son mécontentement.

Il la conduisit vers le lit.

— Vous devriez vous reposer un peu. Le voyage a été long. Nous nous retrouverons plus tard. Servez-vous, ajouta-t-il en montrant un plateau d'argent sur la table de nuit. Il y a des fruits, des biscuits, du champagne.

— Où allez-vous ? demanda-t-elle en s'allongeant.

La déception qu'il discerna le fit sourire.

— Je ne suis pas en vacances, chérie. J'ai des gens à voir, expliqua-t-il en gobant une fraise. Quelques amis vont nous rejoindre pour dîner. Tout le monde demande à faire votre connaissance.

Alex se pencha pour poser les lèvres sur les siennes. Il soupira.

— Mieux vaut que je parte tout de suite, dit-il en déposant un autre baiser sur le front de Leonora. Reposez-vous.

Elle s'enfonça dans les oreillers en fermant les yeux, sentant encore la douceur des lèvres d'Alex. La rumeur de la ville, derrière les voilages, n'était plus qu'un murmure. Le parfum des fleurs semblait être une invitation au sommeil. Elle s'endormit alors qu'elle croyait ne pas être fatiguée.

Un petit vent lui chatouillait la joue, le cou… Un petit vent qui sentait l'alcool. Elle ouvrit les yeux et vit Alex, allongé à côté d'elle, qui lui embrassait l'épaule. Elle sursauta.

— Pardon, je vous ai fait peur, dit-il innocemment.

Elle sourit, tout en se sentant profondément mal à l'aise de le voir couché auprès d'elle. Surprise de constater qu'il faisait déjà nuit, elle demanda :

— Quelle heure est-il ?

— Vingt heures. J'aurais voulu vous laisser dormir, mais mes amis nous attendent en bas.

Leonora se leva rapidement.

— Je me change. Je n'en ai pas pour longtemps.

— Je ne suis pas si pressé que cela, remarqua Alex, installé comme au spectacle.

Amusée, elle le tira par les mains pour l'obliger à se lever.

— Pas devant vous ! Allez, laissez-moi seule…

Une fois Leonora prête, ils sortirent sur la terrasse du restaurant, abritée des lumières trop vives de la ville par une rangée de thuyas en pot. Un ragtime s'échappant de l'intérieur donnait envie de danser. Les amis d'Alex étaient installés à une longue table, d'où montaient des rires et beaucoup de fumée de cigarette. Les serveurs s'affairaient, emportant les bouteilles vides, en débouchant d'autres. La conversation semblait animée.

— Ah, enfin, les voilà !

L'un des convives se leva, cigarette au coin de la bouche.

— Nous commencions à penser que vous nous aviez oubliés !

Il avait un élégant accent britannique, un peu ralenti par l'alcool.

Alex s'anima, son regard se fit espiègle. Leonora ne l'avait jamais vu aussi joyeux et détendu.

— Ma chère, je vous présente Edward Warton.

— Et vous devez être Leonora, répondit-il en s'inclinant pour lui faire un baisemain. Vous êtes aussi charmante qu'Alex le promettait.

Au lieu de lui relâcher la main, il la retint.

— Asseyez-vous près de moi, et voyons si vous ne me préférez pas à votre amoureux.

Alex se jeta alors sur Edward, et tous deux firent semblant de se bagarrer comme des gamins. Leonora ne savait plus où se mettre.

— Allons, les garçons, un peu de tenue ! s'exclama une jeune femme.

Alex lâcha Edward, lui donna une tape joviale dans le dos et termina les présentations.

— Leonora, je te présente Molly Brighton, des thés Brighton, rien que cela !

La jeune héritière se leva avec grâce, le visage à demi caché sous un chapeau à large bord. Elle tenait un long fume-cigarette noir dans une main, et, dans l'autre, un verre de martini presque vide, avec, dans le fond, une olive, et sur le bord, la trace de son rouge à lèvres.

— Vous savez, moi, je n'ai rien à voir avec le thé ! Ce sont les affaires de papa. Je préfère les tisanes plus corsées.

— Nous le savons, nous le savons, ironisa Edward.

Molly répondit à la plaisanterie par un battement de paupières. C'était une séductrice qui compensait son absence de beauté par un profond décolleté et un caractère intéressant. Leonora fut fascinée par son originalité.

— Et puis, voici Margaret et Robert Farthington, continua Alex en désignant un couple d'une quarantaine d'années beaucoup plus classique. Robert est directeur d'une usine de diamants dans l'Arkansas.

— Je vois que vous appréciez notre production, remarqua M. Farthington, le regard posé sur les boucles d'oreilles de Leonora. Parfaitement choisies.

— J'ai bon goût, commenta Alex. Et maintenant, les frères Hancock, Ralph et Ronald. Les deux plus grands flemmards de New York, et riches à millions. Votre famille est dans quoi, déjà ?

— Traite des Blanches, opium, prostitution, comme tout le monde, répondit Ralph du tac au tac, avec un tel sérieux que Leonora ne fut certaine qu'il plaisantait que lorsqu'elle entendit le rire des autres.

Ralph et son frère étaient de beaux garçons, sveltes et bronzés, mais tous deux adeptes d'un humour cynique qui avait fini par graver du mépris sur leur visage.

Alex et Leonora prirent place à table, et Ralph claqua des doigts en direction des serveurs.

— Je meurs de faim !

— Prends encore un verre en attendant, chéri, conseilla Molly en exhalant un long filet de fumée. Quel plaisir que tu sois de retour, Alex, ajouta-t-elle en se tournant vers lui, le regard langoureux. Tu nous as manqué, mon chou.

Leonora se sentit mal à l'aise, mais Alex se contenta de sourire.

— Combien de temps aurons-nous le plaisir de vous avoir à New York, tous les deux ? ajouta Molly en jetant un coup d'œil à Leonora.

Alex but une gorgée de vin, avant de répondre avec mauvaise humeur :

— Cela dépendra de l'armée ! Je resterai tant

que je ne me serai pas sorti de cette sale affaire de conscription.

— Ah, la conscription… Quelle histoire ! intervint alors M. Farthington. Ce tirage au sort, c'est une injustice. Mettre tout le monde sur un pied d'égalité, comme si certains n'étaient pas plus utiles à la patrie que d'autres…

Molly ricana.

— Vous avez bien raison : la lâcheté est plus qu'une nécessité, c'est un devoir.

— Ce n'est pas de la lâcheté, s'indigna l'industriel. Il faut bien que l'économie continue à tourner. Si nous y passons tous, il n'y aura plus personne pour relever le pays le moment venu.

— Alors, buvons à notre survie, proposa Ralph en levant son verre, aussitôt suivi par Ronald.

Un sourire frémissant sur ses lèvres aristocratiques, Edward ajouta son grain de sel :

— Relever le pays, oui, bien sûr, nous en aurons les moyens : cette guerre est une aubaine pour les affaires, nous le savons tous.

— À la guerre ! s'exclama Molly, en portant elle aussi un toast.

Leonora appuya son mouchoir contre ses lèvres pour étouffer une quinte de toux. La fumée lui irritait la gorge et la conversation la dépassait. Elle avait l'impression de ne pas être à sa place. Alex ne lui prêtait plus la moindre attention, trop occupé à plaisanter avec ses amis.

— Bref, ajouta-t-il, dès que je serai libéré de mes obligations, je rentrerai à Pittsburgh.

— C'est que l'on ne peut pas se passer de vous là-bas, mon garçon ! commenta M. Farthington. Ce qui me surprend, c'est qu'Owen vous ait laissé quitter l'Inde : vous êtes son meilleur manager.

Edward eut un rire et adressa un clin d'œil à Leonora.

— C'est sans doute qu'il y avait des contrats plus importants à signer ici… À ce propos, où est le Tigre ?

— Le Tigre ? interrogea Leonora.

— Votre oncle. On l'appelle « le Tigre blanc », lui expliqua Alex. Il est à Harrisburg, où il fait jouer ses relations en ma faveur.

Leonora exprima sa surprise.

— Il n'est pas à New York ? Je croyais que nous devions le retrouver ici !

— Il va venir, dit Alex, rassurant. Il a eu la gentillesse de nous laisser une nuit de tranquillité, pour nous permettre de nous installer et de rester un peu seuls. Il a bien fait, non ? ajouta-t-il avec un regard appuyé.

— Un chaperon comme tout le monde en rêverait ! s'enthousiasma Edward.

Les serveurs apportèrent le pain et les plats : du rosbif, des pommes de terre, et du *yorkshire pudding*.

— Quelle abondance ! On ne croirait pas qu'il y a la guerre, commenta Edward en dépliant sa serviette.

— Allez, à la santé des pauvres idiots qui gèlent dans les tranchées, s'écria Ralph.

— Que leur sacrifice nous rende riches à millions ! ajouta son frère.

Le rire général acheva d'écœurer Leonora.

— C'est monstrueux de dire des choses pareilles !

Un silence se fit.

Alex s'empressa d'intervenir, passablement tendu.

— Nous plaisantons, chérie, nous plaisantons…

Il se pencha vers elle et, faisant mine de lui poser un baiser sur la joue, siffla d'un ton dur :

— Taisez-vous ! Avalez votre dîner, et tenez-vous tranquille.

Glacée, Leonora se leva. Elle ne souhaitait plus qu'une chose : se retrouver seule dans sa chambre.

— Veuillez m'excuser.

Alex la rattrapa par le bras.

— Attendez, ne partez pas comme cela !

Molly intervint.

— Allons bon, nous avons choqué cette pauvre petite. Un peu de tenue, les enfants, ajouta-t-elle en toisant ses amis avec une fausse sévérité. Restez, Leonora, je vous en prie. Nous ne plaisanterons plus, c'est promis.

La jeune femme ne put qu'accéder à sa demande. Voyant qu'elle refusait le rosbif que lui présentait le serveur, Alex eut l'air furieux, mais s'abstint de tout commentaire.

Molly se délectait de l'atmosphère explosive et s'ingénia à mettre de l'huile sur le feu.

— Elle est très sympathique cette jeune fille. Elle me plaît. Elle est beaucoup plus mignonne que les autres.

Alex lui lança un regard assassin.

— Alors, Leonora, continua Molly. Confiez-nous votre secret : comment avez-vous fait pour assagir ce grand coureur de jupons ?

— Ça suffit, Molly ! s'exclama Alex.

Ignorant l'injonction, elle se pencha vers Leonora.

— Vous connaissez sa réputation, j'imagine.

Alex se leva.

— Ralph ! Reconduis Molly chez elle, tu veux ? Elle est complètement soûle.

Ralph obtempéra. Il prit la jeune femme par les épaules.

— Allez, viens, Molly, c'est le moment ou jamais d'aller boire une tasse de thé Brighton !

— Laisse-moi tranquille, s'indigna Molly en se dégageant. Je n'ai aucune envie de partir. Je veux simplement apprendre à connaître cette charmante petite. J'ai quelques anecdotes à lui raconter sur notre ami commun.

Alex laissa tomber sa serviette.

— Ça suffit !

Il était fou de rage et reconduisit lui-même Molly à la porte malgré ses protestations, secondé par les deux frères et Edward.

Mme Farthington soupira.

— Je crois que la pauvre Molly est jalouse, déclara-t-elle en cherchant en vain l'approbation de son mari. Elle a toujours eu un faible pour Alex.

Les hommes revinrent sans Molly, et la conversation reprit. Ils avaient de nouveau l'air de bien s'amuser, sauf Alex, qui en voulait visiblement beaucoup à Leonora. Il l'ignora complètement, ne lui adressant pas un mot de toute la soirée. Il ne se plaça même pas derrière sa chaise quand elle se leva à la fin du repas.

Il la reconduisit jusqu'à sa chambre en silence. Devant la porte, il jeta, les dents serrées :

— Vous m'avez fait honte ! Ne recommencez jamais un tour pareil, vous entendez ?

— Mais, je ne voulais pas…

Il fit un pas vers elle. Leonora se tut et recula

contre la porte. Blanc de rage, il articula chaque mot avec une détermination qui ressemblait à une menace.

— Ne me couvrez plus jamais de ridicule comme vous l'avez fait ce soir. Jamais.

Leonora dormit très mal. Le matin, fatiguée, nerveuse, elle fut dégoûtée par les odeurs d'ordures qui montaient de la rue, et qui étaient amplifiées par les hauts immeubles. Elle s'habilla, et trouva un plateau avec du thé et des fruits dans le petit salon. Le service d'étage l'avait laissé sans faire de bruit.

Un hurlement de sirène se fit entendre. Pour Leonora, qui avait décidé de partir au plus vite, ce bruit sonna comme un adieu. Elle jeta ses vêtements pêle-mêle dans sa valise, ce qui rendit sa fermeture difficile. L'idée de rentrer à Pittsburgh et de retrouver sa tante ne l'enchantait pas. Elle ne s'était jamais sentie chez elle dans cette maison, et la dureté de Mme Fairfield la glaçait. Heureusement, l'hôpital l'attendait.

Elle entendit la porte du salon s'ouvrir, et l'appréhension la gagna. Il y eut un long silence, puis la poignée de la porte de la chambre tourna, et Alex entra. Il referma la porte derrière lui et y appuya le dos en croisant les bras. Rasé de près et les cheveux encore humides, il n'avait néanmoins pas réussi à faire disparaître les cernes soulignant ses yeux.

— Bonjour, dit-il, mal à l'aise. Vous faites votre valise ?

— Oui, je rentre.

— Bien.

Il s'approcha de la valise, et, à la grande surprise de Leonora, parvint facilement à la fermer.

— Je ne vous empêche pas de partir, mais laissez-moi au moins le temps de vous présenter mes excuses.

Il s'assit sur le sofa, desserra sa cravate, déboutonna son col de chemise et se massa le front, entre les sourcils.

— J'ai tendance à oublier à quel point vous êtes naïve.

Elle lui jeta un regard furieux et se pencha pour empoigner sa valise.

— Non, attendez, pardon ! Je voulais dire « sensible », pas « naïve ». Asseyez-vous ici, ajouta-t-il en tapotant la place à côté de lui. S'il vous plaît.

Cette fois, il avait abandonné le ton autoritaire qui lui devenait coutumier. Elle fit ce qu'il lui demandait, mais ne se plaça qu'au bord du siège, le dos très droit.

— Cette sensibilité, c'est justement l'une des choses qui me plaisent tant chez vous. J'aime cette innocence, continua-t-il en posant sur elle un regard tendre. N'oubliez pas que je travaille toute la journée avec des hommes extrêmement rudes. C'est facile d'oublier qu'il faut être doux avec les femmes. Je suis désolé de m'être moqué des soldats, ajouta-t-il en lui prenant les mains. Nous sommes très différents, vous et moi, Leonora… Nous devons tous les deux faire des concessions.

La chaleur de ses mains et de son regard fit du bien à la jeune femme. Sa vie était tellement glaciale qu'elle était attirée par tout ce qui pouvait réchauffer son cœur.

— Repartons de zéro, susurra Alex en lui caressant les mains. Acceptez de me donner encore quelques jours pour me rattraper. Si vous souhaitez encore partir après cela, je vous raccompagnerai moi-même. D'accord ?

Elle hocha la tête et répondit à la pression de ses doigts. C'était tellement bon de se sentir aimée. Peut-être en allait-il toujours ainsi entre les hommes et les femmes, se dit-elle. C'était la première fois qu'elle était courtisée, la première fois qu'on l'embrassait. Tous les hommes avaient sans doute des sautes d'humeur, et elle ne niait pas qu'elle était trop sensible.

Alex poussa un soupir de soulagement et monta la main de Leonora à ses lèvres, mais, au lieu de l'embrasser, il la tourna et l'ouvrit, puis dessina une ligne sur la paume, du bout du doigt.

— Vous avez de si belles mains, Leonora. Blanches, lisses, parfaites… Elles me rappellent celles de ma mère.

Un souvenir pénible dut lui revenir, car Leonora le vit se rembrunir.

— Elle est morte lorsque j'étais en pension, expliqua-t-il. Mon beau-père ne m'a même pas averti. Je n'ai découvert son décès qu'en rentrant chez moi, pour les vacances.

— C'est horrible, Alex !

— Venant de lui, cela ne m'a pas étonné. Dire que ma mère était si heureuse de l'épouser… Elle a vite déchanté. Le désespoir l'a précipitée dans la tombe.

Leonora comprit alors qu'il avait certainement éprouvé la même solitude qu'elle dans son enfance, le même sentiment d'abandon. Sa colère s'envola : il avait seulement besoin de chaleur et de tendresse pour se sentir bien. Elle le savait capable de gentillesse. C'était à elle d'apprendre à le rassurer.

Elle passa un bras autour de la taille d'Alex, le cœur battant, mais il était trop absorbé par ses souvenirs pour l'enlacer. Son air tourmenté la touchait. Elle l'embrassa sur la joue pour le détourner de sa douleur, puis appuya ses lèvres sur les siennes avec ferveur, jusqu'à ce qu'elle le sente céder. Elle glissa la main sous sa veste et fit courir ses doigts le long de son dos. Alors, il s'enfiévra et l'embrassa plus intimement, puis glissa le long de son cou, jusqu'à la base de sa gorge. Il tira sur la bretelle de sa robe et la fit glisser, son ongle l'égratignant un peu au passage.

Il enfouit le visage dans le cou de Leonora, puis descendit à la recherche de ses seins. Il les pressa trop fort, les dégagea de la robe, et pencha la tête pour en saisir la pointe dans sa bouche. Surprise, Leonora se tendit. Se méprenant sur ce geste qu'il prit pour du plaisir, il la mordilla tout en accentuant ses caresses, qui devinrent presque brutales. Alors elle poussa un cri de protestation et tenta de s'échapper, mais il ne la laissa pas faire. Il la plaqua contre lui, entre ses jambes et la saillie dure qui montrait son désir. Ce contact acheva d'effrayer Leonora. Sa tendresse s'envola, et elle se débattit pour se soustraire aux mains qui meurtrissaient ses seins.

Un petit coup frappé à la porte se fit alors entendre.

— Alex, vous êtes là ?

C'était la voix amicale d'Owen Fairfield.

— Merde ! grogna Alex en relevant la tête.

Leonora se dépêcha de remonter le haut de sa robe.

— Il y a quelqu'un ?

Alex posa le doigt sur les lèvres de la jeune femme et attendit sans bouger que les pas s'éloignent. Alors, de très mauvaise humeur, il la lâcha et rajusta sa tenue.

— Il ne pouvait pas plus mal tomber. Vous m'aidez à renouer ma cravate, chérie ? Il faut que je me montre puisqu'il me cherche. Il a peut-être une bonne nouvelle à m'annoncer.

Elle l'aida, les mains tremblantes. Il la reprit dans ses bras, avant de la libérer.

— Je reviens vite pour reprendre cette conversation là où nous l'avons laissée.

— Plus tard… Je vais me reposer. Je ne me sens pas très bien.

— C'est vrai que vous êtes un peu pâle. Soyez sage en mon absence, chérie.

Elle resta un long moment face à la porte close, les mains posées sur ses seins meurtris par les caresses importunes d'Alex. Quelque chose se réveillait en elle. Une vérité très forte s'imposait. Elle songeait à Alex et à tout ce qu'elle avait vu de lui, la colère, la joie, le désir, la peine, et tout cela se mélangeait pour composer l'image d'un homme qu'elle avait l'impression de beaucoup mieux connaître. Elle avait de l'affection pour lui. Beaucoup, même, par moments. Il savait éveiller du désir en elle. Mais elle comprenait maintenant, avec peut-être même un peu d'appréhension, qu'elle ne l'aimait pas.

Après cela, Alex fut particulièrement charmant avec Leonora. Quand il n'assistait pas à des réunions avec l'oncle Owen, il se consacrait à la divertir. Ce qu'il faisait le soir, tard, elle n'en savait rien, mais s'il allait boire avec ses amis il ne s'en vantait pas. Trois jours plus tard, il l'invita à dîner sur une terrasse privée, tout en haut de l'hôtel. Un ciel couleur lavande caressait la ville. Le sol de marbre, éclairé par la lueur vacillante des bougies, semblait un tapis de flammes orange. L'air sentait bon le lilas. Il y en avait partout : de belles et douces fleurs blanches et odorantes, se pressant sur la tonnelle qui protégeait leur table.

Alex, en habit de soirée et nœud papillon blanc, n'avait jamais été aussi beau. Une agréable brise ajoutait à la perfection de l'instant. Même les serveurs étaient partis. Ils étaient seuls.

Leonora sentit son cœur bondir en voyant Alex se lever avec une expression solennelle. Le décor de rêve était trop beau. Rien n'avait été laissé au hasard. Elle se sentit piégée et se reprocha de ne pas avoir deviné où ce voyage devait mener. La suite lui sembla se dérouler comme sur une scène de théâtre, au ralenti.

Il mit un genou à terre.

— Leonora, dit-il d'un ton clair et assuré, je sais que nous ne nous connaissons pas depuis très longtemps, mais j'ai su, dès que je vous ai vue, que j'avais trouvé celle qui deviendrait mon épouse.

Ce mot, *épouse*, prononcé par lui, fit une telle horreur à Leonora qu'elle ne put rien dissimuler. Son visage se figea.

— Votre beauté, votre grâce, votre dignité raffinée, votre pureté… Je ne peux exprimer à quel point je vous admire. Je ne désire rien tant que de passer le reste de mes jours avec vous.

Il plongea la main dans sa poche et en tira un écrin de velours noir. Il l'ouvrit lentement, révélant un gros diamant ovale entouré de deux émeraudes.

— Elle appartenait à ma mère. Aucune autre femme que vous ne serait plus digne de la porter.

Sa respiration était calme, alors que celle de Leonora se bloquait.

— Leonora Fairfield, voulez-vous m'épouser ?

Non, non ! Comment avait-elle pu se laisser surprendre ainsi ? Tout, pourtant, laissait prévoir ce dénouement. Elle resta muette quelques longues secondes, une minute peut-être, avant de parvenir à répondre :

— Je suis désolée, Alex…

Un sourire toujours figé sur les lèvres, le jeune homme bégaya :

— Quoi ?

— Je suis désolée…

— Mais, désolée de quoi ? Ne me dites pas que vous refusez…

Elle hocha lentement la tête.

— Mais, pourquoi ? s'écria-t-il.

Elle aurait pu lui donner mille raisons, mais aucune ne lui revint en tête. Face à son silence, Alex changea de visage. Leonora chercha désespérément une explication qui ne lui ferait pas de mal.

— Je sais que cela doit être difficile à comprendre…

La fureur avait pris le pas sur l'incompréhension.

— Il y a quelqu'un d'autre ? C'est cela ? Si je le tenais, je…

— Non, Alex, non ! Je ne peux pas vous épouser, c'est tout. Je suis désolée.

Une vraie douleur marqua les traits d'Alex, puis son visage se crispa et ses narines se dilatèrent.

— Ne soyez pas fâché, dit Leonora d'une voix étranglée, je vous en prie.

— Taisez-vous ! cria-t-il, hors de lui, en crispant les poings. Et puis, si, dites-moi tout de même quelque chose : à quoi jouez-vous depuis trois mois ? Vous vous moquiez de moi ?

Elle baissa la tête, mais Alex lui fit relever le menton.

— Bon sang, regardez-moi ! Vous aimez cela, faire marcher les hommes ? Vous m'allumez, et maintenant vous vous refusez à moi ?

La grossièreté de ces propos acheva de terroriser Leonora qui, lèvres tremblantes, sentit sa voix s'étrangler.

— Ne dites pas cela…

— Alors, je ne comprends pas !

Et pourtant, s'il s'était vu… Face à cette violence, Leonora redevenait la fillette muette d'autrefois.

Alex la toisa avec mépris, puis jeta, en tournant les talons :

— Vous êtes une petite idiote !

En partant, il donna un grand coup de pied dans une chaise vide, qui alla bruyamment se fracasser un peu plus loin sur le sol de marbre.

Sur le balcon de sa chambre d'hôtel, Leonora tâchait de se calmer. Elle entendit les volets s'écarter derrière elle, et sentit l'odeur épicée de la pipe de son oncle. Il s'accouda près d'elle à la balustrade et regarda le flot des voitures tout en bas.

Leonora se tourna vers lui.

— Je n'épouserai pas Alex.

— C'est ce que j'ai cru comprendre… J'imagine qu'il n'a pas été enchanté, ajouta-t-il, goguenard.

Voyant qu'elle ne répondait pas, il reprit son sérieux et dit pensivement :

— J'avoue que je suis très déçu.

— Je ne l'aime pas.

Il y eut un silence.

— Je vais te dire une chose, ma petite Leonora. C'est tout le problème de l'Occident. Nous voulons vivre des contes de fées. En Inde et en Asie, il n'y a pratiquement que des mariages arrangés. Tu le sais, j'imagine… On dit que ces unions sont, à long terme, beaucoup plus heureuses que ces fameux mariages d'amour que l'on aime tant chez nous. L'amour, l'amour… Comme si cela tombait du ciel ! Le coup de foudre arrive parfois, mais, la plupart du temps, l'amour naît modestement, puis grandit. C'est une plante qu'il faut soigner, nourrir, arroser.

Il s'arrêta, et un sourire se forma sur ses lèvres.

— Eleanor ne m'a pas épousé parce qu'elle m'aimait. Je le savais très bien. Mais l'amour est venu avec le temps. C'est ce qui arrivera entre toi et Alex. C'est un bon parti, chérie. Et il t'aime, ce qui est déjà un premier pas. Tu ne ressens peut-être rien maintenant, mais les sentiments suivront, je te le promets.

Leonora chercha comment exprimer ce qu'elle ressentait. Il lui semblait que ce serait compliqué, mais cela vint finalement tout simplement.

— Alex est un homme violent.

— Alex ? Quelle idée ! Si tu as cette impression, c'est que nous t'avons trop protégée. Alex est un homme, tout simplement. Les hommes ont du caractère, un peu de feu en eux, c'est dans la nature des choses. Tu es encore très jeune, Leonora, ajouta-t-il, l'air grave. Laisse-nous le soin de te guider pour ce genre de grandes décisions, ta tante et moi.

— Vous voulez me forcer à l'épouser ? s'indigna-t-elle.

— Non, bien sûr que non, répondit-il tranquillement,

son regard s'égarant au-dessus des toits. Je ne t'oblige à rien. Nous sommes en 1917, pas en 1617.

Elle posa la main sur celle de son oncle et chercha son regard.

— Je suis désolée si je vous déçois, mon oncle. Mais je ne peux vraiment pas.

Il se tourna alors vers elle, le visage exprimant la pitié.

— Cela ne te sauvera que très provisoirement. Eleanor veut à tout prix te marier. Attends-toi à traverser une période difficile. C'est très important pour elle. Or, elle a jeté son dévolu sur Alex : ta vie va devenir un enfer. Tu ne pourras plus sortir, plus rien faire tant que tu n'auras pas accepté. C'est le seul moyen de lui échapper. Réfléchis : Alex a beaucoup de qualités. Le prochain qu'elle te présentera en aura peut-être beaucoup moins.

Leonora frissonna. Non seulement son oncle disait vrai, mais son air résigné lui indiquait également qu'il ne l'aiderait pas.

Lisant dans ses pensées, Owen eut un sourire las qui le vieillit.

— Je sais… Je suis faible quand il s'agit de ma femme. Je l'aime, Leonora. Tu ignores beaucoup de choses, ajouta-t-il en lui posant les mains sur les épaules. Son passé a laissé des traces. Je ne peux pas te révéler son secret : elle en mourrait si quelqu'un l'apprenait.

Il s'interrompit, extrêmement ému.

— Je te raconte cela pour que tu comprennes que je ferais n'importe quoi pour qu'elle soit heureuse. Je ne reculerai devant rien. Quand elle s'inquiète, elle fait de terribles crises de panique. Son passé la poursuit.

Je ne suis pas aveugle : je vois bien qu'elle peut être dure avec toi et qu'elle ne t'a pas rendu la vie facile, mais je ne peux rien faire. Si tu n'épouses pas Alex, je ne pourrai plus te protéger.

Mais vous ne m'avez jamais protégée ! songea-t-elle, un nœud dans la gorge.

Soudain, Owen se métamorphosa. Il rit et sembla de nouveau serein. Sa capacité à rebondir était incroyable.

— Ma petite, la vie est un jeu ! Une suite de compromis. On pèse le pour et le contre, dans le monde des affaires comme chez soi, et on choisit ce qui nous arrange le mieux.

Il s'interrompit, puis posa sur elle un regard intense.

— Si tu acceptes d'épouser Alex, tu auras une belle compensation.

— L'hôpital ? Vous voulez que j'accepte de passer ma vie avec Alex simplement pour que je puisse continuer de travailler à l'hôpital ?

— Chère petite ! s'exclama-t-il avec un rire. Ne pense plus à l'hôpital. Quelle bêtise ! Tu crois que je vais t'envoyer vider des bassins huit heures par jour ? En voilà, un drôle de marché ! Je n'ai jamais compris ce qui te plaisait tant là-bas. Non, ce que j'ai à t'offrir est autrement plus important pour toi.

Elle était fatiguée de se sentir constamment manipulée, et ne voyait pas ce qu'il pouvait avoir à lui offrir. Il changea de nouveau d'humeur et redevint sérieux. Il prit le visage de Leonora entre ses mains, et lui dit, le regard brûlant :

— N'oublie pas que je sais qui tu es… Je connais tout de ton passé. Je sais d'où tu viens.

Ce rappel lui fit une peur épouvantable. Le conditionnement auquel elle avait été soumise durant toutes ces années avait fait de son enfance un sujet tabou, dont la simple évocation suffisait à provoquer chez elle des sueurs froides.

Il poursuivit, la voix pleine de remords :

— Nous t'avons demandé un grand sacrifice, mon enfant. Il est temps que tu retrouves un peu de tes souvenirs. Épouse Alex, et je te rendrai ton passé. Tu sauras d'où tu viens. Tu en as besoin, je le sais. Réfléchis bien : avec Alex, tu peux trouver le bonheur. Tu le trouveras même sûrement. Je te laisse décider, conclut-il en tirant sa montre de sa poche pour regarder l'heure.

35

Mme Shelby s'arrêta devant la fenêtre avec horreur.

— Il y a le feu, là-bas !

James et Tom accoururent et virent de la fumée monter au loin, dans le ciel crépusculaire. Le feu ne pouvait venir que d'un seul endroit.

— Qu'est-ce que ce fou a encore fait ? s'interrogea Mme Shelby dans un murmure.

James attrapa son chapeau.

— Reste ! ordonna-t-elle. Tom va y aller.

— Non, c'est à moi de m'en occuper. Et je préfère y aller seul.

Mme Shelby lui jeta un regard apeuré, puis alla prendre le fusil de chasse posé derrière un vieux fauteuil.

— Tiens. Tu tireras deux coups si tu as besoin d'aide.

James sortit, muni du fusil qu'il accrocha à sa selle, avec le fouet. Il partit au galop dans un nuage de poussière.

Il n'avait pas plu depuis longtemps. L'herbe, encore verte près des racines, jaunissait au niveau des pointes, s'asséchait, et devenait coupante. Là où les flaques se formaient habituellement, au pied des acacias, il n'y avait plus que de la terre craquelée.

James ne perdait pas de vue les volutes de fumée qui montaient vers les étoiles. L'odeur de bois brûlé était intense. Le cheval avançait maintenant au trot, à travers les champs morts. Il dépassa une charrue rouillée, abandonnée dans un sillon le jour où son propriétaire s'était laissé séduire une fois de trop par la bouteille.

L'odeur de fumée devint suffocante : il n'était plus très loin. Il vit des étincelles orange danser dans la nuit, mais pas de flammes, pas de craquements de charpente qui se consume. Quel soulagement : ce n'était pas la maison qui brûlait. Arrivé en haut de la montée, il toucha l'arrière de sa selle pour s'assurer que le fusil était toujours là.

Quelques minutes plus tard, la ferme apparut. Étonné de la revoir ainsi, si modeste, si petite, il prit conscience de la misère dans laquelle il avait grandi. L'arrière de la maison était plongé dans l'ombre, tandis que l'avant était illuminé par un immense bûcher. Sentant la chaleur, le cheval renâcla. James descendit de selle et attacha sa monture à un arbre. Il tendit la main vers le fusil, mais se ravisa. Il avança vers le feu, les mains vides.

Des détritus jonchaient le sol : vieilles bouteilles, pneus crevés, chaises cassées.

La porte à moustiquaire claqua, et Shamus apparut, titubant, les bras chargés de marmites, de cuillères, de serviettes. Il se dirigea vers la pyramide enflammée, et y jeta le tout, reculant à peine quand les flammes montèrent en crépitant.

— Qu'est-ce que tu fabriques, Shamus ? demanda James en sortant de l'ombre.

Son oncle se tourna dans sa direction, mais, ébloui, ne le vit pas.

— Qui est là ? Pas l'enfant prodigue, quand même ! ajouta-t-il avec un rire mauvais.

Il resta près des flammes, le visage éclairé, les yeux profondément cernés. Il avait beaucoup maigri.

James s'interdit de faire demi-tour. Il avança.

— Ah, mais si, c'est toi ! s'exclama Shamus. Ça t'étonne de me retrouver vivant ? Tu vois, je ne suis pas encore mort de faim.

Il ouvrit les bras pour que James puisse bien voir l'étendue des dégâts. Ses vêtements étaient crasseux, sa chemise déchirée.

— Alors, après avoir tué ta tante, tu viens tuer ton oncle ?

James le reconnaissait à peine. Il n'éprouvait pas de rancœur, seulement de la pitié.

— Allez, on va éteindre le feu, Shamus. Ensuite, je préparerai à dîner et on nettoiera tout ça.

— Assassin ! grogna Shamus en approchant d'un pas d'ours. On ne va rien éteindre du tout. Tu vas m'aider à brûler tout ce qui reste d'elle.

Le reflet des étincelles dansait dans ses yeux noirs. Il sentait une insoutenable odeur de vomi, d'urine et d'excréments. James détourna le visage.

— Ah ! Tu n'arrives pas à me regarder en face, hein ! Tu ne veux pas que je te rappelle ce que tu as fait ! Mais moi, je vais te le rappeler, tu vas voir !

Shamus repartit en titubant vers la maison et revint peu après avec un tiroir. Il le vida par terre et se pencha pour ramasser quelque chose, perdant presque l'équilibre tant il tenait mal sur ses jambes. Il se redressa en brandissant un livre, qu'il jeta ensuite dans les flammes.

— Cette merde que tu lui as lue avant de la laisser crever !

Il se pencha de nouveau.

— Regarde bien ces photos, c'est la dernière fois que tu les vois ! hurla-t-il en les lançant à leur tour dans le feu.

— Arrête ! s'écria James.

Il se précipita pour les tirer des flammes, mais elles noircissaient déjà en s'enroulant sur elles-mêmes. Il serra les poings si fort que ses ongles s'enfoncèrent dans ses paumes.

— Ah ! Quand même ! Tu réagis ! Viens te battre si tu veux garder quelque chose ! Prouve-moi que tu es un homme ! cria Shamus en levant les poings.

— Je ne veux pas me battre avec toi, Shamus.

— T'es trop fier pour ça, hein ! T'es trop bien pour moi ! Tu vas encore te laisser cogner sans bouger ? Espèce de poule mouillée !

James tremblait de rage, mais répéta, comme pour s'en convaincre lui-même :

— Je ne me battrai pas avec toi.

Shamus eut un regard assassin, puis se baissa, fouilla dans le tas situé à ses pieds, et se redressa en agitant triomphalement un cahier noir au-dessus de sa tête.

— Ah ! C'est là qu'il se cachait ! Je l'ai cherché partout !

Il rit, brandissant le cahier en l'air. Les lettres dorées qui ornaient la couverture brillaient à la lumière du bûcher. En voyant cela, James se figea.

— Le journal de ta putain de mère ! hurla Shamus en le feuilletant de ses doigts immondes.

James se jeta sur lui pour le lui arracher, mais une force démoniaque habitait Shamus. Il parvint à repousser le jeune homme et à jeter le cahier au feu.

— Non !

James se précipita et réussit à l'arracher aux flammes. Il le jeta à terre et étouffa à coups de semelle les braises qui mangeaient le papier.

Shamus eut un mauvais rire en avançant vers lui.

— Te fatigue pas ! T'as beau faire, cette putain brûle quand même en enfer !

Cédant à la rage, James repoussa l'homme d'une bourrade. Shamus vacilla, recula en perdant l'équilibre, et tomba à la renverse sur la pile de déchets qu'il avait traînés dehors.

Serrant le cahier contre lui, James tâcha de calmer sa respiration, et, sachant qu'il ne se dominerait pas longtemps, retourna à son cheval. Il cacha le cahier roussi au fond de son sac de selle et prit le fusil. Il le pointa vers le ciel, fit feu une fois, puis deux. Les détonations résonnèrent dans la nuit. Il replaça le fusil avec le fouet, se sentant tout à coup épuisé. Les coups de feu avaient fait retomber sa colère, et seule la fatigue restait.

Il contourna le bûcher pour aller secouer Shamus, qui ne s'était pas relevé.

— Allez, debout !

Voyant que son oncle ne bougeait toujours pas, il se baissa pour l'aider à se remettre sur ses pieds.

— Allez, réveille-toi, dit-il en tapotant les joues qui n'avaient plus vu un rasoir depuis longtemps.

N'obtenant pas de réaction, il passa la main sous la tête de Shamus pour la soulever. Il entendit alors un bruit bizarre, et sentit une flaque poisseuse sous ses doigts. Un liquide tiède coula le long de son poignet, jusqu'à sa manche. Horrifié, il vit une vieille planche hérissée de clous et pleine de sang, là, juste sous le crâne.

— Non !

Il changea de main pour regarder celle qui avait tenu la tête : elle était rouge.

— Non ! cria-t-il de nouveau en reposant la tête de son oncle à côté de la planche.

Le visage restait figé, le regard fixe. Voyant qu'une rigole de sang s'était formée et coulait dans sa direction, James recula. Il voulut porter les mains à son front, mais l'écœurante odeur métallique l'arrêta juste à temps. Il s'accroupit, les mains cachées entre ses genoux. Derrière lui, le feu crépitait. Il ferma les yeux, ne voulant pas croire à tout ce sang et à la mort de son oncle.

— Lève-toi, James.

Mme Shelby le tenait par les épaules. Depuis combien de temps ? James ne le savait pas. Il avait conscience de sa présence, savait qu'elle lui parlait depuis un moment, mais il avait l'esprit brumeux. Il leva les yeux vers ce visage rassurant.

— Debout, mon garçon, dit-elle doucement.

Il se dressa sur ses jambes engourdies. Une odeur de fumée et de cendres mouillées imprégnait l'air. Le bûcher était éteint, et la lune, ronde, montait la garde dans le ciel. L'horreur de ce qui venait d'arriver le saisit de nouveau. Il tourna la tête vers l'endroit où Shamus était tombé, mais le corps avait disparu.

Seule une tache sombre sur le sol indiquait l'endroit où il était mort.

Tom surgit de derrière la maison, une bêche à la main, et les rejoignit. Il s'adressa à sa mère sans regarder James.

— On le met où ?

— Dans le champ du fond. Tire la charrue dessus pour empêcher les bêtes de creuser.

Tom repartit, et Mme Shelby passa de nouveau le bras autour des épaules de James.

— Tom s'en occupe. On ne trouvera rien. Allez, viens, rentrons.

James, tétanisé, ne quittait pas des yeux l'endroit où Shamus était tombé. Il se tourna vers elle et lâcha :

— Je l'ai poussé.

Les images de ce geste brutal lui revenaient.

— Il a tout brûlé. Les photos de Tess, tout…

Baissant les yeux, il vit qu'il avait du sang jusqu'aux coudes.

— Il est tombé sur de grands clous… Une vieille planche… Je ne voulais pas… J'ai voulu arrêter le sang… Il y avait des clous. C'était plein de sang…

Il aurait continué à divaguer ainsi si Mme Shelby ne l'avait pas interrompu. Sa voix, semblant venir du fond d'un tunnel, mit fin à ce déferlement de pensées morbides.

— Regarde-moi, James. Ce n'est pas ta faute !

Il secoua la tête, mais elle insista :

— Écoute-moi ! Shamus est mort le jour où Tess a rendu l'âme. Dans sa tête, c'était fini depuis longtemps. Il attendait seulement que son corps suive.

— Je n'aurais pas dû le laisser seul. J'aurais dû rester pour m'occuper de lui.

— Personne ne pouvait le sauver, James. Ce qui est arrivé, c'est un accident. Un accident, tu m'entends ? Il fallait que cela arrive un jour ou l'autre. Je croyais qu'il se tirerait une balle dans la tête. Mais l'alcool allait de toute façon finir par l'achever. Tu n'y es pour rien.

Mme Shelby l'attira contre elle et le berça dans ses bras.

— Tu n'y es pour rien, mon garçon, pour rien du tout.

36

Une pluie battante tambourinait contre la façade de l'hôtel new-yorkais. C'était un déluge qui, malgré la profondeur du balcon, faisait presque monter l'eau jusqu'à la porte-fenêtre ouverte de la suite occupée par Leonora. L'après-midi commençait à peine, mais le ciel était déjà crépusculaire. Les passants avaient déserté la rue, fuyant ce temps de mousson.

Leonora avait insisté pour laisser ouvert. Elle étouffait dans cette pièce, qui lui semblait une prison. Alex approcha d'elle par-derrière, et l'enlaça.

— Vous ne voulez vraiment pas que je ferme ?

— Non, j'aime la pluie.

Il lui posa un baiser sur la joue.

— Et moi, j'aime vous regarder.

L'oncle Owen avait été si diplomate que la seconde demande d'Alex se fit comme s'il s'agissait d'une première. Une fièvre, une faiblesse féminine : le contretemps avait été expliqué, pardonné et oublié.

Alex posa le menton sur la tête de Leonora, puis, peu à peu, glissa une main jusqu'à son ventre et se pressa contre son dos. Elle sentit alors quelque chose de dur contre elle. Il écarta ses cheveux pour l'embrasser dans le cou.

— Avez-vous entendu parler du Kāma Sūtra ? souffla-t-il à son oreille.

— Non. Qu'est-ce que c'est ?

— Un ancien texte indien sur le plaisir. Sexuel, bien entendu, ajouta-t-il en ponctuant l'information d'un baiser. On y décrit soixante-quatre positions. En ce qui me concerne, je me contenterais volontiers d'une seule.

Ses lèvres descendirent jusqu'au col de Leonora, tandis qu'il lui enserrait la taille avec le bras. De l'autre main, il défit adroitement le premier bouton situé dans le dos de sa robe.

— Alex !

— Chut…

Leonora n'osa plus rien dire, oppressée. Elle sentait les boutons se défaire un à un, ainsi que le souffle chaud d'Alex qui embrassait la peau ainsi mise à nu.

Il la fit tourner vers lui et l'embrassa profondément, sans ménagement, tout en descendant sa robe sur ses épaules. Elle recula pour lui échapper, mais il la plaqua contre le mur. Pressée par un corps qui s'imposait, elle aurait voulu fuir, mais n'osait pas le mécontenter.

La tenant bien, Alex fit glisser la robe sur la combinaison de soie, et la fit tomber à ses pieds.

— Alex, vous m'empêchez de respirer…

Il la fit taire par des baisers, tout en prenant ses seins à pleines mains. Un genou entreprenant se glissa entre les jambes de Leonora, et une main indiscrète se fraya un chemin sur son bas, sous la combinaison. Cette fois, elle essaya de se défendre. Elle lui prit la main pour l'arrêter, mais il parvint tout de même à remonter le long de la jarretelle, jusqu'au bord de la gaine, éraflant la peau au passage.

Oubliant sa volonté de ne pas déplaire à son futur époux, Leonora se débattit. Elle utilisa ses coudes pour l'écarter d'elle, mais il était beaucoup trop fort et trop lourd.

— Alex, arrêtez. Cela suffit !

Il eut un rire.

— Mais non, au contraire, j'en veux beaucoup plus.

Le cœur battant à se rompre, elle sentit la main d'Alex monter beaucoup trop haut.

— Nous ne sommes pas encore mariés !

— Les temps ont changé, chérie. Nous sommes en guerre. Si jamais je devais partir, nous n'aurions que trop peu de temps à passer ensemble.

Il avait à présent les deux jambes entre les siennes, et la clouait ainsi contre le mur. Ne rencontrant plus d'obstacle, ses doigts remontèrent le long de la cuisse de Leonora, jusqu'à la lisière de ses dessous de lin. Et puis, il passa outre, et eut un geste profondément impudique. Elle se figea : il venait de la déflorer avec l'index. Paralysée par l'horreur, son regard plongea dans celui d'Alex, brillant d'une satisfaction presque perverse. Il prolongea le supplice, entrant et sortant à plusieurs reprises sans qu'elle puisse lui échapper. Plus elle se débattait, plus il se servait de sa force pour la contraindre. Elle ferma les yeux, condamnée à l'impuissance.

Et puis, soudain, il la souleva et franchit les quelques pas qui les séparaient du lit. Il l'y jeta, lui arracha sa combinaison, et, sans lui laisser le temps de se ressaisir, l'écrasa de son poids, à cheval sur elle, le temps d'ôter sa chemise et de déboutonner son pantalon.

Leonora aurait voulu pouvoir le supplier, mais elle ne put que gémir, la voix brisée par la peur. Elle le repoussa de toutes ses forces, lui frappa la poitrine avec les poings, mais ne parvint qu'à le faire sourire. Il la repoussa sur le lit, la plaquant sur le matelas d'une main pendant qu'il se débarrassait de son pantalon. Une nouvelle terreur l'envahit quand elle vit son sexe tendu. Elle essaya de l'éloigner, lui griffa l'épaule et voulut crier, mais ses protestations restèrent bloquées dans sa gorge.

Alors, Alex lui attrapa les poignets et les maintint d'une seule main au-dessus de sa tête, plaqués contre l'oreiller. Il s'affala ensuite sur elle, pesant de tout son poids entre ses cuisses, et, très vite, la pénétra avec une grande violence. La douleur fut horrible. Alex meurtrissait son corps sans aucune retenue. Leonora se réfugia alors dans un coin de sa tête, la peur au ventre, essayant de s'échapper de la seule façon possible : en fermant les yeux et en tâchant de tuer ses pensées. L'insoutenable va-et-vient sembla durer une éternité. Enfin, il se tendit dans un grognement rauque, et sa tête retomba.

Transpirant et essoufflé, il roula sur le dos. Au bout d'un instant, il se redressa sur un coude pour regarder la jeune femme.

— Alors ? demanda-t-il avec un sourire.

Elle ne répondit pas, détournant les yeux.

— Cela ne fait mal que la première fois, tu verras.

Content de lui, il lui caressa les seins, le ventre, les hanches.

— Que c'est beau ! s'exclama-t-il.

Elle sentit ses yeux se remplir de larmes, qui tremblèrent un instant, brûlantes, au bord de ses paupières, avant de déborder.

— Ah ! La pudeur virginale qui vient après coup, je connais ! Ce n'est rien. N'aie pas honte, chérie. C'est tellement vieux jeu d'attendre la nuit de noces. Et puis, au moins, maintenant, tu ne pourras plus changer d'avis.

Leonora leva les yeux vers lui ; la dureté de son regard lui fit peur. Il continua :

— Je n'aurais pas aimé qu'une nouvelle fièvre te fournisse un prétexte pour annuler la cérémonie…

Cette cruauté ne dura qu'un instant. Son visage retrouva sa bonne humeur, et il l'embrassa sur le front.

— Bonne nuit, madame Harrington.

Leonora ne répondit rien. Nue entre les draps, elle entendit Alex s'endormir à côté d'elle. Les voilages pendaient aux fenêtres. La pluie avait cessé, et l'air humide, pesant, vibrait du bourdonnement des insectes citadins. Elle ne voyait que trop clairement qu'elle s'apprêtait à échanger une prison contre une autre. Il n'y avait plus aucune lumière en elle. Seule une petite braise, une braise minuscule qu'elle protégeait de toute son âme, brillait encore au fond de son cœur. Il ne fallait surtout pas qu'elle s'éteigne.

Le son plaintif d'une sirène monta jusqu'à elle. Immobile, elle l'écouta, sentant les digues rompre et de chaudes larmes tomber sur ses joues. Se gardant bien de faire le moindre bruit, elle les laissa couler et imprégner le drap.

37

Eleanor Fairfield ne montra aucune pitié. Elle continua de malmener Leonora jusqu'au jour du mariage.

— Eh bien, heureusement que tu auras un voile ! Tu es pâle comme la mort. Mais quelle sotte ! Tu n'as pas encore mis tes bijoux ? Où sont-ils, enfin !

— Voilà, madame Fairfield, dit la femme de chambre en accourant avec le coffret en bois de rose.

Eleanor souleva le couvercle et fit une grimace.

— Quelle idée ! Ranger des cailloux avec ces splendeurs, Leonora ! À quoi penses-tu ?

Elle se saisit du petit galet niché au milieu des diamants et le jeta par terre. Il roula et termina sa course sous le lit, suivi par le regard de Leonora.

— Allons, dépêchons-nous ! s'impatienta Eleanor. Nous sommes en retard !

Voyant que sa nièce ne réagissait pas, elle lui mit elle-même les boucles d'oreilles en diamant et se tourna vers la porte.

— Eh bien ? Tu viens ? Tout le monde nous attend.

— Une minute, juste une minute…

Eleanor leva les yeux au ciel et sortit avec la femme de chambre.

Une fois seule, Leonora releva sa robe de mariée et s'agenouilla près du lit. Elle se pencha et réussit à récupérer le petit galet, joli comme l'œuf d'un minuscule oiseau. Elle le frotta du bout du doigt et revit le sourire d'un ami perdu qui réchauffa son pauvre cœur.

James monta sur la véranda défoncée de la vieille ferme. Des bouteilles vides jonchaient le sol, des traces de chiques de tabac tachaient les murs. La porte rouillée s'ouvrit en grinçant. Il y avait des mouches partout. Dérangées, elles s'envolèrent, puis se reposèrent presque aussitôt sur les meubles poisseux. Le rideau qui séparait la pièce en deux était en lambeaux. Le fauteuil avait été éventré par les rats.

La chambre où dormait Shamus ressemblait à une décharge. Le sommier métallique avait été remonté contre un mur, le matelas souillé gisait à même le sol. Il n'y avait plus de tiroirs dans la commode, plus aucune trace des jours meilleurs.

James alla chercher un bidon de kérosène dans la cabane. Il enleva le bouchon et déversa le liquide tout autour de la maison, en insistant sur la base de la véranda. Le bois sec prendrait bien. Une fois l'opération terminée, il gratta une allumette sur une pierre et regarda monter la flamme bleutée.

Leonora descendit de voiture, ne se préoccupant ni de qui portait sa traîne ni de qui lui mettait son bouquet dans les mains. Son voile estompait les contours du monde. Il n'y avait plus de réalité.

La musique retentit. Les archets frottèrent violons et violoncelles. Le *Canon* de Pachelbel. Les voix se turent. Son oncle lui prit le bras et lui murmura à l'oreille :

— Tu es magnifique, ma chère petite.
Elle dut avancer, un pas après l'autre, se rapprochant inexorablement de l'autel.

James jeta l'allumette sur le chemin de kérosène qu'il venait de tracer. Il recula et regarda le feu s'engouffrer sous la véranda, envelopper les vieilles planches.

Leonora vit Alex à travers l'écran formé par son voile. Il lui prit la main, et le prêtre prononça les paroles tant redoutées :
— Leonora, acceptez-vous de prendre Alexander pour légitime époux, et jurez-vous de l'aimer fidèlement, dans le bonheur ou dans les épreuves, tout au long de votre vie ?

Les flammes s'emparèrent des poteaux. Des langues de feu montaient jusqu'aux poutres, noircissant la résine qui grésillait sous l'assaut. L'incendie passa la porte et dévora ce qui restait du rideau.

— Oui, je le veux, répondit Leonora.

La véranda s'effondra dans un nuage de cendres.

— Mesdames et messieurs, vous pouvez chaleureusement féliciter M. et Mme Alexander Harrington.

La fumée étouffait James.
Des larmes brûlaient les yeux de Leonora.
Flammes de regrets, braises sous la cendre.

38

James rentra tard à la ferme des Shelby. Le cri étrangement humain d'une pie l'accueillit, ainsi qu'une chaleureuse lumière à la fenêtre de la cuisine.

Il remisa son cheval à l'écurie, puis, revenant vers la maison, vit le bout incandescent d'une cigarette sous la véranda. C'était Tom. Il s'assit à côté de lui, en haut des marches. La forte odeur de tabac et la quantité de mégots écrasés indiquaient que son ami était là depuis un long moment. Ce n'était pourtant pas dans ses habitudes de fumer.

— Alors, c'est fait ? lui demanda Tom.

James fit signe que oui.

— Tu tiens le coup, mon vieux ?

— Il fallait le faire… Et toi ? Tu ne devais pas passer la soirée avec Ashley ?

— Justement, justement… Je me suis mis dans un sale pétrin. Elle est enceinte.

Un lourd silence s'installa.

— Tu vas l'épouser ? demanda finalement James, d'une voix hésitante.

— Je voudrais bien ! L'ennui, c'est qu'elle est déjà mariée.

— Tu ne me l'avais pas dit !

— Je n'en savais rien. Je te jure. Elle vient de me l'apprendre. Son mari travaille à l'autre bout du pays pratiquement toute l'année. Dans le Queensland. Un fou furieux, paraît-il. Gardien de prison. Il surveille les forçats qui cassent des cailloux pour les routes.

— Alors, il vaudrait mieux qu'il ne sache rien !

— Justement, dit Tom, le visage défait. Pour ça, il faut que je paie ! Ashley me réclame de l'argent en échange de son silence. Elle croit qu'on est riches, avec la ferme. Je lui ai pourtant bien expliqué que papa ne nous a rien laissé, mais elle ne veut pas me croire.

— Je ne comprends pas. Si elle parle à son mari, elle admettra en même temps l'avoir trompé.

Tom tira une dernière fois sur sa cigarette, manquant de se brûler le bout des doigts.

— Ashley a tout prévu. Si je refuse, elle dira que je l'ai violée. Comme si j'étais capable d'une chose pareille ! Ça me rend malade.

Désespéré, il laissa tomber son mégot, qui finit de se consumer sur la terre sèche, et plongea la tête entre ses mains.

— Je suis foutu.

James se leva pour écraser le mégot, et resta là, bras croisés, à réfléchir.

— Je n'ai pas un centime, gémit Tom. Si j'avais de quoi payer, je serais prêt à tout donner pour qu'elle me fiche la paix. Ce n'est pas son mari qui me fait peur, même si c'est une brute. Ce que je ne supporterais pas, c'est la honte que ressentirait la famille si le bruit d'un viol venait à courir. Ça tuerait maman.

Ce serait pire pour elle que la mort de papa, que le départ de Will et John à la guerre.

— Attends, on va trouver un moyen de s'en sortir.

James se mit à marcher de long en large, puis s'arrêta.

— Ça ne colle pas, cette histoire ! Même si tu trouves l'argent, elle sera toujours enceinte ! Comment compte-t-elle expliquer ça à son mari ?

— Elle dit qu'une fois qu'elle aura l'argent, elle ira le voir et fera ce qu'il faut pour qu'il pense que le gosse est de lui. C'est une maligne, James ! Je suis sûr qu'elle avait prévu de me faire ce coup depuis le début. Elle a choisi un imbécile de fermier, trop jeune pour se méfier.

James s'arrêta devant son ami, son frère.

— On trouvera l'argent.

— Je ne vois pas comment, bégaya Tom.

— L'argent, ça se gagne, dit James en lui tendant la main pour l'aider à se relever. Je vais me débrouiller.

39

C'était la fête dans l'élégante demeure des Fairfield. Leonora parlait peu et se forçait à sourire quand on la félicitait. Elle était comme anesthésiée, contrairement à Alex, qui circulait au milieu des gens, incroyablement sûr de lui. Dans son habit noir, il serrait les mains, entraînant sa jeune épouse qu'il tenait fermement par la taille.

On annonça le dîner. Des tables rondes étaient dressées dans la salle de bal. Au centre, on apercevait celle, plus petite, de Leonora et Alex, nappée d'une soie couleur or et décorée de roses blanches.

Owen, splendide dans son smoking blanc, se leva et fit tinter sa flûte à champagne à l'aide d'une fourchette. Le silence se fit.

— C'est un grand honneur pour nous de vous accueillir ici en cette merveilleuse occasion : le mariage d'Alexander Harrington et de mon adorable nièce, Leonora.

Tête baissée, Leonora contemplait ses mains, crispées sur ses genoux, comme s'il ne s'agissait pas des siennes.

— Ce sera une double célébration. Celle de l'amour

de notre heureux couple, mais aussi celle d'un nouveau départ.

Relevant alors la tête, Leonora vit Owen et Alex échanger un sourire.

— Comme beaucoup d'entre vous le savent, je considère Alex comme mon fils. Son intelligence professionnelle, ainsi que son attachement à ma nièce lui donnent une place toute particulière dans mon cœur et dans celui de ma femme. Il a toute notre admiration et toute notre confiance. Alex nous a fait l'honneur d'accepter d'entrer dans l'entreprise familiale, et va aujourd'hui partir défendre nos intérêts sur un grand continent, où nos affaires réclament dorénavant une présence constante.

Leonora attendait, au comble de la tension, le souffle court.

— Je vous demande de vous joindre à moi pour souhaiter à Alex et Leonora tout le bonheur du monde, ainsi qu'une vie heureuse dans leur nouveau pays.

Owen Fairfield leva son verre, rencontra le regard de Leonora, qui ne respirait plus, et porta un toast avec une intensité qui ne s'adressait qu'à elle :

— À l'Australie !

Cinquième partie

40

Ghan avançait sur le chemin de terre aussi vite que le lui permettait sa jambe de bois. L'aube était fraîche, le givre craquait sous ses pas. Penché en avant pour mieux se protéger du froid, il changeait régulièrement son sac de main et plongeait l'autre dans sa poche pour la réchauffer. Une fois la nuit et le petit matin passés, le soleil prenait le relais, et à midi on transpirait à grosses gouttes.

Cela ne lui épargnait pas les engelures. Et plus il se grattait, plus ses orteils enflaient et lui faisaient mal. Chaque saison apportait son fléau : les puces en été, les poux au printemps, les pustules dans l'humidité de l'automne, les gelures en hiver. Au moins, il ne souffrait que d'un seul pied. Tant pis, aujourd'hui, il n'avait pas le temps de s'arrêter pour enlever sa chaussure : il avait du travail.

Et, du travail, il n'y en avait pas toujours. Il avait eu plusieurs bonnes années dans les exploitations de bois de santal. Il suffisait d'attacher des chèvres aux troncs et de les faire tirer pour arracher les arbres. Il aurait bien aimé continuer ainsi toute sa vie, mais, malheureusement, la forêt avait vite disparu. Il n'était resté que des trous. Voir un désert se créer, quelle étrange chose… Il n'y avait plus d'oiseaux, plus de wallabies, plus rien. La terre était morte, mais, quelque part au loin, une dame très riche rangeait ses petits trésors dans une jolie boîte qui sentait bon.

Un bruit de roues lui fit pivoter la tête. Une carriole le rattrapa. Le conducteur, rouge et bedonnant, semblait beaucoup trop serré dans son manteau râpé.

— Où vas-tu, l'ami ?

— À Southern Cross.

— Monte.

— Tiens, voilà la carte.

M. Fletcher, le propriétaire de la coopérative qui venait de l'embaucher pour la course, lui tendit un bout de papier sur lequel était griffonné un plan.

— Tu sais lire les cartes, au moins ?

— Cette question !

Et c'était vrai, car lire une carte, ce n'était pas lire. Pour Ghan, les cartes étaient une seconde nature.

— L'attelage est prêt. Je veux que tu sois de retour demain. Tu m'entends ? Ne traîne pas en route.

— Je serai dans les temps.

— Tu verras : les Monahan sont des gens bien, des bons clients. Ils ont perdu un fils à la guerre. Fais ta livraison, et, surtout, n'oublie pas que j'ai besoin de l'équipage demain.

Répète-le-moi encore une fois, et je te fais bouffer tes dents.

— Pas de problème, demain.

Ghan se trouvait trop gentil, mais il fallait bien gagner sa croûte. Il enfonça la carte dans sa poche et grimpa sur le siège, derrière l'équipage constitué de deux bœufs.

— Tu mettras bien les bêtes à l'étable, ce soir, lança M. Fletcher dans son dos. Tu entends ?

Oui, je t'entends, espèce de radoteur. Tu me les brises. Tes bestiaux vont se la couler douce dans la paille pendant que je me gèlerai dehors.

— Compris ! cria Ghan, en soulevant poliment son chapeau.

À la sortie de Southern Cross, on tombait sur une intersection d'où partaient plusieurs routes. Ghan sortit la carte de sa poche, repéra sa position, et s'engagea sur l'une d'elle.

Sur sa droite, il vit un petit cimetière, semblable à tous ceux que l'on rencontrait à l'intérieur du pays : clôture de fer forgé déformée, pierres tombales humbles et blanches, marquant la dernière demeure de gens déjà sortis des mémoires. Quelques heures plus tard, il passa devant les restes d'une ferme brûlée. Des poutres calcinées reposaient sur un amas de gravats. Une brouette, rouillée et pleine de suie, était couchée sur le côté. La vieille réserve d'eau avait résisté. Le pas lourd des bœufs fit sortir un chat sauvage du poulailler vide. Il disparut dans un champ de mauvaises herbes et de chaumes gris. *C'est bien dommage, cette bonne terre qui ne sert à personne...*

Le soir venu, il vit apparaître la ferme des Monahan. En l'entendant, des enfants s'échappèrent en courant de la maison, criant de joie, hurlant que la livraison était arrivée. Ils grimpèrent sur le chariot avant même d'attendre son arrêt complet.

Les hommes de la ferme et les épouses sortirent.

— Bonjour ! Ce n'est pas O'Shaye qui fait la livraison cette fois ?

— Il a attrapé la rougeole.

— Cette maudite épidémie… On ne s'en débarrassera donc jamais !

Les hommes montaient sur le chariot pour décharger les lourdes caisses, et les femmes se précipitaient pour les ouvrir. On aurait dit des abeilles agglutinées sur des rayons de miel. Elles butinaient au milieu des rouleaux de tissu, des cartons pleins d'aiguilles, de fil, de boutons. Les enfants dénichèrent les boîtes en fer-blanc contenant les sucres d'orge.

Une fillette coiffée de grandes nattes montra celle qu'elle venait de sortir du rembourrage de paille.

— Maman, on peut en manger ?

— D'accord, mais un chacun. Pas plus. Il ne restera rien d'ici à la fin de la semaine, commenta-t-elle en levant les yeux au ciel.

Les hommes emportaient les caisses de fruits séchés, de thé importé de Chine, les sacs de sucre, de riz, de farine. Un solide travailleur agricole plaça celui de gros sel sur son épaule et le transporta jusqu'au grenier à foin. Il y avait aussi de la vaisselle, des vêtements de travail, des médicaments, des semences et des épices. Le tout était soigneusement répertorié dans un cahier.

— Venez dîner avec nous, proposa M. Monahan, une fois le dernier ballot déchargé. Vous aurez même droit à un sucre d'orge, si vous arrivez à en arracher un aux enfants !

— Merci, mais j'ai ma gamelle. Je vais monter le camp devant chez vous, si ça ne vous ennuie pas. Je ne veux pas vous déranger.

— Pas question ! Ma femme serait vexée. Rejoignez-nous vite, ou vous mangerez froid.

Quand un homme n'est pas habitué aux bons petits plats, il n'aime pas trop commencer à y goûter : dès la première bouchée, il se rappelle combien cela lui a manqué, et il sait que l'occasion ne se reproduira pas de sitôt. Ghan répondit pourtant à l'invitation, participa à la conversation, et tâcha de ne pas trop s'attarder sur le merveilleux goût d'une tranche de rosbif et du beurre de ferme.

Il dormit dans le grenier à foin, au milieu des caisses et des sacs de jute. On n'était pas mal, dans cette grange, pas mal du tout. Pourtant, lorsque le soleil levant commença à frapper de ses rayons les planches vermoulues, Ghan était réveillé depuis longtemps, et avait déjà pris le chemin du retour.

À la coopérative, Fletcher consulta sa montre pour noter l'heure de son retour, inspecta les animaux, et eut l'air satisfait.

— Ça s'est bien passé ?

— Ils ont trouvé tout ce qu'ils attendaient. La commande était complète.

— Cette question !

M. Fletcher s'appuya contre le flanc de l'un de ses bœufs. Il avait des bras maigres et longs qui lui faisaient une curieuse silhouette.

— Ce sont des gens bien, ces Monahan. Bon, ajouta-t-il, revenant soudainement à ses affaires, O'Shaye est toujours malade. Ça te dirait de me refaire une course ?

— Tant que vous voudrez.

— Parfait. Je charge ce soir, et tu pourras partir tôt demain. C'est pour Corrigin, cette fois.

Pour occuper ses quelques heures de liberté en ville, Ghan longea la voie ferrée, en direction du pub. Des Chinois, à peine mieux traités que des esclaves, posaient des rails. Il put les observer un moment, car il avait choisi la taverne la plus éloignée du centre-ville. Il ne s'autorisait à prendre un verre qu'après une journée de travail. Quand il chômait, il n'avait pas de quoi s'offrir un tel petit plaisir. Cette fois-ci, il n'en boirait qu'un seul, car lorsqu'il abusait il se mettait vite en colère ; or, il se sentait bien trop vieux et bien trop fatigué pour jouer les matamores.

La salle était pleine. Le patron, bras croisés derrière le comptoir, discutait avec les habitués. C'était un petit malin : il avait accroché un miroir derrière les bouteilles, afin de donner l'illusion, grâce au reflet, d'entrer dans un bar deux fois mieux pourvu qu'il ne l'était réellement. Sa moustache, longue et touffue, rejoignait de larges favoris et remuait quand il parlait.

Ghan trouva un tabouret encore libre au comptoir, et un jeune homme s'écarta pour lui faire de la place. Le barman l'interrogea du regard.

— Une pinte.

L'homme remplit une chope de bière brune, mais ne la lui tendit pas.

— T'as de quoi payer au moins ?

— J'ai l'air d'un voleur ?

Le barman hésita, puis posa le verre devant lui. Il se tourna ensuite vers le jeune homme, et lui demanda d'un ton ironique :

— Encore un peu d'eau, mon gars ?

Le client se contenta de sourire sans répondre, et laissa le patron reprendre sa place habituelle.

La bière n'était pas fraîche, mais forte. Ghan se

détendit dès la première gorgée. Il but lentement, n'ayant nulle part où aller jusqu'au lendemain et sa nouvelle livraison.

Un gars entra dans le pub, un rouquin aux cheveux décolorés par le soleil. Il s'accouda au comptoir, entre Ghan et le jeune client qu'il rejoignait. Ils étaient tous les deux brunis par le travail au grand air, mais n'avaient ni l'un ni l'autre l'air négligé des journaliers ou des tondeurs de moutons.

— Alors, tu lui as parlé ? demanda le premier au rouquin.

— Elle me donne un mois pour payer, ou c'est le scandale. Un mois… C'est pas long, un mois.

Le barman approcha.

— Qu'est-ce que tu veux, Tom ?

— Un boulot qui paie bien, répondit le garçon du tac au tac. Un whisky, ajouta-t-il sans rire à sa propre plaisanterie.

Tout en le servant, le barman exprima sa surprise.

— Il y a eu deux bonnes saisons, je ne comprends pas que tu aies besoin d'argent.

— Et pourtant, il me faut une bonne somme !

L'autre garçon, aussi brun que son ami était roux, et l'air beaucoup plus raisonnable, expliqua :

— Il déraille… Il veut qu'on parte chercher de l'or. Il imagine qu'on va ramasser une grosse pépite dans des endroits où mille prospecteurs sont déjà passés.

Tom s'affala sur le comptoir.

— Au moins, on ferait quelque chose, au lieu d'attendre que ça nous tombe tout cuit dans la bouche.

— James a raison, Tom, intervint le barman. La mine, c'est pas un endroit pour des gars comme vous. Ça vous détruit un homme ! Ceux qui y vont deviennent durs comme les cailloux qu'ils concassent.

— Un vrai poète ! ricana Tom.

— Je te dis que la mine, c'est pas de la blague. C'est pas fait pour vous. Je connaissais bien ton père, Tom. Tu sais ce qu'il disait aux fermiers qui parlaient d'essayer ? « Un homme habitué au grand air ne peut pas s'enterrer au fond d'un trou sans devenir fou. » Je t'assure, mon gars, reste cultivateur.

Deux nouveaux clients entrèrent dans le bar. Le patron s'interrompit, abandonnant Tom et James pour aller les servir.

Ghan continua d'écouter leur conversation. Pas par indiscrétion, mais parce qu'il l'entendait, comme le bruit des verres et des bouteilles. Le barman avait raison : la mine écraserait ces deux gamins-là. Elle les réduirait en bouillie.

Ghan leur jeta un rapide coup d'œil. James, le buveur d'eau, était impressionnant. Il avait de la retenue, un vrai courage. Son visage était beau, mais trop sérieux, trop pensif, avec des sourcils froncés en permanence. L'autre était un fils de fermier ordinaire, sympathique et vif, même s'il semblait inquiet.

Ghan avala sa dernière gorgée de bière tiède. Il voulait maintenant monter le camp et se coucher avec le soleil. Tandis qu'il repoussait son verre tout en se levant, le barman revint vers lui.

— Un shilling.

Ghan plongea la main dans sa poche et ne trouva rien. Il fouilla dans l'autre, tâta fébrilement du bout des doigts et découvrit un trou dans la couture.

Le barman l'observait, impassible.

— Qu'est-ce qui se passe ?

— Normalement, j'ai de l'argent dans ma poche…

Elle était pourtant vide, mais il continua de chercher, ne voulant pas croire à la disparition de pièces qui étaient là le matin même.

— Elles ont dû tomber…

Le barman donna un coup brutal sur le comptoir. La rumeur des conversations se tut, tous les yeux se tournèrent vers eux.

— Je m'en doutais ! Je t'ai repéré dès que t'as passé la porte. On ne fait pas la charité, ici, racaille ! Paie-moi mon shilling, ou je te casse la tête !

— Je ne demande pas la charité ! Il faut juste que je retourne sur mes pas pour retrouver mon argent.

— C'est ça, tu crois que je vais te laisser partir ? Pour ne plus jamais te revoir ?

— Vous n'avez qu'à demander à M. Fletcher. Je travaille pour lui. Je fais ses livraisons.

— Menteur ! vociféra le barman en prenant ses clients à témoin. C'est O'Shaye qui livre pour lui, depuis deux ans, tout le monde le sait.

Le barman remonta ses manches et se saisit d'un long bâton qu'il cachait derrière son comptoir.

— Ça va être ta fête, le boiteux ! dit-il en levant son arme.

— Laissez-le tranquille, dit James en jetant quelques pièces sur le bar. Le compte est bon.

Le regard du patron passa du jeune homme à Ghan.

— Tu ne devrais pas payer pour des types dans son genre, James. Il faut leur apprendre à vivre !

— Laisse-le. Moi, je le crois.

Tom régla son verre et fit une plaisanterie pour détendre l'atmosphère.

— C'est toi qui devrais nous payer pour boire ton bouillon. Achète-toi une glacière, vieux radin.

Sa réflexion tira quelques ricanements aux clients, et le barman se rangea du côté des rieurs.

— T'en as du culot, mon gars, s'amusa-t-il en rangeant son bâton. Tu me fais penser à ton père, tiens.

Ghan, humilié, retourna sa poche pour montrer le trou à James.

— Vous en faites pas, c'est pas grave, dit le jeune homme en se dirigeant vers la sortie.

Ghan suivit ses deux sauveurs dehors.

— Attendez ! Donnez-moi votre adresse, je vous rendrai l'argent. Je serai payé demain. Vous pouvez demander à M. Fletcher, de la coopérative. Je vous assure que je ne suis pas un vagabond !

James sourit.

— Ce n'est pas bien grave de se faire payer un coup à boire ! Ça m'a fait plaisir.

Ghan ne savait pas comment les remercier. Ils lui avaient évité une bonne dérouillée. Il leur emboîta le pas, peinant pour ne pas se laisser distancer.

— Si j'ai bien compris, vous cherchez du boulot ?

— Oui, dit Tom. Vous savez où en trouver ?

— Je sais qu'un Américain a acheté la mine du côté de Coolgardie, et qu'il y a mis un nouveau directeur. Il paraît qu'il s'est aussi payé un ranch et qu'il a besoin de beaucoup de monde. Pour les chevaux, les vaches, les moutons, et tout le toutim. Même un intendant. Je le sais, parce que j'ai livré du bois là-bas, ajouta-t-il, heureux de pouvoir parler de l'une de ses courses, et, par la même occasion, de prouver qu'il n'était pas un mendiant. Le directeur de la mine va vivre là-bas, et il veut tout refaire à neuf. Les premiers arrivés seront les premiers servis.

Le jeune James avait l'air très intéressé.

— Où ça, déjà ?

— Du côté de Leinster. Une partie de l'ancien domaine de Miranda Creek.

— Merci pour le tuyau, dit James en lui tendant la main. Vous nous rendez bien service, monsieur.

Ghan rougit. Il l'avait appelé « monsieur ». Il serra la main offerte, se sentant beaucoup mieux.

41

— Bronson va s'installer dans l'ancienne maison de gardien, dit Tom. Il vous protégera, toi et les filles.

— Je t'ai dit que je n'avais pas peur ! protesta vivement Mme Shelby. Je me sers du fusil aussi bien qu'un homme !

— Bien sûr, je le sais, mais quand même, ça me rassurera. Si jamais on apprend qu'il n'y a plus aucun homme à la maison… Je ne voudrais pas que tu aies de la visite… Bronson ne t'embêtera pas. Et ça lui donnera l'impression d'être utile, à ce pauvre vieux.

Un silence tendu s'installa autour de la table.

— Et puis, on n'est même pas certains de décrocher un job, mais on s'en voudrait de ne pas essayer.

Mme Shelby avait vieilli. Elle avait les paupières lourdes, et quelques mèches argentées s'invitaient dans son chignon roux.

— Je ne vois pas pourquoi vous allez chercher du travail ailleurs. C'est quoi, ce gros besoin d'argent ?

— Il faut payer les arriérés d'impôts, maman. Et puis, il y a les filles à élever, et la sécheresse qui revient.

— Moi, je crois plutôt que tu as des ennuis.

Qu'est-ce que tu as bien pu faire comme bêtise, Tommie ?

Tom se troubla et rougit.

— Rien de grave, intervint James pour lui sauver la mise. Tout va bien, mais vous avez raison, nous avons vraiment besoin de trouver un boulot qui paie bien.

— S'il le faut, que veux-tu que je te dise… Je vais voir avec les locataires s'ils peuvent se répartir nos terres en fermage, au moins pour cette saison. Va chercher les registres, Tommie.

Tom sortit de la pièce, tout honteux, et sa mère en profita pour interroger James, le front soucieux.

— C'est grave ?

— Ça pourrait l'être.

— Tu veilleras bien sur lui ? Je te fais confiance, mon petit James.

— Ne craignez rien. On va arranger ça.

— Coolgardie ! cria le mécano pour couvrir le bruit de la locomotive.

— Tout le monde descend ! dit James en prenant son paquetage.

Tom et lui sautèrent sur le quai dans un nuage de vapeur et de fumée. Le vacarme du métal, des pistons et des wagons qui s'entrechoquaient les accueillit. C'était une gare de triage sale et bruyante, qui sentait la suie, l'huile de machine et le charbon. Des mineurs, paraissant tout juste remontés du fond, traversaient les voies et montaient dans les wagons en faisant entendre une incroyable variété d'accents – italien, polonais, ukrainien –, mélangés au fameux et très guttural parler australien, qui rendait tout indistinct.

Deux hommes à l'aspect mal dégrossi, assis sur le banc d'une carriole à âne, la joue gonflée par une chique, observaient Tom et James en ricanant. Ils semblaient se moquer de leur propreté de nouveaux arrivants. Tom empoigna son sac, prêt à s'en servir pour se défendre en cas de besoin.

— Ils ne donnent pas l'impression d'être très commodes, c'est deux-là.

James s'approcha d'eux pour engager la conversation.

— Bonjour.

L'homme qui se tenait à droite cracha un jus de tabac rougeâtre qui atterrit à un centimètre de la botte de James.

— Salut, mon joli. Tu cherches un taxi ?

— Vous travaillez à la mine ?

— Comme tout le monde.

— Il paraît qu'il va y avoir un nouveau directeur. Vous le connaissez ?

L'agressivité quitta instantanément les deux hommes, fiers de détenir une information que les deux petits jeunes n'avaient pas.

— Harrington, répondit l'un. Un Yankee, comme le proprio. Ils sont pleins aux as.

— Il paraît qu'ils ont un ranch dans le secteur, dit Tom.

— Un ranch ! ricana l'autre. Presque un pays, oui ! Largement plus d'un million d'hectares, à ce qu'il paraît !

— Et c'est pas tout, ajouta son compagnon pour faire l'important. Ce Harrington, il a acheté cent mille têtes de bétail. Et puis, des chevaux qu'il fait venir de quelque part, je ne sais plus d'où… Des pays arabes.

— D'Arabie saoudite ! compléta son acolyte.

— Ils ont besoin de main-d'œuvre ?

Les hommes de la carriole haussèrent les épaules pour signifier qu'ils ne savaient pas.

— Il est possible de se faire emmener là-bas ? demanda Tom.

— Allez demander au pub, chez McKellar. On y trouve souvent quelqu'un qui dépanne.

— Merci, dit James en inclinant son chapeau.

Ils quittèrent les deux gaillards, qui continuèrent à chiquer et à cracher en se délectant du tintamarre.

— Tu crois qu'il blaguait quand il parlait d'un million d'hectares ? demanda Tom à James.

— Je ne sais pas. On va voir.

Le conducteur du vieux tombereau chancelait sur son siège, complètement soûl, tout en chantant un mélange pas vraiment heureux de trois chansons. Interrompant son interminable mélopée, il arrêta son cheval sur la route vide, longée d'un côté par une clôture à hauteur de la taille qui se prolongeait à perte de vue.

— C'est là que commencent leurs terres, dit-il. Passez par-dessus la clôture, ça vous fera un raccourci jusqu'à la maison. Je ne peux pas vous emmener plus près.

Tom et James sautèrent sur la terre rouge. Des touffes de spinifex, ces grandes herbes hirsutes, constituaient la seule végétation de la plaine désertique. Ils franchirent la clôture et marchèrent droit devant eux, vers l'ouest. Au bout d'une heure, ils arrivèrent à une vieille éolienne. Tom s'arrêta et leva la tête en direction du cercle de pales immobiles.

— Tu crois que notre pochard savait où il nous envoyait ?

— Je ne suis pas sûr, répondit James d'un ton rieur, tout en épongeant son front poussiéreux.

— Putain, dans ce cas, on est fichus, mon vieux.

— Ça mérite un coup de flotte…

— Avant qu'on ne se fripe comme des raisins secs ! approuva Tom dans un sourire, la main tendue vers la gourde. Comment tu fais pour rester aussi propre ? ajouta-t-il en regardant son pantalon maculé de poussière rouge.

— C'est mon élégance naturelle…

Tom lui donna une bourrade, appliquant l'empreinte de sa main terreuse sur l'épaule de son ami. Il n'y eut pas de représailles : James avait aperçu quelque chose au loin.

— Là-bas, regarde, une automobile.

Il montrait du doigt un petit nuage de poussière qui se déplaçait selon une ligne parallèle à leur trajectoire.

— Bon, la maison est sûrement par là-bas.

Ils reprirent leur route, avançant vite, tâchant de ne pas perdre de vue leur point de repère. Bientôt, des bâtiments s'élevèrent à l'horizon. D'abord une grange blanche et une éolienne, puis une autre grange, une bergerie divisée en vingt stalles pour la tonte, une écurie avec un corral, et trois réservoirs d'eau de pluie perchés sur des tours en métal. Plus loin, on apercevait une grande maison fraîchement repeinte en jaune, au toit métallique étincelant. Une véranda tendue de moustiquaires en faisait le tour.

James et Tom s'époussetèrent et s'essuyèrent le visage avec un mouchoir. Un couvreur achevait de fixer le toit d'une écurie assez grande pour abriter trente chevaux. James dut crier pour se faire entendre entre les coups de marteau.

— On cherche M. Harrington !

L'homme s'interrompit et répondit, la bouche pleine de clous :

— Il vient de rentrer !

Tom et James laissèrent leurs bagages derrière l'écurie et remontèrent l'allée. Ils virent une Ford arrêtée devant la maison. La porte d'entrée s'ouvrit, et un homme sortit en criant quelque chose derrière lui avec un accent américain qui donnait l'impression d'un caractère ferme et direct :

— Qu'ils se dépêchent !

Il était vêtu d'une culotte d'équitation beige et d'une chemise blanche ouverte au col. Ses manches étaient retroussées. Il s'arrêta sur le perron et alluma une cigarette, pommettes hautes, fine moustache, avant de remarquer ses visiteurs. Il leur adressa un large sourire, semblant tout à fait enchanté de les voir.

— Ah, quand même ! Je vous attendais il y a deux jours !

Tom jeta un coup d'œil furtif à James, qui lui rendit son regard : il y avait là une situation à exploiter.

— Le train a eu du retard, dit Tom, la première hésitation passée.

— Ce n'est pas étonnant. Et on ne peut pas compter sur les télégrammes pour avertir, le bureau est bien trop loin. Dites, vous avez l'air d'être venus à pied !

— On arrive de Coolgardie. Le fermier qui nous a conduits ici n'a pas pu nous déposer plus près.

— Vous auriez dû descendre à l'arrêt de Gwalia, cela vous aurait pris beaucoup moins de temps.

Vous n'avez pas reçu mes instructions ? ajouta-t-il d'un ton excédé.

Tom haussa les épaules.

— La plupart de mes ordres se perdent dans ce foutu désert, reprit l'Américain. Allez, venez, je vais vous montrer vos quartiers. Alexander Harrington, ajouta-t-il en tendant la main, la cigarette vissée au coin de la bouche. Vous pouvez m'appeler Alex.

James lui serra la main. Il avait la poigne ferme.

— James O'Reilly. Et voici Thomas Shelby, ajouta-t-il en désignant son compagnon d'un mouvement de tête.

Tom avança pour serrer la main tendue, et, se rendant compte qu'il ne se tenait pas droit, se redressa en bombant le torse.

— Je suis étonné, remarqua l'Américain en tirant sur sa cigarette. Quand Mitchell m'a recommandé des intendants, j'imaginais deux types expérimentés. Vous me semblez un peu jeunes pour diriger une exploitation de cette taille.

Tom manqua s'étouffer. Il ouvrit la bouche pour le détromper, et seule une hésitation de dernière seconde permit à James d'intervenir pour l'empêcher de parler.

— Nous aussi, nous avons été étonnés. Nous ne nous attendions pas à ce que le propriétaire d'un ranch aussi grand soit aussi jeune que vous !

— Vous avez raison, dit Alex avec un sourire. Votre jeunesse ne me dérange pas, d'ailleurs, bien au contraire. Il faut de l'énergie dans un endroit pareil. Vous apporterez du sang neuf.

Alex fit tomber son mégot et l'écrasa avec sa botte noire parfaitement cirée, dont seule l'extrémité avait pris la poussière.

— Le salaire annuel pour le poste d'intendant est de six mille dollars, avec une avance de cinq cents dollars. À vous de vous partager la somme comme vous voudrez.

Tom écarquilla les yeux et entrouvrit la bouche de stupeur. Le regard de James le rappela à l'ordre.

— Je sais que c'est un peu moins que ce que vous touchiez avant, ajouta Alex, mais vous aurez des primes si les objectifs sont atteints. Au final, si vous travaillez bien, vous gagnerez beaucoup plus qu'en Nouvelle-Galles du Sud. Il est bon d'avoir une motivation supplémentaire. Bien, je vais vous faire faire le tour du propriétaire… À moins que vous ne vouliez vous rafraîchir avant, manger un morceau ?

— Autant commencer tout de suite, répondit James. Nous avons déjà pris quelque chose sur la route.

Il se plaça devant Tom, encore muet de surprise, pour cacher à leur nouveau patron son air ahuri.

— Parfait, dit Alex. Prenez des chevaux.

Une fois les montures sellées, les trois cavaliers passèrent devant le corps de logis de trois étages, au toit d'acier tellement brillant qu'il en était aveuglant. La rangée de portes-fenêtres qui donnaient sur la véranda était impressionnante. Il y avait peu de végétation : quelques arbres fruitiers maigrichons récemment plantés, un rosier grimpant assoiffé sur le côté de la maison. À part cela, il ne poussait pas grand-chose.

— J'ai fait démolir pour reconstruire, expliqua Alex. Tout est neuf : les granges, les réservoirs d'eau. Une fois que nous serons installés, nous nous occuperons du jardin. Il y a encore beaucoup de travail.

Alex était bon cavalier. Il les conduisit jusqu'à un grand corral, où une dizaine d'Aborigènes, des hommes semblant assez mal à l'aise dans leurs vêtements de cow-boys, attendaient, appuyés contre la barrière.

Alex arrêta son cheval.

— J'ai gardé les Aborigènes pour les moutons, expliqua-t-il. Je les ai récupérés avec la propriété. Ils vivent à six ou sept kilomètres, dans des baraques délabrées. Je n'y suis allé qu'une fois. J'aurais bien voulu raser leurs masures pour qu'ils dégagent, mais les voisins m'ont averti qu'ils resteraient quoi que je fasse : ils aiment autant dormir à la belle étoile que sous un toit. Je ne comprends pas un traître mot de ce qu'ils baragouinent. Je ne suis même pas sûr que cela soit de l'anglais. Enfin, tant pis… Il paraît qu'ils s'occupent bien des bêtes tant qu'on leur dit quoi faire. Et puis, ils ne coûtent pas cher. Du sucre, du thé, de la viande et du tabac. Ils ne demandent rien de plus. Vous serez responsables d'eux. Si vous n'êtes pas contents de leur travail, je ne les garderai pas.

Deux hommes blancs passèrent, l'un maigre, l'autre grand, avec de petits bras.

— Et ces deux-là ? demanda Tom.

— Beecher et Russell. Ils se sont présentés, et comme j'avais besoin de main-d'œuvre pour les chevaux je les ai embauchés. Ils n'ont pas l'air de mauvais bougres. Pas des lumières, mais dociles. À vous de voir s'ils conviennent.

Cinq chevaux stationnaient au centre du corral, de beaux animaux à la musculature bien développée.

— Magnifiques, commenta James. Vous comptez faire de l'élevage ?

— Exactement. Je pense obtenir de bons chevaux de course.

— Ils n'ont pas l'air dressés.

— L'étalon est presque sauvage. Il ne laisse personne approcher. Il faut que je fasse venir un dresseur pour le débourrer.

Alex fit claquer sa langue pour repartir, et, plaçant son cheval entre ceux de James et de Tom, poursuivit la visite.

— Le domaine fait un million deux cent mille hectares, annonça-t-il.

James, se doutant que Tom était toujours trop impressionné pour répondre, prit en charge la conversation.

— Vous avez combien de bêtes ?

— Dix mille moutons. Les vaches n'arrivent que dans quelques mois. Vous devrez accompagner le type qui me les amène. Cent cinquante mille têtes.

Ils parcoururent les quelques kilomètres suivants en silence, jusqu'à une barre granitique dont les roches déchiquetées retenaient un petit lac d'eau fraîche. Ils mirent pied à terre pour laisser boire leurs montures. Alex alluma une cigarette et en offrit une à ses nouveaux intendants, qui refusèrent.

Du cresson bordait l'étendue d'eau, dont les fleurs jaunes ressemblaient à de petits pompons. Une bande de perroquets caquetants occupait les branches d'un gommier. Tom, un peu plus à l'aise, s'assit sur un rocher.

— Vous avez là une belle terre, monsieur Harrington.

— Je vous ai dit de m'appeler Alex. Oui, c'est vrai, c'est un beau domaine.

— Vous allez diriger la mine de Coolgardie ? intervint James.

— Oui, tout à fait.

— C'est loin.

— Je ne séjournerai qu'une partie du temps à Coolgardie. J'ai surtout pris ce domaine pour mon épouse. Je ne veux pas qu'elle vive dans une ville minière. Cela me fait d'ailleurs penser que je dois aller la chercher à Perth. Pendant quelques jours, vous serez les seuls maîtres à bord, ajouta-t-il en les observant, le regard pénétrant. Le logement des intendants est suffisamment proche de la maison principale pour que la surveillance soit facile. Il se trouve à moins d'un kilomètre, vers le ruisseau. Il y a l'eau courante et l'électricité.

L'Américain jeta sa cigarette et sortit de sa poche une flasque de whisky, dont il prit plusieurs gorgées. Il la tendit à Tom, qui but avec plaisir. James, lui, la refusa.

— Je ne bois pas.

— Ah bon ? s'étonna Alex, l'air réprobateur. Enfin, chacun fait comme il veut ! poursuivit-il en s'essuyant la bouche du dos de la main, avant de rempocher sa petite bouteille. Vous n'êtes pas mariés, les gars ?

— Non, répondit Tom. Trop d'emmerdements.

Alex rit de bon cœur, tout en flattant l'encolure de son cheval.

— Votre femme est américaine ? s'enquit Tom.

— Oui.

— Le bush, ce n'est pas facile pour une femme, surtout si elle n'est pas habituée à notre soleil.

— Il est vrai qu'elle n'a aucune expérience du bush et de sa rudesse… Ma femme est une enfant gâtée.

Je pense que l'Australie lui fera beaucoup de bien. Cela l'endurcira un peu. Les femmes, ajouta-t-il en remontant en selle, c'est comme les chevaux, il faut les dompter. L'Australie la fera filer droit. Ce sera bien plus efficace que la cravache !

42

L'Australie, enfin ! C'était une renaissance.

Le front appuyé contre la fenêtre de son compartiment, Leonora regardait défiler ce paysage si familier. La terre rouge s'étendait à l'infini, semblant trembler sous la brume de chaleur. C'était sa terre, son pays.

Leonora vibrait avec l'Australie. Elle avait l'impression de respirer à nouveau. Ce retour réparait bien des blessures : l'injustice de l'exil après l'adoption, et ce mariage qui lui avait volé une deuxième fois son identité.

Elle avait dit adieu à l'Amérique un mois plus tôt, depuis le pont du paquebot. La traversée jusqu'aux côtes australiennes lui avait semblé interminable. À l'arrivée, la mer et les falaises l'attendaient, inchangées. C'était depuis ce premier regard en direction du port que l'air revenait dans ses poumons.

Southern Cross. Kalgoorlie. Menzies. Kookynie. Les villes se succédaient, et, à chaque arrêt, il fallait attendre la recharge de la chaudière avant de repartir. Et puis, ce fut son arrêt. Alex l'attendait. Il lui prit impérieusement le bras et, sans lui laisser le temps de découvrir la ville enfumée où se trouvait la gare, la mena à la voiture. Ensuite, ce fut la lenteur australienne des longs trajets sur une route droite et sans ombre.

L'auto franchit un portail s'ouvrant sur une clôture grillagée qui coupait la plaine jusqu'à perte de vue. Tous les kilomètres et demi, une nouvelle barrière les arrêtait. Alex descendait de voiture, ouvrait, redémarrait pour passer, puis refermait, et, à la suivante, recommençait la laborieuse opération.

Ils arrivèrent à Wanjarri Downs en fin d'après-midi. La maison jaune cuisait sous le soleil. Alex ouvrit la portière pour aider Leonora à descendre et, la prenant par la taille, lui fit admirer le bâtiment neuf qui se dressait devant eux.

— Alors ? Elle te plaît ?

Si elle lui plaisait ! C'était un rêve. Ici, elle retrouvait le goût de vivre. Elle pouvait envisager d'avoir des enfants, de se créer des souvenirs qui effaceraient les anciens. Pleine de gratitude, elle se blottit dans les bras d'Alex. Elle était prête à oublier le passé. Elle parviendrait à l'aimer. Il l'avait ramenée en Australie, et, pour cela, elle lui pardonnerait sa brutalité. Elle se fit le serment d'être une bonne épouse. Son cœur s'ouvrait comme une fleur. Elle respirait enfin librement. Le soulagement était tel qu'elle sentit monter des larmes qu'elle ne s'autorisa pourtant pas à verser.

Alex lui fit visiter la maison. Il lui montra sa chambre et ouvrit les portes-fenêtres, laissant entrer un vent chaud. Il lui parlait des terres qu'il allait faire fructifier, mais elle ne l'écoutait pas. Elle n'entendait que le son de sa voix, le froissement des rideaux, le claquement de leurs pas sur le parquet neuf, et le pépiement d'un million d'oiseaux. La petite musique de l'Australie.

Alex l'ayant quittée pour régler certaines affaires dans son bureau, elle sortit sous la véranda et fut accueillie par l'œil orange du soleil couchant.

Entraînée par une force qu'elle ne dominait pas, parvenant à peine à se retenir de courir par égard pour ses chaussures à talons hauts, elle s'éloigna de la maison. Elle foulait enfin cette terre rouge, fêtée par les oiseaux.

Elle se dirigea vers un groupe de *ghost gums*, plantés si serrés que leurs branches noueuses s'entrelaçaient. Remontant sa robe de soie, elle grimpa comme à une échelle et s'assit, calée sur une fourche. Elle appuya la joue contre l'écorce fine et blanche qui se détachait par lambeaux, et regarda autour d'elle. Des kangourous apparurent dans le jour déclinant, se multipliant sous ses yeux comme par enchantement. Ils surgissaient dans la plaine partout où son regard se posait, debout sur leurs pattes arrière, oreilles dressées. Alors, seulement, elle libéra ses émotions. Elle sentit son âme s'ouvrir et, accrochée aux branches comme un enfant dans les bras de sa mère, elle se laissa submerger par les larmes qu'elle retenait depuis le matin.

43

Tom marchait de long en large dans le cottage des managers. Il s'arrêta à la fenêtre pour la centième fois.

— Tu crois qu'il sait ?

James, qui cirait ses bottes, insista sur le talon avec son chiffon, et répondit, plus laconique que jamais :

— Possible.

— Il est rentré depuis des heures. Il serait déjà venu nous voir s'il avait compris, non ? Qu'est-ce qu'il fera s'il apprend que nous ne sommes pas les deux types qu'il attendait ? À ton avis ?

— Il nous virera, c'est tout.

— Ça va faire mal. Il n'a pas l'air commode. Tu crois qu'on devrait lui avouer la vérité ?

— Trop tard. On verra bien.

— Six mille dollars ! Tu te rends compte de ce qu'on perdrait si on devait partir ? Ce serait affreux !

— Arrête ton cirque et nettoie tes bottes. On doit être présentables.

— Je ne comprends pas comment tu fais pour rester aussi calme.

James interrompit sa besogne un instant.

— Je sais que nous sommes plus que capables de faire du bon boulot, Tom. J'espère qu'il s'en rendra compte. Nous serons vite fixés.

Il tendit le pot de lanoline à son ami, qui le posa sur la table, puis passa un coup de chiffon sur ses bottes, sans grande conviction.

— Tu as vu sa femme ? demanda-t-il à James, retrouvant soudain le sourire.

— Non.

— Moi, je l'ai seulement aperçue de loin, mais elle a l'air drôlement jolie.

— Je croyais que tu ne voulais plus te compliquer la vie avec les femmes !

— Un coup d'œil, ça n'engage à rien. Il faut bien que jeunesse se passe !

Et puis, soudain, il attrapa son feutre à large bord.

— Allez, viens, on y va ! Je n'en peux plus d'attendre. Je préfère savoir. Advienne que pourra.

Dehors, tout était calme. Le soleil du matin tapait fort, mais l'air était encore assez frais.

— Tiens, le voilà, souffla Tom.

En effet, Alex venait vers eux, les mains dans les poches. Il portait un costume brun clair, une chemise blanche et une large cravate bleue lâchement nouée sur un col dur.

— Bonjour, Alex ! cria Tom avec une fausse jovialité. Le voyage s'est bien passé ?

— Très bien, répondit leur patron avec un sourire. Quel temps magnifique ! ajouta-t-il en levant vers le ciel un visage ravi.

Face à une telle bonne humeur, Tom se détendit.

— Et ici, tout s'est bien passé aussi ? demanda Alex.

— Très bien, répondit James. Nous avons dressé un

plan de la propriété, et repéré les meilleures pâtures. Nous avons établi la liste des fournitures à acheter et arrêté les dates de tonte, ainsi que le nombre de journaliers nécessaires. Je pense que c'est un bon début.

— Très bon. C'est parfait. Je suis impressionné.

Tom, un temps soulagé, déchanta vite quand il entendit l'Américain ajouter avec une ironie mordante :

— Pas mal pour deux bouseux sans expérience…

Il baissa la tête, horriblement déçu. Ils n'avaient plus qu'à rassembler leurs affaires et partir. James, lui, ne broncha pas. Il regardait droit devant lui, comme s'il n'avait pas saisi la moquerie.

— Il m'a suffi de passer quelques coups de téléphone pour savoir à peu près tout, continua Alex. C'était bien tenté.

James le regarda droit dans les yeux.

— Nous ne vous avons pas raconté d'histoires.

Alex fronça les sourcils, fouillant dans ses souvenirs.

— C'est exact, mais vous n'avez pas non plus fait beaucoup d'efforts pour me détromper.

Refusant de s'avouer vaincu, James, sûr de lui, donna l'argument qu'il avait préparé.

— Nous sommes tout à fait capables de nous occuper de votre ranch.

— Je n'en doute pas, mais il y a des managers beaucoup plus expérimentés qui se battent pour avoir cette place.

Il dévisagea les deux garçons, s'amusant beaucoup de la situation.

— Si vous y tenez tant, donnez-moi une bonne raison de vous garder.

James jeta un œil autour de lui : les terres, la maison, la grange… Son regard finit enfin par se fixer sur le corral.

— Vous avez dit que vous aviez besoin de quelqu'un pour débourrer les chevaux.

— C'est exact.

— Moi, je peux m'en charger.

— Ah oui ? Vous vous y connaissez en chevaux ?

— Oui. Je peux les dresser.

— Vous êtes joueur, James ?

— Non, pas du tout.

— Incroyable. Il ne fume pas, il ne boit pas, il ne joue pas. Un homme sans défaut en somme ! Bien, alors, ne parions pas. Disons plutôt que je vous lance un défi. Un défi, cela vous irait ?

— Quel genre de défi ?

— Si vous montez sur cet étalon, dit Alex en désignant un cheval noir, et si vous arrivez à tenir sur son dos une minute entière, je vous garde.

Tom jeta à James un regard désespéré. Il n'y avait plus qu'à partir. Mais James n'était pas du même avis. Il se dirigea vers le corral et passa sous la barrière.

Alex s'y accouda et sortit ses cigarettes.

— J'espère que vous n'avez pas peur de vous casser des côtes, commenta-t-il tranquillement.

Dans le corral, l'étalon noir se tenait à l'écart. Il se mit à piaffer en voyant James approcher. Le jeune homme le dépassa sans lui prêter attention et alla caresser le nez de la jument, beaucoup plus calme.

Alex semblait trouver la situation très drôle.

— Monsieur O'Reilly ? appela-t-il d'un ton méprisant. L'étalon, c'est le noir, derrière vous.

James ne répondit pas. Il continua de caresser la jument, reculant insensiblement vers l'étalon, auquel il tournait le dos. Bientôt, il sentit son souffle chaud et nerveux dans ses cheveux. James plongea alors la main dans un sac d'avoine et en offrit à la jument. Cela fit réagir l'étalon, qui poussa le jeune homme d'un petit coup de tête dans le dos. James ne bougea pas, ne s'occupant que de la jument, et lui parlant d'une voix apaisante.

L'étalon, jaloux comme un enfant, poussa le coude de James avec la tête. La secousse fit tomber l'avoine par terre. Le jeune homme en reprit une poignée, et, le dos toujours tourné, tendit la main sur le côté, paume ouverte. L'étalon avança pour renifler l'avoine, souffla, recula, avança de nouveau, puis en prit quelques grains entre ses babines.

James posa doucement la main sur la crinière noire. Le cheval se déroba. Alors, le jeune garçon lui tourna de nouveau le dos. L'étalon revint, hésita, recula. Ils jouèrent à ce petit jeu un long moment, jusqu'à ce que, progressivement, presque imperceptiblement, la main de James se pose sur le cou musclé du cheval et s'aventure jusqu'aux épaules.

Sans le moindre signe d'impatience, le jeune homme tourna sur lui-même, afin de se placer à côté du cheval. Ce dernier ne bougeait pas, mais le suivait d'un œil. Quand il se sentit prêt, James posa une main sur l'encolure et l'autre sur le dos aux muscles tressautants. Il rassembla ses forces et bondit, enfourchant le cheval d'un mouvement souple et athlétique. Le sentant sur son dos, l'étalon rua, mais James tint bon, serrant les cuisses et les genoux de toutes ses forces contre les côtes de l'animal. Celui-ci, furieux, partit au galop, atteignit en quelques foulées le bout du corral, et sauta par-dessus la barrière.

Suffoqué par le nuage de poussière qui volait sous eux, James enfouit le visage dans la crinière, s'agrippant de toutes ses forces, les mains blanchies par l'effort, et n'entendant que le martèlement furibond des sabots. Il contractait les muscles, ne voulant lâcher à aucun prix. Il avait promis à Mme Shelby de sauver Tom, et seul ce travail lui permettrait de le faire. Le cheval galopait comme un démon. Il passait entre les arbres, zigzaguait pour se débarrasser de son cavalier. Les branches lacéraient la chemise de James, lui fouettaient les bras. Le cheval changea brutalement de direction, sans arriver à le désarçonner, et traversa un ruisseau. James, d'abord trempé de la tête aux pieds, fut ensuite aspergé de boue quand l'étalon remonta sur la berge.

Au bout de plusieurs kilomètres d'une course effrénée, le cheval, épuisé, ralentit. James s'autorisa alors à relever la tête et à détendre son cou devenu raide comme du bois. Il relâcha un peu la pression de ses genoux, et le sang se remit à circuler librement dans ses membres. On ne retrouve pas sans douleur l'usage de muscles ankylosés : ses cuisses et ses genoux tremblaient. Le cheval, assagi, allait maintenant au trot. James lui caressa la tête et l'encolure. Ils se trouvaient au fond d'une gorge entourée de barrières rocheuses orange, sanguinolentes sous le soleil. Des eucalyptus centenaires, seulement fleuris au sommet, étendaient leurs majestueuses branches.

James guida l'étalon jusqu'à la rivière et le fit boire. Lui aussi aurait bien voulu se rafraîchir, mais il ne pouvait pas courir le risque de descendre. Il n'aurait sûrement pas la force de se hisser de nouveau sur le dos du cheval. Une fois sa monture désaltérée, James lui fit rebrousser chemin, et, retrouvant la piste grâce aux traces de sabots, repartit vers le ranch.

Le retour fut long. Enfin, les bâtiments surgirent au loin, petits et pâles d'abord, puis grandissant à mesure que James avançait. En l'apercevant, Tom ôta son chapeau et l'agita. Le dressage avait attiré de nombreux curieux. Les couvreurs avaient posé leurs outils et s'étaient regroupés pour voir revenir le cheval baigné de sueur et son cavalier poussiéreux.

Alex offrit son bras au héros du jour pour l'aider à descendre, et ce fut heureux, car les jambes de James se dérobèrent sous lui quand elles retrouvèrent la terre ferme. Le jeune homme se raccrocha à l'Américain, puis parvint à se redresser.

— Alors ? demanda-t-il. On peut le garder, ce boulot ?

— Oui, vous êtes embauchés, confirma Alex en lui donnant une tape amicale dans le dos.

44

— Au suivant !

Le recruteur, penché sur ses papiers et ses tampons, jeta un coup d'œil au boiteux qui approchait. Son regard ne s'aventura pas au-dessus des jambes.

— Nom ?

— Ghan.

Les yeux réprobateurs ne quittaient pas le pilon de bois.

— Il n'y a plus de place au tri.

— Au tri ou ailleurs, je m'en fous.

— Pas d'infirmes au fond, trancha l'homme en lui faisant signe de partir. Au suivant !

— Eh, une minute ! s'écria Ghan. J'ai travaillé à la mine toute ma vie. Ma jambe ne me gêne pas. On ne ramasse pas les cailloux avec les pieds, nom d'une pipe ! J'ai deux mains, comme tout le monde !

Il les tendit pour les offrir à l'inspection du recruteur, mais les retira vite, voyant qu'elles tremblaient.

— Je suis bon travailleur. Vous voyez ces cicatrices ? Je les dois à la mine. Je pourrais même assurer le travail avec deux jambes de bois, s'il le fallait.

Ghan dissimulait mal qu'il était aux abois. Il parcourait la région depuis des mois à la recherche d'un emploi, n'importe lequel pourvu qu'il lui permette de gagner deux ou trois sous pour manger. Malheureusement, il ne tombait que sur des villes fantômes ou moribondes. Il n'y avait plus de travail nulle part, en tout cas pas pour lui.

Le recruteur, chemise blanche, l'air propre et bien nourri, n'avait visiblement jamais rien fait de ses dix doigts. Un contremaître, un type qui se prenait pour le bon Dieu. Il sembla pourtant prêt à s'attendrir.

— Bon, c'est quoi, ton nom ?

— Ghan.

— C'est pas un nom, ça.

— Claudio Petroni.

— Tiens, un Italien… T'as déjà fait la grève ?

— Non.

— Tu penses quoi des syndicats ?

— Je n'en connais pas un qui se battrait pour un éclopé comme moi.

— Bon. Ferme la porte une seconde.

Ghan s'exécuta, isolant ainsi le bureau de la file d'hommes fatigués qui attendait.

— Alors, écoute, dit le recruteur, on a un nouveau directeur, M. Harrington. Il fait venir des Italiens pour renouveler les équipes. Le premier groupe est arrivé il y a un mois. De bons travailleurs, et pas chers. On attend un nouvel arrivage d'ici à quelques semaines. Du coup, les anciens perdent leur travail : les Grecs, les Slaves, même les Australiens. Le peu qui reste doit accepter une réduction des salaires. Si on en garde, c'est pas par bonté d'âme, mais à cause du quota. Il faut avoir un certain nombre de gens parlant anglais.

La commission royale passe deux fois par an pour vérifier.

« En un mot, voici ma proposition : comme tu es infirme, tu ne peux pas servir à grand-chose, mais tu as des oreilles… Enfin, au moins une, rectifia-t-il avec un sourire d'imbécile. J'ai besoin d'un gars comme toi, qui ne paie pas de mine, mais qui connaît le pays. Tu me préviendras s'il y a des mécontents. Au cas où un enragé voudrait organiser une grève…

Ghan cracha par terre.

— Quoi ? Vous me demandez de faire le mouchard ?

— Pas du tout ! Je te demande juste de tendre l'oreille. Tu écouteras ce qui se dit autour de toi. Tout m'intéresse : ce qui se passe au syndicat, mais pas seulement. Je pense surtout aux Italiens. Aujourd'hui, ils sont très contents d'être embauchés, mais pour combien de temps ? Je préfère être prévenu avant que les fauteurs de troubles ne fassent du grabuge. Je veux pouvoir me débarrasser de ceux qui se mettront en tête de monter les ouvriers contre la direction. La grogne, c'est contagieux.

— Je ne sais pas trop, grommela Ghan, douloureusement conscient d'avoir perpétuellement faim.

La proposition le dérangeait, mais le désœuvrement lui pesait tellement… Et puis, il n'avait pas vu la couleur d'un steak depuis des semaines…

— Tu veux du boulot ou tu n'en veux pas ? grogna le recruteur avec impatience.

Il fallait se décider. On ne lui proposerait pas ce travail deux fois. En réalité, Ghan n'avait guère besoin de réfléchir : il n'en pouvait plus d'errer, de ne devoir sa survie qu'aux maigres poissons qu'il pêchait et qu'aux rares lapins qu'il piégeait.

— Bon, c'est d'accord.

— Je ne te demande rien de particulier, juste d'écouter ce qui se dit et de m'avertir s'il se prépare quelque chose. C'est tout. Tu es partant ?

— Oui, je vous préviendrai.

— Et, bien évidemment, tout ça reste entre nous.

L'homme écrivit quelques mots sur un papier, qu'il tendit à Ghan.

— M. Harrington n'aime ni les excités ni les tire-au-flanc. Si tu la lui fais à l'envers, il transformera ton pilon en allumettes et se servira de toi pour allumer sa chaudière.

45

Jour après jour, la vie s'installait à Wanjarri Downs. On déchargeait des camions de poules, de cochons, de chèvres. Trois chevaux arrivèrent, paniqués par le transport, aveuglés par le soleil à la descente du box. Les hommes terminèrent la construction du toit, puis s'attaquèrent à la rénovation des barrières, ainsi qu'au forage de puits dans les pâturages les plus lointains. L'odeur de sciure, de poussière et de transpiration accompagnait tous ces efforts.

Leonora s'occupait de l'aménagement intérieur. Elle sortit la vaisselle des caisses de cèdre, débarrassa les étagères de leurs derniers copeaux, les doubla d'un tissu en dentelle et rangea la porcelaine. Derrière les portes vitrées des vaisseliers régna bientôt un ordre parfait. C'était la promesse d'une vie familiale harmonieuse.

— Je te vois sourire depuis tout à l'heure, commenta Alex, appuyé au chambranle, bras croisés. Je ne me doutais pas que les travaux ménagers te plaisaient autant.

— J'aime beaucoup cet endroit.

— J'ai du mal à te comprendre. J'étais certain que Pittsburgh te manquerait.

— Je suis heureuse que nous soyons enfin chez nous. Tu veux que je te prépare du thé ? Tu as faim ?

Il la regarda s'activer dans la cuisine, songeur.

— J'ai embauché une cuisinière et une femme de charge. Elles doivent arriver la semaine prochaine.

— C'est inutile. Faire la cuisine ne me dérange pas du tout. Et même le ménage.

— Quelle idée ! Tu ne te rends pas compte. Dans un ranch, il faut nourrir des dizaines de personnes. Et puis, nos invités auront tellement de route à faire pour venir jusqu'à nous qu'ils resteront plusieurs jours. Sans parler des hommes du ranch et des journaliers qui doivent arriver pour la tonte. Une véritable armée d'affamés !

— Tu as sûrement raison, soupira Leonora, blessée par la condescendance de son mari. Tu as engagé tout le personnel qu'il te faut au ranch ?

— Les intendants sont installés depuis quelques jours. De vrais cow-boys. Jeunes, futés. Il me faut absolument des hommes efficaces pour s'occuper du ranch. Je ne dois pas avoir à m'en mêler, j'aurai déjà assez de soucis avec la mine.

Leonora servit le thé et les biscuits. Alex, qui se balançait sur sa chaise, mélangea son sucre d'une main nonchalante.

— J'aurais voulu que tu voies leur air ahuri quand ils sont arrivés ! dit Alex avec un amusement dédaigneux. En superficie, le domaine fait la moitié de la Belgique, tu te rends compte ? Je me demande la tête qu'ils feront lorsqu'ils te rencontreront !

Alex la dévorait des yeux. Il se leva, abandonnant sa tasse pleine, et l'enlaça. Leonora ferma les yeux, comme chaque fois qu'il la touchait, résistant à l'envie de le repousser. Il ne l'avait plus jamais violentée comme la première fois, mais c'était probablement parce qu'elle cédait toujours. Elle le laissait faire, attendant patiemment qu'il finisse.

Cette fois, elle lui servit l'excuse qui fonctionnait à tous les coups et qu'elle utilisait le plus souvent possible :

— Ce n'est pas le moment, Alex, je pourrais tomber enceinte.

Alors, comme toujours dans ces cas-là, il la lâcha. Il ne voulait pas d'enfants avant d'avoir fait fortune.

Restant debout, il avala sa tasse de thé et la reposa d'un geste décidé.

— Allez, viens, tu as besoin de sortir, décréta-t-il. Je vais te présenter aux hommes. Et puis, ajouta-t-il en lui prenant le bras, j'ai une surprise pour toi.

Tom posa la selle qu'il portait près de la porte ouverte de l'écurie.

— Le boss fait visiter son royaume à sa dame, annonça-t-il à James. Il veut que tout le monde se rassemble au corral.

— J'arrive.

James termina ce qu'il était en train de faire : il enfonça un clou dans un poteau, accrocha le dernier harnais, puis s'essuya les mains sur son pantalon en suivant Tom dehors.

Alex se pavanait au milieu du groupe, tenant sa femme par la taille.

— Messieurs, je vous présente ma charmante épouse, Mme Harrington, dit-il fièrement, certain que tous l'enviaient. Chérie, voici les hommes qui ont construit notre maison et qui vont faire de Wanjarri Downs le plus beau ranch de l'Ouest australien.

Il y eut un silence gêné, durant lequel les hommes se demandèrent s'il fallait applaudir, crier hourra, ou simplement continuer à se taire.

James, pressé de retourner travailler, croisa le regard des autres, des hommes au visage dur, fripé et bruni.

— O'Reilly, amène-moi Midnight, ordonna Alex.

James retourna à l'écurie et conduisit l'étalon noir, un peu moins nerveux après plusieurs semaines de dressage, jusqu'au corral. Il tendit la longe à Alex, qui présenta le cheval à sa femme.

— Qu'il est beau, s'émerveilla-t-elle en posant la main sur le chanfrein de Midnight.

Les hommes hochèrent la tête : en effet, c'était un magnifique cheval.

— Selle-le, ordonna Alex à James. Je vais le monter.

James releva son chapeau sur son front.

— Il n'est pas prêt.

— Comment cela, pas prêt ? Tu te balades sur son dos depuis des semaines !

— Il me connaît, mais il ne se laisse encore toucher par personne d'autre.

Alex eut un rire suffisant.

— Allons, je suis un cavalier hors pair. Cela ira très bien. Mets-lui sa selle.

James hésita, observa le cheval un long moment, puis haussa les épaules en lançant un regard à Tom, l'air de dire : « Tant pis pour lui. »

James serra solidement les sangles, puis recula de plusieurs pas, sur le qui-vive, prêt à intervenir.

Très sûr de lui, Alex monta en selle. Il eut un sourire.

— Tu vois, je te l'avais bien…

En entendant cette voix inconnue, le cheval noir redressa la tête, et, pris de panique, piaffa, puis se cabra plusieurs fois, de plus en plus haut. Alex avait perdu son assurance. Il transpirait, et sa mèche, parfaitement coiffée un instant auparavant, virevoltait sur son front tandis qu'il essayait de maîtriser sa monture. Le cheval fit entendre un hennissement effrayant, puis, donnant une violente ruade, projeta Alex par-dessus lui. L'Américain atterrit dans la poussière, sur le ventre, au milieu de ses hommes. Il y eut à peine quelques ricanements : mieux valait se taire.

Sa femme se précipita.

— Alex, tu t'es fait mal ?

Il releva la tête dans sa direction. Son air assassin la fit reculer. Il se remit sur pied, et, soudain, sortit son revolver. Il tendit le bras, pointant son arme sur la tête de l'étalon.

James allait intervenir, mais la femme de Harrington le devança. Elle attrapa les rênes de Midnight et se plaça entre lui et le canon étincelant.

— Non, Alex, ne fais pas ça !

— Pousse-toi ! ordonna-t-il rudement.

— Baisse ce revolver, Alex.

Il avait le bras ferme, le doigt sur la détente, le regard déterminé.

— Leonora, pour la dernière fois, ou je tire !

Leonora. Ce nom fit un tel effet à James qu'il en resta un instant paralysé. *Leonora*… Mais il se reprit, approcha du cheval, lui posa la main sur l'encolure, et s'interposa de façon à protéger la jeune femme. Le cheval rua de nouveau. James le retint en criant « holà ! », puis se tourna vers Alex en se forçant à sourire, malgré l'arme qui s'agitait sous son nez.

— Je n'arrive pas à croire que vous soyez arrivé à grimper dessus. Ce matin, il a envoyé Tom par terre juste parce qu'il s'était approché un peu trop près.

Quelques rires éclatèrent, encouragés par la mine déconfite de Tom. Le bras d'Alex se détendit un peu.

— C'est un animal exceptionnel, continua James. Il pourrait bien vous faire gagner la Melbourne Cup.

Alex baissa un peu le bras, le doigt toujours sur la gâchette.

James lâcha alors les rênes, et avança vers Alex avec un clin d'œil complice, tout en se révoltant intérieurement contre la bassesse qu'il s'obligeait à commettre pour sauver le cheval.

— Après tout, les chevaux sont comme les femmes, non ? Les plus sauvages sont les meilleurs.

Les hommes rirent bruyamment, tout en approuvant. La tension retomba d'un seul coup. Alex baissa le bras et rengaina son arme.

— Tu as bien raison, mon ami.

Il rejoignit ensuite sa femme et lui donna une tape sur les fesses en ajoutant :

— Il n'y a rien de plus vrai !

Leonora partit se réfugier dans la maison, rouge de honte et brûlante de colère. En entendant Alex la suivre, elle se tourna vers lui :

— Pourquoi as-tu fait cela ? s'écria-t-elle.

Il l'empoigna par les bras avec une violence inouïe.

— Qu'est-ce que je t'ai dit ? hurla-t-il.

— Quoi ? Je ne sais pas de quoi tu parles, gémit-elle, terrifiée.

— Je t'interdis de me parler sur ce ton devant mes hommes ! C'est compris ?

— Mais tu voulais tuer le cheval !

Il lui tordit les bras si fort qu'elle hurla.

— Arrête, Alex, tu me fais mal !

— Je t'interdis de me contredire ! Ne recommence jamais !

— Lâche-moi, s'il te plaît… Pardon…

Il la repoussa brutalement, alla se recoiffer devant le miroir, puis attrapa deux bouteilles dans le bar. La porte d'entrée claqua derrière lui, et Leonora resta seule, profondément choquée, massant ses bras douloureux.

— Il est complètement dingue, commenta Tom.

James, la mâchoire crispée, ne répondit pas. Il contemplait pensivement la maison.

— Je suis sûr qu'il l'aurait buté si tu n'étais pas intervenu, reprit Tom, et sa femme avec. Un beau cheval comme ça… Et sa femme n'est pas mal non plus… Une jolie putain de luxe.

— Ne parle pas d'elle comme ça !

— Quoi ? Qu'est-ce que j'ai dit ?

— La ferme !

— Attends… Je te connais, toi… Ne me dis pas qu'elle te plaît ! La femme du patron, c'est pas malin…

— Tais-toi ! C'est pas ça… Je crois que je la connais.

— Qu'est-ce que tu racontes ?

— J'ai grandi avec elle à l'orphelinat.

— Mais non, vieux, tu te fais des idées. Elle n'est même pas australienne.

— Si. Elle est aussi australienne que toi et moi. Elle a été adoptée par une famille américaine. Je t'assure… C'est elle…

— Ça alors… Et tu crois qu'elle t'a reconnu ?

— Ça m'étonnerait. Elle m'a à peine regardé. Et puis, je ne sais pas… Peut-être que je me trompe… Il y a tellement longtemps…

La porte de la maison s'ouvrit, et ils virent Alex revenir vers eux en brandissant deux bouteilles de whisky.

— Tiens, le patron a envie de fêter sa gamelle, ricana Tom dans un murmure.

— Ne lui dis rien, souffla James.

— Quoi ? Que sa femme t'a tapé dans l'œil ? Pas de danger, je ne suis pas suicidaire.

James lui jeta un regard noir.

— Ben quoi ? se moqua Tom. Elle est mignonne, la petite…

Puis, allant à la rencontre d'Alex, il cria :

— Alors, patron, ce whisky, il est pour nous ou pour les chevaux ?

James ne dormait pas. Les mains croisées derrière la tête, il contemplait le lambris du plafond. *Leonora*. Il pensait au visage de la petite fille qu'il avait quittée, et y superposait celui de la jeune épouse de son patron. C'était elle, c'était bien elle qui avait courageusement défendu le cheval et rougi quand son mari, pour sauver la face, l'avait publiquement humiliée. James s'en voulait d'avoir été à l'origine de ce comportement absolument scandaleux, mais il n'avait pas eu le choix. L'ego démesuré d'Alexander Harrington le rendait très dangereux.

Des pas lourds se firent entendre. Tom entra dans la chambre en chancelant, s'agrippant au chambranle comme s'il se trouvait en mer, en pleine tempête.

James ne put s'empêcher de rire.

— Ça ne va pas, mon vieux ?

— Si, si, mais je voudrais bien que ça s'arrête de tourner. Le principal, c'est que j'aie pu envoyer l'argent à Ashley.

— Et comment !

— C'est grâce à toi, vieux frère, dit Tom, un sanglot sentimental dans la voix.

— Tu feras plus attention la prochaine fois.

— Je ne toucherai plus jamais à une femme !

— Mais bien sûr, c'est ça !

Tom ressortit en se tenant au mur, et lança, en guise d'au revoir :

— Ah, au fait, je connais le nom de jeune fille de la jolie petite blonde du boss. C'est Fairfield.

Ce nom ! James reconnaissait ce nom ! L'émotion l'étreignit et une chaleur dilata sa poitrine. *Leo*... C'était bien Leo !

Aveuglé par le soleil couchant, James baissa son feutre sur son front, n'apercevant alors plus que son cheval. Il rentrait au ranch face à un vent qui n'était que la fin d'une tempête de sable passée la veille sur la région. Il trouva Tom en train de balayer la poussière et le sable rouge venus du désert.

— Les moutons n'ont pas trop souffert de la

tempête ? demanda Tom au moment où James mettait pied à terre.

— Ils sont couverts de poussière, et ils ont eu soif, mais on n'en a pas perdu un seul.

— Il faudrait les conduire un peu plus haut, dans un ou deux jours.

— J'y pensais. Par ce temps, ça vaudrait mieux. Je vais avertir Alex.

James alla frapper à la porte de la grande maison, les mains encore teintées par la poussière orange du trajet. Il attendit qu'on lui ouvre en regardant autour de lui : la Ford T était couverte de poussière, ainsi que le rosier grimpant de la véranda. Ce sable était collant comme de la craie… Il faudrait au moins une semaine pour que les traces de la tempête disparaissent.

— Bonjour…

Leonora Harrington se tenait devant lui : c'était elle qui avait ouvert.

James perdit toute son assurance. Les jambes lourdes comme du plomb, incapable de faire un pas, il ôta son chapeau et le pétrit entre ses doigts crispés.

— Pardon pour le dérangement, madame Harrington. Je, euh… Votre mari est là ?

— Non. Il est sorti ce matin. Il doit rentrer tard.

James n'avait plus qu'à partir. Il s'ordonna de faire demi-tour, mais ses jambes étaient incapables de bouger. Il tapota le pied pour s'assurer qu'il n'était pas paralysé, puis, brusquement, tendit la main.

— Nous n'avons pas été présentés. Je m'appelle James.

— Leonora, répondit-elle en lui donnant la sienne.

S'apercevant qu'elle regardait la poussière rouge dont il lui avait teinté la main, il fut encore plus gêné.

— Pardon, bégaya-t-il en s'essuyant sur son pantalon. Je reviens des pâturages. Je n'ai pas eu le temps de me nettoyer.

— Ne vous inquiétez pas, dit-elle en riant. Nous avons été ensevelis sous le sable, nous aussi, et je n'arrive pas à m'en débarrasser, il y en a partout dans la maison. La tempête est arrivée très vite. Vous en avez souvent ?

— Pas vraiment, mais…

James s'interrompit, ayant déjà oublié ce qu'il s'apprêtait à dire. Fasciné par la présence de Leonora, il la contemplait, la tête vide. Il ne savait plus du tout où il en était.

Étonnée par le long silence qui suivit, la jeune femme tenta de relancer la conversation.

— Vous êtes l'un des deux intendants, n'est-ce pas ? Nous nous sommes vus l'autre jour.

— Oui, justement, je voulais vous dire, madame Harrington…

— Je vous en prie, appelez-moi Leonora.

James se mit à bégayer.

— Je… Pour l'autre jour, je voulais vous demander pardon.

— Non, c'est inutile, dit-elle en baissant les yeux.

— J'ai dit ça, mais je ne le pensais pas. C'était à cause du revolver… J'avais peur qu'il y ait un accident. Je respecte les femmes, et jamais je n'aurais dit une chose pareille si…

Elle laissa échapper un petit rire.

— Je m'embrouille un peu, avoua-t-il avec un sourire en coin. Je voulais juste vous demander pardon.

— Tout va bien, ne vous en faites pas. Au contraire, c'est moi qui vous dois des remerciements. Vous avez sans doute sauvé la vie du cheval.

James contemplait son visage, scrutait ses traits, sa peau, ses cheveux. Tout ce qu'il reconnaissait éveillait en lui des souvenirs et mettait ses pensées en émoi. Il détourna les yeux, regardant au loin pour tâcher de remettre de l'ordre dans ses idées.

— Eh bien, si vous n'avez plus besoin de moi… commença Leonora.

Alors, le jeune homme baissa les yeux, et dit d'une voix douce et profonde, comme venue d'un souffle de vent lointain :

— J'ai connu une jeune fille qui s'appelait Leonora, autrefois…

— Ah oui ? répondit-elle, intriguée. C'est drôle. Ce n'est pas un prénom très courant.

— Vous lui ressemblez, ajouta-t-il en posant sur elle un regard scrutateur. Nous vivions dans un orphelinat situé sur la côte, près de Geraldton. Vous connaissez peut-être ?

Leonora devint livide. Elle voulut parler, mais n'y parvint pas immédiatement.

Tout à coup, le soleil fit briller le blond de ses cheveux, formant ainsi une sorte de halo autour de son visage. Le cœur de James s'emballa. Ce regard noisette empli de crainte, il le connaissait bien : c'était elle, cela ne faisait plus l'ombre d'un doute.

— Je ne connais pas d'orphelinat ! lança-t-elle.

Cette réponse ressemblait à du mépris. James fut profondément blessé.

— J'ai dû me tromper, dit-il en soulevant son chapeau pour prendre congé d'elle.

— Vous ne pensez tout de même pas que je suis une orpheline !

— Non, bien sûr…

La porte lui claqua au nez et lui fit l'effet d'une gifle.

Leonora s'appuya contre la porte qu'elle venait de refermer et éclata en sanglots. Elle se laissa glisser à terre, ses jambes ne la portant plus. De grosses larmes roulaient sur ses joues et mouillaient ses lèvres. Elle cacha son visage dans ses mains et pleura en tremblant, cédant à la panique.

Dès le plus jeune âge, on lui avait appris à ne jamais parler de ses premières années d'existence, à faire du sujet de l'orphelinat un véritable tabou. Elle étouffait. Elle s'agrippa à son col pour le déboutonner, puis s'accrocha à la chaînette en or qu'elle portait au cou. Ses doigts se refermèrent sur le petit galet en forme d'œuf qu'elle avait fait monter en pendentif. Elle le caressa doucement, sentant le choc s'accroître, la peur gonfler.

Ce n'était pourtant pas la peur qui avait déclenché les sanglots qui la secouaient, mais le réveil de cette nostalgie profondément enfouie, et le soulagement de savoir qu'elle n'avait pas rêvé. Ce souvenir presque perdu qui lui revenait parfois était bien réel. Il existait bien, cet ami blotti au plus profond de son cœur. James. Elle défit son médaillon et contempla la petite pierre blanche et douce, laissant la joie, dans un premier temps chassée par la peur et le chagrin, faire son apparition. Elle rit à travers ses larmes. Ce qui lui arrivait était incroyable.

Elle tâcha de se souvenir du jeune homme qui lui avait serré la main. Il avait la poigne ferme, des doigts longs, solides. Elle voulut revoir son visage, mais ne se remémora que la peine qui s'y était inscrite quand elle lui avait claqué la porte au nez. Elle regarda ensuite sa main, mais ne vit que la marque bleutée laissée par Alex sur son poignet.

Épuisée, elle appuya la tête contre la porte et laissa doucement revenir les souvenirs. Une odeur de rose entrait dans la maison, portée par le vent. James était là… Ses larmes séchèrent. La tendre lumière du soleil déclinant parvenait jusqu'à elle. Un sourire passa sur ses lèvres, et elle murmura son nom, juste pour le plaisir de l'entendre :

— James…

Tom, assis sur une botte de foin, le chapeau relevé sur son front de rouquin, examinait un registre en mordillant son crayon. Il releva la tête en entendant un cliquetis de verres.

— Madame Harrington ! Vous êtes un ange !

Leonora tâchait de ne rien renverser malgré ses mains tremblantes. L'air cordial de Tom la mit à l'aise, et elle rit en le voyant avaler son verre de citronnade en deux longues gorgées.

— Vous avez l'air de mourir de soif !

— Ça fait du bien ! Thomas Shelby, ajouta-t-il en lui tendant la main.

Leonora jongla avec son plateau pour pouvoir la lui serrer.

— Leonora.

— Content de faire votre connaissance.

— Vous en voulez encore ?

— Non, merci. C'était parfait.

Elle le trouvait adorable et touchant, avec son regard bleu clair plein d'espièglerie. C'était encore un gamin. Il devait aimer jouer avec les filles et les séduire en riant.

— Vous avez un beau ranch, Leonora. Mon père aurait donné cher pour avoir un endroit pareil.

— Il est fermier ?

— Il était fermier. Il est mort il y a plusieurs années.

— J'en suis désolée.

— Il rêvait d'avoir un troupeau de moutons, comme ici. Il en avait, mais seulement quelques-uns. Il leur donnait des noms idiots. Un sur deux s'appelait « Boule de neige » !

Elle rit, le trouvant de plus en plus sympathique.

— Bon, soupira-t-il, je ferais mieux de retourner à mes comptes. Merci encore pour la citronnade.

— Je vais apporter un verre à votre collègue, dit-elle en tâchant de prendre un ton naturel. Où puis-je le trouver ?

— James ? Il est derrière la grange. Il répare la clôture. Mais, je vous préviens, il est de mauvaise humeur depuis hier !

Leonora fit le tour de la grange et évita quelques cailloux en se dirigeant vers la longue clôture, la citronnade dansant sur le plateau. Elle trouva James penché sur un piquet, pince à la main, arc-bouté pour tendre le fil de fer. Le cœur battant à se rompre, elle approcha.

James ne leva pas la tête en entendant ses pas, et ne se retourna pas en voyant l'ombre de la jeune femme avancer sur lui.

— Je vous ai apporté de la citronnade…

— Je n'ai pas soif, grogna-t-il sans interrompre son travail.

— Je vous en prie… dit-elle d'une voix tremblante. Il faut boire, vous êtes en plein soleil.

Il se redressa alors, ce qui lui permit de remarquer l'homme athlétique qu'il était devenu. Il prit le verre sans la regarder, et la remercia d'un grommellement bref.

Il ne lui rendrait pas la tâche facile. Il buvait comme si elle n'était pas là, lui tournant à moitié le dos.

— Il y a un trou dans la clôture ? demanda-t-elle pour engager la conversation. C'est un animal qui a fait cela ?

— Un dingo, sans doute.

Elle ne le voyait que de profil : son long cou, ses cheveux châtains sagement dégagés derrière la nuque et autour des oreilles, son nez droit, son air distant.

Rassemblant son courage, elle dit alors :

— Tu te souviens du surnom que tu donnais à sœur McCussick ?

James se figea, impassible, puis prit une longue gorgée de citronnade.

Croyant qu'il ne répondrait pas, Leonora rougit. Il valait mieux s'en aller tout de suite pour ne pas se laisser humilier davantage. Alors qu'elle repartait, une voix s'éleva dans son dos, imitant un fort accent écossais.

— Ah, tu veux dire « mam'selle Cul-Sec ? »

La jeune femme, qui ne s'y attendait pas, éclata d'un rire impossible à arrêter. Elle riait si fort qu'elle dut lâcher le plateau et le verre vide, qui roula par terre. James se pencha pour les ramasser, mais fut obligé d'attendre, un sourire aux lèvres, qu'elle se calme un peu avant de les lui rendre.

Leonora eut le plus grand mal à recouvrer son sérieux. Elle s'essuya les yeux et vit que James la contemplait gravement.

— Alors, c'est vraiment toi… murmura-t-elle. Après tout ce temps…

Il hocha la tête en silence. Elle se souvint alors qu'il devait encore lui en vouloir.

— Je suis désolée pour hier, dit-elle. J'ai mal réagi.

— Ce n'est pas grave.

— Mais si… Je n'arrivais pas à y croire. C'était il y a si longtemps… Alors, quand j'ai compris que c'était vrai, et que tu étais là… Tu comprends ?

James hocha la tête. Elle fut soulagée de constater qu'il la comprenait. Il y eut un nouveau silence. Cette trop longue séparation avait préservé la familiarité tout en effaçant les habitudes, ce qui rendait la situation gênante.

James enfonça une main dans sa poche et désigna la maison d'un geste du menton.

— On dirait que la vie t'a plutôt gâtée.

— On dirait…

Elle avait répondu d'une voix si hésitante que le jeune homme sembla ressentir de la compassion.

— Et toi ? demanda-t-elle. Ta vie n'a pas été trop dure ?

James fronça les sourcils.

— Pas trop.

Après cela, ils ne trouvèrent vraiment plus rien à ajouter. Leonora serra le plateau contre elle, comme s'il s'agissait d'un bouclier.

— Je voudrais te demander un service, dit-elle avec gêne. Je préférerais que l'on fasse semblant de ne pas se connaître… Alex ne sait pas que j'ai été adoptée… J'ai peur de ce qui pourrait se passer s'il l'apprenait.

— Comme tu voudras, répondit James en baissant les yeux.

— Il ne comprendrait pas, insista Leonora. Cela vaudrait mieux pour tout le monde.

James hocha la tête et reprit ses outils. Elle s'y était prise avec plus de délicatesse que la première fois, mais ce deuxième rejet faisait tout de même mal.

Les hommes partirent de Wanjarri Downs dès l'aube : quatorze cow-boys à cheval, Tom et James conduisant la troupe, col remonté pour se protéger du froid matinal. Les Aborigènes suivaient, se mouvant avec fluidité dans la plaine nacrée.

Leonora les observait depuis la fenêtre de sa chambre, entendant à peine la cavalcade derrière les carreaux. Ils disparurent dans la brume matinale, silencieux comme des fantômes. Ils allaient chercher le troupeau, et seraient donc partis de longues semaines. La jeune femme posa la main sur la vitre froide. Les ronflements d'Alex montaient derrière elle. Un vide immense sembla alors entrer dans la maison. L'ombre de la solitude planait et se posait sur tout. Il lui manquait déjà.

46

Ghan regarda les tentes autour de lui. Il avait planté la sienne au bout de la dernière rangée, un petit abri de toile brune mal tendue, doublée de vieilles toiles d'araignées. Son palais.

— Nom d'une pipe en bois ! cria une voix. C'est pas Dieu possible !

Ghan se trouva face à un visage presque aussi âgé et laid que le sien.

— Ça alors, Whistler, t'es là ?

L'homme se frappa la cuisse.

— Vieux brigand !

C'était un bonhomme aux jambes arquées, le torse recouvert d'une broussaille de poils blancs qui dépassaient d'un maillot de corps douteux.

— Qu'est-ce que tu fabriques ici, mon vieux Ghan ?

— Embauché ! Alors, on est voisins ?

Whistler rit bruyamment, le visage tout ridé de plaisir.

— Je te pensais mort !

— On est increvables, nous autres !

— Bien vrai ! approuva Whistler en agrippant sa ceinture pour remonter son pantalon.

— Alors, tu ne siffles plus ?

Ghan parlait d'une dent cariée sur le devant, percée d'un joli trou tout rond, qui avait rendu Whistler célèbre pour ses rires sifflants.

— On me les a toutes enlevées. Comme ça, je suis tranquille. Tu as faim ?

— Toujours.

— Viens, je vais nous préparer un petit frichti. Laisse ton sac, ça ne craint rien. Les gars sont plutôt réglo ici. Ils sont calmes, sauf ces agités de ritals, qui nous cassent les oreilles avec leurs satanées motos. Mais sinon, ça va.

Whistler souleva le pan de toile qui fermait sa tente pour laisser Ghan entrer. Un petit réchaud à quatre pieds bricolé dans un bidon de kérosène était posé près du piquet central. Whistler plaça quelques brindilles en dessous et les alluma. Il remplit d'eau une grosse boîte de conserve vide qui lui servait de bouilloire, y fit tomber du thé, et sortit deux autres boîtes de conserve, faisant cette fois-ci office de mugs. Sa poêle à frire était encore blanche de lard fondu. Il mélangea de la farine, de l'eau et du bicarbonate de sodium pour faire du *damper*, les galettes de pain express des campements itinérants. Du thé et du *damper*, le banquet du *bushman*, du cow-boy ou du mineur.

— Je n'ai pas de confiture, mais j'ai du sirop de mélasse. C'est quatre fois moins cher.

— Tout me va.

Whistler remua le thé, le laissant bouillir jusqu'à ce qu'il soit pratiquement noir. Il le versa ensuite dans ses tasses de fortune.

— Alors, comme ça, tu ne trouvais plus de boulot ailleurs ?

— Rien à faire ! Les soldats reviennent du front. Impossible de rivaliser avec des infirmes croulant sous les médailles.

Whistler tendit la tasse brûlante à Ghan, dont les doigts calleux sentirent à peine la chaleur.

— On t'a coupé la jambe finalement. Ça t'a fait mal ?

— Abominable.

— Très peu pour moi… Il faudrait me tuer d'abord. Ça me rend malade rien que d'y penser. T'as vu, c'est ça de ne fabriquer que des filles : on devient tendre comme du beurre !

— Comment vont les gamines ?

Ghan se souvenait bien des cinq filles de son ami, toutes nées à un an d'intervalle, blondes et jolies comme des cœurs. Whistler ne pouvait pas parler d'elles sans avoir les larmes aux yeux.

— Toutes mariées. À de bons gars. Dieu merci, pas à des poivrots ou des cogneurs. Combien j'ai de petits-enfants à ton avis ?

— Vas-y, dis-moi.

— Douze ! Et tu sais combien de filles ? Onze ! Bon Dieu de merde ! T'imagines ? Je ne sais pas comment ces jolies petites gonzesses ont pu sortir d'un gros dur comme moi !

Ghan répondit par un rire, pendant que Whistler s'occupait de sa cuisine. Dans la poêle, le gras grésillait, et la bonne odeur qui s'en dégageait éveillait des gargouillis dans le ventre vide des deux hommes.

— Tu te souviens de ma femme, Pippa ?

— Bien sûr. Aussi mignonne que tes petites.

— Oui, t'as raison… Eh ben, elle est morte. Il y a des années maintenant.

Il appuya sur les ronds de pâte avec une fourchette, puis les retourna, envoyant de la graisse gicler un peu partout.

— Elle me manque, tu n'imagines pas à quel point. Même avec le temps, ça ne passe pas. Je le sens là, ajouta-t-il en se frappant la poitrine. Un grand vide, qui fait un mal de chien…

Ghan contempla pensivement son thé noir et fumant, puis en avala une gorgée.

Les galettes étaient cuites. Whistler les fit glisser sur des assiettes en fer-blanc, puis les arrosa de sirop de mélasse.

— Ils t'ont mis où ? demanda Whistler.

— Au piochage.

— Au fond ?

— Oui, au fond.

— Tu n'as pas pioché depuis combien de temps ?

— Je ne sais plus trop, dit Ghan en levant les yeux vers la fumée qui s'échappait par le trou d'évacuation, en haut de la tente. Quinze, vingt ans.

— C'est trop long, vieux, tu ne tiendras jamais le coup.

— J'ai besoin de turbiner.

— N'y va pas, ça va te tuer.

— Pas le choix.

— Après tout ce temps à l'air et au soleil, t'auras l'impression qu'on t'enfonce la tête sous l'eau.

Whistler en arrivait presque à lui gâcher le goût du pain. Il insista :

— Si seulement tu pouvais venir au tri avec moi… Mais il y a une liste d'attente de deux kilomètres… Des gars qui attendent que je calanche pour prendre ma place.

Ils terminèrent leurs galettes, laissant des traces humides sur leurs assiettes. Les mouches se chargèrent du nettoyage.

— Allez, viens, dit Whistler, je te fais visiter le quartier.

Les deux hommes se promenèrent entre les tentes, certaines renforcées de toiles de sac et de bidons aplatis. Il y en avait des grandes, pour des familles entières, et des petites, à peine assez spacieuses pour un homme.

— Bonjour, madame Riccioli, dit Whistler à une dame qui balayait devant sa porte.

C'était une belle femme aux cheveux noirs, retenus par un chignon. Elle s'interrompit dans sa tâche avec un sourire.

— Je vous donne un petit reste ? Il faut manger. Vous êtes trop maigre, monsieur Whistler.

— C'est pour faire le beau avec les dames, répondit-il en se redressant fièrement.

Deux pas plus loin, il chuchota à l'oreille de Ghan :

— Les Italiennes, ça cherche toujours à vous engraisser ! Des gens agréables, y a pas à dire, si on fait abstraction de leurs motocyclettes, qui font trop de boucan.

Un peu plus loin, il expliqua :

— Le camp est plus ou moins divisé par pays. Les Italiens sont ceux qui sont placés le plus loin du centre-ville, et les Australiens occupent les meilleures places. Entre les deux, on trouve les Slaves, les Polonais, et quelques autres. Ils s'entendent bien au travail, mais, une fois de retour au camp, ils ne voient pas plus loin que leur drapeau national. Il y a eu des Allemands, mais ils se sont fait virer au début de la guerre. Bien dommage. Ils étaient costauds et toujours de bonne humeur. On leur a fait payer les événements alors qu'ils n'y étaient pour rien. Je me demande où ils sont tous passés maintenant.

— Repartis en Allemagne, sûrement.

— Je ne crois pas. Ils n'aimaient pas plus le Kaiser que nous… Ça doit être dur de ne plus avoir de pays… Tu vois, ajouta-t-il avec un rire, je me suis vraiment attendri !

Ils passèrent devant des drapeaux italiens qui pendaient tristement, à moitié déchirés par le vent sablonneux.

— Ils font venir beaucoup trop d'Italiens, commenta Whistler. Ça casse l'équilibre, ce n'est pas bon. Dans les autres parties du camp, ça rouspète. Pas moi, bien sûr. Moi, je m'en bats l'œil. Mais on les entend se plaindre, les autres. On sent la colère qui monte. La direction en profite pour réduire les salaires et rallonger les heures. C'est ça qui me dérange. Tu as vu le nouveau directeur, Harrington ?

— Je ne crois pas.

— Si tu l'avais vu, tu t'en souviendrais ! C'est un Yankee pur et dur. Costard propre tous les jours. Un vrai dandy. Mais son regard ne pardonne pas. C'est le genre de gars à te sourire pendant qu'il te tord le bras dans le dos. Il se fait des ennemis à la pelle, mais aussi beaucoup d'amis. Il reçoit tout le gratin à l'hôtel. Ça fait la fête là-dedans. Des avocats, des docteurs, des politiciens qui viennent boire et jouer aux cartes. Même le shérif y va. Et je peux te dire qu'ils aiment les femmes. Autrefois, les filles de Madame Annie ne venaient que les mardis. Maintenant, c'est trois fois par semaine. À croire qu'il faut être vicieux pour gagner de l'oseille ! Ici, les joueurs professionnels, les putes et les fabricants d'alcool s'en mettent plein les poches, pendant que nous, les travailleurs, on crève la dalle.

Il enjamba un ruisseau d'eau savonneuse qui s'écoulait depuis une tente.

— Ça râle, partout ça râle. La révolte n'est pas loin.

— Comme toujours, en somme.

— Non, pire. La direction veut trop tirer profit des malheureux. Les types se sentent tellement petits qu'ils en oublient qu'ils sont des hommes. Ils deviennent aussi sauvages que des bêtes. Ça va barder, je te dis.

Ghan eut un rire.

— Tu deviens pessimiste avec l'âge.

— Pessimiste, non, juste réaliste. J'en ai traversé des épreuves, j'ai vu beaucoup de choses, je t'assure, et c'est comme je te dis : cette colère qui monte dans les tentes et dans le puits, elle est violente. Elle fait très peur.

47

Le tonnerre secouait la maison. Le printemps apportait avec lui pluie et vent déchaîné. Alex dormait près de Leonora, assommé par le gin, sourd à la tempête. La jeune femme s'inquiétait. James et Tom n'étaient pas encore revenus de la longue transhumance du bétail. S'ils voyageaient sous un pareil déluge, la tâche serait encore plus pénible.

Avec le jour, et après avoir nettoyé les pâturages et la terre couleur rouille, la pluie se déplaça vers l'est. Les feuilles, débarrassées de leur poussière, brillaient de verts profonds. Le ciel avait retrouvé son bleu immense, et les cacatoès fêtaient le retour du beau temps dans les branches.

Dans la cuisine, Meredith, la cuisinière, mettait le pain au four, et Clare, la femme de charge, s'affairait. Interrompues dans leur conversation par l'arrivée de Leonora, elles se tournèrent vers elle.

— Bonjour, madame Harrington, dit Meredith, une solide paysanne blonde aux dents irrégulières. Je vous donne quoi pour le petit-déjeuner ?

— Je ne prendrai que du thé, mais je peux le préparer moi-même, merci.

— Dommage ! On a de beaux œufs tout frais. La pluie réussit aux poulettes. Ne bougez pas, je m'occupe du thé. Et pour M. Harrington ?

— Je vais lui demander ce qu'il veut.

La porte du bureau était restée ouverte. Alex, renversé dans son fauteuil, lisait son journal, les pieds posés sur la table.

— Bonjour, chérie, dit-il en tournant une page.

Leonora regarda autour d'elle, sachant ce qu'elle allait voir : la bibliothèque, ses quelques livres et ses photographies encadrées. Alex et l'oncle Owen en tenue de chasse, fusil sur l'épaule, y figuraient en bonne place, ainsi qu'Alex en compagnie de hauts dignitaires indiens. Il y avait même un portrait de son vieux cheval, l'encolure ceinte d'une couronne de fleurs. Mais pas une seule photo d'elle.

— La cuisinière demande si tu veux prendre ton petit-déjeuner.

— Tout à l'heure.

Leonora hésita avant de repartir, le regard rivé sur la lampe de bureau en cuivre, puis s'enhardit :

— Dans combien de temps penses-tu que les hommes vont rentrer avec le bétail ?

— Je ne les attends pas avant un mois. C'est long de manœuvrer autant de bêtes. Mais je suis content, ajouta-t-il en enlevant ses pieds du bureau et en posant son journal, je suis en passe de signer un contrat avec l'Angleterre pour vendre la viande. S'il en reste, nous en donnerons à la mine.

— Ah, très bien… Tu as vu comme il fait beau ? demanda-t-elle en regardant par la fenêtre. Tu n'as pas envie de te promener ?

— Plus tard, peut-être. Il faut d'abord que j'écrive

à l'évêque. Je dois envoyer de l'argent à ses bonnes œuvres.

— Tiens, je ne savais pas que la religion t'intéressait.

— Je m'en soucie comme d'une guigne, mais c'est de la diplomatie. C'est un contact qui peut nous rendre beaucoup de services. L'Église anglicane est très puissante par ici.

Après un silence, Alex releva la tête en direction de sa femme, surpris de voir qu'elle s'attardait dans son bureau.

— Tu voulais me dire autre chose ?

— Tu ne voudrais pas que l'on aille en ville ? Cela m'amuserait.

— Nous irons, mais plus tard. Va explorer les environs, ajouta-t-il en tirant vers lui sa machine à écrire. Dès que j'aurai trouvé mon rythme, je te présenterai aux familles de la région. Nous organiserons un pique-nique pour que tu aies l'occasion de rencontrer d'autres épouses.

— D'accord. Mais j'aimerais bien passer un peu de temps avec toi à Coolgardie. Cela pourrait être agréable, juste pour quelques semaines.

Cette idée sembla profondément rebuter Alex.

— Quelle idée ! Sûrement pas !

— Pourquoi ?

— Ces villes de mineurs sont beaucoup trop rudes pour une femme comme toi ! Promène-toi plutôt dans le domaine, cela te changera les idées.

Pour couper court à la conversation, il introduisit une feuille dans le rouleau de la machine, avant de la congédier distraitement.

Leonora traversa le petit pont qui enjambait le lit asséché de la rivière, transformé en bourbier par l'orage. Le pavillon des intendants n'était pas loin. C'était une charmante maisonnette, située à l'ombre d'un immense eucalyptus.

Elle s'approcha de l'arbre pour échapper au soleil. Des perroquets verts à ventre jaune battaient des ailes tout en faisant claquer leur langue musclée. Elle monta les quelques marches qui la séparaient de la véranda, et se hissa sur la pointe des pieds pour regarder l'intérieur de la maison à travers la fenêtre. Une veste pendait à un clou planté dans le mur. Un Stetson était accroché à un dossier de chaise. La pièce était peu meublée et bien rangée. Par une porte ouverte, elle aperçut un lit fait au carré. Se sentant indiscrète, elle retourna sur le chemin.

Sa promenade la fit passer devant le poulailler et ses poules brunes, à côté du château d'eau. Elle marcha sûrement plusieurs kilomètres, tout en ayant l'impression de rester immobile, tant le paysage changeait peu.

Un hameau de cahutes apparut devant elle. Une odeur de mélasse flottait dans l'air, et de la fumée s'échappait de trous percés au faîte des toits de tôle. Leonora avança en direction de l'un de ces taudis. L'entrée, dépourvue de porte, lui apparut comme un grand gosier noir. Voyant deux pieds aux orteils jaunes et torses sortir de l'ombre, elle recula précipitamment. Un vieil homme à la peau sombre et à la chevelure blanche sortit et s'arrêta sur le seuil.

— Pardon, bégaya-t-elle. Je croyais que la maison était vide.

Il la dévisagea avec des yeux rougis par l'âge.

C'était un homme grand et maigre, vêtu à l'occidentale de hardes beaucoup trop larges pour son corps décharné.

Alors qu'elle s'était crue seule, Leonora se rendit soudain compte qu'il y avait du monde partout, surtout des femmes, mais si silencieuses, si paisibles, qu'elles se fondaient dans le paysage. Elles étaient assises sur le pas de leur porte, certaines allaitant un bébé, d'autres épluchant des ignames sur leurs genoux, dans le creux de leur robe. Même les plus minces avaient le visage rond et le nez large, et toutes arboraient des cheveux épais et longs. Certaines posaient sur la jeune femme des regards méfiants, mais la plupart l'ignoraient. Seule une femme au ventre légèrement gonflé par un début de grossesse sembla lui adresser un petit sourire.

Leonora approcha pour la saluer, mais s'aperçut rapidement que la jeune femme ne la regardait pas. Elle était perdue dans ses pensées, souriant sans la voir, plongée dans une profonde méditation. Leonora s'éloigna rapidement, se sentant intruse dans cet univers où, de toute évidence, on ne voulait pas d'elle.

Alors qu'elle s'était arrêtée, se demandant par où aller, elle sentit que l'on tirait sur sa jupe, et entendit une petite voix s'élever jusqu'à elle.

— Bonjour…

C'était une petite fille. Leonora s'accroupit devant elle, et eut un coup au cœur en voyant que l'un de ses yeux était voilé de blanc et que son visage avait les traits déformés du handicap. Elle était torse nu, ne portant qu'une jupe rouge déchirée beaucoup trop grande pour elle. Malgré ses haillons et son œil aveugle, elle était d'une étrange beauté, avec sa peau brune et ses cheveux noirs soyeux et longs, parsemés de fils d'or. Son œil valide brillait d'une douceur angélique, tandis que l'autre semblait refléter un lac serein et nacré.

Leonora prit la petite main dans la sienne.

— Comment t'appelles-tu ?

— Macaria.

— Quel joli prénom ! Moi, je m'appelle Leonora.

Une voix provenant de l'une des maisons de fortune appela l'enfant, qui sursauta et partit en courant.

Leonora se redressa en s'époussetant, songeuse, et la suivit du regard. Les oiseaux pépiaient dans les arbres, le chant des cigales montait sous le soleil, mais le bush avait retrouvé sa profonde solitude.

Le chemin du retour lui sembla très long et la chaleur intolérable. Un peu avant d'arriver au ranch, elle s'arrêta sous l'ombre protectrice d'un groupe de grands eucalyptus pour se reposer, appréciant la fraîcheur d'un sol ayant conservé un peu d'humidité. Ce serait un bon endroit pour faire pousser quelques fleurs et des légumes, songea-t-elle. Elle fit rouler un peu de terre entre ses doigts, et, la trouvant bonne, l'idée d'un potager prit racine. Retrouvant son énergie, elle ramassa un bâton et traça un carré d'une vingtaine de pas de côté sur le sol. Elle considéra cet espace, sourire aux lèvres, voyant déjà pousser haricots, tomates, concombres. Elle avait besoin d'avoir un petit coin de terre à elle, rien qu'à elle.

Deux jours plus tard, elle fut réveillée en sursaut par un terrible cauchemar : elle avait vu un enfant se débattre, prisonnier d'un arbre en feu. Elle s'était ensuite retrouvée à l'orphelinat, là aussi poursuivie par un incendie. Les enfants tentaient de fuir, cognant au portail fermé à double tour. Au milieu de la fumée et des flammes, on entendait monter d'horribles hurlements.

En ouvrant les yeux, elle voulut se persuader qu'il ne s'agissait que d'un rêve, mais des bruits alarmants se faisaient entendre dehors. C'était une rumeur étouffée, vibrante, qui ressemblait tant au cri de son rêve que son cœur sembla s'arrêter. Elle se rendit alors compte qu'Alex n'était plus couché auprès d'elle. Ses vêtements et ses bottes n'étaient plus là. Elle sortit de son lit et s'habilla à la hâte, les mains tremblantes. Un hurlement retentit, suivi d'un autre. Elle acheva de boutonner sa robe en courant vers l'escalier.

Elle descendit à toute allure, guidée par les cris déchirants qui s'amplifiaient. Une fois dehors, la lumière du petit matin lui fit cligner des yeux. Des fourgons de police stationnaient près de la grange, dont la porte était gardée par des hommes armés. Des cris s'échappaient de derrière le grand portail.

Leonora vit un policier traîner derrière lui un petit Aborigène qui se débattait. L'homme jeta l'enfant sur son épaule, alors que ce dernier tendait les bras vers la grange en appelant sa mère. Les femmes y avaient été enfermées, et on leur enlevait leurs enfants.

Horrifiée, Leonora s'aperçut que deux personnes assistaient à la scène : un homme d'Église, accompagné d'une femme. Elle se précipita vers eux. Le prêtre l'accueillit avec un sourire, ne semblant pas le moins du monde perturbé.

— Ah, bonjour, vous devez être madame Harrington.

— Que se passe-t-il ? s'écria-t-elle.

La femme lui tendit la main.

— Je me présente : Rebecca Malloy, l'épouse de

l'abbé Malloy, diacre du diocèse, que voici. Ravie de vous rencontrer.

Ne comprenant pas leur indifférence face à l'atrocité de ces cris, elle ignora la main tendue, toute tremblante.

— Pourquoi emmenez-vous ces enfants ?

— Votre mari ne vous a pas prévenue ? s'étonna le diacre. Nous allons les placer.

— Pourquoi ?

— Nous sommes mandatés par le Service de protection des Aborigènes, répondit Mme Malloy d'un ton prétentieux. Notre mission est de sauver les enfants en danger au nom du gouvernement.

Un policier passa à côté d'eux, un petit bébé tout nu dans les bras. Le pauvre enfant agitait bras et jambes en pleurant.

— Je vais vous expliquer, reprit Mme Malloy en posant une main condescendante sur l'épaule de Leonora. Il est tout à fait naturel que vous soyez un peu étonnée. Vous ne savez pas ce qui se passe ici, puisque vous êtes américaine. Les Aborigènes laissent leurs enfants à l'abandon. Nous faisons tout pour leur trouver de bonnes familles et pour qu'ils soient élevés correctement. Beaucoup sont adoptés, surtout s'ils ont la peau claire.

— Mais, ils ont déjà une famille !

— Je ne suis pas certaine que l'on puisse dire cela. Ils vivent encore comme des sauvages. Sans notre intervention, ces enfants n'auraient aucune chance de s'intégrer à la société. Ils sont délaissés, sans éducation.

— Mais c'est tout à fait faux ! Leurs parents s'occupent très bien d'eux. Je l'ai vu de mes propres yeux.

— Bon, dit Mme Malloy en lui prenant le bras, laissons ces messieurs travailler. Allons parler de tout cela à l'intérieur. Je serais enchantée de visiter votre charmante maison.

Leonora se dégagea vivement.

— Vous n'avez pas le droit d'emmener ces enfants !

— Si, bien sûr. Non seulement nous en avons le droit, mais nous le devons. Ce sont des pupilles de la nation. C'est la loi.

Derrière les Malloy, Leonora reconnut Macaria, malmenée par un policier qui voulait la traîner jusqu'au fourgon. La petite fille, terrorisée, cherchait du regard une personne qui pourrait la sauver.

— Non ! s'écria Leonora. Lâchez cette petite !

Elle arracha Macaria des mains brutales qui la tenaient, la prit dans ses bras et la serra contre elle. Macaria enroula ses jambes autour de sa taille et cacha son visage dans son cou, tremblant de tous ses membres.

— Vous êtes ici sur une propriété privée, je vous ordonne de partir ! cria Leonora.

Mme Malloy prit un ton doucereux.

— Je sais que ce n'est pas facile à voir, madame Harrington, mais, vous savez, les Aborigènes ne pensent pas comme nous. Ce sont des gens simples. Ils oublient vite. Je l'ai constaté bien souvent. Ils hurlent d'abord comme des animaux, et puis, quelques jours après, ils oublient jusqu'à l'existence même de leurs enfants.

— C'est tout à fait exact, confirma le diacre en hochant la tête.

— Cet enlèvement est inhumain, s'insurgea Leonora.

— Bien au contraire. Vivre comme des sauvages,

dans un lieu sordide, sans vêtements décents ni éducation digne de ce nom, voilà ce qui est inhumain.

La voix d'Alex se fit entendre derrière eux.

— Ah, monsieur le diacre et madame Malloy, je comptais rentrer à temps pour vous accueillir, mais mon tour à cheval a été plus long que prévu.

Il embrassa Mme Malloy.

— Avez-vous pris votre petit-déjeuner ?

Leonora comprit alors avec horreur qu'il était complice.

— Tu étais au courant ? s'indigna-t-elle.

— Bien entendu ! Je t'ai dit que l'Église nous rendait un service.

Remarquant la fillette qu'elle tenait dans ses bras, il fronça les sourcils avec un air de vive réprobation.

Leonora s'éloigna de quelques pas et reposa l'enfant sur le sol, puis, se mettant à sa hauteur, lui prit le visage entre les mains pour retenir son regard affolé.

— Macaria, tout va s'arranger, je te le promets. Tu comprends ? Ne t'en fais pas.

Dès qu'elle la relâcha, la petite courut se cacher dans les buissons.

Le petit groupe contemplait Leonora avec pitié.

— Il faut excuser ma femme, dit Alex d'un ton excédé. Elle n'a encore eu aucun contact avec les Aborigènes. Elle n'a pas conscience des difficultés que l'Australie rencontre à cause de ces sauvages.

Puis, entendant les coups qui ébranlaient la porte de la grange, il demanda :

— Qu'est-ce que c'est que ce bruit ?

— Il a fallu enfermer les femmes, répondit le diacre. J'espère que cela ne vous ennuie pas. C'est préférable pour assurer le bon déroulement de l'opération.

Mais je pense que nous les avons tous. Nous allons pouvoir partir.

Le cœur de Leonora se contracta. Il serait bientôt trop tard pour agir. Un policier verrouilla l'arrière de l'un des fourgons, puis s'installa côté conducteur, attendant, le bras passé par la vitre ouverte, qu'on lui donne le signal de départ. Les cris s'étaient transformés en gémissements.

— Alex, il faut absolument que je te parle avant qu'ils ne partent, dit Leonora.

Il adressa un clin d'œil aux Malloy.

— Juste un instant, vous savez ce que c'est…

Alex s'éloigna de quelques pas avec elle, souriant pour donner le change. Son chuchotement furieux vint démentir l'amabilité de son expression.

— Leonora, je t'interdis de faire une scène, tu m'entends ? Les Malloy connaissent tout le monde dans la région. C'est très gênant pour moi.

Il fallait trouver l'argument juste, et tout de suite.

— Alex, je crois que tu as mal évalué la situation.

— Ah oui ? persifla-t-il en croisant les bras.

— Je t'assure. Juste une question : les Aborigènes qui s'occupent du bétail, combien sont-ils, déjà ?

— Douze. Pourquoi ?

— Combien te coûtent-ils ?

— Pas grand-chose.

— Et ils travaillent bien ?

— Pas mal, oui.

— Alors, tu vas y perdre ! Si tu leur prends leurs enfants, ils vont partir, et toi, tu seras obligé d'embaucher des cow-boys blancs au prix fort. Et puis, qui sait comment les hommes réagiront en rentrant de la transhumance, quand ils verront ce qui est arrivé…

Ils pourraient se venger, mettre le feu, arracher les clôtures. Ils pourraient même tuer les chevaux.

Alex prenait l'air buté, mais Leonora voyait bien qu'il était ébranlé.

— Tu peux vouloir courir le risque, continua la jeune femme, mais, dans ce cas, il deviendra trop dangereux pour moi de rester seule au ranch.

— Les gars te protégeront !

— Ils sont aux pâturages toute la journée, tu le sais très bien. Non, ce serait trop risqué. Tu n'auras pas le choix, il faudra que tu me laisses venir à la mine avec toi. Cela ne me dérange pas, d'ailleurs, tu le sais. Je serais heureuse d'être avec toi, de dormir avec toi, de dîner avec toi tous les soirs…

Elle souriait, tâchant de mettre toute sa conviction dans ce coup de bluff. Alex ne vit pas qu'elle jouait la comédie, et réagit comme elle l'espérait.

— Tu n'as pas tort, dans le fond, dit-il en lui pinçant le menton. Je vois que tu as un peu hérité de la logique de ton oncle.

Malgré l'aversion que lui inspirait le contact de sa main, elle prit l'air flatté.

— Les Malloy vont être déçus, commenta-t-il avec un soupir.

— Tu n'as qu'à leur dire que tu te portes garant de l'avenir des enfants, et fais un don à leurs œuvres. Ils ne t'en admireront que plus.

Elle lui prit le bras et posa tendrement sa tête sur son épaule, jouant parfaitement la comédie.

Les Malloy écoutèrent les arguments d'Alex en hochant la tête d'un air dévot, et acceptèrent. Les policiers grommelèrent un peu, mais ouvrirent les portes des fourgons, laissant échapper leurs proies.

Les enfants coururent jusqu'à la porte de la grange, criant « maman » à travers leurs larmes. Un policier, qui semblait avoir soudainement pitié d'eux, accrocha son fusil dans son dos et les aida à tirer le gros verrou. Les femmes sortirent tout de suite, aveuglées par la lumière du soleil, et se précipitèrent en se bousculant pour retrouver au plus vite leurs enfants.

Les retrouvailles émurent Leonora aux larmes. Ce qui venait de se passer était d'une cruauté inimaginable.

Les fourgons repartirent vides, et les Malloy suivirent, une grosse somme d'argent dans les poches. Il y avait d'autres enfants aborigènes à arracher à leurs parents, d'autres vies à briser au nom d'une morale hypocrite.

Alex approcha d'elle et posa un baiser sur le sommet de sa tête. Elle était soulagée, tout en sachant qu'elle ne pourrait jamais lui pardonner ce qu'il venait de faire.

48

Ghan se massait l'épaule, endolorie par la nuit passée sur le sol dur. L'âge vient d'abord dans les os, songea-t-il. On se grippe comme une machine qui a besoin d'huile. Le sang devient de la gélatine, la peau sèche, les cheveux tombent. Les dents aussi, se dit-il en passant la langue sur les trois chicots qui lui restaient en bas, pierres tombales d'un cimetière abandonné. On a plus froid, plus chaud, et on se fatigue plus vite…

Ghan fixa sa jambe de bois, puis prit les ingrédients qui constitueraient son déjeuner : une demi-miche de pain et des sardines en boîte. Après cela, il rejoignit la procession qui se dirigeait vers le puits de mine. Il allait falloir dire adieu au soleil, s'enfoncer dans les entrailles de la terre, et descendre dans ce profond trou qui s'apprêtait à lui voler le plaisir d'être dehors, après quinze années de liberté au grand air.

Le sol vibrait, les chariots métalliques s'entrechoquaient, les pistons et les marteaux concassaient. L'air puait l'huile de machine et le minerai, le bon oxygène fuyant devant les fétides émanations s'échappant du fond. Des troncs d'eucalyptus empilés attendaient eux aussi de descendre pour étayer l'excavation. Ghan regarda en arrière. Le camp était loin. Une très ancienne terreur s'empara de lui.

— Nom ?

Il était arrivé à l'entrée du puits, et le contrôleur attendait, stylo en l'air.

— Ghan.

— C'est bon, dans la cage !

Ghan aurait tout donné pour pouvoir se sauver. Il se sentait submergé par le bruit infernal et l'odeur nauséabonde de ce trou noir dans lequel il allait devoir descendre. Pourtant, il avança, poussé par le mouvement général, et entra dans la cage ouverte du monte-charge, suivi par un mineur qui se plaça face à lui. Il s'agissait peut-être d'un Roumain. Ses yeux étaient noirs et ses cheveux très bruns. Il avait le visage si pâle qu'il en semblait vert. Il le regardait avec haine, et Ghan savait pourquoi : c'était à cause de sa jambe de bois. Les mineurs n'aimaient pas qu'on leur rappelle les dangers auxquels ils s'exposaient.

— Au fond !

La chute fut si brutale que Ghan eut l'impression que son estomac remontait dans sa gorge. Ils plongeaient dans les ténèbres. Son compagnon, pourtant tout proche, disparut dans le noir. Ghan avait la sensation de tomber dans le vide. Une humidité froide vint à sa rencontre, puis l'odeur de trop de lampes et de corps piégés sous la terre. Au bout de deux minutes qui lui semblèrent être des heures, la cabine s'immobilisa à plus de mille cinq cents mètres sous terre.

Les hommes sortirent de la cage. Ghan fit un gros effort pour ne pas vomir et ne pas trop boiter. La file se dirigeait vers les lampes à acétylène. Le plafond du tunnel, étayé par les troncs d'arbre, ressemblait à des rails de chemin de fer à l'envers. Il était si bas qu'il fallait se baisser pour avancer. Le vacarme des pioches montait déjà derrière le halo de lumière.

Les murs, le sol et le plafond étaient enduits d'une épaisse couche noire et luisante. Ghan fut pris d'une profonde nausée. Il avait oublié les hordes de cafards qui envahissaient la mine, recouvrant tout, craquant sous les bottes. Les rats, gros comme des chats tant ils avalaient de ces insectes, filaient entre leurs jambes, les queues roses semblables à une armée de vers de terre géants.

Un cafard tomba sur l'épaule de Ghan, puis galopa sur son visage avant qu'il n'arrive à s'en débarrasser. Il eut un haut-le-cœur. La mine, c'était l'enfer. Comment avait-il pu supporter une vie pareille ?

Il fallut ramper dans un boyau pour accéder à la zone de travail. Le bruit du piquetage dans cet espace clos était assourdissant. Il n'y avait plus ni cafards ni rats. Les lumières étaient aveuglantes. Un contremaître attribuait les postes de travail et distribuait les outils.

Quand il vit Ghan, il s'indigna :

— Mais qu'est-ce que tu fabriques en bas, mon gars ?

Sa voix était pleine de compassion.

Ghan, en effet, n'aurait pas dû retrouver cet enfer.

— Faut bien que je travaille, répondit-il.

— Ils font descendre n'importe qui, maintenant… soupira le contremaître avec une tristesse qui ressemblait à de la résignation. Bon, va t'installer dans cette pente, là-bas, tu pourras t'asseoir pendant que tu creuses. Selon moi, t'as fait ton temps au fond, tu devrais arrêter.

Il tendait déjà une pioche au premier mineur du groupe descendu après celui de Ghan.

— Bon, alors, tu la prends, cette place assise, bougre de cabochard ?

49

Dans la maison silencieuse aux fenêtres closes, les mouches assoiffées s'enhardissaient. Leonora, qui pliait le linge dans la chambre, supportait mal cet air confiné. Soudain, il y eut comme un tremblement de terre. Les murs vibrèrent, les tableaux claquèrent contre les murs, le plancher secoué fit danser le cadre de lit. La peur de Leonora fut presque aussitôt remplacée par de la joie. Elle se précipita à la fenêtre. Un immense nuage de poussière s'élevait sur la plaine, soulevé par des milliers de sabots. Enfin !

Elle descendit à toute allure et trouva Clare et Meredith, le nez collé aux carreaux de la fenêtre.

— Il y a un blessé ! s'exclama Meredith.

Leonora se glissa entre les deux femmes et vit deux hommes descendus de cheval, l'un soutenant l'autre.

— Faites bouillir de l'eau, ordonna-t-elle en courant jusqu'à la porte. Sortez des serviettes propres et la trousse à pharmacie.

Tom avançait péniblement, un bras passé autour du cou de James, une main plaquée au côté. Sa chemise était inondée de sang. Leonora courut dehors et aida James à le faire entrer dans la maison.

— Que s'est-il passé ?

— Encorné il y a moins d'un kilomètre. Ça semble assez profond.

Tom dut s'allonger sur le canapé, malgré ses protestations : il avait peur de salir.

— Je me fiche du canapé, Tom, lui assura Leonora.

Elle lui fit poser ses bottes terreuses sur le velours vert amande, et du sang goutta sur le tapis, mais elle n'y prit pas garde.

Elle déboutonna doucement sa chemise et vit que la blessure saignait encore beaucoup.

— Tout va bien, dit-elle pour apaiser l'anxiété de Tom. Le sang, c'est toujours impressionnant.

Elle échangea néanmoins un regard inquiet avec James.

— Il vaut mieux aller chercher le médecin à Gwalia, lui dit-elle. Prenez la voiture, les clés sont sur le siège. Et puis, il est sans doute préférable d'envoyer un câble à Alex pour l'avertir.

James lui jeta un coup d'œil reconnaissant, puis se pencha vers Tom.

— Leonora va s'occuper de toi en attendant que le docteur arrive. Sois sage. Fais ce qu'elle te dira.

— Oh mon Dieu, mon Dieu, le pauvre garçon ! gémit Clare, qui apportait l'eau chaude et la trousse à pharmacie.

Leonora la fusilla du regard et l'envoya chercher du whisky pour l'éloigner. Elle appliqua une compresse sur la plaie et appuya malgré les suppliques du blessé.

— La pression sert à arrêter le saignement, Tom, je sais que c'est douloureux, mais ne bougez pas.

Le sang imbibait les compresses de gaze à une vitesse folle. Leonora donna une goutte d'alcool à Tom, afin de détourner son attention et d'en profiter pour nettoyer la plaie.

— Désolée, vous allez avoir un peu mal… Comment est-ce arrivé ?

— C'est ma faute. Un taureau était trop excité. J'ai voulu le séparer des autres…

— Il faut croire qu'il a voulu vous séduire à sa façon.

Tom eut une grimace.

— Ça fait mal, ne me faites pas rire.

— Pardon.

Le saignement n'était plus trop abondant, mais persistait. Elle entreprit alors de laver le torse et les bras de Tom pour lui faire un bandage.

— Appuyez-vous sur moi. Je vais faire aussi vite que possible.

Il étouffa ses gémissements, mais sembla beaucoup souffrir pendant qu'elle le pansait.

— Voilà, cela vous maintiendra en attendant le médecin. Certaines de vos côtes sont sûrement cassées, mais vous avez eu de la chance. Un peu plus haut, et la corne vous transperçait l'estomac. Un peu plus bas, et, ma foi… Disons que vous vous en tirez bien, ajouta-t-elle avec un timide sourire. Vous pourrez encore donner une descendance à la famille Shelby.

— Mince alors ! Où avez-vous appris tout ça ? Vous êtes infirmière ?

— Non, mais j'ai été bénévole à la Croix-Rouge, au début de la guerre, lorsque je vivais aux États-Unis. J'ai fait de mon mieux. J'appréciais ce travail.

— Ah, la guerre… James et moi, on voulait s'engager, mais mes frères nous ont devancés. Je plains presque les pauvres Turcs d'avoir ces deux grands gaillards sur le dos !

— Vous n'avez que deux frères ?

— Deux frères et cinq petites sœurs !

— Huit enfants ! Votre mère mérite une médaille. Et vous vous connaissez depuis longtemps, vous et James ?

— Depuis qu'on est gamins. C'est comme un frère. Je ferais n'importe quoi pour lui. Et lui, il est toujours prêt à me sortir du pétrin.

Tom l'observa un moment et ajouta :

— Je comprends pourquoi il vous aime tellement.

— Il vous a dit que nous avions passé une partie de notre enfance ensemble ?

— Dès qu'il lui a semblé vous reconnaître… Je ne dirai rien, c'est promis.

— Merci. De toute façon, je préfère que vous soyez au courant. Et je suis bien contente qu'il ait un ami tel que vous.

Le pansement était déjà totalement imprégné de sang.

— Pardon, Tom, mais il faut encore que je change votre compresse.

— Je comprends, ça vous amuse !

Elle rit et entreprit de dérouler le bandage.

— C'est bien joli de se faire embrocher par des taureaux, mais vous n'avez pas envie de vous marier, d'avoir à votre tour une femme et huit enfants ?

— Pour l'instant, je me suis mis en congé des dames. Je les aime un peu trop. Mais me marier un jour… Pourquoi pas… Il faudrait pouvoir choisir.

Leonora jeta la compresse souillée et refit le pansement.

— Quel bel enthousiasme !

Le jeune blessé retint un rire.

— James est comme vous ? demanda-t-elle, l'air de rien. Il aime bien les filles, lui aussi ?

— C'est surtout les filles qui l'aiment bien. Elles le trouvent séduisant, mystérieux.

Leonora rougit un peu, ce qui n'échappa pas à Tom.

— James est un peu plus difficile que moi, dit-il alors avec un regard appuyé. On dirait qu'il compare toutes celles qui l'approchent à une autre fille, une fille idéale.

— C'est bon, Casanova, dit-elle en vérifiant que le bandage tenait bien. À présent, reposez-vous un peu en attendant le médecin.

Elle reprit la bassine et les compresses ensanglantées, puis le laissa dormir, non sans avoir entendu, au moment de sortir, une dernière petite phrase :

— Oui, maman, c'est compris…

James mit quatre heures pour ramener le médecin, un petit homme replet aux yeux rouges de fatigue. Leonora alla à sa rencontre sur le seuil de la maison et lui serra la main.

— Leonora Harrington, bonjour. Merci mille fois d'être venu.

— Docteur Meade. Je connais votre mari. Où est le patient ?

— Endormi, sur le canapé.

Elle le fit entrer, puis rejoignit James, qui était resté à l'extérieur.

— Comment va-t-il ? lui demanda-t-il alors.

— Il a perdu beaucoup de sang, mais il s'en remettra. Heureusement, aucun organe vital ne semble avoir été touché.

Ils s'assirent sur les marches, apaisés par l'air chaud et tranquille.

— Je te remercie de t'être occupée de lui.

— C'est un garçon bien.

— C'est vrai. Mais tu vas devoir changer ton canapé et ton tapis…

— Je m'en moque. Je ne m'intéresse ni au canapé, ni aux tapis, ni aux miroirs, ni à tout le reste.

James l'observa, soucieux, et elle se sentit fondre sous ce regard.

— Vous avez pratiquement passé deux mois en selle, dit-elle. Tu dois être épuisé.

Il épousseta le bas de son jean.

— J'ai besoin d'un bon bain chaud. Je voudrais tremper dans l'eau pendant au moins deux jours.

Cette image troubla tant Leonora qu'elle chercha n'importe quel sujet de conversation pour masquer son embarras.

— Le logement que vous occupez te plaît ?

— On y est très bien. C'est presque mieux qu'à la maison. Tu devrais venir prendre le thé, un jour.

— Pourquoi pas ! Je peux vous coudre des rideaux, si tu veux.

— Des rideaux ? Malheureuse, surtout pas ! Je serais la risée de tout le ranch !

— Bon, très bien, répondit-elle avec un rire. Et un gâteau ? Je peux quand même vous apporter un gâteau ?

Il eut un grand sourire, découvrant ainsi de belles dents bien blanches.

— Oh oui, avec plaisir !

Un silence se fit, mais, cette fois, il n'était en rien gênant. Chacun était perdu dans ses pensées, en harmonie avec l'autre.

— Comment vont les chevaux ? demanda James.

— Très bien. Alex s'en est occupé comme s'il s'agissait de ses propres enfants.

— Rien de particulier n'est arrivé pendant notre absence ?

Un instant, elle se demanda s'il était au courant du projet d'enlèvement des enfants aborigènes, et s'il l'avait soutenu. Cette pensée lui fit si mal qu'elle la chassa vite.

— Non, répondit-elle. Il ne s'est rien passé.

Le silence retomba, puis James désigna du doigt un nuage de poussière, là-bas, au loin, sur la route.

— Ton mari arrive…

Leonora transpirait à grosses gouttes tandis qu'elle désherbait son petit potager. Dans ce lieu ombragé, les légumes étaient sains et beaux. La sécheresse l'obligeait à porter des arrosoirs qu'elle remplissait à la réserve d'eau de pluie, mais cela ne la dérangeait pas. Ce jardin était encore son secret. En effet, elle n'avait pas eu l'occasion de parler de ses modestes activités agricoles à Alex, qui restait des semaines entières à la mine. Lorsqu'il revenait, il sentait si fort l'alcool qu'elle n'avait pas envie de lui confier ses petits plaisirs. Il buvait beaucoup trop, et cela le rendait changeant : certaines fois excessif et jovial, d'autres fois froid et sombre. Ces humeurs totalement contradictoires étaient toutes deux très désagréables. Il devait se passer bien des choses à Coolgardie : les chemises d'Alex sentaient le parfum de femme, et des traces de rouge à lèvres en maculaient les cols. Mais Leonora ne s'en plaignait pas. C'était au contraire un soulagement : au moins, il cessait de l'importuner.

Un bruit de petit galop lui fit lever la tête. Elle s'essuya les mains sur son tablier et regarda au loin. Son cœur battit plus vite quand elle vit James apparaître dans la clairière. Mince, athlétique, il dégageait une agréable impression de solidité et de sérénité. Il arrêta son cheval et se pencha nonchalamment sur l'encolure.

— Je pensais bien avoir aperçu quelqu'un…

Il glissa de sa selle et fit avancer sa monture jusqu'à l'ombre.

— Je n'avais pas jardiné depuis longtemps, dit-elle en posant sa houe contre un tronc. Cela me manquait.

— L'exercice te donne bonne mine.

Il s'approcha d'elle et lui remit sur la tête son chapeau, qui avait glissé dans son dos, retenu par le ruban.

— Tu vas attraper des coups de soleil.

Elle recula, perturbée par cette soudaine proximité, et refit le nœud de sa capeline.

— Je ferais mieux de me reposer un peu.

Elle s'assit à l'ombre, sentant la fraîcheur de la terre monter sous elle.

James l'imita, s'adossant à un arbre, près de son cheval, brun et solide contre l'écorce claire.

— Tu jardinais beaucoup, en Amérique ?

— Je ne disposais que de peu de temps. Alors, voyons… Il y avait, dit-elle en levant les yeux pour réfléchir, les leçons de piano, mais aussi les cours de français, de littérature et d'aquarelle… Et puis, j'apprenais à coudre, et je devais prendre le thé avec des dames de la bonne société affreusement ennuyeuses… Je n'avais pas beaucoup de temps libre pour mettre les mains dans la terre.

— Dommage, ça te réussit. Alors, l'Amérique, raconte…

Elle fit de son mieux pour lui décrire sa vie à Pittsburgh et ses voyages, puis lui demanda comment s'étaient passées ses retrouvailles avec les O'Reilly. C'était une bien triste histoire.

— Je ne sais pas ce que j'aurais fait sans les Shelby, conclut-il.

Une brise légère les rafraîchissait.

— Tu as trop pris le soleil, tu es toute rouge constata-t-il. Tu risques de ne pas très bien dormir.

— Et je vais avoir dix fois plus de taches de rousseur ! Quelle horreur…

— Ne dis pas ça ! Il y a des gens qui trouvent ça tout à fait ravissant, au contraire.

— Vraiment ?

James hocha la tête, se leva, et lui tendit la main pour l'aider à se remettre sur pied.

— Il vaut mieux que je rentre pour préparer à dîner à mon malade. Il est d'une humeur de chien parce qu'il est obligé de rester au lit toute la journée.

— Pauvre Tom…

Elle mit sa main dans celle de James et sentit ses longs doigts envelopper les siens et tirer.

— Je passerai le voir un peu plus tard pour prendre de ses nouvelles, promit-elle en se levant. J'apporterai ce fameux gâteau.

Ils restèrent un instant les yeux dans les yeux, puis James lui lâcha la main et répondit simplement :

— Oui, viens, ça me fera plaisir.

Le silence revenait avec le crépuscule, lorsque les travailleurs qui terminaient les travaux dans le ranch posaient leurs outils. On entendait alors mieux le bourdonnement des insectes et le ricanement des kookaburras dans les eucalyptus. Une lumière brillait chaleureusement là-bas, dans le pavillon des intendants. Le chien de Tom poussa de frénétiques aboiements quand Leonora approcha. Il courut vers elle et l'accueillit avec de petits gémissements de plaisir. Il l'escorta sur le petit pont, qu'elle passa le cœur battant, sa tarte dans les mains.

Tom l'attendait sur le seuil.

— Tom, vous êtes debout !

— Je suis presque guéri, grâce à vous.

— Prenez votre temps pour vous remettre.

— Ça me fait du bien de bouger un peu. Dites, ça sent drôlement bon !

— C'est une tarte aux cerises. Vous aimez ?

— J'adore. Vous êtes un ange. Je vais appeler James.

— Il est occupé ?

— Il fait les yeux doux à sa petite fiancée.

Leonora se figea, sous le choc.

— Je ne veux pas le déranger… Je reviendrai plus tard.

— Non, non ! Je suis sûr qu'elle va vous plaire. James ! appela-t-il d'une voix sonore sans se retourner. Mets ta chemise. Nous avons de la visite ! Viens présenter Josephina à Mme Harrington !

Leonora sentit une nausée monter en elle. Elle avait envie de fuir, mais n'en eut pas le temps, car James venait déjà, achevant de boutonner sa chemise, à moitié sortie d'une culotte de travail en moleskine. Ne sachant plus où se mettre, la jeune femme baissa les yeux, écarlate.

— Je ne voulais pas vous déranger.

Sentant ses jambes se dérober sous elle, elle s'assit brutalement sur une marche, avec la désagréable impression d'avoir l'air bête.

— Attends, je reviens, dit James, je voudrais que tu rencontres quelqu'un.

Leonora tâcha de recouvrer son calme et de sourire, pour ne pas sembler impolie à la petite amie de James.

Le jeune homme revint quelques secondes plus tard, une veste dans les bras, et s'assit à côté d'elle.

— Je te présente Josephina, dit-il en entrouvrant les pans de la veste.

Une petite boule de poils ouvrit un œil : c'était un bébé kangourou. Le soulagement de Leonora fut tel qu'elle éclata de rire.

— Ta fiancée, c'est un kangourou ?

— Mais oui ! Qu'est-ce que tu imaginais ?

— J'ai cru que tu avais vraiment une petite amie.

Il eut l'air amusé.

— Je voudrais bien ! Regarde comme elle est mignonne, ajouta-t-il en caressant la petite tête. J'ai trouvé cette pauvre orpheline dans le bush.

— J'aime beaucoup le nom que vous avez choisi.

Leonora ne parvenait plus à s'arrêter de sourire, émue par la gentillesse et la simplicité de James.

Elle tendit le bras et caressa du bout du doigt le duvet couleur caramel autour du nez du kangourou, frôlant James au passage. Elle fut réconfortée par la chaleur qui se dégageait de lui.

Ils étaient bien, là, ensemble. Même trop bien. Elle avait envie de s'appuyer contre lui, de se blottir dans ses bras.

— Combien de temps vas-tu la garder ?

— Le temps qu'elle grandisse un peu. Je la relâcherai dès qu'elle saura se nourrir seule. Si je ne l'avais pas prise avec moi, elle n'aurait pas passé la nuit.

Le regard de James était si intense qu'elle baissa les yeux. Une mèche blonde vint alors lui chatouiller le nez, mais James la replaça immédiatement derrière son oreille, laissant une traînée de sensations brûlantes sur sa peau.

— Où est passée mon infirmière ? appela une voix depuis l'intérieur de la maison.

— Il ne faut pas faire attendre un patient, dit-elle avec un rire.

Ils entrèrent dans le pavillon, qui sentait bon le pain sorti du four et le bois coupé.

Tom s'était recouché, le dos calé contre des oreillers.

— Je vais chercher les assiettes, dit James. Soyez sages ! ajouta-t-il en posant la main sur l'épaule de Leonora.

— Oh, le grand jaloux ! cria Tom dans son dos.

— Je t'entends ! lança James depuis l'autre pièce.

Tom adressa alors un clin d'œil à Leonora, et articula en silence : « Jaloux… »

La jeune femme s'assit au bord du lit et défit doucement le pansement. Il y avait un tout petit peu de sang sur la compresse.

— Vous êtes sûr de ne pas trop en faire ?

— Aïe ! Non, ça va. J'ai moins mal aux côtes. Maintenant, je peux respirer sans hurler de douleur !

Elle sortit un pansement neuf.

— Vous cicatrisez vite.

— Je ne sais pas ce que j'aurais fait sans vous.

— Je vous conseille en tout cas de laisser les

taureaux tranquilles et de vous en tenir aux filles pour vous amuser !

Une fois les soins terminés, Leonora rejoignit James, assis sur les marches de la véranda.

— Tu t'es bien occupé de lui, il va beaucoup mieux, déclara-t-elle en retrouvant l'air tiède de cette belle soirée.

Il l'observa un moment, semblant perdu dans ses pensées, puis demanda :

— Tu veux une part de tarte ?

— Il ne vaut mieux pas. Il se fait tard, et Alex doit rentrer ce soir. Il s'inquiéterait s'il ne me voyait pas.

— Laisse-moi au moins te raccompagner.

— Ne te dérange pas.

— Pas de discussion !

Il allait lui prendre le bras quand il interrompit son geste.

— Attends, j'ai quelque chose pour toi, je reviens.

Il remonta les trois marches d'un bond et reparut avec un bouquet de fleurs blanches, les tiges trempant dans un pot à confiture.

— Des lauriers, dit-il. Il y en a une haie entière au bout d'une pâture.

Leonora huma la délicieuse odeur d'abricot et de lilas, très touchée par cette délicate attention.

— Merci, murmura-t-elle, c'est très beau.

Il la raccompagna, mais le chemin parut très court à Leonora, trop consciente de chacun des gestes de James à ses côtés.

— Alex va rester quelque temps ? demanda-t-il d'un ton sec.

— Je ne sais pas. On ne sait jamais avec lui. Il peut repartir du jour au lendemain.

Un silence se fit, et ils ne se reparlèrent qu'une fois arrivés au bas des marches de la grande maison.

— Merci pour les fleurs, dit-elle d'un ton hésitant.

Il hocha la tête, s'éloignant à reculons.

— Bonne nuit, et merci pour la tarte, Leo.

Leo... Une douce chaleur l'envahit.

— Tu sais qu'à part toi personne ne m'a jamais appelée ainsi…

— Tant mieux, répondit-il avec un sourire.

Alex rentra en claquant la porte, de très mauvaise humeur.

— Il y a eu le feu à la mine, annonça-t-il en ôtant sa veste, mal rasé, la chemise sale. Nous sommes retardés d'une journée entière.

— Il y a eu des blessés ?

— Deux ou trois, je ne sais pas. Je dois y retourner demain. J'ai besoin d'une soirée de tranquillité et d'une bonne nuit de sommeil.

Il s'affala dans son fauteuil, et Leonora lui servit un verre.

Il but une longue gorgée de whisky, puis la regarda avec surprise.

— Tu as couru ? Tu es toute rouge !

— J'ai pris un coup de soleil.

— Mets un chapeau quand tu sors, nom d'un chien !

— J'en avais un, mais il a glissé de ma tête pendant que je désherbais, et je ne m'en suis pas aperçue tout de suite. Je t'assure que je le regrette, ajouta-t-elle en riant. Cela fait mal.

— Tu désherbais ? Mais tu désherbais quoi ?

— Un petit potager que j'ai planté derrière la maison. Tu veux voir ?

Il se dressa sur ses pieds, furieux.

— Quoi ? Tu grattes la terre comme une paysanne ? Devant tout le monde ? Montre-moi tes mains !

— Pourquoi ? bégaya-t-elle.

— Montre-moi tes mains ! hurla-t-il de nouveau.

Stupéfaite par cet accès de colère, elle obéit en tremblant comme une petite fille. Il les examina et se mit à crier :

— Les ongles noirs, cassés ! Des mains rouges, comme celles d'un homme ! C'est repoussant !

— Désolée, c'était juste pour…

— Pour me faire honte ! Tu imagines ce que les intendants doivent penser ? Que je ne te nourris pas assez !

— Personne ne me voit, Alex, c'est à l'écart.

— Moi qui voulais t'emmener aux courses ce week-end pour te faire rencontrer quelques familles d'ici !

— Rien ne nous empêche d'y aller.

— Ah, non ? Mais tu rêves ! Regarde-toi ! cria-t-il en la traînant devant le miroir.

— Alex, je m'ennuie. Tu n'es jamais là, et tu as engagé une cuisinière et une femme de ménage. Que veux-tu que je fasse pour m'occuper ?

— Fais ce que font toutes les femmes ! Puisque tu as trop de temps, essaie pour commencer d'être une meilleure épouse !

Le grondement du moteur de la Ford effraya les chevaux. Tom tranquillisa celui qu'il étrillait.

— Tu te sens vraiment assez en forme pour reprendre le travail ? demanda James.

— Si je reste au lit un jour de plus, je me tire une balle ! répondit joyeusement son ami.

James continua de retourner la paille et, arrivé au bout des stalles, demanda :

— Où est passé Russell ? Tu ne l'as pas vu ?

— Il est parti tout à l'heure avec des outils et une brouette. Il a dit qu'il allait arracher un carré de choux.

— Comment ça ? s'exclama James en posant sa fourche.

Tom haussa les épaules et fit une grimace de douleur en se baissant pour contrôler les sabots du cheval.

James se dépêcha de seller sa jument et se rendit sans attendre au potager de Leonora. Les bruits de pioche qui lui parvenaient indiquaient qu'il ne se trompait pas. Il aperçut bientôt Russell. La petite clôture grillagée qui entourait le potager avait été arrachée. Elle se trouvait dans la brouette, écrasant des légumes abîmés aux feuilles déjà fanées.

— Russell ! cria-t-il. Qu'est-ce que tu fabriques ?

— Je dégage ce carré de choux. C'est un ordre du patron. Faut tout recouvrir pour qu'on ne voie plus rien.

— Sa femme est au courant ?

— J'en sais rien. Je fais ce que me dit M. Harrington, et puis c'est tout.

James ne put que constater les dégâts, irréparables.

— Tom a besoin de toi à la grange. Tu finiras plus tard.

— Le boss a dit de ne rien laisser, protesta Russell en reprenant sa houe pour étaler la terre.

— Laisse, je m'en charge, dit James en lui arrachant l'outil des mains. Je m'expliquerai avec M. Harrington, si ça le dérange.

— Ben moi, ça ne me gêne pas, grommela Russell.

L'ouvrier agricole repartit vers la grange, laissant James face au potager ravagé. Ce dernier se baissa et passa les mains dans la terre meuble, mais n'y trouva plus que des débris de feuilles. Il alla jusqu'à la brouette et tâcha de récupérer ce qu'il pouvait : une poignée de haricots et de petits pois, une carotte molle. Le souvenir du visage heureux et fier de Leonora quand elle lui avait montré le fruit de son travail le désola. Ayant l'impression de quitter un cimetière, il rapporta au ranch les malheureux légumes qu'il avait pu rassembler dans son chapeau.

Il monta les quelques marches et frappa à la porte. Il attendit, frappa encore : personne. Il allait repartir quand la porte finit par s'entrouvrir. Il reconnut à peine la femme pâle et défaite qu'il aperçut dans l'entrebâillement.

— Bonjour, Leo. Je crois qu'un très gros lapin a réussi à entrer dans ton potager. J'ai récupéré ce que je pouvais, ajouta-t-il en lui tendant son chapeau et son maigre contenu. Il n'y a pas de quoi faire un festin…

Elle sortit avec un petit sourire, mais, en examinant ce qu'il ramenait, son air désespéré revint.

— Pourquoi a-t-il fait ça ? demanda James.

— Disons qu'il ne trouve pas les taches de rousseur ravissantes…

James contempla alors le visage qui le touchait tant : le joli petit nez, le front lisse, la poussière d'or sur les joues qui ne la rendait que plus belle.

— Ton mari revient bientôt ? Je vais lui parler !

— Non, laisse, ce n'est rien. Tu ne vas pas te disputer avec lui pour un petit potager de rien du tout.

— Ce n'est pas seulement pour le potager, Leo,

dit-il en jetant un regard soucieux au loin. Il ne devrait pas te laisser seule au ranch. C'est dangereux.

— Les hommes laissent les femmes seules chez elles partout en Australie : les tondeurs de moutons, les mineurs…

— Mais, dans ton cas, c'est différent : la fortune rend les gens jaloux. Vous êtes riches, et tu n'es pas en sécurité, seule ici. Il dira sûrement que ça ne me regarde pas, mais il faut bien que quelqu'un le lui dise.

— À vrai dire, je me sens davantage en sécurité quand il n'est pas là.

Elle s'interrompit, honteuse de ce qu'elle avait laissé échapper, puis se reprit :

— Je te remercie de t'inquiéter pour moi, James, mais il vaut mieux que tu ne dises rien. Et puis, il y a deux dames assez féroces avec moi à la maison. Je suis sûre que Meredith est redoutable lorsqu'il s'agit de manier la poêle à frire !

James eut un rire et secoua la tête, à court d'arguments.

— Promets-moi au moins de ne pas ouvrir la porte.

— Sauf à toi ?

Il fit un pas vers elle, avec une telle envie de l'embrasser qu'il en fut surpris lui-même. Il s'obligea alors à reculer, tâchant de conserver le ton de la plaisanterie.

— N'ouvre à personne, surtout pas à moi !

Il déposa les légumes dans un panier qui se trouvait là, et remit son Stetson sur sa tête, se sentant dépassé par ses sentiments.

— Prends soin de toi, dit-il en partant à reculons, afin de la voir plus longtemps.

Il dut finalement se résoudre à lui tourner le dos pour descendre les marches, mais il entendit qu'elle le rappelait.

— James…

Leonora, en le voyant se tourner vers elle, ressentit une telle gratitude qu'elle eut du mal à parler. Alors elle dit simplement :

— Merci.

50

Après l'incendie, une pluie qui dura deux jours et deux nuits s'abattit sur la mine. Un Russe et un Italien se noyèrent au fond, et le puits dut fermer pour la deuxième fois.

Les mineurs grelottaient sous les tentes, les toiles détrempées ployaient sous le poids de l'eau, si peu étanches que l'on ne pouvait plus allumer de feu. On surélevait les couvertures en les posant sur des tôles, on cherchait, pour les allumettes, la nourriture, le coin le plus élevé, dans une vaine tentative de garder quelque chose au sec. On avait beau faire, tout sentait l'humidité, le chien mouillé.

C'était une pluie froide, continue et morne. Le terrain, pentu, ruisselait et se transformait en bourbier. Les pieds s'enfonçaient dans la gadoue. On alignait des sacs de jute, remplis de sable et colmatés avec des chiffons, autour du camp pour arrêter les coulées de boue, mais ces digues ne retenaient pas grand-chose.

Ghan et Whistler se tenaient compagnie dans la tente de ce dernier. Juchés sur des cartons, ils partageaient une gamelle d'agneau mijoté, un cadeau de la voisine. De la pâtée pour chien, disaient-ils tout en se régalant. Les restes de pain, détrempés, moisissaient quoi que l'on fasse.

La pluie leur sapait le moral. Deux jours sans travail, peut-être trois. C'était la misère pour les mineurs. Même Whistler avait du mal à voir le bon côté des choses. Il était pâle et fatigué, et son repas fut trop vite terminé.

— Ça grogne, dit-il sans lever les yeux.

— Qui grogne ?

— Ça grogne de partout ! C'est à cause de la pluie. À part se plaindre, y a rien d'autre à faire. Il y en a qui veulent la grève, d'autres qui veulent la révolution. Faut dire qu'avec les deux morts, il y a de quoi s'énerver. Les contremaîtres ont trop attendu pour donner l'ordre de remonter. Ils voyaient bien le niveau de l'eau grimper, pourtant. On ne peut même pas les enterrer, tellement les fosses se remplissent vite.

Ghan posa sa gamelle vide et regarda Whistler.

— Mon vieux, faut que je te dise : la direction m'a embauché pour que je fasse le mouchard. Que je vende ceux qui se plaignent. C'est pour ça qu'on m'a pris. Seulement pour ça.

Il guetta une réaction, qui se fit attendre. Whistler lécha sa fourchette, puis eut un sourire.

— T'es pas une balance, Ghan.

— Bien sûr que non.

— Tu diras quoi, quand ça va commencer à péter ? Si la direction te pose des questions ?

— Ben… Je dirai que les gens ne sont pas contents, mais qu'il n'y a pas de mouvement organisé. Que ça râle comme d'habitude, et puis c'est tout.

— Ils ne vont pas te croire… T'es dans la mouise, mon gars. Ça ne va pas tarder à barder. Il ne suffira pas de grand-chose pour que ça explose. Ils vont tout te mettre sur le dos si tu ne dis rien.

— Tant pis, qu'est-ce que tu veux. J'ai mis quelques sous de côté, au cas où. S'il faut déguerpir, eh ben, d'accord. Ils ne peuvent pas me faire pire que ce qu'ils me font déjà.

— Si, ils peuvent te taper dessus, te broyer les os.

— Et après ? Soit je m'en sors, soit j'y passe, et puis voilà.

— Mais tu risques de déguster.

— Je ne suis pas un donneur.

Whistler se leva avec peine, le corps perclus de rhumatismes réveillés par l'humidité. Il alla fouiller dans ses affaires, d'où il sortit une boîte de conserve rouillée à l'intérieur de laquelle il avait caché une vieille chaussette.

— Moi aussi, j'ai mis de l'argent de côté. Ce que j'ai pu, c'est-à-dire pas grand-chose. Tiens ! dit-il en lançant la chaussette à Ghan. Prends ça. S'il y a du grabuge, tire-toi en vitesse.

— Je ne veux pas de tes sous.

— Moi, j'ai ma famille. Toutes mes petites gonzesses qui sont là pour m'aider. Alors que toi, t'as quoi ? T'as rien. D'ailleurs, je ne vais pas faire de vieux os. J'ai mal partout, je peux plus arquer. Des fois, j'ai envie d'avaler de la mort-aux-rats pour que ça s'arrête. Si je reste, c'est pour mes filles. Ça leur ferait trop de peine si je me suicidais. Elles m'imagineraient en train de brûler en enfer pour l'éternité.

Devant l'air buté de Ghan, il insista, visage crispé.

— Je n'ai pas besoin de cet argent. Si ces enfants de salaud te font du mal, ça me fera aussi du mal. Je t'avais bien dit que mes filles m'avaient ramolli !

J'ai déjà bien assez de douleurs, je ne veux pas en plus m'inquiéter pour toi. Bon, allez, t'as gagné, on fera comme tu voudras.

Whistler reprit la chaussette, la remit dans la boîte de conserve et la rangea à sa place habituelle.

— Tant que tu n'en as pas besoin, on la laisse ici. Mais, si ça chauffe, tu viens prendre la cagnotte et tu te sauves, compris ? Allez, sur ces bonnes paroles, on sort. On va bien trouver une tente où il y a une partie de cartes en cours.

Les deux hommes remontèrent leur col, rabaissèrent leur chapeau sur leurs yeux, et se dirigèrent vers le quartier australien, où on leur pardonnait tout juste de vivre du côté italien. Après tout, comme on leur disait, deux vieux types comme eux avaient bien le droit de se faire nourrir à l'œil par ces salauds de ritals, même si leurs trous à rats puaient l'égout bouché et que, chez eux, les mouches semblaient davantage attirées par la merde que par le sucre.

51

Des voyageurs s'arrêtaient souvent au ranch : des vagabonds, balluchon accroché au bout d'un bâton posé sur l'épaule, des prospecteurs qui n'avaient pas eu de chance, des cow-boys sans emploi, d'anciens soldats estropiés. Le bush avait pour loi de les accueillir, de leur donner de l'eau, quelque chose à manger, un coin où se reposer. Ils repartaient très vite, honnêtes pour la plupart, polis, prêts à travailler si on leur proposait de l'ouvrage.

Avec les inondations, il y eut moins de monde sur la route. Pendant quelques semaines, plus personne ne passa par Wanjarri Downs. Et puis, finalement, on revint frapper à la porte. Leonora fit alors face à des hommes épuisés. Elle remplissait les cantines et les gourdes, mais n'osait pas poser de questions.

Elle n'avait encore jamais ouvert à une femme, même s'il lui arrivait d'en apercevoir une à l'arrière d'une carriole, un bébé dans les bras. Elles restaient toujours discrètes, ne regardant même pas vers la maison, et ne rejoignant jamais leur mari. Sa surprise fut donc grande quand, un jour, en pleine journée, elle trouva sur le seuil une femme tenant deux petits garçons par la main.

— Pardon pour le dérangement, madame, dit la mère de famille, terriblement embarrassée. Je me demandais si vous n'auriez pas un ou deux restes à donner à mes petits. Ils ont faim.

Ne voulant pas les faire attendre en plein soleil, Leonora répondit tout de suite :

— Mais, bien sûr ! Venez à l'intérieur.

Les enfants voulurent entrer, mais leur mère les retint.

— Non, non, on mangera dehors, en marchant.

Les deux garçons échangèrent des regards éperdus. Leurs chaussures étaient trouées, il n'en restait plus grand-chose.

— Je vous en prie, entrez, cela ne me dérange pas. Un ragoût mijote sur la cuisinière, mais il n'est pas encore tout à fait prêt.

Les garçons, de toute évidence affamés, jetèrent un regard suppliant à leur mère. Elle céda en soupirant.

— Bon, alors pas longtemps. Après, on repartira. Je ne veux pas vous déranger.

Une fois dans la maison, les enfants regardèrent autour d'eux, émerveillés par les pièces spacieuses et bien meublées. Leur mère les rappela à l'ordre d'un seul coup d'œil, et ils ôtèrent leur chapeau, faisant tomber de la terre rouge et des mouches mortes sur le plancher.

— Tenez-vous bien, les garçons, leur chuchota-t-elle.

— Ce n'est pas grave, s'empressa de dire Leonora avec un sourire. Mon mari me met de la poussière partout. Meredith ! appela-t-elle ensuite. Le ragoût est-il cuit ? J'ai trois invités pour le déjeuner.

Elle sourit aux garçons, fiers de ce titre habituellement réservé aux grandes personnes.

— Meredith ! Il nous faut trois couverts supplémentaires, ainsi que du pain et du beurre pour un régiment !

Dès que la table fut prête, elle les conduisit dans la salle à manger. La nappe blanche et les beaux couverts impressionnèrent les enfants, dont la tête dépassait à peine de la table. La mère avait l'air si mal à l'aise que Leonora eut peur de lui avoir joué un mauvais tour en la forçant à entrer. L'amour-propre des Australiens, et surtout des Australiennes, était facilement blessé.

Meredith apporta le repas, et les garçons se jetèrent sur le ragoût sans lui laisser le temps de refroidir. La mère se contint, une femme tellement usée que l'on ne pouvait dire si elle avait vingt ou cinquante ans.

— Ça m'embête de vous déranger comme ça.

— Ne soyez pas embêtée, cela me fait plaisir de voir du monde, expliqua gentiment Leonora. Mon mari n'est pas souvent là.

Après cela, la femme sembla un peu plus à son aise, et la conversation s'engagea.

— D'où venez-vous ? demanda Leonora.

— De Coolgardie.

— De la mine ?

— Oui, de la mine.

— J'ai vu beaucoup de monde venir de là-bas. Les mineurs ont trouvé un endroit où la paie est meilleure ?

— Non, pas du tout ! Vous ne savez pas ? On se

sauve tous pour échapper à l'épidémie. Il y a la typhoïde au camp.

Les garçons interrompirent leur repas un instant, guettant la réaction de leur mère avec inquiétude. Ils redoutaient de la voir pleurer.

Elle répondit sans larmes, mais avec une immense tristesse, teintée d'une certaine rudesse qui trahissait sa colère.

— Mon mari est mort il y a quelques jours. Mon bébé est parti avant lui. J'emmène mes deux mioches à Daggar Hills, chez des cousins de mon mari, qui ont une petite ferme.

— C'est loin… Vous ne comptez pas y aller à pied, tout de même ?

— On n'a pas le choix !

Les enfants se tortillèrent sur leurs chaises, malheureux. Leonora, qui avait vu l'état de leurs chaussures, savait qu'ils marcheraient pratiquement pieds nus.

— Restez au moins cette nuit, supplia-t-elle.

— On vous a assez pris de temps comme ça !

— Je vous en prie… Laissez les petits se reposer. Nous avons de la place. Vous partirez très tôt si vous voulez, avant les fortes chaleurs. Faites-le pour moi. Je dors mieux quand la maison n'est pas vide.

La voyageuse hésita encore, mais se laissa convaincre, surtout par inquiétude pour ses enfants.

Après le dîner, Leonora fit chauffer de l'eau pour donner un bain aux deux petits. Après les pluies, la réserve était pleine.

Une fois qu'ils furent douillettement couchés, la mère sembla un peu plus sereine.

— Je les aime, mes garçons. C'est dur, ce qui nous

arrive, à leur âge. Je ne supporterais pas de les perdre, eux aussi…

— Mais, cette épidémie, je ne comprends pas. Il n'y a pas de médecin, à la mine ?

— Le médecin, il faut se lever de bonne heure pour le voir ! On lui a demandé de venir, comme tout le monde, mais il ne s'occupe que de la direction. Mon mari n'a pas eu de traitement de faveur. Les propriétaires ne traitent pas mieux les mineurs que les machines. Du moment qu'ils en tirent du profit, ils veulent bien nous laisser crever.

Leonora comprit que cette femme ne se doutait pas qu'elle se trouvait chez Alexander Harrington. Il valait mieux qu'elle continue de l'ignorer.

— Ne gâchez pas l'eau du bain, plongez-vous dedans avant qu'elle ne refroidisse, lui conseilla-t-elle. Cela vous fera du bien.

La fatigue eut raison des dernières réticences de cette femme si discrète.

— Oui, je veux bien, dit-elle avec reconnaissance. Vous avez été très généreuse. Trop généreuse. Je vais me laver, et puis je me mettrai au lit avec les garçons, et on ne vous dérangera plus.

Leonora se sentit terriblement coupable. Elle n'avait rien fait pour cette femme, au contraire : elle était la source de tous ses malheurs. Alex était sans doute responsable de la mort de son mari.

Le lendemain matin, ses trois invités se levèrent tôt et se régalèrent d'œufs, de bacon et de pain. En voyant l'énergie revenir dans le petit corps des garçons, Leonora se demanda avec une grande tristesse combien de temps leur bel entrain durerait.

Une carriole attelée les attendait dehors. Leonora avait demandé à James d'y mettre du fourrage pour le cheval, des couvertures et des bidons d'eau. Elle prépara elle-même des paniers de provisions aussi pleins que possible, et cacha quelques billets au fond de l'un d'entre eux, billets que la mère ne trouverait que trop tard pour les rendre.

À la vue de la carriole, la femme sembla abasourdie. Elle voulut refuser, mais Leonora lui servit un mensonge bien préparé pour la convaincre.

— C'est une vieille voiture. On allait la mettre au rebut de toute façon, et le cheval n'atteindra peut-être même pas Daggar Hills tellement il est vieux. Cela nous débarrasse, je vous assure…

Pleine de gratitude, la mère installa ses enfants sous la bâche et s'en alla aussi discrètement qu'elle était arrivée, disparaissant sans même laisser son nom.

Leonora partit aussitôt pour la mine. Alex serait furieux, mais elle s'en moquait. C'était elle qui avait des raisons d'être en colère. Comment osait-il laisser sans soins les gens qui travaillaient pour lui, et ne même pas prendre la peine de secourir les orphelins ? Il aurait dû faire venir davantage de médecins pour stopper l'épidémie. Qu'il ose lui faire des reproches !

Elle mit à l'arrière de la Ford autant de barriques d'eau que possible, un panier de draps usés, mais propres, pour faire des compresses, de nombreux sacs de citrons et d'oranges, et quelques fioles d'un remède opiacé. Sur le siège avant, elle ajouta plusieurs bidons d'eau pour son usage personnel, des fruits et des sandwichs, ainsi que des vêtements de rechange, ne sachant pas combien de temps elle resterait. Elle laissa à Clare ses instructions pour les jours à venir, l'informant qu'elle allait rendre visite à Alex.

Leonora n'avait pas besoin de carte pour se diriger : il n'y avait qu'une seule route. De temps à autre, environ toutes les heures, un panneau peint à la main indiquait un embranchement menant aux villes situées de part et d'autre de la voie principale. Étouffant dans la voiture noire qui piégeait la chaleur, la jeune femme se résolut à entrouvrir la vitre, et fut alors obligée de s'accommoder de la poussière.

Elle traversa des terres tout juste défrichées où se dressaient encore, aussi loin que portait le regard, les souches d'arbres abattus, qui, bien que calcinées, suintaient de sève. Des odeurs âcres de fumée empuantissaient l'atmosphère sur ces territoires dévastés. Toute vie animale avait disparu. Il n'y avait plus d'ombre. C'étaient des kilomètres de terrain endeuillé et sinistre.

Leonora, les mains engourdies sur le volant, vit soudain une fumée bleutée monter devant elle, et sentit une odeur fétide dans l'air. On respirait un mélange de métal chauffé et d'œuf pourri, un relent entêtant de vieil égout qui faisait tousser. Le camp apparut, annoncé par ces effluves malsains : des rangées d'abris de toile et de rebuts métalliques, arrimés par de l'écorce et des peaux séchées.

Leonora s'arrêta pour mieux observer le camp. Il semblait tranquille et plutôt propre. Elle avait imaginé un champ de bataille après la charge, jonché de morts et de blessés. Il n'en était rien : s'il n'y avait eu l'odeur, on n'aurait rien remarqué. Les hommes devaient être au travail, les enfants à l'école. Elle s'était peut-être affolée un peu vite, et sans doute y avait-il eu entre-temps un secours médical.

Elle s'étira sur son siège, face au village de toile. De la fumée montait du haut des tentes, un chien attaché à un piquet aboyait. Soudain, une ombre tomba sur elle : un homme se penchait pour la regarder. Il tapa sur la vitre pour attirer son attention.

— Vous êtes perdue ? lui demanda-t-il.

Petit et râblé, il avait un accent slave, mais parlait bien. Lui trouvant un air honnête, elle ouvrit sa portière et descendit de voiture.

— Je cherche le bureau du directeur… Le bureau des responsables de la mine.

L'homme tendit le doigt.

— Il faut dépasser le camp. Vous verrez un bâtiment sur la gauche… Mais il ne faut pas rester, il y a l'épidémie…

— Je sais.

— Vous êtes infirmière ?

Elle vit la déception se peindre sur son visage quand elle lui répondit que non. Il tourna nerveusement son chapeau entre ses mains et expliqua :

— Mon bébé est malade. Ma petite fille aussi. Je ne sais pas si c'est la typhoïde.

Des larmes coulèrent sur ses joues. Une femme en pleurs, c'était déjà difficile à regarder, mais un homme, cela vous fendait le cœur.

— Où vivez-vous ?

Il désigna l'une de ces cahutes mi-toile, mi-tôle, renforcées par du fil de fer.

Elle le suivit et entra avec lui sous la tente. Un bébé, tout nu, très rouge, pleurait dans un berceau. Un garçon âgé d'environ huit ans poussait la nacelle du bout du pied. Une femme, assise par terre, tenait dans ses bras une maigre fillette anémique.

Ils levèrent vaguement la tête, mais sans prêter attention à la nouvelle venue.

Leonora se baissa pour prendre le bébé dans ses bras. Il était brûlant de fièvre, et plus léger qu'une poupée.

— S'il vous plaît, dit-elle à l'homme, allez jusqu'à ma voiture. Vous trouverez des barriques d'eau dans le coffre. Remplissez une bassine et rapportez-la-moi.

Le ventre gonflé du bébé présentait l'éruption rouge caractéristique de la typhoïde. Une fois l'homme revenu avec la bassine, Leonora y plongea l'enfant jusqu'au cou. Il était trop faible pour se débattre, et se contenta de geindre. Peu à peu, il n'eut même plus la force d'émettre un son. Leonora rencontra le regard du père, mais n'eut pas le courage de parler et baissa la tête.

— Il va mourir ? demanda-t-il.

Elle hocha la tête.

— On ne peut rien faire ?

— Je peux lui donner quelque chose qui le fera dormir. Il ne souffrira pas, je vous le promets.

L'homme, désespéré, quitta l'abri. Sa femme resta là, sans aucune réaction, le regard perdu dans le vide.

Les heures passèrent. Jusqu'à l'arrivée de la nuit, Leonora alla d'une tente à l'autre, du chevet d'un malade à un autre. Elle rencontra des hommes et des femmes de toutes les origines, de tous les tempéraments. Elle vit de la colère, du désespoir, de l'apathie et de la révolte. C'était décourageant : il y en avait tant. Ils étaient faibles, maigres, déliraient à cause de la fièvre. Les adultes souffraient, mais c'étaient les enfants qui lui faisaient le plus de peine. Voir ces petites vies s'achever, alors qu'elles avaient à peine commencé… Malgré son infinie tristesse, Leonora ne pleurait pas, et s'efforçait de ne pas montrer ses émotions. Elle tâchait de réconforter et de redonner espoir, tout en enfouissant ses propres sentiments. C'était à peu près tout ce qu'elle pouvait faire.

La lune était déjà haute dans le ciel quand la jeune femme s'arrêta. Elle avait distribué tout ce qu'elle avait apporté, utilisé toute l'eau destinée à rafraîchir les corps brûlants. Elle retrouva seule le chemin de sa voiture, ne se souvenant ni du visage ni du nom des gens qu'elle avait tenté de soulager.

Elle resta un moment sans démarrer, mains agrippées sur le volant, tremblante. Elle s'autorisa enfin à pleurer : elle avait besoin de ces larmes pour se purger. À cette profonde tristesse vint ensuite se mêler une grande colère. Le responsable de tout ce malheur, c'était Alex.

Malgré la faiblesse causée par la fatigue et la faim, elle dirigea la voiture à vive allure en direction du puits de mine, visible grâce à ses lumières qui le faisaient ressembler au gouffre de l'enfer. Elle s'arrêta devant le bâtiment de la direction, sortit de voiture comme une furie et entra dans le secrétariat vide. Une forte odeur de cigare s'échappait par la porte du bureau. Des voix d'hommes lui parvenaient, des rires. Alex n'était pas seul. Tant pis. Toute l'équipe dirigeante portait la responsabilité de cette hécatombe.

Quand elle poussa la porte, un silence se fit. Les verres se figèrent en l'air. Alex, les pieds sur son bureau, se trouvait en compagnie de deux hommes, confortablement installés face à lui dans de grands fauteuils en cuir. Leur expression sidérée montrait à quel point ils s'attendaient peu à une telle visite.

Alex fut le premier à reprendre ses esprits. Il se dressa, furieux.

— Qu'est-ce que tu fabriques ici ?

Leonora ne se laissa pas impressionner.

— Et vous ? Je te pose la même question : pourquoi n'êtes-vous pas au camp pour aider les gens ?

— Au camp ? Quel camp ? Qu'est-ce que tu racontes ?

— Le camp des mineurs, Alex, à cinq kilomètres d'ici ! Le camp où sévit une épidémie de typhoïde !

Il eut un rire incrédule.

— Quoi ? Tu as fait toute cette route pour me parler de la situation au camp ?

— J'y ai passé la journée. C'est une catastrophe, Alex ! Un grand nombre d'enfants ne vont pas passer la nuit !

Elle jeta un regard accusateur aux uns et aux autres.

— Pourquoi, ajouta-t-elle, n'ont-ils même pas eu droit à la visite d'un médecin ?

L'un des hommes toussota et prit la parole, l'air soucieux, mais avec un ton doucereux d'hypocrite.

— Je suis le Dr Middleton, le médecin de la mine. La situation est déplorable, c'est exact. Cette épidémie fait des ravages, même chez les contremaîtres. Il a fallu instaurer une quarantaine. J'aurais voulu pouvoir faire davantage, mais j'ai trop de travail ici même pour me rendre là-bas.

— C'est ce que je constate ! ironisa Leonora en fixant des yeux le verre qu'il tenait à la main.

Sans répondre, le Dr Middleton se tourna vers Alex.

— C'est vrai qu'il se fait tard. Je suis fatigué, je vais me coucher.

Il fit un signe de tête à Leonora, tâchant de sauver la face.

— J'espère que nous aurons le plaisir de nous revoir dans de plus agréables circonstances, madame.

L'autre homme profita de l'occasion pour s'esquiver lui aussi, l'air piteux.

Un lourd silence s'installa. Alex ne sortit pas de derrière son bureau. Il tapotait le plateau du bout du doigt, d'un geste mécanique.

— Alex, il faut faire venir des médecins…

— Tais-toi ! Je ne veux plus t'entendre !

Pour une fois, et malgré le ton méprisant et le regard assassin de son mari, la jeune femme n'eut pas peur.

— Fais venir un médecin, ou je m'occuperai de ces gens moi-même !

Alex donna un violent coup sur le bureau, faisant trembler les verres à cognac.

— Je suis chargé de m'occuper de la mine, Leonora ! Pas d'une horde d'étrangers sales comme des porcs qui laissent leurs égouts s'engorger. Il faut impérativement que ceux qui sont capables de travailler restent en bonne santé, et cela, c'est le boulot du Dr Middleton. Il ne fera rien d'autre ! Je ne sais pas si tu es au courant, mais il y a la guerre. L'armée a besoin d'acier. Je travaille pour la victoire.

— Ah, oui ? Nous savons quel beau patriote tu fais, toi qui as remué ciel et terre pour ne pas partir te battre !

— Petite garce !

Il avança vers elle, main levée.

— Vas-y, frappe-moi ! Comme le lâche que tu es ! On va t'admirer après cela, c'est certain : un homme qui bat sa femme et qui laisse des enfants mourir comme des chiens !

Lentement, mâchoires crispées, Alex baissa son bras. Leonora, dressée devant lui, tenait bon.

— Fais venir un médecin au camp demain, ou j'enverrai un câble à mon oncle pour lui raconter ce qui se passe ici. Je ne pense pas qu'il place l'extraction du minerai au-dessus d'une vie humaine.

Alex retourna à son fauteuil et s'y laissa tomber, vaincu.

— Je parlerai au Dr Middleton.

— Il doit se rendre au camp dès demain.

— C'est impossible.

— Je resterai là-bas tant qu'il n'y sera pas allé.

Alex comprit qu'elle ne lâcherait pas.

— Bien… Alors je ferai venir un médecin de Kalgoorlie, et le Dr Middleton s'occupera du camp jusqu'à son arrivée. Mais seulement le temps que l'épidémie soit circonscrite !

Il l'observa ensuite longuement, son arrogance laissant place à la surprise.

— Que t'arrive-t-il, Leonora ? Je ne reconnais plus la timide jeune fille que j'embrassais sous les grands chênes…

Le ton critique revint aussitôt.

— Tu as changé !

Non, elle n'avait pas changé. Il lui semblait plutôt sortir d'hibernation. L'Australie l'avait réveillée, et elle ne voulait plus jamais retomber dans cette passivité qui la paralysait.

Alex prit un registre, l'ouvrit et le feuilleta.

— Tu es d'une saleté repoussante. Il y a une salle de bains dans l'appartement. Va te laver, et ne me dérange plus. J'ai du travail.

Ils partirent à l'aube de Coolgardie et montèrent en voiture sans même prendre le temps de boire une tasse de thé. Leonora dut attendre dans la voiture près d'une demi-heure, le temps qu'Alex donne ses directives aux managers. Elle assista au défilé des mineurs, qui sortaient de l'ombre pour se rendre au puits.

Alex prit enfin place derrière le volant. Il ne s'était pas changé depuis la veille : chemise froissée et ouverte sur la poitrine, col défait. Il avait les yeux rougis par le manque de sommeil et la fumée de cigarette. Visiblement, il ne s'était pas couché, mais Leonora se moquait bien de savoir où il avait passé la nuit.

Il démarra, mégot au coin des lèvres, sans s'inquiéter de la poussière qu'il projetait sur les mineurs qui attendaient de descendre au fond. Ce manque d'égards ne le rendit que plus détestable aux yeux de la jeune femme.

Ils traversèrent Coolgardie, puis passèrent devant la gare de marchandises et ses bennes vides en attente de minerai. Ils dépassèrent le camp des mineurs, semblant paisible sous le soleil. Leonora savait pourtant que la fièvre et la mort se cachaient sous les tentes closes. Et puis, ce fut la plaine écrasée de chaleur, et le long trajet dans la voiture étouffante.

La jeune femme appuyait le front contre sa vitre, cherchant la fraîcheur. La terre rouge défilait, parsemée de touffes d'herbes argentées et piquantes qui poussaient sur ces territoires désertiques. Elle aimait les paysages rudes de sa terre natale, et pourtant elle suffoquait. Les ravages de l'épidémie et le désespoir dont elle avait été témoin avaient accentué le mal dont elle souffrait, un mal qui habitait son âme depuis trop longtemps.

S'arrachant à la contemplation du paysage, elle releva la tête et aperçut son reflet dans la vitre : peau claire, joues roses. Ses lèvres n'étaient pas fendillées par la soif et la fièvre, son visage n'était pas creusé par la faim. Elle respirait librement, sans sifflement. Pourtant, elle se sentait malade, atteinte d'une douleur presque insensible, mais qui la tuait lentement.

Quitte-le ! Elle fut saisie par cette voix qui s'élevait en elle. *Quitte-le !* Ces mots la remplirent d'espoir. Oui, le quitter… Elle regarda Alex, et la décision devint une évidence : *Oui, je dois le quitter.*

52

Se sentant depuis longtemps vieux et usé, Ghan n'avait d'abord pas remarqué le surcroît de fatigue. Il avait l'habitude de l'épuisement, des nuits sans sommeil, et de la faiblesse causée par de trop maigres repas. Et puis, soudain, il s'était mis à grelotter. Il avait alors cherché dans la tente tout ce qui était susceptible de le couvrir : vêtements, cartons, sacs. Mais cela n'avait pas suffi à le réchauffer. Tout lui semblait trop froid et trop lourd. Il serrait les bras autour de lui pour se tenir chaud. Les tempes enserrées dans un étau, il avait mal au ventre.

Il s'endormait, se réveillait, voyant se succéder la lumière et l'obscurité. Dans le noir, il se croyait au fond de la mine, abandonné sous terre dans un puits condamné. Terrifié, il se débattait, mais sans pouvoir fuir. À la lumière du jour, le soleil l'asséchait et ne réchauffait pas ses os glacés. Une sueur froide trempait sa couverture et l'assoiffait au point qu'il ne pensait plus qu'à boire. Sa gourde était vide depuis longtemps. Sa bouche, enflée, lui semblait remplie d'un coton imbibé de pétrole. À l'aube, il se traînait dehors pour lécher l'humidité condensée sur sa toile de tente. Il aurait bu les flaques d'eau, s'il en avait trouvé.

Il délirait, voyait des araignées là où il n'y avait que des taches sur la toile de tente, ou sentait tomber sur lui des pétales de fleurs fanées, qu'il chassait d'un grand geste de la main.

Dans ses rares moments de lucidité, il se disait qu'il allait mourir et souhaitait que la fin vienne vite. Il n'en pouvait plus de cette soif et de ces cauchemars qui le poursuivaient. Ensuite, les tremblements revenaient, et le cours du temps redevenait indistinct.

Et puis, un jour, un ange apparut. Une femme, belle et pâle, entourée d'un halo de lumière, entra dans sa tente. Elle lui posa un linge frais sur le front, lui épongea le visage. Un peu de paradis s'offrit à lui quand elle fit couler dans sa gorge asséchée une eau salvatrice. Il en voulait encore et encore. Elle le laissa boire tout son soûl, pressant le jus d'un citron entre ses lèvres.

Ghan l'observait à travers ses paupières mi-closes. Il vit qu'elle portait une lampe : sans doute la source de l'auréole qu'il distinguait. Alors, peut-être n'était-ce qu'un demi-ange, qui annonçait la vie, et non la mort. Elle resta le temps qu'il se rendorme, apaisé.

Au petit matin, le soleil qui passait par les trous de la tente trouva Ghan trop faible pour bouger, mais encore vivant. Une fois de plus, il avait vaincu la camarde, une pensée fatigante pour un homme épuisé.

La fièvre tomba dans la journée, et il n'eut plus froid. Il se leva. Il avait tant maigri que son pantalon flottait sur ses cuisses. Il mangea un peu : un morceau de citron laissé par son ange gardien, et des sardines en boîte. Les goûts lui semblèrent d'abord trop intenses, mais, une fois le premier choc passé, il sentit la faim s'éveiller. La faiblesse quittait doucement son corps.

Cette nuit-là, il dormit sans couverture, et se réveilla affamé. Les bruits venant de l'extérieur lui firent mal au cœur. Il allait falloir retourner au travail. Il n'était pas encore rétabli, mais il n'avait pas le choix : il n'était pas assez riche pour se reposer. Il était terrible de ne travailler que pour pouvoir manger, de ne vivre que pour respirer.

Il sortit de sa tente sur des jambes vacillantes. Il voulait voir Whistler. Autour de lui, le camp se réveillait. La fumée des réchauds montait au-dessus des tentes grises. Il ne savait pas combien de temps il avait été malade, mais la vie continuait comme si de rien n'était.

Whistler dormait encore, enroulé dans sa couverture. Ghan posa la main sur son épaule pour le réveiller. Il trouva un corps froid et raide. Une terrible tristesse s'empara de lui tandis qu'il faisait tourner le cadavre sur le dos. Le visage de Whistler était bleuté, ses yeux ouverts et fixes, la bouche béante. La mort remontait déjà à quelque temps.

Ghan tira la couverture sur le visage de son ami et resta recueilli un moment, tête inclinée sous la toile basse. Il regarda autour de lui. Le médecin ferait tout brûler. Alors il alla au fond, et fouilla dans la pile de provisions et de vêtements, jusqu'à ce qu'il mette la main sur la cagnotte. Il enleva le couvercle de la boîte de conserve, prit la chaussette pleine, la contempla un instant, puis la fourra dans sa poche. Il resta encore un peu pour regarder la forme de son ami sous la couverture. Au moins, il n'aurait plus mal aux os.

Il était sans doute au ciel, avec sa femme. Après une longue vie de travail, Whistler ne se cognerait plus les doigts sur les cailloux, et la pluie ne réveillerait plus ses douleurs. Ghan, qui tenait à peine debout et qui broyait du noir, se surprit à l'envier.

— Repose en paix, vieille bourrique.

Après cette très brève oraison, il quitta la tente et se dirigea de son pas claudiquant vers les tentes des Italiens. Mme Ricciolì s'occupait du feu, enveloppée dans un châle noir. Elle sourit à Ghan, l'air endormi.

— Bonjour, Ghan, vous voulez du café ?

Ghan fit non de la tête et annonça tristement :

— Whistler est mort.

— L'épidémie… Il en part tous les jours.

Ghan sortit la cagnotte de sa poche et la lui donna.

— Il voulait léguer ses économies au fonds de secours pour les veuves.

Elle eut l'air profondément touchée par ce geste.

— C'était un homme généreux et bon.

Ghan hocha la tête. Il s'apprêtait à repartir quand elle le retint par le bras et lui dit doucement :

— Vous aussi, vous êtes bon.

53

Une fois la décision prise, Leonora ne voulut pas attendre pour la mettre à exécution. Dès le lendemain, au petit-déjeuner, elle passa à l'attaque, sûre d'elle comme elle ne l'avait encore jamais été.

Elle attendit que Meredith, qui rapportait des scones et remplissait la théière, retourne à la cuisine. Alex, détendu, lisait son journal. La pendule du salon marquait les secondes à grands coups de balancier.

— Alex, je veux divorcer.

Il releva les yeux sans avoir l'air de comprendre.

— Pardon ?

— Je veux divorcer, répéta Leonora, calme et ferme.

Elle soutint sans ciller le regard sombre d'Alex, qui se mit à rire. Doucement, d'abord, puis très fort.

— Je ne plaisante pas, Alex.

— Que c'est drôle ! Vraiment trop drôle !

Leonora attendit, se sentant toujours forte et décidée.

Alex avait repris son journal, lèvres pincées. Il jeta :

— C'est encore à cause de cette histoire d'épidémie ?

— Pas seulement. Je n'en peux plus de vivre avec toi.

— Tu es trop bête pour te rendre compte que le divorce est impossible. Tu ne sais même pas ce que divorcer veut dire !

— Tant pis. Je veux divorcer, Alex.

— Arrête, tais-toi ! hurla-t-il en posant brutalement son journal sur la table. Moi, je refuse !

— Je t'informe, je ne te demande pas ton avis.

— Ah, vraiment ? lança-t-il d'une voix moqueuse. Et où comptes-tu aller ? Tu as envie de rentrer en Amérique, chez ta chère tante ? Ou bien peut-être préfères-tu rester en Australie sans un sou ? Si tu rêves de t'enfuir à Paris et de prendre un appartement avec vue sur la Seine, sache que tu n'en as pas les moyens, enfant gâtée !

— Je trouverai du travail.

— Il n'y a qu'une seule profession que tu pourrais exercer, mais tu es trop nulle au lit pour accrocher deux fois le même client.

— J'écrirai à mon oncle pour lui demander de l'argent.

— Certainement pas ! s'exclama-t-il en donnant un grand coup de poing sur la table. Je t'interdis de lui parler de cette idée complètement stupide !

Leonora baissa les yeux et s'étonna de constater que sa force intérieure restait intacte. Rien de ce qu'il disait ne parvenait à l'atteindre.

— Pourquoi veux-tu me retenir, Alex ? Je sais que tu ne m'es pas fidèle. Je te mets en colère, je t'énerve. Je suis sûre que tu serais soulagé de me voir partir.

— Ta place est ici, Leonora, avec moi.

Une douleur sincère marqua les traits d'Alex, mais cela ne dura qu'un instant. La colère reprit aussitôt le dessus.

— Il n'est pas question de salir ma réputation et celle de ton oncle par un divorce. C'est non, un point c'est tout.

Il reprit son journal et l'ouvrit devant son visage pour signifier que la conversation était terminée, mais Leonora ne l'entendit pas de cette oreille.

— Désolée, ma décision est prise. J'irai voir un avocat cette semaine pour engager la procédure. Je te laisse l'argent que nous a donné mon oncle. Je n'en veux pas. J'ai vu comment il avait été gagné.

Un long silence suivit. Le journal, ouvert comme un paravent, ne bougeait pas, et Alex, caché derrière, ne disait pas un mot. Enfin, au bout de plusieurs minutes, sa voix s'éleva, doucereuse.

— Alors, je me trompais ? Tu es sûre de toi…

— Oui.

Il plia son journal en deux et l'aligna sur le bord de la table, afin de former un angle parfait.

— C'est fini ?

Étonnée par ce changement de ton, elle répondit plus gentiment :

— Oui, Alex, je suis désolée.

— Eh bien, d'accord, je ne t'empêche pas de divorcer.

Habituée aux hurlements et aux insultes, Leonora, très surprise, murmura :

— Merci, Alex.

Elle fit un pas vers la porte, ivre de bonheur. Pour la première fois de sa vie, elle allait être libre.

La voix d'Alex monta alors derrière elle :

— C'est quand même dommage pour ces pauvres enfants.

Leonora s'arrêta net.

— Je ne sais pas pour qui ce sera le plus dur : pour les enfants ou pour les mères, poursuivit-il.

La jeune femme se tourna vers lui. Il buvait tranquillement son thé, sans même daigner la regarder.

— Ils finiront par s'en remettre, ajouta-t-il d'un ton nonchalant. Et, au moins, à l'orphelinat, ils seront tous ensemble. Sauf la petite borgne. Je ne sais pas ce qu'ils feront d'elle. Tu sais, celle qui n'est pas normale. Elle sera séparée des autres, c'est certain. Les retardés mentaux sont placés dans des asiles.

— Je ne comprends pas où tu veux en venir.

— Je te parle des Aborigènes, bien sûr, dit-il en tournant les yeux vers elle. Une fois que tu ne seras plus là, rien ne m'empêchera plus de les faire déguerpir. Tiens, je vais tout de suite téléphoner au diacre pour organiser leur départ. Autant battre le fer tant qu'il est chaud. Il y aura peut-être un peu de violence, mais c'est inévitable dans ce genre de situations. Les policiers n'aiment pas beaucoup ces gens, comme tu le sais, et ils n'hésiteront pas à éliminer ceux qui leur opposeront de la résistance.

Leonora sentit son sang se figer.

— Tu ne ferais pas une chose aussi cruelle…

— Moi ? Mais moi, je ne fais rien. C'est toi qui choisis, chérie. C'est bien dommage. Tu te sentiras sûrement très coupable de n'avoir rien fait pour les sauver.

La jeune femme se mit à trembler.

— Nous ne te laisserons pas faire !

— Qui donc ?

— Moi, les hommes… Les intendants.

Alex sortit son revolver de la poche de sa veste et en caressa le canon.

— Je ne pense pas qu'ils se risqueront à intervenir.

Ne se souvenant que trop bien de l'incident avec l'étalon, Leonora comprit qu'Alex ne reculerait devant rien, pas même un crime. La liberté qu'elle avait senti passer si près d'elle lui échappait, volée par la méchanceté d'Alex.

— Je vais rester, murmura-t-elle.

Moqueur, il porta une main à son oreille.

— Pardon ? Un peu plus fort, je n'ai pas bien entendu !

— Je vais rester, répéta-t-elle d'une voix tremblante.

— Encore plus fort, je te prie.

— J'ai dit que j'allais rester, articula-t-elle plus nettement, forçant les mots à sortir d'une gorge serrée par un étau.

— Je savais bien que c'était une menace en l'air, s'exclama-t-il en frappant joyeusement dans ses mains. Alors, c'est fini la petite querelle d'amoureux ? Tu ne devrais pas prendre tout au tragique, et brandir des mots aussi laids. « Divorce », c'est d'un mauvais goût !

Il se leva et approcha d'elle pour lui poser un baiser sur la joue. Il jubilait.

— Ne crains rien, ma chérie. Je te pardonne.

James réparait la porte de l'écurie quand il sentit une présence derrière lui. Il se tourna, le marteau à la main, et vit Leonora. Elle était pâle et semblait avoir pleuré.

— Que se passe-t-il, Leo ?

— Emmène-moi, gémit-elle. Je t'en prie. Rien qu'un moment. Allons ailleurs. Je n'en peux plus.

Il l'observa un instant et, sentant combien sa peine était profonde, il partit chercher son cheval. Il grimpa en selle, et fit monter Leonora derrière lui. Le contact des mains de la jeune femme sur ses hanches lui brûla la peau. Ils longèrent la clôture anti-lapins en direction des prairies situées à l'est. Le ranch disparut derrière eux.

James sentait le souffle de Leonora dans son cou, la chaleur de son corps contre le sien, sous ce soleil torride. Et puis, il y avait aussi la brûlure que lui causait ce chagrin qu'il ne comprenait pas, et son besoin de supprimer tout ce qui la faisait souffrir.

Au bout de quelques kilomètres, ils atteignirent une prairie aux herbes ondulantes. Il y avait au fond une mare entourée d'eucalyptus blancs. James arrêta leur monture, et Leonora se laissa glisser à terre. Elle approcha de l'eau. La surface était si calme que l'ombre des arbres la rendait presque noire. Elle s'assit sur l'herbe sèche et, entourant ses genoux de ses bras, regarda droit devant elle.

Le jeune homme attacha son cheval et s'installa près d'elle. Au-dessus d'eux, le soleil, en partie caché par les feuilles étroites des eucalyptus, avait perdu de son mordant. Un cacatoès avançait le long d'une branche en levant haut les pattes, comme s'il dansait. Le visage défait et le silence de Leonora inquiétaient beaucoup James.

— Il t'a frappée ?

Les yeux brillants de larmes, elle eut du mal à répondre.

— Non, dit-elle enfin.

— Dis-moi ce qui t'arrive.

Elle aurait voulu se confier à lui, mais elle avait peur des conséquences. Si James s'opposait à Alex – et il le ferait sûrement –, il y aurait le canon d'un revolver au bout du chemin.

— Leo, tu ne veux rien me dire ?

— Je ne peux pas.

Elle éclata en sanglots.

Il ne put faire autrement que de la prendre dans ses bras. Elle s'accrocha à lui et laissa libre cours à son désespoir. Il la serrait contre lui pour la rassurer, sentait ses cheveux soyeux dans son cou, ses larmes mouiller sa chemise. Il en était bouleversé.

Peu à peu, elle s'apaisa. Se libérant de son étreinte, elle le regarda, comme étonnée de ce qui venait d'arriver. Elle avait le visage rosi par les larmes, les yeux plus grands et plus verts que jamais.

— Pardon, balbutia-t-elle. Tu dois me trouver bête de pleurer ainsi. On dirait une gamine. Je n'aurais pas dû interrompre ton travail. On va te chercher, au ranch.

Il s'allongea, appuyé sur un coude, et cueillit une herbe qu'il prit entre ses lèvres.

— J'aime bien la compagnie des cow-boys, mais je préfère la tienne.

Elle eut un petit sourire et ils échangèrent un regard. Le souffle coupé par tant de charme et de beauté, il détourna les yeux.

— Leo, je veux savoir ce qui est arrivé.

Elle secoua la tête avec un soupir.

— Parfois, j'ai l'impression que le monde est fou. Qu'il n'existe plus que le mal sur terre… Alors, je perds pied. Heureusement que tu es là… Toi, tu es toujours bon, généreux. Solide.

Pensant à Shamus, gisant inanimé à ses pieds, il frémit.

— Leo… Je ne suis pas aussi bon que tu l'imagines.

Elle posa la main sur la sienne.

— Si je suis bien sûre d'une chose, c'est que tu es quelqu'un de bien.

Elle porta lentement la main à son col et défit un bouton, puis deux, puis trois. Se reprochant son regard indiscret, mais se sentant incapable de s'arracher à ce délicieux spectacle, James ne manqua rien de l'ouverture de la robe. Leonora découvrit la peau délicate de sa gorge, de plus en plus bas, jusqu'à la naissance des seins.

Fasciné, le jeune homme la vit passer la main dans son décolleté et en sortir un pendentif accroché à une chaînette. Elle le tendit vers lui pour le lui montrer.

C'était un petit galet blanc. Il eut un rire.

— Je ne veux pas te décevoir, mais on t'a offert un diamant qui ne vaut pas grand-chose !

Leonora le dévisagea alors avec une intensité particulière.

— Tu ne le reconnais pas ?

Alors, soudain, tout lui revint, et il fut profondément touché.

— Tu l'as gardé toutes ces années ?

— Je ne t'ai jamais oublié, James… L'oiseau, le nid, notre amitié…

James remit le pendentif à sa place, le laissant retomber contre la peau douce et satinée, si tiède au toucher. La poitrine de Leonora se souleva plus vite, trahissant son émoi.

— Il ne me reste de mon passé que ce petit œuf, expliqua-t-elle. J'y tiens plus que tout au monde. Je n'ai réussi à garder que cela. Les Fairfield ont fait brûler tout ce qui venait de l'orphelinat. Le bijoutier a cru que j'étais folle quand je lui ai demandé d'associer ce caillou à de l'or !

Le soleil vibrait au-dessus de la ligne des arbres. En descendant, il jetait des couleurs plus chaudes sur l'écorce blanche des eucalyptus, les fardant de teintes rosées. Il était plus que temps de rentrer. Leonora contempla longuement James, afin de graver dans sa mémoire son visage, ses cheveux châtains proprement coupés, son long cou musculeux, ses épaules larges, ses bras athlétiques. Se sentant observé, il posa un regard interrogateur sur la jeune femme.

— Il vaudrait mieux que je retourne au ranch, souffla-t-elle.

— Restons encore un peu, Leo… Tu n'es pas obligée de supporter sa mauvaise humeur.

— Si, dit-elle fermement en se relevant. Je ne peux pas faire autrement.

Il la suivit jusqu'au cheval. Leonora s'adossa au cuir tiède de la selle. James approcha pour caresser le nez du cheval, qui frotta affectueusement ses naseaux contre sa main.

Il resta là, à ajuster la bride, si proche de Leonora que l'espace entre eux devenait brûlant. Elle contemplait son expression sérieuse, tout absorbé qu'il était par sa tâche, la façon dont son regard se posait sur les choses, attentif et serein. Il tourna les yeux vers elle et laissa retomber ses bras. Le désir qu'elle lut sur son visage fit bondir son cœur de joie. C'était sur elle, et sur elle seule, qu'il posait maintenant son regard, comme s'il voulait l'absorber tout entière. Elle ne trouva pas en elle la force de résister. Elle l'entendit soupirer et vit qu'il amorçait un geste dans sa direction.

Alors, submergée par l'émotion, elle avança à sa rencontre, posa les mains sur lui, et leva les lèvres vers les siennes. Elle s'aperçut bien trop tard qu'il était simplement en train de se pencher vers le sac de selle. Sa bouche se posa sur celle de James au moment même où elle comprit qu'il n'avait pas eu l'intention de l'embrasser. Elle sentit un corps figé, distant, surpris par son geste.

Prise d'une terrible gêne, elle recula.

— Pardon ! Pardon ! Quelle idiote ! Je pensais que…

— Leo, regarde-moi.

— Non, non, je suis désolée. Je m'en veux tellement !

Alors, il lui attrapa les poignets et répéta :

— Regarde-moi, Leo.

Elle obéit, mortifiée, s'attendant à voir de la réprobation sur son visage. Ce fut, bien au contraire, encore du désir qu'elle y trouva. Et cette fois, il l'embrassa. Ses lèvres, froides un instant auparavant, étaient devenues chaudes et exaltées.

Ils s'embrassèrent longuement, merveilleusement, transportés loin, dans un monde parfait. Leurs lèvres se fondaient, ils oscillaient sur eux-mêmes, de plus en plus exigeants. C'était si fort que Leonora eut l'impression de tomber, prise d'une faiblesse, mais, se sentant fermement maintenue par la taille, elle put se laisser aller sans crainte.

James, passionné, lui embrassait les cheveux, le cou, la gorge. Elle rendait chaque baiser, s'accrochant au solide corps qui la pressait contre le cheval. Cela ne dura pas. La jument avança soudainement d'un pas, faisant perdre l'équilibre à Leonora. Ce retour à la réalité fut trop brusque. Les brumes de l'amour se dissipèrent, et ses tristes obligations lui revinrent à l'esprit.

— Je dois partir, balbutia-t-elle en s'arrachant à leur étreinte.

James semblait tout aussi perdu qu'elle. La voyant hésiter, il murmura :

— Prends la jument, je vais rentrer à pied.

— C'est loin…

— Peu importe. Il vaut mieux que tu rentres sans moi.

Cette sagesse ne fut que passagère. Il tendit la main vers elle.

— Leo…

— Il faut que je rentre, dit-elle simplement, sachant qu'elle devait le fuir.

Elle se mit en selle et, suivie par le regard brûlant de James, partit au galop.

Le visage fouetté par le vent, elle ne pensait qu'à leur baiser, au désir de James, au bonheur qu'elle avait éprouvé dans ses bras. Elle était heureuse, bouleversée, mais aussi inquiète. Et puis, elle vit, bien trop tôt à son goût, le toit métallique du ranch se dessiner au loin. Elle constata qu'il y avait de la lumière aux fenêtres. La nuit tombait déjà.

Elle se dépêcha de ramener la jument dans son box, puis se mit à courir, par peur que son retard ne mécontente Alex. Elle pénétra le plus discrètement possible dans la maison, espérant ne pas être entendue. La porte du bureau d'Alex était close, mais de la lumière filtrait en dessous. Soulagée, elle se dirigea en silence vers l'escalier. Elle venait de poser le pied sur la première marche lorsqu'elle entendit un bruit derrière elle.

— Ah, tu es là ! Je me demandais où tu étais passée.

Appuyé au chambranle, Alex la contemplait, bras croisés.

— Où veux-tu que j'aille ? rétorqua-t-elle. Tu sais bien que je ne peux pas te quitter.

— Tout à fait vrai, dit-il en reculant pour réintégrer son bureau. Bonne nuit alors, très chère. Fais de beaux rêves.

Leonora cueillait des roses au pied de la véranda quand elle entendit une cavalcade : Alex revenait de la chasse. Il chevauchait en tête, le cadavre d'un kangourou accroché à l'arrière de son cheval. Russell suivait, remorquant un troisième cheval à la selle vide. Trois cavaliers étaient partis, mais seuls deux rentraient. Alex se laissa glisser à terre, semblant d'excellente humeur.

— Rien de tel qu'une bonne partie de chasse pour se donner de l'énergie ! Regarde-moi ce bestiau, ajouta-t-il en détachant le kangourou. Il est énorme ! Et il ne voulait pas mourir, le bougre !

Leonora détourna le regard, révulsée.

— Rien n'est meilleur que de se mesurer à la nature, continua Alex, jouant les matamores. On tient l'animal en joue, on sent sa peur, on tire, et il tombe. C'est grisant.

Il dit cela en la regardant bien en face, prenant plaisir à susciter son dégoût.

Il arracha une rose, la huma, puis ajouta :

— Ce Noir qui nous guidait… Allambee… C'est drôle, il nous a expliqué que son nom signifiait « lieu de repos »… Eh bien, à quelques kilomètres d'ici, il est descendu de son cheval, et a dit qu'il partait faire un tour. Ils sont bizarres, ces Aborigènes. On ne peut pas leur faire confiance.

Il laissa tomber la rose et l'écrasa avec son talon, comme s'il s'agissait d'un mégot, puis se tourna vers Russell.

— Combien de balles avons-nous utilisées ce matin ?

— Difficile à dire. Quelques-unes pour le kangourou, quelques autres qui se sont perdues dans le bush.

— La prochaine fois, tu feras plus attention, Russell. On ne sait jamais qui peut prendre une balle perdue. Ces Aborigènes se fondent tellement dans le paysage… Surtout les enfants…

Il adressa un clin d'œil à Leonora, qui eut peur de comprendre.

— Tu nettoieras les chevaux, Russell, ils sont couverts de sang. L'Aborigène n'aura plus besoin du sien.

Ils rirent tous deux de bon cœur, tandis que la jeune femme, prise d'une nausée, peinait à respirer.

— Je fais quoi du kangourou, patron ? demanda Russell.

— Cela m'est égal. Emmène-le un peu plus loin et laisse-le aux dingos et aux vautours.

Russell traîna l'animal mort jusqu'à une charrette, laissant un sillage de sang dans la poussière.

Leonora voulut rentrer, mais Alex l'attrapa par le bras pour la retenir. Il prit sa main de force et la leva pour contempler la bague de fiançailles qu'il lui avait offerte.

— Ce diamant était à ma mère, dit-il d'une voix

sourde. Mon beau-père a voulu le vendre quand elle est morte, mais je ne l'ai pas laissé faire. Je ne t'avais jamais dit cela ?

La jeune femme ne bougeait pas, retenue par la pression qu'il exerçait sur ses doigts.

— Sans ce maudit bonhomme, elle ne m'aurait jamais envoyé en pension, et elle ne se serait pas abîmée dans l'alcool. Je t'avertis, ajouta-t-il en la transperçant d'un regard fiévreux, ne me quitte pas, Leonora, tu le regretterais.

Il lui lâcha la main, qui retomba, comme lestée d'un boulet de plomb.

— Notre accord d'hier tient toujours, j'espère…

Elle hocha la tête, n'attendant que l'instant où elle pourrait lui échapper et se réfugier dans sa chambre.

— C'est très bien, conclut-il en lui tapotant la joue avec un sourire satisfait. Et ne prononce plus jamais le vilain mot devant moi, ou tu me contraindrais à organiser une nouvelle partie de chasse.

Bientôt vint l'époque de la tonte. Les journaliers arrivèrent un matin dans des camionnettes bringuebalantes, trois hommes serrés à l'avant, et autant qu'il pouvait en tenir à l'arrière, assis n'importe comment, jambes pendant sur les côtés. C'était une belle bande de gaillards, brunis par le soleil, à la voix tonitruante et au rire franc.

Meredith et Clare arrêtèrent un instant leur habituelle besogne pour les observer, se désignant en riant ceux qu'elles trouvaient à leur goût, et se moquant des moins avantagés. Leonora les rejoignit à la fenêtre.

— Ah, les tondeurs arrivent…

— Ils sont au moins trente, commenta Meredith.

Nous allons avoir besoin de racheter de la farine, du sucre, de la poudre à lever, du fromage… Pour bien travailler, les hommes ont besoin d'avoir le ventre plein, ajouta-t-elle en relevant ses manches, comme pour se préparer à pétrir de la pâte à pain.

Leonora s'attarda à la fenêtre, car James et Tom venaient d'arriver pour accueillir les saisonniers. Il y eut de viriles poignées de main, des tapes dans le dos, des rires, des cigarettes roulées et partagées. Contrairement à Meredith et Clare, la jeune femme n'avait d'yeux que pour James.

— Ils doivent avoir faim, dit-elle.

— Pas autant que moi, s'exclama Clare en pouffant.

Meredith lui donna un coup de coude, puis elles partirent toutes deux servir un petit-déjeuner pantagruélique aux nouveaux arrivants, laissant Leonora le nez collé au carreau.

Une fois à cheval, James prit la tête de la procession de camionnettes pour mener les hommes à leurs quartiers. Le logement des tondeurs était neuf et pourvu de lits superposés.

Leur chef, un homme un peu plus âgé, mais éclatant de santé et respirant la bonne humeur, demanda combien il y avait de moutons.

— Vingt mille, répondit James.

— Il ne nous faudra pas plus d'un mois. Dommage que vous n'en ayez pas davantage. Les hommes vont se plaire ici. Nous arrivons du ranch Gillabong, ajouta-t-il en relevant son chapeau. On ne nous y reverra pas de sitôt. Il y avait tellement de puces qu'on a dû dormir à la belle étoile.

— Tout vient d'être construit : les granges, les

stalles, les box. Si tu trouves une puce, c'est qu'elle sera venue avec l'un de tes gars.

Le chef se frotta les mains.

— Et les filles sont comment, par ici ?

— Nous n'avons qu'une cuisinière et une aide pour le ménage. Tu jugeras par toi-même.

L'odeur de laine tondue imprégnait tout. L'air et les vêtements sentaient le suint de mouton. On voyait peu les tondeurs. Ils partaient dès l'aube et ne revenaient que le soir, les camionnettes chargées de ballots de laine liés par du fil de fer, d'où s'échappaient des touffes légères comme des plumes.

Meredith et Clare n'apparaissaient que tard le matin, l'une apportant des œufs, l'autre maniant le balai, faisant tout leur possible pour laisser croire qu'elles travaillaient depuis l'aube, alors qu'elles arrivaient tout juste du logement des tondeurs, très satisfaites et les joues roses.

Quand il n'était pas à la mine, Alex passait ses journées à la tonte pour superviser le travail. Il déjeunait sur place et restait tard, finissant la journée à boire et à jouer aux cartes avec les hommes. Il rentrait bien après minuit, et se couchait, apportant avec lui une odeur d'alcool et de cigarettes. Leonora se recroquevillait de son côté du lit, pleine d'appréhension, bien qu'il ne l'ait pas touchée depuis des mois. Elle avait toujours son panier à tricot à portée de main, les aiguilles posées sur le dessus. S'il s'avisait de l'approcher, elle aurait de quoi se défendre.

Elle voyait rarement James, toujours par monts et par vaux, mais elle pensait constamment à lui. Dans les rares moments où ils se croisaient, ils ne disaient rien de compromettant, laissant prudemment leurs regards parler pour eux. Alex surgissait si souvent pour interrompre leurs tête-à-tête que Leonora se dcmandait avec inquiétude s'il ne se doutait pas de quelque chose. Elle redoutait un esclandre, car elle ne tenait que grâce à la présence de James.

Quelques semaines plus tard, il était prévu qu'elle accompagne Alex à la réception annuelle de la mine, qui devait avoir lieu à l'Imperial Hotel de Coolgardie. Pour l'occasion, il avait réservé la seule suite de l'hôtel et commandé une robe à un couturier milanais. Leonora avait accepté de participer à cette mascarade, mais son panier à tricot serait du voyage, les aiguilles à tricoter bien en place.

Ce n'était pas une vie heureuse, mais tant que James serait là, tant qu'elle pourrait le voir sans lui nuire, elle s'en contenterait. Il n'y avait pas d'autre moyen pour que les Aborigènes vivent en paix.

54

Adossé au mur du fond, bras croisés, Alexander Harrington menait la réunion tambour battant. Les trois hommes assis devant lui à une table guettaient la moindre de ses expressions. Quant à Ghan, personne ne lui avait proposé de s'asseoir.

— Donc vous me certifiez que l'épidémie de fièvre est circonscrite ? demanda Alex avec arrogance.

— Oui, répondit le Dr Middleton. On a brûlé la moitié du camp. Ce qui reste a été passé au désinfectant. J'ai supervisé les opérations moi-même.

— Et l'égout ?

Sur ce sujet, le médecin avait de moins bonnes nouvelles.

— Il y a un problème : personne ne veut y toucher. Les hommes se plaignent de la fièvre, mais refusent de nettoyer le cloaque qui l'a causée. C'est à n'y rien comprendre.

Alex posa un regard noir sur Ghan.

— On m'a dit que vous pouviez nous renseigner. Dans quel état d'esprit nos employés sont-ils ?

— Pas très bon. Forcément, ils l'ont mauvaise,

qu'est-ce que vous imaginez ? ajouta-t-il, dissimulant de son mieux sa colère et son mépris.

Les managers, gênés, lancèrent de furtifs regards à Alex, qui se contenta dc rire. Ses subalternes osèrent de nouveau respirer.

— Vous n'êtes pas très satisfait vous-même, je me trompe, monsieur Petroni ?

Pas satisfait, c'était peu de le dire : il était dévoré par la rage. Il lui fallut faire un immense effort pour le cacher.

— Il n'y a pas de quoi être satisfait, jeta-t-il froidement. Tout le monde crève. Les enfants à côté des mères trop malades pour les soigner. Les hommes qui restent ont peur d'être licenciés s'ils ne reprennent pas leur poste avant d'être guéris. Alors oui, il y a de quoi l'avoir mauvaise. Et vous, docteur, vous n'allez voir les malades que si la fièvre est en train de tomber. Et vous vous étonnez que les hommes ne veuillent pas récurer les égouts ! Et pourquoi ce serait à eux de les nettoyer ? C'est la mine qui a installé l'évacuation. C'est la mine qui n'a pas changé la canalisation quand elle s'est cassée, et qui a laissé l'infection s'installer. Et vous voudriez que des gens qui viennent de perdre un gosse rendent service à ceux qui font des économies sur leur dos ? Je pense qu'il y a vraiment de quoi être en colère.

Les managers attendirent en tremblant la réaction de leur patron.

— Martin, ordonna-t-il en s'adressant à l'homme assis en face de lui, envoyez des ingénieurs au camp, et faites réparer la canalisation. Ensuite, vous la ferez nettoyer, et à fond. Pas par les mineurs du camp. Trouvez des manœuvres itinérants, des Noirs, des

Chinois. Débrouillez-vous, mais je veux que ce soit fait, même si vous devez vous en charger vous-même.

— Oui, monsieur.

— Bon, l'affaire est réglée, dit Alex en se tournant de nouveau vers Ghan. Maintenant, dites-moi, monsieur Petroni, les hommes ont-ils l'intention de faire grève ?

Quelle question ! Bien sûr qu'ils voulaient faire grève ! Mais dès qu'ils arrêteraient le travail, le patron enverrait des jaunes pour briser le mouvement, et il y aurait de la bagarre. La violence entraînant la violence, ce serait vite l'émeute.

Ghan n'en revenait pas. Les mineurs étaient poussés à bout, et le directeur, qui dormait dans un lit douillet, le ventre plein, avait besoin d'une confirmation. Le patron lui demanderait le nom des meneurs pour casser le mouvement. Il sacrifierait d'abord les Italiens. La plupart seraient renvoyés dans leur pays sans un sou, tandis que les autres auraient le privilège de retourner au fond, heureux de garder leur travail et d'avoir une tente pouilleuse où dormir. Viendrait ensuite le tour des Australiens. On en tabasserait quelques-uns, pour l'exemple, et on réduirait leur salaire. Quelques semaines plus tard, ce serait l'arrivée d'une nouvelle fournée d'Italiens sans expérience, et le cycle recommencerait.

Ghan prit son temps pour répondre, pesant ses mots.

— Non. Les hommes ne parlent pas de faire grève.

— Ah, vraiment ?

— C'est sûr, ils sont fâchés contre la direction, mais la fièvre les a affaiblis. Ils n'ont plus ni la force ni la volonté de se battre. Leur seule ambition, c'est d'arriver à nourrir leur famille. Même les Australiens sont sur le carreau.

Devant l'incrédulité de ses quatre interlocuteurs, il chercha à se justifier.

— Je l'ai attrapée, moi aussi, la typhoïde. Ça vous rend malade, cette saloperie, très malade. Quand je me suis réveillé et que j'ai senti la fièvre tomber, je n'en suis pas revenu. Je ne pensais pas m'en tirer. Et vous savez ce que j'ai pensé en premier ? ajouta-t-il en les interrogeant du regard, l'un après l'autre.

Ils attendaient, suspendus à ses lèvres.

— J'ai pensé : Je veux travailler. Il faut que je me lève pour aller au turbin. Il n'y aura pas de grève, je vous dis. La fièvre les a cassés. Ils veulent retourner au boulot.

La rumeur se répandit comme une traînée de poudre pendant la nuit. Les mauvaises nouvelles brûlent tout sur leur passage.

Au petit matin, tout le camp savait. Un méchant bruit de violence était tombé sur les vieilles toiles usées. Déformé, amplifié, c'était devenu un monstre.

Ghan l'avait entendu, lui aussi.

Des bagarres, il y en avait beaucoup dans les villes minières, l'alcool aidant, mais cette fois, ce serait la guerre. Deux mineurs, un Italien et un Australien, s'étaient cassé des bouteilles sur la tête dans un bar. On ne savait pas qui avait commencé. Parmi les témoins, chacun, selon sa nationalité, rejetait la faute sur l'autre. Quoi qu'il en soit, l'Australien avait reçu un tesson dans l'œil, qui s'était enfoncé jusqu'au cerveau. Il en était mort. La police avait été appelée et avait trouvé l'Italien un peu plus loin, abattu d'une balle dans la tête. L'escalade avait été immédiate. Peu importe qui avait fait quoi : la vengeance dépassait de beaucoup l'accident de départ.

Dans sa tente, Ghan enroulait de l'écorce autour de son moignon et de sa cuisse pour soulager le frottement de l'attache de sa jambe de bois sur sa peau. L'atmosphère était lourde, explosive. Dehors, les hommes avalaient des litres de café très fort et très noir.

Ils étaient devenus sourds à la raison. Ils faisaient les fiers-à-bras, roulaient des mécaniques, se bousculaient, se reniflaient comme des chiens prêts à passer à l'attaque. L'émeute était inévitable. Ils prétendraient mener la lutte pour garder leur travail, mais ils voulaient seulement en découdre. Ce serait la guerre, mais pas parce qu'il y avait eu un mort, pas contre les jaunes, pas contre les émigrés, ni parce qu'il y avait eu la typhoïde. Ils voulaient se battre parce qu'ils avaient pris goût au sang.

Ghan passa devant les baraquements des Italiens. Des regards le suivirent. On se taisait en le voyant. Les drapeaux vert, blanc, rouge avaient été retirés et pliés. Les femmes se cachaient derrière leurs maris. Elles avaient peur. Elles craignaient que la rage en fasse des assassins. Elles étaient en colère, elles aussi, mais contre leurs hommes.

Ghan passa la frontière invisible, mais sensible, qui les séparait du quartier des Australiens. Cette partie du camp, parce qu'elle était plus proche de la ville, avait été avertie la première, et la colère y était plus bruyante. On entendait des éclats de voix sous les tentes. Un groupe, rassemblé autour du feu du cuisinier pour se réchauffer les mains, avait une discussion animée. Ghan fit tomber ses pièces dans la conserve qui servait de caisse, prit son café et ses œufs, et alla s'asseoir un peu plus loin pour manger. Il ramena sa jambe sous lui, le pilon sur le côté, comme l'aile d'un oiseau blessé.

Deux hommes approchèrent, leur gamelle à la main, et s'installèrent à quelques pas de lui.

— De quoi tu vas te servir, toi, Angus ? interrogea l'un, la voix pleine de fureur.

Le visage de l'autre, affreusement marqué par la variole, n'était pas beau à voir à l'heure du petit-déjeuner.

— D'un couteau, et toi ?

— De mes deux poings. Je veux sentir les os craquer quand je leur pilonnerai la tronche. Il paraît qu'il faut attendre la nuit pour commencer.

— Elle va s'en souvenir longtemps de sa réception, la direction, hein, Hugh ?

— Si on arrive à tenir jusque-là ! Si je m'écoutais, je l'envahirais tout de suite, l'hôtel !

— Attention, le boiteux nous écoute…

Ghan avala ses œufs, tâchant de faire comme s'il n'entendait pas.

— Tu ne vas pas répéter ce que tu viens d'entendre, hein, l'éclopé ? demanda Hugh.

Ghan continua de mâcher en regardant droit devant lui.

Hugh eut un ricanement.

— Il aurait trop peur de l'ouvrir. Il n'ira rien dire à Harrington.

— Il paraît que sa femme sera là.

— Sa femme ? Il va arriver à lâcher ses putains ? Elles vont regretter leur meilleur client !

Ils rirent un long moment, puis Angus, le variolé, lança :

— Je n'ai pas vu de femme depuis tellement longtemps que je mettrais bien la main sur la sienne pour lui montrer comment ça fait, un homme, un vrai.

— Tu parles qu'on va se gêner ! Autant en profiter pour s'amuser un peu.

— Et on lui fera faire la tournée des gars, pour que tout le monde en profite.

Le gosier de Ghan s'était bloqué. Il ne pouvait plus rien avaler. C'est à peine s'il arrivait à respirer.

— Hé, le boiteux ! cria Hugh. Depuis quand t'as pas couché avec une gonzesse ?

Sans relever la tête de son assiette, Ghan jeta :

— Va demander à ta femme !

Angus lâcha un rire gras et donna une tape dans le dos de son camarade pour désamorcer sa fureur.

— Il te charrie, vieux !

Hugh grommela, mais fut obligé de laisser passer.

— T'inquiète pas, le boiteux, reprit Angus. Toi aussi, t'auras ton tour. Viens avec nous ce soir. On va foutre une branlée à ces enfoirés de ritals et on finira par l'hôtel.

Le silence de Ghan provoqua une réaction immédiate.

— Soit t'es avec nous, soit t'es contre nous, avertit Hugh.

Ghan s'essuya la bouche du revers de la main, se leva et dit simplement :

— Salut ! On se verra sûrement là-bas…

Écartelé entre deux camps, Ghan erra d'un quartier à l'autre, entendant malgré lui les murmures, les plans, les préparatifs. S'il dénonçait les émeutiers, les Australiens et les Italiens referaient alliance pour le lui faire payer, mais, s'il ne disait rien, une femmc serait molestée, et il ne se le pardonnerait jamais. Il n'y avait qu'une seule chose à faire : empêcher ce crime, et tenter de se sauver pour échapper aux représailles. Aucune femme, bonne ou méchante, belle ou laide, ne méritait de subir un sort pareil, pas même l'épouse du directeur.

Ghan retourna à sa tente et s'allongea, yeux levés vers la toile tachetée d'excréments de mouches. Comment faire ? Avertir la police ? Ces incapables sortiraient les matraques et traverseraient le camp, espérant intimider les hommes. Ce serait pris pour de la provocation et la colère monterait encore d'un cran, mais les gars prendraient l'air innocent, attendant leur heure.

Alors quoi ? Il pouvait aller trouver la direction pour l'avertir de l'émeute qui se préparait. Dénoncer les meneurs. Oui, mais après ? Les managers préviendraient la police, ou prendraient eux-mêmes les armes. Ils maintiendraient la réception coûte que coûte, trop méprisants pour imaginer que des pouilleux travaillant sous leurs ordres pouvaient être les plus forts.

Après avoir bien réfléchi, Ghan se leva, fourra ce qui restait de ses économies dans sa poche, et sortit de la tente pour se rendre en ville.

Il avait décidé d'envoyer un télégramme, mais arrivé à proximité du bureau du télégraphe, il renonça. Les deux hommes dont il avait écouté la conversation le matin même montaient la garde. De toute évidence, ils guettaient les mouchards. Ghan fit demi-tour, de nouveau indécis. Un grand adolescent assis par terre attendait sa prochaine course, à côté de trois vieilles bicyclettes appuyées au mur de la messagerie. Ghan n'envisagea pas longtemps cette solution, calculant qu'il faudrait beaucoup trop longtemps pour aller chez les Harrington à vélo. Et puis, comment faire confiance à un gamin ? Les messagers étaient connus pour leur indiscrétion. Un peu plus loin, il tomba sur une camionnette découverte. Un Aborigène était couché dans la cabine, à l'avant, le chapeau baissé sur les yeux, aérant des pieds nus incrustés de terre à la portière.

Ghan le réveilla en tapant sur le toit.

— Il est à toi, ce camion ?

— Non, à mon patron, dit l'homme en relevant son chapeau.

— Mais tu sais conduire ?

— Oui.

— Tu veux gagner de l'argent ?

L'homme rentra ses jambes à l'intérieur de la camionnette et se redressa sur la banquette.

— Tu connais Wanjarri Downs ? demanda Ghan.

— Oui, je connais. J'ai de la famille par là-bas.

— Il te faudrait combien de temps pour y aller ?

— En roulant vite, trois ou quatre heures.

— J'ai besoin que tu transmettes un message à Alexander Harrington. C'est urgent.

L'homme eut un rire.

— Il ne laissera jamais un Aborigène lui parler, chef !

Il avait raison. Ghan fouilla dans un amas de détritus qui traînait pas très loin, et trouva un vieux sac en papier dont il déchira le côté le plus propre.

— Tu as de quoi écrire ? demanda-t-il.

L'homme chercha par terre dans sa camionnette et finit par trouver un bout de crayon. Ghan lui tendit le papier.

— Vas-y, écris pour moi.

— Moi ? Je ne sais faire que des croix !

Ghan ne se laissa pas décourager. Il posa le papier sur le capot et plaça le crayon entre ses doigts malhabiles. Il ferma ensuite les yeux, tâchant de visualiser un mot qui lui reviendrait, comme une image. Sa tête d'analphabète restait désespérément vide. Transpirant à grosses gouttes, il chercha autour de lui. Il regarda en direction de la gare, puis s'arrêta sur l'Imperial Hotel, et l'enseigne composée de grosses lettres qui indiquait sûrement son nom. Le mot le plus court des deux devait signifier « hôtel ».

Ghan lissa son papier et, le poignet crispé, copia donc le second terme en grosses lettres irrégulières. Il barra ensuite le message d'une grande croix. C'était la première fois qu'il écrivait de sa vie, mais, malgré une certaine fierté, il se reprocha de n'avoir pas su faire mieux. Espérant malgré tout que ce serait suffisamment clair, il tendit le papier à l'Aborigène.

— Tu vas apporter ça à M. Harrington, d'accord ?

— Et s'il ne veut pas le prendre ?

— Alors tu le donneras à n'importe quel Blanc qui l'acceptera, mais en disant bien qu'il ne faut surtout pas que M. Harrington sorte de chez lui.

— Compris, chef, dit l'homme en fourrant le papier dans sa poche.

Le nombre de billets que Ghan lui mit dans la main eut pour effet de lui faire écarquiller les yeux. À présent très enthousiaste, il fit ronfler le moteur. Ghan tapa encore sur le capot.

— Et surtout, quand tu reviendras, ne raconte cette histoire à personne, entendu ?

— Ne vous inquiétez pas, chef. De toute façon, personne n'écoute jamais les Aborigènes…

La camionnette s'éloigna, le corps noir et maigre de son conducteur secoué par les cahots. Ghan le regarda partir sans grand espoir, mais résigné : il avait fait tout ce qui était en son pouvoir pour sauver cette femme.

Le mineur retourna au camp, n'imaginant que trop bien l'incendie qui ravagerait les rangées de tentes à la nuit tombée. Il se glissa dans la sienne, s'apprêtant à la démonter, puis se ravisa. S'il pliait bagage, la nouvelle ferait le tour du camp. Alors, il se résigna à partir sans rien : il venait de donner tout l'argent qui lui restait à son messager, et il devait abandonner sa tente. Il rassembla quelques affaires qu'il cacha sous sa chemise, puis quitta cet abri qui lui avait si bien servi. Un dernier regard en arrière et il s'enfonça dans le bush aussi vite que son pilon le lui permettait.

55

James, qui supervisait le retour d'un chargement de ballots de laine avec Tom, vit arriver une camionnette dans un nuage de poussière. Elle pila devant la maison, et un Aborigène très noir et très maigre en sortit, le chapeau descendu si bas sur ses yeux que l'on ne voyait quasiment que son menton. James le vit aller frapper à la porte. Meredith apparut à la fenêtre et se dépêcha de fermer le rideau. L'Aborigène insista un peu, attendit plusieurs minutes, puis, visiblement dépité, retourna à son véhicule. Personne n'ouvrait aux Aborigènes.

S'essuyant le front, Tom s'étonna.

— Qu'est-ce qu'il pouvait bien vouloir ?

— Je ne sais pas. Il a peut-être faim.

Au moment où l'Aborigène ouvrait sa portière, James s'approcha de lui.

— Vous cherchez quelque chose ?

— Oui. Je voudrais voir M. Harrington, dit l'homme avec un sourire un peu niais.

— Il est parti ce matin.

— Ah, c'est dommage, j'avais un message pour lui.

Il tira de sa poche un morceau de papier d'emballage froissé qu'il tendit à James.

La mine de plomb avait bavé sur le papier huileux, mais le mot qui y était inscrit était bien reconnaissable, et la croix qui le barrait était tellement appuyée que la pointe du crayon avait percé quatre trous.

— Qu'est-ce que c'est ?

— Un Blanc m'a donné ça. C'est un message. Il m'a dit de prévenir M. Harrington de ne pas aller à Coolgardie.

Se voyant écouté, l'Aborigène perdit son vague sourire et prit le risque de s'expliquer :

— Il va y avoir de la bagarre, là-bas. Les mineurs ne sont pas contents, ça va mal se terminer. Il ne faut pas y aller, ajouta-t-il avec conviction. Ça va barder ce soir. C'est dangereux.

Alex était déjà parti. James l'avait vu monter en voiture le matin même avec sa femme, des valises à l'arrière. Son cœur s'était serré devant l'air abattu de Leonora. Elle était malheureuse, c'était évident.

L'Aborigène froissa le papier, et James eut comme l'impression qu'il broyait l'image d'Alex et de Leonora dans son poing.

— Voulez-vous vous reposer un peu à l'ombre avant de repartir ? proposa le jeune homme. Je peux vous donner un casse-croûte pour la route.

Son ton naturel et amical acheva de détendre le messager.

— Non, merci. Je dois rentrer avant le réveil du boss. Je voudrais le sortir de là-bas avant le début du grabuge.

James n'insista pas et regarda l'homme repartir, secoué par les cahots de sa camionnette bringuebalante.

Tom vint aux nouvelles, mais ne crut pas au message.

— Tu parles ! ricana-t-il. C'est quelqu'un qui lui fait une mauvaise farce. Et puis, même si c'était vrai, tant pis pour Harrington, il mérite qu'on le remette à sa place.

— Leonora est avec lui.

— Mais tu y crois, toi ?

— Oui. Ce type avait l'air de savoir de quoi il parlait.

— Je pense plutôt que t'as envie de trouver une excuse pour rejoindre ton amoureuse ! plaisanta Tom en lui donnant un coup de coude. On n'a qu'à y aller, si ça te fait tant plaisir que ça. On n'est pas montés en ville depuis des mois, et je ne refuserais pas un verre dans un saloon digne de ce nom.

Le voyage, commencé en sifflotant pour Tom, se poursuivit rapidement dans le silence, sur la route droite et monotone qui menait à Coolgardie. Ils passèrent, entre chien et loup, l'ancienne forêt aux souches calcinées. Les roues bondissaient dans les ornières, et James s'agrippait au volant. Il alluma les phares et ils roulèrent encore, jusqu'à ce que Tom se redresse sur son siège.

— Tu ne sens pas comme une odeur ?

— Si, ça sent le brûlé ! Regarde, là-bas.

Devant eux, de fines colonnes de fumée s'élevaient dans le ciel d'ardoise.

— Merde…

James appuya sur l'accélérateur.

— Attends, il faut trouver une tactique, lança Tom. On ne peut pas foncer dans le tas tête baissée !

— On n'a pas le temps de s'arrêter ! Elle est en danger, Tom.

— Je sais bien, mais ça ne lui servira à rien qu'on se fasse tuer.

La fumée qui montait de Coolgardie s'épaissit et forma vite un terrible nuage. Puis le ciel s'illumina de rouge, et une nouvelle colonne de fumée se dressa un peu plus loin.

— Ça dégénère !

Arrivés en haut d'une côte, ils virent Coolgardie s'étendre devant eux. Des panaches de fumée s'élevaient un peu partout, se rejoignant pour former des volutes noires qui enflaient, gonflaient. Il y avait des explosions accompagnées d'étincelles, et un flamboiement orange illuminait la ville. La gorge irritée, Tom toussa avant de parler.

— C'est l'anarchie, là-bas.

— Non, ils ont une tactique. Regarde : ils encerclent la ville.

La voiture descendait vers le brasier.

— Tu sais où se trouve l'hôtel ? demanda James.

— À gauche de la gare de marchandises.

— Alors, on laissera la voiture de l'autre côté des voies, à l'arrière. On passera par la gare pour accéder à l'hôtel.

En ville, la fumée obscurcissait tout. La lumière des phares arrivait à peine à percer cette nuit de suie. James quitta la route, bifurquant sur un chemin de terre, et avança en cahotant jusqu'aux rails. Ils traversèrent la voie et s'arrêtèrent quelques mètres plus loin. Ils sortirent de la voiture en plaquant leur chemise sur leur nez, et coururent dans la direction des bâtiments en flammes. Le vacarme produit par les cloches des voitures de pompier montait autour d'eux. Des bris de verre, des cris, des appels : c'était un tumulte incessant.

James et Tom trouvèrent une allée perpendiculaire à la rue principale. Une voiture de pompier était échouée au milieu, complètement sabotée : tuyau tranché à la hache, échelle mise en pièces. Arrivés au carrefour, ils se plaquèrent contre un mur pour laisser passer une bande d'individus au visage camouflé. Ils couraient d'un même élan, tel un gros animal, en direction de l'hôtel. Un homme se détacha du groupe, et s'attaqua aux roues d'une voiture à coups de planche à clous. L'air puait l'essence. James attrapa Tom par la chemise en arrivant à proximité de l'hôtel : le quatrième étage était dévoré par les flammes. Il repéra une fenêtre aux vitres brisées.

— On va entrer par là !

Une fois cette ouverture atteinte, ils s'y glissèrent, tâchant de ne pas se blesser sur les morceaux de verre. À l'intérieur, c'était la bagarre. Dans le hall, obscur et enfumé, on criait et on se battait. Des émeutiers se précipitèrent sur James et Tom avec des bâtons, mais, avec l'aide de quelques clients, les deux amis parvinrent à les éjecter par la fenêtre, non sans avoir reçu un ou deux coups au passage. Les clients assiégés avaient solidement barricadé la porte d'entrée. C'était heureux, car des chocs ébranlaient le bois : on essayait encore de l'enfoncer.

Tom et James furent séparés par le tumulte des clients terrorisés.

— Tom ! hurla James.

Sa voix fut étouffée par le bruit. Des explosions ajoutèrent à la confusion générale, et des flammes jaillirent du bar. Les bouteilles d'alcool, surchauffées, éclataient. La lueur des flammes révélait des visages apeurés et noircis. Des femmes pleuraient, les hommes chargeaient comme des taureaux. Dans la lumière orangée, James cherchait Leonora. Il aperçut Alex, qui criait des ordres en essayant d'attraper par le col tous ceux qui passaient. James se fraya un passage jusqu'à lui.

— Alex !

Son patron le regarda sans comprendre.

— Où est Leonora ? hurla James.

Alex, interloqué, réagissait avec une telle lenteur que James eut envie de l'étrangler.

— Bon Dieu, où est votre femme ?

L'angoisse se peignit sur les traits du directeur de la mine.

— Elle n'était pas avec moi quand l'incendie s'est déclaré. Elle se changeait. Aidez-moi, ajouta-t-il en s'accrochant à James. Jamais je ne me le pardonnerais s'il lui arrivait quelque chose !

— À quel étage se trouve votre chambre ? demanda-t-il.

Pas au quatrième étage. Par pitié, faites que la chambre ne soit pas au quatrième.

— Au deuxième étage ! Impossible de monter. Les couloirs sont complètement enfumés !

— J'y vais, dit James. Allez chercher Tom. Il est là, pas loin, dans le hall.

Des bruits effrayants éclataient dans la rue : des sirènes à main, des coups de feu. Leonora se couvrit le nez et la bouche avec une serviette mouillée, contemplant avec effroi la fumée noire qui passait sous sa porte. Elle voulait à tout prix dominer sa peur, car seule une pensée calme et rationnelle lui permettrait d'échapper au piège qui se refermait sur elle. Tout était allé si vite ! Elle finissait de passer sa robe pour le dîner quand avaient retenti les premières explosions. Par miracle, elle trouva la force de résister à l'envie de hurler. Il était inutile de s'épuiser à appeler au secours. Personne ne l'entendrait. Elle ne devrait son salut qu'à elle-même.

Il y avait trop de fumée dans le couloir pour passer par l'escalier. Il ne restait que la fenêtre. Malheureusement, en tentant de l'ouvrir pour aérer au moment de son arrivée, elle avait constaté qu'elle était bloquée. Elle s'en approcha tout de même à tâtons, retenant sa respiration pour ne pas suffoquer, et fit une nouvelle tentative, plus énergique. Elle tourna la poignée, la tira, la secoua. Rien à faire. Elle explora le cadre avec les mains, luttant contre la panique, respirant l'air vicié à toutes petites bouffées. Ses doigts rencontrèrent des clous, et elle comprit : la fenêtre était condamnée. Elle chercha autour d'elle quelque chose d'assez lourd pour briser les carreaux. Ne trouvant rien, elle frappa contre les vitres avec les poings. En vain. Elle était prisonnière ! La peur lui fit oublier de retenir sa respiration, et elle se mit à tousser, à étouffer. Elle se pencha et retrouva la serviette par terre. Au moins, on pouvait un peu respirer à travers le tissu humide.

Elle entendit des cris de femmes et des bruits de verre brisé. L'hôtel semblait exploser de toutes parts. L'air devenait irrespirable, même avec la serviette. Elle allait devoir courir le risque de passer par le couloir. Elle tâcha de se rappeler le chemin conduisant à la sortie. C'était sa seule chance de s'en sortir : en restant, elle n'en avait aucune.

Elle entendit alors des voix d'hommes devant sa porte. *Ah, enfin ! De l'aide !* Les yeux larmoyants, elle s'accrocha à la poignée, mais tomba au sol avant d'avoir pu ouvrir, à demi asphyxiée.

Alex suivait James du regard. De grosses gouttes de sueur coulant sur son visage, il cria :

— Si vous trouvez Leonora, emmenez-la ! Rentrez directement au ranch ! Par pitié, faites vite !

Il fut interrompu par l'explosion d'une bouteille. Il se baissa en se protégeant la tête, et, quand il se redressa, son intendant avait disparu.

James avait joué des coudes pour atteindre l'escalier. Les étages étaient envahis par la fumée, cependant il parvint à grimper au deuxième, plaquant son col contre sa bouche. Ses yeux le brûlaient terriblement, et l'obscurité était telle qu'il ne voyait presque rien, mais le reflet des flammes sur une fenêtre encore intacte lui permit tout de même de se diriger dans le couloir.

— Leo ! cria-t-il pour couvrir la clameur des sirènes. Leo !

Il avait beau faire, sa voix rauque était presque inaudible. Il avança dans le couloir vide, se tenant au mur, aveuglé par un abondant larmoiement.

Devant lui, une voix cria :

— Laisse-la, tant pis, voilà les flics !

— Y a le temps, répondit une voix enrouée. Je suis venu pour la prendre, et je la prendrai ! Aide-moi à remonter sa jupe au lieu de discuter.

Le sang de James ne fit qu'un tour. Il oublia tout, la fumée, le feu, et se précipita.

Il n'attrapa qu'un seul des deux hommes : l'autre s'était échappé en le voyant surgir. Celui qui restait était à cheval sur une femme, se débattant avec de longs jupons. La brute leva vers lui un visage féroce.

James le frappa de toutes ses forces au menton d'un coup de botte. Le choc fit tomber l'agresseur sur le côté. Sans lui laisser le temps de reprendre ses esprits, James le roua de coups de pied, l'envoyant rouler plus loin dans la nappe de fumée. Ayant oublié de se protéger le nez et la bouche, James se sentit vaciller et s'effondra le long du mur. Lorsqu'il entendit un bruit de course, il se redressa un peu, voulant dans un premier temps poursuivre le fuyard, mais réalisa finalement qu'il y avait plus urgent. Il remonta sa chemise pour se couvrir le nez et se pencha sur la femme évanouie. C'était Leo !

— Leo, tu m'entends ?

Elle était inconsciente. Il la souleva, un bras autour de la taille, l'autre sous les genoux, et parvint à rejoindre l'escalier. Il descendit péniblement, toussant comme un malheureux, le dos appuyé contre la rampe pour se diriger dans le noir, trouvant les marches avec le pied. En bas, la police évacuait les clients par la porte principale, qui était en feu. James préféra trouver une autre sortie. Il prit un couloir obscur et atteignit une porte donnant sur l'arrière. Il l'ouvrit d'un coup d'épaule.

L'air frais lui fit l'effet d'une gifle. Voyant qu'il se trouvait dans une ruelle déserte, il déposa Leonora au sol, et approcha la joue de ses lèvres. Ne sentant aucun souffle, il commença un bouche-à-bouche. Inspirer, souffler, surtout ne pas tousser. Il s'acharna, encore et encore. Il ne pouvait pas la perdre !

— Leo, Leo, reste avec moi, suppliait-il chaque fois qu'il reprenait de l'air.

Et puis, soudain, elle ouvrit grand les yeux, inspira profondément et se mit à tousser, cherchant désespérément l'oxygène. Une fois sa respiration complètement rétablie, James la couvrit de baisers, tremblant de soulagement.

Des vociférations venant de la rue le rappelèrent à la raison. Il ne perdit plus une seconde : il souleva Leonora dans ses bras et la porta en courant vers la voie de chemin de fer.

— James !

Tom arrivait de l'hôtel par la rue, l'arcade sourcilière ensanglantée.

— Elle est blessée ?

— Je ne crois pas. Et toi ? Tu saignes.

Tom porta la main à son visage et eut l'air très surpris de ramener du sang sur ses doigts.

— J'ai dû être coupé par un éclat de verre.

Il s'essuya machinalement avec le revers de sa manche.

— J'ai trouvé Alex. Il m'a ordonné d'aller lui chercher sa voiture. Ramène Leonora avec la voiture du ranch. Il ne faut pas traîner. On vous suivra.

James déposa Leonora à l'arrière et voulut la faire boire, mais sa toux l'en rendait incapable. Elle était mal en point, mais elle était sauvée, c'était le principal. Il se mit au volant et traversa la voie, surveillant sa passagère dans le rétroviseur.

Ils n'arrivèrent que plusieurs heures plus tard à Wanjarri Downs, sous les étoiles. James ouvrit les barrières sans les refermer derrière lui. Tom s'en chargerait. Le trajet s'était effectué dans un silence entrecoupé de quintes douloureuses. En entendant Lconora prendre de l'eau et boire, il s'arrêta, laissant ronronner le moteur. Elle avait les yeux rouges, le visage et la robe maculés de suie.

— Comment te sens-tu ? demanda-t-il.

— Mieux. Et toi ?

— Si tu vas mieux, alors je vais mieux aussi. Je te dépose et je vais chercher le docteur.

— Non, c'est inutile. Je t'assure, ajouta-t-elle en le voyant hésiter. Et Alex ?

En entendant ce prénom, James ressentit comme un coup.

— Il est sain et sauf, jeta-t-il en redémarrant. Tom le ramène.

À leur arrivée, il la porta jusqu'à sa chambre, après avoir demandé à Meredith de monter du thé et de faire couler un bain. Il l'allongea sur l'édredon, trop conscient qu'Alex dormait dans ce lit avec elle. Elle devina ses sombres pensées.

— Assieds-toi, James, il n'est pas là.

Meredith apporta le thé.

— Je vais m'occuper du bain, annonça-t-elle en repartant.

James ne se lassait pas de contempler Leonora, qui buvait lentement son thé pour ménager sa gorge irritée. Elle était pensive, épuisée.

— Tu es sûre que tu ne veux pas que j'aille chercher le docteur ?

— Tout à fait.

Elle posa sa tasse sur la table de nuit, sentant peser sur elle le regard de James. Son silence la perturbait.

— Je dois avoir l'air d'un épouvantail, dit-elle, honteuse de sa robe déchirée et noire de suie.

— Leonora, dit-il soudain, tu aimes vraiment la vie que tu mènes avec lui ?

— Ce que j'aime… murmura-t-elle. Est-ce que cela compte ?

— Mais, bien sûr ! Enfin, Leo, nom d'un chien ! Évidemment que ton bonheur compte ! Pour moi, il compte même plus que tout.

Cet emportement fit craindre à Leonora un départ précipité, mais au contraire : il se pencha sur elle et l'embrassa, presque violemment. Se rendant compte de son absence de délicatesse, il la lâcha.

— Excuse-moi, j'ai cru que je t'avais perdue.

Alors, elle l'attrapa par la chemise et l'attira contre elle pour l'embrasser. Il glissa la main dans ses longs cheveux défaits, et tomba avec elle sur l'oreiller. Elle l'enlaça, se serrant de toutes ses forces contre lui pour sentir sa chaleur, la force de ce corps qui la faisait vibrer au plus profond.

La porte d'entrée claqua.

— Où est-elle ? cria la voix impatiente et inquiète d'Alex.

— Dans la chambre, monsieur Harrington, répondit Meredith.

Leonora s'arracha à leur étreinte, jetant un regard plein de frayeur à la porte de la chambre. James, trop éprouvé, perdit toute patience.

— Leo, je ne peux pas. Je ne peux plus…

En bas, on entendait les pas d'Alex se rapprocher de l'escalier.

— Comment cela ? demanda-t-elle en cherchant sa main.

— Je ne peux plus te voir avec lui, répondit-il en s'éloignant d'elle. C'est trop dur.

À cet instant, Alex entra dans la chambre.

— Ah ! Tu vas bien ! Dieu merci !

Il se précipita pour la prendre dans ses bras. Le temps que Leonora tourne la tête pour chercher James des yeux, il avait disparu.

56

Les moutons tondus trottaient dans la prairie, plus rapides, plus légers et plus maigres sans leur lourde toison. La peau, striée d'ondulations blanches laissées par la cisaille, paraissait très rose sous ces restes de laine. Les derniers ballots avaient été emportés le matin même. Les tondeurs avaient battu leur record de rapidité : en trois semaines, vingt mille bêtes étaient passées entre leurs mains. La récolte avait été très satisfaisante. Alex sut se montrer généreux et distribua de belles primes. Les hommes avaient de l'argent dans les poches et étaient d'humeur à fêter la réussite de la campagne. Ils organisèrent donc une veillée autour d'un grand feu de bois, où de la viande de mouton et des steaks furent mis à griller pour nourrir l'assemblée. Les bouteilles de whisky passaient de main en main.

James et Tom étaient bien sûr de la fête, enfin surtout Tom, qui fraternisait joyeusement avec les tondeurs. James restait à l'écart, allongé sur le dos, mains croisées sous la nuque et yeux tournés vers le ciel. Il ne pouvait pas regarder Alex, présent lui aussi, sans avoir la nausée.

Depuis les émeutes, ce dernier évitait de retourner à la mine. Les managers venaient régulièrement lui faire des rapports sur la grève qui s'éternisait. L'incendie avait ravagé les vieux bâtiments de Coolgardie. Deux Italiens et un Australien étaient morts au cours de l'émeute. Une pension meublée italienne, deux pubs et le centre-ville avaient été incendiés. L'Imperial Hotel avait perdu tous ses étages, sauf le rez-de-chaussée, qui tenait encore debout et continuait de recevoir la clientèle. La mine et ses annexes n'avaient quant à elles pas souffert.

James n'avait pas revu Leonora depuis les événements. Il se concentrait sur son travail, cherchant l'oubli dans une activité frénétique. Mais il avait beau faire, elle le poursuivait dans son sommeil. Ses lèvres douces l'y attendaient, tout comme sa peau de satin. Alors, au petit matin, il se vengeait de ses rêves en redoublant d'efforts.

Au milieu des tondeurs en fête, Alex leva sa bouteille pour porter un toast.

— Aux meilleurs tondeurs d'Australie !

James fut prodigieusement agacé. Cet hypocrite se rendait parfaitement ridicule, et les hommes l'acclamaient comme des idiots.

— Eh ! Attendez ! Je n'ai pas terminé ! cria Alex. Je veux remercier deux types formidables. Je l'ai déjà fait en privé, mais je veux recommencer devant tout le monde. James et Tom, vous avez sauvé la vie de ma femme, et gagné ma reconnaissance éternelle. À la vôtre.

Il leva sa bouteille dans leur direction, puis la porta à ses lèvres, imité par les tondeurs déjà bien échauffés par l'alcool.

— Bon, les gars, en parlant de ma femme, reprit Alex avec un clin d'œil, il est temps que je la rejoigne pour fêter avec elle notre bon résultat !

Il attrapa une bouteille pleine et partit d'un pas de conquérant.

Alors que les hommes lançaient des sifflets et des bravos, James se dressa d'un bond, trop en colère pour réfléchir.

— Ne touchez pas à…

Tom lui agrippa le bras pour le faire taire. Un long silence s'installa. On n'entendait plus que le crépitement du feu. Alex se tourna lentement.

— Quoi ? Je n'ai pas bien entendu…

Tom passa un bras autour des épaules de James avec la délicatesse d'un ours et cria, sur le ton de la plaisanterie :

— Ne touchez pas à cette bouteille, ou ça va vous ôter tous vos moyens ! L'alcool, ça rend mou !

La plaisanterie déclencha l'hilarité générale. Alex, sentant un flottement dans l'air et une nette hostilité, fixa James d'un regard noir, puis prit le parti d'en rire. Il posa sa bouteille par terre et montra ses mains vides.

— Et maintenant, c'est bon ?

Il reprit ensuite le chemin de la maison.

James, prêt à répondre avec les poings, se libéra de l'étreinte de Tom, qui parvint encore une fois à lui attraper le bras, tout en chuchotant d'un ton ferme :

— Ce n'est pas ta femme ! Ce n'est pas ta femme, mon vieux !

Allongée sur son lit, dans le noir, Leonora entendait monter les bruits de la fête. Cette bruyante démonstration de camaraderie masculine rendait encore plus cruelle sa propre solitude. Pour se consoler, elle essayait de retrouver la voix de James au milieu de ce flot de cris et de rires alcoolisés, mais ne distinguait pas son timbre chaleureux et sensible. Il lui manquait tellement…

Le claquement de la porte d'entrée la fit sursauter. Alex venait de rentrer, et la lourdeur de ses pas indiquait qu'il était très soûl. Elle attendit, guettant le grincement de la porte du bureau et le bruit étouffé de sa fermeture. Mais non, il ne s'arrêta pas, et prit l'escalier : il montait. Elle l'entendit appeler :

— Chérie ! Tu dors ?

Leonora sauta du lit et se jeta sur la porte. Elle poussa le verrou juste à temps. La poignée tourna, puis fut secouée avec impatience. Tremblante, la jeune femme regagna son lit et remonta les couvertures sur elle.

Alex tambourina à la porte.

— Ouvre-moi, Leonora !

Il agita une nouvelle fois la poignée.

— Réveille-toi et ouvre, bon sang !

Toujours silencieuse, Leonora attrapa une aiguille à tricoter, qu'elle glissa avec elle sous le drap. Rassurée par la sensation du métal froid contre sa jambe, elle attendit, prête à se défendre.

Des coups plus forts ébranlèrent la porte. Alex se servait maintenant de son épaule pour essayer de la défoncer. Après plusieurs tentatives, il y eut un cri de douleur, des invectives, puis le silence. Leonora attendit, n'entendant plus que les battements de son cœur. Serrant toujours l'aiguille dans sa main, elle se leva pour aller écouter à la porte. Elle perçut alors le bruit sourd d'un corps qui s'affaisse en glissant, puis plus rien. Elle devina qu'Alex s'était laissé tomber et qu'il restait couché par terre, avant de distinguer, quelques minutes plus tard, un puissant ronflement. Elle appuya alors le front contre la porte et ferma les yeux.

Sixième partie

57

Du temps où il n'avait encore que sa carriole, Danny, le facteur, effectuait en une quinzaine de jours une tournée longue de quatre-vingts kilomètres. Ce n'est que lorsqu'on l'équipa d'une camionnette motorisée que le courrier arriva toutes les semaines. Danny apportait aussi les télégrammes à domicile. Néanmoins, si les transports avaient évolué, lui n'était pas devenu plus rapide dans ses gestes. Jambes arquées, démarche lente, il prenait son temps pour livrer courrier et catalogues, pourtant impatiemment attendus. Il n'était pas bavard non plus, se contentant souvent de siffloter au lieu de parler.

Il toucha son chapeau avec deux doigts pour saluer Leonora, et tira une enveloppe de son sac.

— Télégramme pour Shelby.

— Il est parti s'occuper des chevaux, indiqua-t-elle en prenant le pli. Je vais le lui apporter.

C'était une journée de novembre torride. Le temps était sec, et la température avoisinait déjà les quarante degrés à dix heures et demie. À chaque pas, Leonora soulevait une poussière orange qui venait teinter le bas de sa robe. Heureuse de cette excuse pour voir James, elle accéléra lorsqu'elle l'aperçut dans le corral. Il menait l'étalon par la longe, le calmant grâce à de petits mouvements précis. Il jeta un coup d'œil dans sa direction, eut l'air heureux de la voir, mais se tourna de nouveau vers le cheval. Leonora fit signe à Tom, qui descendit d'un cheval gris pour la rejoindre et la gratifia d'un joyeux « bonjour ». Elle lui tendit le télégramme.

— Tenez, cela vient d'arriver pour vous.

— Ah ! dit Tom. C'est de maman. Sûrement des nouvelles de mes frères.

Il se dépêcha d'ouvrir et parcourut les quelques lignes avec avidité. Son visage se figea et son bras retomba, le papier entre les doigts.

James accourut.

— Alors ?

Tom leva vers lui un regard aveugle.

— Une mauvaise nouvelle ? insista James, qui se doutait de la réponse.

— Deux mauvaises nouvelles… La grippe espagnole… Ils rentraient… La grippe…

James tendit la main vers lui, mais Tom recula.

— Ils étaient en train de rentrer, ils étaient sains et saufs… Laisse-moi !

Il partit en courant, dépassa la grange et la maison, puis disparut complètement.

James ramassa le télégramme qui était tombé par terre, l'épousseta et le lut, le visage gris.

— Je suis désolée, James, murmura Leonora, sachant qu'il considérait Will et John comme des frères.

— Nous allons devoir rentrer, dit James lentement. Pour l'enterrement. Pauvre Mme Shelby.

— Je vous accompagne !

— C'est impossible.

La main de Leonora se posa brièvement sur son bras.

— La mère de Tom doit avoir besoin d'aide. Je pourrais préparer les repas, m'occuper de la maison et des petites. Il lui faut beaucoup de soutien en cette triste période. Nous n'avons qu'à prendre la voiture, cela ira plus vite. Nous pouvons partir demain, dès l'aube.

— C'est impossible, Leo, et tu le sais très bien, dit-il, le visage défait.

— Je ne vous dérangerai pas, je te le promets, insista-t-elle en songeant au chagrin de Tom. Je veux vous aider.

— Alex ne te laissera jamais venir.

— Je saurai le convaincre.

— Il n'en est pas question !

Alex ne releva même pas les yeux de ses papiers.

— S'ils ont besoin d'aide, reprit-il, ils n'ont qu'à emmener Meredith ou Clare.

— Alex, dit-elle en se penchant vers lui pour l'obliger à la regarder. Ils m'ont sauvé la vie, et ils ont sans doute aussi sauvé la tienne. C'est le moins que nous puissions faire. Je ne resterai que quelques jours.

— Il n'est pas question que ma femme s'abaisse à travailler dans une ferme.

Le regard de Leonora se posa sur la photo d'Alex entouré de ses chevaux primés. Elle le tenait.

— D'accord, mais tu ne dois pas te rendre à Melbourne pour assister à une course de chevaux, aujourd'hui ?

— Une course de chevaux ! La Melbourne Cup, ma chère, ce n'est pas rien ! Cela ne se manque pas.

— Bien, alors, dans ce cas, je vais devoir y aller avec toi.

— Certainement pas, quelle idée ! protesta-t-il en riant.

— Enfin, réfléchis, Alex. Tu ne peux pas me laisser seule ici après ce qui est arrivé à Coolgardie ! Puisque les intendants vont s'absenter, je dois venir avec toi. Je ne resterai pas seule ici sans protection.

Alex pianota sur son bureau, songeant sans doute aux réceptions, aux femmes et aux plaisirs qu'il comptait s'offrir en l'absence de sa femme.

— Bon, d'accord, jeta-t-il. Tu peux y aller. Va jouer à la dame patronnesse si tu y tiens tant. Je sais que tu adores faire le bien autour de toi.

Tom n'arriva pas à caser tous les bagages dans le coffre de la Ford. Il dut mettre le sac contenant les provisions prélevées dans la réserve sur le siège avant.

— Je préfère conduire, si ça ne vous ennuie pas, dit-il à Leonora. Ça m'empêchera de trop penser.

La jeune femme lui tendit les clés et s'installa à l'arrière. James prit place à côté d'elle, apportant sa chaleur, ainsi que le parfum subtil de sa peau mêlé à une vague odeur de savon. Ils ne se touchaient pas, mais Leonora eut tout de même l'impression qu'il la prenait dans ses bras.

La voiture partit dans un nuage de poussière, laissant derrière elle la maison, une barrière, puis deux, puis trois, puis quatre, puis cinq. La route se déroulait en ligne droite devant eux, semblant mener au bout du monde. Des bandes d'émeus les regardaient passer, leurs petites têtes curieuses plantées sur de longs cous, yeux ronds devant ce gros et bruyant animal qui courait dans la plaine.

Le bras de James, étendu sur le haut du dossier, reposait à quelques centimètres de la nuque de Leonora. À chaque secousse, elle sentait ses doigts la frôler, et ce contact la troublait avec une intensité qui l'étonnait elle-même. Comme il serait bon de laisser sa tête reposer sur l'épaule de James, de sentir sa force rassurante sous sa joue, et de se laisser bercer par le rythme de sa respiration…

Les heures passaient sous un soleil pesant. Une irrépressible fatigue lui fit fermer les yeux. Elle s'assoupit dans la chaleur, bercée par le ronronnement du moteur. Des rêves s'insinuèrent peu à peu en elle, l'enveloppant lentement, songes de baisers, de caresses et de corps-à-corps fiévreux.

Elle se réveilla bien plus tard, n'ayant presque pas l'impression d'avoir dormi.

— Tu devais faire de beaux rêves, commenta James. Tu avais un sourire angélique…

Elle rougit et se tourna vers la fenêtre pour cacher sa gêne. Le bush était plus buissonneux, plus boisé. De hauts champs ondulants et blonds apparurent bientôt.

— La culture du blé commence ici, commenta James. La prochaine ville est Southern Cross. Il ne nous restera ensuite plus que quelques heures avant d'arriver. Tu veux que je te relaie, Tom ? demanda-t-il en se penchant vers le siège avant.

Tom lui répondit par un non de la tête.

Il ne parla pas non plus en approchant de leur destination, mais on sentit qu'il se détendait.

— Nous y sommes presque, annonça James. Cette barrière marque le début des terres des Shelby.

Leonora ressentit alors une crainte, regrettant presque d'être venue. Elle avait conscience de pénétrer dans un domaine privé, un épisode du passé de James qu'il aurait peut-être préféré garder secret.

À la sortie d'un virage, des chiens surgirent et poursuivirent la voiture en aboyant. Les bâtiments de ferme apparurent un peu plus loin, simples et charmants. Un rosier grimpait sur les piliers d'une véranda, étendant ses pousses foisonnantes jusqu'à un toit de tôle. Cinq petites têtes rousses se montrèrent à une fenêtre.

Tom arrêta la voiture et descendit le premier. Les chiens se jetèrent sur lui pour lui faire la fête, sautant si haut qu'ils parvinrent à lui lécher le visage. James et Leonora sortirent à leur tour et détendirent leurs membres ankylosés. La jeune femme fut soumise à une prudente inspection canine, avant d'être adoptée.

La porte à moustiquaire s'ouvrit sur cinq fillettes rousses coiffées de nattes, qui se précipitèrent en criant à tue-tête :

— Les voilà ! Les voilà !

Elles se jetèrent dans les bras de Tom avec une énergie qui faillit bien le projeter à terre. Ce fut ensuite au tour de James, qui les souleva pour les embrasser et les faire tournoyer en l'air.

La moustiquaire se rouvrit, laissant apparaître une femme grande et imposante, coiffée d'un haut chignon. James posa les petites à terre, et tous se turent en baissant les yeux. Le visage de Mme Shelby était carré, puissant, mais on sentait sa fragilité dans un léger tremblement des lèvres. Elle accueillit les voyageurs avec plus de retenue que les fillettes.

— Bonjour, Tom. Bonjour, James, dit-elle sobrement.

— Bonjour, maman, répondit Tom.

Mme Shelby inclina la tête, une grande douleur inscrite sur le visage, et Tom s'avança pour l'enlacer. Il sembla alors qu'elle vacillait, et qu'elle serait tombée si elle n'avait été retenue par les bras de son fils. Ce fut une étreinte très émouvante. Les petites filles faisaient silence, les chiens avaient les oreilles baissées.

Mais cet instant de faiblesse ne dura pas plus d'une minute. Mme Shelby quitta les bras de son fils en s'essuyant les yeux du revers de la main, et se tourna vers Leonora d'un air interrogateur.

— Maman, dit Tom, je te présente Mme Harrington. Leonora.

Intimidée, la jeune femme lui tendit la main.

— Mes plus sincères condoléances, madame Shelby.

Ignorant sa main tendue, Mme Shelby demanda à Tom d'un ton sec :

— Qu'est-ce qu'elle vient faire ici ?

— Leonora a proposé de venir te donner un coup de main, maman.

— De quoi je me mêle ? Je n'ai pas besoin d'aide ! Je suis quand même capable de m'occuper de mes enfants !

— Maman, c'est gentil de sa part. Nous devons aller à Perth pour l'enterrement, et il faut bien que quelqu'un reste ici pour garder les filles.

Mme Shelby tourna les talons en jetant :

— J'ai un dîner à surveiller. Vous devez mourir de faim, les garçons. Dépêchez-vous, les filles ! Allez vous laver les mains avant de passer à table. Ne nous faites pas attendre.

Leonora baissa la tête, malheureuse. Elle avait l'impression que tous ses membres étaient de plomb. James s'approcha d'elle.

— Tu avais raison, dit-elle. Je n'aurais pas dû venir.

— Mais si… Je suis content que tu sois là, dit-il en la prenant par les épaules. Elle apprendra à t'apprécier. Essaie de la comprendre, Leo : elle est malade de chagrin.

— Je sais, soupira-t-elle, la gorge serrée. Je sais.

Autour de la longue table rectangulaire, la famille se laissait servir par Mme Shelby, qui apportait le pain tout chaud, le ragoût et les haricots, refusant obstinément toute aide. Deux places vides avaient été laissées pour les absents.

Les petites observaient la nouvelle venue avec curiosité. Gracie était la plus intriguée des cinq. Profitant de l'absence de sa mère, qui était sortie de la salle à manger pour aller chercher du beurre, l'enfant descendit de sa chaise et se glissa entre Leonora et James. Elle tira sur la manche du jeune homme et chuchota :

— Je peux lui demander quelque chose, Jamesie ?

Les jumelles avaient déjà neuf ans, mais refusaient d'abandonner le gentil petit surnom qu'elles donnaient à James depuis toujours.

— Vas-y. Elle ne te mordra pas.

Gracie posa un regard admiratif et timide sur Leonora.

— Vous êtes une princesse, mademoiselle ?

Leonora se pencha vers elle, et, très sérieusement, répondit :

— Non, et toi ?

L'enfant se mit à rire, les yeux brillants.

Mme Shelby, qui revenait, dit avec colère :

— Gracie ! Retourne à ta place !

Il y eut un silence embarrassé, puis Tom tenta de l'amadouer.

— C'est bon de retrouver la cuisine familiale ! Tes plats m'ont manqué, maman.

— Vous êtes squelettiques ! On ne vous nourrit pas, là-bas ? ajouta-t-elle en jetant un regard sévère à Leonora.

— Mais si, maman, on mange très bien au ranch. C'est juste qu'on se dépense beaucoup. À quelle heure partons-nous, demain ?

— Avant l'aube. Le train part à sept heures.

— Prenez la voiture, intervint Leonora, je vous en prie. Nous n'en aurons pas besoin ici.

— Merci, dit Tom. Ça nous fera gagner du temps.

— Le train nous ira très bien, lança Mme Shelby d'un ton offensé. Nous ne demandons la charité à personne.

— Ça suffit, maman ! s'indigna Tom, sur un ton autoritaire qui surprit les enfants. Cette attitude ne te ressemble pas !

— Je vais débarrasser, annonça timidement Leonora en se levant de table.

— Non, reste assise, ordonna Tom. Maman, les Harrington nous traitent bien, James et moi, et Leonora m'a soigné quand je me suis fait encorner par un taureau. Grâce au travail qu'ils nous ont donné, nous avons presque fini de régler les arriérés d'impôts. Tu lui dois des excuses.

— Laisse, Tom, balbutia Leonora. Ce n'est pas grave.

— Si, si, soupira Mme Shelby. Tommie a raison. Le chagrin me rend folle. Je dis n'importe quoi. Laissez-moi enterrer mes deux fils d'abord, ensuite nous verrons. Cela fait tellement mal… Vous comprenez ? Après, peut-être…

Leonora hocha la tête, et pressa sa serviette sur ses lèvres en retenant ses larmes.

— Vous voulez bien que je vous aide à la cuisine ? demanda-t-elle.

Mme Shelby poussa un long soupir et se leva de table.

— Oui, merci, c'est gentil.

La ferme portait les traces d'une vie familiale heureuse. Des marques réalisées au couteau sur le chambranle de la porte de la bibliothèque suivaient la croissance des enfants au fil des ans. Le plancher avait été usé par d'incessants passages, et la vaisselle, dépareillée, avait connu de meilleurs jours. On devinait les jeux, les rires. C'était un lieu qui faisait chaud au cœur et qui avait accueilli James quand il avait eu besoin d'un refuge. Leonora était avide de tout voir pour imaginer la vie qu'il avait vécue entre ces murs, heureuse qu'il ait connu un peu de bonheur.

Quand elle sortit de sa chambre, au petit matin, elle trouva Mme Shelby en train de laver la vaisselle d'un copieux petit-déjeuner. James et Tom finissaient leur café.

— Bonjour. Il y a du café et des œufs si vous voulez, dit la mère de Tom sans se détourner de sa tâche. Vous avez bien dormi ? ajouta-t-elle en daignant enfin regarder Leonora, un léger sourire sur les lèvres. Le lit est un peu dur.

— Je n'ai pas passé une aussi bonne nuit depuis longtemps.

— Les ronflements de maman ne vous ont pas dérangée ? demanda moqueusement Tom. J'ai cru que la maison allait s'effondrer !

Mme Shelby lui donna une tape sur la tête et se tourna vers James :

— Alors, c'est sûr ? Cela ne t'ennuie pas trop de rester pour surveiller la ferme et les filles ?

— Pas du tout. D'ailleurs, la « princesse » me tiendra compagnie, ajouta-t-il en adressant un clin d'œil enjoué à Leonora.

— Tu ne vas pas à l'enterrement ? s'étonna-t-elle.

James fit non de la tête, les yeux baissés.

— Tu fais partie de la famille, mon petit Jamesie, dit Mme Shelby. Tu sais que tu es le bienvenu.

— Oui, merci. Mais je serai plus utile ici. J'en profiterai pour discuter avec les métayers. Et puis, je suis content de passer un peu de temps avec les petites.

Tom et sa mère montèrent en voiture peu de temps après.

— À demain, cria Tom en démarrant. Soyez sages !

Leonora et James restèrent sur le seuil de la maison jusqu'à ce que la Ford disparaisse au loin.

— Heureusement qu'elle a accepté de prendre la voiture, remarqua James. Elle a bien mérité un peu de confort.

— C'est sûr, « Jamesie ».

James eut un rire.

— Tu as un grand cœur, « princesse » !

— En attendant, rétorqua-t-elle en remontant ses manches, la princesse a du ménage à faire. Assez de bavardages, manant.

Elle retourna dans la cuisine, sentant la chaleur du sourire de James dans son dos.

Cinq paires d'yeux, embusquées derrière la porte, surveillaient Leonora tandis qu'elle s'attelait à la préparation du petit-déjeuner. Jouant le jeu, la jeune femme fit comme si elle ne se rendait compte de rien. Elle passa le test haut la main : œufs sur le plat parfaits, bacon croustillant, saucisses cuites à point. Elle était heureuse, et tant pis si ce n'était ni sa cuisine ni ses enfants.

Elle posa les assiettes pleines sur la table, et les cinq fillettes surgirent comme des diables de leur boîte.

— Mais d'où vous sortez ?

Les petites s'installèrent sur leurs chaises, et donnèrent des coups de coude à Rachel, l'aînée, leur porte-parole.

— Madame Harrington, Tom et maman sont déjà partis ?

— Oui. Pendant que vous dormiez. Appelle-moi Leonora, cela me fera plaisir.

— Moi, c'est Rachel. Je suis la plus grande.

— Quel âge as-tu, Rachel ?

— Quatorze ans.

— Tu es déjà une jeune fille, alors.

Cette remarque fit rougir de plaisir l'adolescente.

— J'espère que tu m'aideras, Rachel. J'ai besoin de quelqu'un de raisonnable pour m'aider à faire obéir les petites.

Elle venait de se faire une amie !

— Gracie, Charlotte, soyez sages, lança aussitôt Rachel, tout en guettant du coin de l'œil l'approbation de Leonora. Et Sarah et Annie, ne mettez pas vos coudes sur la table !

James pénétra alors dans la cuisine, les bras chargés de bûches qu'il venait de fendre.

— C'est un plaisir d'entrer ici et de trouver les plus belles filles d'Australie à table, dit-il en provoquant des rires.

Tout en empilant le bois à côté de la cuisinière, il se tourna vers Leonora.

— Si tu veux, je peux finir ici pendant que tu t'occupes des gamines.

— Non, reste avec elles. Tu leur as manqué.

Elle ne se lassait pas de regarder ce visage qu'elle aimait tant, et se délectait de l'odeur d'eucalyptus qu'il avait ramenée de sa tâche.

— Tu as faim ? demanda-t-elle en se saisissant de la poêle.

— Oui. Je me suis réveillé tellement tôt que j'ai l'impression que c'est déjà l'heure du déjeuner.

Il s'assit avec les filles, qui ne cachèrent pas leur joie.

— James, est-ce que c'est vrai que tu as conduit un troupeau de milliers de têtes de bétail ? demanda Rachel.

— Oui. Il y en avait deux cent mille.

Les filles ouvrirent de grands yeux.

— T'as rencontré des brigands sur la route ? Tu t'es fait attaquer par des Aborigènes ?

— Oui à la première question, non à la deuxième. Il ne faut pas croire tout ce que vous racontent les gens. Les Aborigènes n'attaquent personne. Vous le savez bien.

— Et les brigands ? lança Charlotte. Raconte !

— Il y en avait trois. Ils portaient des masques et étaient armés de deux revolvers chacun…

— Tu plaisantes ? s'écria Leonora.

— Pas du tout.

— Vous avez fait quoi ? interrogea Sarah.

— Nous avons employé une méthode que Tom tient de votre papa. Dans une situation comme celle-là, il faut courir en rond en poussant de grands cris pour affoler les bêtes. Les chevaux des voleurs ont pris peur. Nous donnions l'impression d'être toute une armée. Ils ont déguerpi sans demander leur reste.

Enchantées par cette histoire, les petites ne firent aucune difficulté au moment d'aller s'habiller. James, pendant ce temps, s'attela au lavage de la vaisselle, tandis que Leonora l'essuyait.

— Bravo pour les brigands, dit-elle. C'est vrai, ce gros mensonge, au moins ?

— Pratiquement, sauf la fin, répondit James en riant. Tom s'est mis à poil et a coursé les pauvres voleurs en hurlant comme un fou. Ils ont été tellement surpris qu'ils n'ont même pas tiré !

— Bonne idée !

— Il a les fesses si blanches que j'ai failli moi aussi me sauver avec les voleurs !

Et c'est donc dans les rires et la bonne humeur qu'ils terminèrent la vaisselle.

James sortit discuter avec les voisins, à la limite des champs. Leonora en profita pour faire le ménage. Elle s'occupa d'abord des lits, lissant les draps minutieusement. Elle épousseta ensuite la bibliothèque et le piano, puis passa le plumeau sur les meubles. Enfin, elle lava les robes des filles et les repassa, les joues rouges de chaleur. Elle prenait un plaisir démesuré dans l'exécution de ces tâches simples. Pour elle, c'était vraiment le bonheur. Si seulement elle avait pu vivre ainsi tous les jours…

Un peu plus tard dans la journée, elle éplucha des carottes, des navets et des pommes de terre devant la fenêtre. James courait dans le champ, Gracie sur le dos, les autres à leur poursuite. Elles eurent chacune droit à leur tour, tant et si bien qu'il s'effondra. Il resta à terre, épuisé, harcelé par l'insatiable bande de fillettes qui le tiraient par les bras et les jambes pour l'obliger à se lever. Leonora dut s'interrompre, tant leur cirque était drôle. Quel dommage, songea-t-elle, soudain mélancolique, que sa vie ne puisse pas être ainsi tous les jours.

Ce soir-là, alors que la lune était déjà haute dans le ciel, les fillettes, rassasiées par un bon dîner et en chemise de nuit, réclamèrent une histoire. James s'allongea sur le canapé, les petites autour de lui, et lut *Le Gâteau magique*. Il fut si bon conteur qu'elles s'endormirent les unes après les autres, et qu'il dut les porter jusqu'à leur lit. La maison devint silencieuse pour la première fois de la journée. Seule la nature se faisait encore entendre : le chant des criquets, le coassement des grenouilles.

James s'adossa au mur de la salle à manger, pendant que Leonora achevait de ranger la vaisselle dans le buffet. En se redressant, elle le vit et lui sourit, le cœur battant un peu plus fort.

— Tu seras un bon père, dit-elle doucement.

— Tu crois ? J'adore les enfants. J'en voudrais au moins cinquante.

— Cinquante ? Je comprends pourquoi aucune femme n'a voulu t'épouser !

— C'est sûr que ça peut faire peur…

Il posa sur elle un tendre regard, qu'elle lui rendit. Tout était si facile entre eux, si naturel.

— Viens, dit-il en lui prenant la main, je te kidnappe. Tu es restée enfermée toute la journée. J'ai quelque chose à te montrer.

Elle le suivit, troublée par le contact de leurs paumes, leurs doigts entrelacés, s'étonnant de la chaleur qu'il dégageait.

Ils sortirent dans une nuit douce remplie de bruissements. Soudain conscient qu'il lui avait pris la main, il la lâcha. Pourtant, quelques secondes plus tard, ils se rapprochaient déjà, incapables de s'en empêcher. Leurs bras se frôlaient sans cesse tandis qu'ils marchaient, et ils ne faisaient rien pour y remédier.

— Où vivais-tu, avec les O'Reilly ? demanda-t-elle.

— Par là-bas, à une quinzaine de kilomètres.

— Tu me feras visiter ?

— Il n'y a plus rien. C'était une vieille masure, et elle a brûlé.

Il y eut un silence. Sentant l'inquiétude de Leonora, il prit la peine d'expliquer :

— Tess, ma tante, était une femme merveilleuse. Un grand cœur. Après sa mort, ma relation avec mon oncle est devenue invivable. Je ne garde pas beaucoup de bons souvenirs de cette époque.

— Quel genre d'homme était-ce ?

— Moins on parlera de Shamus, mieux ce sera…

Ils arrivèrent en haut d'une petite colline. Chassant ses mauvais souvenirs, James ordonna :

— Ferme les yeux… Et maintenant, couche-toi par terre.

Il s'amusa de voir qu'elle redressait la tête, interloquée.

— Aie confiance. Je t'assure qu'il n'y a pas de serpents.

Il l'aida à s'allonger sur l'herbe, qui formait un confortable coussin. Le chant des criquets l'encercla alors, faisant vibrer son corps. Paupières closes, elle sentit que James s'étendait à côté d'elle et s'émut de le sentir si proche.

— Maintenant, tu peux rouvrir les yeux, dit-il.

Elle obéit, et eut l'impression de plonger dans l'infini du ciel, prise d'un incroyable vertige qui la fit s'agripper des deux mains à l'herbe. Elle se sentait presque partir à la dérive dans le firmament bleu nuit, constellé de points de lumière.

— On croirait flotter dans l'espace.

— C'est incroyable, non ? On se sent à la fois très grand et très petit. Je crois, ajouta-t-il doucement, que les étoiles brillent plus fort ce soir. Elles se font belles pour toi.

Comme en apesanteur, ils flottaient dans le vide, devinant seulement la présence de l'autre sans le voir. Leonora poussa un long soupir de bonheur. Elle eut à peine à déplacer la main pour rencontrer celle de James.

Le frôlement délicat des doigts de James sur les siens lui fit un tel effet qu'elle en oublia de respirer. Chaque mouvement, si infime soit-il, était mille fois amplifié et éveillait en elle d'extraordinaires sensations. Malgré la beauté des étoiles, elle ne faisait plus attention qu'à cette main qui bouleversait ses sens.

Elle tourna la paume vers le haut pour rencontrer celle de James. Ils pressèrent alors leurs mains l'une contre l'autre, très fort, puis entrelacèrent leurs doigts. Comme il serait bon de sentir cette caresse ferme et tendre sur son corps… Elle désirait cet homme avec passion. S'il s'était tourné vers elle à cet instant, elle se serait offerte : le combat qu'elle se livrait pour résister à ses sentiments devenait inhumain.

James pencha la tête vers elle et contempla son profil.

— Que tu es belle, murmura-t-il.

Il la trouvait belle… Sans doute l'aimait-il… Comme il était douloureux de s'interdire une chose que l'on désirait tant ! Elle souhaitait de tout son cœur qu'il la prenne dans ses bras et qu'il lui fasse l'amour. Elle fit alors la seule chose que ses forces défaillantes l'autorisaient à faire : elle lui pressa la main.

La jeune femme entendit son souffle s'accélérer, mais sentit qu'il hésitait. Luttant contre son attirance, il tourna de nouveau le visage vers les étoiles.

— Il vaudrait mieux rentrer.

Il l'aida à se relever, puis lui lâcha la main. Déçue plus qu'il n'était possible de l'exprimer, Leonora chercha son regard, mais ne parvint pas à le rencontrer.

— Si les filles se réveillent, ajouta-t-il, elles risquent de s'inquiéter.

Allongé sur le canapé de la bibliothèque, James ferma son livre et le posa par terre. Il se frotta les yeux, puis jeta son bras sur son front.

L'avertissement de Tom le poursuivait : *Ce n'est pas ta femme !*

Cela ne l'empêchait pas de penser sans cesse à cet

instant où il avait tenu la main de Leonora dans la sienne. Il s'interdisait de la toucher, mais, à la moindre occasion, il rompait cette promesse. Il la désirait sans arrêt, comme un affamé.

Depuis leur arrivée chez les Shelby, il lui était presque impossible de résister. Elle semblait tellement heureuse. Elle était resplendissante. Quand il la voyait s'affairer devant le fourneau, il mourait d'envie de l'enlacer, de l'embrasser dans le cou, de la soulever pour mieux la sentir contre lui. Leurs rares baisers, leurs effleurements ne faisaient qu'augmenter sa frustration.

D'ici à quelques jours, Leonora reprendrait son statut d'épouse. Elle partagerait de nouveau le lit d'Alex. James, lui, ne garderait que le souvenir de son parfum de rose, de sa douceur, constamment soumis au rappel qu'elle appartenait à un autre, et qu'il ne serait jamais autre chose pour elle qu'une distraction passagère.

Le souvenir de ce merveilleux moment où ils avaient regardé les étoiles ensemble était déjà une souffrance. Il revoyait le délicat profil, le front harmonieux, le nez parfait, les lèvres souriantes. *Ah, ces lèvres !*

Il avait failli céder au désir, presque rendu fou par ce besoin qu'il avait d'elle. Il lui aurait fait l'amour à même le sol, sous la couverture noire de la nuit. Ils auraient ajouté leurs gémissements à la symphonie nocturne, et leur plaisir aurait fait vibrer la terre.

Ce n'est pas ta femme...

Seuls quelques mètres le séparaient de Leonora. Il n'aurait à faire que trois pas dans le couloir pour la rejoindre. Il ouvrirait la porte, soulèverait le drap, et se glisserait à côté d'elle. Il trouverait ses lèvres, son corps, son amour. Il faillit se lever, mais la phrase de Tom lui revint encore : *Ce n'est pas ta femme, mon vieux.*

À leur retour, Tom et Mme Shelby avaient surmonté la violence du chagrin. Désormais, ils entamaient ce long processus qu'était le deuil, libérés de la noire perspective de l'enterrement. Mme Shelby avait porté ses fils en terre, Tom avait dit adieu à ses frères. La vie reprenait, lentement, dans la peine, mais il fallait bien continuer.

Dans la salle à manger, les deux chaises vides avaient été poussées contre un mur. Le lendemain de son retour, Mme Shelby, pour faire plaisir à ses filles, prépara un pique-nique. Ils suivirent un chemin tracé dans la blondeur des champs, avec comme objectif un joli lac niché au bout de la propriété. Il faisait très beau et très chaud ce jour-là. De nombreux papillons voletaient au-dessus des fleurs sauvages, dans un ciel uniformément bleu. James portait Charlotte sur ses épaules, qui s'amusait à lui cacher les yeux pour le faire marcher de travers. Tom se tourna vers sa mère et fit quelques pas à reculons pour lui parler sans s'arrêter.

— Tu disais qu'il y aurait un bal, ce soir ?

— Oui, chez les Tessler. Il y aura des gens venant de tout le comté. Allez-y après le dîner.

— Maman, protesta Tom, je n'ai aucune envie d'y aller.

— Il faut te forcer, gronda sa mère. Je suis certaine que tu t'amuseras bien.

— Tu es sûre ? Ça ne te fera pas de peine ?

— De la peine ? Je remercierai plutôt le Seigneur d'avoir enfin cinq minutes de paix ! Vous allez tous me faire le plaisir d'y aller, ajouta-t-elle en s'adressant à James et Leonora. C'est un ordre.

Un peu plus joyeux, Tom demanda à la jeune femme :

— Vous êtes déjà allée à un bal de campagne ?

Imaginant Tom et James pris d'assaut par de jolies filles, Leonora eut un pincement au cœur.

— Non, mais je préfère rester avec Mme Shelby. Je vous dérangerais.

— Quelle idée ! s'indigna la mère de famille. Et puis, ajouta-t-elle à mi-voix en se penchant vers Leonora, il faut quelqu'un de sensé pour surveiller Tom. Il serait d'humeur à faire des bêtises !

— Pas du tout ! s'exclama son fils, qui avait très bien entendu. Ou si peu… conclut-il en donnant un coup de coude à James.

Le lac apparut enfin devant eux. Mme Shelby étendit une couverture sur l'herbe et sortit le déjeuner du panier.

— On peut aller se baigner ? demandèrent les filles, tout excitées.

— Oui, à condition de rester près des garçons.

Mme Shelby tendit une serviette pour les cacher tandis qu'elles enfilaient un maillot de bain. Tom et James ne s'embarrassèrent pas d'autant de manières : ils laissèrent leurs vêtements et leurs bottes sur un rocher, ne gardant que leur caleçon. Leonora tâcha de ne pas trop s'attarder sur les pectoraux bien dessinés et le ventre plat de James.

— Tu viens ? lui demanda-t-il en riant.

— Je n'ai pas apporté de tenue de bain.

— On s'en fiche, au contraire !

Elle lui jeta un abricot à la tête.

— Le dernier à l'eau est un âne ! cria Tom.

Les deux femmes s'assirent à l'ombre d'un faux poivrier, pendant que les baigneurs plongeaient et s'aspergeaient.

— Ils s'entendent bien, remarqua Leonora avec une pointe de mélancolie.

— Oui, ce sont de beaux enfants. Mais mon Tommie m'inquiète, ajouta-t-elle avec un rire. Son caractère irréfléchi le perdra. Il fonce tête baissée dans toutes les aventures. Il est comme son père. Il a tout pris de lui… Pas étonnant. Ils étaient tellement proches. Quand il était petit, Tom était un enfant maladif. Moi, je ne voulais pas m'attacher, par peur de le perdre. C'est son père qui l'a sauvé : il l'emmenait partout avec lui, attaché sur son ventre, comme un kangourou avec son bébé dans sa poche. Aujourd'hui, ce qui me reste de cette époque, c'est la peur qu'il lui arrive quelque chose…

Mme Shelby se tut, contemplant les violettes qui se cachaient dans l'herbe.

— Je vais vendre la ferme, dit-elle soudain. Je ne l'ai pas encore annoncé à Tommie. Il y a trop de souvenirs ici. Mon mari est mort depuis dix ans, et il me manque encore. Et maintenant, c'est Will et John que je vois partout. J'ai cru les apercevoir dix fois tout à l'heure, dans les champs. C'est trop dur.

— Où comptez-vous aller ?

— Je ne sais pas, mais je ne tiendrai pas longtemps ici.

Elle ferma les yeux, et continua d'une voix étouffée :

— La tristesse me pèse sur la poitrine, elle

m'empêche de respirer. Pourtant, quand mes fils sont partis à la guerre, j'ai essayé de me préparer. Je gardais espoir, tout en me disant qu'ils pouvaient ne pas revenir. Je comprends maintenant qu'on ne peut jamais se résigner à la disparition d'êtres chers.

Elle soupira, puis sortit un bol de fraises du panier.

— Commencez sans les attendre. Si on veut qu'ils sortent de l'eau, il faudra aller les chercher nous-mêmes !

Leonora croqua dans une fraise, chaude et sucrée, tout en regardant James nager et jouer avec Tom.

— C'est un bon garçon, soupira Mme Shelby. Il est amoureux de vous, je l'ai remarqué tout de suite. Je ne l'ai jamais vu regarder quelqu'un comme il vous regarde.

La gorge serrée par l'émotion, Leonora ne parvint plus à déglutir.

— Et vous aussi, vous l'aimez, reprit Mme Shelby en la contemplant.

Leonora ferma les yeux pour retenir ses larmes. Ces quelques mots ne rendaient la situation que trop réelle. Elle avait si mal.

— Votre mari, est-ce qu'il vous traite bien ?

— Non, il me rend très malheureuse.

— Vous ne seriez pas la première à avoir épousé un salaud !

Elles eurent un sourire complice, mais Mme Shelby avait encore une question pour elle.

— Vous allez le quitter ?

— Non, murmura Leonora en fuyant son regard.

— Alors, il ne faut pas retenir James. Ce garçon, vous savez, je le considère comme un fils. Il est honnête, droit, généreux, mais aussi sensible. Chez un homme, c'est une belle qualité, mais c'est très compliqué à vivre. Il n'a pas eu une jeunesse facile, Leonora.

La jeune femme releva alors doucement la tête et posa sur Mme Shelby un regard attentif, absorbant ses moindres paroles.

— La mort de sa tante a été un drame, ma petite. Il l'aimait beaucoup, et à sa souffrance s'est ajoutée l'attitude méprisable de son oncle. O'Reilly a fait payer à ce garçon un drame dont il n'était pas responsable. Il le rouait de coups, et a même failli le tuer plus d'une fois.

Horrifiée, Leonora resta muette.

— Je ne vous dis ces choses, ajouta Mme Shelby, que pour éviter à James de souffrir davantage. Il ne le mérite pas. Si vous ne pouvez pas quitter votre mari, alors rendez à James sa liberté. Il aura du chagrin, mais il n'en mourra pas. Plus vous attendrez, plus ce sera dur pour lui. Laissez-le vivre sa vie, trouver le bonheur, fonder une famille. Ce sera un bon père, un bon mari… Je sais que c'est difficile à entendre, Leonora. Je vois bien à quel point ces mots vous font de la peine, mais si vous l'aimez, rompez. Ayez pitié de lui.

La grange où se déroulait le bal était illuminée. Avant même de descendre de la Ford, ils entendirent la musique, les rires. On jouait un ragtime, et tous les jeunes des environs s'agglutinaient comme des papillons attirés par une flamme.

Tom sortit de voiture le premier, sautant par-dessus la portière sans se donner la peine de l'ouvrir.

— Je vous préviens, ce soir, je me soûle !

Puis il partit dans le sillage d'une jolie fille brune avec laquelle il avait échangé un regard.

Leonora eut un sourire.

— Je pense que nous ne le reverrons pas de sitôt.

— Il va falloir le ramener sur un brancard…

James lui présenta le bras, et elle se persuada qu'il n'était pas bien grave d'accepter de le prendre. Pourtant, ce contact la troubla puissamment. Elle sentit la chaleur et la fermeté du corps de James à travers la chemise blanche, et eut beau essayer de penser à autre chose, à la grange, au bal, à n'importe quoi d'autre, rien n'y fit.

Ils prirent le sentier qui menait au portail grand ouvert. Le cœur de Leonora battait au rythme de la musique. L'immense espace était rempli de bruit et d'animation. La foule, ivre de sa jeunesse, bougeait comme un seul et même animal à sang chaud, sur une terre qui vibrait sous les pieds. Une forte odeur de tabac montait, et la fumée des cigarettes s'accumulait en nuage sous la charpente. L'orchestre ayant besoin d'une pause, le phonographe prit le relais. L'aiguille du Victrola sautait et grésillait sur l'air de jazz endiablé de *Darktown Strutters' Ball*. Des guirlandes d'ampoules électriques pendaient aux poutres. Des bottes de paille, empilées par deux, longeaient les murs. Sur ces banquettes improvisées, les jeunes femmes répondaient aux avances de leurs soupirants, se laissant caresser les jambes et embrasser dans le cou.

Il faisait chaud, et l'odeur de parfum, de sueur, de bière renversée, de paille humide, de terre piétinée, était un concentré de vie trop fort. Cette grange était habitée de désirs, d'envies d'amour que Leonora reçut de plein fouet. Elle lâcha le bras de James et sentit son regard brûlant se poser sur elle.

La mise en garde de Mme Shelby la torturait. Elle avait eu tort de venir. Elle avait voulu prendre ses désirs pour des réalités. Le lendemain, ils rentreraient à Wanjarri Downs. Elle redeviendrait Mme Alexander Harrington. Elle s'était offert une escapade, un conte de fées avec une Ford décapotable pour citrouille.

Mais demain, c'était demain. Leonora chassa ces sombres pensées, et se laissa prendre par le rythme des trompettes et du piano, et par la vibration profonde des basses. Les garçons et les filles se regroupaient ici et là, flirtaient en se lançant des œillades à travers la grange. Les robes étaient printanières, colorées, les visages rosis par le fard à joues et l'échauffement des sens. Chez les hommes, les costumes étaient variés : vêtements de travail propres, habits du dimanche et chemises empesées, uniformes de l'armée. Cigarette au bec, tous ces jeunes garçons faisaient les beaux avec une nonchalance étudiée.

Tom apparut dans la foule, transpirant sous son chapeau. Il tenait dans chaque main une chope dans laquelle dansait la bière brune. Il en tendit une à Leonora d'un geste si peu sûr que le liquide se répandit sur ses doigts. Il trinqua bruyamment :

— Santé ! Au début de la fin !

Il avala le breuvage, pourtant très alcoolisé, comme si c'était de l'eau.

Leonora eut un rire et regarda James.

— Il t'a oublié…

— Je ne bois pas.

— C'est vrai, je n'y pensais plus. Tu es un homme parfait.

Voyant qu'il se rembrunissait, elle posa la main sur son bras.

— Je ne plaisante pas, c'est vrai.

Alors, un sourire se peignit sur son visage.

— Attention, elle est forte, prévint-il. Il ne faudrait pas que la tête te tourne et qu'un brigand en profite !

Ils échangèrent un regard complice. La bière était exécrable, mais la détente que procurait l'alcool compensait son amertume. Elle eut l'impression de n'avoir jamais rien bu de meilleur.

Deux jeunes filles, qui se ressemblaient tant qu'elles ne pouvaient qu'être sœurs, s'arrêtèrent devant eux et s'écrièrent :

— Tommie, James ! Vous êtes là ! Nous avons appris… Nous sommes désolées.

Elles étaient charmantes dans leur émotion. Leonora eut un petit pincement au cœur en les voyant se jeter au cou des deux amis.

Allison prit la main de James.

— Viens danser, j'adore cet air.

— Plus tard, peut-être, répondit-il gentiment. Pour l'instant, je crois que Tom ne veut vous lâcher ni l'une ni l'autre !

Soudain, la jeune fille remarqua Leonora et eut l'air de comprendre.

— Pardon, je ne vous avais pas vue. Je…

Sans lui laisser le temps de se présenter, Tom l'entraîna sur la piste de danse avec sa sœur.

James les désigna en se penchant vers l'oreille de Leonora.

— Les sœurs McGinny, Allison et Jessica. Elles sont cinq.

Le souffle de James dans son cou l'empêchait de se concentrer, mais en songeant aux jolies sœurs McGinny l'avertissement de Mme Shelby lui revint en tête, et elle comprit à quel point elle était égoïste.

— Va danser avec elles.

— Je n'aime pas beaucoup danser.

Elle eut honte du soulagement qu'elle éprouva.

Tom ressortit seul de la foule des danseurs, les joues rouges, les cheveux trempés de sueur. Il avait l'air de si bien s'amuser qu'il donnait envie de sourire. Il attrapa la main de Leonora et déclara :

— Si James est trop flemmard pour te faire danser, tant pis pour lui.

Il prit la chope de bière qu'elle avait dans les mains et la fourra dans celles de James.

— Pardon, mon vieux, mais je te la pique !

James s'appuya contre la paroi de bois et plongea la main dans sa poche, tout en les suivant des yeux. Leonora portait une robe bleu pâle. Avec sa peau de miel, ses lèvres roses, elle ressemblait à un ciel au couchant. Sans elle, il ne respirait plus. Quand il ne la regardait pas, il avait l'impression de ne pas voir.

Il posa la chope de bière tiède par terre et passa un moment amusant à contempler l'exubérante gymnastique de son meilleur ami, qui faisait virevolter Leonora sans rythme et sans méthode.

Elle riait tellement de toutes ces pitreries que James fut reconnaissant à son ami de savoir l'amuser. Elle avait semblé triste et songeuse pendant le pique-nique. C'était un plaisir de la voir retrouver le sourire.

Il ne pouvait s'arracher à ce joli spectacle : sa grâce, sa magnifique peau, ses cheveux d'or, sa taille fine, ses épaules charmantes. Elle le fascinait. Plus rien d'autre n'existait à part elle. Son amour était une folle passion qui le consumait.

Demain, elle retrouverait son salaud de mari, mais ils avaient encore la soirée et la nuit. S'il prolongeait l'attente, il n'y survivrait pas. Il n'avait pas le choix. Ce soir, il se battrait pour l'avoir.

Fort de sa décision, il se mêla aux danseurs, grand et énergique. Le voyant approcher, Leonora, malmenée par la fougue anarchique de Tom, lui jeta un regard d'appel à l'aide comique, puis cessa de rire. James écarta Tom, et la prit par la taille. Son ami voulut protester, mais, voyant son expression, il jugea préférable de partir à la recherche d'une autre cavalière.

Une chanson lente et romantique commençait : *Any Time's Kissing Time*. Il n'y a pas d'heure pour s'embrasser… James posa la main sur les reins de Leonora, et, la dominant de toute sa taille, tint son regard dans le sien. Très troublée, elle s'abandonna dans ses bras.

— Je croyais que tu n'aimais pas danser, murmura-t-elle.

— Ça dépend avec qui.

Il resserra sa prise pour mieux tenir la soie glissante de la robe de Leonora. La main qu'il posait dans son dos était impérieuse. Ayant fait taire ses scrupules, il était devenu entreprenant. Il serrait si fort la jeune femme contre lui qu'il sentit les battements de son cœur se précipiter.

Ce soir, Leonora n'était pas l'épouse d'un autre. Elle lui appartenait. Le ranch n'existait plus ; la nécessité d'y retourner s'était envolée. Il n'y avait plus de passé, plus de mauvais souvenirs, plus de solitude.

Il n'y avait que le visage de celle qu'il aimait tant, sa tendresse, ses lèvres roses à quelques centimètres des siennes.

La chanson égrena ses dernières notes. James s'arrêta de tourner sans lâcher Leonora, posant sur elle un regard plein de désir. Il se pencha et lui murmura à l'oreille :

— Je saurai te rendre heureuse, Leo.

Voyant de la peur passer dans ses yeux, il ajouta :

— Je ne te ferai jamais de mal. Jamais.

Il s'apprêtait à l'embrasser sans se préoccuper de qui les verrait, quand une femme ivre, le prenant pour un autre, les sépara.

Dès le contact rompu, le désir brûlant qu'elle avait senti en lui et qui l'avait tant troublée lui fit peur. Elle n'arrivait plus à réfléchir, à respirer. Une main plaquée sur la gorge, elle quitta la grange en courant.

Poursuivie par la musique, les voix et les rires, elle avança au hasard, cherchant l'immensité du ciel nocturne et respirant l'air frais à pleins poumons. Des millions d'étoiles parsemaient la voûte sombre. Elle passa entre les carrioles et les rares automobiles, et s'éloigna, laissant le bruit derrière elle.

Parvenue à une barrière, elle s'y appuya, présentant son visage brûlant à la brise, le regard perdu dans la nuit. Ce serait tellement facile de céder, de fermer les yeux, de laisser James lui prendre la main et d'oublier le reste. Mais le sort d'enfants aborigènes dépendait d'elle. Le souvenir des cris de détresse des petits arrachés à leur famille la hantait. Si elle quittait Alex, elle causerait leur malheur. Mais si elle ne divorçait pas, elle causerait celui de James.

Que faire ? Le laisser se bercer de faux espoirs ? Pour être heureuse, il lui suffisait presque de le savoir près d'elle au ranch. Oui, mais pour lui, quelle torture… Il gâcherait sa vie à l'attendre. Mme Shelby disait vrai. Il avait assez souffert. C'était à elle d'être forte. Sa résolution, une fois prise, ne lui apporta aucun réconfort. Elle avait au contraire l'impression de se lacérer le cœur. Si elle s'éloignait de James, elle serait comme morte.

À travers ses larmes, les étoiles devenaient floues. Malgré ses efforts pour se retenir de pleurer, ses yeux débordaient et de silencieux sanglots la secouaient. Seul James pouvait la consoler… Plus elle se désespérait, plus elle ressentait le besoin de son amour. Elle l'aimait tant qu'elle aurait préféré mourir plutôt que de vivre sans lui. Mais, les enfants… C'était comme une malédiction.

Entendant des pas derrière elle, elle s'essuya les yeux, affolée, espérant que l'obscurité empêcherait James de voir qu'elle avait pleuré.

— Je t'ai cherchée partout…

— J'avais besoin de prendre l'air.

— Tu pleures ?

— Non, dit-elle, un sanglot dans la voix.

Il essuya avec une infinie délicatesse les larmes qui coulaient sur ses joues.

— Je vois ça…

Elle n'en pouvait plus de souffrir, de lutter. Elle pressa son visage contre la paume ouverte de James et ferma les yeux pour savourer cet instant, pour en graver le souvenir.

James s'approcha plus près encore. Ses solides cuisses vinrent s'appuyer contre les hanches de

Leonora. Il prit sa main et la porta à ses lèvres pour l'embrasser. Il déposa ensuite des baisers sur son poignet, sur son bras. Elle défaillait de désir.

James l'enlaça et la serra si fort qu'elle sentit la boucle de son ceinturon contre son ventre. Il se pencha et embrassa tendrement sa joue, près de l'oreille.

Paralysée, elle attendait. S'il l'embrassait sur la bouche, elle serait perdue. Elle fondrait dans ses bras et oublierait la raison. Et pourtant, si elle l'aimait vraiment, elle devait lui rendre sa liberté, comme le lui avait très justement conseillé Mme Shelby. Il avait assez souffert.

Les lèvres de James s'approchèrent si près des siennes que le plus léger des mouvements pouvait les faire se rencontrer.

— Non, c'est impossible, balbutia-t-elle entre ses larmes.

James se figea.

— Quitte-le, Leo, murmura-t-il avec ferveur. Quitte-le. Je t'aime.

Elle rassembla ses forces, lutta contre tous ses instincts, durcit son regard et se redressa. Il fallait prononcer le mensonge qui le libérerait.

— J'aime Alex.

Elle le sentit reculer. C'était comme si elle lui avait planté un couteau dans le ventre. Il laissa retomber ses bras, et, sourcils froncés, l'observa une seconde, une dernière seconde, puis lui tourna le dos et partit.

Leonora ne le regarda pas s'éloigner. Penchée sur la barrière, elle s'y agrippait à s'en blanchir les doigts, se retenant pour ne pas tomber.

Le lendemain, Tom, James et Leonora quittèrent la maison de Mme Shelby sous le soleil cruel du petit matin. Ils roulèrent capote baissée, laissant derrière eux le blé blond, et filant droit vers une vie de malheur.

Les champs de blé cédèrent la place au bush. La terre rouge, les buissons épineux, le ciel impitoyable, puis la clôture anti-lapins qui défilait sur le bas-côté indiquaient sans erreur possible qu'ils rentraient bien au ranch.

Tom n'était bon à rien : il dormait à l'arrière, assommé par une mémorable gueule de bois, les bottes posées sur le bord de la portière, le chapeau baissé sur le nez.

Au volant, James ne quittait pas la route des yeux. Malgré la chaleur, Leonora sentait un froid glacial. Elle se tenait droite, mains croisées sur les genoux, osant à peine respirer. Ils ne s'étaient pas adressé la parole depuis qu'ils avaient fait leurs adieux aux Shelby. D'ici à quelques heures, ils passeraient les barrières de Wanjarri Downs, qui se refermeraient, une à une, derrière eux.

Leonora, regard baissé, demanda :

— Tu vas partir ?

James ne répondit pas tout de suite. Après un long moment, il lâcha :

— Dès que j'aurai expliqué la situation à Tom. Je ne sais pas ce qu'il décidera de faire. Il voudra peut-être rester.

— Et toi ? Où iras-tu ?

Cette fois, il ignora la question, et posa le coude sur la portière, s'éloignant ainsi un peu plus d'elle.

Elle n'avait aucun droit sur lui, et encore moins celui d'exiger qu'il la rassure. Il partirait vite, peut-être dès le lendemain matin. Jamais plus il ne l'embrasserait, jamais plus il ne la toucherait. Il n'y aurait pas d'adieux. C'était la fin. Elle essuya une larme. Tout était fini avant même d'avoir eu le temps de commencer.

58

Danny, le facteur, ne semblait pas d'humeur à siffloter quand il apporta le télégramme d'Alex. Toujours aussi taciturne, il le fourra dans les mains de Leonora et rejoignit sa camionnette aussi vite que ses jambes arquées le lui permettaient. L'atmosphère était à l'orage, et l'arrivée de ce message n'augurait rien de bon.

Elle avait eu tort de s'inquiéter. Alex annonçait simplement qu'il était encore à Coolgardie, retenu à la mine par un feu de bush. La foudre avait provoqué un incendie de broussailles qui se propageait, poussé par le vent. Il recommandait de se tenir en alerte au ranch. Leonora, au lieu d'avoir peur, éprouva un vif soulagement. Cette absence allait obliger Tom et James à rester encore un peu.

Elle n'avait pas vu celui qu'elle aimait tant depuis leur retour à Wanjarri Downs. Parfois, elle doutait même qu'il soit encore là. C'était Tom qui lui avait apporté leur démission, gêné et confus.

— Nous resterons jusqu'au retour d'Alex, avait-il promis.

Il l'avait serrée dans ses bras comme l'aurait fait un frère. Quand il l'avait relâchée, elle avait évité son regard, de peur de s'effondrer devant tant de gentillesse.

— James s'en remettra, avait-il dit en devinant ses inquiétudes. Il est solide.

Alors, elle avait senti monter les larmes, et avait eu bien du mal à les empêcher de couler devant lui.

En mal de compagnie, elle se rendit à la cuisine où retentissaient des bruits de casseroles. Meredith s'affairait, les manches remontées aux coudes, rouge et transpirante.

— Ah, bonjour, madame Harrington. On dirait qu'il va y avoir de l'orage.

— Je viens de recevoir un message d'Alex. Les routes sont bloquées par un feu de bush du côté de Coolgardie.

Meredith posa la poêle en fonte sur la cuisinière, puis sortit une marmite.

— Ne vous en faites pas. Ça peut s'arranger tout seul. Parfois, les orages provoquent des inondations qui éteignent le feu en noyant tout. Il se peut aussi qu'il y ait des éclairs sans une goutte de pluie. Là, ce serait plus embêtant. En tout cas, je sens qu'on va s'en souvenir, de celui-là : il y a de l'électricité dans l'air. Ça va tonner. J'ai vu les hommes se préparer dehors, ils arrosent les écuries. Il n'y a que deux choses à faire contre le feu : mouiller le sol et les bâtiments, et prier pour qu'il passe ailleurs.

— On dirait que vous prévoyez de nourrir une armée.

— C'est bien ça, une armée, vous l'avez dit. C'est la loi du bush, madame. Quand il y a le feu dans un ranch, tous les gars de la région rappliquent pour l'éteindre. C'est aux femmes de les nourrir. Ici, on s'entraide.

La porte de la cuisine s'ouvrit sur Clare, qui portait la même robe que la veille, l'air languissant et ensommeillé.

En voyant Leonora, son sourire s'effaça.

— Ça sent l'orage. Je ferme les volets ?

— Laissez, je m'en charge, répondit Leonora, heureuse de trouver une occupation. Je crois que Meredith a besoin de vous ici.

Elle monta donc à l'étage pour calfeutrer la maison. Des nuages noirs s'accumulaient au-dessus des prairies, plates et immenses. Les hommes couraient dans tous les sens, comme des fourmis, tirant des tuyaux depuis les châteaux d'eau, éloignant les tas de foin des bâtiments, débroussaillant à la hâte. James était là, à cheval, aux commandes. Le cœur lourd, Leonora l'observa à travers les rideaux de dentelle pendant qu'il dirigeait les Aborigènes. Il lui manquait avant même d'être parti. Un jet d'eau frappa la fenêtre et ruissela le long des carreaux. Elle se dépêcha de fermer les persiennes intérieures, plongeant ainsi la pièce dans l'obscurité.

Meredith s'impatientait dans la cuisine.

— Alors, Clare, tu les épluches, ces pommes de terre ? Tu es dans les nuages ce matin. Qu'est-ce qui t'arrive ?

— Disons que je me suis un peu fatiguée cette nuit… Et ce matin aussi.

— Ah oui ? Avec le vagabond d'hier ? demanda Meredith, du mépris dans la voix.

Leonora, qui était descendue pour poursuivre sa besogne, était si triste qu'elle ne s'amusa même pas de ce dialogue.

— Pas du tout ! s'indigna Clare. J'ai passé la nuit chez les intendants, si tu veux tout savoir.

Arrêtée net au milieu d'un geste, Leonora tendit l'oreille. Meredith riait.

— Comme si tu pouvais plaire à Tom, ma pauvre petite !

— Ce n'était pas Tom, c'était James.

Leonora se sentit devenir écarlate.

— Bien sûr ! Tu racontes des sornettes.

— Je ne mens pas ! Il m'a prise deux fois, et il a bien failli me casser en deux !

Meredith riait toujours, le mépris ayant laissé place à l'affection.

— Clare, Clare, quelle imagination…

Leonora, elle, avait l'impression d'avoir reçu un coup de poing. Prise d'une horrible nausée, elle sentit ses jambes se dérober sous elle et dut s'appuyer au mur pour ne pas tomber.

— Il a dit que je lui plaisais depuis longtemps, et qu'il fallait en profiter avant son départ.

— Ce sont de bons gars, c'est bien dommage qu'ils quittent le ranch…

— Il a expliqué qu'il en avait ras-le-bol d'être à la botte de Mme Harrington et de recevoir des ordres des riches.

Ces paroles firent si mal à Leonora qu'elle eut l'impression qu'on lui arrachait le cœur. Il se moquait d'elle. Il la trahissait. Elle l'imagina avec dégoût en train d'embrasser Clare, de la caresser, de lui murmurer à l'oreille toutes ces horreurs. Qu'elle avait été naïve ! Elle avait cru en son amour, mais elle comprenait à présent qu'il lui avait joué la comédie. Il ne l'avait jamais aimée… Personne ne l'aimait.

Derrière les persiennes closes, elle avait le sentiment d'être en cage, torturée par l'image de Clare dans les bras de James. Elle avait besoin d'air. Elle courut jusqu'à la grange, qu'un cow-boy était en train de fermer pour faire barrage à la tempête de poussière. Elle passa quand même, et trouva l'étalon noir, qui semblait nerveux, sur le qui-vive. Elle attrapa les rênes, malgré les protestations de l'Aborigène, qui montrait du doigt le ciel noir au loin, zébré d'éclairs.

— L'orage arrive.

Mais elle ne voyait rien, ni le vent ni la foudre. Elle avait trop mal. Elle monta à cru le cheval noir, qui se cabra, mais sans parvenir à se débarrasser d'elle. Tenant bon, elle le fit sortir, et partit au galop, passant devant le corral en évitant de peu James et Tom, qui durent faire un bond en arrière.

Elle galopa pendant des kilomètres pour s'éloigner au plus vite du rire de Clare et de la trahison de James, allant à la rencontre de l'orage, sous un ciel de plus en plus ténébreux.

Des gouttes de pluie s'écrasèrent sur elle et des coups de tonnerre firent peur au cheval. Ce tumulte lui permit de revenir à la raison. Un picotement électrique courait sur sa peau, dans ses cheveux. L'étalon était de plus en plus difficile à maîtriser. Elle regarda autour d'elle pour tâcher de trouver un abri. Il y avait une grange et un corral à moutons un peu plus loin. D'un coup de talon, elle fit virer sa monture sous les éclairs.

Le temps qu'elle arrive à la grange, elle était trempée jusqu'aux os. De la vapeur montait comme de la fumée de la robe du cheval, et s'échappait de ses naseaux. Leonora glissa à terre sous le déluge et conduisit l'étalon jusque dans la grange restée grande ouverte. Les agneaux qui habituellement étaient là avaient disparu. Elle attacha le cheval et retourna dehors pour les chercher, en s'abritant les yeux avec la main. Enfin, elle les vit, regroupés avec les brebis sous un eucalyptus.

Les plus jeunes tournaient en rond en poussant des bêlements plaintifs. Il fallait donc les mettre à l'abri. Une boue rouge et collante maculait le bas de sa jupe et entravait ses pas, mais elle s'en moquait : elle ne s'arrêterait pas tant que tous les animaux ne seraient pas en sécurité. Les brebis lui donnèrent plus de mal. Elles refusaient en effet de bouger, même pour rejoindre leurs agneaux, et s'arc-boutaient quand elle tentait de les pousser. Elle fut donc obligée de leur donner de petits coups de bâton pour les faire avancer. La première brebis finit par avancer un peu. Leonora repoussa les cheveux qui tombaient devant ses yeux et vit au loin un cavalier approcher au galop.

La colère décuplant ses forces, elle parvint à traîner la brebis jusque dans la grange, puis retourna chercher la deuxième, tremblant de tous ses membres. James s'arrêta et descendit de cheval, l'eau de pluie dégoulinant de son chapeau. Il rentra sa monture dans la grange, puis courut rejoindre Leonora.

— Mais qu'est-ce que tu fabriques ? hurla-t-il pour se faire entendre, malgré le roulement incessant du tonnerre.

Elle fit la sourde oreille, poussant la brebis de toutes ses forces vers l'abri.

James prit la bête dans ses bras, mais Leonora le repoussa.

— Laisse-moi ! Je n'ai pas besoin de ton aide. Va-t'en !

James se redressa et la regarda sans se préoccuper de la pluie.

— Qu'est-ce qui t'arrive ?

— Laisse-moi tranquille ! répondit-elle d'une voix tremblante. Je me débrouille très bien toute seule.

Il lui attrapa les bras, mais elle se débattit, trempée, les cheveux plaqués sur la tête.

— Tu es fâchée ?

— J'ai mes raisons ! Je sais tout ! s'écria-t-elle en tentant de s'arracher à lui. J'ai entendu Clare le dire à Meredith. Je sais que tu couches avec elle !

Il se figea, et Leonora prit son silence pour une confirmation.

— Comment as-tu pu me faire cela ? s'indigna-t-elle, désespérée.

— Mais qu'est-ce que tu racontes ? Tu es folle ? Comment as-tu pu croire une chose pareille ?

— Ne me raconte pas d'histoires ! Je l'ai entendue.

— Elle mentait, Leo ! Je l'ai vue sortir de la cabane d'un Aborigène, ce matin !

Il y eut un violent coup de tonnerre. Leonora se figea, déjà certaine qu'il disait la vérité. Clare racontait si souvent des histoires à dormir debout pour se rendre intéressante… Mais pourquoi, cette fois, y avait-elle cru ? Simplement parce qu'elle aimait James et qu'elle avait laissé la jalousie l'aveugler.

— Pardon, pardon, bégaya-t-elle.

Maintenant, c'était au tour de James de se mettre en colère. L'orage tonna une nouvelle fois au-dessus de leurs têtes, mais il ne sembla pas l'entendre.

— Je ne vois pas de quel droit tu me le reprocherais ! cria-t-il. Toi, tu es mariée ! Comment oses-tu me demander des comptes ? Quand je t'imagine au lit avec ce salaud, tu sais ce que ça me fait ? Quand je le vois te toucher, ça me tue, Leo, ça me tue. Non, je n'ai pas couché avec Clare, mais je ne suis pas un saint. Je suis un homme, et je te désire. Tu n'as aucune raison de te plaindre.

— Si ! Parce que je t'aime ! hurla-t-elle. Je t'aime !

Alors, James l'empoigna par les épaules et l'embrassa sauvagement, à pleine bouche. La pluie les inondait. Ils disparaissaient sous ce torrent ininterrompu, qui noyait même les bruits.

James prit le visage de Leo entre ses mains et supplia :

— Alors, quitte-le ! Si tu m'aimes, quitte-le !

— Je ne peux pas, murmura-t-elle, prise d'un vertige.

Le regard de James se durcit. Il la lâcha.

— Tu restes pour son argent ?

— Non ! s'écria-t-elle en s'accrochant à ses bras.

Il la repoussa.

— Alors, tu es lâche !

— Non ! Je t'en prie, ne dis pas cela.

— Si ! Tu n'as aucun courage !

Le regard noir, il commença à reculer. Leonora ouvrit la bouche pour protester encore, mais sa voix s'étouffa. L'émotion la rendait de nouveau muette.

— Va, va retrouver ton Alex, puisque tu ne peux pas le quitter ! jeta-t-il froidement. Je ne veux plus de toi.

Il se détourna alors et partit chercher son cheval, les vêtements trempés.

Leonora tomba à genoux dans la boue. Il la quittait pour de bon. Un effroi irrationnel la terrassait, une peur qui venait du passé et qui l'envahissait tout entière. C'était terrible. Elle en suffoquait. Tout le monde finissait toujours par l'abandonner.

Les deux mains plongées dans la glaise rouge, elle trouva la force de crier :

— Si je pars, il va leur enlever leurs enfants !

James s'arrêta, mais ne se retourna pas.

— Qui ? Quels enfants ?

Elle qui avait tant voulu le protéger et empêcher qu'il se confronte à Alex… Oui, mais le perdre, le perdre ainsi, c'était trop dur.

— Les enfants des Aborigènes ! Si je pars, Alex va leur prendre leurs enfants.

C'était fait. Elle avait parlé. Impossible de revenir en arrière. Désormais, elle allait vivre avec la peur.

James fit demi-tour, tandis que, recroquevillée, elle sanglotait. Elle vit ses bottes s'arrêter devant elle. Il se baissa pour la relever.

— J'ai voulu le quitter, expliqua-t-elle. Je lui ai dit que je voulais divorcer. Mais j'avais déjà empêché une fois les missionnaires d'emmener les enfants pour les placer… Je dois rester, c'est sa condition. Si je m'en vais, il rappellera les missionnaires. Nous savons très bien comment sont traités les orphelins, toi et moi. Je ne pouvais pas le laisser séparer des enfants de leurs parents. Je ne suis pas une lâche.

James l'obligea à le regarder.

— Pourquoi ne m'as-tu rien dit ?

Les larmes de Leonora redoublèrent, se mêlant à la pluie sur son visage.

— Parce que je savais que tu voudrais t'en mêler, que tu le provoquerais. C'est un homme dangereux, James… Promets-moi de ne rien faire.

Mais James l'écoutait à peine, transporté par la beauté de cette femme qu'il retrouvait. Il la prit par la taille et l'attira contre lui. Elle voulut résister, pour s'assurer qu'il comprenait la nécessité de se méfier d'Alex.

— Promets-moi de ne pas le provoquer, James, promets-le-moi, je t'en prie.

Il la calma par des baisers, et fit si bien qu'elle en oublia de lui arracher sa promesse. Elle fondit dans la chaleur de son étreinte et s'abandonna à son désir.

La pluie les mitraillait avec acharnement, trempait leur visage, leurs cheveux, leurs lèvres passionnées. Leurs vêtements, lourds et chauds, collaient à leur peau. Un éclair zébra le ciel au-dessus d'eux, et la foudre tomba si près qu'elle fit grésiller le sol et les sépara dans un sursaut. Alors James prit Leonora dans ses bras et la conduisit dans la grange.

Ils passèrent la porte, accueillis par le bruit de la pluie sur le toit de tôle. James la déposa sur la litière de paille et l'embrassa de nouveau, dos contre la paroi de sapin, qui sentait bon la résine. Les éclairs illuminaient la pénombre, simultanément accompagnés des claquements secs du tonnerre. Les moutons et les chevaux piétinaient nerveusement dans l'ombre.

Les baisers de James s'égarèrent sur la gorge de Leonora. Il goûtait avec amour sa peau lavée par la pluie, mais elle était pressée. Elle tira sur la chemise détrempée du jeune homme, la sortit du pantalon, et lutta, malhabile, pour défaire les boutons coincés dans des boutonnières gonflées d'eau.

Lèvres cherchant les siennes, James laissa tomber la chemise dont elle le libérait. À son tour, il lui découvrit les épaules, puis ils se contemplèrent, amoureux, sous les coups de tonnerre, le visage blanchi par la lumière des éclairs.

James explora du bout des doigts le visage de Leonora, comme s'il s'agissait d'une porcelaine. Pourtant, la jeune femme savait exactement ce qu'elle voulait, et ne se sentait plus fragile. Elle trouva la boucle du ceinturon, puis défit le premier bouton de son pantalon. La main de James était descendue pour caresser ses seins, à travers la soie de sa combinaison. Il les prit l'un après l'autre dans sa main, puis fit glisser les fines bretelles du dernier rempart, qui tomba à terre.

Il la souleva pour la déposer dans le foin odorant. Dehors, la tempête faisait rage. Le toit résonnait du battement de la pluie, les murs vibraient et le sol tremblait. Membres entremêlés, peau humide contre peau humide, doigts fébriles, lèvres ardentes. Il trouva le point sensible à l'intérieur du coude, la fossette au creux des reins. Il traça des chemins secrets, explora la douceur des seins, des fesses et de l'intérieur des cuisses. Il s'attarda ensuite sur le centre de son plaisir, ce qui lui fit cambrer les reins dans un long gémissement.

James se contrôlait, tendu vers elle, attendant que les hanches de Leonora montent vers les siennes. Alors les soupirs de la volupté s'élevèrent dans l'air brûlant. Les agneaux se blottirent entre les pattes des brebis.

Les respirations haletantes se mêlaient et couvraient maintenant le martèlement de la pluie. Il y avait en eux tant d'amour ! Les chevaux dressèrent la tête, étonnés par un long cri, rapidement rejoint par un autre, plus sourd. Puis ce fut le silence.

La grange s'était apaisée. Les moutons sommeillaient. Les chevaux dodelinaient de la tête. Les respirations engourdies berçaient les amoureux, enivrés par l'odeur du foin. De petits baisers, doux et heureux, s'égrenaient dans un temps devenu immobile. C'en était fini de la peur, de la solitude, des faiblesses. Ils s'aimaient, et, après tant d'années de solitude, s'étaient enfin retrouvés.

Alors, vint le temps des lentes caresses sur la peau nue, des soupirs et des murmures échangés dans le creux du cou. Rires étouffés, baisers, frôlements, enlacements. C'était chaud, tendre, et pourtant passionné. Et puis, ils se cherchèrent encore, les pouls s'accélérèrent, et le désir revint. Leurs souffles se précipitèrent, et ce fut un retour de la fièvre. La grange se remplit une nouvelle fois de la musique de l'amour, qui rivalisait avec celle de la tempête.

Le soleil était revenu quand Leonora se réveilla. Dans la grange, des rayons de fin d'après-midi filtraient entre les planches, jetant de longs rais jaunes sur la paille. Il ne pleuvait plus, mais l'eau des gouttières s'écoulait encore dans les réserves. De la vapeur s'élevait du sol, qui fleurait bon la terre chaude.

Alanguie, comblée, Leonora contempla le corps nu de James, qui gardait les yeux fermés. Un bras passé autour d'elle, il semblait ne pouvoir se résoudre à la lâcher. Elle le trouva encore plus beau couché, aima ce visage calme et heureux qu'elle ne lui connaissait pas. Il avait les cheveux en bataille, piqués de brins de paille qu'elle lui ôta en riant.

Sans soulever les paupières, il la serra fort dans ses bras, et glissa, dans un murmure :

— Je t'aime, Leo.

Elle l'embrassa alors dans le cou et fit courir le bout de ses ongles le long de ses côtes pour lui donner des frissons. James se redressa sur un coude et lui caressa le visage, écartant les mèches folles qui couraient sur son visage, puis suivant du doigt la longue chaînette qui descendait jusqu'à la naissance de ses seins.

Elle se pencha sur lui et l'embrassa sur le front, les joues, le coin de la bouche, avant de taquiner la commissure de ses lèvres à petits coups de langue. Ici, elle se sentait en sécurité… Elle releva les yeux, et sa main s'arrêta sur la poitrine de James. Elle ne voulait pas regretter.

James vit l'inquiétude la gagner.

— Ne t'en fais pas, Leo, nous arriverons à nous en sortir.

— Tu ne partiras pas ?

— Jamais je ne t'abandonnerai.

Elle esquissa un sourire, mais la peur était de retour. James la prit dans ses bras, lui caressa les cheveux. Sentant des larmes couler dans son cou, il l'étreignit.

— Nous trouverons un moyen, je te le promets.

Soudain, l'étalon hennit. Un nouveau grondement faisait vibrer le sol. D'abord lointain, puis de plus en plus proche. Les brebis s'immobilisèrent, sur le qui-vive, et les agneaux s'agitèrent. Ce n'était plus le tonnerre. Leonora se redressa, se couvrant la poitrine avec ses vêtements. James, qui s'était levé d'un bond, enfila son pantalon. C'était le bruit d'un cheval au galop. Il passa sa chemise à la hâte et la boutonna en se dirigeant vers la porte.

— Ne sors pas, Leo, ordonna-t-il, redevenu le garçon soucieux qu'elle connaissait.

Il passa la tête par l'entrebâillement.

— Je crois que c'est Tom, mais je ne vois pas encore assez bien pour en être tout à fait sûr. Ne sors pas avant que je t'appelle, d'accord ? ajouta-t-il en lui jetant un regard plein de tendresse.

Il acheva de rentrer sa chemise dans son pantalon, puis sortit en refermant derrière lui.

Le cheval arrivait vite. Il se cabra quand Tom tira sur les rênes.

— James ! Où t'étais passé ? Leonora est avec toi ?

Tom glissa de sa monture et vit à l'expression de James qu'il ne se trompait pas.

— Mais t'es fou, merde ! Alex est sur le pied de guerre. Il a organisé des recherches. Tous les hommes du ranch sont mobilisés. Je les précède à peine. Pars d'ici. Sauve-toi tout de suite !

James courut jusqu'à la grange et trouva Leonora derrière la porte, déjà rhabillée.

— Vite, dit-il, prends ton cheval, on doit se sauver.

— Non, toi, pars. Moi, je reste. On ne doit pas nous voir ensemble.

— Je ne vais pas te laisser !

Tom accourut, affolé.

— James, vite, ils seront là dans une minute !

— Pars, James, je t'en prie, c'est la seule chose à faire !

Le jeune homme hésita un peu, mais se résolut, dents serrées, à monter en selle.

— Passe par les prairies de l'est pour les éviter, conseilla Tom.

James se tourna vers Leonora, mais Tom coupa court à leurs adieux.

— Allez, pars !

Alors, après un dernier regard, James piqua du talon les flancs du cheval.

Tom le suivit des yeux en s'essuyant le front.

— Dès qu'il sera hors de vue, j'enverrai un signal pour annoncer que je vous ai retrouvée.

Tom s'éloigna de la grange, et, peu après, Leonora, qui s'était réfugiée à l'intérieur, l'entendit tirer un coup de feu, suivi de deux autres. Elle sursauta à chaque détonation, yeux fermés, transie de peur.

Une cavalcade de quatre ou cinq chevaux se fit bientôt entendre. Pourquoi Alex était-il rentré si tôt ? C'était étrange et inquiétant. Peut-être avait-il des doutes et voulait-il la surprendre… À la pensée qu'il pouvait être au courant de quelque chose, elle pâlit. Les cris des hommes qui arrivaient couvraient le bruit des sabots. Elle sortit dans le soleil éblouissant. Tom la rejoignit, fusil à la main, et lui glissa à voix basse :

— Dites que vous avez été surprise par l'orage et que vous vous êtes abritée…

Les cavaliers s'arrêtèrent devant eux, et Tom lança, avec une gaieté feinte :

— Tout va bien ! Plus de peur que de mal !

Alex descendit de cheval et approcha d'elle d'une démarche sèche. Elle sonda son regard, mais ne parvint pourtant pas à deviner son état d'esprit.

— Je t'ai cherchée partout !

— Pardon. J'ai été surprise par l'orage. Je me suis endormie dans la grange. Je suis désolée de t'avoir inquiété, ajouta-t-elle en posant la main sur son bras.

Alex observa les doigts tremblants, semblant s'interroger sur la raison d'une telle nervosité, puis releva les yeux vers elle, très calme. Trop calme.

Elle cacha derrière son dos cette main susceptible de la trahir et continua de l'interroger pour donner le change.

— Comment as-tu pu rentrer si vite ? Tu n'as pas préféré attendre la fin de l'orage ?

Il ne répondit pas tout de suite, puis dit doucement :

— Il est arrivé un malheur, Leonora. C'est ta tante… Elle est morte.

Le choc ne se fit pas tout de suite sentir.

— Je suis désolé, ajouta Alex. Je n'ai appris la nouvelle qu'hier soir. Je voulais te l'annoncer en personne.

Une épaisse brume atténuait les sensations de Leonora. Elle ne savait plus trop où elle était, ni ce qu'elle ressentait. Tout lui semblait irréel. Lentement, comme une poupée de boîte à musique, elle se tourna vers la grange, se demandant si elle rêvait. Cinq minutes auparavant, elle se trouvait dans les bras de James, et voilà que, maintenant, elle faisait face à Alex, qui lui apportait cette impensable nouvelle. Elle sentit sa gorge se serrer.

— J'ai déjà tout organisé pour notre retour en Amérique, annonça Alex.

— En Amérique ? Pour quoi faire ?

— Mais pour l'enterrement, Leonora. Le paquebot lève l'ancre vendredi de Fremantle. Il faudra partir demain, dans la matinée.

Si vite ? Non, c'est trop tôt !

— Nous avons de la chance, ajouta-t-il. Avec la guerre, le nombre de liaisons est très réduit.

Leonora n'écoutait plus. Ce départ précipité allait sûrement l'empêcher de revoir James. Ses yeux se remplirent de larmes.

— Oui, je sais, c'est dur, dit Alex avec une inhabituelle compassion. C'est une triste perte. Elle nous manquera.

59

Le temps semblait si long.

Sous un soleil sans pitié, James tâchait de s'occuper. Il réparait les clôtures, graissait les selles, accomplissait les milliers de tâches qui constituent la vie d'un ranch.

Malgré cette activité, les minutes lui semblaient des heures. Il comptait le nombre de jours qu'il faudrait, vague après vague, pour pousser le paquebot jusqu'à cet autre continent, à l'autre bout du Pacifique. Et pendant tout ce temps, Alex était avec elle.

Si les journées étaient difficiles, les nuits étaient insupportables. Il songeait qu'Alex partageait le lit de Leonora, et se révoltait à l'idée qu'il puisse la toucher. Il se répétait qu'elle oublierait ce qui s'était passé dans la grange, et qu'elle nierait l'évidence de leur amour.

Vingt-quatre heures par jour, sept jours par semaine à oublier de respirer, à attendre. À subir la torture de son absence.

Et après un mois de cet enfer, Leonora ne serait toujours pas arrivée en Amérique.

Deux mois passèrent.

Et puis, un jour, un télégramme arriva, sans nom d'expéditeur. Il disait simplement : « Je t'aime. »

La courte ligne au milieu du papier vide lui sembla remplir toute la page. *Je t'aime.* Ces trois petits mots suffirent à James pour reprendre goût à l'existence et pour avoir la force de supporter les heures, les jours et les semaines qui le séparaient du retour de Leonora. *Je t'aime*, et il se sentit de nouveau lui-même.

60

Owen Fairfield, dans son costume blanc devenu trop large, ressemblait à un fantôme traînant les lourdes chaînes du chagrin. Il n'était plus que l'ombre de lui-même, perdu dans une peau trop grande pour lui, la barbiche blanche et les cheveux ternes. Le regard, autrefois alerte et malicieux, était tourné vers l'intérieur, cherchant des souvenirs qui faisaient alterner sourires mélancoliques et désespoir sur son visage.

Alex, de son côté, se gonflait d'importance. Il se chargeait de régler les affaires familiales avec les avocats, les comptables. Ce fut même lui qui organisa les funérailles. Il dirigeait seul les aciéries, et ne décollait plus l'oreille du téléphone. L'Armistice avait été signé. Les voies maritimes rouvraient et les commandes affluaient. Alex surveillait de près son beau-père, de peur que le chagrin ne trouble sa raison et qu'il ne se rende coupable de largesses inconsidérées.

Le jour de l'enterrement, ils bénéficièrent d'une escorte policière jusqu'à la cathédrale. Une foule immense se rassembla et suivit la cérémonie sur le parvis. Le cercueil était fermé : il avait fallu embaumer le corps jusqu'au retour de Leonora et d'Alex.

L'oraison fut longue. Leonora écoutait, toute à son chagrin : elle s'attristait d'avoir subi une enfance sombre et sans amour par la faute de cette femme dont on chantait les louanges.

Quelques jours plus tard, par une froide et grise journée de décembre, Leonora accompagna son oncle au cimetière. Ils se promenèrent dans les paisibles allées bordées de stèles de granit, faisant crisser sous leurs pieds l'herbe gelée. Col remonté, elle marchait les mains frileusement enfoncées dans les poches. Son oncle, silencieux, ne s'était pas donné la peine de fermer son pardessus ; il ne semblait pas sentir le froid.

Le tombeau des Fairfield était plus imposant, plus haut que tous les autres. Même dans la mort, Eleanor cherchait à rabaisser ceux qui l'entouraient.

— Je ne lui survivrai pas longtemps, Leonora, lança soudain Owen.

— Ne dites pas une chose pareille, protesta-t-elle en lui prenant le bras.

— Je ne dramatise pas, ma chère petite, je te dis simplement ce que je sens. Ma femme me manque tellement…

Il resta recueilli devant le tombeau un long moment, hochant parfois la tête, comme s'il conversait avec la défunte. Et puis, semblant avoir recouvré un peu d'énergie, il se tourna vers Leonora.

— Asseyons-nous. J'ai des choses à te dire.

Ils allèrent s'asseoir sur un banc en pierre. Owen glissa alors la main dans sa poche intérieure et en tira une enveloppe brune, qu'il tendit à sa nièce. Comme elle n'était pas cachetée, Leonora n'eut qu'à soulever le rabat pour en sortir un épais papier.

— Qu'est-ce que c'est ?

— Un testament. Eleanor a tenu à te léguer un domaine de quatre cents hectares en Nouvelle-Galles du Sud. Il est stipulé que ce don t'est personnellement destiné. Alex ne connaît pas l'existence de cette propriété, ajouta-t-il, un peu gêné.

Leonora parcourut le document et s'étonna.

— Le nom d'Elizabeth Granby est mentionné là. Qui est-ce ? demanda-t-elle.

Son oncle s'assombrit.

— À l'origine, la propriété devait lui revenir. Quand Eleanor a senti… a senti sa dernière heure arriver, elle a demandé que ce bien te soit légué. Granby, ajouta-t-il avec un profond soupir, était le nom de jeune fille d'Eleanor.

Tous ces secrets, ces mystères… Leonora les avait en horreur.

— Mais, je m'en souviens maintenant ! Elizabeth Granby, ce n'était pas le nom de sa sœur qui est morte à l'hôpital de Sydney ?

— Leonora… Cette histoire de sœur, c'était… Non, Elizabeth Granby n'était pas sa sœur, c'était sa fille.

— Vous m'avez menti ?

Alors, il s'effondra et plongea la tête dans ses mains pour pleurer. Ce chagrin était tellement terrible à voir qu'elle en fut paralysée, ne sachant plus que dire ni que faire.

Owen se ressaisit vite. Il tira un mouchoir de sa poche pour s'essuyer les yeux et reprit la parole avec émotion.

— J'ai rencontré Eleanor alors qu'elle n'avait que seize ans. Moi, j'en avais déjà vingt-quatre. Je sortais tout juste de l'université de Stanford, et je visitais la

Californie avant d'effectuer ma première prospection géologique pour l'entreprise qui venait de m'embaucher. Un jour, je me suis arrêté dans un petit hôtel. Je ne me souviens même plus dans quelle ville. C'est drôle, d'ailleurs… ajouta-t-il, décontenancé. Enfin, bref, c'est là que j'ai rencontré ta tante : elle changeait les draps quand je suis entré dans la pièce. C'était la femme de chambre.

Leonora pensa avoir mal entendu. Eleanor Fairfield, femme de chambre ? Impossible !

Owen s'amusa de sa surprise.

— Je sais que cela semble bizarre, mais c'est vrai. J'ai eu le coup de foudre.

Ce souvenir heureux le fit sourire.

— Eleanor a repoussé mes avances. C'était compréhensible, j'avais huit ans de plus qu'elle. Mais j'ai insisté. Je suis resté une semaine à l'hôtel pour essayer de la séduire. J'ai même repoussé la date de mon départ.

« Et puis, finalement, il a bien fallu que je me décide à partir. Le jour où j'ai renoncé et où j'ai fait ma valise, elle m'a pris par la main et m'a emmené dans la soupente où elle vivait. Elle s'était décidée à me présenter sa fille.

« Le père d'Eleanor était mort depuis trois ans. Ce n'était pas une famille riche, mais elle était tout de même respectée. La cérémonie avait eu lieu à l'église catholique, et le curé les avait soutenues, sa mère et elle. À l'époque, elle avait donc treize ans. Ce curé a séjourné quelques jours chez elles après l'enterrement. Et cet homme, cette ordure, l'a violée. Elle est tombée enceinte… Sa mère, en apprenant ce qui s'était passé, l'a traitée de putain et de menteuse, et l'a chassée. C'était encore une enfant, et pourtant, sa mère l'a mise dans un train pour la Californie, sans un sou, enceinte, sans point de chute. Eleanor a trouvé un emploi dans l'hôtel dont jc te parlais, a accouché seule, et a caché cette naissance en faisant de son mieux pour s'occuper du bébé.

Il jeta un regard à Leonora et poursuivit gravement :

— L'enfant… Elizabeth… était très handicapée, mentalement et physiquement. J'ai épousé Eleanor Granby une semaine plus tard. Je lui ai promis de toujours m'occuper d'elle et de la protéger. Et j'ai tenu ma promesse, ajouta-t-il avec un grand soupir.

« Je me suis vite mis à gagner pas mal d'argent. Nous avons voyagé. Une fois mes usines achetées, nous avons décidé de nous installer à Pittsburg. C'est à notre arrivée dans cette ville qu'elle a voulu éloigner sa fille. Eleanor vivait dans la crainte permanente que quelqu'un ne découvre l'existence de cette enfant. Elle ne voulait à aucun prix que son passé soit découvert. Cela la terrorisait. Elle avait une peur panique que je la quitte. L'idée de se retrouver seule, dans la misère des premières années, lui était insupportable. Elle a envoyé Elizabeth aussi loin que possible, à Sydney. La clinique était excellente, tu sais. Nous n'avons pas lésiné. Les médecins et les infirmières se sont occupés de la petite beaucoup mieux que nous n'aurions pu le faire nous-mêmes.

Il se tut, pensif, puis reprit :

— Et pourtant, Eleanor a très mal vécu cette séparation. Le jour où elle a mis son enfant dans le bateau, quelque chose s'est brisé en elle. Elle s'est mise à souffrir d'affreuses crises de panique. Elle parlait de l'Australie à tout bout de champ, et s'est inventé une sœur et une nièce exilées là-bas pour expliquer sa tristesse et son intérêt pour ce pays. Et puis, Elizabeth est morte. J'ai cru que mon Eleanor ne s'en remettrait jamais. Elle n'en parlait pas, mais avait le regard vide. Elle était absente. Mais, un jour, tout a changé. Le jour où elle t'a vue pour la première fois, Leonora.

Les larmes aux yeux, la jeune femme tremblait. Elle aurait voulu ne pas revenir sur sa propre histoire, mais il continua. Alors, elle plaqua les mains sur ses oreilles, sans pour autant parvenir à étouffer la voix de son oncle.

— Elle t'aimait, Leonora ! Écoute-moi, ajouta-t-il en haussant le ton pour se faire entendre. Tu ne l'as pas connue comme moi je l'ai connue. Je l'ai vue se transformer lorsque tu es arrivée dans nos vies. Elle s'est adoucie. J'ai vu combien cela lui faisait du bien de t'imaginer heureuse, menant cette belle vie de famille, sans aucun problème d'argent. Tous les soirs, elle embrassait ta photo avant de s'endormir. Tu étais tout pour elle.

— Comment pouvez-vous dire cela ? s'indigna Leonora en retirant les mains de ses oreilles. Vous savez très bien comment elle me traitait ! Moi qui faisais tout pour lui plaire… Je m'en rendais malade, mais elle n'était jamais contente. Je n'avais pas d'amis, et elle me submergeait de devoirs. Je devais surveiller chacune de mes paroles. Et elle, elle me critiquait, elle me blessait sans arrêt par ses moqueries.

L'évocation de cette période la faisait étouffer.

— Je n'étais qu'une enfant ! Moi, je l'aimais, et je voulais qu'elle m'aime, mais tout ce qu'elle me donnait en retour, c'étaient des menaces. « Si tu continues, Leonora, je vais partir. Tu vas te retrouver toute seule. » Cela me faisait tellement peur et tellement mal !

Owen hocha tristement la tête.

— Sans doute. Elle était dure avec toi. J'imagine que j'aurais dû mieux te défendre.

Leonora eut envie de hurler. Bien sûr ! Pourquoi n'intervenait-il jamais ?

— Vois-tu, ma petite, Eleanor croyait te protéger. Quand elle t'a vue à l'orphelinat, quand elle a vu l'affection que ce prêtre te portait, le traumatisme de sa jeunesse est remonté à la surface. Elle a retrouvé l'angoisse, le désespoir, la terreur qu'elle éprouvait lors des viols.

— Mais le père McIntyre ne m'a rien fait ! C'était un homme bon ! s'exclama Leonora, horrifiée. C'est le seul adulte qui se soit vraiment préoccupé de mon bonheur.

— Je ne l'accuse pas, bien sûr ! Mais Eleanor se méfiait de tous les prêtres par principe. Dans son esprit, elle te sauvait. Elle t'a tout de suite envoyé une institutrice pour te protéger. Ce n'était pas logique : c'était la peur qui s'exprimait. Quand elle te menaçait, elle ne le faisait que pour ton bien. Elle ne savait pas montrer son amour autrement.

Il lui posa les mains sur les épaules et la regarda intensément, comme pour mieux la persuader.

— C'est pour cette raison qu'elle a tellement tenu à ce que tu épouses Alex. Je crois qu'elle savait depuis longtemps qu'elle était malade. Elle ne voulait pas partir en te laissant sans protection. Et pourtant, même ton mariage ne l'a pas rassurée. C'est pourquoi elle a voulu te léguer ce bien : il fallait que tu aies quelque chose qui t'appartienne totalement, et que personne ne puisse t'enlever.

— Elle m'a fait tellement de mal…

— Je sais. Je te demande pardon, Leonora. On ne peut pas revenir sur le passé, mais j'espère que ce que je viens de t'expliquer pourra un peu te réconforter.

Il se leva alors pour rejoindre la voiture, mais Leonora le laissa prendre un peu d'avance pour retourner un instant devant le tombeau. Elle avait très froid, et ses larmes coulaient toutes seules. La pierre était déjà gravée : *Eleanor G. Fairfield*. Le granit, gris et dur, lui fit penser à cette femme qu'elle commençait seulement à comprendre. Ce regard intransigeant avait caché de la peur. Cet acharnement à la faire obéir n'avait été dicté que par des angoisses maternelles. Eleanor avait cru l'arracher à un sort pire que la mort et n'avait pas mesuré le mal qu'elle faisait en croyant la défendre.

61

Un matin, trois mois après le départ de Leonora, la Ford refit enfin son apparition à Wanjarri Downs.

C'était, de mémoire d'homme, l'un des mois de janvier les plus chauds. Les mouches étaient sans pitié. Tom, qui les chassait énergiquement de la main, attendait l'arrivée de la voiture, qui s'était annoncée par un nuage de poussière. James, immobile, ne faisait plus attention à rien d'autre. Il ne la quitta pas un instant des yeux, jusqu'à son arrêt devant la maison. Tom voulut le retenir, mais il se dégagea pour approcher. Alex descendit le premier. En voyant sa bonne mine et son air satisfait, James eut une bouffée de rage difficile à contenir. *S'il l'a touchée, il le regrettera...*

Tom vint à la rescousse pour l'empêcher de se trahir. Il se chargea de l'accueil d'Alex, tout en surveillant son ami du coin de l'œil.

— Alors, c'était beau, l'Amérique ? James va décharger vos bagages, ajouta-t-il en l'entraînant un peu plus loin. Comment s'est passée la traversée ?

Leonora descendit à son tour de voiture. James sentit son cœur bondir dans sa poitrine. Ses lèvres roses, sa peau fine, ses cheveux soyeux… Elle était enfin là ! La torture de l'attente prenait fin. Il mourait d'envie de l'embrasser, de la toucher. Il avança vers elle, mais elle fit non de la tête pour l'avertir d'être prudent, puis ses lèvres formèrent les mots : *Plus tard.*

Il jeta un coup d'œil en arrière. Aux côtés de Tom, Alex avait le dos tourné. Alors, sans quitter Leonora des yeux, il se pencha pour attraper les bagages, la frôlant au passage. Ce fut assez pour retrouver son parfum et lui donner la force d'attendre.

— Leonora, tu viens ? cria Alex. Je meurs de faim.

Leonora, qui avait beaucoup souffert du mal de mer, croyait encore sentir les vagues sous ses pieds. Le long trajet en voiture n'avait fait qu'aggraver sa nausée. Elle se couchait tôt et se levait tard, réussissait à dormir, mais restait épuisée. Et bien sûr, elle savait… Quelle joie cela avait été, mais aussi quelle frayeur, quand elle avait compris que cette fatigue et ses malaises n'étaient causés ni par le bateau ni par la voiture…

Assise face à Alex à la table du petit-déjeuner, elle tâchait d'éviter de regarder la nourriture, dont la vue lui retournait l'estomac. Son mari feuilletait un journal, parlant du marché du métal, du prix de la main-d'œuvre, du cours de la Bourse, bref, de sujets ennuyeux qui ne détournaient pas son esprit de son écœurement. Une nausée l'obligea à se couvrir la bouche avec la main.

Alex baissa son journal.

— Qu'est-ce qui t'arrive ?

— Je ne me sens pas bien.

Un nouveau haut-le-cœur l'obligea à se sauver.

Elle revint quelques minutes plus tard, blanche comme un linge, les mains tremblantes. Sur la table, son assiette d'œufs brouillés la dégoûtait tant qu'elle dut la recouvrir d'une serviette. C'est alors que Meredith entra pour resservir du thé.

— Tu te sens mieux ? demanda Alex, la bouche pleine.

— Oui…

— Toutes mes félicitations ! intervint Meredith. C'est bien ce qu'on dit dans ces cas-là, non ?

Leonora se sentit défaillir.

— Toutes vos félicitations… À quel sujet ? demanda Alex.

— Au sujet de l'heureux événement, pardi ! Ma mère a eu douze gamins, alors on ne me la fait pas ! Je vois bien que Mme Harrington est enceinte !

Elle adressa un clin d'œil à Leonora, et sortit de la pièce sans se douter de la catastrophe qu'elle venait de déclencher.

La peur était entrée dans la pièce. Leonora posa une main protectrice sur son ventre.

Alex s'était immobilisé, fourchette à la main. Il avait l'air heureux.

— C'est vrai ? murmura-t-il.

— Je ne sais pas…

Alex se leva et vint s'agenouiller devant elle. Il lui prit la main, les yeux brillants. Il était terrible de le voir se réjouir de cette belle chose qui ne lui appartenait pas.

— Nous allons avoir un enfant ?

Leonora attendait, yeux baissés, que le couperet tombe. Combien faudrait-il de temps à Alex pour comprendre ? Il ne servait à rien de mentir : son ventre allait bientôt s'arrondir. Il n'avait qu'à compter les mois passés sans la toucher pour réaliser que cet enfant ne pouvait pas être de lui.

Il dut faire le calcul, car elle le vit se raidir. Elle posa sur lui des yeux embués et rencontra un regard noir. La joie s'était muée en haine.

— De qui est-il ? gronda-t-il.

— Je ne sais pas.

La main d'Alex se crispa sur la sienne, la comprimant avec une force incroyable. Il répéta en criant :

— De qui est-il ?

Elle poussa un gémissement et essaya de s'arracher à sa poigne de fer, mais sans succès. Il planta ses ongles dans sa chair.

— Je ne sais pas ! répéta-t-elle.

Alors Alex lui asséna une gifle si violente qu'elle faillit tomber. Elle posa la main sur sa joue et sentit un goût de sang lui envahir la bouche.

— Alex, arrête, s'il te plaît.

Laissant libre cours à sa fureur, il l'attrapa par les épaules et la secoua comme un chien secoue un lapin pour lui briser la nuque.

— Dis-moi qui est ce salaud, ou je ne réponds plus de rien !

— Un médecin de l'hôpital ! cria Leonora. Le Dr Edwards !

Alex la lâcha d'un coup, comme s'il venait de toucher du poison.

— Cela s'est passé après l'enterrement, ajouta-t-elle. Pendant que tu étais à l'usine. Je te demande pardon.

Il ne dit plus rien, mais ses yeux noirs roulaient de gauche à droite, comme ceux d'un fou.

— Le Dr Edwards est mort pendant la guerre !

Leonora eut si peur qu'elle poussa un cri. Elle recula, mais Alex se jeta sur elle, la saisit par les cheveux et la propulsa contre le mur. Le miroir se décrocha et tomba en explosant en mille morceaux.

Meredith, alertée par le bruit, accourut.

— Qu'est-ce qui se passe ?

Sans prêter attention à la cuisinière, Alex attrapa Leonora par la gorge.

— Sale menteuse ! Putain !

— Arrêtez ! cria Meredith en voyant qu'il l'étranglait.

Elle se précipita pour essayer de lui faire lâcher prise, mais il l'écarta d'un coup au visage qui l'envoya à terre. Elle s'éloigna en rampant et ne se releva qu'en arrivant à la porte.

James effectuait des exercices de dressage dans le corral, guidant l'étalon avec une longe, quand il entendit des hurlements. Il se figea, puis sauta par-dessus la barrière et se précipita vers la source des cris.

Il vit Meredith sortir de la maison en courant, comme une grosse poule affolée.

— Au secours ! Vite, vite, c'est Mme Harrington ! Monsieur est en train de l'assassiner !

James se rua à l'intérieur. Les cris d'Alex, ainsi que des coups sourds le menèrent jusque dans la salle à manger.

En passant la porte, il vit qu'Alex cognait la tête de Leo contre le mur en l'invectivant.

— Lâchez-la !

Il se jeta sur Alex, l'attrapa par la chemise et le projeta violemment par terre. Libérée, Leonora s'effondra le long du mur.

— Leo !

Il se précipita pour la prendre dans ses bras et l'embrassa sur le front.

— Leo, Leo, tu m'entends ?

— Ah ! Alors, c'est toi ! hurla Alex en se relevant.

James leva la tête juste à temps pour voir Alex brandir le poing. Il bloqua le coup et répondit par un direct au menton. Alex tituba en arrière, mais James n'en avait pas fini. Aveuglé par la fureur, il l'empoigna par le col d'une main et le frappa de l'autre, s'acharnant jusqu'à ce qu'Alex s'effondre. Il regarda sa main. Elle était rouge de sang. Il prit alors conscience de sa force et de ce qu'il avait fait. Alex gisait à ses pieds, sans connaissance.

James le laissa et courut secourir Leonora. Les lèvres ensanglantées, le visage contusionné, elle s'était évanouie. Il essayait de la ranimer quand Tom arriva. D'un seul coup d'œil, ce dernier comprit ce qui venait de se passer.

— Le salaud !

— Va chercher le médecin ! Et le shérif !

Leonora entrouvrit les yeux et tourna son regard vers James, mais sans sembler le voir. Il lui embrassa les cheveux et pressa son front contre le sien.

— C'est bien, c'est bien, réveille-toi !

Elle porta la main à sa tête, puis vit Alex à terre.

— Tu l'as tué ?

— Non, il n'est pas mort. Que s'est-il passé, Leo ?

— Je suis enceinte.

James éprouva un choc, croyant que l'enfant était d'Alex.

— C'est toi le père, James, dit-elle en lui prenant la main. Depuis le jour où tu m'as embrassée, je ne l'ai plus jamais laissé me toucher. Je te le jure.

Son soulagement fut immense. Il posa la main sur le ventre de Leonora et sourit, ému, mais seulement un instant : l'urgence était de la mettre en sécurité.

— Viens, on s'en va.

— Mais, James…

— Tu ne peux pas rester. Tom est allé chercher le shérif et le docteur, mais dès qu'ils seront là nous partirons.

Soudain, la jeune femme se plia en deux, les mains appuyées sur le ventre, le visage crispé par la douleur.

— Qu'est-ce qu'il y a ? s'écria James.

La respiration coupée, elle ne parvint pas à répondre. James l'aida à se relever, puis la prit dans ses bras.

— Je te monte dans ta chambre.

La voyant si pâle, il pensa à Tess, et eut très peur. Une fois allongée sur le lit, Leonora se tourna face au mur, tâchant d'apprivoiser la douleur en posant les mains sur son ventre.

James lui toucha l'épaule, mais, voyant qu'elle ne réagissait pas, retira sa main.

— Je vais te faire du thé…

Malgré l'absence de réponse, il se résolut à la laisser quelques minutes. Très inquiet, il descendit vite. Dans la salle à manger, Alex était toujours inconscient.

James s'arrêta à côté de lui. Il avait le visage marbré de sang séché, les narines noires et bouchées. Sa chemise, d'ordinaire toujours si blanche, était déchirée, tachée de traces de doigts couleur de rouille. James se pencha sur lui.

— Je devrais te tuer, salopard…

Un rayon de soleil fit luire un objet métallique sous la veste d'Alex. C'était son revolver. James le prit et se redressa en passant la main sur le canon froid et lisse. Il eut l'impression de le sentir vibrer. Il empoigna la crosse, et son index alla se loger sur la gâchette. Il pointa l'arme sur Alex. Son bras n'était plus que le prolongement de cet engin de mort. Au bout de quelques secondes, il laissa retomber son bras, ne tenant plus l'arme que par le bout des doigts, comme si elle n'existait plus. Il tourna le dos à l'homme évanoui, et, en arrivant dans la cuisine, se débarrassa du revolver en le mettant dans la poubelle.

Songeant avec inquiétude aux douleurs de Leonora, il prit la bouilloire et la plaça sous le robinet. Une fois qu'elle fut pleine, il la posa brutalement sur la cuisinière, les mains si crispées que les coupures sur ses phalanges se rouvrirent, et que du sang perla. Il alluma le gaz. Les flammes bleutées montèrent sous le fond noirci de la grosse bouilloire.

Pendant que l'eau chauffait, il ouvrit la glacière et versa un peu de glace pilée dans un bol. Il y plongea le poing pour l'anesthésier, mais sans grand succès : la douleur était toujours présente. Son regard se posa sur le seau à ordures. Le revolver reposait sur un lit de coquilles d'œufs écrasées, de marc de café et de feuilles de salade flétries. Il poussa la poubelle jusque dans l'arrière-cuisine avec le pied, et referma la porte pour se débarrasser de ce désagréable voisinage.

La bouilloire trop pleine déborda, puis siffla avec impatience. James éteignit le gaz. Une ombre couvrit alors la sienne. Il sentit comme un courant d'air derrière lui. Un choc violent derrière le crâne le fit tomber à genoux. La bouilloire gémit avant de se taire. Un deuxième coup dans le dos le fit s'écrouler, et sa tête alla lourdement heurter le carrelage.

Leonora fut réveillée par un spasme douloureux comme un coup de poignard. Elle s'était endormie, et James ne lui avait pas monté son thé. La douleur, de plus en plus violente, lui fit replier les jambes sur son ventre. Elle eut l'impression que tout se tordait dans son ventre, puis la contraction se relâcha, et elle put de nouveau respirer. Elle était épuisée, mais voulait se lever pour rejoindre James. Rien à faire, elle n'arrivait pas à quitter son lit. Tenaillée par une soif intense, inquiète, elle s'agaçait du bruit de la pendule qui marquait bruyamment les secondes dans la chambre silencieuse.

Elle ferma les yeux, l'esprit embrumé. Il lui sembla alors mieux entendre un son qui perçait derrière le tic-tac entêtant. Cela venait du dehors. Des cris, ou un hennissement lointain. Un rire… Une voix… Celle d'Alex.

Cette fois, elle réussit à se lever, mais dut se retenir au lit, arrêtée par un vertige. Une très violente contraction lui coupa la respiration. Elle parvint pourtant à se traîner jusqu'à l'escalier, et s'accrocha des deux mains à la rampe. Une sensation désagréable l'immobilisa une nouvelle fois. Un liquide chaud coulait à l'intérieur de ses cuisses. Un cri lui échappa.

Des chocs sourds et répétés venant de l'extérieur lui firent reprendre sa descente. Au prix d'un énorme effort, elle atteignit la porte. Une fois sur la véranda, les rayons du soleil l'aveuglèrent, si bien qu'elle ne comprit pas tout de suite ce qui se passait.

Alex était là, devant Beecher et Russell, qui tenaient entre eux un homme courbé en deux. En voyant Leonora, les deux cow-boys, gênés, lâchèrent l'homme, qui tomba à terre, inconscient. Alex recula en essuyant un saignement de nez avec le dos de sa main meurtrie par les coups donnés. Il avait l'air très satisfait. Saluant sa femme d'une courbette ironique, il désigna sa victime.

— Ton prince charmant !

Lorsque Beecher et Russell s'écartèrent, révélant la forme inerte de James, il eut de nouveau ce rire mauvais qu'elle avait entendu au loin.

Leonora poussa un cri et voulut courir vers James, mais un spasme de douleur l'arrêta.

La satisfaction s'effaça du visage d'Alex.

— Tu saignes !

La jeune femme baissa les yeux et vit une flaque de sang à ses pieds. L'angoisse et la douleur eurent raison d'elle. Elle s'évanouit.

Sur la route, un véhicule arrivait, s'annonçant à coups de klaxon rapides et répétés. Beecher et Russell s'enfuirent sans demander leur reste. C'était la fourgonnette du shérif. Tom en sauta avant même qu'elle ne se soit arrêtée, et comprit instantanément.

— Espèce de salaud ! cria-t-il en se jetant sur Alex.

Les deux hommes tombèrent à terre en échangeant des coups.

Le shérif et son adjoint les séparèrent, mais Alex en profita encore pour asséner un dernier coup de poing à Tom, avant que le shérif ne le saisisse par la chemise.

— Ça suffit, maintenant !

Alex s'arracha à la main qui le retenait, le visage transpirant d'agressivité.

Tom, réduit à l'impuissance par l'adjoint, qui l'immobilisait à l'aide d'une brutale clé dans le dos, se tordait de rage.

— Lâchez-moi ! hurla-t-il.

Il se dégagea alors d'un coup de tête. L'adjoint porta la main à son nez, puis dégaina.

— Toi, je vais te faire la peau !

Le shérif lui fit baisser son arme d'une main posée sur le canon.

— Ça suffit, Murphy ! On se calme, bon Dieu ! Plus personne ne bouge, c'est compris ? Que se passe-t-il ici ?

Il s'accroupit près de James et le retourna sur le dos. Il avait le visage en sang.

— Qui a fait ça ? demanda-t-il à Alex.

— Ce petit salopard s'est servi dans mon coffre-fort.

Tom hurla :

— Espèce de menteur !

— Vous n'avez qu'à regarder dans ses poches, vous verrez.

Le shérif fouilla James et tira une liasse de billets de la poche de son pantalon. Il trouva aussi une montre en or gravée au nom d'Alex.

— C'est Harrington qui a mis tout ça ici pour l'accuser, s'indigna Tom.

Il voulut se jeter sur Alex qui le narguait avec un sourire narquois, mais l'adjoint le retenait toujours.

Une deuxième voiture arriva alors et s'arrêta dans un crissement de pneus. Meredith sortit du côté passager, rejointe presque aussitôt par le docteur, sa sacoche dans la main. Ce dernier se précipita vers James en maintenant son chapeau sur sa tête, et se baissa pour prendre son pouls.

Meredith poussa alors une exclamation effarée, attirant tous les regards sur elle : elle venait d'apercevoir Leonora, inerte, au pied de la véranda.

— Madame !

Leonora sentit qu'on l'examinait. Ouvrant les yeux, elle vit des visages inquiets penchés sur elle, déformés comme à travers le fond d'un bocal. Elle se souvint qu'elle avait saigné, car ses vêtements semblaient très lourds, et vit que Meredith avait les larmes aux yeux. Se redressant à moitié, elle aperçut le fourgon du shérif, Alex, Tom, et la forme inconsciente de James à terre.

Elle voulut l'appeler, mais ne parvint à pousser qu'un faible cri indistinct.

Le Dr Meade l'obligea à se rallonger.

— Ne vous agitez pas, madame.

Il la retenait d'une main, tandis qu'il ouvrait sa sacoche de l'autre.

— Immobilisez-la, ordonna-t-il à Meredith.

Leonora se débattit pour se libérer.

— Tom ! cria-t-elle. Tom !

Tom parvint alors à tromper la vigilance de l'adjoint, et accourut. Il devint blanc comme un linge lorsqu'il vit qu'elle baignait dans son sang.

— James est mort ? interrogea-t-elle dans un gémissement.

— Non, il n'est pas mort, lui assura Tom en lui prenant la main.

Le médecin sortit une seringue.

— Non ! cria-t-elle. Je ne veux pas.

— Vous avez besoin de repos.

— Mais, mon bébé…

— Il n'y a plus de bébé.

L'aiguille pénétra dans le muscle. Son bras devint lourd comme du plomb, puis l'engourdissement se propagea aux épaules. Elle se raccrocha à Tom.

— Il ne faut pas laisser James seul avec eux ! supplia-t-elle. Ne l'abandonnez pas !

Tom jeta un coup d'œil à Meredith.

— Restez avec James, approuva-t-ellc. Moi, je vais veillcr sur cette pauvre petite. Je ne laisserai personne la toucher, et surtout pas M. Harrington.

Après cela, la vue de Leonora se brouilla. Elle oublia Tom, Meredith, le médecin et ses piqûres. James restait au cœur de ses préoccupations, mais sa tête était trop lourde pour se soulever, et ses paupières se fermaient toutes seules. Et puis, tout devint noir.

En reprenant conscience, la tête ballotant sur le dossier d'une banquette dure, James comprit qu'il était dans une voiture, secoué par des cahots qui lui causaient de terribles douleurs dans le thorax. Il poussa un gémissement et essaya d'ouvrir les yeux, mais ne put soulever qu'une seule paupière de quelques millimètres.

— Ça va, mon vieux ? demanda Tom à voix basse.

James se pencha en avant et eut l'impression que des aiguilles chauffées à blanc lui rentraient dans les poumons. Il poussa un cri de douleur.

— Tu as des côtes cassées ? demanda Tom.

Il devait en effet avoir plusieurs fractures. Le moindre mouvement était une torture. Il entrouvrit de nouveau son œil valide. Tom était assis à côté de lui, à l'arrière, et deux hommes occupaient l'avant, la nuque trempée de sueur.

— Qu'est-ce qui se passe ?

— Le shérif nous a embarqués. Il nous emmène au poste.

— Mais, pourquoi ?

Et puis, soudain, il se souvint.
— Leo, où est Leo ?
L'adjoint regarda dans le rétroviseur, les mains sur le volant. Le shérif se tourna vers l'arrière, un bras étendu sur le dossier.
— Tiens-toi tranquille, James.
— Où est Leo ?
— Elle a perdu l'enfant, murmura Tom sans oser le regarder en face.
Le choc fut si douloureux que James en oublia ses autres maux, qui n'étaient que physiques.
— Et elle ? Comment va-t-elle ?
— Le docteur va la soigner et la laisser à la garde de Meredith.
Oui, mais Alex, où était Alex ? Il ne fallait à aucun prix la laisser avec cet homme !
James agrippa l'épaule du shérif.
— Il faut que j'y retourne !
— Du calme.
L'adjoint porta la main à son arme, son regard assassin se reflétant dans le rétroviseur.
— Laisse ton flingue tranquille, Murphy ! ordonna le shérif. Tu es bien nerveux, aujourd'hui !
L'officier de police se tourna de nouveau vers James. C'était un homme solide et calme, au teint bruni par le soleil.
— L'argent qu'on a retrouvé sur toi, je sais que tu ne l'as pas pris.
— Quel argent ?
— Alex t'a mis de l'argent dans les poches, cet enfoiré, expliqua Tom. Il prétend que tu l'as volé.
— Mais quand a-t-il fait ça ? demanda James, les idées confuses.

— Après t'avoir assommé, quand je n'étais plus là.

Il y eut un silence, que rompit le shérif.

— Non, cette histoire d'argent, je n'y crois pas. Pour moi, il est clair que vous vous disputiez à cause de sa femme. D'ailleurs, si tu as couché avec elle, je ne le blâme pas de t'avoir flanqué une bonne raclée.

— Putain, oui ! grogna Murphy. Moi, je t'aurais fait la peau !

Le shérif lui jeta un regard surpris.

— C'est le zèle du débutant, commenta-t-il avec un sourire indulgent. Murphy vient à peine de recevoir son badge. Ce n'est pas une raison pour devenir méchant, ajouta-t-il à l'intention de son adjoint.

Ce dernier ne répondit pas, mais ses mains se crispèrent sur le volant.

— Moi, reprit le shérif, toujours tourné vers l'arrière, ça ne me regarde pas, les histoires de coucheries. Je n'arrête que les vrais criminels.

— Alex a essayé d'étrangler Leonora, intervint Tom.

— Une dispute domestique, ça n'a rien d'original. On n'a pas à s'en mêler. Je n'aime pas les hommes qui battent leur femme, mais ce sont des choses qui arrivent.

Cette remarque lui valut des regards indignés qui le firent rire.

— Je sais ce que vous imaginez, ajouta-t-il dans un sourire. Vous croyez qu'Alex me paie pour m'avoir dans sa poche. Ce ne serait pas impossible, vu qu'il a toute la police de Coolgardie à sa solde. Alex, je le connais bien, vous savez. C'est un vrai con. Je sais que vous n'avez rien volé du tout, mais j'ai préféré vous tirer de là avant qu'il ne vous descende tous les deux.

Le soulagement de Tom fut visible. Le shérif poursuivit d'un ton bonhomme :

— Nous allons vous emmener au poste de Gwalia. On soignera James, et on démêlera toute cette histoire. Ne vous inquiétez pas. Vous êtes de bons gars.

— C'est pas tout ça, lança soudain Murphy, mais j'ai besoin de pisser.

— Tu n'as qu'à t'arrêter là, dit le shérif en désignant le bas-côté.

La route était bordée de collines caillouteuses. Les racines de mulgas sillonnaient les rochers, se faufilant dans les fentes de la pierre comme des veines. Des corbeaux, si noirs que leurs plumes semblaient indigo sous l'implacable soleil, étaient perchés sur les branches de quelques vieux eucalyptus s'élevant dans le ciel. L'air brûlant et poussiéreux se remplit du vrombissement des mouches, attirées par la voiture à l'arrêt. Murphy descendit et se dirigea lentement vers la paroi rocheuse. Le shérif leva la tête pour regarder le ciel à travers le toit en partie ouvert.

— Sale journée ! commenta-t-il. Vous venez d'où, les gars ?

— On vivait près de Southern Cross, autrefois. On faisait du blé, là-bas.

Le shérif se tourna vers eux avec intérêt.

— Tiens ? C'est de là que vient la femme de Murphy ! Une mignonne petite. Elle vient d'avoir un bébé. Comment s'appelle-t-elle, déjà… Abby ! Non… Ashley !

Tom sursauta. Les corbeaux étendirent leurs ailes et s'envolèrent dans une cacophonie de croassements. Il y eut alors un bruit de tonnerre. La tête du shérif tomba vers l'avant. L'arrière de son crâne avait explosé.

Le coup de feu suivant toucha James à l'épaule et le projeta contre la portière, qui s'ouvrit sous son poids. Il s'effondra sur la route.

— James !

Tom glissa sur le siège pour l'atteindre, évitant une balle qui siffla près de sa tête.

Le bruit des détonations était amplifié par les parois rocheuses, qui renvoyaient l'écho. Murphy avançait lentement, le bras tendu, déterminé et méthodique.

— Je sais que c'est toi ! hurla-t-il. Elle me l'a dit !

Tom sortit de la voiture et se plaça devant James pour le protéger.

— Tu l'as violée, et puis tu lui as donné de l'argent pour qu'elle se taise.

— Ça ne s'est pas passé comme ça, protesta Tom en levant les mains en l'air.

Le bras de Murphy tremblait de colère.

— Dès que j'ai vu la couleur des cheveux de ce gamin, j'ai su qu'il n'était pas de moi ! Tu as pris ma femme de force, espèce de salopard !

Tom laissa retomber ses bras. Il savait que Murphy ne le croirait pas. Il eut juste le temps de jeter un coup d'œil à James, parfaitement conscient de ce qui allait se passer.

— Je jure devant Dieu que je n'ai pas…

Les tirs se succédèrent, rapides et assourdissants.

Un, deux, trois, quatre.

Tom s'effondra à côté de James. Son regard était vide et immobile.

— Tom !

Poussant un hurlement, James se redressa et se jeta sur Murphy. Le revolver se tourna vers lui. Le trou noir du canon fumait encore. De nouveaux coups de feu trouèrent le silence du bush, et les balles atteignirent leur cible.

Le canapé sous le dos de Leonora était ferme. Un coussin lui soutenait la tête. Elle ne sentait plus son corps. Ses paupières étaient si lourdes qu'elle eut du mal à les ouvrir. Elle se trouvait dans une pièce sombre. Une lampe à pétrole brûlait sur la table, le verre auréolé d'une lumière diffuse. Il n'y avait en elle aucune pensée, mais seulement une étrange sensation de malaise.

Des pas firent craquer le plancher. Une silhouette se plaça devant la lampe, lui cachant la lumière. Elle vit un pantalon noir. Une main d'homme agita un télégramme devant elle, comme pour l'éventer. La main lâcha la feuille, qui tomba sur elle en voletant. Leonora entendit alors la voix d'Alex prononcer des mots incompréhensibles :

— Ton amant est mort.

62

Ghan se plaqua contre la paroi rocheuse et se laissa glisser à terre, assourdi, les coups de feu résonnant dans sa tête. Du sable se détacha d'entre les pierres et tomba dans son col. Ses lèvres sèches se mirent à trembler.

Il y eut une nouvelle détonation. Ghan se tassa sur lui-même, tâchant de se faire tout petit. Une autre retentit, suivie de plusieurs autres qui le secouèrent comme s'il recevait les balles en plein corps. Après cela, un lourd silence se fit. Il tâcha de deviner ce qui se passait en tendant l'oreille, mais n'entendit rien, jusqu'à ce que monte le bruit d'un moteur et d'une voiture qui s'éloignait. Ghan resta immobile, recroquevillé dans sa cachette entre les rochers, le sang martelant ses tempes, guettant le moindre bruit. Il ne voulait pas relever la tête, ne voulait pas voir ce qui était arrivé.

Pourtant, il fallait bien se résoudre à bouger. Il ferma les yeux et se redressa lentement, s'accrochant au rocher. Puis, prudemment, il rouvrit les paupières, et eut un haut-le-cœur. Trois hommes gisaient à terre. C'était un massacre.

Il scruta la route, à droite, à gauche. L'assassin

pouvait revenir. C'était même peut-être une bande… Rassemblant son courage, il se mit à découvert. Il traversa la route de terre battue aussi vite que le lui permettait sa jambe de bois, laissant les empreintes rondes de son pilon dans la poussière.

Il était trempé de sueur, sa barbe le démangeait. Il approcha des corps. Le premier était couché sur le ventre, un grand trou à l'arrière de la tête, les vêtements ensanglantés jusqu'au milieu des jambes. Ghan vomit si soudainement qu'il s'en mit plein les bottes. Il eut encore une nausée et recula, mais l'odeur de sang le suivit.

Les mouches s'agglutinaient déjà. Elles se posaient par dizaines sur le crâne fracassé. L'ombre noire des corbeaux s'allongeait sur les corps. D'ici à une heure, il ne resterait que des os. D'abord les mouches, puis les corbeaux et les buses, et enfin les dingos, qui, attirés par l'odeur de la mort, viendraient terminer le travail en se disputant les restes.

Il fallait les enterrer, mais Ghan n'aimait vraiment pas cette idée. Il était trop vieux pour creuser trois tombes. Il n'aurait même pas la force d'en creuser une seule. Il jeta un coup d'œil au soleil. Il crèverait d'une insolation avant d'avoir terminé, c'était certain. Pourquoi offrir un corps supplémentaire aux charognards ? Les corbeaux l'observaient, attendant leur heure. Les mouches étaient là par centaines. Il ne pouvait quand même pas abandonner ces malheureux… Il pensa au poids de la pelle. Ils étaient morts, ils s'en foutaient pas mal ! Enterrés ou pas, il ne resterait bientôt plus rien d'eux. Inutile de s'esquinter pour rien.

Ghan chassa une mouche, maudit les corbeaux, puis retourna en boitant à sa tente pour récupérer une pelle.

63

Qui sait, peut-être était-elle morte, elle aussi…

Peut-être était-elle morte depuis toujours…

Peut-être n'avait-elle jamais connu que cet univers de ténèbres.

Peut-être avait-elle cessé de vivre en même temps que l'enfant qui avait commencé à grandir en son sein et qui n'avait jamais connu la lumière, ni les baisers de sa mère, ni ceux de son père. Peut-être était-elle morte dans le désert, il y a bien longtemps, et peut-être que la vie qu'elle croyait avoir vécue n'était en réalité qu'un long songe, sur le point de s'achever.

C'était le matin, mais elle ne comprenait pas ce que ce soleil qui montait au-dessus des arbres venait faire dans la nuit qui était la sienne. Meredith, silencieuse, débarrassait les tasses de thé que Leonora laissait pleines sur le plateau, et les remplaçait par d'autres, chaudes, qu'elle ne touchait pas davantage. On ne peut pas trop en demander à une morte…

— Est-ce que c'est vrai ? questionna-t-elle d'une voix éteinte.

Meredith baissa les yeux en hochant la tête.

— Où est Tom ? demanda encore Leonora.

— Vous ne le savez pas ?

Engourdie par les sédatifs, la jeune femme posa un regard vide sur Meredith.

— Tom est mort, lui aussi, dit enfin la cuisinière.

Leonora sentit son cœur s'affoler. Meredith sortit de la pièce, la laissant là, à attendre que son cœur se calme, puis s'arrête.

Meredith revint plus tard avec un bol de soupe, lui aussi condamné à refroidir sur le plateau.

Une silhouette faisait les cent pas devant le canapé, allait et venait, passait devant elle, s'éloignait et revenait et, enfin, s'immobilisa.

— Ce n'est pas moi qui ai fait ça, Leonora, dit Alex en se plaçant devant elle.

Elle lui trouva une voix lointaine et creuse qu'elle n'était même pas sûre d'entendre.

— Mais dis quelque chose, bon sang ! s'écria-t-il.

Dans son univers froid et sombre, il n'y avait pas de paroles, pas d'air. Pourtant, elle respirait, mais à peine, sans le vouloir. Elle attendait que cela cesse, de même qu'elle espérait que s'arrête ce cœur qui s'entêtait à battre. La douleur dans son ventre lui semblait comme assourdie, attachée à un corps obstiné qui refusait de rendre l'âme.

— Je n'en peux plus, s'emporta Alex. Regarde-moi !

Le regard morne de Leonora se leva. Alex recula en se prenant la tête dans les mains, puis se remit à marcher de long en large, fuyant ce regard trop douloureux. Il s'arrêta devant la fenêtre ouverte, semblant chercher de l'air.

— Je veux que tu comprennes que ce n'est pas moi qui ai fait cela. J'aurais peut-être pu le faire, en tout cas je l'ai souhaité, mais ce n'est pas moi, je te le jure !

Elle sut qu'il disait la vérité. Non ! Non, elle ne voulait pas de cet état de conscience qui revenait, de cette respiration qui s'accélérait. Elle ne voulait pas quitter la vallée de la mort. Derrière l'engourdissement rôdait la douleur, prête à l'engloutir. Alors elle eut peur.

Alex revint vers elle, calme, pour une fois. Il ne lui mentait pas. Il s'agenouilla près d'elle et prit ses mains entre les siennes.

— Ce n'est pas moi, je te le jure. Je ne supporterais pas que tu me tiennes pour responsable. Tom et James ont attaqué le shérif, Leonora. Ils l'ont tué de sang-froid pour s'enfuir. L'adjoint n'a pas eu le choix : il a dû tirer. C'est ton petit James qui est responsable de tout. Moi, je n'ai rien fait.

En entendant le nom de James, elle ressentit une violente douleur au ventre. Elle poussa un cri. Alex se pencha sur elle, les lèvres tremblantes.

— Rien n'est perdu pour nous deux, Leonora. Maintenant que tu sais ce qu'il a fait, tu vas pouvoir l'oublier, et nous allons nous retrouver. Il n'est pas trop tard.

Une nausée la prit. Elle se couvrit la bouche, tandis qu'il insistait :

— Je me reproche beaucoup de choses. Jamais je n'aurais dû t'emmener en Australie. Tu n'es plus la même depuis que nous sommes là.

Il parlait trop, manipulait ses pensées.

— Tu n'es pas responsable de ce qui est arrivé, Leonora. Je t'ai trop souvent laissée seule. Je m'en rends compte aujourd'hui. Tu es une enfant. Tu as besoin d'être guidée, et je n'ai pas été assez présent.

Il la secoua un peu, comme pour la réveiller, mais elle ne voyait qu'un visage déformé, et rien n'avait plus de sens.

— Je te pardonne, ajouta-t-il, reprenant espoir. Ce n'était pas ta faute. Tu ne savais pas ce que tu faisais. Nous allons quitter l'Australie, partir nous installer en Californie. À l'avenir, je ferai plus attention à toi, ma chérie, je te le promets.

Elle le regardait parler : les dents blanches, la fine moustache qui épousait le mouvement des lèvres.

— Tu comprends ce que je te dis ? insista-t-il.

— Oui, répondit-elle d'une voix sans vie.

Il eut un sourire satisfait.

— Je ne te laisserai plus jamais t'éloigner de moi, tu le sais ?

— Oui.

Sa voix semblait sortir d'un long tunnel.

— Nous allons commencer une nouvelle vie, continua-t-il en lui pressant les mains.

Il la serra dans ses bras, et, ne rencontrant aucune résistance, fit pleuvoir une pluie de baisers sur son front, ses joues, ses yeux.

— Tu vas aller mieux, tu vas voir.

Elle ne réagit pas, retenant son désespoir, mais, une fois Alex parti, la souffrance revint par vagues, se succédant sans répit, punitives et monstrueuses. James était mort. Cette pensée la terrassait, et finit par ne rien laisser subsister d'autre en elle que la souffrance.

Les semaines, les mois passèrent sans que Leonora ne remonte du fond de ces eaux noires où elle avait sombré. Elle ne combattait pas la douleur : elle se laissait habiter par elle. C'était une partie de son corps, au même titre que sa peau, son sang.

Alex la surveillait. Elle ne pouvait pas passer d'une pièce à l'autre sans qu'il ne lui demande où elle allait. Il avait embauché un sous-directeur pour diriger la mine de Coolgardie, et avait prévu de diviser et de vendre Wanjarri Downs. Leonora ne le disait pas, mais elle avait décidé de ne jamais quitter l'Australie. C'était là qu'elle devait vivre, s'il fallait vivre, et là qu'elle mourrait.

— Où vas-tu ? lui demanda Alex depuis son bureau en l'entendant ouvrir la porte d'entrée.

— Je vais me promener.

— C'est bien, dit-il en retournant à ses papiers. Tu as besoin de prendre l'air.

Sous le soleil aveuglant, la poussière collait à la peau. Quelque chose l'attirait comme un aimant vers le pavillon des intendants, mais elle s'interdit d'y aller. Elle n'avait pas besoin de cela : James était partout. Toute à sa douleur, elle allait là où ses pas la portaient, sans désir et sans but.

Elle avançait, la respiration laborieuse, la peau asséchée par la chaleur, quand elle se rendit compte qu'il y avait moins de poussière. Le sol lui sembla plus compact, plus rouge. La sueur coulait le long de son nez. Une vague de chagrin particulièrement cruelle monta. Elle étouffait. Des sanglots montèrent dans sa poitrine, et ses pas se précipitèrent. Elle se mit à courir. Ses poumons se remplirent d'un air brûlant. Des larmes coulaient, mais s'évaporaient avant d'atteindre ses joues. Elle s'arrêta sous un eucalyptus solitaire, à bout de souffle, et s'effondra, repliée sur sa douleur, se sentant sombrer.

Et puis, soudain, elle comprit qu'elle n'avait pas couru en direction de cet arbre au hasard. Elle revivait la terreur d'autrefois. Les larmes qu'elle versait étaient celles de la petite fille abandonnée. Voilà pourquoi ses yeux se portaient sans cesse vers l'horizon, à la recherche d'une forme humaine qu'elle voulait à tout prix voir surgir du désert. Cette faille venue de l'enfance s'était rouverte, aussi menaçante et terrible qu'au premier jour.

Elle baissa les yeux sur ses mains qui se tordaient d'angoisse. Leur vue la rassura un peu. Il ne s'agissait pas de mains d'enfant, mais de mains d'adulte. Elle avait survécu à l'épreuve. Elle respira mieux. Tout ce qu'elle avait enduré jusqu'alors lui revint dans l'ombre maigre de cet eucalyptus si semblable à celui de son enfance : promise à une mort quasi certaine, exilée au-delà des mers, trop strictement élevée sous des cieux noirs de suie, maltraitée par un mari qui lui avait fait perdre son enfant, arrachée à l'amour de sa vie. Mais elle était encore là… Alors, durant un instant, dans le silence du bush, Leonora n'eut plus de peine. Elle se sentit simplement exister.

La solution lui vint comme une évidence, et elle s'étonna de ne pas y avoir pensé plus tôt.

Elle pouvait quitter Alex : elle avertirait les Aborigènes du danger, et elle leur proposerait d'aller s'installer dans le domaine que sa tante lui avait légué. Il n'y aurait aucune formalité : pour eux, la terre appartenait à ceux qui y vivaient. Les droits de fermage iraient à la mère de Tom, qui avait eu si peur, toute sa vie, de perdre son fils.

Elle se leva, sentant de nouvelles forces en elle. Elle vendrait ses bijoux, réunirait l'argent qui lui revenait, et partirait. De toute façon, même sans le sou, elle s'en irait.

Elle vit au loin le camp des Aborigènes, les toits de tôle nacrés sous les rayons du soleil. Elle remarqua que le ciel était bleu. Cela faisait bien longtemps qu'elle n'y avait pas prêté attention.

Des femmes faisaient leur lessive dans des bassines, derrière les huttes. En l'entendant approcher, elles levèrent des pupilles brunes, presque noires. Sans doute virent-elles sur son visage les marques du deuil. Elles savaient mieux que personne les ravages de la souffrance.

Des enfants jouaient à lancer un bâton à un chiot squelettique. Les hommes étaient aux champs, ou avec les bêtes. Les femmes reprirent leur tâche, et Leonora hésita, ne sachant pas comment les aborder. Une femme grande et mince accrochait une robe sur un fil de fer tiré entre deux arbres. Quand elle se tourna, Leonora vit que son ventre était rond comme un ballon : elle ne devait plus être très loin du terme de sa grossesse. Sans le vouloir, elle posa sa main sur son ventre, qui, lui, était creux.

Alors, la femme enceinte s'approcha d'elle. Elle prit sa main entre les siennes, durcies par le travail, et la plaça sur son ventre. Leonora sentit sous ses doigts la pulsation de cette nouvelle vie, et des larmes montèrent. Sans jalousie aucune, comprenant la valeur de ce don, elle se laissa envahir par la magie du moment.

— Merci, murmura-t-elle.

La femme la regarda fixement, puis un mot se forma sur ses lèvres :

— Vis…

Leonora sentit cette injonction entrer en elle, et la laissa faire son œuvre. *Vis... Vis...*

Quatre jours plus tard, alors que la maison dormait profondément, Leonora entendit des coups violents ébranler la porte d'entrée. Elle se redressa d'un coup. Le martèlement continuait. Alex, réveillé comme elle, s'était levé d'un bond et avait déjà son revolver en main.

— Reste là !

Leonora n'obéit pas et le suivit. Alex regarda par une fenêtre du bas, et poussa une exclamation de rage.

— Qu'est-ce qu'il fout là, cet imbécile ?

Il ouvrit violemment la porte, révélant un Aborigène affolé qui se tourna aussitôt vers Leonora.

— Le bébé ! Le bébé ! Le bébé ne sort pas !

Alex voulut empêcher sa femme de passer.

— Je t'avais dit de rester en haut !

Elle ne l'écouta pas et sortit pour parler à l'homme.

— Expliquez-moi ce qui ne va pas.

Alex s'interposa et repoussa l'Aborigène en criant :

— Tu n'as rien à faire ici !

— C'est le bébé, répéta l'homme, arrivant à garder un contact visuel avec Leonora. Alkira est en train d'accoucher, mais le bébé ne veut pas sortir !

Cet enfant, elle l'avait senti sous ses doigts ! Il fallait le sauver à tout prix !

— Attendez-moi, je m'habille et j'arrive !

Alex la retint par le bras.

— Je t'interdis d'aller là-bas.

— Cette femme a besoin de mon aide, Alex, dit-elle en s'arrachant à lui.

— Je m'en fous ! Tu restes !

— Tu veux vraiment avoir la mort d'un autre bébé sur la conscience ?

Alex baissa la tête.

— Eh bien, vas-y, si tu y tiens… À tes risques et périls !

Leonora courait aux côtés de l'homme aborigène, presque invisible dans la nuit. Elle terminait de boutonner son col d'une main, sacoche médicale dans l'autre, avançant en aveugle sous une lune si mince que le ciel se confondait presque avec la terre. Seule une ligne d'étoiles marquait l'horizon d'onyx. Il faisait frais. Des cris inquiétants d'oiseaux transperçaient le silence. L'Aborigène avançait vite, silencieux, tandis que Leonora, essoufflée, trébuchait presque à chaque pas.

Une fois arrivée au camp, elle s'arrêta. Il régnait un grand silence, mais, entre les huttes de tôle, rôdaient des ombres. Sans ces présences silencieuses, on aurait pu croire le campement vide. C'était une atmosphère curieusement morte, alors qu'elle s'était attendue à trouver des feux de camp, quelques lumières aux fenêtres. Elle frissonna et eut envie de repartir.

L'homme s'immobilisa et se tourna vers elle pour lui faire signe de continuer. Dominant sa peur, elle se remit en marche. Cette nuit inanimée, si dépourvue d'odeurs que l'air en paraissait plus froid, était très étrange. Elle serra sa sacoche contre elle et avança à pas lents entre les cahutes endormies.

L'homme la précéda dans la plus grande, une longue construction de tôle rectangulaire et affaissée, aux fenêtres sans vitres, simples trous percés dans la paroi. Elle entra dans l'espace obscur en tâtant le sol inégal du bout du pied. Il faisait si sombre qu'elle ne voyait plus l'homme qu'elle accompagnait.

— Où est Alkira ?

— Là-bas.

Elle sentit une main qui la poussait dans le dos, vers une porte située au fond. Elle perçut des formes, des respirations.

L'homme lui ouvrit. Elle recula, prise d'un urgent désir de fuir, mais on la projeta à l'intérieur, si brusquement qu'elle faillit tomber. La porte se referma derrière elle en claquant. Leonora se jeta en arrière, mais ne trouva aucune poignée pour rouvrir.

— Que se passe-t-il ? cria-t-elle.

Elle entendit un loquet se fermer. Prise de panique, elle chercha encore comment sortir, et trouva un piton métallique qu'elle essaya de tourner, puis qu'elle agita de toutes ses forces, en vain. Elle frappa avec le poing, tout en appelant à l'aide.

— Leo…

Elle se figea, la main en l'air. Son cœur se mit à battre avec une force insensée, faisant tant de bruit qu'elle n'entendait plus ce qui se passait autour d'elle.

— N'aie pas peur, Leo…

Elle se mit à trembler. Elle se raccrocha à la porte en poussant un gémissement. Il y eut un bruit. Comme un grincement de sommier.

— Ne pleure pas, tout va bien…

On l'avait enfermée avec un fantôme. Le fantôme de James. C'était sa voix. Malgré sa peur, elle voulait encore l'entendre.

— Retourne-toi, Leo…

Elle refusa d'obéir. Si elle se retournait, elle ne

l'entendrait peut-être plus… Elle ne voulait pas que ce fantôme disparaisse…

— S'il te plaît, Leo, retourne-toi. Regarde-moi…

Cette fois, elle fut incapable de résister, et avança vers la voix, redoutant de faire fuir cette ombre, qui pourtant réveillait son manque et sa peine. La blessure ne se refermerait plus. En l'écoutant, elle se condamnait à la souffrance éternelle, mais ses jambes la portaient en avant malgré elle. Quelque chose lui toucha le bras. Elle sursauta. Des doigts avancèrent sur sa manche, trouvèrent sa main et l'étreignirent.

Ses jambes se dérobèrent sous elle, et elle tomba au sol. Elle sentit le cadre froid d'un sommier métallique contre sa joue. Une main la fit se redresser pour s'asseoir sur un lit. Des lèvres se posèrent sur son front. Sur ses paupières. Elle entendit un soupir, dont elle sentit le souffle sur sa peau.

Alors, elle se mit à pleurer, et une bouche tiède embrassa ses larmes. Cherchant à tâtons, elle trouva une épaule, un dos. Sa tête se posa dans la tiédeur d'un cou. Du bout des doigts, elle trouva un visage. Le visage de James… Son nez, ses sourcils, ses cheveux… C'était impossible, et pourtant… Un gémissement de détresse lui échappa.

— Leo… Leo… Oui, c'est bien moi, dit-il en lui enlaçant la taille pour l'attirer contre lui.

Elle sentit dans ses cheveux la caresse d'une main.

— Je t'avais promis de ne jamais t'abandonner, tu te souviens ?

Elle voulut poser une question, cependant sa gorge était trop nouée pour laisser passer le moindre mot ; elle eut envie d'embrasser les lèvres qui frôlaient son visage, mais était paralysée.

— Je te croyais mort…

— Je sais, dit-il en posant la joue contre la sienne. Mais tu te trompais. C'est fini.

Depuis des mois, elle le croyait mort, et sa souffrance avait failli la tuer.

— Pourquoi ne m'as-tu pas fait savoir que tu étais en vie ?

— Je suis longtemps resté entre la vie et la mort, dit James en mettant son front contre celui de la jeune femme. Je commence seulement à me dire que je vais réussir à guérir. Je ne voulais pas te donner de faux espoirs.

Elle le prit dans ses bras pour le serrer contre elle, mais entendit une exclamation de douleur.

— Je t'ai fait mal !

— À peine. Le pire est passé.

Elle fit alors courir ses mains sur James, et s'aperçut qu'il était presque entièrement recouvert de bandages.

— Comment es-tu arrivé ici ? demanda-t-elle en sentant revenir les larmes.

— Je ne me souviens de rien. Il paraît que quelqu'un m'a trouvé et amené au village des Aborigènes.

Elle chercha ses lèvres.

— C'est ton souvenir qui m'a permis de tenir, dit-il entre les baisers.

Sa main bandée se posa doucement sur le ventre de Leonora.

D'une voix étouffée, elle ne parvint à prononcer que quelques mots :

— Tu sais, le bébé…

— Je sais que tu l'as perdu, dit James, refoulant sa propre douleur. Tom me l'avait appris.

Un lourd silence suivit.

— Je suis désolée pour Tom, désolée… C'est ma faute… soupira-t-elle.

— Non, ce n'est pas ta faute… Ce meurtre n'a rien à voir avec notre histoire. Crois-moi…

Leonora s'effondra dans ses bras et laissa libre cours à son chagrin, s'abandonnant au réconfort des baisers qu'il déposait sur sa tête.

— C'est fini, Leo. Les épreuves sont derrière nous. Nous devons oublier tout ce malheur et commencer une nouvelle vie ensemble. Nous avons assez attendu.

64

Tu n'y es pour rien, mon garçon, pour rien du tout.

Ces paroles de Mme Shelby, qui l'avaient réconforté à la mort de Shamus, étaient souvent revenues à James après le meurtre de Tom.

Tu n'y es pour rien, mon garçon, pour rien du tout.

Il n'avait pas connu sa mère, morte à sa naissance. Le cancer avait détruit Tess à petit feu. Shamus s'était laissé tuer par la rancœur. Et maintenant, Tom était parti. James avait vu défiler le visage de chacun de ses proches quand les balles l'avaient touché.

Tu n'y es pour rien, mon garçon, pour rien du tout.

Quand la fièvre était trop forte, il ne résistait que grâce à cette certitude ancrée en lui. Il n'était pas coupable de ce qui était arrivé à Tom.

Il était entouré de murmures : ceux des Aborigènes, qui s'occupaient de lui, changeaient ses pansements et lui faisaient boire des potions à base de plantes, mais aussi d'autres, venus de l'au-delà. Sa mère embrassait son front moite. Son père le veillait. Tess prenait sa main dans les siennes, douces et fortes. Shamus semblait apaisé, ne gardant qu'une insolente étincelle irlandaise dans le regard. Le père McIntyre ne le quittait pas non plus, solide, bon et fier. Ils lui démontraient tous, à leur façon, qu'il n'était pas orphelin, puisqu'il était entouré de tout cet amour.

Et puis, il y avait Tom – son ami, son frère –, qui restait fidèle à ses côtés. Il lui tenait compagnie, assis au pied du lit, souriant, détendu, toujours blagueur. Quand James se laissait submerger, Tom le secouait pour le ramener à la vie. Les Aborigènes soignaient son corps, mais c'était l'esprit des disparus qui réparait ses blessures les plus profondes.

James posa la main sur le bandage qui entourait ses côtes. La douleur était devenue supportable. Dans un mois, il pourrait partir. Il ferma les yeux et songea à Leo, à la douceur de sa peau et de ses baisers. Il avait souffert de ne pas pouvoir lui faire savoir qu'il était vivant, et avait trouvé cruel de lui imposer cette rencontre en pleine nuit, sans aucune préparation. Il n'avait pas eu le choix : il fallait à tout prix éviter qu'Alex ne découvre la vérité avant leur fuite.

Il se réinstalla sur le matelas inconfortable et ferma les yeux. Il pensait souvent à leur enfance sur la falaise. À cette époque, ils s'asseyaient tout au bord, intrépides, confiants, les jambes se balançant dans le vide.

L'espoir revenait. Ils allaient enfin être heureux ensemble.

65

Alexander Harrington s'étira en se réveillant. Il avait la bouche pâteuse et l'haleine chargée de whisky. Il bâilla et tâtonna à côté de lui pour trouver sa femme. Il avait envie d'elle et décida qu'il avait assez attendu. Leonora avait eu suffisamment de temps pour se remettre. Il se tourna sur le côté et abattit l'autre bras sur le drap, pensant trouver sa hanche. Il ne rencontra que le vide. Elle n'était plus au lit.

« C'est plutôt bien », songea-t-il. Il valait mieux qu'elle se lève plutôt que de traîner dans la chambre comme une âme en peine. Depuis un mois, il lui semblait d'ailleurs qu'elle progressait. Elle revenait à la vie. Ses joues avaient retrouvé des couleurs, elle reprenait des formes, et il la trouvait plus jolie que jamais. Ils allaient redevenir mari et femme. Les prostituées ne le satisfaisaient plus, lassé qu'il était de leur parfum bon marché et de leurs gémissements théâtraux. Il prit l'oreiller de Leonora et y plongea le nez pour respirer sa douce senteur de rose.

Il avait simplement fallu un peu de patience, le temps qu'elle se rétablisse. Les mauvais jours étaient passés. Leonora était redevenue obéissante. Elle ne le contredisait plus, se rangeait à toutes ses décisions. La Californie achèverait de la remettre sur le droit chemin. C'était ce séjour en Australie qui était la cause de tout.

Ah, la Californie… Il rêvait d'acheter un ranch sur la côte et d'y élever des pur-sang. Là-bas, le climat était meilleur pour les chevaux. Alex eut un sourire. Owen Fairfield n'en avait plus pour longtemps. Le chagrin causé par son veuvage le faisait mourir à petit feu. À sa mort, ils auraient plus d'argent que l'on ne peut en dépenser en cinq vies. Allons, songea-t-il, fort content, il est temps de se lever.

En bas, il se servit du thé noir et ouvrit le journal qu'il trouva sur la table. Meredith lui apporta des oranges et des scones, qu'elle posa devant lui en silence.

— Où est Leonora ? demanda-t-il sans même se donner la peine de la regarder.

— Je ne sais pas, répondit-elle sèchement.

— Est-ce qu'elle a pris son petit-déjeuner ? s'enquit-il alors en relevant le nez de son journal.

La cuisinière croisa les bras d'un air buté et répliqua seulement :

— Non.

Alex la laissa repartir, passablement énervé. Il se ferait une joie de mettre dehors cette imbécile au moment de leur départ.

Il prit son temps pour manger, puis se rendit dans son bureau, afin de consulter le dossier californien. La propriété qu'il voulait acheter à Monterey était pleine de belles possibilités. La superficie lui convenait, la nature du sol aussi. Soudain, il se figea, pris d'une impression étrange. Il regarda autour de lui. Il lui semblait que quelqu'un était entré dans le bureau. Pourtant, aucun papier ne semblait avoir bougé… Il inspecta les murs, et constata que tous les tableaux occupaient leur place habituelle. La bibliothèque était rangée, les flacons d'alcool sur le bar étaient bien là. Le coffre-fort…

Il se leva d'un bond. La porte du coffre était entrouverte. Il se précipita pour l'ouvrir : la moitié de l'argent avait disparu. On aurait dit que son pactole avait été coupé en deux d'un coup de hache. D'un côté, les hautes piles de billets s'alignaient sur l'étagère en acier, de l'autre, il n'y avait plus rien. On l'avait dévalisé !

Qui avait osé ? Il songea à Leonora, mais se refusa à y croire. Non, non… Une colère terrible s'empara de lui.

Alex sortit comme un fou du bureau et se rua à l'étage. Une fois dans la chambre, il se jeta sur le premier tiroir du secrétaire de Leonora. Vide ! Le suivant, vide aussi ! Furieux, éberlué, il tira les autres avec la violence de l'impuissance. Ils étaient tous vides ! Il se tourna vers la penderie et l'ouvrit si fort que les portes allèrent claquer contre le mur.

— Non !

Il s'empara de la première chose qui lui tomba sous la main, une lampe de chevet, et la jeta à travers la pièce. Elle s'écrasa sur le sol, pulvérisée.

Après cela, il dévala l'escalier et trouva Clare en bas, affolée par le bruit.

— Où est ma femme ? hurla-t-il.

Clare recula en tremblant. La saisissant par les épaules, il la secoua en répétant :

— Où est ma femme ?

— Je ne sais pas !

Voyant qu'il n'en tirerait rien, Alex la poussa brutalement. Hors de lui, il retourna dans le bureau pour prendre son revolver. Il l'arma, et sortit comme un dément. La Ford n'était plus là. *La putain !* Il tourna sur lui-même, regardant dans toutes les directions, le revolver au bout du bras, puis s'arrêta. Il savait où elle était !

Il se mit à courir, sûr de son fait, soufflant comme un taureau. De la sueur coulait le long de son visage, de son cou. L'air lui brûlait les poumons. Sous le soleil féroce, la tête lui tournait.

— Tu vas voir, je vais t'apprendre ! hurla-t-il dans le bush silencieux.

Au camp des Aborigènes, il fut accueilli par un nuage de mouches. Il chassa les insectes qui se posaient sur ses yeux, son nez, sa bouche. Il chercha autour de lui, courut entre les baraques délabrées, tournant à droite, à gauche. Il avait des envies de meurtre, et aurait frappé la première personne rencontrée. Mais le camp était désert. Il n'y avait aucun mouvement, aucun bruit.

Alex s'immobilisa. Les mouches avaient pris possession des lieux. Sa tension était telle que l'un de ses yeux fut pris d'un tic nerveux. Il choisit une cible au hasard, une cahute ouverte à tous les vents, et tira à plusieurs reprises, en poussant un hurlement à chaque détonation. Les balles trouaient la tôle et se plantaient dans la terre en soulevant la poussière.

Une soudaine douleur au pied lui fit lâcher son revolver. Il s'effondra par terre avec un hurlement, la botte transpercée par une balle ayant ricoché sur une tôle. Du sang coulait.

Se tordant de douleur, la jambe semblant plongée dans la braise, Alex se mit à pleurer comme un enfant :

— C'est ta faute, Leonora ! Tout est ta faute ! C'est toi qui m'as fait ça !

Épilogue

Deux ans plus tard

66

La toile déchirée battait mollement entre les deux piquets de tente, ne jetant qu'une ligne d'ombre sur le corps de Ghan. Les rayons du soleil chauffaient trop. La salive s'asséchait à la commissure de ses lèvres. Les mouches s'agglutinaient sur cette trace d'humidité et couraient sur la fente de ses paupières closes. Il n'avait pas la force de les chasser. Il était en train de mourir.

Il respirait encore, mais mal, douloureusement. Faiblesse des poumons, faiblesse de tout le corps. Il ouvrit lentement les yeux et regarda fixement la toile crasseuse qui pendait au-dessus de sa tête. Les fils arrachés jouaient à cache-cache avec le soleil. Il ne sentait plus l'odeur de poussière. Il ne sentait plus rien. Il n'entendait plus très bien non plus. Le monde, vidé de son sens, n'existait plus qu'à travers les ombres, la lumière, et sa respiration laborieuse.

Le corps de Ghan glissait lentement vers la mort, mais ses pensées ne se rendaient pas : il se battrait jusqu'au bout, sans flancher. Il n'aurait jamais cru vieillir assez pour s'éteindre sous sa tente. Il avait plutôt imaginé qu'une explosion l'emporterait.

Ou peut-être une bagarre. Les douleurs des derniers instants, finalement, étaient beaucoup plus supportables que celles de la vie. L'agonie était comme unc caresse, comme les bras d'une mère en train de vous bercer.

Ghan avait mal à la gorge. Il voulut respirer, mais il avait attendu trop longtemps entre deux inspirations, et ses poumons refusaient de se réveiller. Allez, encore une fois. Il parvint finalement à prendre un peu d'air, mais très difficilement. La mort attendrait un instant. Il s'accrochait à cette terre qui formait sa couche.

Ses chameaux lui manquaient. Ils lui avaient tenu compagnie longtemps, mais il avait dû les abandonner, sans savoir s'ils seraient bien traités, et n'avait même pas pu leur faire ses adieux. Il se sentait lourd, s'enfonçait dans le sol. Son cœur, bien fragile, se mit à battre plus fort. Alors, il eut peur. *Je ne veux pas mourir.* Ses mains se mirent à trembler. Les tremblements gagnèrent ses jambes. Ses pieds. Les mouches s'envolèrent, mais pas bien loin.

Je n'ai rien fait de ma vie. Les yeux de Ghan étaient secs ; quelques larmes parvinrent tout de même à monter, irritantes. Une vie inutile, se disait-il, vécue par un homme ne valant rien. Ses lèvres s'entrouvrirent pour laisser échapper un gémissement de détresse. Il n'avait rien donné, rien apporté à ce monde, si ce n'est un peu plus de laideur. C'était triste. Il aurait voulu se cacher, mais était à la merci de la mort, paralysé, enfermé dans cette coque insensible qui se refermait. Seul avec sa terreur. Il aurait pu souhaiter en finir au plus vite, pourtant il y avait encore en lui une force qui résistait. Il avait peur de mourir. Peur de mourir seul.

Alors une voix qu'il n'avait jamais entendue et qui venait d'un endroit très profondément enfoui en lui s'éleva : *Tu n'es pas seul !* Le message lui parvint, clair et serein. Ses tremblements cessèrent. Interloqué, il écouta cette voix silencieuse qui tonnait dans sa tête.

D'autres larmes montèrent, ses lèvres se serrèrent, et sa tête oscilla au rythme de ces bienfaisantes paroles. Un enfant toucha sa main. Il sentit une chaleur humaine sur sa peau presque morte. Puis, ce ne fut plus un seul enfant, mais plusieurs, une multitude de mains se posant sur lui pour l'apaiser, le bercer. Un million de petits chérubins prenaient soin de lui et répondaient à son appel en lui donnant tout leur amour. *Tu n'as jamais été seul !*

Si Ghan tremblait, ce n'était plus de crainte. Il était entouré, enveloppé. Chacune des cellules de son corps absorbait la douceur qui se déversait sur lui. À cet instant, toutes les peines, toutes les violences subies au cours de son existence disparurent.

Son dernier souffle gonfla à peine sa poitrine. Il était serein. Ses mains s'immobilisèrent. Son corps trouva le repos sur une terre devenue moelleuse. Sa bouche et ses paupières se détendirent. Toute pensée cessa. Son cœur battit une dernière fois, puis s'arrêta.

67

Soudain, venue d'on ne sait où, la tristesse s'empara de Leonora. Elle posa la main sur son cœur. Un souffle frôla ses cheveux, léger comme l'aile d'un ange, et des larmes jaillirent de ses yeux.

Une petite main tira sur sa jupe pour attirer son attention.

— Pourquoi tu pleures, maman ?

Leonora regarda son petit garçon et sourit. Elle sécha ses larmes avec sa manche.

— Je ne sais pas, répondit-elle en s'agenouillant pour lui prendre les mains.

Sa mélancolie s'éloignait déjà, comme des nuages emportés sur la mer. Elle eut un rire.

— Je ne sais pas ce qui m'a pris.

Voyant que le petit avait encore l'air inquiet, elle le prit dans ses bras.

Les jambes de l'enfant, atrophiées par la polio, étaient cerclées de métal, et, à l'orphelinat, personne ne s'était occupé de lui.

James entra dans la cuisine, portant sur ses épaules une petite fille qui s'accrochait à son cou.

— Ne serre pas si fort, tu m'empêches de respirer,

protesta-t-il d'une grosse voix caverneuse qui la fit rire.

Il posa la petite aveugle près de son frère et se redressa.

— Maman a pleuré, rapporta Nathan, fier de l'importance de cette information.

James s'inquiéta.

— Qu'est-ce qui ne va pas, Leo ?

— Je ne sais pas, c'est bête. Un petit coup de cafard. Ce n'est pas grave.

James l'observa un moment, puis, rassuré, frappa dans ses mains et annonça :

— Les enfants veulent dormir chez les Shelby, ce soir. Dommage, ajouta-t-il en adressant un clin d'œil à Leonora, nous allons devoir rester seuls à la maison.

— Tu veux bien, maman ? S'il te plaît ! Dis oui ! s'écrièrent-ils en chœur.

Depuis que Mme Shelby et ses filles avaient emménagé dans la maison de gardien, Leonora et James voyaient un peu moins leurs enfants. Leurs voisines s'occupaient souvent d'eux, après avoir pris soin des familles aborigènes pendant quelques mois, jusqu'à leur départ, car leurs hôtes avaient poursuivi leur route un beau jour, sans crier gare.

— D'accord, dit Leonora. Mais, demain matin, vous revenez dès votre réveil !

Elle les attrapa et les couvrit de baisers, s'amusant de ces petites frimousses réjouies qui essayaient de lui échapper en riant.

— Nathan, aide ta sœur à préparer ses affaires, ordonna James. Je vais vous accompagner.

Le petit garçon prit sa sœur par les épaules pour la guider jusqu'à leur chambre.

James posa alors la main sur la taille de Leonora et l'embrassa dans le cou.

— Tu te sens prête à en adopter encore un ?

— Moi ? Je suis prête à en adopter vingt !

— En attendant, lui glissa-t-il à l'oreille, ce soir, nous serons seuls, et tu seras toute à moi.

— À vos ordres, mon capitaine, répondit-elle en l'embrassant.

Il était beau et fort, et il lui faisait encore battre le cœur.

Dans le dos du couple enlacé, le soleil étirait ses mauves à l'horizon. Derrière les grands eucalyptus, une bande rosée enluminait les feuilles et donnait aux hautes herbes de la prairie une couleur d'émeraude. Et sur ce paysage, sur la mer et ses vagues, un tiède zéphyr balayait la côte découpée de Nouvelle-Galles du Sud. Son murmure, comme un chant, se répétait, inlassable, souffle léger de l'amour partagé.

Remerciements

L'auteur ne remplit, j'en ai profondément et humblement conscience, qu'un modeste rôle dans le processus de création. Je rends ici hommage à tous ceux qui m'ont aidée, guidée et soutenue en chemin. Merci à la merveilleuse Marie Lambda de l'agence littéraire Jennifer De Chiara, qui a lu un manuscrit de neuf cents pages sans se décourager, et a voulu me représenter. Merci à mon brillant éditeur, John Scognamiglio, et à toute l'équipe de Kensington ; ils ont permis à ce livre d'exister. Merci à ma famille et à mes amis, mes premiers lecteurs et alliés : sans vous, ce roman serait encore à l'état de rêve.

Et enfin, merci à mon mari, Jay, et à mes trois fils… Mes héros, ma paix, ma vie.

POCKET N° 17265

« Un livre aussi délicieux qu'un fruit tout juste cueilli. »

Le Dauphiné

Abbi WAXMAN

LES CŒURS BRISÉS ONT LA MAIN VERTE

Depuis la mort accidentelle de son mari, Lili vit un peu repliée sur elle-même et ses deux filles. Aussi n'est-ce pas sans appréhension qu'elle se voit enrôler, par son éditrice, dans un groupe d'initiation au jardinage. Pour illustrer une encyclopédie botanique, mieux vaut savoir, en effet, de quoi l'on parle... D'abord à contrecœur, la jeune femme découvre bientôt les vertus de la culture potagère sur les cœurs brisés. Les deux pieds dans la terre, Lili rempote, composte, bouture, sans se douter que c'est elle, à nouveau, qu'il s'agit de faire éclore...

Composition et mise en pages
FACOMPO, Lisieux

Imprimé en Espagne par
Liberdúplex
à Sant Llorenç d'Hortons (Barcelone)
en mars 2019

POCKET – 12, avenue d'Italie - 75627 Paris cedex 13

S29081/01